Gregor
Hens

DIE EIGENTÜMLICHE VORLIEBE FÜR DAS MEER

aufbau

Gregor
Hens

DIE EIGENTÜMLICHE VORLIEBE FÜR DAS MEER

Roman

aufbau

Der Autor hat für die Arbeit an diesem Roman ein Stipendium von Neustart Kultur/VG Wort erhalten und dankt für die Unterstützung.

Die Beauftragte der Bundesregierung für Kultur und Medien

NEU START KULTUR

VG WORT

MIX
Papier | Fördert gute Waldnutzung
FSC® C083411
FSC www.fsc.org

ISBN 978-3-351-03848-9

Aufbau ist eine Marke
der Aufbau Verlage GmbH & Co. KG

1. Auflage 2023

www.aufbau-verlage.de
10969 Berlin, Prinzenstraße 85

Einbandgestaltung U1berlin, Patrizia Di Stefano
Satz Greiner & Reichel, Köln
Druck und Binden CPI books GmbH, Leck, Germany

Printed in Germany

FÜR MARICA

1 · Gabriel

Eine Stadt ohne Wasser ist traumlos, sie hat nichts zu verbergen, es gibt nichts zu entdecken. Nam Van besitzt den Stoff im Überfluss. Eine einzige Brücke verbindet die Stadt mit dem Festland, an den Terminals liegen die größten Containerschiffe der Welt. Seit Jahrhunderten bietet die Bucht den von südlichen Stürmen gejagten Seeleuten Schutz, kein Weltumsegler lässt den Seehafen aus, an dem die Stadt ihre Gäste begrüßt, genau dort auf der weit hervorschießenden Mole, wo sich Menschen aus aller Welt versammelt haben, um die Wellen nach Tümmlern und Walen abzusuchen. Es würde die Vorstellungskraft dieser ahnungslosen, mit Ferngläsern behängten Touristen sprengen, wenn sie wüssten, wie steil es vor der Küste, vor ihren Füßen hinabgeht. Kein Lichtstrahl dringt bis auf den Grund des Tiefseegrabens, wo ungestört die Wracks uralter Silberfahrer liegen, die aufgebrochenen Hüllen verirrter U-Boote, die zerborstenen Planken überladener Chuáns, die kein menschliches Auge je mehr sehen wird. Doch oben auf der glitzernden Oberfläche, die sich über die unruhigen Träume der Menschen gelegt hat, kehren die Fischer zurück, eine Flotte von fast siebzig Schiffen, um die Beute zu bringen, die der Stadt, dem gefräßigen Ungeheuer, kurz nach Sonnenaufgang in den dampfenden Rachen geworfen wird.

2 · Dita

Ganze Tage und halbe Nächte ist sie unbehelligt durch die aprikosenfarbenen Säle der Jasmin gestreift, sie hat auf dem Deck Hula-Hoop gespielt, sie hat von außen durch die Vorhänge der hellblauen Separees gelugt und Unfassbares gesehen, Dinge, die Kinderaugen niemals hätten sehen dürfen. Sie kennt jeden Winkel, jeden Gang, jeden Kühlraum und jedes Versteck. Sie ist mit ihren Freundinnen zwischen fauchenden Gasflammen und krachenden Woks und quietschenden Gummisohlen durch die riesige Küche gerannt. Sie waren längst auf dem Dach, wenn sich die Köche, die sie zu erwischen versuchten, wieder den zuckenden Aalen in ihren Marinierschüsseln zuwandten. Die Aale waren leichter zu packen als die Kinder, die rücklings auf dem Stahl lagen, der die Hitze des tropischen Tages abgab, um den südlichen Himmel zu betrachten, von den Sternen zu träumen und von den Welten hinter diesen Sternen.

Jetzt also tritt die Jasmin, das Restaurantschiff ihres Vaters, ihre letzte Reise an. Sie sticht nicht in See, sie wankt hinaus, ein Elefant, der auf dem Wasser geht, bunt geschmückt, mit ausgestochenen Augen. Ein Schiff? Das soll ein Schiff sein? Die Jasmin ist ein Ponton, eine sperrige Plattform mit wackligem Aufbau, geschmückt mit Lichterketten und Girlanden. Zotteliger Rücken, gebundene Füße – das elefantenhafte Ding ächzt unter der Last des eigenen Schmucks. Es hat weder Mast noch Segel, nicht einmal einen Hilfsmotor hat man ihr spendiert, und wenn die Schlepper an ihr zerren, kracht es, als müsste der hohe Rumpf im nächsten Augenblick zerbrechen. Ja, die Jasmin ist ein Schiff – das Heck verzeichnet Namen, Registernummer, Heimathafen –, aber das Element, auf dem sie sich bewegt, ist ihr nicht vertraut. Ein grotesker Anblick. Wer hätte gedacht, dass sie so unbeholfen, so blind und seeuntauglich wäre. Es dürfte sie überhaupt nicht geben. Aber es gibt sie doch, denn sie ist Tovos Traum, das Ergebnis seiner überhitzten Fantasie und der Ort von Ditas Kindheit.

3 · Gabriel

Er stößt die Luke auf, das Deck ist feucht und rutschig, der Holzmast wirkt wie frisch lackiert. Die ersten Sonnenstrahlen lösen den dünnen Schleier auf, der sich in der Nacht über Stadt und Hafen gelegt hat. Die goldene Fassade des Hotels, das am Corso in den Himmel ragt, glänzt grell in der Morgensonne auf. Gabriel weiß nicht, wann er zum letzten Mal im Majestic übernachtet hat, er braucht den festen Boden unter den Füßen nicht, es genügt ihm, die glänzende Fassade des Hotels, das er in zweiter Generation führt, vom Boot aus im Blick zu behalten. Der Geruch des Hafenwassers verbindet sich auf angenehme Weise mit der Erinnerung an den Bourbon, den er am Abend getrunken hat. Das südliche Meer riecht anders als die anderen Meere, die er befahren hat – salzig, faulig und vertraut wie Julu, die Fischsauce, die in Nam Van auf keinem Esstisch fehlen darf.

Benedita will mit der Familienwohnung auf der sechzehnten Etage nichts zu tun haben, sie will sie nicht einmal betreten. Er solle sie umwandeln, hat sie am Telefon gesagt, er solle sich etwas einfallen lassen. Sie ist nach dem Recht von Nam Van nicht einmal volljährig, aber in ihrer Stimme lag die natürliche Autorität einer älteren Person, es klang, als würde ihr das Hotel bereits gehören. Im Hintergrund schleuderte eine Waschmaschine, und Gabriel begriff, dass sie das Hotel und alles, was damit zu tun hat, ihre ganze komplizierte

Kindheit und Jugend, die mit dem Hotel und seinem Personal verbunden ist, mit Freuden hinter sich gelassen hat. Sie hat das hübsche, vierstöckige Wohnhaus der Hundertjährigen geerbt. Sie ist in Geest, einer kühleren, aufgeräumteren Hafenstadt am anderen Ende der Welt, angekommen und hat die vierte Etage bezogen. Sie klingt glücklich in dieser Welt, die einst Jannes Welt gewesen ist, die Welt ihrer Urgroßmutter. Sie hat sich eingerichtet, sie kocht in ihrer eigenen Küche und wäscht zum ersten Mal im Leben ihre eigene Wäsche, und das scheint die Existenz zu sein, nach der sie sich immer gesehnt hat.

Tatsächlich könnte das Hotel, das eines Tages ihr gehören wird, die Fläche gut gebrauchen. An der Stelle der Wohnung, die sich vom sechzehnten bis zum achtzehnten Stock erstreckt, könnte man zwei, vielleicht drei luxuriöse Suiten einbauen, mit großzügigen Räumen und Panoramafenstern. Die Gäste wollen riesige Bäder in Holz und gedeckten Farben, damit sie in plätschernden Badewannen sitzen und den Blick über Stadt und Hafen genießen können. Sie wollen bei schummrigem Licht im lauen Schaumwasser sitzen und auf das raue Meer hinausschauen, das ihnen fremd und unheimlich ist. Sie wollen das Raubtier betrachten, das fauchend hinter Gitterstäben steht.

Drei Jahre ist es her, seit er Benedita zuletzt gesehen hat. Sie hat ihre Koffer gepackt und ist gegangen. Achtzehn Jahre alt. Wenn er daran denkt, was er mit achtzehn gemacht hat, kann er sie nur bewundern, ihren Mut und ihren Eigensinn. Als er damals zur Festung Gaolung fuhr, um es seinem Bruder zu erzählen, antwortete Tovo mit einem schwachen Nicken, das alles bedeuten konnte. Er war müde, sein Gesicht war grau und eingefallen. Er hielt sich mit beiden Händen an seinem Stahlschemel fest, sah ihn von unten herauf an und sagte kraftlos: »Benedita? Das hat sie gemacht?« Mehr brachte er nicht heraus.

Es ist ihr Leben. Tovo, ihr Vater, hat damit nichts mehr zu tun. Nur Gabriel hat noch Zugang zu ihr, er kann sie einladen und ermutigen, er kann ihr Angebote machen, vielleicht auch das Angebot, eines Tages nach Nam Van zurückzukehren. Er hat ihr verziehen, dass sie zu seinem Fünfzigsten nicht erschienen ist. Es war ein rauschendes Fest. Er hat Verständnis dafür, dass sie sich entfernt, dass sie in Geest ihr eigenes Leben führt. Aber eines Tages wird sie doch zurückkehren und Verantwortung übernehmen für das Haus, für die Familie, für die Stadt.

Er läuft über den Steg, schließt das Tor ab, lässt die Kette klirrend fallen und geht die wenigen Schritte hinauf zur Bar. Sein Frühstück steht bereit. Er stößt sich an der Sammeldose einer Rettungsgesellschaft, die über der Theke hängt. Er trinkt seinen Kaffee, blättert in der Zeitung, überfliegt die Liste der Schiffsankünfte. Stammkunden nicken ihm zu. Der Barista schiebt das Zigarettenpäckchen über die Theke. Er zahlt, steckt Zeitung und Zigaretten ein und geht.

Fünf Minuten bis zum Rathaus, es ist kaum Verkehr, ein paar Touristen tummeln sich am Alten Hafen. Er bleibt stehen, raucht, sieht hinaus aufs Wasser. Die Segel sind schlaff, die Chuáns stehen, als würden sie träumen, ein grüner, tief liegender Schüttgutfrachter steuert auf den Kai zu, Kräne recken sich nach ihm. Weiter draußen die Megaboxer. Er wirft eine Münze in das Fernrohr und beugt sich tief hinab. Es sind zwölf Schiffe, eine Emma ist darunter, mit erhöhtem Deckshaus. Hochwasser, die Fähre aus Laguna taucht aus dem Dunst auf. Er wird auch heute nicht länger als drei Stunden im Büro bleiben, denkt er. Er hat alles erreicht, was er erreichen wollte. Es klackt, die Blende des Fernrohrs schließt sich. Schwarz.

Die eigentliche Arbeit macht seine Büroleiterin. Eine Zeitlang war er ehrgeizig und in der Verfolgung seiner Ziele sogar aggressiv, manchmal ging er bis an seine Grenzen. Aber jetzt ist der Containerhafen fertig, die Privaten haben übernommen. Es läuft, es läuft wie geschmiert. Wenn Tovo nicht seinen Schatten über die Familie geworfen hätte, hätte er Ratspräsident werden können, Bürgermeister. Er hatte den Namen, natürlich, er hatte die Verbindungen, er war jung. Vielleicht wäre Julia bei ihm geblieben, vielleicht hätten sie sogar geheiratet. Immerhin haben sie es dreieinhalb Monate auf einer Zweiunddreißigfußjacht miteinander ausgehalten. Nur Julia und er, die Kajüte, das Cockpit. Immer dieselben Wege. Anderthalb Meter nach rechts, vier Meter nach vorn. Am Treppchen trafen sie sich. Sie küsste ihn. Spontan, überraschend. Er nahm ihr die Fußkettchen ab, damit sie nicht an irgendeiner Klampe hängen blieb, das war der Augenblick, an dem er sich in sie verliebt hat. Später klappte er die Sitzbank auf, nahm den Eimer heraus und spülte ihr Erbrochenes von Deck.

Gabriel geht weiter, langsam, er hat Zeit. Das Rathaus ist wunderbar in seiner Hässlichkeit. Beton, umlaufende Balkone, orangefarbene Akzente. Auf dem Dach die überdimensionierten Antennen, die signalisieren: Wir lauschen den ganzen Tag, kein Funkspruch entgeht uns, kein Schiff streift unbemerkt unsere Gewässer. Er geht über die Rampe hinauf, die Türen öffnen sich mit einem leisen Zischen. Teppichboden dämpft die Schritte, die Rezeptionistin grüßt. Gabriel ist zufrieden mit dem, was er erreicht hat. Er ist zumindest nicht unzufrieden. Er wird auch heute wieder die Stadt und ihre Wirtschaft fördern. Die Restaurants liegen ihm am Herzen, die Handelsfirmen und Kontore. Sein Stab ist klein, aber unbestechlich, das Budget beträchtlich. Er hilft, wo er kann, er greift hier und dort ein, und es bleibt trotzdem noch genug Zeit, die Hand über das Majestic zu halten.

4 · Dita

Sie verlässt die Wohnung, in der der Geist der Hundertjährigen weht. Das Treppenhaus ist frisch geputzt. Sie fährt über breite, gesicherte Wege zur Uni. Die Kette ihres Fahrrads ist geölt, die Züge sind straff, die Reifen haben genau den richtigen Druck. Sie betritt die Bibliothek, gibt Rucksack und Jacke ab und setzt sich an den reservierten Platz. Sie liest und notiert, die Luft ist trocken. In Geest, anders als in Nam Van, wirft das Papier keine Wellen. Ihre Kleidung ist auf die trockene Kälte abgestimmt. Baumwolle und Wolle in dünnen Lagen, im Rucksack steckt sauber eingerollt eine leichte Regenjacke, die sie nur selten braucht. Zweimal im Monat fährt sie in die Klinik. Sie zieht sich um, steigt in den Hades ab und streift sich die blauen Latexhandschuhe über. Und wenn sie dann den ersten Schnitt setzt an dem Objekt, das ihr zugeteilt wurde, ist sie von Dankbarkeit erfüllt. Das bauchige Skalpell, mit dem sie die Haut auftrennt, liegt in ihrer Hand, als wäre es ein Teil von ihr. Es sinkt ein, beinahe ohne eine Spur zu hinterlassen. Dann weiß sie: Ich bin für diese Arbeit geboren. Ich werde eines Tages bis in den limbischen Lappen dieser Welt vordringen, bis in die schillernden Schichten des Bewusstseins, wo, davon geht sie aus, fest vertäut ein dreistöckiges, mit bunten Lichtgirlanden geschmücktes Restaurantschiff liegt.

Am Abend kehrt sie zurück, setzt Wasser auf, faltet Decken und Pullover und wartet auf Tobias.

Das Telefon klingelt, ein rasselndes Geräusch, dem sich, wenn der Anruf aus Nam Van kommt, ein leises, elektrisches Sprudeln zugesellt.

»Gabriel!«

»Wir überführen die Jasmin«, sagt ihr Onkel. »An deinem Geburtstag. Nur du und ich. Was hältst du davon?«

»Ich …«

»Bitte, sag nicht sofort nein. Überleg es dir.«

»Ich hab hier Freunde, weißt du.«

»Ich würde dich wirklich gern sehen. Wir setzen einen Schlussstrich, beginnen vielleicht sogar etwas Neues.«

»Ich weiß nicht.«

Zu Gabriels fünfzigstem Geburtstag ist sie nicht angereist, sie weiß, wie enttäuscht er damals war. Sie sträubt sich, sie will sich nicht aus ihrem Alltag herausreißen lassen. Am liebsten würde sie die Routine zwischen Wohnung, Bibliothek und Klinik ewig fortführen. Ihr Leben ist ein Dreieckskurs, vorhersehbar und sicher, es gibt keine Überraschungen, alles hat seine Ordnung. Es gibt keinen Grund, sich in das klebrige Chaos zu stürzen, das ihre Heimatstadt ist. Trotzdem sagt sie zu, sie kann ihn nicht noch einmal enttäuschen. Er verspricht, sich um alles zu kümmern. Er bucht den Flug, blockt die Suite, schickt Ricardo zum Flughafen.

5 · Gabriel

Es rauscht, wenn es regnet, und es rauscht, wenn es nicht regnet. Das Wasser strömt von den Hängen, die sich hinter der Stadt hoch und immer höher auftürmen wie herandrängende Wellen, es strömt und spült durch offene Kanäle, es sickert unter Häuser und Wege, es dampft aus den Rissen im Asphalt der alten, aufgeheizten Gassen. Das Pflaster glänzt, Giebel und Mauern quellen auf und schwitzen. Die Stadt scheint zu gluckern, wenn ihre Bewohner an die Zeitungsstände drängen, um zu lesen, dass eine Senatorin abgetreten ist, um dem Spross einer angesehenen Familie Platz zu machen. Das Terminal ist über Wochen ausgebucht, verkündet das feuchte Blatt, die Braunalgenblüte hat ein nie gekanntes Ausmaß angenommen, ein Gürtel von Sargassumtang treibt von Spanish California nach Westen und hat die Küste von Sé bereits erreicht. Die Zeitungsseiten rauschen. Habt ihr gehört? In Qianshan wurde ein Büffelkarren angefahren, der Bulle musste auf der Kreuzung notgeschlachtet werden. Die Bürger platschen aus ihren Häusern, das Essen, das die Kellner in hoch gestapelten Tiffins zu den Kunden tragen, schnappt und zuckt. Habt ihr gehört, was in der Nacht passiert ist? Hafenarbeiter hocken tief geduckt auf Bürgersteigen, die Reichen sitzen an weiß gedeckten Tischen, und alle schlürfen ihre mit Julu versetzte Suppe und lecken sich die Lippen.

Nam Van ist eine Stadt ohne Jahreszeiten, doch es gibt dieses kurze Zeitfenster im Jahr, ein paar Wochen nur, in denen sich kein Windhauch regt. Unruhe breitet sich aus unter den Kindern des Hafenviertels, die es gewohnt sind, vom rhythmischen Klimpern der Takelage in den Schlaf gewiegt zu werden. Sie gehen unausgeschlafen zur Schule, blicken aus den Fenstern auf Masten, Wanten und Leinen und träumen von der hohen See. Segler meiden diese Zeit, um nicht in der Flaute zu verhungern, wie sie sagen, und wer die Stadt trotzdem vom Meer aus zu erreichen sucht, holt weit draußen schon die Segel ein und wirft den Motor an.

Tagsüber ist die Stadt mit sich selbst beschäftigt, sie füllt sich mit hektischem Treiben, in den Gassen lärmt es, Lastwagen rumpeln, Händler verscheuchen mit Stöcken die schmutzigen, schnatternden Säger. Auf dem Corso kreischt ein Krankenwagen. Nachts jedoch spüren die Menschen, die auf sich selbst zurückgeworfen sind, die Stille des Meeres, die bis in ihr innerstes Wesen dringt. Der Hafen wird wieder zu dem Ort, an dem die Stadt ihren Ausgang nahm. Die Sterne, die den Seeleuten seit Jahrhunderten den Weg in die südlichen Meere zeigen, ziehen in voller Pracht über den Himmel. Meteoriten gehen in Schauern nieder, Sternschnuppen streifen durch tiefschwarze Nacht, bis die Mondwiege schmal am Horizont aufsteigt.

Und heute? Nichts, kein Hauch. Die Unruhe ist spürbar. Die Kinder sind nervös, Passanten eilen, Touristen wirken wie getrieben. Kein Tropfen wird fallen an diesem Tag, an dem Benedita ihren einundzwanzigsten Geburtstag feiert. Kein Sturm wird aufkommen, kein Gewitter wird ihm einen Strich durch die Rechnung machen. Gabriel wird ihr ein Spektakel unter freiem Himmel bieten, ein Feuerwerk besonderer Art, dessen einzige Zeugen sie selbst sein werden.

6 · Dita

Beneditas Nerven surren bis in die Fingerspitzen, sie surren seit dem Morgen, als sie verschwitzt und müde aus der Maschine stieg. Die Luft stand, die Hitze schlug ihr ins Gesicht. Sie wartete mit den anderen Reisenden, das Dröhnen der Triebwerke, die längst ausgeschaltet waren, klang in ihr nach. Sie stand auf dem Rollfeld, gebadet in diesen Lärm, und dachte: Jetzt müsste es kommen, das warme, euphorische Gefühl, von dem zu allen Zeiten die Heimkehrer berichten. Aber es stellte sich nicht ein.

Die Schiebetüren öffneten sich, sie entdeckte Ricardo und lief ihm entgegen.

»Du bist so erwachsen geworden, Benedita Chou da Luz, so ernsthaft und hübsch«, sagte Ricardo, der schon ihren Großvater gefahren hatte. Sie stellte den Koffer ab. Sie nahm seine langen, gepflegten Hände, betrachtete sein schmales, faltiges Gesicht und küsste ihn auf die Wange.

»Wo ist Gabriel?«, fragte sie.

»Er erwartet dich im Hotel.«

Ricardo nahm ihr Gepäck. Sie fuhren über die Drachenbrücke in die Stadt, hinter den Stahlseilen flackerte das Meer, das Majestic glänzte in der Sonne. Ricardo fuhr langsam, er sah nach vorn und schwelgte in Erinnerungen. Benedita, die neben ihm saß, war noch immer das kleine blonde Mädchen, das über die Hotelflure rannte, das im Pool die ersten unbeholfenen Schwimmzüge machte. Wie sie lachend und prustend die Bälle vor sich herschob, die ihr immer wieder entwischten.

»Weißt du, Ricardo, du warst irgendwie immer dabei«, sagte Benedita und sah ihn von der Seite an. »Du hast mich immer beschützt.«

»Weil ich so alt bin, Benedita. Ich war immer dabei, weil ich so alt bin.«

»Du warst wie ein Vater für mich.«

Ricardo schwieg.

»Hast du ihn gesehen?«, fragte Benedita.

»Deinen Vater?«

»Ja.«

»Nein, nicht seit damals. Gabriel ist der Einzige, der ihn besucht.«

Selbst als sie in die Lobby des Majestic trat, wo Gabriel bereits wartete, spürte sie nichts von dem wohligen Gefühl, das nach den alten Erzählungen die Heimkehrer erfasst. Das Hotel, die Räume, die Treppe, die vom Mezzanin hinunterführt, berührten sie nicht. Sie spürte nur das Surren der Nerven, das aus der Tiefe des Körpers bis in ihre Fingerspitzen drang, sie spürte ihr Herz und das warme Blut in ihren Adern.

»Komm her«, sagte Gabriel und breitete die Arme aus wie Schwingen. Sie hatte vergessen, wie riesig er war, ein Hüne.

»Gabriel …«

»Mein Gott, wie ich dich vermisst habe.« Er drückte sie an seine Brust.

Wie kommt er zurecht auf seiner Jacht, dachte sie, wie zwängt er sich durch Luken und Aufgänge? Wie kann er leben in dieser Stadt, in diesem Gewirr aus Gassen und engen Durchgängen, an denen er sich vermutlich hundertmal am Tag die Schultern wundschlägt? Er ist Gulliver, den es an den

Strand von Liliput verschlagen hat. Was ist das für eine Welt, in der er lebt? Was ist das für eine Stadt, der sie entkommen ist? Auf der Fahrt hat sie gesehen, dass die Säger Nam Van noch immer fest im Griff haben. Es hat sich nichts geändert: Die Müllbeutel, die in der Nacht herausgestellt werden, sind am Morgen zerrissen und zerfetzt, die Bürgersteige kleben, Sohlen schmatzen. Bevor die Läden öffnen, ziehen Fegetrupps mit breiten Besen durch die Stadt und schieben die an Plastik und Styroporbrocken erstickten Vögel die Gassen hinab. Nam Van mit seiner drückenden Luft, den schmalen Fußgängerbrücken und Hafenbecken, den scharfen Gerüchen der Garküchen, den Zigarettenständen und Kasinos ist ein schwüler Traum, aus dem sie dankbar erwacht ist.

Sie trat in die Lobby, sah ihren Onkel und ließ sich umfangen, er drückte sie an seine Brust, bis sie ihn vorsichtig von sich schob. Ricardo versorgte das Gepäck. Personal huschte durch die Lobby, junge Zimmermädchen, die sie neugierig ansahen, Portiers, an deren Namen sie sich nicht erinnerte, ein Concierge mit kantigen Schultern und kantigem Blick. Und während die Rezeptionistin sie anlächelte und die Schlüsselkarte vorbereitete, ging ihr durch den Kopf, dass sie erst gestern früh ihr eigenes Bett in Geest glattgezogen hatte, dass sie den Stecker aus der Kaffeemaschine gezogen und die Tür hinter sich zugezogen hatte, wissend, dass diese Reise von begrenzter Dauer sein würde. Sie bedankte sich, fuhr allein nach oben, ihr Gepäck stand bereits da. Auf dem Tisch stand ein üppiger Blumenstrauß, Rosen und weiße Lisianthus, mit einem Willkommensgruß.

Auf der Promenade drängen sich Menschen, einige hundert Schaulustige sind gekommen. Die Luft ist aufgeladen, feucht, wie ionisiert. Ihre Nerven prickeln und surren, wie sie am Morgen auf dem Rollfeld gesurrt haben. Benedita und Gabriel bahnen sich einen Weg zum Kai. An der Treppe wartet das gelbe Dingi, das sie hinüberbringen wird. Tief in ihrem Inneren, irgendwo zwischen Hauptschlagader und Sonnengeflecht, vereint sich der Lärm der Triebwerke vom Vormittag mit dem Tuckern der Schlepper, die das bunt behängte Schiff in den äußeren Hafen gezogen haben. Am Heck kräuselt sich das Wasser, es glitzert und blitzt in allen Farben. Die Jasmin scheint zu schweben. Als sie in das Dingi steigen, surren noch einmal ihre Nerven, Arm- und Beinmuskeln knistern, es blitzt aus ihrem Nacken herauf, ihr Geist bäumt sich auf, der Körper erinnert sich zuckend an den langen Flug durch die Nacht, an das Flackern der Bildschirme in der Dunkelheit, das Rauschen der Lüftung und das dumpfe Dröhnen der Turbinen.

7 · Gabriel

Weit draußen funkeln Positionslichter, Frachter liegen auf Reede, aufgereiht wie auf einer Perlenschnur. Der Containerhafen macht gute Geschäfte, es war die richtige Entscheidung, ihn zu bauen, es war die beste Entscheidung seines politischen Lebens. Man wird sich an ihn erinnern, wenn er nicht mehr da ist, denkt Gabriel, man wird vielleicht sogar ein Terminal nach ihm benennen. Die Frachter, die aus dem Osten kommen, sparen einen halben Tag. Die Fahrrinne ist tief genug selbst für die größten Schiffe. Der Hafen ist vollautomatisiert, der Zoll arbeitet effizient und beinahe korruptionsfrei, die Fracht rollt über die gut zwei Meilen lange Drachenbrücke nach Norden. Gabriel sorgt dafür, dass die politischen Kräfte der Stadt die Betreiberfirma walten lassen, das ist jetzt seine Aufgabe. Er war immer überzeugt, dass sie es mit Laguna würden aufnehmen können, er hat sich jahrelang für den Hafen eingesetzt. In seinem Büro stand auf einer Kommode ein Spielzeuglastwagen mit einem Frachtcontainer, Maßstab eins zu fünfzig. Er hat Meinungsartikel verfasst und in der Kantine und auf den Fluren des Rathauses politische Überzeugungsarbeit geleistet. Einige Jahre lang war das sein Leben, es nahm mehr Zeit in Anspruch als das Hotel Majestic.

Es hat der Stadt gutgetan, nicht nur finanziell. Sie ist stolz auf diesen Hafen, die Zeitung druckt jeden Schiffsnamen und jede Flagge ab. Mit dem Containerhafen hat sich Nam

Van an ein Weltsystem angeschlossen, das wie ein einziges Objekt funktioniert. Ein Hyperobjekt, eine lebendige, weltumspannende Kreatur. Die Stadt ist Teil der globalen Zirkulation geworden, Menschen und Waren rauschen in ihren Adern, alles fließt. Die in allen Farben leuchtenden Vierzig-Fuß-Container sind ständig in Bewegung und prägen die Stadt, Schiffe legen an und werden vertäut, Züge und Lastwagen rollen, Kräne tanzen ihre stille Revue.

Als der Containerhafen gebaut wurde, verlor die Jasmin ihren angestammten Liegeplatz und wurde an den Kai geschleppt. Das war der Anfang vom Ende. Das Restaurant wurde nie wieder eröffnet. Gabriel, der die Jasmin für Tovo geführt hatte, opferte sie, um Platz für die Terminals zu schaffen. Er hatte sich für die Stadt entschieden, gegen die Jasmin und gegen seinen Bruder. Das Majestic, dessen Restaurant auf zwei Etagen ausgebaut worden war, übernahm einen Großteil der Belegschaft und einen guten Teil der Kundschaft. Es war nichts verloren außer dem Bild dieses leuchtenden, schwer behängten Elefantenschiffs.

Fünf Jahre lang lag die Jasmin vor der Altstadt, wo sie von der alten Zeit, und vielleicht auch von einem jugendlichen Tovo träumte. Niemand wollte sie kaufen. Die Taue setzten Algen an, zwischen Kai und Bordwand sammelten sich Plastikflaschen, Styroporbrocken, Fetzen orangefarbener Fischernetze. Nur das Innere blieb erhalten, der große Saal, die Separees, die Gänge und Küchen. Es war wie ein Museum, in das Gabriel einige Male einstieg, immer nachts, begleitet nur von einer zu diesem Zweck abgestellten Polizistin. Sie gingen mit Taschenlampen an Bord, obwohl die gesamte Elektrik noch funktionierte. Man hätte nur einen einzigen Schalter umlegen müssen, um das ganze Schiff hell aufleuchten zu lassen. Doch niemand sollte auf falsche Gedanken kommen, weder die Jugendlichen, die sich einen Spaß daraus gemacht hätten, in der Nacht durch die Säle zu schleichen, noch die Älteren, die die Hoffnung nicht ganz aufgegeben hatten, dass die Jasmin eines Tages wieder im alten Glanz erstrahlen würde.

8 · Dita

Der kleine Wimpelmast glitzert bunt bis in die Spitze hinauf, das Wasser, in dem er sich spiegelt, ist glatt und schwarz wie Öl. Es ist still, nur das Tuckern der Schlepper ist zu hören. An einer Stange unter dem gelben Schlepplicht hängt schlaff das gelbe Kreuz auf rotem Grund, an einer Leine sind bunte Flaggen aufgereiht. Gabriel hat für diese letzte Reise alles noch einmal einschalten lassen: Lampions, Positionslichter, funkelnde Ketten. Im Fahrwasser der Schlepper glühen Algen, leuchtende Fische schießen durchs Wasser.

Trauer und Erleichterung liegen in der Luft, eine Ära geht zu Ende. Die halbe Stadt hat sich am Kai versammelt, um das berühmte Restaurantschiff zu verabschieden. Kinder steigen auf die Geländer, wo sie von ihren Eltern gehalten werden, die ihnen den Namen des Schiffs ins Ohr raunen: Jasmin. Das waren Zeiten! Reife Paare halten sich an den Händen wie Frischverliebte, sie schwelgen in der Erinnerung ihrer ersten gemeinsamen, berauschten Nächte, der Hochzeiten und Neujahrsbälle, wenn sie hinaustraten auf die kleinen Balkone und übermütig ihre halbvollen Sektkelche ins Hafenbecken schleuderten. Eine merkwürdige, ehrfürchtige Stille hat die Menge erfasst, bis jemand zu klatschen beginnt, zaghaft erst, dann lauter, bis schließlich Applaus aufrauscht, als wäre dies das Schlussbild einer großen Oper.

Benedita und Gabriel klettern in den Kahn, verfolgt von den Blicken der Bürger. Jeder hier weiß, dass sie ein Vorrecht genießen, dass sie etwas einlösen, das ihnen zusteht. Sie legen ab und fahren langsam hinaus. Die Schlepper der Bergungsfirma bugsieren das Ungetüm, das vor fünf Jahren zum letzten Mal bewegt wurde, vorsichtig durch den äußeren Hafen, vorbei an der Mole. Die Stadt flirrt in der warmen Sommernacht. Der Containerhafen strahlt grell, das goldene Hotel steht mächtig vor dem Hügelland, die Kathedrale mit ihren gedrungenen Türmen duckt sich, als hätte sie Angst, verprügelt zu werden.

Die Jasmin scheint beinahe ein wenig beleidigt, dass sie ins tiefere Wasser gezogen wird. Vom Dingi aus wirkt sie wie ein mit glänzenden Zuckerkugeln garniertes Kuchenstück. Sie ist in diesem Hafen die absurde Ausnahme, das eine Schiff, das nicht auslaufen durfte. Dafür wurden in ihren Sälen tausend Feste gefeiert, tausend Geschäfte angebahnt, die das Leben eines jeden Bürgers und das Schicksal einer ganzen Stadt bestimmten, ihr Glück und ihr Unglück. Auf diesem Schiff, in dessen Bauch sich Köche mit abgeflämmten Brauen über brodelnde Töpfe beugten, trafen sich die Schönen und die Reichen. Frisch gewählte Ratsvorsitzende, Schauspieler und Halbweltfiguren ließen sich in einem der vierundsechzig Separees feiern, die Innungen und Karnevalsvereine buchten und bespielten den großen Saal. Zocker und Süchtige, mächtige Männer und gepuderte Frauen mit hoch geschlitzten Kleidern – alle stiegen, erhitzt und erregt, die breite, mit Lichterketten geschmückte Gangway hinauf. Sie traten ein, sanken in gepolsterte Sessel und tranken den in winzigen Kristallkaraffen servierten Kirschschnaps.

Über eine Leiter steigen sie an Bord, das Dingi verschwindet in der Nacht. Vier Männer begrüßen sie, auf ihren Kappen vier fette, linkslehnende Blockbuchstaben, die ein kastenförmiges Schiff schieben – das Logo der von Gabriel beauftragten Bergungsfirma. Walkie-Talkies knacken und spucken abgehackte Wortfetzen, die Männer stehen mit den Schleppern und der Lotsenstation in Verbindung.

Eine steile, mit Teerpappe beklebte Stahltreppe führt aufs Dach. Es ist alles, wie es damals war. Benedita streckt sich, legt den Kopf in den Nacken. Schütze und Schlangenträger stehen hoch am Himmel. Aus dem Zentrum der Milchstraße scheint ein Windhauch auf sie hinabzufahren, eine kosmische Strahlung, die wohltut. Sie trinkt die laue Luft. Sie schließt die Augen. Die Freundinnen fallen ihr ein, der Hula-Hoop-Ring, Feriennächte, Galaabende und Feuerwerk, das auf glatter Wasseroberfläche glitzerte. Gabriel legt ihr den Arm um die Schulter und zieht sie an sich: »Happy Birthday, du Abtrünnige.«

Rote und grüne Leuchtfeuer markieren die Hafeneinfahrt, langsam versinkt hinter ihnen die Stadt. Sie gehen die Treppe hinunter und treten in den Saal, der von Kristallleuchtern in blendend weißes Licht getaucht ist. Erleichtert stellt sie fest, dass niemand auf sie wartet, einen Wimpernschlag lang hat sie befürchtet, Gabriel könnte eine Überraschungsparty für sie organisiert haben. Aber wen hätte er eingeladen? Sind sie nicht letztlich ganz allein – Gabriel, der Verwalter, und sie, die Erbin?

Niemand hat sich die Mühe gemacht, die Einrichtung zu entfernen. Die großen, mit Drehaufsätzen ausgestatteten Tische sehen aus wie frisch gedeckt, Teller, Besteck und Servietten liegen am Buffet bereit, Edelstahl glänzt im Licht der auf die Vitrinen gerichteten Deckenstrahler. Wenn sie die Augen ein wenig zusammenkneift, sieht sie an den Tischen die Nachbilder der Gäste, die rauchend, lachend und gestikulierend ihren gespenstischen Charme versprühen. Nur das Essen, auf das sie warten, wird nicht kommen.

Die Wärmehauben sind geöffnet, Servierwagen stehen ordentlich aufgereiht an der Wand, die Rollen sind arretiert, die Oberflächen gewischt. Es ist alles sauber, nur auf einem Tablett, das die Form eines Gelbfischs hat, hat jemand eine Zigarette ausgedrückt. Auf dem Teppich vor dem Kücheneingang hat sich eine Haushaltsrolle selbständig gemacht, eine Art Läufer, der einlädt, durch die Schwingtüren zu treten.

Während sich ihr Ohr an das dumpfe Dröhnen der Schlepper gewöhnt, fährt sie mit der Hand über das Glockenspiel der Töpfe, der großen und kleinen Kellen, Zangen und Schneebesen, die über den Kochfeldern hängen. Sie lauscht der Musik und sieht sich selbst im Lärm und Gewühl dieser Küche. Sie kann die Köche hantieren sehen, das Fauchen der Gasbrenner hören, das Zischen eines Fischs, der auf heißes Chiliöl trifft.

»Komm«, sagt Gabriel, »wir schauen mal, was es hier zu essen gibt.«

Er nimmt eine der schweren Kellen, tritt an einen Stahlschrank und hebelt ihn auf. Die Tür biegt sich, schnappt auf und schlägt krachend gegen die Wand, so laut, dass ihnen die Ohren klingen. Sie lachen und reißen Kartons auf, entdecken Gläser mit gehacktem Knoblauch, Meerrettich, Piri Piri, Ginseng. Alles ist abgelaufen. Gabriel steckt sich ein Glas Oliven in die Tasche. In einem weiteren Schrank lagert Rotwein, dreißig Flaschen oder mehr.

Das Schott ist geöffnet. Sie steigen die Nebentreppe hinauf, Benedita könnte den Weg mit verbundenen Augen finden. Die Dämpfe aus der Küche sind erkaltet, aber der Aufgang riecht, wie er immer gerochen hat: Limetten-Chutney, Bockshornklee, Rauch. Sie gehen über den langen Flur auf der Backbordseite und treten in eins der Separees. Seidentapete in fahlgrün, die Tür, der Lampenschirm, alles ist hellblau bis grünlich wie in einem Aquarium. Vor der geöffneten Schiebetür, die auf einen kleinen Balkon hinausführt, steht ein Sofa in hellem Türkis.

Sie schieben die Sofakissen auf den Boden. Die Weinflasche steht wacklig auf dem plüschigen Teppich.

»Stört es dich, wenn ich mir eine Zigarette anzünde?«, fragt Gabriel.

»Nur ein bisschen.«

»Dann mache ich es trotzdem.«

Gabriel, denkt Benedita, entstammt einer anderen Zeit. Er trägt Verantwortung, als Bürger steht er mitten im Leben, sie sieht ja, wie er in der Stadt auftritt, wen er grüßt, wie er mit den Bergungsleuten umgeht und mit den Beschäftigten im Hotel. Aber eine Welt hat ihn geprägt, die längst untergegangen ist, eine Welt, in der Zigaretten noch eine gewisse Selbstverständlichkeit hatten, als Männer eines bestimmten Alters leichte, pastellfarbene Kaschmirpullover über die Schultern legten, wenn sie abends zum Essen ausgingen. Er trägt einen ungefärbten Leinenanzug, darunter ein lachsfarbenes T-Shirt, die grausträhnigen Haare, die er sich mit der Hand auffällig oft nach hinten streicht, fallen auf den etwas zu schmalen Hemdkragen. Es ist diese Hand mit der Zigarette, die sein wahres Alter verrät, die hervortretenden Adern, die ersten Altersflecken, die kleinen Kratzer und Narben in der tiefbraunen Haut. Seglerhände. Sein Gesicht dagegen, die scharfe Nase, der kräftige Unterkiefer, der ruhige Blick aus kleinen, blauen Augen, all das wirkt beinahe zeitlos.

Sie lehnt sich an seine Schulter, streift die Schuhe ab und zieht die Beine unter. Sie lässt sich fallen. Sie hat Gabriel immer geliebt, sie weiß nicht, was aus ihr geworden wäre, wenn er nicht da gewesen wäre. Sie weiß nicht, wie sie diese Jahre überstanden hätte. Tovo, ihr Vater, war weg, und Julia tat, als wäre sie ihre Freundin. Sie hat sich nie verhalten wie eine Mutter. Benedita durfte nie Mama sagen, sie musste sie immer beim Namen rufen, Julia, als wäre sie noch das schlanke Mädchen aus Spanish California, das Körbe als Handtaschen trug, geblümte Kleider, dünne Riemensandalen, Fußnägel in Gelb und Rosa. Für Julia war die Mutterrolle genau das – eine Rolle, die man nebenher spielen und die man auch wieder absagen konnte. Man rief seinen Agenten an und sagte: Ach nein, ich will das nicht, ich habe doch keine Lust. Hast du nicht etwas anderes für mich? Es war ein Segen, dass Benedita damals ins Internat kam.

Der hellblaue Vorhang hat sich aus der Schlaufe gelöst und bläht sich auf. Das Fahrwasser des Backbordschleppers glänzt, Delfine springen und schnattern, eine ganze Schule begleitet sie, zwanzig oder dreißig Tiere. Gabriel, der Segler, bemerkt es kaum, er hat das Wunder, das sich dort draußen vollzieht, schon hundertmal gesehen. Dita dagegen betrachtet das Schauspiel mit Herzklopfen, mit Ehrfurcht und beinahe mit Angst. Denn sie weiß, dass die Tiere genauso schnell verschwinden, wie sie gekommen sind. Das Tau tanzt, das die Jasmin mit dem Schlepper verbindet. Es tanzt auf dem Wasser, auf dem sich im Scheinwerferlicht die Wellen leise kräuseln, und schlägt den Delfinen den Takt.

»Du bist müde«, sagt Gabriel.

»Vierzehn Stunden Flug, ich habe praktisch nicht geschlafen.«

»Und heute Mittag zu Hause?«

»Nur ein bisschen. Die Klimaanlage hat mich gestört.«

»Warum hast du nicht jemanden gerufen?«

»Auch dazu war ich zu müde.«

Sie schließt die Augen. Zu den Delfinen gesellen sich Drachen und feuerrote Fabelwesen, das Wasser ist in Aufruhr, es schäumt vor Leben, Kreaturen stoßen heraus, zeigen Reißzähne und Krallen, lassen sich bellend und gackernd auf den Rücken fallen.

»Warum Jasmin?«, fragt Benedita schläfrig. »Warum hat er sie auf den Namen Jasmin getauft?«

»Jasmin, der zweite Vorname deiner Großmutter.«

»Sie hieß Marike Jasmin?«

»Wusstest du das nicht?«

»Nein.«

»Marike Jasmin, die im Alter von nur zweiundzwanzig Jahren mit einem Koffer voller Hoffnungen und Sehnsüchte nach Nam Van kam. Das klingt nicht schlecht, oder?«

Sie nickt.

»Marike Jasmin«, sagt er leiser, »die sich zwanzig Jahre später das Leben nahm. Krank und allein gelassen und gedemütigt.«

»Das ist wohl nicht die Geschichte, die er mit dem Namen erzählen wollte.«

»Nein, bestimmt nicht. Jasmin, meinte Tovo damals, das sei ein Name, der duftet, ein Name, der klingt wie Dim Sum, Bacalhau und Mapo Tofu. Tovo hat mich damals sogar gefragt, was ich von dem Namen hielt, dabei hat er ohnehin gemacht, was er wollte. Es war schließlich sein Schiff, seine Idee.«

»Er hat recht behalten, oder?«

»Mit diesem Namen? Auf jeden Fall. Den Leuten lief das Wasser im Mund zusammen, wenn sie das große Leuchtschild über der Gangway sahen, die Schriftzeichen und Blüten, die sie willkommen hießen.«

»Das Majestic ist nicht mein Zuhause«, sagt sie nach einer Pause.

»Wie meinst du das?«

»Heute Mittag zu Hause, hast du eben gesagt. Ich habe nie das Gefühl gehabt, dass das Hotel, oder die Wohnung, mein Zuhause ist. Ich habe mich dort nie geborgen gefühlt.«

»Ich weiß«, sagt Gabriel. »Ich weiß.«

9 · Gabriel

Der Vorhang weht und bauscht sich, ihr Atem geht langsam, die vollen, beinahe blutigroten Lippen sind ein wenig geöffnet. Ist sie eingeschlafen? Benedita sieht ihrer Großmutter ähnlich, denkt Gabriel, sie hat dasselbe schmale Gesicht, die hellen Züge, die dünnen blonden Augenbrauen. Täte sich plötzlich ein Riss in der Zeit auf, würden sie aufeinandertreffen wie Teilchen und Antiteilchen, sie würden aufeinanderprallen, sich gegenseitig auslöschen und ein Feuerwerk aus Photonen zünden, das kurz und heftig die Nacht dieser Familie erhellen würde, ihr Glück und ihr Unglück.

Die Gazette berichtete damals ausführlich von der Schiffstaufe, eine ganze Seite mit Foto: Im Vordergrund Tovo, die rechte Hand am Bug, in der linken die übergroße Champagnerflasche. Gabriel, vierzehn Jahre alt, ist bereits größer als sein Bruder. Er trägt eine knielange Hose und ein Matrosenhemd, ein seltsamer, jungenhafter Aufzug, und betrachtet Tovo mit einer Mischung aus Skepsis und Bewunderung. In der zweiten Reihe, ein wenig versetzt hinter Gabriel, steht ihr Vater: weißer Hut zum hellen Zweireiher, über dessen Revers ein goldgelber Seidenschal fällt. Das Haar ist nach hinten gekämmt, die dicken Strähnen glänzen wie schwarzes Metall. Seine Lider, die sichelförmig zur Nasenwurzel auslaufen, liegen schwer über dunklen, gefährlich blitzenden Augen. Er blickt in die Kamera, als wollte er sie anfallen.

Tovo hat die Schule abgebrochen, auch das steht in dem Artikel. Seit zwei Jahren arbeitet er auf diese Eröffnung hin. Er hat kein Interesse am Majestic, er will es nicht übernehmen, er ist nicht einmal bereit, ein Praktikum im Hotel zu machen. Für ihn zählt nur eins: aus dem Schatten seines Vaters herauszutreten, etwas Eigenes auf die Beine zu stellen. Es liegt nahe, ein Restaurant zu eröffnen. Chou da Luz, der Name öffnet Türen, er steht für Einfluss, wirtschaftliche und politische Macht, er steht für Qualität und Zuverlässigkeit. Aber von der geschäftlichen Seite hat Tovo keine Ahnung. Es ist Gustavo, der Vater, aus dessen Schatten er treten will, der ihm die richtigen Leute besorgt. Gustavo stellt die Verbindung zur Bank her, Gustavo unterschreibt Bürgschaften, Gustavo, der Mann, den er für den Tod ihrer Mutter verantwortlich macht, zieht im Hintergrund die Strippen.

Dass es dann ein Restaurantschiff wurde, erklärte er einmal so: »Die Stadt selbst hat es mir vorgegeben, Nam Van, die Wasserstadt, hat es gefordert. Sie ist an mein Bett getreten, als ich schlief, und hat mir in diesem biblischen Ton gesagt: Du. Sollst. Deinen. Palast. Auf. Dem. Wasser. Bauen.« Tovo konnte sehr lustig sein. Tatsächlich hatte es wohl mehr damit zu tun, dass die Hafengrundstücke in Nam Van schon damals sehr teuer waren. Also gab er das Schiff in Auftrag: ein Ponton, rechteckig, dreistöckiger Aufbau. Angedeutete Pagodendächer, grün und geschwungen, rot abgesetzte Balkone, ein schwimmender Palast, der schallende Parolen zu rufen schien, Wörter wie Gaumenfreude! Schwelgerei! Sinnesrausch!

Gustavo hielt das Restaurantschiff für eine Schnapsidee, für Wahnsinn. Er traute es seinem Sohn nicht zu, ein Geschäft dieser Art und Größe zu führen, und kalkulierte sein Scheitern ein. Später fanden sie heraus, dass er sich gegen den möglichen Schaden sogar versichert hatte. Aber er versuchte nicht ein einziges Mal, seinem Sohn die Pläne auszureden. Er nickte, er unterschrieb, er ließ es geschehen. Seit Marikes Tod hatte er zusehends die Kontrolle verloren – über die Familie, über das Geschäft, vor allem aber über sich selbst. Er trauerte zwar nicht im üblichen Sinn um seine Frau, die er nicht geliebt, die er tatsächlich sogar gehasst hatte, aber er war doch zutiefst erschüttert. Ihm fehlte dieser Fixpunkt, der Halt im Gefüge seines Lebens, er wusste nicht mehr, wie er zu der Welt stand, in der er zu Hause war. Und dann dieses Schiff, das ihren Namen trug wie einen Vorwurf. Ein bitteres Gebräu aus Scham und Schuld, eine tiefe Angst und Unsicherheit muss in ihm gebrodelt haben, anders ist es nicht zu erklären, dass er seinem Sohn geholfen hat. Beinahe schien es, als würde Tovo seinen Vater erpressen, als hätte er etwas gegen ihn in der Hand. Aber das ist nicht möglich, Gabriel hätte davon erfahren, sein Bruder hätte es ihm früher oder später erzählt.

Sie liegt in seinem Schoß und streicht sich die glatten, aschblonden Haare aus dem Gesicht, ihre Augen sind geschlossen, der kräftige Körper ist entspannt. Sie ist warm und geschmeidig, er hat noch nie eine Frau gesehen, die so in sich selbst ruht. Sie ist das Gegenteil von Julia, die nie wusste, wer sie war und wohin sie gehörte. Es ist Benedita gelungen, sich zu befreien, sich ein eigenes Leben aufzubauen. Niemand hat ihr geholfen. Sie hat niemanden gebraucht, nicht Julia, nicht Tovo, nicht einmal ihn selbst. Sie hat ihren Koffer gepackt und ist gegangen. Und jetzt ist sie diese beeindruckende junge Frau, die Ärztin werden will. Es ist beinahe ein Wunder.

10 · Dita

Sie will nach draußen. Das Separee ist ihr zu plüschig, die Kissen, der hellblaue Vorhang, die ganze Einrichtung wirkt wie ein Filter für ihre Empfindungen. Sie will das Meer spüren, die Tiefe des Alls, sie will das Wasser hören, das sich an der Bordwand kräuselt.

Sie steigen aufs Dach und bauen sich mit Rettungswesten und Sofakissen ein Lager. Gabriel schnippt die Asche über Bord. Benedita lauscht dem Maschinenlärm der Schlepper, der weich und gedämpft ist wie von einem schweren samtenen Stoff. Neben ihnen auf dem Boden steht ein Tablett, das einer der Männer gebracht hat. Eine Thermoskanne, süßer Tee, dazu das in Blumenform gepresste Shortbread ihrer Kindheit.

Der Horizont ist da, wo die Milchstraße ins Meer stürzt. Die Schlepper zerren, die Taue peitschen das glitzernde Wasser. Benedita möchte die Hand nach den Delfinen ausstrecken, sie möchte ins Zentrum der Galaxis greifen. Sie ist mit allem verbunden, mit dem Meer, den Lebewesen, dem säuselnden Fahrtwind und den Sternen.

Sie ist bereit, den Gedanken der Unendlichkeit zuzulassen, sie wundert sich eher über Menschen, die hinter den Grenzen von Zeit und Raum das Nichts vermuten, die absolute Leere. Sie versteht die Verstörung nicht, die die Menschen beim Anblick des Sternenhimmels ergreift. Von Unsterblichkeit dagegen hat sie keinen Begriff. Sie hat lange nach einem Ort im zentralen Nervensystem gesucht, der die Menschen einzigartig und unverwechselbar macht. Keine Seele, sondern eine Stelle des Ursprungs, etwas Unverwechselbares, einen Fingerabdruck Gottes im Fleisch des Bewusstseins. Jetzt beginnt sie zu ahnen, dass sie an der falschen Stelle sucht, denn die Welt, das spürt und weiß sie, wird von einer anderen Kraft bewegt, einer Kraft, die wir nicht sehen und die wir nicht sezieren können. Das ist nicht Religion, sondern Physik. Die sichtbare Welt ist nur ein winziger Ausschnitt dessen, was existiert. Wir baden in dunkler Materie. Vielleicht ist das die Taufe, die uns zu dem macht, was wir sind.

Auf der Reling landet ein Tölpel. Benedita wirft ihm eines der Butterplätzchen hin. Der Tölpel stürzt sich darauf, er zögert nicht eine Sekunde. Sofort schießen schreiend weitere Tölpel, Möwen und Seeschwalben herab, sie kämpfen und hacken. Die Luft, das Schiff, das Plätzchen, alles ist in Aufruhr. Für die Vögel zählt nur dieser Kampf.

Die Verstorbenen hinterlassen eine Art Gussform, ein geisterhaftes Negativ im Leben der Hinterbliebenen. Die dunkle Materie füllt das Vakuum nicht. Die Form bleibt erhalten, der Abglanz lebt fort im großen Bewusstsein der Materie, an dessen Tropf die Menschheit hängt. Auch sie, auch Benedita. Marike Jasmin, die sich im Majestic erhängt hat, ist diese Leerstelle im Leben von Gabriel, die niemals ausgefüllt werden kann, sein ewiger Schatten. Sie ist, obwohl Benedita sie nie kennengelernt hat, längst auch in das Bewusstsein ihrer Enkelin gedrungen, sie hat sich eingeschlichen, sie ist hineingekrochen und hat sich breit gemacht. Marike ist eine Figur, eine Schablone, die es auszufüllen gilt, eine Gegenwart, die sie beschäftigt, nicht erst, seit sie in Geest die Wohnung ihrer Urgroßmutter übernommen hat, das Haus der Hundertjährigen, in dem Marike aufgewachsen ist. Nur Tovo hat an all dem keinen Anteil, denn er ist selbst ein Gespenst, ein Nachbild, eine erloschene Person. Dunkle Materie, unsichtbare Materie, nicht einmal das.

Marike Jasmin, die im schulterfreien Abendkleid und weißen Handschuhen die Treppe des Majestic hinabschreitet. Seide, altrosa vielleicht oder hellblau, das könnten die Farben jenes Sommers gewesen sein, ein halbes Jahrhundert ist das her. Marike Jasmin, die rauchend auf dem Sofa sitzt, die Chansons mag, die Fernsehen sieht, die das Zimmermädchen fortschickt, um den Aufguss aus Orangenblüten, der ihr gerade serviert wird, mit Laudanum zu versetzen. Ein braunes Fläschchen mit einer Pipette, tropf, tropf, tropf. Marike, die noch versucht, sich mit dem Absatz abzubremsen, als sie stürzt. Was machen diese Bilder mit ihr? Was haben diese Bilder mit Gabriel gemacht? Was geschieht mit einem zwölfjährigen Jungen, der niemanden hat, nicht einmal einen älteren Bruder, mit dem er reden konnte? Denn während Gabriel ins Internat zurückgeschickt wurde, stürzte sich Tovo in dieses sehr öffentliche, in dieses wüste Leben, er war ein Macher und – trotz seiner gedrungenen, breitschultrigen Physis, ein Playboy, der abends auf seinem Restaurantschiff von Tisch zu Tisch ging, um die Mächtigen zu begrüßen und sich den weniger Mächtigen gnädig zu erweisen. Er war unersättlich in seinem Wunsch nach Anerkennung und Liebe. Er zog alle Aufmerksamkeit auf sich, während sein kleiner Bruder in der Schule im Norden beinahe vergessen wurde. Gabriel war lebendig begraben, niemand fragte ihn, wie es ihm ging, niemand kümmerte sich um ihn und niemand interessierte sich für ihn. Er stand in der Werkstatt und schliff das Balsaholz des Segelflugzeugs, das niemals abheben würde, und er dachte: Sie ist gesprungen. Ich bin allein. Das ist jetzt mein Leben.

11 · Gabriel

Die Küste war weit entfernt, der Hafen, die Segelboote seiner Kindheit waren unerreichbar. Gabriel spielte vier Mal in der Woche Tennis und baute mit ein paar Freunden und unter Aufsicht eines jungen, engagierten Werklehrers ein Segelflugzeug, das nie fertig werden würde. Ein Segelflugzeug, das nicht fliegen konnte, war ein schwacher Trost für einen Jungen aus Nam Van, in dessen Adern, wie man damals sagte, Seewasser floss.

Gabriel zählte die Tage bis zu den Frühjahrsferien, in denen er nach Geest fliegen sollte, um seine Großmutter zu besuchen und einige Tage auf Annas Hof zu verbringen. Er war fasziniert von der Vorstellung dieses Stadtstaats mit seinem weiten, bäuerlichen Umland, der in seinen unruhigen Träumen ein Gegenbild zu seiner eigenen Heimat darstellte, ein weiterer Vorposten des Meeres selbst, dessen Grenzen die Grenzen der menschlichen Zivilisation zu sein schienen. Während Geest auf der Landseite durch einen uralten, in der flachen Landschaft aufragenden Wall geschützt war, verband der zu einem breiten Kanal ausgebaute, in Groden und Watt sich verlierende Fluss die Stadt und ihren Hafen mit der ganzen Welt. Auch Geest, das von Poldern, Marschland und Deichen beinahe vollständig umgeben war, war eine Insel.

An einem Donnerstag, wenige Tage vor den Ferien, wurde er am Ende des Mittagessens vom Erzieher aufgerufen. Er solle sich um vierzehn Uhr an der Brücke einfinden. Das war ungewöhnlich, so ungewöhnlich, dass sich die Jungen, die aus dem Speisesaal drängten, nach ihm umsahen. Als er zum angegebenen Zeitpunkt an der Brücke ankam, warteten schon Tovo, der kurz vor dem Abschluss stand, und der Direktor, ein hagerer, asketischer Priester mit schweren Augenlidern und einem winzigen Kinnbärtchen. Tovo wusste auch nicht, was los war, der Direktor sagte: »Tomás Gustavo, bitte pass auf deinen Bruder auf. Euer Vater kommt gleich.« Der Direktor war der Einzige, der Tovo bei seinem vollem Namen nannte.

Gabriel hatte Angst, Angst vor dem Ungewissen, vor der Unberechenbarkeit seines Vaters, der immer wieder gezeigt hatte, wie aufbrausend, ja wütend er seinen Kindern gegenüber sein konnte. Das Herz schlug ihm bis zum Hals. Er sah seinen Bruder an. Ihr Vater war noch nie unangekündigt zum Internat gekommen, Elternbesuch war nicht erwünscht, und Gustavo sah keinen Grund dazu, sich über das nötige Maß hinaus mit seinen Söhnen zu beschäftigen. Er interessierte sich nur dann für ihre Erziehung, wenn er glaubte, eingreifen oder etwas korrigieren zu müssen. Gustavo war die letzte Instanz, er war der Richter, der die Strafe zumaß, wenn alle anderen – die Erzieher, die Mutter und selbst Ricardo – versagt hatten. Was hatte er verbrochen, um einen derart radikalen und dramatischen Auftritt des Vaters zu rechtfertigen? Würde er von der Schule fliegen? Würde er das Internat verlassen müssen?

Gabriel und Tovo sahen ihre Eltern nur alle sechs Wochen zu den sogenannten Heimfahrtswochenenden und in den Ferien, zu denen Gustavo sie mit dem Auto holen ließ. Jetzt kam er selbst in seiner alten Limousine, einer schaukelnden Staatskarosse wie aus einem Film, mit Vorhängen und weißen Kopfstützenschonern, die nach jeder Fahrt gereinigt wurden. Die breiten Reifen knirschten im Schotter, der Wagen kam zum Stillstand. Ricardo, ein junger Mann damals, stieg aus: Chauffeursuniform und weiße Kalbslederhandschuhe, sie hatten wirklich Stil. Während er Gustavo die Tür aufhielt, warf er Gabriel einen Blick zu, den dieser nie vergessen sollte. Es war das reine Gefühl, die reine Anteilnahme. Gabriel wäre am liebsten auf ihn zugestürzt, um ihn zu umarmen.

»Wartet kurz hier«, sagte der Direktor und ging zum Auto. Er besprach sich mit Gustavo, gemeinsam kehrten sie zur Brücke zurück.

»Was ist los?«, fragte Tovo. »Papa, was machst du hier?«

»Wartet, euer Vater wird es euch gleich erklären.« Gustavo nickte wortlos. Er fasste Gabriel zum Gruß an der Schulter, die er leicht massierte. Gabriel deutete diesen Gruß als Entwarnung. Vielleicht würde er doch nicht von der Schule fliegen. Er war zwölf, und beinahe schon so groß wie sein Bruder.

Sie wurden über den Pausenhof geführt, durch den Kreuzgang, über eine breite Treppe. Am Ende des Flurs befand sich eine schwere Holztür. Der Direktor klimperte mit seinem altertümlichen Schlüsselbund, ließ sie durch und wies links in eine kleine Bibliothek. Es roch nach Myrrhe, Leder und Zigarren, auf dem kleinen Lesetisch stand ein Aufsteller mit Heiligenbildchen: He Xian Gu und die acht Unsterblichen, Caspar, Melchior und Balthasar, der in der alten Sprache des Nordens Badalamit genannt wurde. Der Direktor zog die Tür zu und verschwand, sie setzten sich.

Sie sahen ihren Vater an.

Gustavo legte seinen Hut auf den Tisch, seine Finger trommelten.

»Was ist?«, fragte Tovo ungeduldig.

Er schwieg.

»Was ist los? Warum bist du hier?«

»Eure Mutter ist tot.«

Gabriel weiß nicht mehr, ob Tovo etwas sagte in diesen ersten Sekunden, aber er erinnert sich mit unbändiger Scham daran, welcher Gedanke ihm selbst in diesem Augenblick durch den Kopf schoss.

»Heißt das, dass ich nicht nach Geest fliegen kann?«

Sein Vater sah ihn fassungslos an.

»Ihr kommt mit nach Hause«, sagte Gustavo. »Ihr holt gleich eure Sachen, und dann fahren wir zurück nach Nam Van.«

»Aber was ist passiert?«, fragte Tovo. Er zitterte am ganzen Körper. »Was ist denn passiert?«

»Sie hat es mit einem Seil gemacht.«

»Was? Was hat sie mit einem Seil gemacht?« Tovo sprang auf und lehnte sich über den Tisch, als wollte er seinem Vater an die Kehle springen. Zorn und Hass schossen ihm in die Augen, sein Gesicht war zu einer Grimasse verzerrt. Gabriel, der sitzen geblieben war, begriff, wie gefährlich die Situation war. Er legte seinem Bruder die Hand auf den Arm, versuchte ihn zu beruhigen und in den Stuhl zurückzuziehen. Gustavo wich zurück.

»Sie hat sich erhängt«, sagte er mit ruhiger Stimme. »Ich bin am Abend nach Hause gekommen und habe sie gefunden. Ich habe versucht, die Schlinge zu lösen, aber es war zu spät.«

»Dann kann ich also nicht fliegen?«, fragte Gabriel leise.

»Wohin?« Es war, als hätte er es beim ersten Mal nicht gehört.

»Nach Geest. Zu Oma.«

»Nein«, sagte Gustavo und sah ihn entsetzt an. »Natürlich nicht.«

Tovo hatte das ganze Bild vor Augen, er sah die gesamte Situation. Er sah seine tote Mutter, die Schlinge, die sich in ihren Hals gebrannt hatte. Er verstand, was dieser Tod für sein Leben bedeuten würde. Er weinte und bäumte sich auf, etwas Mächtiges und Kraftvolles brach aus ihm heraus. Er verlangte Antworten und brüllte seinen Vater an, diesen Mann, vor dem sie immer Angst gehabt hatten.

»Warum hat sie das getan? Warum jetzt? Was hast du gemacht?«

Gabriel selbst reagierte nicht, es war, als beträfe es ihn nicht. Er konnte nur das Unmittelbare denken, und das war die Reise, auf die er sich seit Monaten gefreut hatte. Sie war wie ein Damm, ein Wellenbrecher, gegen den jegliches Verständnis anbrandete. Er begriff es nicht. Er begriff nicht, was geschehen war.

Sie holten ihre Koffer aus den Zimmern und wurden nach Hause gefahren. Ricardo sah ihn immer wieder im Rückspiegel an. Gabriel wusste damals nicht, welche Rolle er im Leben dieses Mannes spielte, der keine eigene Familie hatte. Auf der Fahrt zum Kai hat er Benedita genauso angesehen, denkt er jetzt, mit demselben traurigen, sehnsuchtsvollen Blick. Ricardo liebt sie, wie man eigentlich nur sein eigenes Kind lieben kann.

12 · Dita

Es ist, als würde ein Vorhang zur Seite gezogen, Laguna erscheint in der Nacht wie eine Vision, ein Kardiogramm am Horizont, das sich fortschreibt, je weiter die vorgelagerten Inseln aus dem mondbeglänzten Blickfeld rücken. Zuerst schiebt sich der unter Flutlichtern glühende Hafen heraus, dann treten, eines nach dem anderen, die in allen Farben leuchtenden und im Wasser sich spiegelnden Hochhäuser auf. Ein Zentrum gibt es nicht, es ist eher, als wäre eine Vorstadt über sich selbst hinaus und bis in den Himmel gewachsen, die Wolkenkratzer stehen da wie Pfeiler einer nie vollendeten Plattform, auf der eine weitere, himmlischere Stadt errichtet werden sollte. Benedita kneift die Augen zusammen und betrachtet Laguna wie durch ein Kaleidoskop. Sie kann die Territories erahnen, Nathan und Chou, sie kann sich hineinträumen in die überhitzten Häuserschluchten und das Gewühl der Einkaufsstraßen, wo ihre Mutter, die selbst nur dünne, geblümte Kleider trug, ihr vor Jahren einen roten Hosenanzug kaufte. Benedita war vierzehn. Der Express brachte sie nach Laguna, wo sie sich gleich ins Einkaufsvergnügen stürzten. Als sie fertig waren, sammelte ein Concierge des Hotels, das mit dem Majestic kooperierte, die Taschen und Päckchen in den Boutiquen ein und schickte sie mit dem Auto nach Nam Van. Am Nachmittag ließen sie sich mit warmem Öl die Füße massieren. Sie ließen sich Schlick und Algen ins Gesicht schmieren und gingen schwimmen. Später aßen sie Pajeon mit Venusmuscheln und etwas, das aussah wie frittierte Seepferdchen. Ihre Mutter stieß mit ihr an.

»Wie hübsch du geworden bist, Benedita.«

»Das sagst du nur, weil – «

»Bitte, lass uns nicht streiten.«

Julia hatte mit großer Hartnäckigkeit den Traum verfolgt, aus ihrer Tochter eine Schauspielerin zu machen, und sie hatte es ihr nicht verziehen, dass Benedita, die sich anfangs auf Julias Wünsche eingelassen und hundert Kinder-Castings und Fototermine über sich hatte ergehen lassen, später mit allen Mitteln dagegen gewehrt hatte.

Am Morgen gingen sie ins Museum. Lange standen sie vor den Bildern eines Alten Meisters aus Geest, dessen Landschaften und Seestücke aus luminösen Himmelsflächen bestanden, die großflächig über einem dürren Horizont standen. Sie tranken Kaffee, blätterten im Ausstellungskatalog und rauschten zurück nach Nam Van, und als sie langsam und leise gleitend die Brücke überquerten, die Nam Van mit dem Festland verbindet, und als dann im Fenster Schanbrás auftauchte, die Kathedrale mit ihren gestauchten Türmen, dachte Benedita: Jetzt bin ich erwachsen.

Benedita ist in einer Weise, die sie weder als gut noch als schlecht, weder als erhebend noch als bedrückend bezeichnen würde, erschüttert von diesem Anblick, von der nächtlichen Verfremdung dieser Stadt, die sie seither vor allem in ihren Träumen aufgesucht hat. Laguna, die wimmelnde Metropole, die sich selbst für den Nabel der Welt hält und doch enger ans Festland gekettet ist als ihre kleine, von äußeren Mächten weitgehend unbehelligte Schwester Nam Van, hat in ihrer Kindheit eine überproportionale Rolle gespielt. Laguna war die Stadt, die im Rampenlicht stand, die Stadt, in die man sich hineinträumte, wenn man Dinge bewegen und Großes erreichen wollte. Bilder von Laguna hingen in der Bar des Majestic, als könnte man sich nach dem dritten oder vierten Whiskey Sour dämmernd in das nur eine kurze Zugfahrt entfernte Nachtleben von Nathan davonstehlen, das hundert Mal aufregender und sündhafter war als das Nachtleben von Nam Van. In jedem Geschäft wurden unter dem Banner der zwei Chuáns die Produkte und Spezialitäten der Megastadt verkauft, und Beneditas Freunde erzählten sich von Plänen, eines Tages über die Brücke zu fahren und nach Laguna zu ziehen, wo sie die Schauspielschule oder die Tennisakademie besuchen würden, wo sie Geschäfte oder Fabriken eröffnen und sich Wohnungen hoch über der Stadt kaufen würden. Nur Benedita hatte keine derartigen Pläne. Benedita war dazu bestimmt, in Nam Van, im Schatten der Kathedrale, vor der sich schmutzige, verwilderte Meerenten rauften, das Majestic zu übernehmen und die Sünde ihres Vaters zu büßen.

13 · Gabriel

Die Vorbereitungen waren in vollem Gange, Köche und Zimmermädchen machten Sonderschichten, die gesamte Belegschaft war um fünf Uhr angetreten. Blumen wurden geliefert, Wäsche, Eiskisten mit Krebsen, fetten Barschen und Seeaalen wurden hereingetragen, noch nie hatte im Hof ein derartiges Gedränge geherrscht. Trauergäste wurden bereits an der Tür abgefangen und an der Rezeption vorbei direkt zum Aufzug geführt. Das Hotel konnte nicht geschlossen werden, man konnte die gebuchten Gäste nicht einfach auf die Straße setzen.

Die oberen beiden Etagen wurden diskret freigemacht. Janne, Marikes Mutter, wurde erwartet, und auch Jannes Schwester Anna. Sie saßen im selben Flugzeug, Janne in der Touristenklasse und Anna in Business. Sie waren hoffnungslos zerstritten, hatten seit Jahren nur über Anwälte kommuniziert. Zwei Wagen wurden geschickt, um sie abzuholen, damit sie sich auf der Fahrt nicht zu unterhalten brauchten. Gustavo und seine Söhne warteten in der großen Suite im sechzehnten Stock, und als die Schwestern schließlich hereingeführt wurden, eine nach der anderen, sahen sie sich zum ersten Mal seit vielen Jahren wieder.

Sie musterten sich gegenseitig. Sie nickten. Es reichte für ein Abkommen, eine Art Waffenstillstand. Sie waren Hinterbliebene, Mutter und Tante, sie hatten Marike beide geliebt, und sie würden sich in der Zeit der Trauer nicht bekriegen.

In den ersten Tagen wäre angesichts von Gustavos Hass, der zum Zeitpunkt ihrer Ankunft noch schwelend und unsichtbar war, sogar eine dauerhafte Annäherung möglich gewesen, doch der Verlust brachte sie später wieder gegeneinander auf. Es war dieselbe alte Eifersucht, die in der neuen Situation hervorbrach, dasselbe Konkurrenzdenken der Schwestern, das sich einen Weg bahnte wie ein Strom, der in veränderter Landschaft ein neues Flussbett findet. Jede beanspruchte, am meisten betroffen und verwundet zu sein, jede buhlte um die Anerkennung und Aufmerksamkeit der Familie, vielleicht auch der Verstorbenen selbst. Janne, die als Wärterin in einem Frauengefängnis gearbeitet hatte und inzwischen pensioniert war, war die Mutter, die ihr einziges, geliebtes Kind verloren hatte, ihren Engel. Aber es war immer Anna, die wärmere und herzlichere der beiden Schwestern, gewesen, zu der Marike gegangen war, von der sie sich hatte trösten und verwöhnen lassen. Anna, die Tante, kümmerte sich in den Nachkriegsjahren um das heranwachsende Mädchen, sie kleidete Marike ein, als sie die Schule abschloss, führte sie samstags in die besten Restaurants aus, um sie in der Gesellschaft vorzuzeigen, und nahm sie im Winter mit in den Skiurlaub.

Sie versuchten, sich nützlich zu machen, jede auf ihre Weise. Anna bezahlte Gabriel dafür, Dame oder siamesisches Mah-Jongg mit ihr zu spielen, für jedes gewonnene Spiel bekam er einen Pataca, für jedes verlorene einen halben. Manchmal fuhr sie mit ihm durch die Stadt, einfach so mit dem Taxi, mag sein, dass sie damals die Orte ihrer Erinnerung abfuhr. Anna war neunzehn gewesen, als sie im Hafen von Nam Van zum ersten Mal von Bord gegangen war, sie hatte in einer Zeit, die Gabriel märchenhaft und magisch erschien, die Verbindung zwischen Geest und Nam Van hergestellt, die die Familie prägte und bis zu diesem Tag prägt. Sie war Teil einer Unterhaltungstruppe auf dem Passagierdampfer Amboyna gewesen, und als sie nach sechswöchiger Fahrt an der Reling stand und die laue, tropische Morgenluft einatmete, baute sich die Stadt, die sie nur aus Büchern kannte, wie eine fliegende Insel vor ihr auf. Mit klopfendem Herzen beschloss sie, ihr Engagement hinzuwerfen und die Stadt zu erobern. Während die beinahe dreihundert Meter lange Amboyna von Lotsenkähnen in den Hafen begleitet wurde, kehrte Anna in ihre Kabine zurück, stopfte Kleidung, Bücher und Papiere in den kleinen Koffer und verabschiedete sich von ihren Kolleginnen, die noch in den Kojen lagen. Die schwarze Perücke und das goldene Wickelkleid, das sie zu den abendlichen Aufführungen trug, ließ sie zurück.

Janne zeigte in den Tagen vor der Bestattung, wer sie war. Wie eine Furie scheuchte sie die Angestellten durchs Hotel, sie beschimpfte die Zimmermädchen und begann um sechzehn Uhr, die Küche aufzumischen. Dabei war das Hotel damals bestens geführt, es surrte wie eine gut geölte Maschine. Wenn sich von einem Blumenstrauß ein Blütenblatt löste, wurde es innerhalb von zwei Minuten aufgehoben. Wenn sich ein Säger im Foyer verirrte, stürzte sofort jemand herbei, um ihn am Hals zu packen und auf die Straße hinauszuschleudern. Zwei Leute taten nichts anderes, als Aschenbecher zu leeren. Kein einziger Fleck auf weißer Schürze, auf den Chemisetten der Kellner, kein Krümel auf dem Teppichboden blieben unentdeckt.

Es war Tovo, der eingriff, um Jannes Terror zu beenden. Tovo, der Erbe. Tovo, der das Machtwort sprach. Tovo, achtzehn Jahre alt, der noch nicht einmal die Schule abgeschlossen hatte! Während ihr Vater die Wohnung auf den Kopf stellte, immer auf der Suche nach einer Notiz, einem Abschiedsbrief, einer Erklärung für ihren Tod – niemand wagte, das Wort Selbstmord auszusprechen – beschützte Tovo die Angestellten. Er entschuldigte sich für das Verhalten seiner Großmutter und verbannte Janne in ein Zimmer im dreizehnten Stock. Er ließ ihr eine Nähmaschine bringen und feine Stoffe, wie sie nur in Nam Van hergestellt wurden, und sagte: »Du rührst dich nicht. Du bleibst hier drin, bis wir dich zur Bestattung abholen.« Und Janne fügte sich dieser Stimme und dieser Autorität. Sie nähte und kam nicht einmal zum Essen herunter. Es war beeindruckend.

Man wickelte Marike in ein rotes Seidentuch. Der Priester sprach das Totengebet: Der Friede soll einkehren in eure Herzen. Tovo, als ältester Sohn, hob den Leichnam auf und legte ihn auf die Scheithölzer. Erst als die Flammen an der verhüllten Form ihres Körpers züngelten, begriff Gabriel, was passiert war. Erst jetzt wurde ihm klar, wie sich sein Leben verändern würde. Und als ihm bewusst wurde, dass sie alle eines Tages von diesen Flammen verzehrt würden, wurde sein Körper von den Schultern bis hinab zu den Füßen von einer Art Krampf erfasst. Er schüttelte sich, er zitterte und weinte, seine Knie wurden weich. Diese Trauer war ein Sturz, ein Sturz in die Raumtiefe, in die Schwärze, ins Nichts. Sie überkam ihn mit einer Wucht, die er so noch nie erfahren hatte. Sie war vollkommen neu.

Anna legte Gabriel den Arm um die Schulter, führte ihn weg von der Trauergemeinde, weg vom Feuer. Sie setzte ihn auf eine Bank unter einem prachtvollen Baum, betupfte ihn mit einem Parfüm, das sie aus ihrem Satinbeutelchen gezogen hatte, und winkte jemanden heran, der Tee brachte. Gabriel sollte es nie vergessen, er sollte immer mit großer Dankbarkeit daran zurückdenken, und er sollte auch nie vergessen, dass in seiner Schale die gleichen rot-orangenen Blüten trieben, die in größerer Form über ihnen an der Magnolie prangten. Er trank den lauwarmen Tee und betrachtete ihren Vater, seinen leicht gebeugten Rücken, die strähnigen Haare. Gustavos rechte Hand steckte in der Sakkotasche, es war, als würde er etwas suchen. Er wirkte fahrig und abgelenkt, selbst als die Leute kamen, um ihm ihr Beileid auszusprechen, nahm er die Hand nicht aus der Tasche.

Beim Essen nahm Gustavo die goldgeränderte Sonnenbrille nicht ab. Er saß da, murrte Unverständliches und löffelte die Suppe, in der gallertartige Klößchen schwammen. Gabriel aß nicht, er bekam keinen Bissen herunter. Erst später, als die Gäste fort waren, trat er ans Buffet. Er nahm ein Stück Schokoladenkuchen und aß es im Stehen, dann nahm er ein zweites, dann noch eins, er stopfte den Kuchen in sich hinein, als würde es nie wieder etwas zu essen geben.

Gustavo war gegangen, ohne sich von den Trauergästen zu verabschieden, er schien sie genauso vergessen zu haben wie seine Söhne. Gabriel ging in die Rezeption und nahm sich einen Schlüssel, weil er sich nicht in die Wohnung traute, in der sie sich erhängt hatte, und am Abend, als er sich etwas gefangen hatte, fuhr er mit dem Personalaufzug ins Untergeschoss, um zu schwimmen. Der Pool wurde damals schon um neun für die Gäste geschlossen. Er ließ sich auf einem Schwimmbrett treiben und betrachtete das blitzende Spiel des Wassers, das von der goldenen Decke zurückgeworfen wurde. Schließlich kam Tovo. Er sprang, schubste seinen kleinen Bruder vom Brett und drückte seinen Kopf unter

Wasser, wie er es immer getan hatte. Gabriel schnappte nach Luft, er war dankbar, dankbar für die Aufmerksamkeit. Er deutete dieses Ringen um Luft, ihren spielerischen Kampf, als Zeichen, dass Normalität einkehren würde, dass es weitergehen würde, irgendwie.

»Du kannst später nach Geest fliegen, in einem Jahr vielleicht«, sagte Tovo am Beckenrand. »Es wird genug Gelegenheiten geben.«

»Wann fahren wir zurück nach Badalamit?«, fragte Gabriel.

»Ich kehre nicht zurück.«

»Aber wir müssen in die Schule.«

»Ich werde den Abschluss nicht machen«, sagte Tovo.

»Du lässt mich allein?«

»Wir sehen uns da oben nie.«

Tovo hatte recht. Sie wohnten nicht im selben Haus, sie aßen nicht einmal im selben Speisesaal. Wann hatten sie im Internat zum letzten Mal miteinander geredet? Wann waren sie sich überhaupt begegnet? Trotzdem empfand Gabriel die Entscheidung seines Bruders als etwas Schmerzliches, er fühlte sich zum zweiten Mal an diesem Tag im Stich gelassen. Die Tatsache, dass Tovo mit ihm im Internat war, dass er zumindest die Möglichkeit hatte, sich in seine Obhut – und damit in die Obhut der Familie – zu begeben, hatte ihm immer Halt gegeben. Tovo sicherte Gabriels Überleben, auch wenn er nie gebraucht wurde, wie ein Rettungsboot. Er war einfach da. Doch es ging ohnehin nur noch um wenige Monate. Tovo stand kurz vor dem Abschluss, nach den Sommerferien, im neuen Schuljahr, würde Gabriel allein sein, so oder so.

»Du schaffst das, auch ohne mich«, sagte Tovo. »Du bist der Stärkere von uns beiden.«

»Und was machst du?«, fragte Gabriel. »Wirst du für Papa arbeiten?«

»Nein, ich werde etwas Eigenes aufbauen. Etwas Neues und Einzigartiges, etwas, das die Welt noch nicht gesehen hat.«

14 · Dita

Als Benedita acht Jahre alt war, begann Julia, sie zu Agenturen und Castings zu schleppen. Sie wurde in den verschiedensten Posen und Verkleidungen fotografiert, und Julia verließ das Haus erst, wenn sie das Portfolio in den schmalen Flechtkorb gesteckt hatte, der ihr als Handtasche diente. Es gelang ihr, Benedita in kleineren Kampagnen und Katalogen unterzubringen, wo sie für Reiswaffeln, Fahrräder und Sonnencreme warb. Doch das genügte ihr nicht. Sie wollte mehr. Wenn sie zum Vorsprechen nach Laguna fuhren, lernten sie im Zug gemeinsam Text. Eine Weile machte es Benedita Spaß, auch wenn sie die Zeit, die ihr nach der Schule blieb, ebenso gern im Schwimmbad oder auf dem Tennisplatz verbracht hätte. Sie genoss die Aufmerksamkeit ihrer Mutter und war dankbar für ihr Interesse und die ermutigenden Worte. Willig zog sie die Kleider an, die Julia oder die Kostümassistentin ihr reichten, sie ließ sich pudern und lächelte, bis man ihr das Zeichen gab. Sie mochte die Fürsorge, die Anerkennung und das Aufheben, das um ihre langen blonden Haare gemacht wurde. Nicht zuletzt mochte sie Laguna, die glitzernde Metropole, die in den Träumen und Sehnsüchten der Kinder von Nam Van die allergrößte Rolle spielte.

Als Julia sie in einer Produktion von Emperor Gong of Song anmeldete, wo sie in einem überwiegend aus Holzlatten gefertigten Kriegerkostüm als Statistin auftreten sollte, hatte sie genug. Sie musste aus der Seitenbühne förmlich ins Rampenlicht gestoßen werden, wo der auf Kissen gebettete Kinderkaiser bereits wartete. Benedita wollte nicht mehr. Es war nicht die Angst, das übliche Lampenfieber, mit dem sie inzwischen umzugehen gelernt hatte, es war auch nicht das lächerliche, klappernde Kostüm, das ihr die Freude verdarb, es war die plötzliche Erkenntnis, dass all dies, der ganze Aufwand um ihre Person, nichts mit ihr selbst zu tun hatte. Es war Julia, die sich verwirklichen wollte, es war ihr Kindheitstraum gewesen, eines Tages auf der Bühne zu stehen und sich von Menschen, die sie nicht kannte und die ihr nichts bedeuteten, bewundern zu lassen. Benedita war nur das Vehikel, eine Art Ersatzidentität, mit der Julia ihre Fantasien auslebte.

Julia meldete sie immer wieder an, sie überredete und bearbeitete und bestach sie und ließ einfach nicht locker. Sie war nicht bereit, ihren Traum aufzugeben. Benedita, die inzwischen im Schwimmverein war und regelmäßig trainierte, kämpfte um jede Minute ihrer Freizeit. Manchmal war sie so verzweifelt, dass sie Krankheit und Unwohlsein vorschützte. Sie litt unter Kopfschmerzen und Schwindel, oder sie fühlte sich fiebrig, und sie nutzte für dieses Spiel die Fertigkeiten, die sie sich unter Julias Führung angeeignet hatte.

Benedita war zwölf, als sie eines Tages vom Training zurückkehrte und ihrer Mutter eine Einverständniserklärung vorlegte. Der Club empfahl die Teilnahme an einer medizinischen Studie. Julia überflog das Formular und unterschrieb. Sie unterschrieb und begriff nicht, dass diese Studie das Team über mindestens anderthalb Jahre begleiten und ihrer Tochter die perfekte Ausrede bieten würde, um nicht mehr zu den Castings zu gehen. Benedita ließ sich, an Händen und Füßen mit Leuchtdioden ausgestattet, unter Wasser filmen, sie trug über Wochen und Monate einen Brustgurt, der ihren Puls aufnahm, sie maß ihren eigenen Blutzucker und nahm ihre Körpertemperatur, die sie akribisch in einem kleinen, von der Studienleitung bereitgestellten Notizbuch verzeichnete.

Mittwochs fuhr sie mit der Bahn von der Schule direkt nach Baica, wo sich die Klinik befand, in der schon ihre von Gicht und Depressionen gezeichnete Großmutter behandelt worden war. Sie sprang vor dem Tor aus der Bahn, das Rauschen eines Eukalyptushains umfing sie, der Pförtner grüßte mit einem breiten Lächeln. Der Großteil der Anlage bestand aus weißen, locker verteilten Pavillons, die durch helle Kieselwege miteinander verbunden waren. Der Geruch des Desinfektionsmittels durchschoss den Eukalyptusduft, der Gestank von Algen und Julu war nur noch eine ferne Erinnerung. Von keinem Ort des weitläufigen, von sanften Hügeln geprägten Geländes war das Meer zu sehen, es war nicht einmal zu erahnen.

Statt sich von ihrer Mutter auf die Bühne stoßen oder über Stunden von den Reflexschirmen der Fotografen blenden zu lassen, verbrachte Benedita halbe Tage in der Klinik, wo sie sich in die Obhut von Dr. Hoyos-Yi begab und freudig den Protokollen der Studie unterwarf. Sie füllte Fragebögen aus, blies ins Spirometer, stieg für das Belastungs-EKG auf das Laufband und hielt ihren Arm zur Blutabnahme hin. Dr. Hoyos-Yi, die die Studie leitete, war dankbar dafür, dass ihr Klinikalltag von diesem positiven Geist in der wunderbarsten Weise durchbrochen wurde. Sie schenkte dem Mädchen die größte Aufmerksamkeit und behandelte sie mit einer Freundlichkeit und Klarheit, die Benedita aus ihrem eigenen Umfeld nicht kannte. Sie bewunderte ihrerseits diese Ärztin, sie vertraute ihr und öffnete sich ihr. Dr. Hoyos-Yi zeigte ihr die Anlage und das Labor, wo Assistenten das Blut in kleinen Röhrchen rüttelten und die auf Endlospapier gedruckten Graphen analysierten. Sie nahm sich Zeit für dieses junge Mädchen, das so überaus interessiert und offensichtlich mit einer sehr guten Auffassungsgabe gesegnet war. Sie beantwortete dankbar Beneditas Fragen über die Fortschritte und Zwischenergebnisse der Studie, über ihren eigenen Kreislauf, den Sauerstoffgehalt ihres Blutes und die Kraft ihrer Lunge und ihres Herzens, es war, als wollte sie jede Faser dieser erstaunlichen und für das zarte Alter tatsächlich sehr kräftigen Organe verstehen. Und wenn Benedita am Abend nach Hause kam und erschöpft ins Bett fiel, träumte sie, dass sie sich mit Dr. Hoyos-Yi über ihr eigenes pochendes Herz beugte, das sie zuvor selbst entnommen hatte, um es in den Händen zu wiegen wie ein warmes Kaninchen.

15 · Gabriel

Tovo hatte es gar nicht nötig, seinen Vater zu erpressen. Gustavo finanzierte die Jasmin, weil die Situation es von ihm verlangte, weil Väter eines bestimmten Standes so handelten, weil die ganze Stadt zusah. Tovo hatte nichts gegen ihn in der Hand, zumindest nichts Konkretes.

Klar ist, dass Sätze gefallen waren, die hart waren wie Beilschläge. ›Du bist ein Wrack!‹ Denn Marike entsprach mit ihren geschwollenen Gelenken und gekrallten Fingern nicht mehr dem Bild, das Gustavo einst geheiratet hatte. ›Du bist kaputt!‹ Wörter, scharf und gefährlich wie Waffen – man muss nicht Hand anlegen, um einen Menschen zu erdrosseln oder vom Treppenabsatz zu stoßen. ›Reiß dich zusammen!‹ Während Marike mit Gicht, Arthrose und Depressionen kämpfte, prügelte ihr Mann auf sie ein wie auf einen kranken Hund. Sie wimmerte und weinte. ›Lass mich in Frieden mit deinen Wehwehchen!‹ Gabriel hat diese Sätze noch im Ohr, die scharfe Stimme seines Vaters, den Klang der Tür, die hinter ihm ins Schloss fiel.

Die Söhne störten in diesem Ehekrieg, der so einseitig war, dass er einer Belagerung glich. Das war der eigentliche und einzige Grund, warum sie ins Internat kamen. Alles andere, was sie sagten, um es ihnen schmackhaft zu machen, war vorgeschoben: Sie würden in Badalamit akademisch gefordert, sie hätten bessere Möglichkeiten, bessere Lehrer und bessere Tennisplätze als in Nam Van.

Das Wort Wrack in seiner Härte war ein Angriff, dem sie nichts entgegenzusetzen hatte. Gustavo machte Marike die Krankheit zum Vorwurf, ihre Schwäche und Lethargie, er hatte nichts übrig für sie als Verachtung. Gabriel erinnert sich, wie sie einmal nach Hause kam und erzählte, der Arzt hätte ihr gesagt, sie solle Eiweiß meiden, vor allem Fisch, Meeresfrüchte, Schalentiere. Gustavo lachte hämisch und rief: ›In einer Hafenstadt! In einer Stadt, in der sich alles ums Essen dreht! Da kannst du dir gleich den Strick nehmen.‹

Gustavo ging jeden Abend aus und aß seine Fische, seine Meeresfrüchte und Schalentiere. Marike saß zu Hause, rauchte und sah fern. Freitags hatte er einen großen Tisch in einem düsteren, fensterlosen Restaurant, wo er eine illustre Gesellschaft von Männern versammelte, die ihre wechselnden und viel zu jungen Freundinnen mitbrachten. Es waren Geschäftspartner, Politiker, alte Verbündete, nicht alle hatten eine reine Weste. Die Frauen sprachen wenig, meist mit Akzent. Ob er eine Geliebte hatte, weiß Gabriel nicht, aber er hatte zweifelsohne Affären. Wenn er gefragt wurde, warum er seine Frau nicht mitbrachte, sagte er, sie sei leidend. Das war sein Wort dafür. Leidend. Es klang abfällig aus seinem Mund, verächtlich. Irgendwann war das geklärt, niemand fragte mehr nach Marike, die, als sie in Nam Van von Bord gegangen war, Stadtgespräch gewesen war. Diese kluge und wunderschöne Frau, die die Treppe des Majestic hinabgeschwebt war wie ein Filmstar. Jetzt war sie das Gespenst, an das Gustavo gekettet war, sein Makel.

Das Wort Wrack ist das Todesurteil, dem sie sich nur fügen kann. Sie hat keine Wahl. Sie nimmt sich den Strick. Kaum vorstellbar, dass sie ihn selbst besorgt hat. Irgendjemand muss ihn ihr gebracht haben. Vielleicht hat sie einfach unten angerufen: ›Fahren Sie runter zum Hafen. Bringen Sie mir ein Seil, so-und-so lang, nicht zu dick und nicht zu dünn.‹ Niemand hat dafür die Verantwortung übernommen, auch später nicht. Niemand will es gewesen sein. Die Belegschaft wurde nicht systematisch befragt, weder von Tovo noch von der Polizei.

Im Flur neben der Treppe, an der sie sprang, hing eine Drachenmaske, schwarz und feurig rot. Gabriel hatte sich immer davor gefürchtet, er hatte sich nie getraut, allein diese Treppe hinaufzugehen. Tovo, der oben wohnte, war froh, dass ihn sein kleiner Bruder in Ruhe ließ, und ihre Eltern kümmerten sich nicht um die Ängste ihrer Kinder. Es war ihnen egal. Jetzt war die Maske nicht mehr da. In der Tapete war eine Spur, ein etwa drei Fuß langer Streifen von aufgerissenem Papier, das sich am unteren Ende zu einer winzigen Ziehharmonika staute. Sie hatte versucht, sich mit dem Absatz abzubremsen. Auf ihrem Bett lagen Fotoalben, Urlaubsbilder von Tovo und Gabriel, am Strand, auf dem Tennisplatz. Daneben ein Aschenbecher mit einer Zigarette, die bis zum Filter heruntergebrannt war, und das braune Fläschchen. Es gibt Fotos von all dem, es ist alles dokumentiert in einem Polizeibericht, sogar die Zigarette. Gustavo wusste genau, was passiert war, es muss ihm klar gewesen sein, dass er sie hinuntergestoßen hatte, wenn auch nicht mit der eigenen Hand.

16 · Dita

Den roten Hosenanzug, den Julia ihr in Laguna gekauft hatte, trug sie auf ihrer einzigen Reise nach Spanish California, der Heimat ihrer Mutter, sie trug ihn, als sie auf der anderen Seite des riesigen Ozeans, den die Piraten einst den serenissischen genannt hatten, nach beinahe zehn Stunden Flug auf den heißen Asphalt des Vorfelds trat, und sie trug ihn, als sie über die wackligen Gangways der Bootssiedlung balancierte, in der ihre Mutter groß geworden war.

Julia hatte ihre eigene Flugangst unterschätzt, möglicherweise hatte sie es nach all den Jahren, die sie in Nam Van verbracht hatte, einfach vergessen. Sie war in ihrem Leben überhaupt erst zwei- oder dreimal geflogen, ihre erste Reise hatte sie an Bord einer Zweiunddreißigfußjacht gemacht, deren Eigner ein junger Einhandsegler namens Gabriel gewesen war. Ohne Gabriel wäre sie nie nach Nam Van gekommen, sie hätte auch Tovo nie kennengelernt, mit den entsprechenden Folgen auch für sie, Dita. Julia war frei und wollte die Welt sehen, und Gabriel, der nach anderthalb Jahren seiner Weltumseglung die letzte – und bei weitem längste – Etappe nicht mehr allein sein wollte, hatte der jungen Frau, die auf einer Schiffssiedlung in Spanish California aufgewachsen war und nach dem Schulabschluss in einem Hafenrestaurant kellnerte, eine Koje auf der Stardust angeboten.

Julia, die den Fensterplatz hatte, sah nicht hinaus. Sie zitterte, sie war kreidebleich und krümmte sich in ihrem Sitz, während ihre fünfzehnjährige Tochter ihr über den Rücken strich. Alle zwei Stunden zwang Benedita ihre Mutter, einen Schluck Wasser zu trinken. Sie führte Julia zur Toilette und redete durch die Tür beruhigend auf sie ein. Sie las ihr vor und stellte ihr tausend unsinnige Fragen, um sie abzulenken. Als sie die Küste erreichten und auf der Landebahn aufsetzten, die wie ein ausgestreckter Finger in die Bucht ragte, als das Flugzeug schließlich zum Stillstand kam und die Tür geöffnet wurde, blieb Julia mit rot zerschossenen Augen sitzen und weigerte sich aufzustehen.

Rita, Julias Zwillingsschwester, wohnte in einer flachen, aus zwei Wohnflügeln und einem Wirtschaftsbereich bestehenden Kolonialvilla in Serena, der einzigen nennenswerten Stadt der Enklave, die noch immer den Namen Spanish California trug. Das riesige Haus befand sich im Schatten eines Stadthügels, an den sich die schmalen Straßen und bunten Häuser schmiegten wie Halsketten, der Blick ging auf die weite, mit Felsinseln und winzigen weißen Segeln besprengte Bucht von Miwoki. Benedita und ihre Mutter bezogen zwei Zimmer im Gartenflügel. Julia räumte ihre Kleider in den Schrank, schob das Bett ans Fenster, legte Seidentücher über die Lampen und richtete sich ein, als wollte sie für immer bleiben. Rita, die äußerlich nur wenig Ähnlichkeit mit Julia hatte, führte Benedita in ihr Zimmer und erzählte, dass ihre Tochter Leslie in ihrer Jugend beinahe den ganzen Flügel bewohnt hatte, sie hätten sich damals weitere Kinder gewünscht, die all diese Zimmer mit ihren hellen Stimmen und bunten Spielsachen füllen sollten, dazu sei es aber nicht mehr gekommen. Ihr Mann, ein Statistiker mit einem Hang zu praktischen und lukrativen Anwendungen in der Versicherungsmathematik, war durch einen seltsamen, nachrichtenwürdigen Unfall zu Tode gekommen – er war von einem historischen Tresor erschlagen worden, der per Kran aus einem ehemaligen Bankgebäude herausgehoben wurde. Rita führte Benedita und ihre Mutter zu einem Dachfenster, von dem aus sie, wenn sie sich nur ein wenig hinauslehnten, die mächtige Hängebrücke, das Wahrzeichen der Stadt, sehen konnten. Sie zeigte ihnen stolz den Kräutergarten und die offene, gelb gestrichene Küche, in der sie für ihre Freunde kochte, sie drückte sie sanft in Gartenliegen und servierte ihnen eisgekühlte, minzige Getränke. Der ganze Garten surrte von Bienen und Käfern, Schmetterlinge flogen von Blüte zu Blüte, um sie zu küssen. Rita schien sich in ihrem Leben als Witwe eingerichtet zu haben, sie genoss die Freiheit eines beträchtlichen Vermögens und war in der Stadt bestens vernetzt. Gleich bei ihrem ersten Mittagessen erwähnte sie einige bekannte Schauspieler und Künstler, mit denen sie verkehrte, die Beiläufigkeit, mit der sie es tat, hatte etwas Einstudiertes. Nach dem Essen lagen Benedita und ihre Mutter Kopf an Fuß in einer riesigen Hängematte, lauschten dem Gezwitscher der bunten Vögel und schliefen ein. Rita saß im Garten und zeichnete die Schlafenden, und als sie aufwachten, brachte sie Tee.

Am dritten Morgen, als sich Julia von dem Flug erholt hatte, verabschiedeten sie sich von Rita, nahmen einen Mietwagen und fuhren über die rostrote Hängebrücke aus der Stadt hinaus nach Norden. Auf dem Gipfel eines mit Erdbeerbäumen und duftendem Lorbeer bestandenen Hügels stiegen sie aus. Unter ihnen lag das Dorf, das der Bucht von Miwoki ihren Namen gab, der Hafen mit seinen Hausbooten, und weiter draußen die in sechs Achsen angeordneten, im blaugrün schimmernden Wasser ankernden Jachten, eine fedrige Schneeflocke von vielleicht hundert Booten, die in der kräftigen Morgensonne zu schmelzen schien.

Die Siedlung stammte aus einer Zeit, als die Künstler, Dichter und Anhänger verschiedener experimenteller Lebensformen die Jachten, die sie geerbt hatten, miteinander vertäuten, um sich im Schutz der Bucht und im Schatten der vorgelagerten Inseln ganz ihren Obsessionen zu widmen. Die meisten von ihnen hatten kein Interesse an der Segelei, zudem fehlte ihnen das Geld, um die Schiffe segeltauglich zu halten. Also blieben sie einfach in der Bucht, angelten, schrieben Gedichte und spielten Gitarre, und wenn sie sich von Boot zu Boot ihre eben erst verfassten Songs vorspielten, landeten Reiher und Schnepfen auf den zunehmend verwitterten Teakholzdecks, um ihnen zu lauschen.

Beneditas Großmutter und ihre Freunde aßen Pilze, um ihr Bewusstsein zu erweitern, und praktizierten eine Form der Liebe, die Ditas Geester Psychologieprofessorin als Beziehungsanarchie bezeichnen würde. Sie mündete in regelmäßigen Abständen in Orgien, die auf einem der größeren Boote abgehalten wurden. Einer solchen Orgie entstammten offenbar die Zwillinge. Julia hält es für möglich, dass sie und ihre Schwester unterschiedliche Väter haben. Sie hält es sogar für möglich, dass sie selbst das genetische Material gleich mehrerer Männer in sich trägt. Benedita war, als sie in ihrer frühen Jugend zum ersten Mal davon hörte, entsprechend beunruhigt. Sie neigte nicht dazu, zu moralisieren, aber sie empfand die Vorstellung, in zweiter Generation einer solchen orgiastischen Verwicklung zu entstammen, als unangenehm. Ihr Blut war kein Cocktail, den man sich bei einer Party nach Belieben zusammenmixen kann. Sie begann, ihre Mutter – und in der Verlängerung auch sich selbst – mit anderen Augen zu sehen. Heute, als angehende Medizinerin, kann sie all das besser einordnen. Es ist unwahrscheinlich, aber nicht ausgeschlossen, dass Julia und Rita unterschiedliche Väter haben, dass sie Zwillinge und Halbgeschwister zugleich sind. Dass aber eine einzige Schwester das Erbgut verschiedener Männer in sich trägt, ist unmöglich. Julia ist keine Chimäre, und Benedita ist es auch nicht. Sie hat eine Mutter, die neben dem Auto steht und sich dehnt, und einen Vater, der sich aus ihrem Leben gestohlen hat wie ein Dieb.

Sie parkten am Hafen, nahmen eins der Boote, die dort lagen, und ruderten hinaus. Je näher sie kamen, desto mehr zerfiel der kristalline Traum, der diese Siedlung aus der Ferne gewesen war. Die Boote waren in bedauernswertem Zustand, niemand war zu sehen, nur hier und dort stieg Rauch aus einem der improvisierten Kaminrohre. Sie näherten sich der Waltzing Matilda, dem Zweimaster, auf dem Julia aufgewachsen war. Der schöne, klassisch geschnittene Rumpf war bis an die Bordkante mit einem tiefgrünen Algenbart bedeckt. Der Bugkorb war herausgebrochen und hing an einer einzigen Schraube, der Baum, an dem sich noch die Fetzen eines Großsegels befanden, lag auf dem Deck. Sie stiegen über eine Heckleiter in die Plicht. Der Gestank, der zu ihnen heraufdrang, als sie durch die geöffnete Luke in die Großkajüte sahen, war so widerlich, dass sie darauf verzichteten, das Boot zu untersuchen.

Sie kletterten weiter, stiegen von Boot zu Boot, bis sie einen Mann antrafen, den Julia erkannte. Sein Oberkörper war nackt und tief gebräunt, Sehnen traten an Stellen hervor, an denen Benedita sie überhaupt nicht vermutet hätte. Das graue, fettige Haar lag, von einem Essstäbchen gehalten, aufgerollt auf seinem Kopf. Er hieß Jay und erinnerte sich an das hübsche Kind, das Julia gewesen war, und an ihre

Schwester Rita. Er bot ihnen Whiskey und Tamarindenlimonade an und erzählte, dass nur noch wenige aus der Kommune verblieben seien. Die Bewohner würden von ihren Verwandten oder gleich vom Personal eines Pflegeheims abgeholt, die Schiffe, vor allem die Holzboote, würden eins nach dem anderen volllaufen. Erst letztes Jahr hätten sie die Gaia, eine alte Rennjacht, an die sich Julia vielleicht noch erinnere, versenkt.

Sie saßen eine Weile da und tranken, und Jay erzählte, dass Julia mit vier Jahren zum ersten Mal ins Wasser gefallen sei, sie sei sofort losgeschwommen, als ginge es um ihr Überleben.

»Aber es ging um mein Überleben«, sagte Julia.

»Da hast du wohl recht«, sagte Jay.

Jay, überaus dankbar für das unverhoffte Publikum, wollte sie nicht gehen lassen. Er schenkte ihnen nach, brachte Kekse aus der Kajüte herauf, fragte sie aus und bewunderte Beneditas roten Hosenanzug. Sie blieben bis in den späten Nachmittag. Schließlich stand er auf dem Kajütendeck und hielt eine ausschweifende und vermutlich oft erprobte Rede.

»Die Welt ist eine Orgie von tanzenden Teilchen«, rief er und reckte die Faust mit dem Bourbon-Glas gegen den tiefblauen Himmel von Miwoki. »Wir leben in einem feuchten, weltumspannenden Biotop, einer kosmischen Suppe, in der nichts vom anderen zu trennen ist. Wir bestehen aus Milliarden winziger Organismen, die uns besiedeln über die Zeit hinaus. Wir sind hier, und wir sind dort. Wir sind allerorten.«

Als er fertig war, gelang es ihnen, sich zu verabschieden. Julia zog sich aus, gab ihrer Tochter das Bündel und sprang ins Wasser. Sie schwamm so schnell, dass Benedita mit dem

Ruderboot kaum hinterherkam. Sie aßen in dem Restaurant zu Abend, in dem Julia einst gekellnert hatte, und übernachteten in einem Städtchen in den Bergen. Am Morgen fuhren sie weiter, um Ritas Tochter in Lascabanes zu besuchen.

17 · Gabriel

In der Wohnung fanden sie nichts, keine Notiz, keinen Abschiedsbrief, keine Erklärung. Gustavo, der nach der Bestattung jegliche Fassung verloren hatte, gab schließlich auf. Seine verzweifelte, beinahe berauschte Suche war der erste Akt des Schauspiels gewesen, das er für sich und seine Familie geschrieben hatte. Jetzt, im zweiten Akt, beschwor er die Wut. Es war, als würde die Glut des Scheiterhaufens, die eben erst erloschen war, in seiner rauen Seele neu und stärker entflammen. Er trank und fluchte, er fauchte die Mitarbeiter an, kam spät und unrasiert in die Lobby und drohte, Anna und Janne aus dem Hotel zu jagen. Er hatte die Schwestern gehasst, seit sie in sein Leben getreten, seit sie damals zur Hochzeit angereist waren. Jetzt, da Marike tot war, wurde deutlich, wie unmäßig dieser Hass immer gewesen war. Er warf ihnen vor, bleiben zu wollen, sich einrichten zu wollen in diesem Hotel, auf seine Kosten. Dabei hatten Anna und Janne keinen Anlass dazu gegeben.

Vor allem Anna hatte in Geest ein Leben, das sie nicht aufgeben wollte. Sie hatte Freundinnen, einen Hof, Tiere und Streuobstwiesen. Alles, was sie mit Nam Van verbunden hatte, war verschwunden. Papa Chou war tot, ihre Erinnerungen an die Zeit vor dem Krieg, als sie neunzehnjährig hergekommen war, um den mächtigsten Mann der Stadt zu verführen, waren verblasst. Niemand erinnerte sich mehr daran, kaum jemand wusste von der Affäre mit diesem Mann, Gustavos Vater, die ihr größter Triumph gewesen war. Marike, ihre letzte Verbindung nach Nam Van, war den Flammen übergeben worden. Es war Zeit für sie, auf ihren hübschen Hof bei Geest zurückzukehren.

Es war vor allem Janne, gegen die sich Gustavos Wut richtete. Kurz nach der Bestattung stürmte er in ihr Zimmer und baute sich vor ihr auf. Gabriel saß auf dem Sofa neben seiner Großmutter. Er hatte ihr seine Bücher gezeigt, die alle von Weltumseglungen handelten und ähnliche Titel hatten: Allein um die Welt. Allein gegen den Wind. Zwischen Himmel und Meer.

»Was willst du hier noch?«, rief Gustavo. »Verschwinde!« Die Haare fielen ihm ins Gesicht, das Hemd war bis zur Brust aufgeknöpft.

»Ich habe gerade meine einzige Tochter verloren«, sagte Janne, »vielleicht hast du das vergessen. Ich würde gern noch ein paar Tage – «

»Ja und? Hau ab!«, unterbrach er. »Verschwinde aus meinem Leben! Ihr wollt euch hier auf meine Kosten ein schönes Leben machen, du und deine Schwester, aber ich will euch nicht mehr sehen. Ihr wollt euch einnisten.«

Da schien es wieder auf, dieses Talent, einzelne Wörter einzusetzen wie Waffen: Wrack, Einnisten. Gabriel sah seine Großmutter an. Janne, die selbst nicht gerade zimperlich war, wenn es um die Gefühle anderer ging, saß erstarrt da. Mit dieser Eiseskälte, die ihr entgegenströmte, hatte sie nicht gerechnet.

»Haut ab!«, brüllte Gustavo. »Wir – brauchen – euch – nicht!« Bei jedem Wort flog ihm der Speichel von den Lippen.

»Ich brauche euch nicht, und Gabriel braucht euch auch nicht«, rief er, »nächste Woche ist er wieder im Internat. In ein paar Monaten hat er die ganze Sache vergessen.«

Die ganze Sache vergessen. Gabriel sah seinen Vater angstvoll an, das hochrote Gesicht, die erhitzten Augen. Die Worte klangen in ihm nach. Vergessen, ja, das wäre eine Lösung. Eine einfache, wunderbare Lösung. Er begriff, wie falsch, wie gemein, ja, gefährlich sein Vater war. Alles an diesem Mann war falsch. Selbst seine Trauer war falsch. Nur die Adern an seinen Schläfen waren echt und glaubhaft, und es schien, als müssten sie jeden Augenblick platzen.

»Komm«, sagte Gustavo und winkte ihn zu sich. »Nimm deine Bücher und komm mit. Wir haben mit dieser Frau nichts mehr zu tun.«

Am nächsten Morgen ließ er ihre Zimmer sperren. Das Gepäck wurde in die Rezeption hinuntergebracht. Tovo, der verhindern wollte, dass sie in der Lobby eine Szene machen würden, versuchte einzugreifen. Er redete auf Janne ein, die aufgeregt mit dem Concierge diskutierte. »Ich kümmere mich, ich regele das«, sagte Tovo, schob sie in den Frühstückssaal und winkte eine Kellnerin heran. Dann trat er hinaus und fing unter dem Vordach Anna ab, die an den Hafen gegangen war, um den Fischern beim Ausladen zuzusehen. Es regnete in Strömen, der Rinnstein war zu einem kleinen, rauschenden Bach angeschwollen, das Wasser schwemmte den Müll von den weiter oben gelegenen Straßenständen fort, die Kadaver der Säger, die Schalen von Orangen, Erdnüssen und Krustentieren. Anna schob die Kapuze zurück, wischte sich über das ungeschminkte Gesicht und ließ sich auf ein Sofa fallen. Das Wasser, das von ihrem Regenmantel rann, färbte den Seidenbezug dunkelgrün, beinahe schwarz.

»Ich akzeptiere das«, sagte sie, als sich Tovo hingesetzt hatte. Sie nahm seine Hand. »Ich füge mich. Wir sind im Majestic nicht mehr erwünscht. Aber ich muss dir etwas Wichtiges sagen, bevor ich abreise.«

»Was denn?«

»Tovo, euer Vater ist schuld, dass sie gesprungen ist, euer Vater allein. Er hat sie in den Tod getrieben. Er hat sie umgebracht.«

In diesen Sätzen lag eine Schärfe, beinahe eine Kaltherzigkeit, die Tovo kaum mit dem Bild der geliebten Tante in Einklang bringen konnte. Zugleich begriff er, dass Anna keine Wahl hatte. Sie nutzte diese letzte Chance, um ihm die Wahrheit zu sagen, von Angesicht zu Angesicht. Sie fiel aus ihrer eigenen Rolle, weil sie keine Zeit hatte, behutsamer vorzugehen. Es ging um Leben und Tod. Sie spürte die Dringlichkeit und handelte.

Die Nachricht traf Tovo mit voller Härte, er war in einer Weise erschüttert, von der er sich nie erholen sollte. Der Vater ist an ihrem Tod schuld. Gustavo hat sie umgebracht. Gustavo hat sie hinuntergestoßen. Seine Mutter, das Wrack. Es klang beinahe, als wäre Gustavo selbst zum Hafen gegangen, um ihr das Seil zu besorgen.

Anna hatte noch eine Woche vor ihrem Tod einen Brief von Marike erhalten. Sie stehe am Abgrund, schrieb sie. Sie könne mit diesem Mann nicht leben, er behandele sie wie Dreck. Er sei grausam. Er habe ihr Dinge an den Kopf geworfen, die sie nie vergessen werde.

Der Brief war ein Hilferuf, Marike konnte nicht mehr. Zugleich war sie nicht in der Lage, sich selbst aus dieser Situation zu befreien. Sie war zu schwach, um sich zu retten. Sie brauchte ihren Arzt, seine freundliche Zugewandtheit und das Laudanum, das er verschrieb. Sie hatte einfach nicht die Kraft, aufzustehen und den Koffer zu packen und das goldene Hotel, das ihre ganze Welt war, zu verlassen.

Anna machte sich Vorwürfe, nicht schnell genug reagiert zu haben. Sie hätte sich sofort ins Flugzeug setzen müssen. Sie hätte Marike holen müssen, um sie zu retten. Tovo war alt genug, aber Gabriel hätte sie mitnehmen und auf ihrem Hof bei Geest unterbringen können. Aber sie zögerte, sie überlegte und entwarf eine Antwort. Sie war zu vorsichtig. Dann war es zu spät.

»Du musst es Gabriel erzählen«, sagte Anna. »Später. Wenn du dir sicher bist, dass er damit umgehen kann.«

Als Tovo seinem Bruder von diesem Gespräch und dem Brief erzählte, begriff Gabriel, dass es nur eine Frage von Tagen gewesen war. Wenn er damals nicht im Internat gewesen wäre, hätte das Leben seiner Mutter eine andere Wendung genommen. Und seines auch. Sie wären zusammen nach Geest geflohen. Vor diesem Mann, vor dieser Stadt und allem, was mit dieser Stadt zusammenhing. Sie hätten in Annas großzügigem, strohgedecktem Bauernhaus gewohnt. Gabriel hätte eine normale Schule besucht und neue Freunde gefunden. Marike hätte gelebt, vielleicht sogar so etwas wie Glück gefunden. Er fragt sich, ob dieser schwelende, vorauseilende Gedanke dazu geführt hatte, dass er die Nachricht von ihrem Tod nicht an sich herangelassen hatte, damals, in der kleinen, nach Myrrhe riechenden Bibliothek im Internat. Seine einzige Sorge war gewesen, dass er die Reise nach Geest nicht würde antreten können. Die Reise, auf die er sich so gefreut hatte, war wie eine Insel des Bewusstseins, die ein paar Meter aus dem Ozean herausragt. Unter der Wasseroberfläche war dieser Sockel, dieser riesige, in die Schwärze der Tiefsee hineinragende Berg, die Möglichkeit, mit seiner Mutter in Geest ein neues Leben zu beginnen.

Gabriel konnte sich weder von Anna noch von Janne verabschieden. Er weiß nicht mehr, wo er damals war. Er fuhr in diesen ersten Tagen viel allein durch die Stadt, im Hof standen immer Bäckerräder bereit, er weiß gar nicht, ob es die noch gibt. Über dem kleinen Vorderrad war ein massiver Gepäckträger, auf dem eine Holzkiste befestigt war, mit einem Ledergurt, einem richtigen Gürtel. Er ging in die Küche oder in die Hauswirtschaft und fragte, ob sie etwas bräuchten, dann nahm er eins dieser schwarzen Räder und fuhr auf die Märkte, zu den Ständen in den Gassen und Hinterhöfen des Hafenviertels, die eine ganz bestimmte Art von Bockshornwurzel verkauften oder getrockneten Bombay Duck oder eine importierte Messingpolitur. Und selbst in den kleinsten Läden brauchte er nicht zu bezahlen, es lief alles auf Rechnung, das Majestic war eine Institution, der man in der ganzen Stadt vertraute. Jeder kannte ihn, jeder kannte die Familie, deren goldenes Hotel wie ein Wahrzeichen über Altstadt und Hafen stand.

Einige Tage nach der Bestattung, als er von einer dieser Touren zurückkehrte, waren Anna und Janne weg. Was würde jetzt geschehen – mit ihm, mit der Familie? Niemand antwortete ihm, nicht einmal Tovo, der sich bereits auf seine neue Rolle vorbereitete, den Sprung ins Leben, von dem er träumte. Von dem Gespräch, das Anna damals mit Tovo geführt hatte, erfuhr Gabriel erst Wochen später, und es dauerte Jahre, bis er den Brief in Händen hielt, ihren Hilferuf, der für immer unbeantwortet geblieben war.

Ein paar Tage nach dem Rauswurf sprach sein Vater plötzlich nicht mehr davon, dass Marike gesprungen war. Es war, als hätte er es damals in der kleinen Bibliothek nie behauptet. Er erklärte nun, es sei ein Unfall gewesen, sie sei wohl irgendwie ausgerutscht, hängen geblieben, möglicherweise bei dem Versuch, sich den geschwollenen Halswirbel einzurenken. Es war völlig unklar, was er sich vorstellte, es ergab überhaupt keinen Sinn. Dabei hatte er sie selbst vom Seil geschnitten, er hatte die Schlinge gelöst, und er besaß eine Kopie des Polizeiberichts.

Dort wo ihr Absatz einen drei Fuß langen Streifen hinterlassen hatte, ließ er die Wand neu tapezieren. Er ließ beinahe die gesamte Wohnung renovieren. Als Gabriel zum Ende des Schuljahrs nach Hause kam, war alles anders, farbiger und gleichzeitig heller, sehr modern. Die Drachenmaske war verschwunden, und ihre Sachen waren fortgeräumt, nichts war von ihr übrig, es gab kein Bild, keine Erinnerungsstücke. Es war, als hätte sie nie existiert.

18 · Dita

Julia schaltete die Scheibenwischer ein, der Staub lag über Punta de los Reyes wie Nebel. Der Zitronengeruch des Wischwassers drang mit der eisigen Luft der Klimaanlage in den Wagen. Sie folgten den Schildern, fanden den Parkplatz am Ende der Piste und stiegen aus.

Trockene Hitze schlug ihnen entgegen. Julia, die eine Stofftasche voller Gemüse und Kräuter über der nackten Schulter trug, schritt in die sandigen, mit Lorbeer bestandenen Hügel voran. Sie glitt über den schmalen Pfad, der Pferdeschwanz, den sie sich auf dem Parkplatz gebunden hatte, wippte. Nach dem ersten Anstieg bildete sich auf ihrem Rücken ein dunkler Fleck, der sich langsam ausbreitete. Die Luft wurde klarer, nach einer Viertelstunde wehte ihnen vom Meer her eine leichte Brise entgegen. Sie durchquerten eine wogende Dünenlandschaft, in der sich nur wenige Sträucher hielten. Benedita bewunderte den schlanken, durchtrainierten Körper ihrer Mutter, sie fühlte sich schwerfällig und müde. Sie wäre lieber bei Rita in der Stadt geblieben. Sie hätte es sich in dem schattigen Garten gemütlich machen, Ritas selbstgemachte Limonade trinken können. Sie kannte ihre Cousine Leslie kaum, es war Jahre her, dass sie mit Rita in Nam Van zu Besuch gewesen war.

Sie erklommen die letzte große Düne, der Wind stieß ihnen entgegen und zerrte an ihren Haaren. Benedita hielt sich die

Hand über die Augen, blinzelte gegen die silberne Brandung, die donnernd und tosend den breiten Strand heraufrollte. Winzige Strandläufer flitzten auf und ab, Gischt sprühte auf und zog landeinwärts. Benedita leckte sich die Lippen, sie schmeckte Salz und Algen, Julu und Hoi Dai, das in Nam Van in beinahe jeder Suppe schwamm. Die riesigen, beinahe schwarzen Algenstränge lagen im Sand wie das abgeschnittene Haar eines Giganten. Links verlor sich der Strand in der Ferne, das Kap, hinter dem sich die mächtige Hängebrücke, die Einfahrt in die Bucht von Miwoki und die Stadt Serena verbargen, schwebte über dem Horizont wie eine Fata Morgana. Rechts, in einiger Entfernung, durchschnitt eine helle, etwa dreißig Meter hohe Klippe den Strand und ragte wie ein Bug ins Meer. An der Spitze flatterte an einem Fahnenmast eine schwarz-goldene Flagge. Lascabanes.

Sie streiften die Schuhe ab, Benedita nahm Julias Hand und rannte mit ihr die Düne hinab. Sie schlitterten und lachten, und als sie unten waren, löste sich Benedita von ihrer Mutter und ließ sich fallen. Der Sand, weiß wie Salz, klebte an ihrer von der feinen Gischt benetzten Haut. Sie schloss die Augen, atmete das Meer ein, das tief bis in ihre Lungenspitzen drang, und drückte den Nacken in den warmen Sand.

Lascabanes, das sich als Republik bezeichnete, war zum Land hin durch ein militärisches Sperrgebiet abgeschnitten, der einzige Weg führte über den Strand und eine schmale, in die Klippen gehauene Treppe. Als sie sich näherten, entdeckten sie oben an der Kante eine Gruppe von jungen Leuten, die mit baumelnden Füßen in der Sonne saßen. Julia winkte mit den Armen wie eine Schiffbrüchige. Eine Frau löste sich aus der Gruppe, stieg leichtfüßig die Treppe hinab, übersprang die letzten Stufen, Sand spritzte auf, als sie landete. Sie trug eine kurze Latzhose, ihre Nase und Wangen waren von Sommersprossen übersät, das rotblonde Haar war mit bunten Bändern zu einem dicken Zopf zusammengefasst.

»Das ist sie«, sagte Julia. »Erkennst du sie wieder?« Benedita schüttelte unschlüssig den Kopf.

»Hey, hey, herzlich willkommen!«, rief Leslie und kam ihnen entgegen. Sie fiel Julia um den Hals. »Und du? Dita? Unglaublich! Du warst fünf oder sechs, als ich dich das letzte Mal gesehen habe!« Bevor sie antworten konnte, legte Leslie ihr die Hände auf die Schultern und zog sie an sich. Benedita fühlte sich weich und willenlos, die Berührung tat ihr gut.

Julia gab Leslie die Tasche mit Ritas Gemüse. Benedita sagte kein Wort und stieg hinter ihrer Cousine die Treppe hinauf.

»Schaut mal, wie nah das Wasser kommt«, sagte Leslie, ohne sich umzudrehen. »Bei Springflut sind wir abgeschnitten, dann kommt man ohne Boot gar nicht bis hier hinauf.«

Die Siedlung bestand aus etwa fünfzig winzigen, mit einem Gewirr von Kabeln verbundenen Hütten, die auf dem sandigen Plateau herumlagen wie achtlos hingeworfene Bauklötze. Sie konzentrierten sich um eine verwitterte Holzvilla auf der Landseite, am Ausläufer des Hügels, auf dessen Grat ein hoher, metallisch blitzender Zaun zu sehen war. Der Militärzaun schien robuster und stabiler als alles, was sich auf dem darunterliegenden Gelände befand. Neben der Villa stand ein Aussichtsturm, eine Antenne vielleicht, die wirkte, als wäre sie gegen den Rat eines Statikers mehrfach erweitert worden. Benedita malte sich aus, wie die weit ausragenden Holzplanken der improvisierten Plattformen eine nach der anderen im Sturm fortgerissen würden, wie sie herumflögen, um wie Lanzen in die Pappdächer der Hütten zu stoßen und ihre Bewohner im Schlaf aufzuspießen.

In Richtung der Flagge, die sie beim Abstieg von der Düne entdeckt hatten und die den Bug der schiffsartigen Landzunge bezeichnete, wurde die Bebauung dünner, hier, auf der dem Wind und dem Wetter ausgesetzten Seite, standen nur noch wenige verstreute Schuppen, dazu einige Zelte. Das kurze, hellgrüne Dünengras wirkte wie gekämmt, ein gewundener Trampelpfad führte bis an die Spitze. Hier und dort waren die weißen Markierungen eines Fußballplatzes zu sehen.

Leslie winkte ihren Freunden zu und führte ihren Besuch zu der dreistöckigen Villa, an deren Fassade Benedita die Reste eines alten, violettfarbenen Anstrichs entdeckte. Drei Stufen führten zur Veranda hinauf, Seile hielten eine im Wind schwingende, mit bunten Kissen ausgestattete Bank.

Sie traten ins Haus. Im Flur standen in einer Reihe mehrere Stromgeneratoren und Batterien, Kabel sprießten heraus, wurden über den Boden geführt und schlängelten sich durch eine Öffnung in der Wand, wo sich eine kleine Sandwehe gebildet hatte. Leslie stellte die Tasche an der Küchentür ab. Benedita sah, dass sich auch an der Treppe, und beinahe in allen Ecken des Flurs, winzige Sanddünen angesammelt hatten. Sie stiegen in die zweite Etage hinauf und traten in Leslies Büro. Das Sonnenlicht drang durch die orangefarbenen Vorhänge, Bücher und Papiere stapelten sich in den Regalen und türmten sich auf dem Schreibtisch.

Benedita ging zum Fenster und schob den Vorhang zur Seite. Die tief über dem Meer stehende Sonne blendete sie, sie kniff die Augen zusammen. Alles wirkte fremd und verzerrt und ein wenig zu bunt, wie in einem Traum. Es war, als wäre sie auf einem fernen Planeten gelandet, als müsste sie die Himmelskörper neu sortieren. Was werden die Archäologen der Zukunft denken, wenn sie das hier entdecken?, dachte sie. Was werden sie über die Menschheit erfahren, wenn sie diese Siedlung finden, die Bücher und Generatoren, und die Gebeine ihrer Bewohner?

»Wer wohnt hier eigentlich, ich meine, außer dir?«, fragte Julia. »Was sind das für Leute?«

»Anfangs waren es vor allem die Seeohrtaucher«, sagte Leslie und füllte Wasser in die Kaffeemaschine. »Setzt euch doch.« Sie zeigte auf die Stühle, die in einem lockeren Halbkreis an ihrem Schreibtisch standen.

»Seeohrtaucher?«

»Auf der anderen Seite sind Steinklippen«, erklärte sie, »schwarze Felsen, die weit ins Meer hinausreichen. Inzwischen tauchen hier die Kinder dieser Pioniere, sogar die Enkelkinder. Muschel- und Algenfischer sind hinzugekommen, Austern gibt's hier auch. Wir haben auch ein paar Sondelsucher und Treibgutsammler. Sie finden Netzschwimmer aus grünem Glas, die der Wind von eurer Seite herübergetrieben hat, sie finden ausgebleichte Baumstämme, die eine jahrzehntelange Reise über den Ozean hinter sich haben, und manchmal sogar eine Flaschenpost.«

»Und du?«, fragte Benedita. »Was machst du?«

»Leslie ist die heimliche Chefin hier«, sagte Julia. »Hat Rita gesagt.«

»Stimmt das?«, fragte Benedita.

Es stimmte insoweit, als Leslie das öffentliche Gesicht von Lascabanes und seine unermüdliche Fürsprecherin war. Sie kümmerte sich nicht nur um die Stromversorgung, sie betrieb in der Villa auch eine kleine Pension, wodurch sie mehr Kontakt zur Außenwelt hatte als alle anderen. Sie organisierte die Entscheidungsprozesse der Bewohner, lud zu Versammlungen ein und beantwortete die gelegentlichen Fragen von Journalisten. Hin und wieder nahm sie Termine in der Stadt wahr. Sie sprach mit den Behörden und dem Anwalt des Militärs, das auf der anderen Seite des Zauns das Sagen hatte. Sie trug die Interessen der Republik vor und bemühte sich um Ausgleich. Je weniger sie in dieser Rolle auffiel und je weniger sie zu tun hatte, desto besser ging es der Siedlung und ihren Bewohnern. So gesehen war sie das genaue Gegenteil von Gabriel, der sich immer um Veränderung bemühte, der die Stadt voranbringen wollte und auch den Konflikt mit den verschiedenen Lagern nicht scheute. Gabriel war Politiker, ein Mann mit einem gewissen Drang zur Macht und den entsprechenden Eitelkeiten. Leslie war Diplomatin und damit genau die Anführerin, die Lascabanes brauchte. Es dauerte nicht lange, bis Benedita begriff, dass Leslie und diese winzige Republik auch genau das waren, was sie selbst gerade brauchte.

19 · Gabriel

Er betrachtet seine knochigen, verhornten Füße, die krummen Zehen. Es sind die geschundenen Füße eines alten Mannes. Jeder Mensch hat etwas, das ihm anzeigt, wie er altern wird. Seine Füße sind ein Ausblick auf das, was ihn erwartet. Es sind die Füße seines Vaters, die er nur ein paar Mal in seinem Leben gesehen hat, bei Familienfesten am Pool, niemals in der Wohnung. Einmal, nach einem seiner ersten längeren Törns, besuchte ihn Gustavo auf der Stardust. Nur widerwillig ließ er seine rotbraunen Derbys auf dem Steg stehen. Sie saßen im Cockpit, tranken Sherry und sahen sich an wie Fremde. Gabriel senkte den Blick und betrachtete die Füße seines Vaters.

Jetzt steht er auf dem Dach der Jasmin, diesem unmöglichen, elefantenhaften Schiff, dass es eigentlich gar nicht geben dürfte, und sieht von oben auf den schmalen Gang, der den Aufbau von der Bordwand trennt. Benedita liegt auf dem Bauch und streckt die Hand nach dem Wasser aus, als könnte sie die Oberfläche berühren.

»Können wir schwimmen gehen?«, ruft sie.

»Mitten in der Nacht?«

»Warum nicht?«

»Wir müssten die Schlepper benachrichtigen und das Schiff anhalten.«

»Komm schon, du Seebär.«

»Hier gibt's Haie!«

»Angsthase!«

Tatsächlich ist das Wasser an dieser Stelle Tausende Meter tief, es gibt Orcas und Rochen mit sechs, sieben Meter breiten Schwingen, dazu Seeungeheuer, Meeresdrachen und gigantische Kalmare, die nur darauf warten, den einsamen Segler in die Tiefe zu ziehen. Seeleute, besonders Einhandsegler, respektieren diese Kräfte, sie überleben nur, wenn sie Ehrfurcht vor der Tiefe und ihren Bewohnern haben, vor den Welten unter dem Kiel, die noch niemand gesehen und die noch niemand betreten hat.

Gabriel ist bei seinen Reisen nie ein Risiko eingegangen. Er hat seine Etappen minutiös vorbereitet. Er hat an Bord nicht getrunken, und er war beinahe immer gesichert. Die Stardust war über die gesamte Länge mit Strecktauen ausgerüstet, in die er sich einklinkte, wenn er auf dem Deck zu tun hatte. Wenn auf der südlichen Route meterhohe, eisige Brecher über das Schiff spülten, saß er angegurtet im Cockpit, er behielt die Fock im Auge, pisste sich in die Regenhose und wartete stunden- oder tagelang, bis sich der Sturm legte oder der Schlaf ihn erlöste. Manchmal schien die Sonne, wenn er aufwachte, manchmal hing er in seinem Lifebelt, dessen Leine sich um die Steuersäule gewickelt hatte, und wusste nicht, wo oben und wo unten war.

Wenn er nach Wochen, in denen er nicht ein einziges Mal austrocknete, weil immer wieder neue Stürme, immer wieder neue Wellen und Regenstürze über ihn hereinbrachen, in eine kleine, geschützte Bucht einlief und den Anker warf, war er wie gelähmt. Er ließ sich auf die Achterbank fallen, hielt das Gesicht in die Sonne und rührte sich nicht. Er war fassungslos über das Leben, das er führte, fassungslos über seine eigenen Entscheidungen. Er zog die nasse Kleidung nicht aus, er aß nichts, er schaltete den Seefunk nicht ein.

Erst nach einer halben Stunde oder mehr zog er die Stiefel aus, schälte sich Anzug und Wäsche vom Leib und hängte sie zum Trocknen über den Baum. Dann stellte er sich nackt ans Heck, stieß einen kurzen, heftigen Schrei aus und sprang ins Wasser.

Falterfische warteten auf ihn, Borstenzähner und in allen Farben schillernde Barsche, knapp über dem Grund schlängelten meterlange Gelbmuränen. Er ließ sich treiben und verbündete sich mit all diesen Wesen, als hätte er seinen Kampf gegen das Wasser, aus dem er siegreich hervorgegangen war, mit ihnen gemeinsam geführt. Seht her, es gibt uns noch! Wir sind noch da!

Schließlich meldete sich der Hunger, den er tagelang unterdrückt hatte, und das Gewissen, weil in Nam Van seit Wochen niemand von ihm gehört hatte. Er stieg die Badeleiter hinauf und erledigte, was zu erledigen war. Er gab seine Koordinaten durch, klappte den Kocher auf und öffnete eine Dose. Der Geruch von Rindfleisch, Daikon und Ingwer schlug ihm entgegen. Er füllte Wasser in einen Topf, stellte die Dose hinein und wärmte sie auf. Nach ein paar Löffeln konnte er nicht mehr, er würgte, der Körper weigerte sich, den fremden Stoff aufzunehmen.

In einer bei Langzeitseglern beliebten Lagune in der Nähe des zweiunddreißigsten Breitengrads schlief er sechzehn Stunden lang, bis ihn ein Babyschrei weckte. Es war der seltsame, verstörende Gesang eines Sturmvogels, der auf seiner Luke herumkratzte. Am Abend paddelte er an den Strand von Akamaru und ließ sich von einem Einheimischen, der dort einen Schwenkgrill aufgebaut hatte, einen Papageifisch zubereiten, der ihm mit Reis und Chiliöl auf einem Bananenblatt serviert wurde. Gabriel setzte sich in den Sand, betrachtete zufrieden sein Boot in der Lagune und aß mit den Fingern. Nach ein paar Minuten war er fertig. Er war so ausgehungert, dass er noch zwei oder drei dieser Fische hätte essen können. Doch dann verlangte der Mann einen Preis, der höher war als alles, was die Karte der Jasmin und selbst die teuersten Restaurants von Laguna anboten. Gabriel dachte, er hätte nicht richtig gehört. Der Mann erklärte, dass in der Lagune Algen blühten, die die Fische, die sie verzehrten, ungenießbar machten. Der Papageifisch, den Gabriel verschlungen hatte, während das Wasser der Lagune seine krummen, schon damals geschundenen Zehen leckte, war aus hundert Meilen Entfernung mit einem Sportflieger hergebracht worden.

20 · Dita

Benedita fühlte sich in Lascabanes vom ersten Augenblick an wohl. Sie liebte den Blick auf den Strand, die Gischt in der Ferne, die sich auf die Hügel legte, die winzigen Segelboote am Horizont. Sie liebte die warme, trockene Luft, die durch die Villa zog und die Stromkabel zum Singen brachte.

»Kann ich hierbleiben? Ich meine, bis zum Ende der Ferien?« Sie sah ihre Mutter an, dann ihre Cousine.

»Was meinst du, Leslie? Wärst du einverstanden?«, fragte Julia, die keineswegs überrascht schien.

»Warum nicht? Na klar! Das ist eine wunderbare Idee. Wir finden ein Plätzchen für dich.«

»Na gut«, sagte Julia, und es klang beinahe, als wäre sie erleichtert, dass sie die nächsten zwei Wochen nicht mit ihrer Tochter verbringen musste.

»Dann kommt mal mit«, sagte Leslie.

Sie gingen hinunter. Vor der Villa hakte sie sich bei Benedita unter und zog sie mit. Julia folgte. Die Gästehütte bestand aus einem einzigen Raum. Eine Wand war mit einem Mosaik aus Muscheln beklebt. Auf dem Boden lag eine Strohmatte, daneben stand eine hölzerne Seekiste. In den Ecken staute sich der Sand. Eine Lampe steckte in einer Steckerleiste, das Kabel verschwand in der Wand. »Es ist nicht viel«, sagte Leslie, »aber du kannst dich überall bewegen. Du kommst in die Villa, wenn du willst, die ganze Siedlung steht dir offen. Zum Essen kommst du zu mir. Fühl dich einfach wie zu Hause.«

Leslie musste versprechen, auf Benedita aufzupassen. Sie solle dafür sorgen, dass sie ordentlich aß, dass sie nicht zu viel trank, dass sie sich die Jungs vom Leib hielt. Benedita fand das einigermaßen lächerlich, es wirkte wie ein seltsamer Rückschritt, ein Reflex. Es war offensichtlich, dass sowohl die vierundzwanzigjährige Leslie als auch Benedita selbst reifer und verantwortungsbewusster waren als Julia. Benedita wusste, dass Julia das nicht anders sah. Ihre Mutter hatte selbst längst begriffen, dass sie unfähig war, Verantwortung zu übernehmen, weshalb sie sich mit ihrer Rolle in Nam Van nie hatte anfreunden können, weshalb sie auch für Tovo damals wenig hatte tun können.

Auf der Reise hatte sie ihrer Tochter die meisten Entscheidungen überlassen, sie schien froh zu sein, wenn sie sich Beneditas Wünschen unterordnen konnte. Vermutlich auch deshalb, weil sie wusste, dass Benedita dieses Vertrauen eingefordert hätte, wenn Julia es ihr nicht freiwillig geschenkt hätte. Schließlich war sie es gewesen, die Julia im Flugzeug beschützt und getröstet hatte.

Julia kehrte zu ihrer Schwester in die Stadt zurück. Benedita richtete sich in Lascabanes ein, als wollte sie Monate oder Jahre bleiben. Leslie versorgte sie mit allem, sie kochte für sie, stellte sie ihren Freunden vor und gab ihr Bücher zum Lesen. Aus einem Schrank in der Villa, die als Tauschbörse für die Siedlung diente, nahm sich Benedita, was sie brauchte: eine leichte Decke, zwei luftige Kleider, einen breitkrempigen Strohhut. Sie hängte ihren Hosenanzug an einen Nagel, stattete die Hütte aus und vergaß ihre Mutter. Sie vergaß Nam Van und alles, was sie mit Nam Van verband, nur die Stille zählte, das Salz auf ihren Lippen, der leise Wind, die fernen Stimmen der anderen Bewohner.

Wenn am Abend für einige Stunden der Strom angestellt wurde, las sie die Bücher, die Leslie ihr gegeben hatte. Sie handelten vom Kosmos, von der Natur, den Gezeiten, den Erdverwerfungen und den Sternen. Mit dem Buch auf der Brust schlief sie ein, und wenn sie nachts aufwachte, trat sie hinaus, sah auf den Strand und das weite Meer, und dann wurde ihr wieder klar, dass auf der anderen Seite dieses riesigen Ozeans ihr Zuhause war, und dass es Gabriel gewesen war, der die Verbindung geschaffen hatte, Gabriel, der mit der ersten Stardust tief gebräunt und erschöpft im Hafen von Miwoki eingelaufen war, wo er die Kellnerin Julia kennengelernt hatte.

Leslie servierte für Benedita, für ihre Freunde und Pensionsgäste ein üppiges Frühstück. Benedita sah ihren Tischnachbarn an, seine Arme und Schultern waren voller Kratzer und kleiner Wunden. Sie zeigte darauf und fragte, was es damit auf sich habe, und er erklärte, er sei Austernfischer, er würde den ganzen Tag auf den scharfen Felsen herumklettern, Austern und Fechterschnecken sammeln.

»Hast du schon mal eine Perle gefunden?«

»Jeden Tag. Ich mache mir nichts aus ihnen, die Welt ist voller Perlen. Hast du schon mal Schnecken gegessen?«

»Nein.«

Der Mann stellte sich vor, er hieß Noah. Er fragte, was sie nach Lascabanes verschlagen habe.

»Leslie ist meine Cousine«, antwortete Benedita.

»Eigentlich ein bisschen mehr«, warf Leslie ein, die gerade Kaffee ausschenkte. »Unsere Mütter sind nämlich Zwillingsschwestern.«

»Die allerdings nicht wissen, ob sie denselben Vater haben«, sagte Benedita und lachte.

»Aber wie ist das möglich?«, fragte Noah.

»Denk mal nach«, sagte Leslie.

Als die Gäste weg waren, setzte sich Leslie zu ihr. Sie fragte Benedita über das Leben in Nam Van aus.

»Wer kümmert sich eigentlich um dich?«

»Meine Mutter?«

»Deine Mutter? Julia? Sag mal ehrlich. Wer kümmert sich um dich?«

»Eigentlich niemand. Wenn ich etwas brauche, gehe ich zu Gabriel, oder ich hole es mir selbst aus dem Hotel.«

»Und wer redet mit dir?«

Benedita zuckte mit den Achseln, stand auf und begann, den Tisch abzuräumen.

»Manchmal rede ich mit Ricardo«, sagte sie. »Unser Fahrer. Er mag mich.«

Sie spülten und räumten die Küche auf, und plötzlich fragte Leslie, was gewesen wäre, wenn nicht Julia, sondern Rita an jenem Tag die Schicht im Hafenrestaurant in Miwoki übernommen hätte. Hätte Gabriel Rita die Koje angeboten?

»Und wenn er es getan hätte?«, fragte Benedita. »Hätte deine Mutter Gabriels Angebot angenommen? Wäre sie mit ihm nach Nam Van gesegelt?«

»Schon möglich«, sagte Leslie.

»Hat Rita denn auch Angst vorm Fliegen?«

»Nein. Warum?«

»Ich glaube, Julia wollte die Welt sehen, aber sie hatte Angst, in ein Flugzeug zu steigen«, sagte Benedita. »Das ist der Grund, warum sie an Bord gegangen ist.«

»Glaubst du? Der einzige Grund? Gabriel ist ein beeindruckender Mann. Er muss damals ziemlich gut ausgesehen haben.«

»Ich glaube, sie hat überhaupt nicht nachgedacht.«

»Wie meinst du das?«, fragte Leslie.

»Mag sein, dass sie ihn attraktiv fand. Aber ich glaube, sie hat einfach die Gelegenheit wahrgenommen, die sich ihr bot. Sie war ziemlich unbekümmert, was auch ihr gutes Recht war damals, als sie keine Kinder hatte und niemandem etwas schuldete. Heute ist das natürlich anders.«

Benedita trocknete den letzten Teller ab und stellte ihn in den Schrank. Wenn die Zwillingsschwestern die Rollen getauscht hätten, dachte sie, würde es sie selbst in einer anderen Form geben. Sie wären Mischwesen: Benedita-und-Leslie, Leslie-und-Benedita, Mädchen, die weder hierhin noch dorthin gehörten, verbunden nur mit dem Element, das alle Unterscheidungen verwischt. Vielleicht hätte sie ein paar von Leslies Sommersprossen abbekommen. Ein oder zwei von diesen Konstellationen, das würde ihr gefallen, das Kreuz des Südens auf ihrer Wange, Orion auf der nördlichen Nasenseite.

Als sie über den gewundenen Trampelpfad zu ihrer Hütte zurückkehrte, zogen drei mächtige Kondore ihre Kreise über der Landzunge. Ihr fielen die Säger von Nam Van ein, die bunten, verwilderten Tiere, die sich mit ihren langen Schnäbeln und gebrochenen Flügeln über Bürgersteige schleppten, um sich in Hauseingängen, unter Treppen und im Schatten von Müllcontainern zu verstecken, und sie spann den Gedanken der vertauschten Zwillinge noch ein wenig weiter. Was wäre geschehen, wenn es nicht Julia, sondern Rita gewesen wäre, die Tovo in den Jahren, in denen sich das gesellschaftliche Leben von Nam Van mit all seinen Schattenseiten und Anzüglichkeiten um ihn, den Eigentümer der Jasmin, zu drehen schien, an sich gebunden hätte? Was wäre aus dem Impresario dieses gastronomischen Karnevals geworden, zu dem er sich stilisiert hatte? Hätte sie ihn davor bewahrt, sich selbst zu zerstören?

21 · Gabriel

Wenn Tovo den Arm um die Hüfte einer größeren Frau legte, wirkte er wie ein statisches Element, ein Stützbogen vielleicht, ohne den das gesamte Gebäude eingestürzt wäre. Er hatte es nicht nötig, sich zu strecken, und er versuchte nie, sich größer zu machen, als er war. Er trug keinen Hut, und während sich Gustavo, der um einiges größer war als sein Sohn, unter jedes neu gekaufte Paar Schuhe doppelte Sohlen nähen ließ, trug Tovo flache Captoes, die er polieren ließ, bis sie ebenso schwarz und glänzend waren wie sein Haar.

Jeden Morgen gegen halb zehn ging er in die Alfaiate zum Friseur und hielt Hof. Während er auf dem Stuhl saß, den süßen, starken Kaffee trank und sich rasieren ließ, drifteten Männer herein, sprachen mit ihm und verabschiedeten sich wieder. Tovo saß da auf seinem Thron und koordinierte seine Geschäfte, er besprach sich durch den Spiegel mit seinen Freunden und frühstückte Biscoitos und frische Feigen, und es war, als würde er von diesem Thron aus die ganze Stadt regieren. Jeder wollte etwas von ihm, jeder wollte vom Glanz dieses Mannes profitieren, der das beste Restaurant der Stadt führte, seinen eigenen schwimmenden Palast.

Tovo hatte es geschafft. Er war mit Anfang zwanzig aus dem Schatten der Familie herausgetreten. Er kannte alle, die in der Stadt etwas zählten. Abends stand er strahlend an der Gangway und begrüßte mit kräftigem Handschlag seine Gäste. Er küsste die Wangen der Frauen, die sich ein wenig zu ihm hinabbeugten, es war, als würde er jeder etwas zuhauchen, ein Wort oder einen Satz, der nur für sie bestimmt war. Tovo war kein gutaussehender Mann – seine Brauen waren etwas zu dicht, die Stirn ein wenig zu tief, der Kopf saß unglücklich auf breiten, kräftigen Schultern wie der eines Boxers, der es gewohnt war, zu größeren Gegnern aufzuschauen. Aber er besaß eine magische, beinahe animalische Anziehungskraft und ein Selbstbewusstsein, für das ihn Gabriel zutiefst bewunderte.

Später, während des Studiums, ging Gabriel manchmal mit Freunden auf die Jasmin, um seinen Bruder zu beobachten und von ihm zu lernen. Er ließ eine große Tafel am Rand des Saals reservieren und setzte sich so, dass er seinen Bruder im Blick behalten konnte. Tovo glitt von Tisch zu Tisch und gab jedem das Gefühl, der wichtigste, vielleicht sogar der einzige Gast des Abends zu sein. Er dirigierte die Kellner, schickte Petiscos und Champagner, und wenn er sich zu einer Frau hinabbeugte, um ihr den Namen einer seltenen Meeresfrucht ins Ohr zu hauchen, die nicht auf der Karte stand, stützte er die Hand auf die Stuhllehne, dass es sie im freien Rücken leise kitzelte.

Montags, wenn die Jasmin für das Publikum geschlossen war, verwöhnte Tovo seine wechselnden Freundinnen in einem der Separees. Ein einziger Koch, dem er vertraute, bereitete ein Essen vor, das spät am Abend, manchmal erst nach Mitternacht, auf einem Dutzend winziger Teller hereingetragen wurde. Er nutzte diese Gelegenheiten, um neue Gerichte zu testen und Wein und Champagner zu verkosten, er ließ experimentieren, er ließ spielen und überraschen. Am Ende schickte er den Kellner nach Hause und beugte sich über den Nachtisch, den er sich selbst bereitet hatte.

Tovo liebte es, sich Gabriel gegenüber großzügig zu zeigen, und er gewährte seinem Bruder Einblicke zumindest in einen Teil seiner Aktivitäten. Er zeigte ihm die glänzende Seite seines Lebens, weihte ihn in Geheimnisse ein, ließ ihn teilhaben. Wenn er ihn bei seinen Freunden einführte, schien es manchmal wie ein Versuch, Gabriel, der einen ganzen Kopf größer, der ernsthafter und intelligenter war, zu vereinnahmen. Beide Brüder scheuten den Vergleich mit dem anderen, aber während sich Gabriel beobachtend zurückhielt, zog Tovo ihn an sich, umarmte und erdrückte ihn mit seiner Freundlichkeit.

Gabriel absolvierte ohne große Anstrengung sein Studium, das ihn darauf vorbereiten sollte, eines Tages das Hotelgeschäft zu übernehmen. Er engagierte sich in der Politik und im Jachtclub und segelte mit seinem Contender erfolgreich Regatten, und wenn er auf den vorderen Plätzen über die Ziellinie lief, einmal kraftvoll die Faust in den Himmel reckte und sich aus dem Trapez ins Wasser fallen ließ, war es Tovo, der an Land am lautesten jubelte. Er klopfte dem Veranstalter auf die Schulter, schnappte sich, ohne seinen Bruder zu fragen, die Trophäe und stellte sie im Saal des Restaurantschiffs aus. Am Abend wurde der Sieg begossen, und Tovo und seine Freunde feierten bis in die frühen Morgenstunden, sie feierten noch, als sich Gabriel längst in die Wohnung hinter der goldenen Fassade des Majestic zurückgezogen hatte, um seinen Muskelkater zu kurieren.

22 · Dita

In der Nacht kühlt es deutlich ab. Die Luft schmeckt anders, feiner als in Nam Van, die Sternbilder sind ungewohnt, die Schreie der Möwen sind weniger rau. In der Öltonne prasselt ein Feuer, sie sitzen auf dem Sand, auf Strandliegen und Holzstämmen. Flaschen und Joints werden herumgereicht, aus einer Boombox kommt Musik. Später liegt Benedita auf einer Matte, den Kopf im Schoß eines Jungen, der ihr immer und immer wieder die Haare aus der Stirn streicht. Beto ist ein Jahr älter als sie.

»Hör auf damit«, sagt sie, als sie es nicht mehr aushält. »Küss mich lieber.«

Sie küssen sich, lange und leidenschaftlich. Er liegt jetzt neben ihr auf dem Bauch und stützt sich auf.

»Au«, sagt sie, als ihre Zähne aneinanderstoßen.

»Tut mir leid«, sagt er und schiebt vorsichtig die Hand unter ihren Pulli.

»Nicht«, sagt sie, und Beto zieht die Hand sofort zurück.

»Ich meine, nicht jetzt.« Sie umarmt ihn mit geschlossenen Augen, zieht ihn zu sich herab, spürt den warmen Körper auf ihrer trockenen, salzigen Haut. Sie ist dankbar für Lascabanes, dankbar für diese Nacht, dankbar für Beto.

Am Morgen steht Benedita im Wasser. Sie breitet die Arme aus und lässt sich fallen. Eine Welle türmt sich auf und bricht,

Benedita wird auf den Sand gedrückt und mitgerissen. Da ist es wieder, dieses Gefühl der Willenlosigkeit, das sie erfüllt hat, als Leslie sie bei ihrer Ankunft in den Arm genommen hat. Ihr kräftiger Körper wird herumgewirbelt, ihr Geist lässt es geschehen. Sie ist eine ausgezeichnete Schwimmerin, das Wasser ist ihr Element, aber sie hat nicht vor, sich dem gewaltigen Druck der Welle zu widersetzen, die über ihr zusammenstürzt. Sie erklärt sich einverstanden mit ihrem Schicksal, es wird alles seine Richtigkeit haben. Die Welt ist gut zu ihr. Warum sonst wäre sie hier? Warum sonst wäre sie aufgewacht an diesem Morgen, neben diesem Jungen, der sie so zärtlich, so vorsichtig und rücksichtsvoll berührt hat? Warum würde ihr das Schicksal gerade diesen Jungen zuspielen? Sie hat keine Angst. Sie wird herumgewirbelt, sie schlägt auf. Ihr ist schwindlig. Strandläufer, riesige Algenstränge, der Geruch von Julu und Hoi Dai. Sie liegt benommen im Sand und schließt die Augen.

Leslie, in der Küche, tupft ihr die Schürfungen an Schulter und Schläfe ab. Die rote Tinktur, die sie auf die Wunden tropft, brennt. Benedita, mit Tränen in den Augen, sieht ihre Cousine an. Sie ist dankbar für den Schmerz, der ihr durch die Nerven fließt wie glühendes Gold. Sie erkennt sich als Ganzes, ihren ganzen Körper, von Kopf bis Fuß. Alles kribbelt. So vollständig hat sie sich noch nie gespürt.

Benedita sieht über den Queue, peilt die weiße Kugel an, hebt den Blick, sieht hinaus aufs Meer.

»Ich halt es nicht aus, so schön ist das. Wie könnt ihr hier Billard spielen? Wie könnt ihr euch überhaupt darauf konzentrieren?«

»Du spielst ziemlich gut für dein Alter«, sagt die Frau.

»Ich bin in einem Hotel aufgewachsen.«

»Und?«

»In einem Hotel mit einem Billardtisch.«

Leslies wöchentliche Lieferung kommt. Das Boot fährt mit Tempo auf den Strand, der Motor wird im letzten Augenblick hochgeklappt. Benedita hilft beim Ausladen. Sie trägt Tüten, Kisten und Kartons, viermal läuft sie hinunter und klettert wieder hinauf. Am Ende sind ihre Beine puddingweich. Sie ist glücklich, dass sie sich nützlich machen kann.

Benedita hat das Gefühl, plötzlich erwachsen zu sein. Sie ist als Kind eingeschlafen und als Erwachsene aufgewacht. Eine Woche vergeht wie im Flug. Noah, der Austernfischer, fragt sie beim Frühstück, ob sie in Lascabanes bleiben wird.

»Vielleicht.«

»Ich habe eine Tochter in deinem Alter«, sagt er. »Sie kommt manchmal zu Besuch.« Benedita denkt: Ich will euch zu Menschenfischern machen.

Am Abend sucht sie die Stelle in der Bibel und liest. Dann liest sie die Geschichte von Noahs Arche. Zum ersten Mal begreift sie den Unterschied zwischen dem Neuen und dem Alten Testament. Zwischen dem gütigen und dem zornigen Gott. Man kann sich auf die Güte verlassen, wie man sich auf den Zorn verlassen kann, das gefällt ihr. In Nam Van, wie überhaupt in ihrem Leben, ist alles verwischt, sogar die Religion ist unklar. Qingtan und Heiligenverehrung, Badalamit und Teotónio, der Heilige, den die Vorfahren auf ihren Handelsschiffen mitgebracht haben, und nicht zu vergessen der Blasiussegen wegen der verdammten Gräten. Jedes Wesen, jeder Halbgott kann sich in sein Gegenteil verwandeln, jeder

Heilige kann dich töten, die Zweigesichtigen und die Vielarmigen reißen ihre Tempel nieder und versammeln sich auf einer fliegenden Insel, die sie Olymp nennen, um sich gegenseitig mit Feuer zu bespeien. Das ist ihre Religion. So lernt sie es in der Schule. Madonna in der Mondsichel, Lucumí, Schanbrás und die Chimären, alles ist möglich, alles ist erlaubt, auch wenn die Crentes, die wahren Gläubigen, längst ausgestorben sind. Synkretismus nennen sie das, und sie sind stolz darauf, weil es selbst dann noch etwas zu feiern gibt, wenn sie längst mit einem Bein in der Hölle stehen. Zum Abendmahl gibt es Fisch.

Benedita sehnt sich nach etwas anderem. Sie will klare Verhältnisse, klare Farben, sie will nicht in einem Aquarell leben, in dem alles ineinanderläuft. Sie will wie die Tiere, die Noah in seine Arche einlädt, einer identifizierbaren Gattung angehören. Aber sie spürt doch, dass sie selbst in diesen verwaschenen Farben gemalt ist, sie ahnt, dass sie dem Undeutlichen und Unsicheren, das ihre Herkunft bestimmt, niemals wird entfliehen können. Keine Kategorie, keine Heimatzugehörigkeit bietet ihr Halt. Niemand zeigt ihr die Leiter, die in die Arche führt. Sie begreift jetzt, dass sie niemanden finden wird, der ihr sagt, wer sie ist und wem sie angehört. Es steht auch nicht in ihrem Pass, weder in dem einen noch in dem anderen. Denn sie ist nur sie selbst. Tochter eines Halbwesens und eines Mörders. Getauft in einem Hotelpool. Aufgewachsen in der grotesken Kulisse eines schwimmenden Restaurants. Geküsst auf dem Deck von Lascabanes. Nicht einmal Leslie, ihre Schwester, ihre große Schwester im Herzen, kann ihr sagen, wer sie ist.

23 · Gabriel

Er sieht die Brandung und weiß, dass es zu spät ist, um das Atoll zu umrunden. Wind und Strömung drücken ihn, der ganze Kosmos hat sich verbündet, um ihn in die Lagune zu jagen. Er sichert sich, der Karabinerhaken schnappt. In der Kajüte ist alles verstaut, die Papiere stecken in einem wasserdichten Beutel, die Fächer sind gesperrt, die Schotten geschlossen und verriegelt. Was er fühlt, ist jenseits von Angst. Es ist Horror, ein Horror, der ihn zum Handeln zwingt. Er hält sich am Steuerrad fest, konzentriert sich auf das Schiff und auf die nächsten Augenblicke. Die Schoten sind gefiert, das Kielwasser sprudelt, er sucht mit dem Fernglas den weißen, schäumenden Horizont ab und rast mit Raumwind auf das Atoll zu.

Hinter den tausend tödlichen Klingen der Korallenmauer, die sich über dreißig Meilen erstreckt, liegen idyllische kleine Inseln im Kreis um eine stille, smaragdgrüne Lagune. Das Riff ragt wenige Zentimeter aus dem Wasser heraus. Die Brandung des offenen Ozeans bricht herein, die Einfahrt, von der er in verschiedenen Berichten gelesen hat, ist eine zehn bis zwanzig Meter breite Lücke, nicht tief genug für einen Segler seiner Größe. Er muss auf dem Rücken einer Welle hineingleiten, er muss die Welle reiten. Wenn er hängen bleibt, schlägt das Schiff um, der Mast bricht, das Ruder reißt ab. Unwahrscheinlich, dass er eine solche Havarie überleben würde. Er sieht hellrotes Blut heraufquellen. An der Einfahrt zum Paradies tummeln sich Haie.

Endlich entdeckt er die Lücke, sie tritt deutlich, immer deutlicher, aus dem weißen Band hervor. Er fixiert das Steuer und holt vom Cockpit aus das Großsegel ein. Nur die Fock, die stark gerefft auf Steuerbord fliegt, zieht jetzt noch die rollende Stardust. Er braucht diesen letzten Fetzen Segel, um das Boot zu stabilisieren, um es steuerbar zu halten.

Jetzt kann er nur noch warten. Er hört das Tosen und Donnern der Brandung, die Mauer aus weißem Schaum kommt immer näher und versperrt den Blick auf die Lagune. Es dauert Sekunden, Stunden, eine Ewigkeit – er hat jegliches Zeitgefühl verloren. Ist das der Moment, an dem ihm die Rechnung präsentiert wird? Ist das das Ende, das ihn erwartet? Die Lagune ist nur noch wenige hundert Meter entfernt und scheint doch unerreichbar. Jetzt spürt er es, jetzt ist der Augenblick gekommen, es gibt kein Zurück. Er wirft das Schlepptau aus, um das Schiff abzubremsen. Der Rumpf, aufgespannt zwischen Fock und Tau, scheint zu surren. Gabriel sieht voraus und sieht nach achtern. Er wartet. Er sucht die Welle. Ein Gedanke setzt sich auf seine Schulter wie ein starker, stinkender Vogel und beginnt, an seinem Regenanzug zu picken. Der Gedanke ist genauso undeutlich umrissen wie die Lücke, auf die er zusteuert. Was wird aus meiner Leiche? Wird man sie finden? Wer wird sie auf den Scheiterhaufen legen? Da ist es wieder, dieses Bild von der Bestattung: sein Vater, die Hände in den Taschen. Die Sonnenbrille. Als hätte er mit all dem nichts zu tun.

Dann entdeckt er sie – die eine Welle, die ihn retten muss. Sie rast heran, baut sich hinter ihm auf, er fährt Aufzug, das Wasser klatscht über den Heckspiegel, er hält den Atem an, wirft das Schlepptau los, das scharf über den Kamm zurückpeitscht, und rauscht mit der Welle in die weiße, schäumende Hölle.

Als er zu sich kommt, schlingert das Schiff und dreht sich um die eigene Achse. Der Großbaum schlägt von Seite zu Seite, die Fock hängt schlaff herunter, die Ausläufer der Brandung schieben die Stardust tiefer in die Lagune. Als es ruhiger wird, schmeckt er Blut auf seiner Unterlippe. Seine rechte Hand krallt sich an die Reling, es braucht einen Akt des Willens, um sie zu lösen. Hinter der Gischt kommt die Sonne durch, sie brennt das Wasser fort, die Wellen gleißen. Er spuckt aus, löst die Fixiergurte des Steuerrads und startet den Motor, um von der Brandung wegzukommen. Er drückt den Gashebel nach vorne, bis er in die Arretierung springt. Als das Schiff Fahrt aufnimmt, spürt er den Druck, das Steuer reagiert, er hat das Ruderblatt nicht verloren. Er hat es geschafft. Er steuert auf die Insel zu. Er hat niemanden, denkt er. Tovo, sein Bruder, wird ihn aufheben. Tovo wird ihn auf den Scheiterhaufen legen.

24 · Dita

Die Stimmen von Meeressäugern, von Vögeln, Kraken und Seeungeheuern wurden von der Brise bis zur Villa getragen. Benedita, die am liebsten in Lascabanes geblieben wäre, hatte sich auf der Veranda der Villa von ihren neuen Freunden verabschiedet, nur Leslie begleitete sie hinunter zum Strand, wo Julia bereits wartete. Benedita hatte in der letzten Nacht nur wenig geschlafen, ihr Körper prickelte vor Müdigkeit, er prickelte von den Schläfen bis in die Zehenspitzen. Beto hatte um nichts gebeten, und sie hatte ihm nichts versprochen. Die Zeit in Lascabanes war wie ein einziger Tag gewesen, ein Tag und eine Nacht, sie hatte von Sonnenaufgang bis Sonnenaufgang unter diesen Menschen, die sie in den ersten Stunden schon in ihr Herz geschlossen hatte, geatmet und geliebt. Sie hatte freier geatmet als je zuvor. Es war, als wäre die Zeit außer Kraft gesetzt, alles schien gleichzeitig zu passieren. Sie alle – die Muschelfischer, die Künstler und Sondelsucher – waren wie eine große Familie, die sie aufgenommen hatten, als hätte sie immer schon dazugehört. Sie war nicht naiv, sie wusste, dass es in Lascabanes – wie in jeder Gemeinschaft und jeder Kommune – auch Spannungen gab, aber es war, als hätten sie all das für zwei Wochen zurückgestellt, um diesem Mädchen, das sie nicht einmal kannten, die beste Zeit seines Lebens zu bieten.

Es fiel ihr unendlich schwer, sich von Leslie zu verabschieden. Sie musste versprechen, eines Tages nach Nam Van zu kommen.

»Ich verspreche es dir.«

»Versprich nichts, was du nicht halten kannst. Du wirst Lascabanes nicht verlassen, nicht einmal für ein paar Wochen.«

»Aber Lascabanes ist ein Schiff!«, lachte Leslie. »Wir werfen die Leinen los und kommen. Die Strömung wird uns nach Nam Van treiben, direkt in euren Hafen.«

»Ganz bestimmt?«

»Klar. Es ist vorbestimmt. Selbst als Schiffbrüchige würde ich diesen Hafen finden.«

»Na gut. Die Touristen werden da sein, sie stehen jetzt schon auf der Mole und halten Ausschau.«

Benedita kamen die Tränen. Leslie nahm sie in den Arm und hielt sie fest.

»Wir müssen los, Dita«, sagte Julia unruhig. »Ich will nicht im Dunkeln durch die Dünen gehen.«

Auf der Fahrt in die Stadt erklärte Julia, dass sie nicht nach Nam Van zurückkehren werde, zumindest nicht vorerst. Sie wolle bei ihrer Schwester bleiben. Sie wolle ihr Leben neu ordnen, vielleicht könne sie noch einmal von vorn anfangen.

»Wie meinst du das?«, fragte Benedita.

»Ich habe vorgesprochen. Ich habe eine kleine Rolle in einem Film bekommen.«

»Und was ist mit mir?«

»Ich habe mit Gabriel telefoniert. Alle werden sich um dich kümmern.«

»Ich soll allein zurückfliegen? Ich soll allein in der Wohnung leben?«

»Nein, nur an den Wochenenden. Du gehst ins Internat, es ist ohnehin die beste Schule für dich. Du bist klug, dein Abschluss wird eine Menge wert sein. Nach drei Jahren bist du frei, dann kannst du die Welt erobern. Wirklich, dir wird alles offenstehen.«

»Und wer ist alle?«

»Wie meinst du das?«

»Alle werden sich um mich kümmern, hast du gesagt.«

»Na ja, Gabriel, Ricardo …«

»Aber Mama …«

»Was ist denn?«

Was sollte sein? Offenbar hatte ihre Mutter in dieser Zeit, die sie wie im Rausch verbracht hatte, ihr gesamtes Leben neu organisiert. Einfach so, ohne ihre Tochter zu fragen, die von dieser Entscheidung am meisten betroffen war. Julia hatte sich mit Gabriel verschworen, ihrem alten Liebhaber. Gegen sie. Gegen ihre eigene Tochter. Das war Verrat. Sie schickte ihre Tochter allein zurück, sie ließ sie im Stich, und Gabriel war ihr Komplize.

»Und was hast du noch so mit Gabriel besprochen?«, fragte Benedita. »Soll ich mir neue Freunde suchen? Soll ich mir die Haare abschneiden?«

»An den Wochenenden holt Ricardo dich ab«, sagte Julia, die den Sarkasmus ihrer Tochter nicht wahrgenommen hatte. »Ricardo hilft dir, er gibt dir, was du brauchst. Du kannst im Hotel wohnen oder bei Gabriel. Alle werden auf dich aufpassen, die ganze Belegschaft. Die meisten kennen dich, seit du zum ersten Mal aus dem Aufzug in die Lobby gekrabbelt bist. Das war ein Bild. Du hättest die Leute sehen sollen damals, die Gäste, die Angestellten …«

Benedita hätte am liebsten das Steuer gepackt und herumgerissen. Sie wollte ihrer Mutter ins Gesicht brüllen. Sie wollte sie an den Schultern packen, um sie zu schütteln. Wusste sie überhaupt, was sie da tat? Benedita hätte in Lascabanes bleiben können, wo sie sich akzeptiert und wertgeschätzt und geborgen fühlte. Sie mochte diesen Jungen. Scheiß auf die Schule. Scheiß auf Nam Van, auf die Jasmin und den beschissenen Synkretismus. Diú! Sie hätte sich irgendwie durchgeboxt. Was fiel Julia ein, sich so über ihr Leben und ihr Glück zu erheben?

Benedita saß da, die gelbe Tunnelbeleuchtung flackerte über das Armaturenbrett, und bereute es zutiefst, in dieses Auto gestiegen zu sein. Es war wie ein Stich, ein reißender Schmerz unter ihrem Herzen. Sie wollte den Degen herausziehen, aber sie wusste, dass sie dann verbluten würde.

»Bring mich zurück.«

»Wie meinst du das?«

»Bring mich zurück nach Lascabanes!«

»Wie stellst du dir das vor?«

Benedita schwieg. Sie schwieg, bis die berühmte Hängebrücke im Flutlicht vor ihnen aufragte.

»Du hast Angst vor dem Flug«, sagte Benedita schließlich.

»Mag sein«, sagte Julia.

Letztendlich ärgerte sie sich mehr über Gabriel als über ihre Mutter, der sie ohnehin alles zutraute. Erst später erfuhr sie, dass Gabriel versucht hatte, Julia umzustimmen. Aber Julia ließ sich nicht umstimmen. Sie hatte sich etwas in den Kopf gesetzt und wollte ihre Tochter nicht dabeihaben. Selbst die Möglichkeit, sie in Spanish California ins Internat zu geben, statt sie nach Nam Van zurückzuschicken, schloss sie aus. Denn sie sah auf einmal ihre Chance, aus dem Schatten von Nam Van herauszutreten, Tovo zu vergessen und sich vollständig aus der Rolle der Mutter zu lösen. Sie würde an eine frühere Zeit anknüpfen, als sie nur für sich selbst verantwortlich gewesen war, eine Zeit auch, in der sie mit ihrer Schwester tiefer verbunden gewesen war als mit jedem anderen Menschen. Nicht zuletzt hoffte sie, Ritas Kontakte zu nutzen, um sich den Traum von einem Leben vor der Kamera zu erfüllen.

Das Internat war inzwischen für Mädchen geöffnet worden und genoss unter der besseren Gesellschaft von Laguna und Nam Van einen hervorragenden Ruf. Benedita ging über dieselbe Brücke, an der Tovo und Gabriel gestanden hatten, als die Limousine ihres Vaters mit knirschenden Reifen vorgefahren war, sie aß dasselbe fade Essen im Westsaal, lauschte denselben Predigten und spielte auf denselben Sandplätzen Tennis. An den Heimfahrtswochenenden wohnte sie im Majestic oder bei Gabriel, der die meiste Zeit auf einer eleganten Zweiundvierzig-Fuß-Slup namens Stardust II verbrachte, die im Alten Hafen lag und ebenso wenig bewegt wurde wie die Jasmin. Sie lud ihre alten Freundinnen aus Nam Van zum Essen im Restaurantschiff oder zum Schwimmen im Hotelpool ein, bis sie begriff, dass sich diese Freundinnen mehr für die goldene Schlüsselkarte interessierten, mit der sie, so schien es, die gesamte Stadt aufschließen konnte, als für sie selbst. Als sie drei Jahre später den Abschluss machte, war ihr der Studienplatz in Geest bereits sicher. Sie packte ihre Tasche, ging über die Brücke und blickte nicht mehr zurück. Ricardo wartete auf dem Parkplatz. Zwei Wochen später brachte Gabriel sie zum Flughafen. Als sie sich hinter der Kontrolle noch einmal nach ihrem Onkel umblickte, sah sie, dass ihm die Tränen in den Augen standen.

Ihrer Mutter erzählte sie von ihrem Umzug erst, als sie in Geest Jannes Wohnung entrümpelt und renoviert hatte und bereits eingeschrieben war. Julia schien überrascht, dass sie die Schule schon abgeschlossen hatte.

»Wie die Zeit vergeht«, sagte sie. Sie war in diesen drei Jahren nicht einmal in Nam Van gewesen. Sie hatte ein paar Briefe geschrieben, in denen es nur um sie selbst ging, um Rita und ihre Freunde. Selbst wenn sie über Rita schrieb, schien es immer, als würde sie über sich selbst sprechen, über die andere Hälfte des doppelköpfigen Mischwesens, das sie waren.

Damals stiegen in Benedita die ersten Zweifel daran auf, dass Tovo ihr Vater war. Es waren Zweifel, die ihr einen Ausweg boten, die sie beruhigten und besänftigten, wenn sie nachts im Bett lag und sich von einer Seite auf die andere wälzte. Ihre Mutter dagegen musste sie anerkennen, die Natur hatte nichts anderes vorgesehen. Der Trick, den sie bei der Orgie auf der Waltzing Matilda gespielt hatte, ließ sich nicht wiederholen, erst recht nicht mit umgekehrten Vorzeichen. Julia, da gab es keinen Zweifel, war die Frau, aus deren Bauch sie einst gekrochen war. Aber Julia verhielt sich nicht wie eine Mutter, sie hatte es nie getan. Manchmal schien es Benedita, als wäre sie in Nam Van nur zu Besuch gewesen. Ein unbekümmertes, abenteuerlustiges Mädchen aus Spanish California, eine Frau, die nicht alterte und nichts dazulernte. Sie hatte die ersten, unbeschwerten Jahre, die sie in dem elektrisierenden Spannungsfeld zwischen Tovo und Gabriel verbracht hatte, genossen, und sie hatte ein hübsches und gesundes Kind zur Welt gebracht, aber als es plötzlich schwierig wurde, hatte sie sich – erst emotional und später auch physisch – verabschiedet. Das kurze Aufblühen einer Vertrautheit von Frau zu Frau, diese seltsame Freundschaft, die sie in Laguna und teils auch noch auf der Reise nach Spanish California zelebriert hatte, war nur das Vorspiel gewesen zu ihrem endgültigen Abschied.

25 · Gabriel

Am Gästesteg von Miwoki lagen außer der Stardust noch einige weitere Fahrtenjachten, deren Eigner, allesamt Paare, sich abends, wenn die letzten Touristen ihre Rechnungen bezahlt hatten und in ihre Ferienhäuser zurückgekehrt waren, im Hafenrestaurant versammelten. Das Restaurant befand sich auf der zweiten Etage eines pilzförmigen, von einer einzigen Säule getragenen Gebäudes, gleich unter dem nach allen Seiten verglasten Kontrollturm des Hafenmeisters. Wenn Gabriel gegen zehn oder halb elf an die Bar trat, wurde er von den Paaren, die sich bereits auf ihren Hockern eingerichtet hatten, höhnisch begrüßt. ›Da kommt er ja, unser junger Einhandsegler! Wie war die Dosenwurst? Hast du heute schon gesprochen? Was machst du denn eigentlich alles mit deiner einen Hand?‹ Es war, als suchten sie förmlich nach Gründen, um ihn zu bemitleiden. Gegen Ende des Abends allerdings, wenn sie ihn mit gläsernem Blick betrachteten, hörte er ihre Gedanken flüstern: Was machst du eigentlich mit deiner ganzen Freiheit?

Sie saßen an der Bar und tranken, während die Kellnerin aufräumte, Servietten faltete und das Restaurant für den Mittagstisch vorbereitete. Erst wenn der Chef die Kasse leerte und die Bar schloss, gingen alle gemeinsam hinaus. Manchmal standen sie noch eine Weile auf der Straße, redeten und verabschiedeten sich. Schließlich schlenderten die Segler zu ihren Booten, der Chef stieg in seinen Geländewagen, die Kellnerin steckte die Hände in die Taschen ihres Sommerkleids und verschwand in der Dunkelheit.

Der Weg vom Restaurant hinab zur Straße führte über eine in einem seltsamen Winkel angelegte Außentreppe, sie hing unter dem kopflastigen Gebäude wie ein gebrochener Arm. Eines Abends, er war schon seit beinahe zwei Wochen in Miwoki, stolperte hinter Gabriel die Kellnerin, sie stützte sich auf seine Schultern und fing sich ab. Er lachte, nahm ihre Hand und schleppte sie wie einen Sack Kartoffeln die Treppe hinunter. Sie setzten sich auf die Stufen, und sie zeigte ihm die gelöste Sohle ihres Espadrilles.

»Gut, dass du so ein Riese bist. Sonst wäre ich wahrscheinlich runtergekracht.«

»Sag mal, Julia oder Rita, seid ihr eigentlich Zwillingsschwestern?« Er hatte beobachtet, dass sie sich den Job teilten, sie schienen sich abzuwechseln, aber ganz sicher war er nicht.

»Du trinkst zu viel.«

»Du meinst, ich sehe doppelt?«

»Nein, ich meine, du trinkst zu viel.«

»Ich bin Einhandsegler, was soll ich machen? Ich trinke übrigens nur im Hafen.«

»Wie auch immer. Ich bin übrigens Julia. Rita ist die andere. Die Gewissenhafte.«

Drei Tage später waren sie bereit abzulegen. Julia hatte die Frage des Proviants überhaupt nicht ernst genommen. »Ich brauche nicht viel«, hatte sie gesagt. »Vielleicht Nudeln?« Gabriel hatte das so gewertet, dass sie auch die Überfahrt, ihre Dauer und damit auch die Dauer und Intensität ihrer erzwungenen Zweisamkeit krass unterschätzte. Gabriel stand kurz davor, sie wieder auszuladen, und er fragte sie in diesen Tagen hundertmal, ob sie wirklich bereit sei für diese Reise.

»Zwei, drei Monate, vielleicht länger. Nur mit mir. Bist du sicher?«

»Klar«, antwortete sie.

Er mochte diese junge, tatsächlich wunderschöne Frau, die sich barfuß und geschmeidig über das Deck bewegte, er mochte ihre schmalen Fesseln mit den leise klickernden Fußkettchen, ihren freien Geist, ihre Spontaneität und Abenteuerlust. Die jugendliche Unbekümmertheit, die sie bei den Vorbereitungen an den Tag legte, verstörte ihn und zog ihn gleichzeitig an.

»Hast du dir überlegt, was du an Kleidung brauchst?«, fragte er.

»Hm, du meinst, außer dem Badeanzug? Kann ich mein Kleid unterwegs auswaschen? In einem Eimer oder so?«

Gabriel kaufte ihr einen Regenanzug und zwei Paar Bordschuhe. Das Übrige schrieb er auf eine Liste und sagte, sie solle erst wiederkommen, wenn sie alles besorgt hätte. »Ein Seesack! Keinen Koffer!« Er spülte den Wassertank aus, füllte ihn bis zum Rand und ließ einen ganzen Lieferwagen mit Proviant kommen.

Bis die Stardust, die eingezwängt im Päckchen lag, sich vom Steg lösen konnte, mussten drei andere Jachten bewegt werden. Das Schiff lag tief und wirkte träge. Drei Pärchen winkten und sahen ihnen verwundert hinterher. Julia stand im Badeanzug auf dem warmen Teakdeck und winkte zurück.

26 · Dita

Sie hatte lange davon geträumt, sich eines Tages küssen zu lassen, die Augen zu schließen in dem Wissen, dass es ihr guttun, dass es sie weiterbringen würde. Es war ein Schritt, den sie gehen musste, und den sie auch gehen wollte – der Schritt in die Welt der Erwachsenen, der Selbstverantwortlichen. Sie war kräftiger geworden, die Bahnen, die sie im Schwimmverein oder im Hotelpool täglich zog, hatten ihr Kreuz in eine gefällige Form gebracht. Sie trug schulterfreie, gerippte Tops in hellen Farben, die an dem breiten Gürtel ihrer Jeans endeten, und trug sich mit einer unverbrauchten Würde, die sie attraktiv machte, beliebt bei ihren Mitschülerinnen, beim Hotelpersonal und den anderen Erwachsenen, mit denen sie zu tun hatte.

Und als es dann geschah, als sich dieser hübsche, angenehme Junge über sie beugte und mit seinem süßen Atem anhauchte, war die Verwandlung, die sie für den entscheidenden Augenblick erwartet, beinahe vorgesehen hatte, längst schon geschehen. Das Bewusstsein, es aushalten, es sogar genießen zu können, hatte genügt, um ihr den letzten Schub zu geben, den sie brauchte, um in ein neues, eigenständigeres Leben einzutreten. Der Junge, dessen zarte, etwas zu volle Lippen sie schließlich unter der Flagge von Lascabanes berührt hatten, hatte damit letztendlich gar nichts mehr zu tun.

Sie ging über die Brücke von Badalamit in dem Wissen, dass ihr niemand etwas anhaben konnte, dass sie von niemandem beschützt, von niemandem legitimiert zu werden brauchte. Sie dachte weder an ihre treulose Mutter noch an Gabriel, der gerade in dem Dunst zu verschwinden schien, der sich innerhalb kürzester Zeit über ihre Kindheit gelegt hatte. Man würde sie ernst nehmen in diesem Internat, das für seine Schule berühmt und für seine veralteten Erziehungsmethoden berüchtigt war, niemand würde mit ihr spielen, und niemand würde sich mit ihr anlegen.

»Und du bist …?«

»Benedita.«

»Chou da Luz?«

»Ja.«

»Herzlich willkommen auf unserem bescheidenen Hügel. Dann zeige ich dir mal dein Zimmer.« Der Mann, Mitglied eines obskuren Sozialordens, schritt voran, sie lachte innerlich über seinen Entenhintern, den watschelnden Gang, der sein blondes Haar zum Wippen brachte. Ricardo folgte mit den Koffern.

»Du bist im Winterflügel, genau wie dein Vater damals«, sagte der Säger, und eine winzige, kaum wahrnehmbare Pause in diesem Satz verriet, dass er sich über die Familie mehr Gedanken gemacht hatte, als er einzugestehen bereit war. Sie drängte ihn nicht, aber sie antwortete auch nicht. Ricardo warf ihr einen vielsagenden Blick zu. Diú, Ricardo, dachte sie, hast du diesen Arsch gesehen?

Tovo war im Winterflügel untergebracht gewesen, Gabriel mit den jüngeren Kindern im Sommerflügel. Die Brüder hatten sich kaum je gesehen, nur in der großen Pause auf dem Schulhof hatten sie sich manchmal von weitem eher lässig zugewinkt. Gabriel wollte nicht zugeben, dass ihm die

Anwesenheit seines größeren Bruders Sicherheit gab, ein Gefühl hauchfeiner Überlegenheit, die genügte, um ihn aus der Masse seiner Klassenkameraden herauszuheben. Tovo allerdings hatte anderes im Kopf, als sich mit seinem kleinen Bruder abzugeben. Während Gabriel im Sommerflügel von der Freiheit träumte, von der unendlichen Weite der Weltmeere, bereitete sich Tovo im Winterflügel auf das Leben vor wie auf einen über zwölf Runden gehenden Kampf.

Benedita wusste bereits, dass das Internat eine Art Gesellschaftsminiatur war. Wie in jeder anderen Gesellschaft gab es auch in Badalamit Schichten und Gruppierungen, Cliquen und Seilschaften. Die Kinder der Reichen, der Wohlhabenden und Berühmten aus Laguna herrschten mit ihren glänzenden Namen, mit ihren Seidenschals und Opiumdöschen seit Generationen über das Internat. Die Bauernkinder aus der Gegend, die man mit Stipendien ausgestattet und aufgenommen hatte, um das soziale Gewissen der Institution zu beruhigen, bildeten die Schicht der Unberührbaren. Die kleine, aber einflussreiche Gruppe aus Nam Van, unter denen Benedita aufgrund ihres goldenen Familiennamens, vielleicht auch aufgrund der Gerüchte, die sich um das Verbrechen ihres Vaters rankten, eine Sonderstellung einnahm, verstand sich als großbürgerlich, künstlerisch und intellektuell. Ihr schloss man sich an, wenn man die kritische Auseinandersetzung suchte, vor allem mit dem System des Internats selbst, das durch seine Hierarchien, seine Strafen und Bevorzugungen und die nur unzureichend verborgenen Unsicherheiten seines Personals geprägt war. Bei den anderen galten die Kinder aus Nam Van gelegentlich als überheblich und immer auch ein wenig verrückt.

Benedita musste sich in dieser Clique nicht etwa einreihen, sie musste sich nicht hineinfinden, sie nahm einfach den ihr zustehenden Platz ein. Sie stand beinahe vom ersten Tag an einer Gruppe vor, die ihre Bedürfnisse nach Nähe und Anerkennung mehr als erfüllte. Die anderen, die verwöhnteren Kinder aus Laguna, die tölpischen Jungen aus dem Norden, waren für sie wie Fremde. Tatsächlich hatte sie den Eindruck, als wäre die Gruppe, der sie angehörte, größer, mächtiger und in gewissem Sinne zentraler, als sie tatsächlich war. Als sie das Internat später verließ und überlegte, mit wem sie eigentlich in Kontakt bleiben wollte, fielen ihr nur drei, vier Namen ein.

Ricardo verabschiedete sich, sie umarmte ihn. Als er die Tür hinter sich zuzog, hauchte sie ihm ein kurzes ›Danke‹ hinterher, das er nicht mehr hörte. Es war vollkommen still, so still, dachte sie, wie es sich für einen Neubeginn gehört. Sie sah sich in ihrem Zimmer um. Die beiden Koffer standen auf dem Boden vor einer Waschnische, über der ein hochgezogenes Bambusrollo hing. Sie zog die Schuhe aus, stand barfuß auf dem sandfarbenen, warmen Steinboden. Ein großes Doppelfenster umrahmte die Landschaft, ein Gemälde von merkwürdig abgerundeten, auf sattgrüne Reisfelder gestülpten Hügeln. Sie wirkten wie die Hüte von Giganten, abgelegt in einer Landschaft, die beinahe bedrohlich fruchtbar war und kaum Platz für Menschen zu bieten schien. Nichts rührte sich auf den schmalen Terrassenfeldern, nicht ein einziger Büffel zog seine Bahn. Nur ein Bussard drehte über dem Tal seine Kreise.

Als sie das Fenster öffnete, wehte es kühl herein. Während es in Nam Van weder Winter noch Sommer gab, konnte es in dem über zweieinhalbtausend Fuß gelegenen Badalamit sogar schneien. Wenn die Bauernkinder im Sommerflügel in Decken gehüllt auf ihren Betten saßen und ihre niedlichen kleinen Götzen schnitzten, wärmte die kräftige Sonne den nach Südwesten ausgerichteten Winterflügel. Benedita und ihre Freunde stießen die Fenster auf und badeten im warmen, weichen Licht, das zwischen den Hügeln hindurchbrach und die roten Tennisplätze zum Leuchten brachte. Die Gruppenhäuser im tiefergelegenen Teil des Campus, wo sich die Cliquen aus Laguna konzentrierten, lagen nachmittags bereits im Schatten.

Das Abendessen fand im Westsaal statt, nach der Stille der Ankunft war der Lärm beinahe unerträglich. Hundert Schüler klapperten mit ihrem Besteck, hundert Schüler begrüßten sich lautstark, tauschten über die Tische hinweg ihre Ferienerlebnisse aus. ›Hey, wie war deine Reise?‹ ›Wie fandst du die Tutorin?‹ ›Das neue Boot, ja, ein Gleiter, ein echter Gleiter. Geht ab wie eine Rakete!‹ Benedita saß mit kreisendem Löffel da, verwirbelte Kirschmus und Sahne auf einem Pfannkuchen, nickte, wenn ein Blick sie traf, und sprach nur das Nötigste. Es wussten ohnehin alle, wer sie war.

Später, als die Lichter ausgeschaltet wurden, stieg sie mit zwei Mädchen, Schwestern aus Nam Van, die sie flüchtig kannte, durch eine Luke aufs Dach. Der Rauch, der ihren Mündern entströmte, verflüchtigte sich ins All, das zum Greifen nahe war. Du wirst dich hier gut zurechtfinden, sagten sie, und Benedita nickte und dachte: Das braucht ihr mir nicht zu sagen. Und sie beschloss, das Internat zu erobern, ohne sich tatsächlich einzurichten. Es war ein Übergang, eine Zwischenstation, sie hatte nicht vor, hier Wurzeln zu schlagen. Sie würde sich ein wenig ausprobieren, sich recken und strecken in diesem Leben, auf das sie bestens vorbereitet war, sie würde den Abschluss machen und verschwinden. Aus Badalamit, das ihr jetzt, an diesem ersten Tag, schon ein wenig zu klein schien, und auch aus Nam Van. Niemand sollte sie zurückhalten. Sie steckte fest im Internat, und sie war frei.

27 · Gabriel

Benedita hat den Kopf auf eine Tauwerkschnecke abgelegt, die Schlepper dröhnen. Er sucht den Horizont nach Positionsleuchten ab, wie er es tage- und nächtelang auf seinen Touren getan hat, es ist ein Automatismus, den er nicht abschalten kann. Ihre Fragen sind wie Tropfen, die sich langsam, einer nach dem anderen, von einem tropengroßen Blatt lösen. Sie öffnet die Augen, sieht ihn von unten an. Wie navigiert man nach den Sternen? Wie funktioniert ein Sextant? Was hast du gemacht, wenn es bedeckt war? Mit Astronomie kennt sie sich aus, er staunt, wie viel sie darüber weiß. Er erzählt ihr von seinen Reisen, spricht über die Einsamkeit, die Zweifel, die aufkommen, wenn es einfach nicht weiter geht. Die Flauten waren manchmal schlimmer als die Stürme.

»Es gab Momente, da war ich überzeugt, dass ich verrückt geworden war. Einmal stand ich in der Kajüte, das Notbeil in der Hand, es fehlte nicht viel, und ich hätte auf die Bordwand eingehackt.«

»Aber du hast es geschafft. Du bist um die Welt gesegelt.«

»Ich bin um das Kap gesegelt. Ich bin Eisbergen ausgewichen, die Sturmfock riss. Als ich in Spanish California ankam, konnte ich nicht mehr. Ich habe die Vorstellung, noch einmal für zwei oder drei Monate allein zu sein, nicht ertragen.«

»Gabriel?«

»Ja?«

»Kann es sein, dass du mein Vater bist?«

Gabriel sieht sie an. Sie hat die Augen geschlossen. Sie wartet auf eine Antwort. Er weiß, was sie will. Sie will die letzte Verbindung zu Tovo lösen. Sie will das Seil kappen, das sie in die Tiefe zieht.

»Nein«, antwortet er schließlich. »Nein, auf gar keinen Fall.«

»Aber Julia und du, ihr wart zusammen.«

»Wir hatten eine schöne Zeit auf der Stardust.«

»Und danach?«

»Als wir in Nam Van ankamen, ging es noch ein paar Monate so weiter. Ich habe versucht, mich nach der langen Abwesenheit neu zu sortieren, ich habe viel gearbeitet, erst im Hotel und dann im Rathaus. Julia wurde in den Kreis um Tovo gezogen. Irgendwann ging ich nicht mehr zu ihr. Wir haben uns zwar nicht aus den Augen verloren – sie war ja immer da –, aber da war nichts. Und auch als sie verheiratet waren, ist nichts gewesen.«

Sie mag äußerlich ruhig wirken, aber er spürt ihre innere Anspannung, die beinahe körperlich ist. Ihr Umzug nach Geest war ein Befreiungsschlag, sie hat alles richtig gemacht. Aber jetzt liegt sie hier auf dem Oberdeck der Jasmin und sucht ihren Platz in der Familie. Beinahe reut es ihn, dass er sie eingeladen hat, dass er sie aus dem Leben, in dem sie sich gerade erst eingerichtet hat, aufscheucht.

»Wer war diese Frau, Janne?«, fragt Benedita nach einer Weile. »Es ist noch immer ihre Wohnung. Sie ist noch immer da. Ich habe alles geräumt, alles renoviert. Und trotzdem. Sie ist wie ein Gespenst, manchmal, in der Nacht, höre ich sie atmen.«

»Wenn du deine Urgroßmutter verstehen willst, wenn du sie vielleicht sogar loswerden willst, musst du auch Anna verstehen«, antwortet Gabriel. Er kann seiner Nichte nicht sagen, wer sie ist, aber er kann ihr immerhin andeuten, woher sie kommt. Janne und Anna haben ihm damals alles erzählt, jede aus ihrer eigenen Perspektive. Er hat sich alles gemerkt, jedes Detail. Weil er seine Mutter nicht verstand. Niemand verstand Marike, niemand wusste, was in ihr vorging, als sie noch am Leben war. Gabriel hatte begriffen, dass der Schlüssel zu ihrem Inneren in ihrer Vergangenheit lag, in dem Spannungsfeld zwischen den Schwestern, ihrer bitteren Konkurrenz.

»Anna und Janne waren Komplementäre«, sagt Gabriel. »Sie haben sich ergänzt, und weil sie sich so ergänzt haben, haben sie sich gehasst.«

Er erzählt ihr, was er über die Zeit im Frauengefängnis weiß. Janne muss es genossen haben, ihre herrische Art auszuleben. Das Gefängnis befand sich in einem Vorort namens Freiberg, sie wird die Häftlinge genauso herumkommandiert haben, wie sie auch die Belegschaft im Majestic herumkommandierte. Dieser scharfe Ton, den sie manchmal hatte, er muss aus dieser Zeit gestammt haben.

Anna war die ältere der beiden. Eine Cartomante. Sie legte Tarot, das war ihre Arbeit. Sie hielt sich nicht für eine Wahrsagerin, eher für eine Therapeutin. Unmittelbar nach dem Krieg mietete sie sich in einer Baracke ein und empfing ihre ersten Kunden. Schnell sprach sich herum, dass sie die Zeichen der Zukunft lesen konnte. Reiche Witwen kamen zu ihr, Geschäftsleute, die Oberhäupter der großen Handelshäuser. Sie hörte zu, legte ihnen die Karten und sagte, was sie sagen musste. Das war nicht immer das, was ihre Kunden hören wollten, aber es war das, was ihnen am ehesten weiterhalf. Das war ihre Arbeit. Ihre Aufgabe, so beschrieb sie es einmal, bestand darin, die Leute so zu belügen, dass es ihnen nützte.

Da sie auch Politiker beriet, übte sie eine erhebliche Macht aus. Denn meistens wusste sie auch, was die politischen Gegner ihrer Kunden dachten und planten. Sie beeinflusste Entscheidungen, die alle Bürger betrafen. Mit ihrer Gabe des Zuhörens, mit ihrer sanften, sinnlichen Sprache und dem außerordentlichen Gedächtnis schien es manchmal, als würde sie behutsam die Geschicke der Stadt lenken.

Soweit Gabriel weiß, hat sie diese Macht nur ein einziges Mal zu ihrem persönlichen Vorteil genutzt, bei einem Zigarettenfabrikanten. Die Zigarettenfabrik war ein Familienunternehmen, der Unternehmer wartete auf den Tag, an dem seine beiden Brüder aus dem Unternehmen ausscheiden würden. Er wollte den Rückzug forcieren, und er wollte auf alles vorbereitet sein. Anna beriet ihn, unterstützte und ermutigte ihn. Wenig später bot der Mann ihr eine Stelle an. Sie trat in die Verwaltung ein und stieg Jahr um Jahr immer weiter auf, mit fünfzig und bis zu ihrer Pensionierung saß sie selbst in der Geschäftsführung.

Sie empfing auch die ärmeren Leute aus der Neustadt, die nur wenig zahlen konnten, Frauen, die verzweifelt waren, die einfach nicht weiterwussten. Männer waren verschwunden oder tot, niemand wusste Bescheid, alle stocherten im Nebel. Die Karten lüfteten ein wenig das Geheimnis, die Rituale halfen – auch die, die sie als junge Frau in Nam Van kennengelernt hatte. Sie mischte alles zu einem einzigen, großartigen Potpourri, die katholischen Elemente, das Fremde, das Andere. Sie praktizierte eine Art hausgemachte Santería. Weil es nach dem Krieg nichts gab, weil man natürlich auch aus Nam Van nichts bekommen konnte, improvisierte sie. Sie stellte Räucherkerzen aus Wacholder und Salbei her, sie verabreichte Laudanum und Pilze in winzigen Dosen und entwickelte ihre eigene Sprache der Beschwörung, ihr eigenes Abrakadabra. Aber bei all dem nahm sie sich selbst niemals zu ernst. Sie half und diente, wo sie konnte, sie war eine echte Menschenfreundin.

Janne hatte im Gefängnis die Frühschicht, sie holte Marike nach der Arbeit von der Schule ab. An einem Freitag kurz nach dem Krieg, Marike ging in die zweite Klasse, verspätete sie sich, die Fähre war ausgefallen. Marike hatte die Anweisung, in diesem Fall am Tor zu warten. Es hatte immer wieder Berichte gegeben von Kindern, die in den Trümmern herumgeklettert waren, die sich verletzt hatten oder gar verschüttet worden waren. Also wartete sie, eine halbe Stunde lang, dann wurde ihr kalt, sie hatte Hunger und Angst. Sie ging durch die Trümmer allein nach Hause.

Janne hetzte zur Schule, traf aber niemanden mehr an. Nicht einmal den Hausmeister. Das Tor war verschlossen. Sie lief nach Hause, auch dort fand sie Marike nicht. Sie suchte die halbe Stadt nach ihrer Tochter ab, rannte panisch durch das Viertel. In der Bäckerei schließlich sagte jemand, sie solle es bei den Baracken bei Anna versuchen. Janne hatte keine Ahnung, wo Anna war, was sie machte. Sie rannte zu den Baracken und scheuchte alle möglichen Leute auf, Opiumsüchtige, Flüchtlinge, Prostituierte und ihre Freier, bis sie endlich in Annas kleiner, abgedunkelter Kammer stand. Anna saß auf einem großen roten Kissen, sie trug einen roten Umhang und eine Goldmünze auf der Stirn. Räucherstäbchen, ein kleiner, plätschernder Zimmerbrunnen in der Ecke. Janne war fassungslos, und Anna war es auch.

»Was ist los?«, fragte Anna. »Was machst du hier?«

»Das frage ich dich.«

»Ich arbeite.«

»In einem Hurenhaus?«

»Ich arbeite. Es geht dich nichts an.«

Janne interessierte sich für Annas Lebenswandel nur insofern, als sie Geld mit nach Hause brachte, das Schulgeld für Marike und den Anteil für die Haushaltskasse. Anna hatte ihr nie erzählt, was sie tat, und Janne hatte, vermutlich weil sie vom Schlimmsten ausging, nie gefragt.

Jetzt stand sie da in dem kleinen Zimmer und sah auf ihre Schwester herab, auf diese absurde Inszenierung.

»Wo ist meine Tochter??«, brüllte sie.

»Beruhig dich, es ist alles in Ordnung«, sagte Anna.

Anna verstand den Vorfall als Bestätigung für etwas, das sie schon lange gespürt hatte – dass Marike zwar Jannes Tochter war, dass sie aber unter ihrem eigenen Schutz stand und in ihre Obhut gehörte. Janne war nicht fähig, ein Kind dieses Alters zu behüten und zu versorgen, weder in praktischer Hinsicht noch in emotionaler. Sie war fleißig und mutig – immerhin hatte sie sich mitten in der Katastrophe scheiden lassen – ihre Hände waren rau vom Nähen und Schrubben, doch das reichte nicht einmal annähernd aus, um ein kluges und sensibles Mädchen wie Marike, das Wertvollste, das sie beide nach dem Krieg noch hatten, großzuziehen. Außerdem liebte Marike nicht ihre Mutter, sondern Anna, die wärmere der beiden Schwestern, sie liebte es, in ihrem Schoß zu sitzen, sich an die große Brust zu lehnen wie an ein weiches, duftendes Kissen, und ihren Geschichten zu lauschen. Anna war gebildeter als ihre Schwester, die mit fünfzehn in die Lehre gegangen war, sie hatte mehr gesehen. Sie erzählte von der sagenhaften Stadt Nam Van, von ihrer Zeit dort, von

Papa Chou, dem Mann, an den sie mit neunzehn ihr Herz verloren hatte. Janne besaß kein Herz, sie war hart, knochig und verbissen, es war unmöglich, sie zu lieben oder Zuflucht und Wärme bei ihr zu suchen. Selbst das kleine, achtjährige Mädchen, das ihre leibliche Tochter war, konnte sich ihr nicht anvertrauen.

Marike war allein aus der Schule gekommen, sie kannte den Weg, und es war nichts passiert. Anna, die zur Arbeit musste, hatte sie auf der Straße getroffen und mitgenommen. Jetzt saß das Kind bei dem Ehepaar, das die Baracken vermietete, am Küchentisch und aß Haferplätzchen. Gute Leute, Leute, denen Anna vertraute.

Möglich, dass dies der Punkt war, an dem das, was die Schwestern einst verbunden hatte, in diesen bitteren, unauslöschlichen Hass umschlug. Janne stürmte hinaus, lief über die Straße und holte ihre Tochter aus dem Haus des Vermieters.

»Ich bin die Mutter!« Sie bedankte sich nicht, sie verabschiedete sich nicht, sie zerrte ihre Tochter, die noch den Keks in der Hand hatte, einfach am Arm aus der Küche.

28 · Dita

Man kann Annas Hof besuchen, es gibt dort einen Streichelzoo und eine sogenannte Integrative Käserei, in der Kinder jeglicher Klasse, Herkunft und Fähigkeit dem Käse beim Reifen zusehen können, wie Tobias, ihr Manchmalfreund, es einmal ausgedrückt hat. Benedita versteht, welche Rolle die Schwestern im Leben der Familie gespielt haben, sie weiß auch, dass Anna die großzügigere und warmherzigere der beiden war. Aber es ist Janne, mit der sie sich identifiziert, seit sie die Wohnung übernommen hat. Der Geist der Hundertjährigen lebt in ihren Räumen fort. Sie hat behutsam renoviert, ein weißer Kachelofen steht im Wohnzimmer, der gusseiserne Griff glänzt und erzählt seine Geschichte. Sie hat Unterlagen gefunden, sauber beschriftete Ordner. Janne hat alles dokumentiert, nichts weggeschmissen. Sie hatte einen Ordner über die Arbeit im Gefängnis, einen Ordner zu den verschiedenen Streitereien und juristischen Angelegenheiten, einen Ordner mit uralten, schon brüchigen Unterlagen über die Scheidung. Die Geschichte dieser Scheidung wurde immer wieder leicht abgewandelt, je nachdem, wer sie erzählte. Benedita, die manchmal in diesen Akten blättert, hat das Gefühl, dass sie noch nicht einmal die Oberfläche angekratzt hat. Für Janne, so Gabriel, war die Scheidung eine Befreiung, eine Selbstermächtigung gewesen. Anna dagegen säte Zweifel an der Aufrichtigkeit ihrer Schwester, manchmal schlich sich ein hämischer Ton ein, wenn sie über diese Ereignisse sprach. Sie mochte Magnus und stand auch später noch mit ihm in Kontakt.

Es gibt Tage, an denen sie abends erschöpft in die Wohnung zurückkehrt und das Gefühl hat, dass da jemand ist. Sie spürt eine Gegenwart. Und dann findet sie die Hundertjährige in ihrem Sessel vor, klein, eingefallen, verschrumpelt, eingelegt in Formaldehyd, ein Schatten der Frau, die Benedita von den Fotos kennt. Gelbe Augen, Adern, Knochen und eine Haut wie Pergament. Janne legt sofort los, ohne Gruß, ohne eine Nettigkeit, es ist, als hätte sie Tage oder Wochen oder ganze Monate auf Benedita gewartet, um ihr ihre Seite der Geschichte zu erzählen. Sie schimpft über Anna und über den ehrlosen Mann, den sie einst geheiratet hat, sie erzählt von ihrer Schneiderlehre, wie sie sich beim Kerzenschein die Augen ruiniert hat, weil sie ein Reformkleid für Anna nähen musste, die auf den Dampfer Amboyna ging, um dort Gott weiß was zu machen. Sie hat ihr das Kleid als Überraschung in den Koffer gelegt, Anna hat sich nicht einmal bedankt. Warum ich das gemacht habe? Sie konnte ja nicht im Flapperkleid, mit Pailletten und glitzernden Fransen an Bord gehen, du hättest sie sehen sollen, wie sie damals zum Tanztee erschienen ist. Janne hätte nach der Gesellenprüfung weitermachen können, der Meister hat es ihr damals angeboten, weil sie so geschickt und fleißig war. Aber sie hat Magnus geheiratet, diesen schrecklichen Mann, er hatte schon während ihrer Verlobungszeit Affären, da ist sie sicher. Wenn sie sonntags zum Tanz gingen, verschwand er manchmal, eine Viertelstunde, eine halbe Stunde oder länger, wer weiß, vielleicht hatte er sogar etwas mit Anna. Also kein Meisterbrief, nach dem Krieg bewarb sie sich im Gefängnis. Immerhin konnte sie das Haus wiederaufbauen. Das waren alles Huren, vom Flittchen zur Hafenhure war es damals nur ein kurzer Weg. Arme Frauen, prekäre Existenzen? Nein, wer arbeiten wollte, fand auch Arbeit, die waren faul und bekamen, was sie verdient hatten. Chlamydien, Krätze, den ganzen Dreck, Haftstrafen von einem halben bis zu fünf Jahren. Die Wohnung ist überheizt, der Kachelofen glüht, Benedita zieht den Pullover aus und legt ihn über die Stuhllehne. Sie will aufstehen, um ein Fenster zu öffnen, aber Janne herrscht sie an. Bleib sitzen, ich bin noch nicht fertig! Vermutlich hat Janne Angst, sich zu verflüchtigen, wenn sie die frische Seeluft hereinlässt, sie ist ein Geist oder ein Gespenst und hat noch eine Menge zu erzählen. Zwanzig Jahre hat sie auf diesen Moment gewartet, um Benedita ihre Version der Geschichte zu erzählen, sie ist im Wettlauf mit der Zeit. Ein Glas Wasser? Nein. Sie ist schon bei Marikes Bestattung, eine Feuerbestattung, sie fand das geschmacklos, sie hätte es niemals zulassen sollen. Sie war die Mutter, aber niemand hat sie gefragt. Dann erzählt sie von Gustavo, der sich mit ihrer Schwester verbündet habe, um einen Keil zwischen sie und ihre Tochter zu treiben, was ihm aber nicht gelungen sei. ›Marike und ich, wir sind immer fest miteinander verbunden gewesen, trotz aller Widrigkeiten. Meine einzige Tochter. Mein Licht! Mein Engel! Ich habe das alles nur für sie getan. Die ganze Arbeit. Ich habe mir die Augen ruiniert … bis spät in die Nacht habe ich genäht, in der schweren Zeit, bis auch der letzte Mantel und das letzte Kleid repariert waren.‹

Benedita hat Durst, sie hat Hunger, sie würde jetzt gern in die Küche gehen, um sich ein Butterbrot zu machen, sie weiß aber nicht, wie sie ihre tote Urgroßmutter unterbrechen soll, die von Thema zu Thema hetzt, bis sie sich verschluckt. Benedita kennt die Anatomie der Kehle, sie übt den Kehlschnitt und hat alle Details vor Augen. Kann ein Mensch zwei Mal sterben? Könnte es sein, dass uns alle hundert Jahre ein neuer Tod zugedacht ist? Schließlich geht die Klingel, es ist Tobias, der noch immer keinen Schlüssel hat, sie hat es nicht angeboten, und er hat es nicht gefordert. Sie sieht zur Tür und möchte aufstehen, und als sie wieder zum Sessel hinüberschaut, um die Erlaubnis dieser unfassbar verbitterten Frau einzuholen, die sie nie kennengelernt hat, ist der Geist verschwunden.

29 · Gabriel

Die Schlepper versehen ihren Dienst wie Ackerbüffel. Sie ziehen die Furchen, die Arbeit ist schwer, aber sie können sich kein anderes Leben vorstellen. Der Horizont beginnt sich aufzuhellen, die Sterne verlieren ihren Glanz. Venus, im Sternbild Zwilling, eilt der Sonne voraus, Mars steht im Zenit. Sie breiten ein blaues Tuch aus und legen darauf, was sie mitgebracht haben, Brot mit getrockneten Tomaten, dazu Schafskäse und die abgelaufenen Oliven aus der Küche. Die Arbeiter bringen starken, beinahe dickflüssigen Kaffee, den sie mit Milchkaramell servieren. Keine besonderen Vorkommnisse, sagen sie, alles ist nach Plan gelaufen. Während Benedita den Kaffee einschenkt, steht Gabriel an der Reling und steckt sich eine Zigarette an.

Sie hat ein paar Sachen in der Wohnung gefunden, einen Aktenordner mit den Unterlagen zu Jannes Scheidung, Marikes Schulzeugnisse, Schnittmuster in Kindergröße. Gabriel fragt sich, warum er sich für diese Dinge interessiert, warum er den Geschichten der Schwestern so aufmerksam gelauscht hat. Er hat sich immer als jemand gesehen, der außerhalb der Familie stand. Als hätten sie ihn damals ins Internat zurückgebracht und vergessen. Er schien einfach nicht Teil ihrer Planung zu sein. Tovo war der Erbe, Tovo wurde gebraucht. Gabriel, der nie Schwierigkeiten machte und immer gute Noten nach Hause brachte, konnte tun und lassen, was er wollte. Gabriel ist ein Selbstläufer, hat Gustavo einmal gesagt, und das bedeutete, dass es keinen Grund gab, sich um ihn und seine Bedürfnisse zu kümmern.

Später, wenn er auf dem Meer war, war er von allem abgetrennt. Er war nicht erreichbar, sie ließen ihn in Ruhe, niemand kam auf die Idee, ihn in Familienangelegenheiten oder geschäftliche Entscheidungen einzubinden. Nur als Anna starb, beauftragte Tovo jemanden, ihn zu finden, ein ganzes Heer von Amateurfunkern machte sich auf die Suche, die Relaisstationen brummten. Man fand ihn in Levuka, einem alten Piratennest, wo er sich mit einer Frau namens Suva eingelassen hatte, die tagsüber mit ihren beiden Kindern an Bord kam, und nachts mit einer Flasche Cognac. Sie nannte ihn Skip oder Stardust, sie küsste seinen braungebrannten Körper und schmiegte sich an ihn. Einmal schnitt sie ihm unter dem Gelächter der Kinder auf dem Steg die Haare.

Anna war nach einem Sturz aus dem Haupthaus getragen worden. Sie wurde durchleuchtet, der schwere Körper war voller Metastasen. Sie fiel ins Koma, ein paar Wochen später war sie tot. Ihr gesamtes Erbe fiel an ein Heimatmuseum in einem Küstendorf bei Geest, das in zwei Auswanderungswellen nahezu entvölkert und bei zwei Sturmfluten beinahe fortgespült worden war. Der einzige Zweck dieser Vorkehrung war, ihre Schwester vollständig und unwiderruflich vom Erbe auszuschließen. Anna verfügte nicht nur, dass Janne nichts erhalten sollte, sie verbot ihr ausdrücklich auch, nach ihrem Tod den Hof zu betreten oder an der Beerdigung teilzunehmen.

Auch Gabriel war nicht dabei. Die Flugverbindungen waren unregelmäßig, die Reise hätte mehrere Tage in Anspruch genommen, er hatte nicht einmal die Möglichkeit, einen

Anzug zu kaufen. Es genügte, dass Tovo die Familie aus Nam Van vertrat. Gabriel trauerte auf seine Weise. Er füllte den Wassertank, verabschiedete sich von Suva und den Kindern und lief aus. Anna und Ricardo waren die einzigen gewesen, die ihm damals beigestanden hatten, die einzigen, die ihn je gefragt hatten, wie es ihm nach dem Tod seiner Mutter ergangen war. Weder in Nam Van noch im Internat hatte sich irgendjemand für seinen Schmerz interessiert.

Gabriel war gerade zehn Jahre alt geworden und bereitete sich auf den Umzug ins Internat vor, als sich Janne für den Sommer in der Suite installierte und keine Anstalten machte, nach Geest zurückzukehren. Sie erkannte, dass Gabriel reif genug war, um ihre Geschichte zu verstehen, aber noch nicht alt genug, um sie abzutun. Er befand sich in dem kurzen Zeitfenster zwischen Kindheit und Pubertät, in dem sie ihn auf ihre Seite ziehen konnte. Sie nutzte die Gelegenheit, lud ihn immer wieder zu sich ein und erzählte ihm schlaglichtartig, wie sie die schwierigen Kriegsjahre erlebt hatte und welchen Weg Marike, die ein begabtes und hübsches Mädchen gewesen war, in der Zeit des Wiederaufbaus gegangen war. Tatsächlich gelang es ihr mit diesen Erzählungen, seine Neugier zu wecken.

Als sie schließlich doch abreiste, fragte er seine Mutter aus. Warum hat sie sich damals scheiden lassen? Was ist da vorgefallen? Er hatte die Auslassungen in Jannes Erzählungen gespürt, die Pausen, in denen sie geräuschvoll die Luft einsog, als wollte sie sich ihres eigenen Körpers versichern.

»Das verstehst du noch nicht«, antwortete Marike. Sie saß in einem pfauengemusterten Yukata auf dem Sofa hinter der goldenen Fassade. Sie sah aus dem Fenster, bis ihr die Tränen kamen. Sie wandte sich ab und schickte ihren Sohn fort.

Doch in den folgenden Tagen und Wochen kehrte sie immer wieder zu der Geschichte zurück, bis sie ihm schließlich alles erzählt hatte.

Es war Frühling, und sie frühstückten am Dock, und als sich Magnus, der als Schweißer arbeitete, gerade über seine Butterbrotdose beugte, fiel ihm ein pfundschwerer Schäkel in den Nacken. Der Betriebsarzt schrieb ihn krank und schickte ihn weiter zum Kollegen beim Militär, denn wer nicht arbeiten kann, eignet sich ja vielleicht noch für den Krieg. Der Kollege befand, noch am selben Tag, dass der Schweißer wehrtauglich sei. Magnus durfte zwei Wochen seinen Nacken auskurieren. Er zog das Gartentor hinter sich zu und marschierte mit seinem Seesack zur Kaserne. In der Ausbildung kam er ein paar Mal zu Besuch, trank lustlos seinen Tee und wechselte die Wäsche. Dann schickten sie ihn mit dem Zug an die Front.

Im September nahm Janne das Kind und fuhr ins Mittelländische, Magnus lag mit Durchschuss im Lazarett. Sie nahm ein Zimmer in der Stadt, das keinen Ofen hatte, arbeitete für die Wirtsfamilie und blieb, bis es zum Nähen zu kalt wurde. Zuerst bekam die Wirtin ihr bunt geblümtes Ausgehkleid und eine Jacke mit versteckten Innentaschen. Dann nähte sie Anzüge für den Vater und seinen fünfzehnjährigen, beinahe schon ausgewachsenen Sohn, und blaue Kniehosen, dazu zwei weiße Hemden, für den Nachzügler, einen Jungen, den sie Poppie nannten und der sich nachts die Schläfen blutig kratzte. Als die Kleidung fertig war, kümmerte sich Janne um die Hauswäsche: Bettbezüge, Tischdecken, Vorhänge. Das Tuch, das sie hatten, war von bester Qualität, der Anzugstoff, der auch noch für ein Jäckchen für den Kleinen reichte, war echter Cavalry-Twill, ein Stoff, den

Janne nicht einmal in der Ausbildung zu Gesicht bekommen hatte.

Anfangs ging sie täglich mit Marike zum Lazarett, wo die Männer auf ihren Betten saßen, rauchten und Karten spielten. Der Saal, eine ehemalige Orangerie, war groß und hell, das Herbstlicht fiel golden durch die riesigen Bogenfenster.

Die Männer freuten sich, wenn Janne kam, sie freuten sich über den Tabak, den sie mitbrachte, und über das hübsche Kind, das sie auf die Knie nehmen und kitzeln konnten und das niemals Widerworte gab. Einige wollten mehr von Janne, sie hinkten ihr, wenn sie zur Arbeit zurückging, über den Lazaretthof hinterher, während Magnus schon wieder Karten spielte. Vor dem Schweißer hatten sie keine Angst. Komm her, riefen sie ihr nach, lass mich mal deine blonden Haare riechen, und bring mir morgen auch was mit, einen Wecken oder Schokolade! Aber sie brachte ihnen nichts. Was sie hatte, reichte gerade für sie und das Kind und für die zahlreichen Bedürfnisse des Schweißers.

Manchmal, wenn Janne in ihrem Zimmer blieb, weil sie die Näharbeit am Abend nicht geschafft hatte, ging Marike allein zum Lazarett, sie blieb dort bis zur Mittagszeit, wurde von den Männern verwöhnt und verhätschelt und fand allein den Weg zurück zu ihrer Mutter.

Ein paar Monate später, als sich der Schweißer zum zweiten Mal in den Arm schoss und nach Hause kam, wurde die Stadt beinahe täglich bombardiert. Beim Voralarm stand Janne von ihrer Nähmaschine auf und nahm das Kind an die Hand. Magnus blieb am Küchentisch sitzen, vor ihm lagen Stift und Papier. Er rauchte gemächlich und rührte sich nicht.

»Komm mit«, rief Janne, »komm schon, wir müssen in den Keller.«

»Geht, wenn ihr wollt, aber lasst mich in Frieden«, sagte der Schweißer. Was für ein Ausdruck: In Frieden!

»Aber was wird denn so wichtig sein, dass du nicht mitkommst?«, fragte sie gereizt. Die Sirenen heulten, auf der Straße hallten Rufe, Türen knallten.

»Ich schreibe etwas.«

Janne stürzte in die Küche zurück und entriss ihm den Brief. Viola, meine kleine Braut, las sie, was für eine Dreistigkeit, am Küchentisch, bei Frau und Kind. Sie waren auf einer Kirmes gewesen, Viola und er, er schrieb von einem Spiel, das sie zusammen gespielt hätten, er nannte es ›Verstecken‹. Offenbar hatten sie miteinander geschlafen. Wo? In einem Pensionszimmer? Hinter einem Kirmeszelt? Im Gebüsch? Jedenfalls kehrten sie danach auf den Festplatz zurück. Er schoss ihr eine Rose, einarmig, wie er sich im Brief stolz erinnerte.

Janne hatte längst geahnt, dass Magnus im Mittelländischen eine Freundin hatte. Sie reichte die Scheidung ein, der Richter stellte fest, dass Magnus die Ehe durch seine Beziehung schuldhaft zerrüttet habe, wie es damals hieß, Viola, die als Hilfsschwester im Lazarett arbeitete, war sechzehn Jahre alt. Janne war frei. Magnus verließ die Stadt und heiratete seine Geliebte, die schwanger war. Janne verbot der kleinen Marike jeglichen Kontakt zu ihrem Vater.

An dem Tag, als der Richter das Urteil fällte, wurden in der Stadt drei Schulen getroffen. Die städtische Krankenanstalt wurde zerstört, die St. Annenkirche, das Diakonissenhaus. Wenn Janne von diesem Tag sprach, dann klang es wie ein Triumphzug. Sie ging quer durch die Stadt nach Hause, Brandbomben fielen, Flammen schlugen aus Fenstern und einstürzenden Dächern. Die Menschen rannten kreischend, tatsächlich mit zerrauften und von Staub und Asche ergrauten Haaren über die Straßen und wussten nicht, wohin sie sich wenden sollten. Janne, in ihrem besten Kleid, blickte zu den Geschwadern am Himmel hinauf, lachte und kehrte nach Hause zurück.

30 · Dita

Die Straßen von Geest sind glatt. Splitt liegt auf den Bürgersteigen, Weihnachtsschmuck hängt in den Fenstern. Ein orangefarbener Schriftzug verheißt *Südfrüchte*. Als sie die kräftigen Farben im Fenster sieht, den himmelblauen Fensterrahmen und die Plakate, die das süße Obst ihrer Heimat anpreisen, wird sie von einem nie zuvor verspürten Heißhunger gepackt. Die Papayas, die roten Bananen und das saftige, triefende Fleisch der Mangos fallen ihr ein, die sie in der Kindheit gegessen hat, das Wasser läuft ihr im Mund zusammen. Hundertmal ist sie auf dem Weg zur Straßenbahn an diesem Laden vorbeigekommen, er hat sie immer ungerührt gelassen. Jetzt tritt sie zum ersten Mal ein.

Eine ältere Dame, die gerade zwei rotwangige Birnen in der Hand wiegt, sieht sie an, reißt die Augen auf und wendet sich staunend zu der jungen Verkäuferin, die hinter einem weiß lackierten Ladentisch steht. Sie sieht mehrmals von Benedita zur Verkäuferin und zurück, sie mustert die beiden, als wären sie Gespenster. Als die Verkäuferin Benedita anspricht und fragt, ob sie helfen könne, ruft die Kundin: »Aber ihr seid doch … ihr seid doch … Zwillinge!«

Benedita sieht die Verkäuferin an. Grünlich schimmernde Augen, der sanfte Schwung des Nasenrückens, die glatte, hohe Stirn. Selbst ihre Frisuren ähneln sich.

»Ihr seid wie … wie … ein und dieselbe Person!«

»Stimmt das?«, fragt die Verkäuferin, bevor Benedita etwas sagen kann. »Sehen wir uns so ähnlich?«

»Aber ja!«, ruft die Kundin.

»Tut mir leid«, sagt Benedita und weiß selbst nicht, ob die Entschuldigung der Verkäuferin oder der Kundin gilt. »Wir kennen uns nicht.«

»Aber das ist unmöglich. Ich kann euch beide kaum auseinanderhalten«, sagt die Frau. »Ihr seid ... wie die beiden Birnen hier!« Sie zeigt der Verkäuferin das Obst, das sie noch immer in der Hand hält.

Benedita lacht laut auf und tritt an die Ladentheke. Die Verkäuferin stellt sich vor, sie heißt Raphaela. Sie ist zwei Monate jünger als Dita und wohnt in einer Neubausiedlung im Norden der Stadt. Als weitere Kunden in den Laden treten, tauschen sie schnell die Telefonnummern aus. Letztendlich ruft Benedita nicht an, und auch ihre Doppelgängerin meldet sich nicht. Vermutlich würden sie nach kurzem Gespräch herausfinden, dass sie beide Nachfahren des Werftarbeiters sind, der sein Erbgut versprüht hat wie die Funken seines Schweißgeräts. Gabriel hat ihr erzählt, dass Viola, das Mädchen von der Kirmes, einen Sohn zur Welt brachte. Als der Junge zwei Jahre alt war, ließ Magnus seine ›kleine Braut‹ sitzen und kehrte nach Geest zurück. Er arbeitete wieder auf der Werft, heiratete ein drittes Mal und bekam weitere Kinder, deren Abkömmlinge nun die Stadt und ihre Vororte bevölkern und an der Strecke zur Straßenbahnhaltestelle Südfrüchte verkaufen.

Benedita hat in der Scheidungsakte einen von Magnus' Briefen an Viola gefunden. Ob er ihn jemals abgeschickt hat, vielleicht in Reinschrift, weiß sie nicht. Er klingt so bedrohlich, dass es ihr beim Lesen eiskalt den Rücken herunterläuft, trotz – oder gerade wegen – des beinahe kindlichen Tons: ›Du musst mir ganz fleißig schreiben‹, schrieb er, ›damit ich ganzes Vertrauen zu dir habe. Wenn du nicht schreibst, komme ich auch nicht. Ich kann auch sehr böse sein, lass es nicht drauf ankommen. Du hast mir das Herz gestohlen, vergiss das bitte nicht. Du hast es alles so gewollt. Jetzt musst du natürlich sehen, wie du mit mir fertig wirst, denn es liegt alles nur an dir und wie du mich behandelst. Ich bin ja kein kleiner Junge mehr.‹

Es ist vor allem dieser letzte Satz, der Benedita so verstört. Möglicherweise bereut Viola, mit ihm geschlafen zu haben. Sie ist sechzehn, hat ihre Unschuld verloren an einen verheirateten Mann, der beinahe doppelt so alt ist wie sie. Jetzt verweigert sie sich ihm, vielleicht hat sie es ihm geschrieben, möglich auch, dass sie es beim Abschied gesagt hat. Aus seiner Sicht spielt sie ein perfides Spiel. Sie nimmt ihn als erwachsenen Mann nicht ernst, unterschätzt seine Kraft und seinen Willen. Er ist kein kleiner Junge mehr, mit dem man spielen kann. Er ist ein Tier. Er handelt nach dem Instinkt, den sie in ihm geweckt hat, seine Bedürfnisse müssen unbedingt gestillt werden. Sie hat den Anfang gemacht, jetzt muss sie sich fügen und unterwerfen.

Und wie ist er mit Janne umgegangen? Was hat er ihr angetan, dass sie so hart, so bitter wurde? Hat er sie ebenfalls bedroht? Als Janne den Schweißer kennenlernte, war sie nicht viel älter als dieses Mädchen. Sie hatte gerade erst die Schneiderlehre abgeschlossen, sie war naiv und leicht zu beeindrucken. Magnus, ein junger, kräftiger Hafenarbeiter, hat sie sich einfach genommen. Er hat mit ihr gemacht, was er wollte. Ich bin ja kein kleiner Junge mehr.

31 · Gabriel

Sie hat dieselben aschblonden Haare wie Marike, dieselben hellen Augen, die ihre Fragen in die Welt tragen. Benedita hat in der Wohnung der Hundertjährigen einige Schwarzweißfotos gefunden, eins davon hat sie ihm mitgebracht. Marike, etwa zwanzig Jahre alt, sitzt mit übereinandergeschlagenen Beinen in einem Zug und sieht zur Kamera auf, es wirkt, als hätte der Fotograf um die Fahrkarte gebeten. Sie ist elegant und beinahe modern, sie trägt einen dunklen Faltenrock, der ihr über das Knie fällt, und einen schmal geschnittenen Pullunder mit Turtleneck. Schultern und Arme sind frei.

Gabriel kennt das Foto, Anna hat es damals gemacht. Sie nahm Marike, die noch studierte, auf eine luxuriöse Reise mit, eine Reise, für die Janne niemals hätte bezahlen können. Sie fuhren mit dem Zug nach Süden und wohnten in einem Hotel auf beinahe zweitausend Metern, ihr Zimmer hatte eine Sitzecke und einen eigenen Balkon. Jeden Abend zogen sie sich schick an und gingen hinunter in den großen, mit dunklem Holz ausgekleideten Speisesaal, wo ein opulentes Abendessen serviert wurde: Vorspeise und Fischgang, das Fleisch wurde au jus serviert, nach dem Hauptgang wurde das Licht gedimmt, ein Defilee von livrierten Kellern trug Eisbomben mit sprühenden Wunderkerzen herein.

An einem der Nebentische saß ein eleganter junger Mann mit einem Oberlippenbart und pechschwarzem, glatt zurückgekämmtem Haar. Die schmalen Augen glänzten. In der Brusttasche seines mitternachtsblauen Satinanzugs steckte ein rosafarbenes Tuch.

Er speiste allein. Anna war überzeugt, dass sie das Gesicht schon einmal gesehen hatte, sie konnte ihn aber nicht einordnen. Marike hatte ihn anfangs gar nicht wahrgenommen, doch als sie hinübersah, fing er ihren Blick auf und nickte, wobei er den Kopf eher zur Seite als nach vorn neigte, als wollte er sich verbeugen, ohne sie aus dem Blick zu verlieren. Als sie nach dem Essen aufstanden, um ins Kaminzimmer zu gehen, tauchte der Mann plötzlich neben ihnen auf. Er war größer, als es zunächst gewirkt hatte. Er stellte sich als Gustavo vor, schenkte Marike eine fein kalibrierte Aufmerksamkeit und führte sie mit der Hand aus dem Speisesaal, ohne ihren tief ausgeschnittenen Rücken tatsächlich zu berühren. Es schien, als würde die warme, exotische Aura, die ihn umgab, genügen, um sie zu lenken.

»Ich habe beinahe das Gefühl, als hätten wir uns schon einmal gesehen«, sagte Anna. »Vielleicht lässt es sich klären. Wollen Sie sich nicht ein wenig zu uns setzen?«

Anna und Marike setzten sich nebeneinander auf ein dunkelgrünes Sofa, Anna bot ihm den Sessel an. Er sah von Marike zu Anna und wieder zurück, und als Anna fragte, woher er komme, erzählte er, dass er ein Hotel betreibe, in einer kleinen Hafenstadt, von der sie vermutlich noch nie gehört hätten, Nam Van, in der Nähe von La–

»Kennen Sie Chou, der am Corso das Gasthaus hat?«, platzte Anna heraus. Die Farbe schoss ihr ins Gesicht, so aufgeregt, so jugendlich erhitzt hatte Marike sie noch nie gesehen.

»Sie kennen meinen Vater?«, rief er erstaunt.

»Ihren Vater?«

»Ja, Chou, mein Vater, er hatte das Gasthaus am Corso.«

»Ich war … jetzt verstehe ich. Aber ja, ich kenne ihn. Vor dem Krieg, ich war in Nam Van und habe ihn … ich war mit ihm befreundet.«

Marike legte die Hand auf den Arm ihrer Tante, beinahe um sie zu beruhigen. Gustavo nickte, seine Mundwinkel zuckten zu einem leichten Schmunzeln auf. Dann erzählte er, dass der Gasthof vor einigen Jahren abgerissen worden sei. Sie hätten an derselben Stelle ein neunzehnstöckiges Hotel gebaut, sehr modern, mit einer goldenen Fassade. Papa Chou habe das Geschäft an ihn übergeben, er sei inzwischen siebzig Jahre alt und habe sich zurückgezogen.

»Ich muss mich entschuldigen«, sagte Gustavo. »Alle nennen ihn Papa Chou. Aber sagen Sie, wie sind Sie nach Nam Van gekommen? Was haben Sie dort gemacht?«

Während Marike an ihrem Armagnac nippte, erzählte Anna, wie sie als junge Frau um die halbe Welt gereist war. Sie war Teil einer Unterhaltungsrevue auf dem Dampfer Amboyna gewesen. Jeden Abend unterhielten sie die Passagiere, jeden Abend mussten sie sich etwas Neues einfallen lassen. Tänze, Zaubertricks und Gesang. Meistens trug sie ein sogenanntes Kleopatrakleid, einen meterlangen, goldenen Schal, der unfassbar kompliziert um den gesamten Körper gewickelt und mit einem einzigen Metallring an der Hüfte befestigt war.

»Ich kann es mir vorstellen«, sagte Gustavo.

»Nein, das können Sie nicht. Ich war schlank damals, ich habe mich hauptsächlich von Kokain ernährt. Wenn wir Musik gemacht haben, habe ich das Tamburin geschlagen. Ich konnte ja nichts anderes.«

In Nam Van hatte sie keine Lust mehr auf diese Auftritte, sie schmiss das Engagement hin, ließ sich auszahlen und ging von Bord. Sie nahm ein Zimmer in einem Gasthof am Corso, dessen Besitzer, ja, offensichtlich Gustavos Vater war.

»Und was machen Sie jetzt hier?«, fragte Marike.

»Ich lerne. Wir wollen das Majestic zum luxuriösesten Hotel nicht nur in Nam Van, sondern in der ganzen Region machen.«

»Das heißt, Sie werden nachher auf Ihr Zimmer gehen, und sich zu all dem Notizen machen?«

»Selbstverständlich«, sagte Gustavo Chou da Luz und sah ihr ruhig und gespannt zugleich in die Augen. »Ich mache mir zu allem Notizen.«

»Ich meine zu dem Hotel, dem Essen, den Annehmlichkeiten?«

»Ja, natürlich. Dieser feine Armagnac hier«, er hob sein Glas gegen das Kaminfeuer und betrachtete die satte rötlichbraune Farbe, »ist schon mal eine ausgezeichnete Inspiration.«

32 · Dita

Benedita liegt auf dem Deck der Jasmin. Sie leckt sich den Karamellkaffee von den Lippen, öffnet die Augen. Die Männer der Bergungsfirma stehen am stumpfen Bug des Ungetüms und unterhalten sich, ihre Stimmen säuseln und gehen im Gurgeln der Bugwelle unter. Gabriel erklärt, wie sehr er sie dafür bewundert, dass sie ihr eigenes Leben führt, dass sie so unabhängig ist, dass sie nach der Schule diesen Schritt gemacht hat. »Ich habe dich wirklich vermisst, aber ich habe es auch verstanden. Du gehst deinen Weg. Ich bin stolz auf dich.«

Sie war achtzehn Jahre alt. Sie war über die Brücke von Badalamit gegangen, ohne sich umzusehen. Jetzt stand sie mit ihrem Koffer vor dem Haus in der Süderstraße, das ihr Janne hinterlassen hatte, und wartete auf den Hausmeister. Auf ihrer Nase, auf Stirn und Wangen prickelte es kaum wahrnehmbar, ein ganz neuartiges Gefühl. Wenn es in Nam Van regnete, dann schüttete es, die Tropfen waren weich und so riesig, dass man hören konnte, wie sie auf Dächer, Blätter und Asphalt platschten. Hier in Geest war der Regen kalt und fein, beinahe wie Nebel. Sie zog den Mantel enger und schlug den Kragen hoch. Der Hausmeister stieg aus einem roten Kastenwagen, der im Nieselregen wie ein Blutfleck zu verschwimmen schien. Er sah sie und unterdrückte ein Lächeln. Sie begriff sofort, dass er nicht damit gerechnet hatte, eine derart junge Frau vorzufinden. Er reichte ihr die Hand und sagte: »Dann wollen wir mal.«

Er schloss auf, sie trat hinter ihm ins Haus. Als er ihr anbot, den Koffer zu nehmen, lehnte sie dankend ab. Er wollte ihr alles erklären, welche Parteien wo wohnten, welche Arbeiten anstanden, welcher Keller für sie reserviert sei, er wollte ihr sogar die Stromzähler zeigen. Benedita fielen die Generatoren und Kabel von Lascabanes ein, die durch Löcher in den Wänden geführt wurden.

Er hatte sich alles zurechtgelegt, offenbar hatte er diesem Termin seit längerer Zeit, vielleicht auch mit einer gewissen Angst und Sorge, entgegengesehen. Benedita sagte, das könnten sie ja alles später besprechen, und bat ihn, sie in den vierten Stock zu bringen. Sie fuhren schweigend hinauf.

Die Wohnung war sauber und aufgeräumt, erzählt Benedita und betrachtet das tiefblaue, funkelnde Himmelszelt. Die Verwaltung hatte nach Jannes Tod eine Reinigungsfirma beauftragt, der Hausmeister war seither einmal im Monat gekommen, um nach dem Rechten zu sehen und, wie er sagte, kräftig durchzulüften. Der Kühlschrank war ausgeschaltet, ein sauberes Küchentuch lag gefaltet über der Tür, damit er nicht zufiel. Im Schlafzimmer waren die Schränke geöffnet. Janne hatte in den letzten Jahren in einem höhenverstellbaren Bett geschlafen, die Bedienungseinheit, an einem Kabel, lag auf dem Nachttisch.

»Sie ist ja nun auch wirklich sehr alt gewesen«, sagte der Hausmeister zögerlich, er schien nicht recht zu wissen, ob es angebracht war, zu kondolieren. Janne war schließlich bereits seit zwei Jahren tot.

»Soll ich Ihnen den Kühlschrank anmachen?«, fragte er und reichte Benedita die Schlüssel.

Noch einmal lehnte sie dankend ab. Als er fort war, setzte

sie sich auf das altmodische Sofa und betrachtete das Zimmer, den Kachelofen, die hohe Decke. Auf einem Telefontischchen fand sie ein blaues Mäppchen mit einem kleinen Schreibblock und eingestecktem Stift. Sie hauchte die Spitze des Kugelschreibers an und begann, eine Liste mit den Dingen anzulegen, die in den ersten Tagen und Wochen zu erledigen waren. Sie musste mit der Vollmacht zur Bank, sie musste zum Immatrikulationsbüro, sie hatte einen Termin bei der Hausverwaltung. Vor allem aber musste sie jemanden finden, der ihr diese Möbel und dieses Bett abnehmen würde. In einem Krankenbett würde sie es nicht eine Nacht aushalten.

Sie rief ein Taxi und ließ sich zu einem Hotel bringen. Als sie an die Rezeption trat, fühlte sie sich plötzlich wie zu Hause. Ein junger Mann reichte ihr die Schlüsselkarte, gab ihr die Information zu den Frühstückszeiten und wünschte einen angenehmen Aufenthalt. Während er sprach, sah sie ihm auf die Lippen, als könnte sie sie lesen.

»Entschuldigen Sie«, sagte sie, als sie merkte, wie irritiert er war. »Ich war mit meinen Gedanken gerade woanders.« Sie fuhr nach oben, legte sich aufs Bett und schloss die Augen.

In den folgenden Tagen kehrte sie immer wieder in die Wohnung zurück. Sie durchsuchte systematisch Schränke, Schubladen, Kommoden. Sie fand die Ordner, einen Karton mit Fotos. Ein paar hübsche Kleider hingen im Schrank, die Janne selbst genäht hatte, offenbar aus dem Stoff, den Tovo ihr hatte bringen lassen, bevor Gustavo sie aus dem Majestic und aus der Stadt gejagt hatte. Aber diese Kleider zu ändern hätte sich nicht gelohnt. Wann trägt man so etwas? Sollte sie im rosa bestickten Cheongsam zur Weihnachtsfeier in der Klinik gehen?

Möbel wurden abgeholt, das Bad wurde erneuert, Anstreicher kamen, erzählt Benedita, deren Kopf noch immer auf der Tauwerkschnecke ruht, und beinahe, als hätte Gabriel in ihrer Stimme eine sanfte Welle der Erregung herausgehört, fragt er, ob sie einen Freund hat.

Es scheint Tobias nicht zu stören, dass sie ihn als ihren Manchmalfreund bezeichnet. Er studiert, und an den Wochenenden jobbt er im Kühllager eines Milchwarengroßhändlers. Manchmal als Anstreicher. Er stand auf einer Leiter im kleinen Zimmer, als sie ihn zum ersten Mal sah. Das Transistorradio hauchte Popatem.

»Wer bist du?«, fragte er, als er sie sah.

»Das ist meine Wohnung, glaube ich.«

»Glaubst du, ja?«, sagte er und legte die Farbwalze ab.

Sie lachte.

»Du bist zu jung für so eine Wohnung«, sagte er.

»Stimmt.«

»Willst du dein Glück mit mir teilen? Also, ich mein jetzt nicht, dass ich gleich hier einziehe, aber … holst du uns ein Feierabendbier?«

Das Wort Feierabendbier hatte sie noch nie gehört, sie wäre von selbst nie auf die Idee gekommen, an einem späten Nachmittag Bier aus der Flasche zu trinken. Später stellte sich heraus, dass die Vorstellung eines Feierabendbiers auch Tobias eher fremd war. Er hatte sich selbst mit seiner weißen Latzhose gesehen, mit dem lächerlichen Mützchen und den bekleckgsten Schuhen, und er hatte dieses Klischee bedient, weil ihm im Bruchteil der Sekunde, als unter ihm dieses hübsche Mädchen stand und auf einen Satz von ihm wartete, einfach nichts Besseres eingefallen war.

In der Straße, ein paar Häuser weiter, befand sich ein Kiosk. Sie kaufte Bier und eine Tüte Krabbenchips. Als sie wieder nach oben fuhr, hatte sie plötzlich Zweifel. Worauf ließ sie sich da ein? Ein Typ auf einer Leiter, mit dem sie kaum zwei Minuten geredet hatte. Aber er war der Erste, der sie seit ihrer Ankunft in Geest überhaupt wahrgenommen hatte. Der Erste, der sie offen angesehen hatte. Er sah gut aus, seine Stimme war sanft und warm. Ein bisschen Aufmerksamkeit und Wärme, dachte sie, würde ihr guttun. In diesen ersten Wochen hatte sie sich wie eine Abtrünnige gefühlt, beinahe wie eine Verstoßene. Die Leute sahen sie an, und ihre Blicke schienen zu sagen: Was machst du hier? Was hast du verbrochen? Warum bist du nicht bei deinen eigenen Leuten?

»Du bist nicht von hier, oder?«, sagte Tobias, als er die Krabbenchips sah. Aber das klang anders. Es klang freundlich und ein wenig belustigt.

Er leistet ihr an den dunklen Wintertagen Gesellschaft. Er kocht den starken Broken Tea seiner Heimat, den er mit Sahne und Kandiszucker serviert, nimmt sie in den Arm und fragt sie aus, über ihre Herkunft, über die Stadt und das Leben im Internat. Schließlich stellt er die eine Frage, die sich in Nam Van noch niemand ernsthaft gestellt hat: »Was habt ihr eigentlich dort zu suchen?«

Benedita führt ohne Überzeugung an, was in der Schule mit ebenso wenig Überzeugung heruntergebetet wurde: Dass kein Land Nam Van beansprucht, dass niemand ein Recht angemeldet hat – auf Restitution, auf Rückgabe oder Reparationen. Nam Van, anders als Laguna und Sé, war ursprünglich eine unbewohnte Insel, es gab niemanden, der von sich behaupten konnte, vertrieben oder unterdrückt worden zu sein. Die Piraten, die Seeleute und Nomaden, von denen einige selbst vor Armut und Verfolgung geflohen waren, hatten niemandem etwas weggenommen. Nicht einmal die scharfschnabeligen Enten, die Flüchtlinge aus dem Norden mitgebracht hatten und deren verwilderte Cousins sich in Windeseile über die ganze Insel verbreiteten, hatten irgendeine andere Art verdrängt. Tatsächlich hatten die Siedler jeden und jede mit offenen Armen aufgenommen, egal, wie sie aussahen, egal, welche Sprache sie sprachen, solange sie nur bereit waren, hart zu arbeiten – Handel zu treiben oder zu kochen oder die Menschen zum Lachen zu bringen.

Beneditas eigener Urgroßvater war ein Flüchtling aus dem Umland von Laguna gewesen, das immer wieder von kriegerischen Wellen überrollt worden war. Papa Chou war es gewesen, der am Corso, damals noch eine unbefestigte, an einem Fähranleger endende Ausfallstraße, ein Gasthaus eröffnet hatte, eine Herberge mit acht Zimmern, die bald zur Anlaufstelle für weitere Flüchtlinge geworden war.

Tatsächlich gab es kaum jemanden in Nam Van, der nicht ein wenig auch das Erbe dieser ersten Heimatlosen in sich trug, ihre Intelligenz, ihre Schönheit und moralische Flexibilität. Aber die Stadt gehörte den Seefahrern, die stur nach Kompass und Sextant gesegelt waren, bis das strahlende Zentrum der Galaxis hoch über ihren Köpfen stand.

Trotzdem scheint es Benedita oft, als sei die goldene Fassade des neunzehngeschossigen Majestic, die über Stadt und Hafen wacht, ein Fremdkörper, das Symbol einer bestimmten Art zu leben und sich zu erheben über das, was ihre Vorfahren vorgefunden hatten. Nam Van ist ein Ort der Diener und Bedienten, ein Treffpunkt, ein Landungspunkt, dessen Funktion und Lebensweise mit dem Grund, auf dem die Stadt gebaut ist, nur wenig zu tun hat. Es ist beinahe, als wäre das Land, auf dem das Majestic steht, das Rathaus, die

Bürgerhäuser und Speicher, nur ein Anhängsel des Hafens, ein Ausläufer des Meeres selbst, von dem die Siedler einst kamen.

Tobias trägt dicke, grob gestrickte Pullover mit dicken Rollkragen, die ein wenig kratzen, wenn er sich von hinten an ihren Hals schmiegt. Er studiert, jobbt und geht mit seinen Freunden wandern, und wenn er fort ist, bleibt von ihm nur dieser Pullover, den sie nimmt und unter ihr Kopfkissen legt. Sie versucht, sich an ihn zu erinnern, an seine Persönlichkeit, den Kern seines Wesens, aber er hinterlässt nichts als diesen Pulli. Er ist mal gelb, mal braun oder dunkelrot, er ist eine Hülle, die wärmt und, wenn es draußen feucht ist, wohlig nach Schafstall riecht – aber der Mann, der in diesem Pullover steckt, hat kein Gesicht. Sie mag ihn, wenn er mit seinen großen Händen über ihre Schultern fährt und fragt, was sie seziert, wen sie getroffen und was sie in der Mensa gegessen hat. Es sind diese Momente, in denen sie ihn vielleicht sogar lieben könnte. Aber sie erkennt ihn nicht. Er hinterlässt nichts als den Geruch von feuchter Wolle und die Wärme seiner Stimme.

Vielleicht liegt es daran, dass er sich als Typ sieht, als Vertreter einer bestimmten Art. Er ist ein Geester Junge, wie er gern sagt, gelegentlich fällt in diesem Zusammenhang sogar der Ausdruck ›waschecht‹. Ihr Eindruck ist, dass diese Zugehörigkeit, die ihm so viel bedeutet, eine Maske ist, hinter der er sich versteckt, eine grob gestrickte, kratzige Sturmmütze, die alles verbirgt außer den algengrünen Augen und ein paar blonden Strähnen auf der Stirn. Sie versteht nicht, warum er sich derart an seine Herkunft klammert, warum er nicht einfach der Mensch sein kann, den sie beim Feierabendbier kennengelernt hat. Der sie anblickt, als Mensch, als Mann, als Freund. Es ist, als müsste er für immer und ewig in seiner Geester Haut stecken und Geester Gedanken denken und sogar mit Geester Gier seine Hand unter ihren Rock schieben. Wenn er dann fort ist, spürt sie auf ihrer Haut nicht mehr die Hand dieses Mannes, sondern die Hand dieser Stadt.

»Sag mal, warum bist du so fixiert auf deine Herkunft? Hat es damit zu tun, dass ich so undefinierbar bin in meiner, wie sagt ihr das immer, Identität?«

»Nein, so ist das nicht gemeint …«

»Aber so klingt es. Als wäre man gar nichts, wenn man seinen Körper, seine Augenfarbe, sein Herz und seinen Kopf und vielleicht auch die sexuellen Wünsche und Vorstellungen, die in diesem Kopf herumgeistern, nicht einklinken kann.«

»Wie meinst du das?«

»Na ja. Einklinken in eine Gruppe, eine Strömung oder Gemeinschaft. Bin ich die Frau, die dir gegenübersitzt, die an ganz bestimmten Stellen kitzlig ist und eine Gedankenwelt mitbringt, die es in dieser Zusammensetzung noch nie gegeben hat? Oder bin ich zu je einem Viertel dies und das, ein Nordlicht oder eine Indigene oder die Nachfahrin irgendeines Piraten? Gehöre ich plötzlich zu irgendeiner Gruppe, nur weil ich mich gelegentlich nach der Berührung einer Frau sehne?«

»Tust du das?«

»Das wüsstest du wohl gern. Der Punkt ist, wenn du dich aufgrund deiner Zugehörigkeiten definierst, die du als naturgegeben akzeptierst, habe ich immer das Gefühl, dass du mir einen Vorwurf machst, dass du mir irgendwie sogar das Existenzrecht absprichst.«

33 · Gabriel

Vier Etagen, acht großzügige Wohnungen hinter einer strahlend gelben Fassade. Der Eingang war mit glänzendem Stein ausgelegt. Im Garten stand ein schöner Birnbaum. Sie müssen eine schöne Kindheit gehabt haben. Die Eltern starben, die Schwestern erbten das Haus. Dann wurde es zerstört. Das ganze Viertel lag in Trümmern. Die Menschen hatten zu nah am Hafen gewohnt, zu nah an der Werft. Sogar der Friedhof wurde bombardiert. Bretter, Knochen, Schädel, die Ruine einer Kapelle. Das Viertel um die Süderstraße war komplett zerstört, es war nichts übrig.

Janne ließ das Haus wiederaufbauen. Sie arbeitete Tag und Nacht, ging bis an die Grenze dessen, was erlaubt war, und manchmal auch darüber hinaus. Das war es, was sie sich anrechnen lassen wollte. Es war ihr Haus, auch wenn im Grundbuch etwas anderes stand. Das Haus, das sie geerbt hatten, existierte nicht mehr. Anna, ihre Schwester, nahm sich einen Anwalt.

Anna hatte die Jahre der Katastrophe in einer Siedlungsgenossenschaft weit hinter den Grenzen des Geestlands verbracht, sie hatte getanzt, mit ihren Freunden Opium geraucht und sich auf einer abgewetzten Chaiselongue in das alte Nam Van zurückgeträumt, bis die letzte Brandbombe gefallen und der letzte Schmuck verkauft war. Janne, als alleinerziehende Mutter, war rechtzeitig in die Voralpen evakuiert worden. Drei Tage dauerte die Reise in den Süden, drei Tage, die sie auf überfüllten Bahnsteigen, auf der Strecke stehenden Waggons und in Luftschutzkellern verbrachten. Janne dachte, sie würden nie ankommen. Es war dieselbe Strecke, über die Anna und Marike später in die Berge fahren sollten, dieselbe Strecke, auf der das Foto entstand, das Benedita ihm mitgebracht hat.

Als Janne und ihre achtjährige Tochter schließlich völlig erschöpft aus dem Zug taumelten, wurden sie vom Bürgermeister des hübschen, auf achthundert Metern gelegenen Dorfs begrüßt. Das hätten sie sich niemals träumen lassen, dass der Bürgermeister mit seiner Delegation an seinem hübschen Bahnhof stehen und sie empfangen würde, als wären sie Ehrengäste des Kurvereins. Janne dachte, es sei ein Witz. Sie hatte geglaubt, dass der ganze Kontinent in Brand stünde und alle Menschen, vom Meer bis in die Hochtäler, in gleicher Weise betroffen, beschämt und verdreckt wären. Aber das stimmte nicht. Es gab im Süden Dörfer und sogar Städte, die von der Katastrophe praktisch unberührt waren. Das Leben ging weiter. Bürgersteige wurden gefegt. Die Kinder putzten sich die Zähne, packten ihre Ranzen und gingen in die Schule.

Der Bürgermeister drückte ihnen Essensgutscheine in die Hand und brachte sie in die Gemeindewohnung. Klein, mit einer niedrigen Decke, aber es war alles sauber. An der Wand hingen heimattreue Sprüche, es gab eine fest eingebaute Essecke. Anderthalb Jahre blieben sie dort, Janne nähte, Marike ging zur Schule. Sie lernte Schreiben und Rechnen mit all den pausbäckigen Mädels und Burschen, wie das damals hieß, und Janne nähte ihr Kleider mit Puffärmelchen, damit sie nicht so auffiel. Dann war es auf einmal vorbei. Der Bürgermeister kam und bat sie mit einer Unterwürfigkeit, die etwas Aggressives hatte, die Wohnung zu räumen. Sie kehrten nach Geest zurück.

Die gertenschlanke, drahtige Frau stand mit ihrer Tochter vor dem zerstörten Haus. Der alte Birnbaum lag da, als hätte ihn ein Blitz gespalten. Das Laub war verwelkt. Sie retteten, was zu retten war, und zogen in den Schuppen, später in das notdürftig hergerichtete Erdgeschoss. Janne nähte für Verwandte und deren Freunde, sie entfernte die Puffärmelchen von Marikes Kleidern, und als sie spürte, dass das Geld nicht reichen würde, um das Haus wiederaufzubauen, bewarb sie sich um die Stelle im Frauengefängnis.

Dann stand plötzlich Anna vor der Tür. Sie ging beinahe grußlos und ohne zu fragen an Janne vorbei ins Haus. Sie begrüßte das Kind, drückte es an ihre große Brust, suchte sich ein Plätzchen in der Wohnung und blieb. In den folgenden Monaten und Jahren kümmerte sie sich um Marike, wenn Janne bei der Arbeit war, sie kochte und sorgte dafür, dass der Herd nicht ausging. Hin und wieder brachte sie Geld nach Hause. Aber es war Janne, die den Wiederaufbau organisierte. Jeden Vormittag kam sie mit einem Trupp von sechs Häftlingen aus Freiberg, die zum Räumen abgestellt waren. Sie setzte sie auf umgedrehte Obstkisten im Garten und wies sie an, Steine zu putzen. Sie bekamen fünfzehn Minuten Mittagspause, in der sie schweigend ihre Gefängnisbrote aßen und den von Anna bereiteten Tee tranken. Und am Ende des Tages, wenn die Backsteine sorgfältig gesäubert und gestapelt waren, führte Janne die Frauen wieder weg.

Das gesamte Geld, das sie im Gefängnis verdiente, steckte sie in das Haus. Sie bettelte Maurer, Tischler, Dachdecker an, besorgte Material, zahlte mit Butter, die sie vom Bauernhof eines Cousins bekam, und wenn eine Etage fertig war, vermietete sie eine Wohnung und steckte das Geld in den Ausbau der nächsten Etage. Sie selbst zogen von Etage zu Etage, im vierten Stock richteten sie sich schließlich ein. Als das Haus fertig und auch der Garten hergerichtet war, sagte Janne zu ihrer Schwester: »Willst du dich nicht langsam nach etwas Eigenem umsehen?«

Was weiß er über die Schwestern? Vor allem das, was sie ihm selbst berichtet haben. Er kennt die Geschichten, die sie erzählten, wenn sie mit ihren Koffern und Stofftaschen anreisten, um sich für Wochen, manchmal Monate, im Majestic niederzulassen. Janne oder Anna. Anna oder Janne. Sie kamen niemals gemeinsam. Wenn Janne da war, meldete sich Anna nicht, sie rief nicht einmal an. Wenn Anna da war, war die Großmutter wie verschollen. Die Schwestern erschienen nie in einem Bild, wie Zwillinge in einem alten Film, die von einer einzigen Schauspielerin dargestellt werden. Wenn sie nicht so unterschiedlich ausgesehen hätten, hätte man meinen können, sie wären ein und dieselbe Person, die in immer derselben, der Familienwohnung direkt gegenüberliegenden Suite auf der sechzehnten Etage des Majestic wohnte. Gustavo fühlte sich belagert. Er verdächtigte die Schwestern, vor allem Janne, das Kommen und Gehen in der Wohnung aufmerksamer zu beobachten, als es ihnen zustand. »Seid ihr etwa vom Geheimdienst? Führt ihr Buch darüber, wer bei uns zu Besuch kommt?« Er ließ ihren Türspion entfernen, ein Tischler kam, um das Loch zu pfropfen.

Manchmal ging Gabriel hinüber, um ihnen Gesellschaft zu leisten. Er spielte siamesisches Mah-Jongg mit Anna oder Rommee mit Janne. Anna bezahlte ihn für jedes Spiel, egal ob er gewann oder verlor. Manchmal legte sie ihm das Tarot und erklärte ihm die Bedeutung von Bildern und Systemen. Und während er spielte, während er die Karten mischte oder rote, grüne und weiße Drachen zu einer Mauer aufstellte, spitzte er die Ohren. Er hörte den Geschichten der Schwestern zu und merkte sich jedes Detail. Er war der eigentliche Spion. Aus ihren Erzählungen und dem wenigen, das seine Mutter damals hinzugefügt hatte, konnte er ein Bild vor allem der Großmutter zusammensetzen, das der Wirklichkeit von damals möglicherweise sehr nah kam. Bis heute hält er sich an diesem Bild fest. Es ist ein Mosaik, das in seiner Wirkung realistischer wird, je weiter er sich von ihm entfernt.

Sie ist geschieden, sie ist frei. Sie hat Interessen und Wünsche, die sie mit einer Zielstrebigkeit verfolgt, die unheimlich ist. Auch als Gefängniswärterin ist sie unheimlich. Sie ist streng, daran besteht kein Zweifel. Aber ist sie auch bösartig? Gabriel weiß es nicht, er kann es bis heute nicht sagen.

Sie tritt in den Aufenthaltsraum. Die Uniform sitzt schlecht. Sie wird sie ändern, sie wird kleine, schleichende Anpassungen vornehmen, es darf nicht auffallen, dass sie am Staatseigentum herumschneidert. Auf ihrem Kopf sitzt ein Schiffchen, die Trillerpfeife liegt kalt in ihrer rechten Hand, das Lederbändchen kitzelt am Handgelenk. Was die Frauen im Einzelnen verbrochen haben, interessiert Janne nur mäßig. Die meisten hat die Sitte angeschleppt oder die Militärpolizei, das hatte der Direktor ihr gleich bei der Einstellung erklärt.

Die Frauen sehen sie an: neugierig, gelangweilt, eindringlich, freundlich, hilfesuchend oder provozierend. Einige Blicke sind starr vor Angst. Janne mustert die Frauen. Sie sucht ihre Blicke, stellt sich der Feindschaft, der stillen Provokation, die hier und da aus ihren Augen blitzt. Sie weicht nicht aus. Die meisten halten ihrem prüfenden Blick nicht stand, sie sehen auf die eigenen Füße, die in dünnen Leinenschuhen stecken.

Sechs Frauen darf sie auswählen, sechs, die zur Arbeit etwas taugen. Sie werden dankbar sein, alles ist besser, als den ganzen Tag mit dünnen Schuhen in dem kalten, gekachelten Raum zu sitzen. Maria Alkema ist die beste Arbeiterin, das hat ihr die junge Kollegin verraten, die, so der Direktor, »in der Probezeit so freundlich sein wird, Ihre Fragen zu beantworten. Na, dann gehen Sie mal, wir sehen uns nachher in der Kantine. Ich habe hier eine Menge zu tun, verstehen Sie, in Zeiten wie diesen ist eine Haftanstalt wie ein Verschiebebahnhof.«

In Zeiten wie diesen? Wie viele dieser Zeiten haben wir denn schon erlebt, und wie viele werden wir noch erleben? Ist einmal nicht genug? Und warum redet der kleine Mann so umständlich, warum macht er sich so wichtig? Warum lässt er sie nicht einfach gehen, wenn er so überaus beschäftigt ist?

Sie bedankt sich – artig genug – und zögert, vielleicht sollte sie die Gelegenheit nutzen, um eine Stelle für ihre Schwester zu bitten. Der Direktor ist ihr offensichtlich sehr gewogen. Doch dann entscheidet sie sich dagegen. Sie will seine Gutmütigkeit nicht ausnutzen, und sie hat keine Lust, den ganzen Tag mit ihrer Schwester zu verbringen, die ihr nur Konkurrenz machen würde, nicht nur um die Gunst des Direktors. Am Ende muss sie Anna noch auf dem Gepäckträger mitnehmen, sie haben ja nur das eine Rad. Für jemanden wie den Direktor wäre Anna ohnehin nur sehr schwer einzuschätzen, man weiß bei ihr nie, woran man ist. Nur Janne weiß es, sie ist schließlich ihre Schwester. Sie musste mit Anna alles teilen: das Fahrrad, das Essen, sogar das eigene

Kind. Anna hat ein schönes Gesicht, runde, sinnliche Lippen, runde, hohe Augenbrauen und kastanienbraunes Haar. Aber ihre Schönheit ist schwammig, irgendwie unscharf. Außerdem ist sie dick. Woher sie das hat, weiß Janne nicht. Seit Jahren hungern die Menschen, sie schuften und werden immer magerer, nur Anna schafft es irgendwie, ihr Gewicht zu halten.

34 · Dita

Ein schmaler Strich am Horizont, ein Schatten, der sich ausfüllt, ein Hauch von Sand und Grün, die Küste kommt in Sicht. An einzelnen Stellen funkeln schwache, gelbliche Lichter auf. Umrisse werden erkennbar, die Form eines Schiffs schält sich aus der Dämmerung, ein Tanker krängt, zwei Bohrinseln stützen einander, Schulter an Schulter wie Betrunkene. Über Werkshallen und Zweckgebäuden wachen Kräne, rostige Rümpfe, halbe Aufbauten, ganze Frachter liegen wie von mächtiger Hand zerstreut auf dem Strand.

»Sie fahren bei Hochwasser auf das Land zu und rammen sich in den Sand«, erklärt Gabriel. »Die Schiffe, die keinen eigenen Antrieb haben, die Bargen und Plattformen, werden mit Seilwinden hinaufgezogen.«

»Wie Wale«, sagt Benedita.

»Genau. Dann werden sie aufgeschnitten und ausgeschlachtet.« Die Wracks liegen dicht an dicht. Tanker und Fähren, winzige Kähne neben bunt bemalten Kreuzfahrtschiffen.

»Sie nehmen alles, was aus Stahl ist.«

»Sie nehmen auch die Jasmin«, sagt Benedita.

»Ja. Den Rumpf. Nur der Stahl interessiert sie.«

Ein Containerschiff liegt so hoch auf dem Strand, dass sein Bug das Dach einer Werkhalle eingedrückt hat. Zerbrechlich zwischen zwei rostigen Giganten liegt ein Segelboot, der Mast ragt schräg hinauf wie ein Minutenzeiger.

»Dort wohnen Arbeiter«, sagt Gabriel und zeigt auf den Hang hinter den Werkhallen, einen Slum aus Hunderten von Wellblechhütten und bunten Zelten. »Es ist lebensgefährlich, was diese Leute machen. Aber sie haben keine Wahl.«

Sie schließt die Augen und hört das Hämmern und Schlagen, das gespenstische Kreischen der Trennschleifer, das aus den Rümpfen dringt.

Ein Kahn nähert sich, Männer rufen, sie kommen längsseits. Nacheinander steigen sie über die schmale Leiter von Bord. Ein Arbeiter reicht Benedita die Hand, die sich vor Müdigkeit und Aufregung kaum halten kann. Die Sprossen sind rutschig. Gabriel folgt ihr, zum Schluss die Bergungsleute. Der Letzte wirft eine Werkzeugtasche hinunter, die klirrend auf dem Deck landet.

»Ich habe etwas vergessen«, sagt Gabriel, als sie gerade abstoßen wollen.

Er klettert noch einmal hinauf und verschwindet in der Jasmin. Benedita lehnt erschöpft an der Kabine. Der Diesel tuckert. Als Gabriel zurückkehrt, lösen sie sich und drehen ab.

Gabriel legt seiner Nichte den Arm um die Schulter. Gemeinsam blicken sie zurück auf dieses Schiff, Tovos Vermächtnis, das vier Jahrzehnte im Hafen von Nam Van gelegen hat. Nach einer Weile dringt schwarzer Rauch aus dem Inneren, dann schlagen die ersten Flammen aus den Fenstern. Funken und brennende Fetzen fliegen auf, glühen gegen das Morgenlicht, Lichter zerspringen, eine schwarze Rauchsäule steigt auf, vier Explosionen, eine nach der anderen, peng-peng-peng-peng, Benedita zuckt bei jedem Knall erneut zusammen.

»Die Gasflaschen«, sagt Gabriel.

Die Jasmin treibt ruderlos vor der Küste. Benedita sieht ihren Onkel an. Er raucht und zieht sie an sich. Er hat das Feuerzeug noch in der Hand. Die Flammen hauchen Wimpel und Flaggen aus, hundert Fensterscheiben platzen, dass es prasselt, der kleine Mast stürzt. Der Rauch steigt beinahe gerade in den Himmel. Benedita löst sich aus der Umarmung ihres Onkels und setzt sich auf einen Poller. Sie versucht, trotz dieses zerstörerischen Feuerwerks in sich hineinzuhorchen. Sie will sich auf diesen Augenblick einlassen. Sie will wissen, was er mit ihr macht. Was Gabriel mit ihr macht. Flammen züngeln und zischen und umfangen das Schiff wie eine dünne, flackernde Haut, bis selbst der Lack des Aufbaus verkohlt ist. Sie horcht, und sie spürt nichts. Keine Trauer, keine Wut. Nur Leere. Sie ist erschöpft, todmüde. Es ist, als hätte ihr diese Familie die letzte Kraft geraubt. Den letzten Lebenssaft aus ihr herausgepresst.

Nach einer Viertelstunde ist alles vorbei. Ein Ponton treibt herrenlos, vaterlos, der Aufbau glüht, das Oberdeck glüht, auf dem sie mit ihren Freundinnen Räuber und Gendarm gespielt hat. Heiß, oh, ist das heiß! Wie sie an manchen Tagen mit nackten Füßen sprang, um sich nicht die Sohlen zu verbrennen. Wie sie manchmal Angst hatte, ihre Flip-Flops könnten schmelzen. Ein zweites Bild, eine Folie, legt sich über diesen Tanz, ein träger Elefant aus rußschwarzem Stahl, eine Silhouette, die jegliches Licht schluckt.

Als die letzte Gasflasche geplatzt und der letzte Knall verhallt ist, beginnen die Bergungsleute und der Matrose des Kahns zu klatschen, erst zaghaft, dann laut und mit hellem Gelächter. Es ist wie ein Echo des Applauses, mit dem die Bürger von Nam Van die Jasmin am Abend verabschiedet haben.

Über dem Meer ist die Sonne aufgegangen, sie haben es gar nicht bemerkt. Benedita sieht ihren Onkel an, müde und verwirrt. Er hat es für sie getan, natürlich, er will sie befreien von dieser Last, die sie trägt und immer getragen hat. Die Jasmin geht in Flammen auf, und er denkt, damit sei alles gelöst. Dabei schwimmt das Ding noch. Schwarz, verkohlt, bereit zur letzten Verwertung. Trotzdem beschließt sie in einem Akt des Willens, das Feuerwerk als Geschenk aufzufassen. Sie *will* Dankbarkeit spüren, sie *will* es anerkennen, selbst wenn er nicht das erreichen wird, was er sich möglicherweise versprochen hat. Auf jeden Fall war es besser als eine Überraschungsparty. Es war spektakulär, im wahrsten Sinne des Wortes. Ein Spektakel, nur für sie.

Es gibt so viel, was es an ihm auszusetzen gäbe. Diese Abgeklärtheit, die manchmal wie Großspurigkeit wirkt, eine Art enervierende Nonchalance. Aber sie hat keine Lust, ihn zu kritisieren. Sie liebt ihn, und sie vertraut ihm. Er ist der Einzige in der Familie, der an sie denkt. Der Einzige, der ihr Wohl im Blick hat. Nicht nur das Wohl der Erbin, die einmal das Familiengeschäft übernehmen will. Sie weiß, dass es ihm egal ist, was sie tut – solange sie nur glücklich ist. Er hätte ja selbst Kinder kriegen können, die das Familiengeschäft fortführen, er ist selber schuld, dass sie die letzte ihres Stammes ist.

Nur ein einziges Mal hat sie ihn wirklich gehasst. Als sie aus Spanish California zurückkehrte. Es war früh am Morgen, sie ließ sich vom Flughafen direkt zum Jachthafen fahren, sprang auf das Deck, trommelte auf das Kajütendach und schrie: »Diú! Wach auf, du Arschloch!« Als Gabriel endlich herauskam, wütete sie los: Er hätte sie verraten, er hätte sich mit ihrer Mutter gegen sie verbündet, sie wollten sie loswerden, alle beide. »Du bist ein Dreckskerl. Du bist wirklich ein richtiger Dreckskerl!« Und während ihr noch das Blut in den Schläfen pochte, fragte sie sich, woher diese zerstörerische Kraft stammte, die sie wie einen Druckkessel in ihrem Inneren spürte, woher die Macht dieser Wut, die sie nun gegen ihren überraschten Onkel wandte.

Es dauerte, bis Gabriel sie so weit beruhigt hatte, dass er ihr erklären konnte, er habe wirklich alles unternommen, um Julia umzustimmen. Doch die Entscheidung, sie allein nach Nam Van und schließlich nach Badalamit zu schicken, hatte bei ihrer Mutter gelegen, nicht bei ihm. Ihre Mutter hatte sie im Stich gelassen, nicht er. Er hatte eigentlich keine Wahl. Entweder bot er Julia seine Hilfe an, versicherte ihr, dass er sich um Benedita kümmern würde, und ermöglichte ihr damit, sich abzusetzen, oder er verweigerte sich in der Hoffnung, Julia umzustimmen. Aber hätte Julia ihm das abgenommen? Bestimmt nicht. Sie hätte ihre Tochter trotzdem zurückgeschickt, sie hätte sich einfach darauf verlassen, dass er Benedita helfen, sie aufnehmen und unterstützen würde. Julia kannte ihn zu gut, sie wusste, dass er seine Nichte nicht im Stich lassen würde.

»Niemand lässt dich hängen. Du kannst auf der Stardust wohnen, wenn du in der Stadt bist. Du kannst deine Freunde einladen. Ich ziehe in die Wohnung, wenn du willst. Du musst mir nur sagen, was du willst.«

»Ich will raus. Raus aus dieser Familie!«

Schließlich erzählte sie ihm von Lascabanes, seinen Bewohnern, sie sagte ihm, was ihr dieser Aufenthalt bedeutete. »Ich habe mich so aufgehoben gefühlt. Ich hatte zum ersten Mal das Gefühl dazuzugehören. Als hätten sie alle nur darauf gewartet, mich in ihre Arme zu schließen. Ich hätte einfach dableiben sollen, bei Leslie, bei Noah und Beto und den anderen.«

»Du kannst es dir ja noch überlegen. Bleib erst einmal hier, ein Schuljahr oder zwei, dann denkst du neu darüber nach. Ich unterstütze dich, egal, wie du dich entscheidest. Wenn du abhauen willst, dann hau ab. Aber schaff dir die Voraussetzungen dafür. Mach etwas aus dieser Situation, etwas, das wirklich zu dir passt.«

Ein weiterer Schlepper, rostig und zerbeult, nimmt die ausgebrannte Hülle der Jasmin an den Haken. Sie sehen ihr noch eine Weile nach, bis sie hinter einem schwarzen Containerschiff verschwindet. Die Jasmin scheint mit dem größeren Rumpf zu verschmelzen, es sieht aus, als würde sie gefressen.

»Hast du mit Tovo darüber gesprochen? Hast du ihn gefragt?«

»Nein«, sagt Gabriel.

»Was wird er sagen, wenn er erfährt, was du mit der Jasmin gemacht hast?«, fragt sie.

»Was soll er schon sagen? Geh hin. Melde dich an, es ist ganz einfach. Geh in die Festung und erzähle es ihm.«

Sie sieht ihren Onkel an. Ihr Inneres krampft sich zusammen. Sie schüttelt den Kopf.

35 · Gabriel

Gabriel hatte Lascabanes damals selbst gesehen, kurz bevor er im Hafen von Miwoki Julia an Bord genommen hatte. Er segelte die Küste entlang und entdeckte an einem Morgen diese Landzunge bei Punta de los Reyes, die wie ein Schiffsbug in das Meer ragte. Er sah den Fahnenmast an der Spitze, die Hütten, kaum mehr als gegen den Wind sich neigende Verschläge. Die Villa war bis unters Dach violett angestrichen, der Antennenturm wirkte, als wäre er aus der Militäranlage, die auf seinen Karten eingezeichnet und hinter der Siedlung zu erahnen war, ein paar Schritte in Richtung Meer gegangen, um sich den Wind um die Nase wehen zu lassen.

Anna lag zu diesem Zeitpunkt bereits in ihrem feuchten Grab, und er fragte sich, ob sie das wohl so gewollt hätte. Die Vorstellung, eine Leiche in eine Kiste zu stecken und der Verwesung zu überlassen, schien ihm unendlich fremd. Die ganze Geester Welt, der Vierkanthof und das Haus in der Stadt, wo Janne noch immer wohnte – all das schien ihm sehr weit entfernt. Er hatte die Reise, auf die er sich als Vierzehnjähriger so übermäßig gefreut hatte, nie angetreten, und er war überhaupt erst einmal, kurz nach dem Schulabschluss, in Geest gewesen. Er hatte auf seiner Weltumseglung nicht ein einziges Mal erwogen, den Geester Hafen anzusteuern, er hatte nicht die geringste Lust gehabt, in diese kalten nördlichen Gestade mit ihren hölzernen Baken,

Deichen und den hinter den Deichen aufragenden Backsteintürmen vorzustoßen.

Annas Tod berührte ihn mehr, als er sich anfangs eingestanden hatte, und er ärgerte sich, dass er an der Beerdigung nicht teilgenommen, dass er es nicht doch möglich gemacht hatte. Er hätte sich von dieser großherzigen Frau, deren Anwesenheit ihn in seiner Kindheit wie ein schwaches Feuer unzureichend, aber stetig gewärmt hatte, gern verabschiedet. Er hatte aus verschiedenen Häfen mehrmals mit Tovo telefoniert, und er hatte sich, während die schweren Münzen beinahe im Sekundentakt in das Telefongerät klackerten, jedes Detail des Rituals erzählen lassen. ›Wie viele Leute waren da? Was hat der Priester gesagt? Wie sah der Sarg aus? Hat er das Grab gesegnet?‹

Jemand hatte Tarotkarten auf den Sarg geworfen, erzählte Tovo, ein älterer Herr mit einer Pelzmütze, er zog die Karten aus der Tasche, küsste sie und warf sie im Stapel hinein.

Es ist vorbei. Das Land ist zerstört. Die Stadt liegt in Trümmern. Die Menschen sind hart und bitter. Sie können den grausamen Zustand ihrer Welt und die Zerrüttung ihrer eigenen Herzen nicht akzeptieren und versuchen, mit dem Kopf durch die Wand zu gehen. Sie rennen gegen die Wirklichkeit an wie Geisteskranke, schlagen sich die Köpfe blutig und tragen schreckliche Wunden davon. Und da ist Anna. Sie kann helfen. Sie nimmt sie bei der Hand, sie führt sie durch das Labyrinth der Entscheidungen wie Blinde. Sie zeigt ihnen Hauptwege, Nebenwege und sogar die Sackgassen. Geh hinein, sagt sie, hier, hier entlang, und wenn es dir nicht passt, wenn du dich nicht zurechtfindest, nun, dann kehrst du einfach um. Das geht nur mit dem Tarot, das nur insofern etwas über die Zukunft aussagt, als es den Fragenden die Wege aufzeigt und auf die Kräfte hinweist, die in ihnen selbst verborgen liegen. Die Menschen lernen zu verstehen, dass sie ihre eigene Zukunft gestalten müssen. Es geht nur um Bedingungen und Wirkungen, um die Einsicht, dass die Zukunft eine Haltung der Gegenwart ist, die sie einnehmen oder verwerfen können. Es geht darum, Wünsche umzusetzen. Es geht um Kraft und um Durchsetzungswillen.

»Ich sehe etwas in Ihrer Zukunft, das Mut macht. Lassen Sie sich ein, gehen Sie neue Wege. Es wird Ihnen nicht so schwerfallen, wie Sie jetzt denken. Sind Sie gesund? Kann es sein, dass Sie schwanger sind?«

Anna hat immer gesagt: ›Ich hatte damals zwei Berufe. Ich habe das Leben der Frauen gedeutet, und ich habe den Männern die Zukunft vorausgesagt.‹ Das eine, meinte sie, habe mit dem anderen praktisch nichts zu tun. Anna war unabhängig, mutig, klug. Aber sie war auch eine Frau ihrer Zeit. Sie hat an der Welt, in der sie sich so gut zurechtfand, selbst mitgebaut.

Sie selbst, hat sie immer gesagt, braucht den ganzen Zirkus nicht – die Räucherstäbchen, das Handlesen, die Karten. Aber sie tut, was die Kunden von ihr verlangen. Das Handlesen ist wie Medizin, wie eine Wissenschaft, die Linien sind deutlich und nachweisbar, sie lassen sich nicht ausradieren. Die Hand offenbart die innersten Geheimnisse, die Schwächen, die finsteren Winkel der Persönlichkeit. Der Kaffeesatz dagegen ist ein gehuschtes Spiel, ein ganzes Schicksal lässt sich mit einer einzigen Bewegung des Handgelenks auslöschen. Es ist wie der Stein, den man ins Wasser wirft. Ein paar winzige konzentrische Wellen, dann ist es, als wäre nie etwas geschehen. Im Tarot aber sprechen die Geister, die alles über ihre Kundinnen wissen, die jede Kiste und jeden

Koffer kennen in der staubigen Dachkammer ihrer Träume. Sie dreht die Karten so und so, probiert verschiedene Legesysteme, die sie als junge Frau in Nam Van kennengelernt hat, entzündet eine Kerze, schließt die Augen, atmet, betet, sie tut alles, um Spannung, Ehrfurcht, Pulsschlag zu erhöhen, die wärmere Seite des Lebens, und sich selbst ein wenig Zeit zum Nachdenken zu geben. Nach einer Viertelstunde, die ihren Kunden wie eine Ewigkeit vorkommt, erhalten sie die Antworten, für die sie gekommen sind. Das Orakel der Neustadt fällt sein Urteil, es spricht mit klarer, beinahe kristalliner Stimme. Glück, Unglück. Das innere Feuer. Es ist alles, wie es sein soll.

Mit den Frauen sprach sie über die Seele, über das Licht, das in ihnen leuchtete und manchmal nur unruhig flackerte. Sie sprach über Glück und Unglück. Den Männern riet sie, die Dinge anzupacken, nicht zu zögern und keine Gelegenheit ungenutzt zu lassen. Es ging immerhin um den Wiederaufbau. Geest war zerschlagen, die Leute hatten nichts zu essen, die Speicher im Hafen waren zerstört. Anpacken! Produzieren! Kaufen! Alles war möglich, alles wurde gebraucht.

Die Neustadt war immer vom Duft der Kolonien durchweht gewesen, die Viertel südlich des Flusses lagen im Abwind der großen Röstereien. Jetzt waren die Säcke in den Speichern verbrannt, die Stadt roch, wie sie immer gerochen hatte, nach scharf gebranntem Kaffee, nach Kardamom und Pfeffer. Der Kaffee wird wiederkommen, sagte sie, schon bald, in ein paar Jahren werden dort hochmoderne Röstereien arbeiten, es wird neue, moderne Häuser geben, Hochhäuser, Wolkenkratzer und eine Stadtautobahn. Tee, versucht es mal mit Tee! Die alten Backsteinbuden, in denen der Schwamm sitzt, werden abgerissen, wenn sie nicht von selbst schon eingestürzt sind. Wir werden die Welt beliefern, und die Welt wird zu uns zurückkehren.

Also gründeten diese Männer Geschäfte, sie gingen in die Politik, sie gingen ins Risiko, sie kauften und unterschrieben Darlehensverträge. Wenn ihre Füllfederhalter über das billige Papier der Banken kratzten, hatten sie Annas Stimme immer im Ohr. Und als sie begannen, Geld zu verdienen und aufzusteigen, als die Belegschaften wuchsen und die Firmen wieder zu importieren begannen, schrieben sie ihr Glück und ihren Erfolg vor allem dieser einen Frau zu – Anna, die ihnen Mut zugesprochen hatte, Anna, die in die Zukunft sehen konnte. Ihr Name wurde auf den Gängen des Rathauses, im Überseeclub und selbst in der Kirche weitergereicht, er wurde geflüstert oder auf Kärtchen geschrieben, er wurde gehandelt wie etwas Kostbares, dessen Herkunft man nicht preisgeben wollte.

Dabei lag alles, was sie sagte, auf der Hand. Man brauchte sich nur umzusehen. Man brauchte sich nur diese Stadt anzuschauen, die Filetgrundstücke am Fluss und in der Altstadt, die hungrigen Augen der Menschen, das Feuer in ihren Blicken. Natürlich würde es weitergehen. Aber ihren Kunden genügte es nicht, wenn sie sagte, dass sie die Augen öffnen, dass sie hinsehen sollten. Sie wollten die Karten, das Brimborium, sie verlangten, dass sie die Geheimschrift ihrer Handflächen las und in die Kristallkugel blickte, die sie aus Nam Van mitgebracht hatte.

Es sei irreführend, die Zukunft als eine Zeit zu verstehen, meinte sie immer, als kommenden Zustand unserer Welt. Die Zukunft ist kein Kalenderblatt, das unter den anderen Blättern bereits wartet und an einem vorbestimmten Tag zum Vorschein kommt. Die Zukunft, die wir entdecken oder beeinflussen wollen, wird niemals eintreten, was wir Zukunft nennen, hat mit dem Küchenkalender nichts zu tun. Unsere Zukunft ist Wunsch und Wollen, Möglichkeit und Vorstellung, gespeist aus den Hoffnungen und Ängsten, die wir heute, in dieser Sekunde, in jedem Augenblick der Aufmerksamkeit in uns tragen. Und wie wir die Zukunft verkennen, so verkennen wir auch die Vergangenheit. Die Vergangenheit ist ein Gefühl, an dem wir festhalten, eine verschwommene Erinnerung, ein schwankender Grund, auf dem wir nicht zu lange stehen sollten.

Anna war überzeugt, dass es die Angst ist, die das Gelenk zwischen gestern und morgen, zwischen Vergangenheit und Zukunft bildet. ›Angst‹, sagte sie einmal, ›verbindet das, was war, mit dem, was kommt. Sie verbindet Erinnerung, Schmerz und Verlust mit Erwartung. Die Angst ist ein Gespenst mit zwei Gesichtern, es blickt zurück, und es blickt voraus, es quält uns und lässt uns an dem Tisch, an dem wir gerade sitzen, nicht zur Ruhe kommen.‹

36 · Dita

Dampfende Congee-Schalen mit halbierten, weich gekochten Wachteleiern, mit kross gebackener Schweineschwarte und Blattgemüse garniert. Teller und Teekännchen stehen wacklig auf dem zerbeulten Metalltisch und klappern. Über der Essensausgabe die vier linkslehnenden Blockbuchstaben der Bergungsfirma. Die Hocker, ebenfalls aus Metall, sind am Boden verschraubt, die Wände sind weiß gekachelt. Wie ein Schlachthof, denkt Dita, eine Gefängniskantine. Wahrscheinlich spritzen sie den Raum am Ende des Tages einfach ab.

Dita schraubt die Flasche mit der scharfen Soße auf. Sie tunkt ein Stäbchen hinein und beginnt, die Schriftzeichen der Jasmin auf den Tisch zu malen. Es gelingt ihr nicht, das Stäbchen verteilt auf dem glatten Blech die rote Farbe nicht, sie muss immer wieder tunken und ansetzen, bis die Schrift aussieht wie verschmiertes Blut. Sie zupft eine dünne Serviette aus dem Spender und wischt es ab.

»Du wirkst unzufrieden«, sagt Gabriel. »Aber es gibt keine bessere Kantine. Die Leute kommen von weither, um hier zu essen.«

Sie glaubt ihm nicht. Zum ersten Mal seit sie ausgelaufen sind, ist ihr kalt. Sie schiebt sich das Haar hinters Ohr und hält das Gesicht in den Dampf. Tobias. Der Pullover. Sie könnte den Ofen anmachen und seiner tiefen, warmen Stimme lauschen. Es ist, als würde man an einem grauen

Herbsttag das Radio einschalten. Selbst wenn er auf dem Sofa neben ihr sitzt und von seinen Bergtouren erzählt, ist sie einsam. Aber er macht ihre Einsamkeit erträglicher.

Sie fahren die Küste entlang, Ricardos Nacken ist frisch rasiert, die Haut gerötet. Benedita schlägt die Beine unter, lehnt sich an Gabriels Schulter, nickt immer wieder ein. Auf der Drachenbrücke öffnet sie die Augen. Dunst liegt über der Stadt, die vollkommen still wirkt, wie menschenleer. Dabei weiß sie, wie geschäftig die Innenstadt um diese Tageszeit ist. Am Markt wimmelt es von Händlern, Lieferwagen, Motorrädern, niemand beachtet die Ampeln, es gibt keine Regeln außer denen, die die Menschen seit Jahrzehnten in ihrem Inneren ausgebildet haben. Am Hafen drängen sich die Köche an den Schiffen, sie wiegen Barsche, Schnapper und Schildkröten in den Händen, greifen in blutige Kiemen und überprüfen die Festigkeit des Rochenfleischs.

Der Wagen bahnt sich eine Schneise durch ein Meer von Sägern und Touristen. Ricardo fährt im Schritttempo über die Promenade. Menschen aus aller Herren Länder stehen dicht an dicht auf der Mole, um die Balz der Meeressäuger zu erleben. Jede Fontäne wird hundertfach fotografiert. Ein Junge verteidigt seine frittierten Muscheln gegen die Angriffe der Möwen. Am Rathaus steigt Gabriel aus. Benedita hält seine Hand, während er aussteigt, sie streckt sich im Fond und lässt erst los, als er bereit ist, die Tür zuzuschlagen. Ricardo bringt sie zum Hotel, an der Vorfahrt steigt sie aus. Die Rezeptionistin fragt, ob sie bereit wäre, in die Wohnung umzuziehen, es gebe Anfragen für die Suiten, das Hotel sei ausgebucht, alle Zimmer seien belegt.

»Das ist natürlich Ihre Entscheidung.« Die Frau, nicht älter als Benedita selbst, rollt den goldenen Kugelschreiber in der Hand. »Viele Gäste sind in die Stadt gekommen, um die Jasmin zu verabschieden. Und natürlich wegen der Wale.«

»Ist in der Wohnung denn alles bereit?«, fragt Benedita.

»Ja, selbstverständlich. Wir wechseln einmal in der Woche die Wäsche, alles wird aufgefrischt.«

»Und warum?«, fragt Benedita erstaunt. Gabriel nutzt die Wohnung nicht, sie steht, soweit sie weiß, seit ihrer Abreise vor drei Jahren leer.

»Weil Ihr Onkel es so wünscht.«

Benedita sieht die junge Frau an und weiß nicht, was sie sagen soll. Sie hat den Faden verloren. Sie starrt auf das glänzende Namensschild der Rezeptionistin.

»Wenn Sie natürlich noch einen Wunsch haben«, sagt die junge Frau, um das unangenehme Schweigen zu brechen, »wenn Sie noch etwas brauchen, könnten wir Ihnen – «

»Nein, danke, Carla«, sagt sie schließlich. »Lassen Sie nur das Gepäck rübertragen. Ich werde mir ein bisschen die Beine vertreten.«

Sie wankt auf dem unsicheren Grund dieses Vormittags, sie sucht noch nach Halt. Sie ist noch gar nicht zu sich gekommen, seit sie von Bord der Jasmin gegangen sind. Hat sie Angst? Sie weiß es nicht. Es ist eher ein Gefühl der Beklommenheit. Die Wohnung ist ein Museum der erkalteten Gefühle. Die Jasmin dagegen glüht noch immer. Die lodernden Flammen haben sich in ihre Netzhaut eingebrannt. Es ist, als würde ihr der Brandgeruch noch in den Kleidern und Haaren stecken. Es war selbstgefällig und ein wenig albern, wie Gabriel noch im Wagen mit dem Feuerzeug gespielt hat. Aber sie weiß ja, warum er es getan hat. Warum die Jasmin in Flammen aufgegangen ist. Für sie hat er das Feuerzeug an den hellblauen Seidenstoff gehalten, und ein bisschen auch für sich selbst. Ein Feuerwerk sollte es werden. Eine Bestattung. Der Friede soll einkehren in eure Herzen.

Sie wird ein wenig spazieren gehen, und wenn sie sich gefangen hat, wird sie in die Wohnung treten und die Gespenster vertreiben, die lebenden und die toten. Gabriel ist zu großzügig gewesen, als er ihr die Suite reserviert hat. Er wollte es gut machen, ein wenig zu gut, und dafür ist sie dankbar. Er wusste, dass sie nicht in die Wohnung wollte. Aber jetzt wird sie sich fügen. Es ist ihr lieber, sich einer wirtschaftlichen Erwägung zu unterwerfen als einem undefinierbaren Gefühl.

Sie versteckt die Müdigkeit hinter einer Sonnenbrille und taucht in die schwere, schwüle Luft der Straße ein. Im Park, am Brunnen, spielen Kinder, ein Junge durchschneidet den Wasserstrahl mit dem Schwert seiner Hand, wobei er jedes Mal einen kurzen, scharfen Kampfschrei ausstößt. Blüten versprühen ihren süßlichen, klebrigen Duft, der sich mit dem Geruch der Straße und dem Dunst der Grillstände vereint. Sie zieht Geld, auf der Rückseite der neuen Scheine ist die Drachenbrücke zu sehen. Sie stopft das Geld in die Jeans und geht die lärmende Horta e Costa hinauf. Am Heong Tou Café biegt sie ab und erreicht die Rotunde, wo sie mit vierzehn zu Mambaklängen ihre ersten Tanzschritte gemacht hat. Ein dürrer Junge hatte sie aufgefordert, ein Junge, dessen Haut wirkte, als müsste sie bei der ersten Berührung zerbröseln. Sie traute sich kaum, seine Hand zu nehmen.

Sie kauft ein Softeis, etwas Rotes, angeblich Wildkirsche, und setzt sich auf eine Steinbank. Vor ihren Füßen klebt ein eingetrocknetes Kaugummi. Gut möglich, dass Gustavo einst an dieser Stelle gesessen hat, ihr Großvater, an den sie sich kaum erinnert. Das Einzige, was sie über ihn weiß, ist das, was sich in den Gesichtern der Erwachsenen abspielte, wenn sie nach ihm fragte. Die seltsame Mischung aus Schmerz und Mitleid, das hassvolle Aufblitzen in Gabriels Augen. Für Ricardo war Gustavo eine Autorität gewesen, ein Geschäftsmann, der ihm eine Chance gegeben hatte. Ricardo verdankte ihm alles, und Ricardo hatte alles gesehen. Er hatte Gustavos Geliebte durch den Personaleingang ins Hotel geschleust, während Marike, weinend unter der Last ihrer Depressionen, allein in der Wohnung saß. Er hatte die Unterlagen abgeholt, mit denen sich Gustavo gegen Tovos unweigerliches Scheitern abgesichert hatte. Ricardo kannte diesen Mann, der an nichts und niemanden glaubte als an sich selbst, er kannte seine Selbstbezogenheit und seine Kälte, und er hasste ihn nicht weniger, als seine Söhne es taten. Aber er war ihm immer treu geblieben.

Julia schien eher belustigt, wenn sie Gustavos Namen hörte, denn sie nahm den Schmerz der Brüder nicht ernst. Sie nahm überhaupt nichts ernst. Julia war wie ein Zitronenfalter, ein Hauch von einem Menschen, der von Blüte zu Blüte zieht, der immer nur nach Leichtigkeit, Farbe und Nahrung sucht, ohne sich je irgendwo niederzulassen.

Benedita weiß, dass Gustavo über einen Zeitraum von zwei, drei Jahren in die Unterwelt abstieg, in diese feuchte, düstere Höhle, die Demenz genannt wird. Manchmal rutschte er auf den glitschigen Stufen ab, dann klammerte er sich an eine Felskante und kroch wieder ein Stückchen hinauf. Er saß stundenlang auf irgendwelchen Bänken in der Stadt und führte Selbstgespräche. Es war, als würde er sich mit den Sägern unterhalten. Wenn er am späten Nachmittag ins Hotel zurückkehrte, berichtete er von stundenlangen Wanderungen, die er gemacht, von schier unfassbaren physischen Leistungen, die er vollbracht hätte. Das war die Fantasiewelt, in der er lebte. Das war die Fantasiewelt, in der er ertrunken ist. Vielleicht dachte er tatsächlich, er könnte um sein Leben schwimmen.

Der Mülleimer ist übervoll. Sie setzt das klebrige, mit einer Papierserviette eingeschlagene Hütchen vorsichtig auf die herausquellenden Styroporschalen. Gäbe es Wind in dieser Stadt, würde es den am Boden scharrenden Sägern vor die Schwimmfüße fallen, aber es gibt keinen Wind, keinen einzigen, kühlenden Hauch. Die Stadt scheint zu dampfen. Trotzdem beschließt sie, noch ein wenig zu gehen.

Sie wendet sich nach Norden, streift durch die Viertel, die sie aus ihrer Kindheit kennt. Die uralten Bäckerräder aus dem Hotelhof fallen ihr ein, mit denen sie und ihre Freundinnen die Gassen hinabschossen, dass Menschen und Geflügel auseinanderstoben. Die dicken Reifen, das platschende, satt aufschlagende Profil waren für das Pflaster wie geschaffen, aber es genügte ihnen noch nicht. Erst als sie die Klickerkarten in die Speichen gesteckt hatten, setzten sie sich auf Sattel und Stangen und rasten hinab, wobei sie eine Sekunde, zwei Sekunden, drei Sekunden lang die Augen schlossen, bis sie kreischend in die Kreuzung fuhren. War das Mut oder Selbstvergessenheit? Sie weiß es nicht. Sie weiß nur, dass es diese Augenblicke in ihrer Kindheit gab, wo Lebensfreude und Lebensmüdigkeit unfassbar dicht beieinander lagen.

Schließlich erreicht sie die Ringstraße, die ihnen immer unüberwindbar schien. Benedita war noch nie auf der anderen Seite, zumindest nicht zu Fuß. Irgendetwas zerrt an ihr, treibt sie voran. Sie geht, bis sie eine Unterführung erreicht, einen Fußgängertunnel, aus dem kühlere Luft und ein stechender Geruch dringen. Sie geht hinein, springt mit einem Satz über eine Pfütze, in der sich Tageslicht spiegelt.

Es wird dunkler, an einem Obdachlosenlager bleibt sie stehen. Entenvögel picken an der Kartonunterlage. Sie zieht einen Schein aus der Tasche und steckt ihn in das Kopfkissenanhängsel des Schlafsacks. Es ist wie ein Schutzopfer, als würde sie eine Kerze anzünden.

»Hey, hey, was machen Sie da?«

Ein Mann kommt auf sie zu, eine Silhouette, groß und breitschultrig. Sie hat Angst. Sie sieht sich um. Es ist dunkel, der Tunneleingang auf der Südseite ist zu weit entfernt. Es hat keinen Sinn zu fliehen. Sie hat einen Fehler gemacht, sie wusste es in dem Moment, als sie das Geld aus der Tasche zog, vielleicht schon, als sie in den Fußgängertunnel trat.

»Ist das Ihr Lager?«, fragt sie, als er näherkommt. »Ich habe Ihnen nur etwas Geld hingelegt.« Das Herz schlägt ihr bis zum Hals.

»Nein.« Seine tiefe, sonore Stimme hallt im Tunnel.

»Ich …«

»Sie brauchen keine Angst zu haben.« Der Mann steht jetzt direkt vor ihr. Er trägt ein helles Hemd. Er riecht nicht.

»Kommen Sie, kommen Sie«, sagt er und schiebt sie in Richtung Ausgang.

»Lassen Sie mich, fassen Sie mich nicht an.«

»Ich tue Ihnen nichts. Bitte, kommen Sie einfach. Das ist kein guter Ort für Sie.«

Sie geht mit, sie hat überhaupt keine Wahl. Ihr ist schlecht vor Angst. Es ist, als würde der Lärm und Gestank der sechsspurigen Ringstraße in den Tunneleingang hineinfließen wie eine dickflüssige Masse. Sie geht auf Melasse, die Sohlen kleben, sie kommt kaum voran. Benedita ist auf alles gefasst. Sie hat nichts, nicht einmal ein Schlüsselbund, das sie in die Faust nehmen könnte, um zuzuschlagen.

»Das ist wirklich kein guter Ort für Sie. Vertrauen Sie mir, bitte.« Als sie aus dem Schatten treten, sieht sie ihn an. Er hält die Handflächen hoch, als wollte er sagen: Ich tue Ihnen nichts. Seine Augen lächeln. Er schiebt die schwarzen Wellen seines Haars über das Ohr.

»Ich wollte Sie nicht erschrecken«, beschwichtigt er noch einmal. »Es tut mir aufrichtig leid.«

»Diú-diú-*diú*! Ich bin fast gestorben vor Angst. Wer sind Sie?«

»Das tut mir wirklich leid. Die Menschen, die in diesem Tunnel leben, sind manchmal aggressiv.« Benedita atmet schwer, ihre Beine zittern. Sie will weiter, sofort. Sie schließt für einen Augenblick, den Bruchteil einer Sekunde nur, die Augen. Sie hat eine genaue Vorstellung von ihren Herzkammern, die das Blut durch die Adern pumpen, dass es hellrot unter ihren Lidern aufleuchtet.

»Anteo«, sagt der Mann und streckt die Hand aus. »Padre Anteo. Kommen Sie, kommen Sie, gehen wir nach oben.« Sie gehen die Rampe hinauf, die aus dem Tunnel nach Qianshan führt, Benedita eilt zwei, drei Schritte voraus, bis er sie einholt. Die Betonwände sind grün angelaufen, Büsche und staubige Ranken quellen herab.

»Sie sind Priester?«

Hinter ihnen rumpeln Lastwagen über die Ringstraße. Der Satz kommt gegen den Lärm kaum an. Langsam, ganz langsam, kommt sie zur Ruhe.

»Ja. Das stört Sie hoffentlich nicht.«

»Sie haben mich wirklich erschreckt.«

Er entschuldigt sich noch einmal. Es wird ruhiger, je weiter sie sich von der Ringstraße entfernen.

»Priester, ja?«, sagt sie schließlich. »Ich bin ein bisschen geschädigt … von Badalamit.«

»Sie waren im Internat? Ich begleite Sie ein Stückchen, wenn Sie nichts dagegen haben. Wo wollen Sie denn eigentlich hin?«

Sie gehen weiter nach Norden, sie muss ihm versprechen, auf dem Rückweg ein Taxi zu nehmen. Qianshan riecht anders als die Innenstadt, die Altstadt, der Hafen. Das Meer scheint weit entfernt. Es ist, als würde der rohe Beton der vier- oder sechsstöckigen Wohnhäuser, die bis weit in die Hügel hinauf die Straßen säumen, atmen. Als wäre dieses Viertel seit seiner Fertigstellung – wenn man von Fertigstellung überhaupt sprechen kann – nie richtig durchgetrocknet. Die meisten Häuser wirken, als würden ihnen Dächer und ganze Etagen fehlen. Nur die Roststreifen an Mauern und Wänden, die bunten, teils zersprungenen Kacheln, die die Erdgeschosse bis auf Brusthöhe kleiden, deuten darauf hin, dass diese Häuser nicht erst gestern entstanden sind.

37 · Gabriel

Eine Frau legt Karten, das Separee ist hellblau umweht. Ihr Umhang wallt wie ein seidener Vorhang. ›Du besitzt eines der wertvollsten Grundstücke der Stadt‹, sagt Anna. ›Ich sehe einen goldenen Palast. Menschen werden sterben auf den Bambusgerüsten, die wie Spinnen die neunzehn Stockwerke hinaufklettern. Sie werden stürzen. Sie werden dir im Sturz noch dankbar sein, denn du hast versprochen, ihre Familien zu versorgen. Reicht dir das nicht? Was willst du mehr? Lass dich im Keller begraben, lass dir in diesem Palast, der sich am Horizont der Zeit schon abzeichnet, eine Marmorgruft bauen, und wenn die Küchenhilfen nachts den Fliesenboden reinigen, wenn sie den Dreck mit dem Wasserschieber in den Ablauf drängen, dann regnet und plätschert es in deinem Grab, und du kannst die Stadt schmecken, du kannst den Fisch, die Krebse, die Seeohren riechen, das Meer, das Julu, die brackige Suppe, aus der wir alle vor gar nicht langer Zeit herausgekrochen sind. Dann bist du an deinen Ursprung zurückgekehrt, und dein Sohn trägt den Staffelstab, bis auch er stolpert und hinabgestoßen wird im Augenblick der Schwäche.‹

Anna ging von Bord und legte das goldene Kleopatrakleid ab. Sie wechselte in ein rotseidenes Cheongsam, ein schmales, mit schwarzen Ranken verziertes Kleid, dessen rund ausgeschnittener Stehkragen ihre zarte, gepuderte Kehle offenbarte. Sie war wunderschön – eine strahlende Figur mit großen, leuchtenden Augen und einem Schwall von kastanienbraunen Haaren, den sie zu einem strengen Zopf bändigte.

Sie benötigte ganze drei Tage, um den Mann zu verführen, in dessen Pension sie wohnte. Chou brachte Austern und Champagner, wenn er sie nachts besuchte, er trat in den süßen Duft ihres Zimmers, schlich sich heran und berührte sie wie ein Gott. Die Nächte vergingen wie im Rausch, und nichts erinnerte daran, dass der Mann eine Frau und mehrere Kinder hatte. Vor Morgengrauen verschwand er so leise, wie er gekommen war. Sie schlief bis zum Mittag, ließ sich Tee und Toast und klebrig-süße Chirimoyas servieren und zog sich sorgfältig an. Am Nachmittag verließ sie das Haus, um die Kunst des Tarots zu erlernen. Sie nahm die bunten Kärtchen der Wahrsagerinnen, die ihr auf dem Corso angeboten wurden, und folgte den Wegbeschreibungen: In der Gasse der Gewürzhändler befindet sich unter einem blauen Sonnensegel zur Rechten eine rot lackierte Holztür … Adressen gab es nicht. Nur die drei, vier Boulevards hatten Namen, die Hausnummern zeigten die Fertigstellung des Gebäudes an, nicht ihre Reihenfolge. Chous Pension hatte die Nummer siebzehn, weil sie das siebzehnte Haus war, das am Corso entstanden war. Neben der Pension, in der Nummer drei, wohnten in einem ummauerten Anwesen vier oder gar fünf Generationen einer alteingesessenen Familie samt Dienerschaft, die Chou und die Neuankömmlinge aus dem Norden, die bei ihm wohnten, mit Argwohn betrachteten.

Anna drang bis in die winzigsten Hinterhöfe ein, sie gab nicht auf, bis sie die Verstecke der Cartomantes gefunden hatte. Ein winziges, verhangenes Fenster im Erdgeschoss, eine Kerze, deren flackerndes Licht auf das Gesicht einer schwarzen Ischtar fiel. Hier muss es sein. Sie klopfte dreimal, denn – sie wusste bereits von dem Aberglauben, der die Stadt durchwirkte wie hundert schimmernde Fäden – alles andere hätte ihr Unglück gebracht, eine gerade Zahl möglicherweise sogar den Tod.

So zog sie von einer Wahrsagerin zur nächsten, sie steckte das ganze Geld, das sie auf dem Dampfer verdient hatte, in diese Ausflüge. Sie setzte sich auf die harten Stühle, sah den mal mehr, mal weniger verhüllten Frauen in die Augen und variierte ihre Fragen, um herauszufinden, worauf sie reagierten. Sie ging vor wie eine Wissenschaftlerin. Sie sah sich in den düsteren Zimmern um, notierte im Kopf jedes Detail, jede mit einem Tuch abgedeckte Lampe, jede reich verzierte Opiumpfeife, jedes Rauschen und Plätschern in dieser von Wasser durchtränkten Stadt. Sie lauschte den Antworten der Cartomantes, sie analysierte, was die Sätze, die aus ihren feuchten Mündern tropften, mit ihr machten, und war erst zufrieden, wenn sie ihre Gedanken lesen und ihre Worte antizipieren konnte. Innerhalb weniger Wochen lernte sie, die Karten zu legen und in die innersten Geheimnisse der Menschen vorzudringen. Es war, als hätte sie eine neue Sprache gelernt, deren Wörter und Zeichen tiefer in den Urgrund der Bedeutung reichten, als sie sich je hatte träumen lassen.

Es war nicht Chous einzige Affäre. Er nannte seine Frau Lotus, manchmal sogar Lotus Flower, Gabriel weiß bis heute nicht, wie sie wirklich hieß. Was er weiß, ist, dass er sie trotz dieses liebevollen Namens nicht geliebt hat. Die Stadt war ein Sündenpfuhl, für Männer eines gewissen Standes war alles möglich, alles denkbar. Niemand setzte ihnen Grenzen, und niemand glaubte an die bürgerliche Liebe, den Treueschwur der Ehe. Anna brauchte nicht lange, bis sie das erkannt hatte. Die Männer glaubten an Geld und an Macht und an Sex, und ihre Frauen wussten es und fanden sich damit ab, weil sie keine andere Wahl hatten.

38 · Dita

Drei kleine, wacklige Tische auf dem Bürgersteig, ein winziges Café. Der Priester schiebt mit seinen Stiefeln das Geflügel weg, bis sie sich setzen können. Benedita bestellt Kaffee und ein Croissant, sie hat seit dem Frühstück in der grässlichen Kantine nichts gegessen.

»Was hat dich denn in die Peripherie dieser Stadt verschlagen?«, fragt der Priester und schaufelt Zucker in seinen Tee.

»Was machen Sie denn hier, Hochwürden?«, sagt Benedita.

Er lacht und entschuldigt sich für die vertraute Anrede. Sie wischt seine Sorge mit der Hand davon. Er betreue die Obdachlosen im Tunnel, erklärt er, er sehe nach ihnen, rede mit ihnen, manchmal bringe er Essen.

»Es sind nur zwei, die dort regelmäßig schlafen. Geld gebe ich ihnen nicht.«

»Warum nicht?«

»Wenn das Spendengeld, das wir erhalten, in Drogenkäufe fließt – wenn das dann jemand herausfindet, haben wir ein richtiges Problem.«

Benedita nickt.

»Wie viel hast du ihm hingelegt?«

»Zwanzig, glaube ich«, sagt sie. »Es ist so dunkel in dem Tunnel, ich hab es nicht genau gesehen.«

»Dafür bekommt er vier Tütchen.«

»Tut mir leid.«

»Du hast nichts falsch gemacht«, sagt er. »Du hast dich nur eingeklinkt in diesen Kreislauf. Du hast kurz an dem Rad gedreht, dass es ein bisschen schneller läuft.«

»Ich studiere Medizin. Ich will nicht an dem Rad drehen, ich will es anhalten.«

»Wo studierst du denn? In Laguna?«

»Nein, in Geest. Vierzehn Flugstunden von hier. Kennst du nicht.«

Als er fragt, was sie in Nam Van macht, weicht sie anfangs aus. Sie sei drei Jahre in Badalamit gewesen, sagt sie nur. Doch als sie ihn so ansieht, als sie in seine tiefen schwarzen Augen blickt, drängt es sie, sich auf das Gespräch einzulassen. Sie will sich ihm öffnen – dem Mann, nicht dem Priester. Sie stellt ihn sich vor, in einem dieser dicken Pullover, die in ihrer Wohnung herumliegen. Es ist beinahe, als könnte sie die feuchte Wolle riechen. Sie fasst Vertrauen und erzählt ihm, wer sie ist.

»Ihr habt euch am Corso so eine Art Himmlisches Jerusalem gebaut«, sagt Anteo und schmunzelt.

»Na ja«, sagt sie.

»Die goldene Fassade …«

»Ach so.«

»Sag mal, dann ist Gabriel Chou da Luz dein Onkel?«

»Ja, warum?«

»Kannst du ihm etwas ausrichten?«

Sie legt die Stirn in Falten, lehnt sich ein wenig zurück.

»Kannst du ihm sagen, dass die Stadt an der Ringstraße nicht aufhört? Dass es hier oben weitergeht? Hier, wo die allermeisten Menschen leben?«

Es ärgert sie, dass sich sein Blick auf sie plötzlich so verengt hat. Als sie aus dem Tunnel getreten sind, hat er sie offen und gütig angesehen, als wollte er ihr direkt ins Herz blicken. Jetzt ist sie nur noch Botin. Sie bereut es, ihm erzählt zu haben, wer sie ist. Jetzt wird er sie nur noch im Kontext dieser Familie sehen. Die Nichte, die etwas ausrichten kann. Andererseits, denkt sie, hat er ja recht. Warum sollte er diese Chance nicht ergreifen? Der Mann ist Seelsorger, und offenbar sehr engagiert. Solche Gelegenheiten lässt man sich nicht entgehen, wenn man ernsthaft auf der Seite der Armen, der Süchtigen und Verzweifelten steht. Selbst wenn man dabei das gerade erst errungene Vertrauen zerstört.

Tatsächlich hat sie noch nie darüber nachgedacht. Gabriel sitzt im hellen Leinenanzug auf der Stardust, er bewegt sich mit seinen langsamen, großen Schritten zwischen dem Hafen, dem Rathaus und dem Majestic, ein Dreieck, dessen Seiten er immer und immer wieder abgeht, als gäbe es die Vororte, die Wohnsiedlungen, die Baracken der Wanderarbeiter überhaupt nicht. Er ist noch immer der Regattasegler, der nur den Dreieckskurs sieht, den die Organisatoren auf die Seekarte gezeichnet haben – drei Bahnen, drei Bojen, die Ziellinie. Sie hat ihn noch nie über die anderen Stadtteile reden hören, nicht ein einziges Mal, es geht immer nur um den Containerterminal, die Anbindung über die Brücke, die Hotels und Restaurants und die Geschäfte an der Rotunde. Er betreibt den Wettstreit mit Laguna, als müssten sie etwas beweisen, er setzt alles daran, aus dem Schatten der Metropole zu treten, und er vergisst dabei die Menschen in den Vierteln hier oben. Er vergisst sogar die Menschen, die für ihn arbeiten, die Putzfrauen und Zimmermädchen im Majestic und die Leute, die einmal im Jahr seine Jacht aus dem Wasser heben, um den Bewuchs abzukratzen.

»Mein Vater lebt hier oben«, sagt sie schließlich, ohne auf seine Bitte einzugehen.

»In der Festung, ich weiß. Du willst doch nicht etwa da hin?«

»Nein, das hatte ich nicht vor.«

»Wirklich nicht? Weißt du, das sind drei, vielleicht vier Stunden Fußweg. Du musst über die Hügel, da hoch.« Er zeigt die Straße hinauf, in die Hügel hinein, die höher und immer höher bis zum Horizont reichen. »Da, an den silbrigen Bäumen, endet die Kabelbahn. Du musst bis fast an die Grenze.«

39 · Gabriel

Je schwächer Gustavo wurde, desto größer wurde sein Bedürfnis, seine Kraft und Ausdauer unter Beweis zu stellen. Er verließ morgens im frisch aufgebügelten Anzug das Hotel, und wenn er am frühen Nachmittag zurückkehrte, baute er sich vor dem Personal auf, das sich gerade zufällig in der Lobby befand, und berichtete von ausgedehnten Wanderungen, wie sportlich er ›marschiert‹ sei, welche gewaltigen Strecken er zu Fuß zurückgelegt habe. Er nannte Zahlen, Entfernungen, die ihn bis weit aus der Stadt, bis ans nördliche Ufer der Insel und darüber hinaus geführt hätten. Die Kofferträger, die Zimmermädchen und Rezeptionistinnen hatten keine Wahl, als diesem Mann zuzuhören, der offiziell noch immer der Inhaber des Hotels und damit ihr Chef war. Sie unterbrachen ihre Arbeit, falteten Hände, Staubwedel und Handservietten hinter dem Rücken und nickten ungläubig, während er mit erhitztem Gesicht erzählte, wie er fünf, sechs oder sieben Stunden durch die Stadt gelaufen sei, wie er die Hügel erklommen habe, ohne sich eine einzige Pause zu gönnen, ohne zu trinken und auch nur den leisesten Anflug von Hunger oder Müdigkeit zu verspüren. Fragen, wo er denn im Einzelnen gewesen sei, was er dort getan und gesehen habe, waren nicht vorgesehen. Niemand traute sich, die Blase seiner dementen Selbstgefälligkeit zu durchstechen. Die Angestellten sahen auf den Boden und betrachteten Gustavos kaum angestaubte Derbys, die sie noch am Morgen poliert hatten.

Gabriel, der seinen Vater spät nachmittags kurz sah, bevor sich der alte Herr sein frühes Abendessen servieren ließ, versuchte – teils amüsiert, teils besorgt – herauszufinden, was Gustavo in diesen Mittagsstunden trieb. Er fragte nach konkreten Orten und Gebäuden, die Gustavo gesehen, welche Straßen er überquert habe, er rekonstruierte seine Wege und schloss, dass sich sein Vater in einem Umkreis von höchstens einer halben Meile um das Hotel bewegte, dass er die nördlichen Viertel nie erreichte und auch im Westen nie über das Hafenviertel hinauskam. Gustavo sträubte sich gegen die strenge Befragung und antwortete einsilbig. Manchmal versuchte er abzulenken, indem er nach Tovo und Julia fragte, die mit der Geburt ihrer Tochter in eine moderne Wohnung über der Stadt gezogen waren und sich im Majestic kaum mehr blicken ließen.

»Und wie geht es meiner Tochter?«, fragte er dann.

»Du hast keine Tochter.«

»Ich meine die Tochter von der Tochter, die Tochter von meinem Sohn, sie heißt …«

»Benedita. Du meinst Benedita. Deine Enkelin. Sie ist gesund und hübsch, sie lacht, wenn man ihren Bauch krault. Was soll man sonst sagen über ein Baby?« Gabriel steckte sich eine Zigarette an.

»Was bekomme ich zu essen?«

»Was hast du denn bestellt?«

»Ich weiß es nicht mehr.«

Es waren diese späten Nachmittage, an denen seine Demenz besonders deutlich zutage trat. Wenn er von seinen Wanderungen nach Hause kam, sprach er relativ zusammenhängend, seine Erzählungen klangen beinahe überzeugend. Doch kurz darauf, wenn er in die Wohnung zurückkehrte, wirkte er erschöpft und verwirrt. Zur Seite gelehnt, als müsste er im nächsten Moment umkippen, saß er auf dem Sofa, er hielt sich an der Fernbedienung fest und suchte nach Wörtern. Er vergaß den Namen des Restaurantschiffs und manchmal sogar den Namen des Hotels, in dem er sein ganzes Erwachsenenleben verbracht hatte.

»Warum kommt er nicht mehr ins ..., ich meine, warum kommt er nicht mehr ins ... wie heißt das noch mal, ins Hotel?«

»Wie heißt das Hotel?«, fragte Gabriel scharf.

»Ist doch egal.«

»Sag es mir. Wie heißt unser Hotel?«

»Ich weiß, wie es heißt, ich habe den Namen damals selbst ausgewählt. Es ist nur ... nicht so wichtig.«

»Majestic. Papa, du hast es vergessen. Und deine Frau? Weißt du noch, wie sie hieß?«

»Du redest ja fast schon so mit mir wie Tovo. Was soll das? Was habe ich euch nur getan?«

»Die Frage ist, was du ihr angetan hast.«

»Wie meinst du das?«

»Marike. Deiner Frau. Was hast du ihr angetan, dass sie sich den Strick genommen hat?«

»Wer hat sich den Strick genommen?«

»Deine Frau.«

»Das stimmt nicht, das wüsste ich doch.« Gustavo wich dem Blick seines Sohns aus. Er sah auf die Fernbedienung und drückte auf den Tasten herum, immer auf der Suche nach Rettung, immer in der Hoffnung, dass der Fernseher anspringen würde. Doch auf dem grauen Bildschirm zeichnete sich nur sein eigener Schatten ab und das schwache Bild seines hünenhaften Sohns, der über ihm stand und mit der Zigarette in der Hand gestikulierte.

Der Rausch der Bewegung, der eine Selbsttäuschung war, hielt mehrere Monate an. Gustavo verschwand nach dem Frühstück, manchmal winkte er beim Hinausgehen, ohne sich umzudrehen. Bekannte riefen Gabriel an, wenn sie ihn in der Stadt entdeckten. Er sitze einfach da, berichteten sie, auf diesem oder jenem Platz, er sitze auf einer Bank, stundenlang. Er redete mit sich selbst, mit den Möwen und den Sägern. Nur mit den Menschen sprach er nicht. Selbst wenn ihn jemand erkannte und ansprach, reagierte er nicht. Wenn er dann ins Hotel zurückkehrte, erzählte er bombastisch von seinen heldenhaften Wanderungen. Abends kratzten die Angestellten den Entenkot von seinen Ledersohlen.

Zu Beginn der Regenzeit begann Gustavo, auch körperlich abzubauen. Er zog sich an, ließ den Fernseher einschalten und verbrachte die Tage auf dem Sofa, unfähig, den Sender zu wechseln. Das Wasser strömte über die Fenster. Er empfing nur noch selten Besuch. Nur einige der Freunde, die mit ihm die Freitagsrunde auf der Jasmin gebildet hatten, kamen. Es waren Abschiedsbesuche, ihnen schien klar, dass sie ihn zwar noch sehen, aber in wenigen Monaten schon nicht mehr erreichen würden. Dieser gerade einmal siebzig Jahre alte Mann, der noch vor Kurzem in der Mitte des Lebens gestanden hatte, war ein Bewohner seiner selbst, er war in sich selbst zurückgefallen und nahm die Außenwelt nur noch als Rauschen, als elektrisches Knistern seines eigenen zerfressenen Hirns wahr.

Als sie zum Notar gingen, um die Nachfolge zu regeln, ließ Gustavo sich – anfangs etwas unwillig, später dankbar – von Gabriel und Julia stützen. Langsam, mit tastenden Schritten, ging er die Stufen hinauf. Tovo folgte, er dachte nicht daran, seinem Vater oder seiner Frau den Regenschirm zu halten.

Als sich die Tür mit leisem Säuseln öffnete, schlüpfte Tovo vor ihnen durch den Windfang und meldete sich beim Portier. Julia löste ihr buntes Kopftuch, während Gabriel seinem Vater mit dem Taschentuch die nasse Stirn abtupfte. Eine halbe Stunde später waren die Brüder Eigentümer eines Hotels am Corso.

»Wollen wir das feiern?«, fragte Julia, als sie wieder unten waren. »Wir könnten am Hafen etwas trinken.«

»Kein Grund zum Feiern«, sagte Tovo trocken. »Oder, Papa?« Gustavo sah seinen Sohn an.

»Wer ist das?«

»Wer ist was, Papa?«, fragte Gabriel. Gustavo zeigte mit dem Finger auf Julia.

»Wer ist diese Frau?« Julia lachte schallend und sagte: »Alter Herr, du brauchst jetzt dringend einen Drink!«

»Bourbon«, sagte Gabriel entschlossen. »Ich kenne da eine nette Bar. Der Besitzer schuldet mir was.« Tovo nickte unwillig.

Die Bar, in der sich eine kleine Sammlung von Messingbarometern, feinen kardanischen Aufhängungen und antiken Navigationsinstrumenten befand, war als Marinemuseum deklariert worden und als solches in den Genuss einer Förderung für den Ausbau der touristischen Infrastruktur gekommen. Unterzeichnet, mit freundlichen Grüßen, Gabriel Chou da Luz. Tovo würdigte seinen Vater, der sich unsicher, aber nicht unglücklich an einem India Pale Ale festhielt, keines Blickes. Er sprach in kurzen Sätzen mit seinem Bruder, erkundigte sich nach der Konstruktion und Bauweise der zweiten Stardust, die Gabriel bei einer Werft in Laguna in Auftrag gegeben hatte, und erzählte von schlaflosen Nächten. Julia, die von den nächtlichen Bedürfnissen des Babys weit stärker gefordert war als ihr Mann, war dagegen bestens gelaunt. Sie ließ sich von Gabriel eine Zigarette nach der anderen anzünden und sprach über das Hotel, als wäre es gerade gestern erst eröffnet worden: ›Sag mal, Gabriel, habt ihr mal überlegt, unten eine Disko einzubauen? Wer braucht so ein riesiges Schwimmbad?‹ ›Tovo, willst du da nicht einsteigen? Ich meine, als Geschäftsführer?‹ ›Was ist eigentlich mit der Weinliste? Ist das gut, was ihr da im Keller habt?‹

Das Baby war versorgt, die Babysitterin bis zum Abend gebucht, Julia hatte keine Ahnung gehabt, wie lange der Termin beim Notar dauern würde. Sie hatte nicht gefragt, und niemand hatte es ihr gesagt. So schwamm sie in langsamen Zügen durch die Zeit und diesen Nachmittag wie durch einen großen, etwas trüben See, sie machte ein paar Züge, tauchte auf, sagte einige Sätze, bestellte einen weiteren Drink, sagte wieder ein paar Sätze. Gustavo wusste bis zum Schluss nicht, wer sie war. Am Ende musste Tovo seine Frau beinahe aus der Bar hinaustragen. Gabriel folgte mit ihrem Vater, den er auf ähnliche Weise, aber aus anderem Grund auf die Straße hinauszerren musste. Die Brüder verabschiedeten sich mit einem Handschlag. Gabriel brachte Gustavo ins Majestic, Julia und Tovo kehrten in ihre Wohnung zurück.

Am Morgen rief Tovo seinen Bruder im Rathaus an.

»Was machen wir mit ihm?«, fragte er.

»Ich weiß es nicht«, sagte Gabriel. »Das war nett gestern. Ich bin froh, dass wir uns mal wieder unterhalten konnten.«

»Meinst du, er hat bekommen, was er verdient hat? Ist das seine Strafe dafür, dass er Mama in diesen grausamen Tod getrieben hat?«

»Wir müssen ruhig bleiben, Tovo«, sagte Gabriel, als müsste er ein Feuer eindämmen, das tief im Innersten seines Bruders außer Kontrolle zu geraten drohte. »Ich denke, wir müssen ihn einfach versorgen. Er wird wegdämmern. Wir müssen warten, bis er stirbt.«

»Weißt du noch, die aufgerissene Tapete?«

»Ja.«

»Woher? Woher hatte sie dieses Seil?« Tovo atmete schwer, er schien beinahe zu schnauben.

»Ich weiß es nicht.«

»Ich werde ihn nicht auf den Scheiterhaufen heben.«

»Ich weiß«, sagte Gabriel leise, um seinen Bruder zu beruhigen.

»Ich mache das nicht. Ich werde ihm diese Ehre nicht erweisen.«

»Ist klar. Mach dir keine Gedanken darüber. Das klären wir, wenn es so weit ist. Wie geht es Julia?«

»Sie hat Kopfschmerzen. Benedita hat uns geweckt. Sie ist zu uns ins Bett gekommen.«

»Ja.«

»Du musst auf sie aufpassen, wenn uns etwas passiert«, sagte Tovo. »Du bist der Pate. Es ist deine Verantwortung.«

40 · Dita

Sie ist fasziniert von der Vorstellung, dass eine Person, oder ein Gegenstand, an zwei Orten gleichzeitig existieren kann, dass ein Mensch wie Tobias eine Einheit ist, ein Einzelner aus Fleisch und Blut, der in Geest wohnt und im Kühllager eines Milchwarengroßhandels jobbt, wo er palettenweise abgelaufenen Joghurt aussortiert, und dass er zeitgleich an der Peripherie von Nam Van herumläuft und sich um die Ärmsten der Armen kümmert, um diejenigen, die sich beim besten Willen nicht mehr selbst zu helfen wissen. Das war der Grund, warum sie zu Anteo Vertrauen fasste. Er trank Schwarztee mit Milch und Zucker, das Cafétischchen wackelte.

»Was immer du tust, tu es nicht aus Angst«, sagte er und berührte ihre Hand. »Tu es, weil du es willst. Such nach dem Willen in dir. Denn wenn du ihn nicht findest, dann setzt sich etwas anderes an seine Stelle, die Trauer, die Sucht, was auch immer. Etwas wird diesen Platz einnehmen, den du nicht ausfüllst, und dann ist es zu spät.«

Seelenverwandtschaft, was ist das? Sie kann mit dem Begriff der Seele nichts anfangen, sie hat mit dem Skalpell immer wieder nach ihr gesucht und nichts gefunden, aber sie weiß um die Verwandtschaft der Elementarteilchen, die über die größten Entfernungen, über Ozeane und Landmassen und Berge hinweg miteinander kommunizieren. Teilchen, die den Geruch eines feuchten Wollpullovers ohne Zeitverlust über Tausende von Meilen transportieren können, die den Geschmack von süßem Broken Tea in einer Blitzsekunde über den ganzen Globus verteilen. Das Universum ist zerschossen von Informationen dieser Art. Das eine ist das andere, und das andere weiß nichts von der Existenz des einen, denn sie sind identisch, sie leben und wirken in der Bilokation. Zwei Orte, eine Existenz. Zwei Menschen, ein Gefühl. Zwei Berührungen, ein Sinneseindruck. Es gibt nicht das Original und das Hologramm. Es gibt nur das Hologramm.

Die Zimmermädchen haben gelüftet, alles wirkt sauber und ordentlich, die Bettwäsche ist gestärkt. Als sie aus dem Taxi stieg, war es noch hell. Jetzt ist es draußen dunkel. Es ist, als wäre die Nacht herabgestürzt, als hätte sie das Meer, die Stadt, den Corso überwältigt. Auf dem Bildschirm flackert ein Feuer. Sie weiß nicht, wann Gabriel zuletzt hier war, es wird Monate her sein. Die Zimmermädchen gehen zweimal in der Woche hinein, saugen und entstauben und sehen nach, ob alles in Ordnung ist. Vielleicht setzen sie sich kurz aufs Sofa, ohne sich zurückzulehnen, legen die Hände in den Schoß und atmen durch.

Der Blumenstrauß, Rosen und weiße Lisianthus, steht auf dem Wohnzimmertisch. Ist es der alte, den Gabriel in die Suite hat stellen lassen, oder ist es ein frischer? Sie weiß es nicht. Vielleicht ist es derselbe, zweifach über Zeit und Ort verteilt. Am Treppenaufgang hängt eine feurige Drachenmaske, jemand hat sie aus dem düsteren Fundus der Familie heraufgeholt und aufgehängt. Sie geht hinauf. Irgendjemand hatte die seltsame Eingebung, das Kinderzimmer in hellem Aquamarin zu streichen. Sie erkennt einige Möbelstücke wieder. Sie öffnet den Schrank. Die sauber gefaltete Schuluniform, ein Stapel Schülerzeitschriften, ein Tennisschläger, in einer grauen Mappe die Landschaftszeichnungen, die sie in Badalamit gemacht hat. Der Rest ihrer Kindheit und Jugend ist gelöscht.

Sie ist dankbar für die Neutralität, die Ausdruckslosigkeit dieser Räume. Ihre Scheu ist verflogen, die Angst vor diesem Ort, an dem sich ihre Großmutter das Leben genommen hat, an dem Gabriel aufgewachsen ist und Tovo, der seinen Vater an einem Vormittag – sie war damals drei Jahre alt – aus der Wohnung geschoben hat, um ihn am Rand des Schwimmbeckens abzustellen. Sie nimmt diese Wohnung, in der sie selbst nur wenig Zeit verbracht hat, in Besitz.

Die Küche wurde erneuert, es sieht nicht aus, als hätte hier jemals jemand gekocht. Auf der Kücheninsel steht eine flache, silberne Obstschale. Sie tippt die Bananen an und stellt überrascht fest, dass sie echt sind. Der Kühlschrank ist bestückt wie eine Minibar, nur die Flaschen sind größer. Champagner, Weißwein, Mineralwasser und ein ganzer Haufen Schokoriegel. In einem Körbchen neben dem Kühlschrank liegen Krabbenchips, Wasabi-Erbsen und Fischsnacks.

Nach zwei Nächten, in denen sie kaum ein Auge zugetan hat, ist sie jenseits von müde. Es ist, als würde Strom in ihren Adern fließen. Das Sirren, dass sie am Ende des langen Fluges in Armen und Beinen gespürt hat, hat ihren gesamten Körper erfasst. So wird sie nicht einschlafen können. Sie nimmt den Weißwein aus dem Kühlschrank, es gelingt ihr kaum, den Korken aus der Flasche zu ziehen. Jede Bewegung ist eine Herausforderung. Sie lässt sogar die Schublade offen stehen, der sie den Korkenzieher entnommen hat. Sie geht ins Bad, lässt Wasser in die Wanne laufen, stellt das volle

Glas neben die Seifenschale. Sie schält sich aus der Jeans, lässt alles auf den Boden fallen und gleitet in das duftende Wasser. Sie legt sich ein Handtuch in den Nacken. Der leise knisternde Schaum kitzelt sie an Hals und Kinn.

Draußen die Perlenkette der Frachtschiffe, die auf ihre Abfertigung warten. Der Hafen strahlt so grell, dass er die Sterne löscht. Die Drachenbrücke buckelt und bäumt sich auf, als müsste sie im nächsten Augenblick zerbersten. Benedita sucht den Alten Hafen ab, Steg für Steg – dort, das könnte die Stardust sein. Sie schließt die Augen, riecht Teaköl und Hanf und das schmierige Salz auf den Griffen von Kurbeln und Klampen. Julias ausgebleichtes, verfilztes Haar. Wie lange ist er nicht mehr ausgelaufen? Wie lange wurde das Boot nicht mehr bewegt? Nichts bewegt sich mehr in dieser Stadt, die doch so quirlig und lebendig ist wie eh und je. Ein Strudel, eine Strömung, die sich selbst verschluckt. Es ist, als wäre die ganze Familie erstarrt in einem Film, der etwas schneller abläuft, als er sollte. Alles ist in Bewegung, aber niemand kommt voran. Nichts ändert sich, endlos wiederholen sich dieselben Muster. Ein komischer Effekt, Benedita müsste lachen, wenn es nicht so gespenstisch wäre. Männer sitzen an großen Tischen, ziehen gierig die Speisen von den Drehaufsätzen, sie trinken und schlürfen lachend ihre schleimige Suppe, in der die gebrochenen Augen urzeitlicher Meeresbewohner schwimmen. Die Männer sind wie immer unter sich, sie holen sich ihre Frauen von außerhalb, wenn es ihnen passt, das haben sie immer so gemacht. Aber die Stadt ist glitschig, die Frauen stürzen, sie können sich nicht halten. Sie kommen an, eine nach der anderen, sie gehen am Hafen von Bord, manchmal verstohlen wie Anna, manchmal mit Pomp und Prunk wie Marike, sie klettern in Strandhose und pinkfarbenem Bikinioberteil über den Bugkorb, wie es ihre eigene Mutter getan hat, und keiner gelingt es, auf dem schmalen Steg, dem wankenden Boden, dem feuchten, fischigen Pflaster des Corso Fuß zu fassen.

Und Benedita? Ist sie nicht die Erste, die unter anderen Vorzeichen hier ist? Ist sie nicht die erste Frau in der langen Geschichte dieser Familie, die ein echtes Geburtsrecht hat auf diesen Ort, auf den goldenen Turm und den goldenen Namen? Sie ist eine Chou da Luz, und Nam Van ist ihre Stadt. Wird sie sich am anderen Ende der Welt verkriechen, nur weil ihr niemand einen Platz zugewiesen hat? Wird sie in Geest ihre Kehlkopfschnitte üben und warten, bis man nach ihr ruft, damit sie hier die Scherben und Reste dieser Familie zusammenkehren kann? Sie denkt an Leslie, an die Republik, die sie zu ihrem Zuhause gemacht hat. Wenn sie nur käme, wenn sie nur die Generatoren anwerfen und mit dieser ganzen Siedlung, die einem Flugzeugträger gleicht, in See stechen könnte. Benedita würde hierbleiben, sie würde auf ihre Cousine warten, und wenn es Monate oder Jahre dauern würde.

Im Traum durchwühlen mächtige Schiffsschrauben das Wasser. Benedita steht am Heck, als es plötzlich hellrot aufschäumt. Die Schrauben zerhacken das Gefieder von Sägern und Tölpeln. Sie wendet sich ab, dreht sich um. Ein Kellner im hellblauen Samtanzug serviert Thunfischtatar, der am Tisch mit heißem Sesamöl beträufelt wird. Jemand bittet sie um Hilfe mit dem Besteck. Sie hat schon als Kind gelernt, dass man es von außen nach innen verwendet: Links, von klein nach groß, die verschiedenen Gabeln. Rechts Pinzette, Schere und Skalpell. Sie wacht auf, und sie weiß, dass sie mit dieser Stadt noch nicht fertig ist. Sie steigt aus der Badewanne, trocknet sich ab und legt sich ins Bett.

Als sie am Morgen erwacht, scheint sich das Meer zu heben, die Sonne bricht aus dem Horizont heraus wie rotglühende Lava. Sie steht auf. Ihr Bett sieht aus wie frisch bezogen, als hätte sie sich in der Nacht nicht ein einziges Mal bewegt. In der Küche schüttet sie den Wein in die Spüle, spült die Flasche aus und stellt sie umgedreht in das Trockengestell.

41 · Gabriel

Gustavo war ein Ertrinkender, lange bevor er ins Wasser stürzte. Seine blau durchäderten Hände lagen unruhig auf den Rädern des Rollstuhls, die spindeldürren Beine steckten unter einer braunen Leinendecke. Der Blick irrte, sein Inneres flackerte unruhig unter den schweren Augenlidern. Er witterte die Gefahr. Seine Demenz schützte ihn nicht, die Tatsache, dass er am äußeren Leben nicht mehr teilnahm, schützte ihn nicht, die Verwirrung genügte nicht, um ihm die Angst zu nehmen. Angst wovor? Vor der Strafe. Gustavos Gewissen war wie ein Stein, der ihn in die Tiefe zog.

Er wusste so gut wie jeder andere, dass die Schuldigen qualvoll sterben. Er war kein Crente, er hatte nie zu denjenigen gehört, die jeden Sonntag in die Kathedrale strömten, um den Ablass für die Sünden zu kaufen, die sie unter der Woche begangen hatten. Aber er wusste um seine Schuld, die größer, schrecklicher war als alles, was seine Freunde und Geschäftspartner aus der Halbwelt auf sich geladen hatten. Sie erwartete eine mildere Strafe. Sie rutschten aus und trugen komplizierte Brüche davon, die genagelt und geklammert wurden, während sie die Säger verfluchten, die Bürgersteige und Treppen verdreckten. Einige, die zusätzlich die Sünden der Piraten und Opiumhändler sühnten, von denen sie abstammten, griffen sich an die Kehle und rangen um Luft, bis sich Schanbrás, wie der Heilige Blasius in Nam Van genannt wurde, bequemte, die Fischgräte herauszuziehen, die ihnen im Hals steckte. Was Gustavo erwartete, war weitaus schrecklicher, es war grausam und gerecht. Er hatte mit Worten getötet, und er hatte seinen Söhnen ihre Mutter genommen.

Tovo kommt nicht durch den Personaleingang, er tritt in die Lobby. Er wirkt, so wird Ricardo später aussagen, entspannt in seiner leichten Sommerhose, dem hellblauen, eingesteckten Resorthemd. Er ist zu Fuß aus der Alfaiate gekommen, seine Wangen glänzen. Er hält zwar nicht mehr Hof wie in den Anfangsjahren, doch er steht, wenn er auf den reservierten Friseurstuhl steigt, immer noch im Zentrum der Aufmerksamkeit. Er klopft Schultern, verteilt Trinkgelder und zeigt stolz die Fotos seiner kleinen Tochter herum. Manchmal wünscht er, er könnte sich einreihen, er könnte warten wie die anderen, die an der langen Wand auf der schwarzen Kunstlederbank sitzen, in Zeitungen blättern und über Politik reden.

Die Jasmin ist nicht mehr die neueste Attraktion in der Stadt, das Dekor ist ein wenig in die Jahre gekommen. Er denkt darüber nach, den Saal aufzufrischen, auch in der Küche müsste einiges gemacht werden. Trotzdem: Man geht gern auf die Jasmin, das Essen ist immer noch von höchster Qualität. Tovo ist drei, vier Abende in der Woche da. Er begrüßt die Gäste wie eh und je, er umschmeichelt, er lacht und zeigt sich großzügig. Aber über dem Gastgeber liegt ein Schatten, der damals, als Tovo die Jasmin eröffnete, nicht in derselben Weise sichtbar war. Er ist ein wenig schwermütig geworden, und er übertüncht diese Schwermut mit einer unangenehmen Glätte, einer routinierten Heiterkeit. Er ist einundvierzig Jahre alt und gibt sich bereits altersweise. Einige seiner Freunde meinen, dass ihm die Frau aus Spanish California nicht guttut.

»War er stiller als sonst an diesem Morgen?«

»Vielleicht ein wenig, ja. Aber er grüßte und trank seinen Kaffee. Es war wenig Kundschaft da, ich hatte ein neues Rasiermesser und habe mir Zeit genommen. Manchmal macht er die Augen zu, und ich weiß nicht, ob er eingeschlafen ist.«

Es ist zehn Uhr drei, als er ins Hotel tritt. An der Rezeption hat sich eine Schlange gebildet, Gäste checken aus, die Touristen sind bereits in der Stadt und am Hafen unterwegs. Tovo grüßt Ricardo, der mit dem Autoschlüssel in der Hand auf einen Gast wartet, und fährt nach oben. In der Wohnung geht er zuerst in die Küche. Er nimmt ein Glas aus dem Schrank, trinkt einen Schluck Wasser und tritt ins Wohnzimmer. Er stellt das halbvolle Glas auf den Couchtisch.

»Sieh mich an, Papa.« Er tippt seinen Vater unter das Kinn, bis er den Blick hebt.

»Sieh mich an. Ich will dir etwas sagen. Ich glaube, es ist noch nicht zu spät.« Gustavo sieht seinen Sohn von unten herauf an. Ängstlich.

»Verstehst du mich?«

Gustavo nickt.

»Niemand scheidet freiwillig aus dem Leben«, sagt Tovo langsam. »Es hat lange gedauert, bis ich das begriffen habe.«

Gustavos Nacken zuckt, er zieht ruckartig den Kopf zur Seite, senkt den Blick.

»Papa!«, ruft Tovo lauter. »Hinter jedem Selbstmörder steht ein Mörder. Sieh mich an!«

»Ich will ans Meer«, sagt Gustavo leise. Die schmale Unterlippe zittert, die Finger krallen sich an die grauen Reifen.

»Du hast sie umgebracht.«

Gustavo sieht hilfesuchend zum Fernseher.

»Verstehst du mich?«

Er nickt.

»Gut.«

»Ich will ans Meer«, haucht Gustavo wieder.

Tovo geht um den Rollstuhl, löst die Bremse, Gustavo zieht die Hände zurück. Tovo schiebt seinen Vater aus der Wohnung, die Tür fällt hinter ihnen ins Schloss. Am Aufzug begegnet ihnen die Leiterin des Housekeeping. Sie senkt kurz den Blick – Tovo weiß nicht, ob aus Scham oder Respekt – und eilt mit ihrem Klemmbrett davon.

Sie fahren ins Untergeschoss. Der Pool ist seit neun Uhr geschlossen und bereits fertig geputzt. In einer Ecke strampelt ein rotäugiger Erpel, er steckt den langen Schnabel ins Chlorwasser, hebt den Flügel, kratzt und knabbert am Gefieder. Tovo schiebt seinen Vater an den Beckenrand.

»Da hast du dein Meer.«

Der Rollstuhl stürzt, der Säger fliegt auf.

Gustavo ist angegurtet, er hat keine Chance. Er sinkt auf den Grund wie ein Anker und bleibt auf dem Rücken liegen. Er sieht die goldene Decke, auf der die Wasserspiegelung blitzt, und die Umrisse seines älteren Sohns. Tovo rührt sich nicht. Gustavo zerrt und tritt im Todeskampf, er bringt noch einmal seine ganze Kraft auf. Schließlich reißt er sich herum, der Stuhl kippt langsam, wie in Zeitlupe, auf die Seite.

Die braune Leinendecke, die über seinen Beinen lag, treibt im Wasser.

Der Erpel setzt sein Bad fort.

Jetzt geht alles sehr schnell. Tovo geht zum Telefon und ruft in der Rezeption an. Der Notarzt kommt, steigt unwillig ins Wasser und bringt die Leiche an die Oberfläche.

»Diú!«, flucht er, als er den Tod festgestellt hat. Inzwischen ist auch die Polizei eingetroffen. »Verdammt! Hat hier mal jemand ein Handtuch? Ist doch ein Hotel, oder?«

Tovo nimmt einen Stapel Handtücher von einer Liege und reicht sie ihm. Der Arzt trocknet sich ab. Tovo wird festgenommen, niemand kommt auf die Idee, ihm Handschellen anzulegen. Zwei Polizisten führen ihn ab. Auf der Wache verweigert er die Aussage.

Gabriel ist überzeugt, dass Tovo sich hätte retten können. Er hätte sagen können, dass ihr Vater sich selbst hineingestürzt hat, es gab keine Zeugen außer dem rotäugigen Säger, der offenbar über die Laderampe hereingewatschelt war. Die Bremse war gelöst, Gustavo wäre in der Lage gewesen, aus eigener Kraft über die Kante zu fahren. ›Ich will ans Meer‹ – war das nicht seine Art gewesen zu erklären, dass er seinem Leben ein Ende setzen wollte? Es war zumindest denkbar. Die Demenz hatte ihm beinahe alle Möglichkeiten genommen, sich verständlich zu machen. Er stocherte im Nebel der Sprache, suchte nach einer Wendung. Die Unruhe, die Angst vor der Wahrheit quälten ihn, er konnte nicht mehr. ›Meer‹ war das Letzte, was er noch sagen konnte. Es war das einzige Wort, das ihm einfiel. Es bedeutete Unendlichkeit.

»Nicht einmal wegen unterlassener Hilfeleistung hätten sie Ihren Bruder drangekriegt«, erklärte der Verteidiger später, ein junger Anwalt, der ihm im Rathaus empfohlen worden war. Er unterzeichnete mit einem einzigen Namen, Chawi, eine Stupsnase und ein gebogener Oberlippenbart gaben ihm das verstörende Aussehen eines alten, hündisch dreinblickenden Kindes. Gabriel hätte ihn niemals ernst genommen, wäre da nicht die Kraft seines Ausdrucks gewesen. Er sprach mit der Stimme eines Mannes, der schon mehr oder weniger alles gesehen hatte, seine Sätze hatten die Autorität eines gestandenen Strafverteidigers. »Unterlassene Hilfeleistung ist bei uns, im Gegensatz zu einigen zivilisierteren Ländern im Norden, kein Straftatbestand. Man kommt dafür in die Hölle, aber nicht ins Gefängnis.«

Tovo trug zu seiner Verteidigung nichts bei. Er war nicht bereit auszusagen. Er saß da und sah auf seine Hände. Es war, als ginge ihn das alles überhaupt nichts an.

Ricardo sagte aus, Tovo habe nach dem Friseurbesuch frisch und aufgeräumt gewirkt. Er war durch den Haupteingang gekommen, das klang nicht, als hätte er sich in das Gebäude gestohlen, um einen Mord zu begehen. Gabriel musste die meisten Fragen beantworten. Gab es Hinweise? Hatte er etwas bemerkt? Gabriel hatte keine Wahl, als die Vorgänge um den Tod ihrer Mutter zu erzählen. Er erwähnte den Brief, den Anna von Marike erhalten hatte, und versuchte gleichzeitig, seine Bedeutung herunterzuspielen.

»Wissen Sie, es ist noch immer schwer für mich, darüber zu reden.«

»Glauben Sie, dass es späte Rache war?«, fragte Chawi.

»Nein, das kann ich mir nicht vorstellen. Gustavo Chou da Luz hat unsere Mutter in den Tod getrieben. Das ist wahr. Er hat sie mit seinen Worten in den Tod geprügelt. Aber er war ein wehrloser alter Mann. Er war dement. Ich glaube nicht, dass er sich überhaupt noch an seine Frau erinnert hat. Sein Herz war schwach, er saß, wie Sie wissen, im Rollstuhl. Er hatte ohnehin nicht mehr lange zu leben. Wer würde so etwas tun?«

»Glauben Sie, dass es Suizid war?«

»Einspruch – «

»Ich lasse es zu«, sagte die Richterin.

»Er wollte nicht mehr. Wer will das schon? Wer will so leben?«

Als er den Zeugenstand verließ, kamen ihm die Tränen. Er weinte nicht um seinen Vater, nicht einmal um seinen Bruder, der an den entscheidenden Stellen seines Lebens nicht für ihn dagewesen war. Gabriel trauerte um seine Mutter. Er hatte die von ihrem Absatz gestauchte Tapete vor Augen, die winzige Ziehharmonika aus Papier, ein Puppenspielzeug. Er trauerte um seine Mutter und um das Kind, Benedita. Sie war drei Jahre alt. Ihr Leben, von dem sie noch gar nichts ahnte, hatte soeben eine entscheidende Wendung genommen. Marike, die sich in der Wohnung das Leben genommen hatte, und das Kind verschmolzen zu einer Person, sie waren Anfang und Ende, Geburt und Tod, der schmale, etwas wacklige Rahmen, in dem das Bild seines einsamen Lebens wässrig schimmerte.

Der Staatsanwalt ging von Vorsatz und sogar Heimtücke aus, da Gustavo angegurtet war. Das Urteil wurde gesprochen, der mit einem Drachen verzierte Gerichtshammer beendete die Sitzung, Tovo wurde als Mörder abgeführt. Er schien erleichtert, suchte den Blick seines Bruders. Julia, die das alles nicht ertrug, war zu Hause bei dem Kind geblieben.

42 · Dita

Tovo, seine Tat und sein beharrliches Schweigen sind der Schatten, der über ihr junges Leben gefallen ist, und der es bis zum heutigen Tag verdunkelt. Manchmal spürt sie, wie er durch die Bilder ihrer frühesten Kindheit huscht, sie ahnt, dass da jemand war, der ihr Geschenke brachte, dessen tiefe Stimme sie in ihren Träumen erreichte, der sie auf die Schulter hob und durch das riesige Schiff und seine lärmende Küche trug.

Sie war nicht nur eine Chou da Luz, der letzte Spross dieser in der ganzen Stadt bekannten und angesehenen Familie, sie war auch die Tochter eines Mörders. Die Richterin hatte aus einer Möglichkeit eine Gewissheit gemacht – eine Gewissheit, mit der Benedita leben musste. Es war nicht irgendein beliebiger Mord in Qianshan, es war eine Nachricht, die tage- und wochenlang die Zeitungen beherrschte. Jedes Detail wurde ausgebreitet, jede Möglichkeit wurde diskutiert, sogar die, dass Gabriel verwickelt war. Alle, angefangen mit den Freunden im Friseursalon, redeten über diesen Mord.

Egal wie großzügig, wie klug und witzig sie später war, egal wie viele Freundinnen sie aus der Schule mit nach Hause brachte, sie war in den Augen dieser Freundinnen immer die Tochter eines Mörders. Wo sie auch hinkam, mit wem sie auch sprach, Gustavos tragischer Tod klebte an ihren Sohlen wie getrockneter Entenkot. Und daran war allein

Tovo schuld. Das war es, was sie ihrem Vater zum Vorwurf machte.

Sie ist überzeugt, dass Gustavo nicht nur seine Frau gedemütigt, sondern auch seine Söhne gezüchtigt und geschlagen hat. Gabriel hat das nie zugegeben, er möchte darüber nicht sprechen. Aber er ist nicht weniger gezeichnet als Tovo. Das, glaubt sie, ist der Grund, warum er dieses einsame Leben auf dem Meer gewählt hat. Das ist der Grund, warum er unfähig war zu lieben.

Warum hätte Julia ihn sonst verlassen sollen? Gabriel war der angenehmere, der klügere der beiden Brüder, er war groß, er sah besser aus. Er hatte alle Möglichkeiten. Er hätte Senatsvorsitzender werden oder in Laguna ein noch größeres, noch prächtigeres Hotel eröffnen können. Er bewegt sich durch die Stadt, als würde sie ihm gehören, sie geht davon aus, dass das damals nicht anders war. Aber am Ende kümmerte er sich nur noch um den Containerhafen. Das war ein Kraftakt, eine Leistung, ohne Zweifel – aber wofür? Worum ging es ihm? War es sein Versuch, den Namen der Familie zu retten? Wollte er von den Geschichten in der Zeitung ablenken, die mit jedem Tag unheimlicher und niederträchtiger wurden?

Was wäre aus Julia geworden, wenn sie Gabriel geheiratet hätte? Sie hätte die erste Frau in diesem Kleinstaat werden können, es wäre eine Rolle gewesen, mit der sie sich hätte anfreunden können, auch wenn Nam Van nicht Spanish California war, wenn die Gassen nach Fisch stanken und die Säger eine Plage waren. Julia wusste, was sie wollte, aber sie war nicht größenwahnsinnig. Sie hätte sich zufriedengegeben. Stattdessen ließ sie sich von Tovo einfangen, sie trieb in seinen Orbit und kreiste und blieb und bekam ein Kind, und Gabriel, der sie als Neunzehnjährige aus Spanish California mitgebracht hatte, ließ es einfach geschehen. Er ergab sich, kampflos. Tovo nahm sie ihm weg, wie er ihm die Segeltrophäen weggenommen hatte. Mit einem Lachen.

Ist Tovo ein Mörder? Auf jeden Fall. Selbst wenn sich der alte Mann aus eigener Kraft in den Pool gestürzt hat, selbst wenn er sich selbst den Gurt angelegt hat – die Leiterin des Housekeeping konnte sich nicht erinnern, ob er oben am Aufzug bereits fixiert war – Tovo stand da, er sah den hilflosen alten Mann, er griff nicht ein. Benedita glaubt nicht an die Hölle, aber sie glaubt an die Strafe. Es gibt eine Gerechtigkeit, die mit der Justiz nichts zu tun hat. Tovo hat seinen Vater ertrinken lassen, er hat ihm bei seinem Todeskampf zugesehen, möglicherweise mit Genugtuung. Jetzt sitzt er in Gaolung, allein. Gabriel ist der einzige, der ihn besucht. Ricardo, der der Familie sein Leben lang gedient hat, bringt es nicht übers Herz. Tovo ist alt geworden, erzählt Gabriel, das Hemd hängt an seinen Schultern wie an einem Kleiderhaken.

Die Vorstellung ist erdrückend. Tovo schiebt seinen Vater aus dem Aufzug. Er fährt zwischen den Liegen durch und stellt ihn auf. Die Bremse ist gelöst.

»Da, Papa. Da hast du dein Meer.«

Tovo braucht ihn nicht zu stoßen, Gustavo hat ihn verstanden. Er mag den Namen der Stadt und den Namen des Hotels vergessen haben – sein Hirn, eine klebrige Masse, lässt die Wörter und ihre Bedeutungen nicht mehr durch – aber er erkennt den Ton der Aufforderung. Er weiß, dass er aus dieser Situation nicht herauskommen wird. Er weiß, was er zu tun hat. Er legt die Hände auf die grauen Reifen, schiebt an, die kleinen Vorderräder rutschen ab, erst das eine und dann das andere, der Rollstuhl kippt, schlägt hart auf die gekachelte Kante, kippt nach vorn, trifft auf das Wasser, dass es Tovo auf die Sommerhose spritzt.

Möglich, dass der alte Mann das, was danach kommt, für das ganz normale Leben hält. Das Wasser ist warm wie frisch gemolkene Milch. In seinen aufgerissenen Augen brennt Chlor, alles wirkt verschwommen, befremdlich. Der Körper lässt nicht los, der Körper, nicht der Geist, klammert sich an das Leben, er atmet das süße Wasser, das bis in die Lungenspitzen dringt, wo es stahlhart wird und stichelt wie tausend winzige Skalpelle. Reflexe schütteln ihn, er schlägt aus. Die Urkraft, die erwacht, genügt nicht, um den Körper zu befreien. Über sich, verzerrt von der aufgewühlten Wasseroberfläche, verfremdet vor dem goldenen Hintergrund der Decke, sieht Gustavo seinen Sohn und Mörder.

Aber wer war ihr Großvater? Wer war dieser Gustavo, der damals in seinem eigenen Hotelpool ertrunken ist? Welcher Gustavo hat dort, festgeschnallt in einem Rollstuhl, minutenlang um sein Leben gekämpft? Der elegante Mann, der Anna und Marike ins Kaminzimmer des Berghotels führte, um ihnen im Feuerschein, einen Armagnac-Schwenker in der zarten Hand, von seinem neuen, neunzehnstöckigen Hotel zu erzählen? Oder der Mann, der sie Jahre später mit seinen harten Worten, mit seiner Verachtung und Eiseskälte in den Tod trieb?

Marike muss beeindruckt gewesen sein, denkbar, dass sie sich an diesem ersten Abend gleich in ihn, zumindest aber in seine Erscheinung, seine weiche Stimme und den Glanz seiner schwarzen, sichelförmig zur Nasenwurzel auslaufenden Augen verliebte. Sie muss für die Aura, die er entfaltete, empfänglich gewesen sein. Sie war in Trümmern aufgewachsen, in einer zerschlagenen Stadt, der harte Befehlston einer Gefängniswärterin hatte sie ins Leben begleitet. Schließlich hatte sie sich gegen diese Gefängniswärterin durchgesetzt und war mit ihrer zu Wohlstand gekommenen Tante in den Skiurlaub gefahren. Aber statt ihre so errungene Freiheit zu genießen, statt sich das Tarot legen zu lassen, Skifahren zu lernen und sich ein wenig verwöhnen und bewundern zu lassen, folgte sie dem exotischen Mann nach Nam Van, Hals über Kopf, wie man damals sagte, Hals über Kopf.

Sie brachte zwei Söhne zur Welt. Sie wurde krank und ergab sich im Schutz des goldenen Turms der tröstenden Trägheit, die ihr das Laudanum bescherte. Nicht auszuschließen, dass er sie mit eigener Hand hinunterstieß. Hätte sie versucht, sich zu wehren? Hätte sie die Kraft dazu gehabt? Vermutlich nicht.

Also legte er ihr das Seil um den Hals und stieß sie herunter, ob mit der Hand oder mit einem Wort aus dem Waffenarsenal seiner Sprache. Und dann? Dann finanzierte er Tovo die Jasmin. Um sich von seiner Schuld freizukaufen, oder um sich noch einmal über seinen Sohn zu erheben – Benedita weiß es nicht. Auch die Stardust hat er bezahlt, Gabriel hatte überhaupt kein eigenes Geld. Hat er die Brüder in seiner hässlichen und gewaltsamen Art doch geliebt? War er fähig dazu? War es die einzige Art von Liebe, die sie erkannten?

43 · Gabriel

Hundert Menschen standen dicht an dicht auf dem Dach der Jasmin, um ihn zu begrüßen. Freunde und Verwandte, die halbe Stadt war auf den Beinen und drängte auf das Schiff und auf die Mole. Der Hafenmeister, der den Funkspruch empfangen hatte, mit dem Gabriel seine Ankunft ankündigte, hatte den gesamten Segelclub aus seinen Regattatagen zusammengetrommelt. Jeder, der etwas auf sich hielt, war da, jeder, der nur im Entferntesten mit den Chou da Luz zu tun hatte. Tovo ließ Champagner verteilen, er sonnte sich in der Aufmerksamkeit, die nicht ihm, sondern seinem achtundzwanzig Jahre alten Bruder gebührte, der nach beinahe zwei Jahren mit schmutzigen Segeln auf den Heimathafen zulief. ›Da!‹ Ferngläser wurden herumgereicht. ›Da ist sie! Die Stardust!‹ Das Schiff kam unter vollen Segeln näher, es gab keine sichtbaren Schäden. An Deck stand eine Frau in Strandhose und pinkfarbenem Bikinioberteil, die niemand kannte. Sie hielt sich am Mast fest und schob sich mit der freien Hand die wehenden Haare aus dem Gesicht.

Fünf oder sechs seiner Segelfreunde drängten sich darum, die Leinen zu nehmen. Als sie festgemacht hatten, sprang Gabriel, der eine schmutzig-graue Bermudashorts trug, über den Bugkorb auf den Steg. Er war tief gebräunt und sehnig, die langen Haare waren verfilzt. Sein schlanker, kräftiger Oberkörper glänzte, Salz und Sonne hatten die Brusthaare gebleicht. Er reichte Julia die Hand, die mit seiner Hilfe hinunterkletterte. Gabriel zog sie an sich, sie hielten sich aneinander fest. Sie hatten seit dreieinhalb Monaten keinen festen Boden mehr unter den Füßen gehabt.

Freunde und Bekannte aus dem Jachtclub überschütteten ihn mit Fragen, ein Reporter der Gazette drängte heran, den Gabriel freundlich abwies. Schließlich gelang es Tovo, sich auf dem schmalen Steg einen Weg durch die Menschen zu bahnen. Er trat grinsend vor und drückte Gabriel an die Brust. Dann musterte er die rotblonde, blutjunge Frau, die neben seinem Bruder stand, und sah ihn fragend an.

»Das ist Julia«, sagte Gabriel.

»Hallo, Julia. Du wankst.«

»Ich glaube nicht. Ich glaube, die Welt wankt. Und wer bist du?«

Gabriel stellte seinen Bruder vor. Jemand reichte Champagner, sie stießen an. Gabriel und Julia wären gern ein paar Schritte gegangen, um sich am festen Horizont zu kalibrieren, aber daran war nicht zu denken. Gabriel bedankte sich kurz und vertröstete die Freunde auf einen anderen Tag, dann kehrte er mit Julia auf die Stardust zurück. Als sie oben waren, reichte Tovo die Gläser über den Bugkorb, zog die Schuhe aus und kletterte ebenfalls an Bord.

»Was war das?«, fragte Gabriel, als sie sich gesetzt hatten. »Hast du das organisiert?«

»Nein«, sagte Tovo.

»Wie soll man das aushalten, nach zwei Jahren?«

»Immerhin, du bist da. Du hast es geschafft.«

»Die Stardust hat es geschafft«, sagte Gabriel, neigte den Kopf und klopfte mit der flachen Hand auf die Holzbank. »Sie ist ein bisschen mitgenommen, aber es hat keinen nennenswerten Bruch gegeben.«

»Das da hinten ist mein Schiff«, sagte Tovo, schob sich zu Julia und zeigte auf die Jasmin.

»Damit kommst du nicht weit, oder?«, sagte Julia und lachte.

»Weiter, als du denkst.«

Julia trank einen Schluck Champagner und sah ihn an – ungläubig und amüsiert zugleich.

Tovo grinste.

»Was für eine Enttäuschung«, sagte sie schließlich.

»Was denn?«, fragte Gabriel erschöpft. »Wie meinst du das?« Er brachte es kaum fertig, einen vollständigen Satz zu formulieren.

»Die ganze Zeit habe ich nur mit dir geredet, nur mit einem einzigen Menschen, und jetzt, wo ich wieder in der Welt bin und mich unter die Leute mischen könnte, rede ich ausgerechnet mit deinem Bruder.«

»Es ist ein Schritt in die richtige Richtung«, sagte Tovo. »Man muss vorsichtig manövrieren, langsam, Schritt für Schritt in die Welt zurückkehren.«

»Und du willst mir dabei helfen?«

Gabriel war erschlagen von diesem Empfang, mit dem er nicht gerechnet hatte. Er saß da, stützte sich auf die Knie und schwieg, während Tovo Julia fragte, woher sie komme, wie alt sie sei, wie lange sie unterwegs gewesen seien. Er fragte sie regelrecht aus.

»Wann kommt ihr zum Essen auf die Jasmin?«

»Morgen, vielleicht«, sagte Gabriel ohne aufzusehen. Gabriel nahm an dem Gespräch kaum teil. Es war, als hätte ihm der Tumult auf dem Steg, dem sie gerade entkommen waren, die letzte Kraft geraubt. Schließlich stand er auf und begann, mechanisch aufzuräumen. Er tat, was er immer getan hatte, wenn er in einen Hafen eingelaufen war. Er legte das Großsegel zusammen und befestigte es. Er schoss Leinen und Schoten auf, zog den Eimer aus der Backskiste und spülte das Deck ab. Es kamen noch immer Leute, die ihn begrüßen wollten. Gabriel winkte ihnen kurz zu und setzte schweigend seine Arbeit fort.

Am Abend verkroch er sich in der Kajüte. Tovo brachte Julia ins Hotel, die sich nach einem ausgedehnten Bad und einem blutigen Steak sehnte. Gabriel lag die ganze Nacht wach. Am frühen Morgen, als noch Dunst und Stille über der Stadt lagen, verließ er die Stardust. Er ging mit seinen langen, etwas schwerfälligen Schritten über den Steg, ließ das Tor hinter sich zufallen, dass die Kette klirrte, stieg die steile Gangway hinauf und betrat den festen Boden von Nam Van. Vorsichtig, beinahe tastend überquerte er die leere Straße.

In der kleinen Kaffeebar war er der einzige Gast. Hinter dem Tresen stand ein Barista, den er nicht kannte. Gabriel bestellte Kaffee und ein Pastel.

»Ich habe kein Geld«, sagte er, als ihm der Mann das Törtchen hinschob. »Ich habe keinen einzigen Pataca in der Tasche.«

»Geht aufs Haus«, sagte der Mann.

»Kann ich noch eine Zigarette haben?«

»Ja, aber nur, wenn du mir verrätst, wer das hübsche Mädchen ist, das du mitgebracht hast.«

Gabriel lachte laut auf, und als er sich lachend im Spiegel hinter der Bar entdeckte, wurde ihm plötzlich klar, dass Nam Van auf ihn gewartet hatte. Die Menschen brauchten ihn, sie brauchten diesen Gabriel Chou da Luz, den ernsteren, den klügeren der beiden Brüder, und sie hießen ihn, jeder auf seine Weise, willkommen. Er würde seinen Platz einnehmen in dieser Stadt, auch wenn Tovo, der sich nie die Frage gestellt hatte, ob ihm das, was er sich wie selbstverständlich nahm, tatsächlich auch zustand, immer so getan hatte, als gehöre sie ihm.

In den folgenden Tagen und Wochen schien alles gleichzeitig zu passieren. Gabriel fragte Julia nicht, wie sie die erste Nacht verbracht hatte. Er versorgte die Stardust, pumpte das Wasser ab, schrubbte die Bordwand und brachte die Segel zur Reparatur. Er ließ die Rettungsinsel, die Feuerlöscher, Schwimmwesten und Notmunition überprüfen, versorgte den Diesel und tauschte die Sicherungen aus. Der Hafenmeister erlaubte ihm, seinen angestammten Liegeplatz am Ende des Stegs wieder in Besitz zu nehmen.

Im Schlagschatten des Hotels mietete er eine Zweizimmerwohnung, die er mit einem einfachen Futon und einer doppelten Kochplatte ausstattete. Er ließ zwei Anzüge ändern, die ihm zu weit geworden waren, Ricardo brachte aus dem Hotel eine Kleiderstange. Die Seesäcke und Aluminiumkisten aus der Stardust stellte er auf dem verschlissenen Parkett ab. Er kaufte Hemden und Schuhe und ließ sich in der Alfaiate die dicken, verfilzten Haare abschneiden. Tovo, den er beim Friseur traf, begleitete ihn in die Wohnung. Er sah sich um, stellte sich ans Fenster und sagte: »Hübsch. Wenn nur das Scheißhotel nicht wäre.«

Dann begann Gabriel, Termine zu machen. Er ging ins Rathaus, er traf sich zum Mittagessen in der Stadt. Die ungewohnten Straßenschuhe drückten. Er wurde überall vorgelassen, sein Name öffnete Türen. Die Zeitung hatte wohlwollend über seine Reise und Rückkehr berichtet. Jeder wusste, dass er früher oder später das Familiengeschäft übernehmen und seinen Einfluss geltend machen würde.

Er sprach mit allen Parteien und brachte sich für verschiedene Posten ins Spiel, die mit der Außenwirtschaft der Stadt zu tun hatten. Er ließ sich als Parteiloser aufstellen. Als Diane Fung davon hörte, eine weißhaarige Dame, die einst als kämpferische Anwältin beinahe gegen ihren Willen in Gustavos Kreis gezogen worden war, überließ sie ihm nach dreißig Jahren im politischen Geschäft ihren Senatssitz und trat in den Ruhestand. Sie erinnerte sich an die Brüder, die in ihren hübschen Anzügen am Scheiterhaufen ihrer Mutter gestanden hatten, sie erinnerte sich daran, dass der jüngere, von einem Weinkrampf geschüttelt, von einer Verwandten weggeführt worden war, während sich Gustavo – mit der Hand in der Tasche – hinter seiner Sonnenbrille versteckt hatte. Sie konnte es gar nicht erwarten, dass im Majestic und in der Familie, die für die Stadt und ihre Außenwirkung so wichtig war, eine neue Generation das Ruder übernehmen würde, und sie sah in Gabriel einen neuen Geist, der die Stadt voranbringen würde.

Julia, die sich in ihrer Suite eingerichtet hatte, sah er beinahe jeden Tag. Er zeigte ihr die Stadt, und manchmal brachte er sie ins Hotel zurück. Sie küssten sich im Aufzug, gingen Arm in Arm über den Flur, sie liebten sich und schliefen so eng umschlungen auf dem riesigen Bett ein, als teilten sie sich eine viel zu schmale Koje.

Nach einer Woche lud ihn sein Vater ein wenig zu förmlich zum Essen in die Wohnung ein. Er schickte einen Jungen mit einer Karte: Er wolle mit ihm über seine Zukunft reden, ob ihm zwanzig Uhr recht sei. Gustavo glaubte nicht mehr daran, dass Tovo die Führung des Hotels übernehmen würde, er wusste kaum, was sein ältester Sohn tat, wo er wohnte, mit wem er verkehrte. Die Leute sprachen über

Tovo mit einer Mischung aus Ehrfurcht und Angst, es gab Gerüchte, dass er sich mit den Kriminellen aus Laguna arrangiert hatte, die seit Jahren versuchten, in der kleineren, aber unfügsamen Schwesterstadt Fuß zu fassen.

»Was hast du denn nun für Pläne? Was hast du dir auf deinem Segelboot so ausgedacht?«, sagte Gustavo und klapperte mit der Hummerzange.

»Wie lange willst du das Geschäft noch führen?«, antwortete Gabriel. Er hatte sich fest vorgenommen, sich von dem passiv-aggressiven Ton, den sein Vater seinen Söhnen gegenüber pflegte, nicht aus der Ruhe bringen zu lassen.

»Nicht mehr lange. Wir sind gut aufgestellt. Es macht mir keinen Spaß mehr, seit eure Mutter – «

»Ich werde in die Politik gehen. Ich will etwas für diese Stadt tun.«

»Oder – «

»Gib die Geschäftsführung ab. Es gibt genug Leute, die so etwas können. Hol dir jemanden aus Laguna, jemanden, der hier nicht so tief drinsteckt.«

»Soll ich mein Haus von irgendeiner Firma verwalten lassen? Dann können wir es gleich verkaufen. Dann bin ich nur noch Mieter. Ich will mir die Leute aussuchen, die mir mein Essen kochen und die mich morgens begrüßen. Schmeckt es dir?«

»Ich habe noch gar nicht probiert. Ist das so schlimm, wenn du ein bisschen Kontrolle abgibst?«

»Ich will wissen, wer in meinem Haus arbeitet. Ich will, dass es sauber ist, dass alles funktioniert. Wir sind das beste Haus der Stadt, und das soll auch so bleiben. Außerdem wohne ich hier. Es ist nicht nur das Hotel, es ist auch mein – unser – Zuhause.«

»Dann musst du es weiterführen. Und investieren.«

»Was mache ich denn die ganze Zeit? Was habe ich denn gemacht, während du auf den Weltmeeren herumgetingelt bist. Mit einer Teenagerin, wie sich nun herausstellt.«

»Ich muss sagen, der Wellness-Bereich ist schön geworden.« Gabriel hatte sich bei seinem ersten Besuch im Hotel gleich den Pool angesehen, er war angenehm überrascht gewesen über die Neuerungen, das große Becken. Er war erleichtert, dass es gelungen war, die goldene Decke zu erhalten.

»Was hast du eigentlich die ganze Zeit gemacht? Ich meine, segelt sich so ein Boot nicht praktisch von allein?«

»Ich hab auf dem Deck gelegen und mich gesonnt, Papa. Zwei Jahre lang. Was denn sonst?«

Gustavo ignorierte die Antwort, ihren ironischen, beinahe bösartigen Ton. Die Hummerbeine knackten, es gab Venusmuscheln und Risotto und einen federleichten Salat aus Senfblüten und Mizuna.

»Das ist gut«, sagte Gabriel schließlich. »Ich habe wirklich lange nicht so gut gegessen. Auf dem Schiff – «

»Schon klar.«

» – eine Zeit lang hatte ich Weizengras und Kresse, ich habe sie jeden Tag nach draußen gestellt, ich habe sie gehegt und gepflegt, als wären sie meine Kinder.« Gustavo nickte, ohne von seinem Essen aufzusehen.

»Wer ist diese Frau, die du mitgebracht hast?«, fragte er schließlich.

»Warum fragst du mich das?«, sagte Gabriel. »Warum fragen mich das alle? Sie ist einfach eine junge Frau, die gern mitsegeln wollte.«

»Warum hast du sie mitgenommen? Hattest du nicht den Ehrgeiz, es allein zu schaffen?«

»Ich habe sie in Spanish California kennengelernt, ein

paar Tage später sind wir ausgelaufen. Es war sehr nett, jemanden an Bord zu haben.«

»Seid ihr ein Paar?«

»Wie genau willst du es wissen? Seit wann interessierst du dich für mein Liebesleben?«

»Hast du gesehen, dass Tovo sie abholt? Erst hat er sie in einem Zimmer im zwölften Stock untergebracht, dann ist sie umgezogen. Sie wohnt jetzt in der Suite.«

»Ich weiß. Ich war eben noch da.«

»Wer bezahlt das?«

»Ist das dein Ernst?«

»Und du? Wo wirst du wohnen?«

»Ich habe mir eine Wohnung genommen, gleich da unten.« Er zeigte mit dem Daumen zum Fenster. »Ricardo hat mir geholfen. Wir richten sie gerade ein.«

Tovo suchte den Kontakt zu seinem Bruder, er rief in der Wohnung an, er hinterließ Zettel in der Bar, er klopfte am frühen Abend mit flacher Hand an den grau angelaufenen Bug, um ihn zum Essen abzuholen. Gleichzeitig bemühte er sich um Julia. Er zeigte ihr die Jasmin und entführte sie in ein Separee, um sie mit einer Abfolge von winzigen Köstlichkeiten zu überraschen und aus der Reserve zu locken. Er schenkte ihr nach, sobald sie einen Schluck getrunken hatte, er umschmeichelte sie, er bestach sie, er tat alles, um sie von Gabriel abzulenken, den er jetzt, da sein Bruder endlich in den Heimathafen eingelaufen war, doch nicht verlieren wollte. Es war, als würde er zwei Spielzeugboote mit einer Fernbedienung steuern, immer bemüht, eine Kollision zu vermeiden.

Julia genoss die Aufmerksamkeit der beiden Brüder, und sie genoss die Aufmerksamkeit der Stadt. Leute, die sie noch nie gesehen hatte, nickten ihr auf der Straße zu. Als sie feststellte, dass sie in den Geschäften der Innenstadt anschreiben lassen konnte, ohne irgendwelche Erklärungen liefern zu müssen, kleidete sie sich neu ein. Sie kaufte Taschen und Kleider, die sie nicht an Bord hatte nehmen können, Schuhe, die sie auf dem Deck nicht tragen durfte, Hosen und Hüte, die nicht in den Seesack gepasst hatten. Manchmal fragte sie Tovo, ob das in Ordnung sei, und manchmal Gabriel. Beide Brüder zuckten nur mit den Schultern und ließen es geschehen.

»Julia?«, fragte Gabriel. Er war gekommen, um sie zu einem Empfang im Rathaus abzuholen.

»Ja?«, antwortete sie aus dem Schlafzimmer. Sie zog gerade eins ihrer neuen Kleider an.

»Wenn du dich ein bisschen eingewöhnt hast«, sagte er, »ich meine, wenn du den festen Boden unter den Füßen spürst – dann denk mal darüber nach, ob du nicht im Hotel arbeiten willst.« Sie war immerhin Kellnerin gewesen, als er sie kennengelernt hatte.

»Ja, mal sehen«, sagte Julia. »Nimm dir keinen Drink mehr. Ich bin gleich so weit.«

44 · Dita

Benedita frühstückt in der Wohnung, sie nimmt, was man ihr bringt. Um halb zehn, wenn der Wellnessbereich geputzt ist und die Gäste in der Stadt unterwegs sind, fährt sie hinunter. Sie zieht eine halbe Stunde lang ihre Bahnen, und der Körper, der in einem rot-weißen Einteiler steckt, ist wie ein einziger Gedanke. Züge, Atmung, Beinschlag, alles ist perfekt synchronisiert, die Wenden gelingen, ohne dass sie darüber nachdenken müsste. Sie hat sich selten so wohlgefühlt in ihrer Haut, das Wasser, das sie umgibt und einhüllt, ist ihre Welt, sechzehn mal fünfundzwanzig Meter. Nicht einmal in Laguna gibt es ein Hotelschwimmbad von dieser Größe. Sie schwimmt, und Geest ist weit entfernt hinter einem goldenen Horizont, der Duft der Röstereien, der über der Stadt liegt, Tobias, die Wohnung, die Uni, das Fahrrad, das sie so liebt – all das wird fortgespült vom milden, beinahe körperwarmen Chlorwasser, durch das sie gleitet.

Wenn sie genug hat und anschlägt, stemmt sie sich hoch, springt mit einem Satz auf die Kante und schüttelt ihre geschmeidigen Muskeln aus. Das Herz schlägt kraftvoll, nach ein paar Atemzügen beruhigt sich ihr Puls. Sie fährt im Bademantel nach oben und macht sich, noch bevor sie sich anzieht, über die Obstschale her, die täglich aufgefüllt wird.

Sie hat Gabriel von Anteo erzählt, von seiner Sorge, dass die nördlichen Viertel der Stadt vergessen und benachteiligt werden, und er hat sich zu ihrer Überraschung einsichtig gezeigt. »Du hast recht«, hat er gesagt, »wir sind uns darüber im Klaren, und wir versuchen, diesen blinden Flecken, den der Rat seit Jahren und Jahrzehnten hat, auszufüllen.«

»Und?«

»Es könnte schneller gehen.«

»Ihr müsst es besser kommunizieren, das wäre ein Anfang.«

»Du könntest uns helfen. Verschieb deine Rückreise. Mach was in dieser Stadt.«

»Ich habe Vorlesungen. Prüfungen.«

»Du hast einen Freund.«

»Er ist nicht mein Freund, nicht so richtig.«

»Sag ihm, dass er kommen soll.«

Was sollte Tobias in Nam Van? Was würde er hier anstellen, was würde er mit sich anfangen? Würde er seine Pullover mitbringen in diese feuchte, tropische Stadt? Würde er es übers Herz bringen, mit seinen Stiefeln die Säger zur Seite zu schieben? Würde er sie vielleicht sogar füttern, wie er in Geest die Möwen füttert?

Wenn sie am Wochenende aufstehen, zieht sie sein Fischerhemd über – nicht, weil nichts anderes greifbar wäre, sondern weil sie weiß, dass er es sexy findet. Sie macht nur den einen Knopf knapp über dem Bauchnabel zu. Er liebt es, wie der schwere Stoff auf ihre Brüste fällt, er liebt es, wie der schlanke Nacken aus dem losen Kragen ragt. Er reibt sich die Augen und betrachtet diese Frau, die so fremd und doch so vertraut ist. Er steigt in die Jeans und zieht den Pullover auf die nackte Haut. Dann geht er hinunter zur Bäckerei.

Sie frühstücken gemächlich, und wenn sie fertig sind, nimmt er das weiche Innere, das er aus seinem Brötchen gezupft hat, und formt es mit dem Finger zu winzigen Kugeln, die er draußen auf die Fensterbank legt. Sie nehmen ihre Kaffeebecher, lehnen sich zurück und sehen zu, wie die Vögel um das Futter kämpfen, wie sie schreiend mit den Flügeln schlagen, dass die Federn fliegen.

»Er ist nicht mein Freund«, wiederholt sie.

»Na und?«, sagt Gabriel.

»Er ist ein Geester. Er hat seine Jobs, und er hat seine Freunde, mit denen er in die Berge fährt. Was soll er hier? Anstreichen?«

Gabriel, das wusste sie, hatte Julia zu keinem Zeitpunkt als seine Freundin bezeichnet. Er hatte sich nie zu ihr bekannt, obwohl sie auf dem Schiff und auch nach seiner Rückkehr immer wieder miteinander geschlafen hatten. Julia selbst war dieser ungeklärte Zustand gerade recht gewesen, sie konnte in dem Spannungsfeld zwischen den Brüdern tun und lassen, was sie wollte. Das Unverbindliche ihrer Beziehung hatte Gabriel nicht daran gehindert, sie in Nam Van zu installieren, sie auf Empfängen herumzuzeigen und im Hotel wenn nicht einzuquartieren – es war Tovo gewesen, der sie ins Majestic gebracht, der ihr an der Rezeption den Schlüssel in die Hand gedrückt hatte –, so doch zumindest zu dulden. Gabriel, der um ihre Flugangst wusste, hatte ihr nicht ein einziges Mal die Frage gestellt, wann sie nach Spanish California zurückkehren würde. Aber er hatte sie auch nicht eingeladen, zu ihm zu ziehen, es war ihm nicht einmal in den Sinn gekommen. Es war kein Platz in seinem Bett, der Futon, den er gekauft hatte, war nicht breiter als sein eigenes, beträchtliches Kreuz. Die riesigen Füße ragten über den Rand, das Bettlaken, unter dem er schlief, rutschte in der Nacht auf den Boden.

45 · Gabriel

Marike ging nach dreiwöchiger Seereise in Nam Van von Bord, sie war zweiundzwanzig Jahre alt und schüchtern, und es kam ihr nicht in den Sinn, dass das Geläut der Kathedrale, das von dem leichten Wind, der bereits die Regenzeit ankündigte, bis zum westlich der Stadt gelegenen Überseeterminal getragen wurde, ihr gelten könnte. Ihre Erwartungen waren ganz von den Erfahrungen ihrer Tante Anna geprägt, die erzählt hatte, wie sie selbst beinahe dreißig Jahre zuvor im Schutz der Nacht in diese Stadt geschlüpft war, und wie sie sich acht Monate später in derselben Weise wieder davongestohlen hatte. Anna, die eben erst ihr goldenes Kleopatrakleid abgelegt hatte und von der Dampferbühne getreten war, deren Star sie tatsächlich gewesen war, hatte die Stadt mit eng gebundenem Kopftuch und einem grauen Reformkleid, das ihre Schwester in der Ausbildung genäht hatte, beinahe heimlich betreten. In der praktischen, aber unförmigen Seitentasche des Kleids steckte ein Zettel mit der Anschrift einer Pension am Corso.

Marike dagegen, die erster Klasse gereist war und soeben vom Kapitän persönlich verabschiedet wurde, wurde von einem geradezu barocken Aufgebot in Empfang genommen. Ihr in seidiges Dunkelblau gekleideter Verlobter stand, flankiert von zwei hübschen, weißbeschürzten Mädchen, am Kai, breitschultrige Kofferträger, mehr als für ihr bescheidenes Gepäck nötig gewesen wären, warteten auf ihren Einsatz. Im Hintergrund stand ein junger Fahrer neben einer schwarzen, in der Sonne blitzenden Limousine. Und während im Hafenbecken bunte Fische sprangen, als buhlten sie um den Ehrenplatz auf dem Hochzeitsbuffet, läuteten in den gedrungenen Türmen von Schanbrás die Glocken. Das von einer großzügigen Spende ausgelöste Geläut war der Auftakt zu einem Hochzeitsfest, das sich über mehrere Tage hinziehen und beinahe die gesamte Oberschicht von Nam Van in der ein oder anderen Weise erfassen sollte.

Vier Jahre zuvor hatte Gustavo das ummauerte, weitläufige Anwesen gekauft, das an die Pension angrenzte. Die Familie, die dort gewohnt hatte, hatte sich zerstreut, die jungen Leute waren nach Laguna gezogen, die alten konnten die Anlage nicht halten und zogen in eine moderne Wohnung am Stadtrand. Tovo hatte sowohl die Pension als auch die Villa abreißen lassen, um mit einem beträchtlichen Darlehen aus Laguna ein neunzehnstöckiges, den neuesten Standards entsprechendes Hotel hochziehen zu lassen, das die Stadt, ihren Hafen und tatsächlich die gesamte Bucht überstrahlte – einen leuchtenden Turm, der den Seefahrern Orientierung und den Reisenden Schutz bieten würde. Für das Restaurant hatte er die besten Köche der Stadt engagiert. So war er beinahe über Nacht zu einer der bekanntesten und einflussreichsten Persönlichkeiten dieser nach Geld, Macht und Gaumenfreuden gierenden Stadt geworden. Als unter dem Glockengeläut Gustavos blonde, jugendliche Braut von Bord ging, die er in einem exotischen Bergdorf auf sechstausend Fuß kennengelernt und umworben hatte, begriffen alle Anwesenden, dass sie das letzte und wichtigste Stück eines bunten und komplizierten Puzzles war, das Gustavo über den Zeitraum von mehreren Jahren zusammengefügt hatte.

Marike, überwältigt von dem Empfang, von der sich daran anschließenden opulenten Hochzeit, benötigte einige Monate, um in Nam Van Fuß zu fassen und sich in ihre neue Rolle einzufinden. Sie gewöhnte sich nur langsam an das scharfe Essen, sie lernte, mit der Hummerzange umzugehen und die Regenstürze zu beachten, die im Winter den Rhythmus der Stadt vorgaben. Sie ließ sich Kleider vorführen, und wenn sie etwas gefunden hatte, zog sie es an und schritt, anfangs noch ein wenig unsicher, die große Treppe hinab, die vom Mezzanin in die Lobby führte, wo sie von ihrem bereits wartenden Ehemann bewundert und von den Angestellten, die nicht verstanden, woher sie kam, ein wenig gefürchtet wurde.

Als sie mit Tovo schwanger war, ließ sie die Kleider im Schrank, zog sich zurück und erkundete die Stadt aus der luftigen Höhe des sechzehnten Stocks. Sie ließ ihre Bücher aus Geest kommen, schrieb Briefe an alte Freundinnen und betrachtete die Fischkutter, die am frühen Morgen mit weit ausgestellten Auslegern auf den Hafen zusteuerten, die winzigen Segelboote in der Ferne und die schweren, behäbigen Chuáns, die Menschen und Güter aus Laguna oder Sé brachten, wie sie es seit Jahrhunderten getan hatten. Der Blick vom Schlafzimmer in der oberen Etage ging nach Norden über das damals noch dörfliche Qianshan in die Hügel, die aussahen, als wollten sie, gigantischen Wellen gleich, jeden Augenblick über die Stadt hereinbrechen.

Marike flüchtete sich in den Alltag. Sie umsorgte und verwöhnte ihren kleinen Sohn, machte lange Spaziergänge mit dem Kinderwagen, kaufte ein und ließ sich das Tarot legen. Zu Hause notierte sie ein paar Zeilen für Anna, das Keltische Kreuz und ihre eigene Zukunft betreffend. Was sollte sie tun? Wie sollte sie lernen, mit diesem Mann umzugehen, der manchmal, so glaubte sie, schlicht nichts mit ihr anzufangen wusste? Wie konnte sie ihm zeigen, dass sie eigene Wünsche und eigene Vorstellungen hatte, die über die Repräsentationspflichten hinausgingen, die sie anfangs gern, später immerhin noch willig wahrgenommen hatte? Er behandelte sie kaum anders als die zahllosen Angestellten, die auf den Fluren, im Hof und in der Küche dieses Hotels herumliefen, jeder und jede mit einer eigenen, fest umschriebenen Aufgabe und Zuständigkeit. Nur schien er vergessen zu haben, wozu er sie, Marike, ursprünglich engagiert hatte.

Ein paar Mal versuchte sie, in der Wohnung zu kochen, doch es gelang ihr nicht, Gustavo für die Speisen, nach denen sie sich in ihrer ärmlichen Kindheit gesehnt hatte, zu begeistern. Die Eierstichsuppe rührte er nicht an, bei einem Quarksoufflé, das sie unter erheblichem Aufwand hergestellt hatte, runzelte er nur die Stirn. Selbst der gebratene Heringsrogen, mit dem sie aufgewachsen war, interessierte ihn nicht. Ihm fiel immer wieder eine neue Ausrede ein, warum sie ausgehen oder sich das Essen aus dem Restaurant heraufbringen lassen sollten, so lange, bis sie ihre Bemühungen einstellte. Die Suppe landete im Abfallzerkleinerer der kaum benutzten Küche, das Soufflé zerstampfte sie mit Milch und setzte es Tovo als Frühstücksbrei vor.

Abends gingen sie manchmal ins Kino. Doch jeder Film, den sie sahen, schien Marike auf schmerzliche Weise das eigene Leben widerzuspiegeln. Mal war dieses Leben zu einem Traum verzerrt, meistens aber zu einem Alptraum. Es war, als könnte der Blonde mit dem Poncho, der durch die Wüste ritt, genauso tief in ihr Herz blicken wie der dichtende Arzt, der mit besorgter Miene durch das vereiste Fenster schaute. Sie hieß Marnie oder Lara oder eben Marike, und wenn der Film zu Ende war und sie am Arm ihres Mannes auf die dunkle, feuchte Straße trat, musste sie sich beinahe körperlich schütteln, um die Namen loszuwerden, die wie Reispapier an ihr klebten, und Halt zu finden in der Wirklichkeit, in der sie lebt – einer Wirklichkeit, die von Sägern und Fischhändlern überlaufen war, einer Wirklichkeit, in deren Mitte ein goldener Turm aufragte mit einer über drei Stockwerke gehenden Eigentumswohnung und einer roten Drachenmaske, die ihr Angst machte.

Als sie mit Gabriel schwanger war, gewöhnte sich Gustavo an, nach dem Abendessen noch einmal auszugehen – um das Feld zu bestellen, wie er sagte, für seine Kinder, die eines Tages das Hotel und die Interessen der Familie übernehmen würden. Es sei wichtig, dass er sich zeige, dass er Verantwortung übernehme und Kontakte pflege, sie könne ihn ja, wenn es ihr wieder besser gehe, begleiten.

»Was heißt das, wenn es mir besser geht?«, fragte sie.

»Na ja, wenn das Kind da ist.«

»Ich bin schwanger, ich bin nicht krank.«

»So war das auch nicht gemeint.«

Sie schwieg.

»Willst du denn mitkommen?«, fragte er schließlich.

»Nein«, antwortete sie. »Geh du nur. Ich bin müde, ich ruhe mich aus.«

Er kam spät nach Hause und schlief in der Suite, um sie nicht zu stören. Wenn er am Morgen in die Wohnung kam, hatte sie mit Tovo bereits gefrühstückt. Ein Kindermädchen holte den Jungen ab, der es liebte, auf die Mole zu gehen und mit dem Stock in der Hand die herabstürzenden Vögel abzuwehren, während sich draußen in den Wogen gigantische Meeressäuger paarten. Marike blieb am Tisch sitzen, rauchte und blickte aus dem Fenster, und als ihr Mann hereintrat, sah sie ihn an und dachte: Was blitzt da auf in seinen dunklen Augen? Ist es Schalk, oder ist es Verachtung, oder ist es doch ein Rest des Feuers, das wir für Liebe hielten?

46 · Dita

Sie entdeckt sich im Fenster des Cafés, aber sie erkennt sich nicht wieder in der jungen Frau, die dort an dem wackligen Tischchen sitzt und in den Zitronenkeks beißt, der weich und buttrig auf ihren warmen, ungeschminkten Lippen zerfällt. Es war Anteos Idee, wieder in dieses kleine Café zu gehen. Das Plätzchen schmilzt auf ihrer Zunge, der Geschmack ist überwältigend in seiner Intensität. Benedita öffnet die Augen und sieht ihn an. Was ist das für ein Blick? Ist er amüsiert – oder verschreckt? Oder lacht er nur innerlich über den Satz des kleinen Mannes mit dem Zöpfchen, der die Plätzchen gebracht und behauptet hat, der Zitronengeruch würde die Säger vertreiben? Wenn das stimmte, würde die ganze Stadt nach Zitrone riechen, man würde die Straßen mit Zitrone spritzen. Was glaubt der kleine Mann? Dass er als Einziger ein Rezept gegen diese Plage hat? Sie schluckt, es war nicht ihre Absicht, den Priester zu verwirren, zu verstören. Oder doch? Sie weiß, wie sinnlich ihre Lippen sind, das haben ihr immer wieder Männer angedeutet oder rundheraus gesagt, die etwas von ihr wollten, nicht zuletzt Tobias, der sie abends, wenn er aus dem Kühllager des Milchgroßhandels kommt, mit kaltem, cremigem, ungesüßtem Joghurt füttert. Auch Beto, der Junge in Lascabanes, hatte volle Lippen, es war absurd, wie sie sich geküsst haben, sie hätten niemals mit den Zähnen aneinanderstoßen dürfen. Tobias leckt den Joghurtdeckel ab und legt ihn vorsichtig auf den Couchtisch. Er taucht den Löffel ein, führt ihn an ihren halb geöffneten Mund, sie spürt, dass er sofort und unbedingt mit ihr schlafen will, und dass er gleichzeitig den Abend in dieser Spannung und Erwartung verbringen möchte, die er kaum aushält, sie spürt die Dringlichkeit, den unbedingten Willen, es ist, als würde er versuchen, ihre Lippen herunterzukühlen und mit dem Geschmack des Joghurts zu neutralisieren. Sie setzt sich auf ihn, drückt ihn gegen das Sofa und nimmt ihm Becher und Löffel ab, sie wischt den Joghurt, der ihr über das Kinn läuft, mit dem Daumen fort. ›Pass auf, mein Pullover!‹ Diú, Tobias, du kannst froh sein, dass der Joghurt nicht in meinen Ausschnitt tropft. Ich könnte dich in den Wahnsinn treiben, wenn ich wollte, ich habe dich in der Hand. Willst du mein Freund sein? *Du* willst mein Freund sein? Du glaubst, du könntest mich halten? Mich glücklich machen? Du kennst mich nicht, Geester Junge, du weißt überhaupt nicht, was in mir steckt.

Sie hat die Haare gebunden und trägt ein weißes Hemd, ein Knopf mehr oder weniger, das merkt in dieser schwülen Stadt niemand, es macht keinen Unterschied, nicht einmal, wenn man einen Priester besucht. Sie trägt ein Kettchen mit einem emaillierten Anhänger, der einmal Anna gehört hat, das Herz mit den drei Schwertern.

Sie hat sich zu dem Ordenshaus fahren lassen, Ricardo wollte warten, aber sie hat ihn fortgeschickt. Es dauerte eine Ewigkeit, bis der Padre herunterkam. Sie hoffte, dass er sie hereinbitten würde, sie hätte sich gern seine Wohnung angesehen und die Kapelle, vielleicht hätte es sie an Badalamit erinnert, an die schönen Seiten, die das Internat eben auch hatte. Aber er ließ die Tür hinter sich zufallen und schlug vor, in das Café zurückzukehren.

Die Abendmeditation wurde in der Krypta abgehalten, die nach Kerzen und geöltem Balsam roch und selbst im Sommer angenehm kühl war. Sie murmelten das Abschlussgebet, Badal Amit, Ba Dala Padma Ata, Baal, schütze den König, Baal, schütze den König, Baal, schütze den König, bevor sie schweigend in ihre Häuser zurückkehrten. Es gab ein paar Seen in der Nähe, in heißen Sommernächten stiegen sie nachts aus dem Fenster, sie saßen am Wasser und tranken Kirschblütenschnaps aus der Flasche, und eine der Schwestern, mit denen sie am ersten Abend auf das Dach geklettert war, erklärte ihnen lallend, die Welt sei eine Blase, die aus einem See aufsteige, bis sie an der Oberfläche platze, das ganze Universum sei nur eine einzige, von der fauligen Wurzel einer Mummel aufsteigende Blase in einem See, und die Zeit sei eine Sekunde in einer Welt, die Millionen und Milliarden Jahre alt sei. Und auch diese riesige, Millionen und Milliarden Jahre alte Welt sei wiederum nur eine Blase, die aus einem noch viel größeren See aufsteige … ›Den Urknall kannst du vergessen, so etwas hat es nie gegeben‹, sagte das Mädchen, dann standen sie auf, zogen sich aus und rannten lachend und johlend ins Wasser.

Was ich von dir will, Anteo? Ich will, dass du mich an die Hand nimmst und in deine Klause, in dein hartes, schmales Bett zerrst. Nein, Padre, ich will, dass du mir sagst, was dort oben in den Hügeln, wo die Kabelbahn aufhört, auf mich wartet. Ich will, dass du mich herunterkühlst, dass du mich mit Joghurt fütterst, dass du mir die eisige Luft deines Glaubens ins Gesicht bläst.

Sie nimmt das nächste Plätzchen, es ist so weich, dass sie es mit den Lippen brechen kann. Sie erzählt ihm von dem Gespräch mit Gabriel, dass er versprochen hat, mehr in die nördlichen Viertel zu investieren, er habe sie sogar eingeladen, sich zu engagieren, was sie als Angebot verstanden habe, in die Stadt zurückzukehren und selbst tätig zu werden.

»Was heißt das, tätig zu werden?«

»Ich weiß es nicht.«

»Und hat er eine Summe genannt? Etwas Konkretes?«

»Nein.«

Der enttäuschte Blick, es tut ihr weh, sie weiß so gut wie er, dass es nur das vage Versprechen eines Politikers ist, sich zu kümmern, es wird Arbeitsgruppen und Ausschüsse geben, die sich mit dem Thema befassen, das dürfte ihn nicht überraschen. Natürlich kann ein Mann wie Gabriel nicht mit einem einzigen Handstreich die gesamte Stadt und ihre Finanzpolitik ändern, er braucht Studien, Vorlagen, Kommissionen und Beschlüsse.

»Er wird alt«, sagt Anteo. »Wenn er die Energie, die er damals auf den Containerterminal verwendet hat, in die Entwicklung der Vorstadt gelenkt hätte, würden wir hier im Paradies leben, die Leute würden aus Laguna kommen, um ihre Geschäfte zu eröffnen und Wohnungen zu kaufen.«

»Mag sein.«

»Willst du etwas Richtiges essen?«

»Nein.« Sie nimmt die Eiskarte, die in einem Metallständer steckt, und fächelt sich das Gesicht.

»Geht es dir gut?«

»Mir ist ein bisschen … heiß.«

Als das Taxi kommt, sieht er sie beinahe mitleidig an. Dann nimmt er sie doch noch in den Arm. Hat er etwas bemerkt? Hat er ihre Gedanken gelesen? Sie fährt ins Hotel, schaltet die Klimaanlage ein, legt sich ins Bett und drückt das Gesicht gegen das kühle Kissen. Am Abend isst sie mit Gabriel auf der Stardust. Nach dem Essen streckt sie sich auf der Bank aus, legt die Füße hoch und betrachtet den großzügigen, mit hellem Mahagoni ausgestatteten Innenraum. Der Sekundenzeiger einer Uhr tickt. Auf dem Navigationstisch liegen Requisiten, eine Seekarte und ein Heft mit Funknotizen, es sieht aus, als hätte er es für sie arrangiert.

»Wirst du noch einmal auslaufen?«, fragt sie.

»Du meinst, für länger?«

»Ja.«

»Vielleicht. Ich könnte dich abholen. Ich könnte nach Geest kommen und dich mitnehmen.«

Sie schweigt. Er steht auf, bringt zwei Gläser und eine Whiskeyflasche und schenkt ein.

»Ich habe dich auf der Festung angemeldet«, sagt er und reicht ihr das Glas.

Sie sieht ihn an.

»Vorsorglich. Der Besuchstag ist nur alle zwei Wochen. Du brauchst nicht hinzugehen, natürlich nicht. Aber du stehst auf der Liste.«

»Kommst du mit?«, fragt sie.

»Mal sehen«, sagt Gabriel. »Eigentlich ist das etwas, das du allein machen musst.«

Am Morgen geht sie schwimmen. Sie fährt im Bademantel nach oben und zieht das leichte Tunikakleid an, das sie im letzten Augenblick in den Koffer gestopft hat, dazu Tennisschuhe. Das Kleid ist ärmellos und kurz und poppig: orange mit einer breiten, fuchsiafarbenen Saumblende, Julia hätte ihre Freude daran. Sie würde den Kopf in den Nacken legen, die Augen schließen und das Gesicht in die Sonne halten, und dann würde sie beginnen, sich mit weit nach hinten gestreckten Armen um sich selbst zu drehen wie eine Tänzerin. Es ist ein Klischee, aber die Kamera liebt diesen

Wirbel. Ein Hauch von einem Kleid, für einen Hauch von einem Menschen.

Benedita lässt sich ein Lunchpaket geben und steckt es in eine kleine hellblaue Umhängetasche. Sie winkt flüchtig, als sie durch die Lobby geht, und tritt auf den Corso. Am Heong Tou Café biegt sie rechts ab. Sie folgt der Straße und quert den Ring über eine mit hohen Gittern geschützte Brücke. Sie lässt sich treiben, verliert sich in den Gassen von Qianshan. Sie weiß noch nicht, ob sie tatsächlich bis zur Festung gehen wird, das einzige, was sie weiß, ist, dass sie die Innenstadt verlassen und aus dem Schatten des Majestic heraustreten musste. Sie dreht sich um, die Sonne scheint ihr ins Gesicht. Dort ist das Haus, in dem die Padres wohnen. Unten die Stadt, das wunderbar hässliche Rathaus an der Promenade, die lange, weit ins Meer reichende Mole. Ein Fingerzeig. Das Hotel fügt sich in das Raster der Stadt und überschattet das alte Marktviertel mit seinen schmalen Gassen. Sie erinnert sich gut an Gabriels karge Wohnung. Er war längst eine bekannte Persönlichkeit in dieser Stadt, aber er lebte wie ein Zwanzigjähriger, ein Futon auf dem Boden, ein paar Stühle, eine winzige Küche.

Sie geht weiter, folgt den in die Straße eingelassenen Gleisen, und als sie das Rumpeln der Kabelbahn hört, dreht sie sich um. Sie wartet und springt auf. Sie steht auf der Plattform und hält sich fest, der heiße Wind bläst ihr ins Gesicht. Als die Straße flacher und der Wagen entkoppelt wird, steigt sie ab. Ein Dunstschleier liegt über den Hügeln. Die Sonne wird ihn abbrennen, bis sie oben ist.

47 · Gabriel

Er soll zwischen Limba, Alerce und Mahagoni entscheiden, am liebsten gleich. Auf dem langen Tisch liegen Holzmuster und Konstruktionszeichnungen seiner neuen Jacht, Blaupausen des Innenausbaus im Verhältnis eins zu zwanzig. Er tippt auf das weiße Mahagoni, die Bootsbauer nicken.

Ein Praktikant kommt und bittet ihn ins Büro, jemand versuche ihn zu erreichen, das Hotel Majestic in Nam Van. Gabriel fragt sich, was so wichtig sein kann, dass sie ihn in der Werft anrufen. Er geht hinter dem jungen Mann die Stahltreppe hinauf und tritt in das nach drei Seiten verglaste, wie ein Schwalbennest unter der Hallendecke klebende Büro. Der Praktikant bringt Kaffee, Gabriel bedankt sich, der Löffel klingelt, als er den Zucker einrührt. Jetzt erst nimmt er den Hörer.

Melanie, die neue Rezeptionistin, stottert, es tut ihr leid, dass sie ihn stört, im Rathaus hat sie erfahren, dass er in Laguna ist, sie hat den Namen der Werft ausfindig gemacht, im Telefonbuch nachgesehen und angerufen …

Warum erzählt sie mir das alles?, denkt er. Warum ist sie so fahrig und wirr? Er hat sie erst vor wenigen Wochen eingestellt, sie hat Buchhaltung gelernt, er mochte ihre Stimme, ihre gepflegte Erscheinung und den kurzen Bob, eine perfekte Besetzung für die Rezeption. Im Gespräch war sie ruhig und ein wenig unterkühlt, auch das gefiel ihm. Jetzt ist sie völlig außer sich, sie schnappt nach Luft.

»Beruhigen Sie sich, bitte. Dann sagen Sie mal, was ist denn passiert?«

Er steht, die linke Hand in der Tasche, an der verglasten Wand und sieht hinunter. Der offene, zweiundvierzig Fuß lange Rumpf beherrscht die Halle. Die Bootsbauer haben sich wieder über die Zeichnungen gebeugt.

»Ihr Vater, ihr Vater …«

»Was ist mit meinem Vater?« Er hört Stimmen, vermutlich die Gäste, die sich in der Lobby zum Mittagessen versammeln. Es ist nicht das erste Mal, dass Gustavo verschwunden ist, sie haben ihn ein paar Mal suchen lassen, als er noch durch die Stadt gelaufen ist. Aber jetzt sitzt er im Rollstuhl, er kommt ohne Hilfe überhaupt nicht mehr aus dem Haus.

»Melanie, was ist? Was ist mit meinem Vater?«

Sie atmet heftig, er hört sie schlucken, ihre Stimme versagt.

»Was ist passiert, Melanie?«

»Ihr Bruder, er wurde ab, er wurde abgeführt, das ganze Haus ist voller Polizei …«

»Tovo? Abgeführt? Was ist denn los?«

»Ihr Vater ist …«

»Was?« Gabriel ist unwirsch und ungeduldig, es tut ihm leid, aber er will jetzt endlich wissen, was passiert ist.

»Ertrunken?«, sagt sie leise.

»Ist das eine Frage?«

Schweigen. Die Leitung gluckert, sie sprudelt, es klingt, als würden tausend winzige Blasen platzen.

»Melanie!«

»Ja?«

»Ist er ertrunken? Ist er tot?«

»Ja.«

Was soll er dazu sagen? Wenn es wahr ist? Was soll er sagen, wenn es nicht wahr ist? Damit hat sie bestimmt nicht gerechnet, als sie sich auf diese Stelle beworben hat. Dass sie einen solchen Anruf machen muss. Am Kaiserhof wurden die Überbringer solcher Nachrichten erschossen, das ist noch gar nicht so lange her. Was ist passiert? Was ist denn eigentlich passiert? Ist er an die Mole …? Wie fährt man mit einem Rollstuhl über Basaltsteinpflaster? Unmöglich. Und wo ist Tovo? Hat sie nicht gerade gesagt, dass die Polizei …

»Und was … was ist mit meinem Bruder? Warum wurde er abgeführt?«

»Ich glaube, Sie kommen am besten gleich nach Hause. Ich weiß nicht, was wir machen sollen. Die Gäste fragen, und wir wissen nicht, was wir ihnen sagen sollen.«

»Stellen Sie mich in die Wohnung durch.«

»Es ist niemand da. Wir haben Ihre Schwägerin noch nicht erreicht.«

Als er anderthalb Stunden später ins Hotel tritt, scheint auf den ersten Blick alles normal zu sein. Ein junger Mann sitzt auf seinem Koffer. Die Rezeptionistin kommt Gabriel entgegen. Sie erklärt ihm, jetzt etwas ruhiger, was geschehen ist, sie sagt, Tovo habe seinen Vater zum Pool gebracht, dort sei Senhor Gustavo, ja, offenbar ins Wasser gestürzt, ein Unfall vielleicht, ja, sicherlich ein Unfall.

»Mein herzliches … Beileid? Wir sind alle ganz … erschüttert?«

Er wundert sich über diese Intonation und dankt und nickt in Richtung der Rezeption, wo sich einige Angestellte versammelt haben. Seine Schwägerin sei mit dem Kind und dem Kindermädchen inzwischen in der Wohnung, sagt Melanie, er gehe am besten gleich hinauf.

Julia steht am Fenster, ein Weinglas in der Hand. Als Gabriel eintritt, stellt sie das Glas ab und geht auf ihn zu. Im selben Moment kommt ihm aus der anderen Richtung Benedita entgegen, sie will ihm etwas zeigen, etwas Schimmerndes, aus Perlmutt, einen Kamm vielleicht oder eine Muschel.

»Gehen Sie mit ihr nach oben, bitte.« Das Kindermädchen hebt Benedita auf und trägt sie aus dem Zimmer.

»Stimmt das?«, sagt Gabriel und nimmt Julia in den Arm. »Er ist ertrunken?«

»Tovo ...«

Gabriel schiebt sie von sich, hält sie mit gestreckten Armen an den Schultern fest und sieht ihr in die Augen.

»Was hat er getan?«

»Hast du schon mit der Polizei – ?«

»Nein. Ich bin gleich hochgekommen.« Sie ist ganz weich, als müsste sie in seinen Händen zerrinnen.

Mehr weiß sie nicht. Ricardo ist auf der Wache. Es gibt Fragen, es ist unklar, ob sie Tovo heute noch gehen lassen werden. Er braucht einen Anwalt. Gabriel lässt Julia los. Er geht zum Telefon, wählt die Nummer seines Büros und erklärt, was passiert ist. Als er aufgelegt hat, nimmt er Julias Glas und sieht hinaus auf den Hafen. Julia sitzt reglos auf dem Sofa, ihre Augen sind halb geschlossen. Das Telefon klingelt, Gabriel nimmt den Hörer ab.

»Warten Sie, ich schreibe es mir auf«, sagt er. Er öffnet die Schublade des winzigen, viel zu niedrigen Telefontischchens, kramt Stift und Zettel heraus.

»Chawi? Und weiter?«

Der Anwalt hat offenbar nur einen Namen, Gabriel kniet auf einem Bein, er muss den Zettel mit dem Ellbogen festhalten, um die Telefonnummer zu notieren, die seine Büroleiterin herausgesucht hat.

Er besteht darauf, dass Julia mit Benedita und dem Kindermädchen in der Wohnung bleibt, er wird sich um alles kümmern. Als er auf die Wache kommt, ist Chawi schon da. Wer ist dieses seltsame, alte Kind? Gabriel schüttelt den Kopf, nicht über den Mann, sondern über seine Büroleiterin. Konnte sie niemand anderen finden? Der Anwalt führt ihn zu einer Bank, sie setzen sich, Chawi hat alles in Erfahrung gebracht. Sie gehen davon aus, dass er seinen Vater ins Wasser gestoßen hat. Gabriel lacht laut auf.

»Warum lachen Sie?«, fragt der Anwalt.

»Egal, oder?«, sagt Gabriel. »Es geht ja nicht um mich.« Er steckt sich eine Zigarette an, stützt sich auf die Oberschenkel und betrachtet die Maserung des Dielenbretts zwischen seinen Schuhen. Das kann nicht sein, oder? Wäre Tovo zu so etwas fähig? Er erinnert sich beinahe körperlich daran, wie ihn Tovo nach der Bestattung ihrer Mutter unter Wasser gedrückt hat, länger als sonst, sein Körper rang und kämpfte, als ginge es ums Überleben. Aber sein Geist war ruhig. Er hatte keine Angst. Sein Bruder war nicht fähig zu töten.

Als er wieder aufsieht, steht Ricardo vor ihm, erschüttert. Er wirkt um Jahre gealtert, er ist wie eingefallen. Sie können Tovo heute nicht mehr sehen, sagt er. Nur der Anwalt darf noch rein. Als sie später zum Majestic zurückfahren, ist es Gabriel, der sich ans Steuer setzt. Ricardo sitzt auf dem Beifahrersitz und weiß nicht, wohin mit seinen Händen. Er scheint der Einzige zu sein, der wirklich um Gustavo trauert.

48 · Dita

Ein Karren liegt auf der Seite, Scherben und Plastikteile werden zusammengekehrt, ein Arbeiter schaufelt Sand auf Blut und Ölspuren. Eine kleine alte Frau steht, auf einen Strohbesen gestützt, vor ihrem Haus. Sie winkt Benedita heran. Offenbar hat es einen Büffel erwischt, er musste auf der Kreuzung notgeschlachtet werden. Benedita hat Mühe, den Dialekt der Frau zu verstehen. In ein paar Tagen wird das Fleisch an den Essensständen auftauchen, die am Abend die Bürgersteige von Qianshan füllen, man wird es mit Chili und gehacktem Chapatti servieren, mit Ei und Garnelen, sogar mit Julu, sie werden jeden letzten Fetzen dieses Büffels verwerten, von der Zunge bis zu den Hoden. Benedita sehnt sich zurück nach Geest, nach der modernen, gut ausgestatteten Bibliothek, in der sie einen festen Platz hat. Sie kommt pünktlich um neun, schlägt ihr Anatomiebuch auf und notiert auf einem linierten Schreibblock: Larynx, Musculus thyreoarytaenoidus. Wenn sie Durst hat, trinkt sie aus einer klaren Flasche, nichts anderes ist im Lesesaal erlaubt, sie schluckt, das Wasser rinnt ihr kühlend durch die Kehle. Mittags trifft sie sich mit ihren Kommilitoninnen in der Mensa. Das Essen ist hell und ein wenig fade, es gibt Reis und Hühnerfrikassee auf weißen Tellern, die vier, fünf Erbsen in der Sauce wirken, als hätten sie sich verirrt. Alles ist vorhersehbar, alles ist überschaubar. Überraschungen sind nicht vorgesehen. Gerade deshalb kann sie sich auf das Wesentliche konzentrieren, auf das, was ihre Aufgabe und Arbeit ist. Nur unter diesen Bedingungen kann sie eine ruhige Hand behalten, wenn sie das Skalpell führt.

Und hier? Wie soll man in dieser Stadt einen klaren Gedanken fassen? Feuchte Hitze drückt auf Qianshan wie ein schweres Kissen. Ein apokalyptisches Bild: Der Büffel liegt auf der Kreuzung. Rote und weiße Scherben, die Motorhaube ist hochgeknickt, der Kühlergrill verbogen und verschmiert. Blut und Öl vermischen sich zu einer schwarzen Emulsion und bahnen sich einen Weg durch den Staub. Der Büffel brüllt vor Schmerz, bis endlich der Schlachter kommt. Die Gummihandschuhe reichen ihm bis zu den Ellenbogen. Er rollt eine Ledermappe voller Messer aus, legt sie neben sich auf den Boden. Ein einziger, tiefer Schnitt, die Klinge dringt durch Halshaut, Halsschlagader, Luft- und Speiseröhre, Nervenstränge und Muskeln. Das Blut sprudelt heraus, das mächtige Tier zuckt. Später kommt der Wagen mit der Seilwinde, zwei Männer stehen sich an der Handkurbel gegenüber, sie schwitzen und fluchen, bis der Kadaver auf der Pritsche liegt. Wie soll man in einer Stadt, in der so etwas passiert, die Ruhe bewahren?

Die alte Frau bittet sie um einen Gefallen, sie redet mit Händen und Füßen. Auf dem staubigen Boden liegt eine Stange, an der eine Wäscheleine befestigt ist. Benedita hebt sie auf, streckt sich und drückt, bis die Stange in eine Halterung an der Hauswand rutscht. Die alte Frau verschwindet im Eingang und kehrt mit einer Schale Tee zurück. Benedita trinkt im Stehen, verabschiedet sich mit einer Verbeugung und geht weiter.

Die Häuser von Qianshan wirken, als hätte man vergessen, sie zu Ende zu bauen, nur die Erdgeschosse und die

Eingänge mit ihren winzigen, pagodenartigen Vordächern sind gekachelt. Sie leckt Blut von ihrem Zeigefinger, sie hat sich an der rostigen Halterung geritzt, ohne es zu bemerken. Weiter oben wird die Bebauung flacher, die Straße weitet sich, der Bürgersteig verschwindet. Unbefestigte Wege führen von der Hauptstraße ab, verlieren sich in der Böschung. Schließlich endet der Asphalt, der Weg führt durch einen hohen Bambushain, bis sich der Blick öffnet. Sie ist dankbar für das leichte Kleid. Der Nebel ist verschwunden, der Himmel sticht blau hinter den Hügeln hervor. Es gibt kaum noch Schatten. Nach einer guten Stunde setzt sie sich auf einen mit Flechten bewachsenen Felsen, um die Steinchen aus den Schuhen zu schütteln. Als sie die Schnürsenkel löst, öffnet sich der Schnitt am Zeigefinger. Sie leckt ihn ab und zieht vorsichtig den Reißverschluss ihrer Umhängetasche auf. Das Plastik ist weich, die Sonne hat ihr auf den Rücken gebrannt. Sie zieht das Päckchen heraus, legt es auf den Schoß, riecht daran. Fischhack. Sie legt das Sandwich mit dem Papier auf den Boden. Ein Makak wird es finden, denkt sie. Sie macht niemandem einen Vorwurf, sie hat nicht gesagt, wohin sie geht und wie lange sie unterwegs sein wird. Sie wusste es ja selbst nicht.

Die Containerschiffe sehen aus wie Spielzeug, am Hafen tanzen die Kräne, die Drachenbrücke scheint zu kippen. Sie trinkt aus der mitgebrachten Flasche. Als sie die Augen wieder öffnet, sieht sie den Zug aus Laguna. Sie wischt sich mit dem Handrücken die Stirn ab. Weit unter sich entdeckt sie die Straße, die zur Festung Gaolung führt. Sie könnte absteigen und versuchen, einen Bus oder ein Taxi anzuhalten. Sie müsste den Höhengewinn aufgeben, sie wäre umsonst hier hinaufgekraxelt. Will sie sich etwas beweisen? Vielleicht. Will sie ihren Vater sehen? Eher nicht. Mag sein, dass sie Tobias von diesem Aufstieg erzählen will, der mit seinen Freunden die abenteuerlichsten Bergwanderungen macht.

Sie geht mit kraftvollem, stetigem Schritt bergauf, ihre Kondition ist gut, aber es pocht ihr an den Schläfen, ein Druck hat sich in ihrem Kopf aufgebaut, den sie so nicht kennt. Hellgrüne, staubige Blätter flirren, ein Zitronenfalter taumelt von Strauch zu Strauch. Der Weg ist kaum noch zu erkennen. Über ihr liegt eine steile Schutthalde, darüber ein Kamm, sie hofft, dass es der letzte ist. Mit dem Geröll hat sie nicht gerechnet, auch nicht mit dieser Art von Steigung. Sie sieht auf ihre verschmutzten Tennisschuhe und beginnt hinaufzugehen. Langsam, vorsichtig, wenn sie hier abrutscht und mit dem Fuß umknickt, wird sie allein nicht wieder hinunterkommen. Steinmännchen kennzeichnen den Weg. Wer ist hier zuletzt vorbeigekommen? Wer hat den letzten Stein auf die Pyramide gelegt? Es muss der Weg sein, den die Ausbrecher nehmen, denkt sie und stellt sich vor, wie sie auf dem Hosenboden herunterrutschen, während in der Ferne Hunde bellen. Der Alarm jault, unten warten die Komplizen, die sie im Bauch eines Chuáns von der Insel schmuggeln und nach Laguna oder Sé bringen werden, vielleicht auch der Priester, dessen etwas zu großes Herz auch für diese Sünder schlägt.

Ihr ist schwindlig. Sie muss immer wieder die Hände zur Hilfe nehmen, Steine lösen sich unter ihren Schuhen, sie rutscht ab, die Steine rollen und springen den Hang hinab, klack-klack-klack, bis sie weit unten zum Stillstand kommen. Sie wollte nicht hier hinauf, aber irgendetwas treibt sie weiter, ihr Wille hat sich verselbständigt, er ist ein kompakter, kräftiger Motor in ihrem Inneren, der läuft und läuft, beinahe als hätte sie nichts damit zu tun. Langsam nähert sie sich dem Kamm. Noch ein paar Schritte, dann hat sie es geschafft. Flutlichtanlagen und Antennen kommen zum Vorschein, dann die modernen, rot-weißen Wachtürme, auf denen sie montiert sind. Schließlich schält sich auf der Gegenseite einer weiteren Senke die Festung aus der Landschaft heraus. Der riesige, sandfarbene Wall, die massiven Bastionen ragen wie mächtige Schiffsbuge aus dem Fels.

Sie setzt sich, umfasst die nackten Knie. Sie hätte wenigstens eine feste Hose anziehen sollen. Auf Stirn und Armen brennt Salz. Die Wasserflasche ist leer. Ein feiner, staubiger Dunst liegt auf dem Tal. Sie hat das Gefühl, die Landschaft von unten und oben zugleich zu sehen, von nah und von fern. Ihre Perspektive hat sich gelöst, sie sammelt Bilder und setzt sie neu zusammen wie ein Insekt. Die Festung ist ein gigantisches Luftschiff, eine fliegende Insel, die sich eben erst auf die Hügel gesetzt hat. Sie ist auf Grund gelaufen. Gleichzeitig ist es, als wäre der felsige Hang im Begriff, den Komplex, den er sich einverleibt hat, zu entlassen, es scheint nur eine Frage der Zeit, bis die Festung freikommt, um in den schmerzhaft blauen Himmel aufzusteigen. Das Land löst sich, denkt Benedita, die Spitze wie ein Bug, Lascabanes ist in See gestochen.

Dort, in einem dieser Gebäude, hinter einer dieser Mauern, sitzt ihr Vater. Ihr Vater? Sitzt? Was tun Gefangene, wenn sie nicht sitzen? Geht er in seiner Zelle auf und ab? Sieht er in einem spärlich möblierten Gruppenraum fern? Ist er allein? Liest er? Wofür interessiert er sich? Sie weiß nicht, wofür sich Tomás Gustavo Chou da Luz interessiert, der Mann, der in ihrer Geburtsurkunde als ihr Vater eingetragen ist. Haben sie ihm angekündigt, dass sie zu Besuch kommt? Wie hat er reagiert? Was macht sie überhaupt hier oben? Hätte sie sich früher um ihn kümmern müssen?

Sie war sechs oder sieben, als Julia sie zum letzten Mal mitgenommen hat, sie erinnert sich nur noch an den Geruch, das Licht, das durch die vergitterten Fenster brach, an die tiefe Stirn dieses Mannes, der ihr fremd war. Später meinte Julia, Gaolung sei kein Ort für ein Kind, und nahm sie nicht mehr mit. Hätte sie sich darum bemühen müssen? Hätte sie ihre Mutter überzeugen müssen, dass sie reif und gefestigt genug war, um durch das große Tor zu treten und den Anblick ihres Erzeugers zu ertragen?

»Mache ich mich schuldig, wenn ich ihn nicht liebe?«, fragte sie einmal Ricardo. »Weil er doch mein Vater ist?« Ricardo sah sie an, sie war zwölf, und schüttelte den Kopf.

»Wie kannst du so etwas denken?«

Es war die Antwort, die sie erwartet hatte. Sie holte sich die Bestätigung ein, die ihr beinahe sicher war. Sie wusste, dass Ricardo, der seine Meinungen, Vorstellungen und Wünsche nur selten und äußerst vorsichtig zum Ausdruck brachte, der Einzige war, der das Urteil der Richterin akzeptiert hatte.

Sie ist niemandem etwas schuldig, am wenigsten ihren Eltern. Ihre Aufgabe, ihre erste und oberste Pflicht ist es immer gewesen, sich zu lösen und einen eigenen Weg zu finden. Je früher, desto besser. Es ist, als hätte sie schon mit zwölf das Mäppchen geöffnet, um die Zehnerklinge herauszuziehen und diese sauberen, klaren Schnitte in die tote Haut zu machen, immer wieder, bis der Kehlkopfschnitt sitzt. Gebt mir mehr Material! Gebt mir mehr Material! Sie hat gelernt, die Stimme zu erheben. Vielleicht hat sie überhaupt niemanden gebraucht. Sie ist ihren Weg gegangen. Manchmal hat es ihr Angst gemacht, diese Einsamkeit.

Gabriel muss klar gewesen sein, dass sie nur ein Ziel brauchte, um loszulegen, und wenn sie ihn gefragt hätte,

hätte er ihr vermutlich eines angeboten. Er hätte ihr nach der Schule eine Stelle in irgendeinem Senatsbüro besorgt, um sie nach seinem Abbild zu formen. Er hätte ihr das Segeln beigebracht oder sie auf irgendeine Sportschule geschickt, weil sie im Wasser eine Naturgewalt war. Profisportlerin? Das war sie nicht, ganz bestimmt nicht. Das war nicht der Weg, den sie gehen sollte.

Er hat ihr nicht geholfen. Sie kam nach Badalamit, das Problem war gelöst. Gabriel hat sich hinter Julias Entscheidung versteckt. Niemand war bereit, Verantwortung für sie zu übernehmen. Julia? Sie wollte nur sich selbst finden, und zwar im Spiegel einer Kameralinse, in den großen, glänzenden Augen ihrer Schwester Rita. Julia ist feige, sie weiß überhaupt nicht, was es bedeutet, sich aus eigener Kraft aus diesen Zusammenhängen zu lösen. Oder doch? War sie nicht selbst eines Tages an Bord der Stardust geklettert? War es vielleicht doch mehr als eine Laune gewesen?

Warum hat Tovo von all den Frauen, die er damals verführt und vielleicht sogar geliebt hat, ausgerechnet sie gewählt? Benedita hat immer den heimlichen Wunsch gehegt, Gabriel könnte ihr Vater sein, manchmal wünscht sie sich, er hätte sie einfach belogen, statt die bittere Wahrheit zu sagen. Er hätte ihr ein neues Leben schenken können. Er hätte sie von einer Bürde befreit. Mit einer einzigen Lüge, die niemanden wehgetan hätte.

Tovo wusste, wie unzuverlässig Julia war, wie flatterhaft und unernst, und gerade mit ihr hat er eine Familie gegründet. Was hat er sich dabei gedacht? Das Einzige, was ihn interessierte, waren seine eigenen Abgründe. Tovo, der dort drüben hinter einer meterdicken historischen Mauer sitzt – sitzt? – hat Gustavo hinuntergestoßen, er hat damals sein wahres Gesicht gezeigt. Möglich, dass es ihm gar nicht um die Frau aus Spanish California ging, vielleicht wollte er sie Gabriel nur abjagen, um ihn zu demütigen und auf seinen Platz zu verweisen. Womit er nicht gerechnet hat, war, dass Gabriel sie ihm kampflos überlassen würde. Er tat, als sei es ihm egal. Er kehrte in die Stadt zurück, kümmerte sich um sein Boot, organisierte sein Büro und mischte sich in die Politik ein. Spät am Abend kehrte er in seine Junggesellenwohnung zurück, legte sich auf den schmalen Futon und dachte über seine nächsten Schritte nach. Wenn Tovo am nächsten Morgen zum Friseur ging und die Zeitung aufschlug, las er, was im Rathaus beschlossen worden war, und er versuchte zu verstehen, wie das, was sein Bruder tat, ihn und die Jasmin betreffen würde.

Ein dünner Trampelpfad windet sich hinab in diese letzte Talung. Ihr ist schlecht. Sie läuft und schneidet Serpentinenschlaufen ab, sie rutscht einige Male, fängt sich immer wieder, bis sie schließlich stürzt. Über ihr die Festung, der Wall, die Bastionen. Sie steht auf und klopft das Kleid aus. Ein grünes Schild mit einer Warnung: Sicherheitszone. Der Weg führt rechts hinauf und mündet in eine schmale, in den Felsen gehauene Treppe. Oben steht Gabriel. Mit letzter Kraft schleppt sie sich über die unregelmäßigen Stufen hinauf zur Straße. Sie hat blutige Schrammen am Bein, die Hände sind schmutzig, das Blut an ihrem Zeigefinger ist schwarz geronnen.

49 · Gabriel

»Hast du den Geburtstag deiner Tochter vergessen?« Julia ist überrascht, von ihm zu hören.

»Ich habe in Geest angerufen«, sagt sie irritiert. »Niemand ist drangegangen.«

»Weil sie hier ist, hier bei mir. Hat sie das nicht erzählt?«

»Nein.«

»Und jetzt?«

»Gib ihr einen Kuss von mir. Sag ihr, dass ich sie liebe.«

»Wir haben die Jasmin überführt«, sagt Gabriel nach einer Pause. »Sie wird abgewrackt, wahrscheinlich haben sie schon angefangen, sie zu zerlegen.«

»Abgewrackt?«

»Ja. Niemand wollte sie haben. Wir haben die ganze Zeit den Liegeplatz bezahlt. Es sind eine Menge Leute gekommen, um sie zu verabschieden.«

»Ich weiß noch, wie Tovo damals auf das Schiff gezeigt hat«, sagt sie. »Dieses seltsame, unmögliche, hässliche Ding. Wie stolz er war. Wir saßen im Hafen in deinem Cockpit, er war so ein Aufschneider, und gleichzeitig so charmant.«

»Du warst neunzehn. Du warst jünger, als Benedita jetzt ist. Sie ist einundzwanzig geworden.«

»Ich weiß.«

»Sie gilt jetzt als volljährig, selbst hier in Nam Van.«

»Ich weiß.«

»Ich habe sie bei Tovo angemeldet.«

Julia schweigt. Sie hat sich nie geäußert, wenn es um sein Verbrechen ging, um das Urteil oder die Haft. Sie hat keine Haltung dazu, sie hat nie gesagt, wie sie zu Tovo steht, mit dem sie tatsächlich noch immer verheiratet ist. Sie hat ihn anfangs noch besucht, obwohl sie sich wenig zu sagen hatten. Nach ein paar Jahren wurden ihre Besuche seltener, und sie nahm Benedita nicht mehr mit. Schließlich verschwand sie nach Spanish California, richtete sich in der Villa ihrer Schwester in Serena ein.

»Bist du noch da?«

»Ja.«

»Willst du nicht wissen, warum ich sie auf der Festung angemeldet habe?«

»Nein. Doch. Warum?«

»Weil sie begreifen muss, woher sie kommt. Wir haben sie alle im Stich gelassen. Du hast sie im Stich gelassen. Tovo hat sie im Stich gelassen. Ich auch. Ich begreife jetzt, wie verloren sie ist. Sie hat keinen Platz in dieser Familie, in dieser Stadt, in dieser Welt. Sie weiß überhaupt nicht, wohin sie gehört.«

»Dita wird schon ihren Weg finden«, sagt Julia. »Sie ist eine Selbstläuferin.«

Er verlässt das Büro und fährt mit dem Aufzug nach unten. Die Rathauslobby ist leer, die Promenade ist voller Menschen und Vögel. Er tritt hinaus, ihm ist, als müsste er mit den Armen um sich schlagen, um sich einen Weg zu bahnen und in der Menge nicht unterzugehen. Selbstläuferin. Das Wort lässt ihn nicht los, es ist die gleiche Vokabel, die sein Vater einmal auf ihn selbst angewandt hat, Gustavo, der die Sprache einsetzte wie eine Waffe. Wie kam er darauf?

Wie kommt Julia darauf? Bedeutet es, dass man jede Verantwortung von sich weisen kann? Dass man von jeder Aufgabe entbunden ist? Hat sie vielleicht sogar recht? Haben sie alles richtig gemacht, indem sie sie im Alter von fünfzehn Jahren, eigentlich sogar schon früher, sich selbst überlassen haben? Benedita ist eine wundervolle junge Frau, die ihren Weg gehen wird. Aber ist sie glücklich? Warum ist sie so weich und willenlos, wenn sie an seiner Schulter lehnt? Warum ist sie so besessen von den dunkelsten Kapiteln der Familiengeschichte? Warum stochert sie im Unglück? Und vor allem: Warum bekennt sie sich nicht zu dem Mann, der ganz offensichtlich ihr Freund ist?

Er kauft die Zeitung und geht die Treppe hinauf zum Büro des Hafenmeisters, das gleichzeitig als Lotsenstation dient. Er grüßt, nimmt einen Becher Tee und setzt sich auf einen der hohen Drehstühle. Auf der Konsole unter den sturmsicheren Fenstern sind Radarschirme montiert, der Seefunk knackt, es ist, als würde man auf der Kommandobrücke eines Hochseefrachters sitzen. Nur das Schiff unter ihnen fehlt, die Staufläche, die Kräne und Container, der Bug, der in die Wellen taucht. Bald, in ein, zwei Wochen schon, wird die Saison beginnen. Der Westwind wird zurückkehren, er wird den Gestank aus den Gassen blasen, den Geruch von Julu und fauligen Algen, er wird die klebrige Luft erneuern, die seit Wochen und Monaten auf die Stadt drückt, und die Segel der Jachten füllen.

»Warum ist die Reede so voll?« Gabriel sieht den Hafenmeister an.

»Es sind mehr, als sie erwartet haben, einige Containerschiffe wurden aus Sé und Laguna umgeleitet.«

»Wie lange werden sie brauchen, um den Stau zu lösen?«

»Zwei Tage, höchstens.«

Der Hafenmeister, der zugleich den Vorsitz im Segelclub hat, bedankt sich für sein Engagement. Gabriel hat sich immer zurückgehalten, wenn es um Posten und Aufgaben im Segelclub ging, jetzt hat er sich doch überreden lassen, die Jugend zu übernehmen. Sie segeln noch immer Contender, nur die Ehrgeizigsten steigen auf die olympischen Klassen um. Eigentlich ist es Gabriel zu viel. Er möchte mit seinem kleinen Stab einen Investitionsplan für Qianshan und die nördlichen Viertel entwickeln, das braucht Zeit, und es braucht Kraft. Er wird den Priester in die Kommission berufen, das hat er Benedita versprochen. Wenn sie nur bleiben würde, um ihn zu unterstützen! Sie könnte in das Unternehmen hineinwachsen. Vielleicht könnte sie hier glücklich werden.

Sie wird ein paar Jahre brauchen, bis sie übernehmen kann, denkt er, fünf oder zehn Jahre vielleicht, dann ist er sechzig, dann kann er auslaufen, wann er will, und am Wochenende die Jugendlichen trainieren. Aber sie will Ärztin werden, und sie hat diesen Freund. Sie will etwas tun, das mit ihrer Familie und ihrer Herkunft nichts zu tun hat. Nur mit Janne identifiziert sie sich, mit dieser harten, bitteren Frau, die mit hundert Jahren gestorben ist und ihr das Haus vermacht hat, um das sie jahrzehntelang mit ihrer Schwester gestritten hat. Es ist, als wollte Benedita die Familiengeschichte von hinten aufrollen. Als wollte sie selbst verstehen, an welchem Punkt die Dinge aus dem Ruder gelaufen sind. Sie sucht die Ursünde. Sie kramt in den Schubladen, liest Jannes Scheidungsakte, sie legt das Tarot mit umgekehrten Karten. Er hat nie herausgefunden, wer Marike das Seil gebracht hat.

Im Hotel erfährt er, dass Benedita nicht mehr da ist. Sie ist allein aufgebrochen, zu Fuß, nur mit einem kleinen Lunchpaket und einer Flasche Wasser. Er geht in den Hof und sucht Ricardo, findet ihn aber nicht. Er lässt sich einen Wagen geben, fährt vorsichtig hinaus und biegt nach links ab. Der Wagen ist so klein, dass seine Knie ans Armaturenbrett stoßen. An der Auffahrt zur Ringstraße staut sich der Verkehr. Er trommelt auf das Lenkrad, schaltet die Klimaanlage ein und schließt die Fenster. Plötzlich sieht er sich wieder auf dem Steg in Levuka, und er hört die Kinder, die um ihn herumtanzen, während Suva ihm Bart und Haare schneidet. Er hat die Freiheit getrunken wie Kokoswasser, es war die schönste Zeit seines Lebens.

Endlich geht es weiter. Er fährt durch die engen Straßen von Qianshan, es geht langsam voran. Schrotthändler und Flaschensammler ziehen ihre Wagen. Jugendliche sitzen auf Treppen und Bordsteinen, sie würfeln und lachen. Makaken, Hunde und Kinder überqueren blitzschnell die Fahrbahn. Je weiter er hinauffährt, desto weniger Säger sieht er. Warum? Weil sie sie spicken oder marinieren und in ihre altertümlichen Holzöfen schieben. Sie reißen das zähe Fleisch von den Knochen und nagen an den trockenen Flügeln. Während die Innenstadt nach Fisch und Julu stinkt und die in Eis verpackten Muscheln mit tropfenden Paletten von den Fischerkähnen gehoben werden, gieren die Bewohner der nördlichen Viertel nach Fleisch, nach Blut und Hitze.

Am Rand der Siedlung, wo die Gebäude niedriger werden, hängt eine alte Frau Wäsche auf, mit jedem Stück muss sie sich strecken, sie erreicht kaum die Leine. Ein kleines, verbeultes Schild weist rechts nach Goalung, er ist hundertmal hier vorbeigefahren, immer mit dieser lähmenden Beklemmung. Nichts bewegte sich, nichts änderte sich. Anfangs ist er alle zwei Wochen hinaufgefahren, später einmal im Monat. Tovo wurde mit jedem Besuch wortkarger.

Es geht steil bergauf, die Luft ist klarer, es ist eine Weile her, seit er einen derart stechend blauen Himmel gesehen hat. Die Straße, kaum breit genug für den Gefängnisbus, folgt der Kontur des Berges, sie windet sich gefährlich nah am Hang entlang. Erst im letzten Augenblick wird die Festung sichtbar. Vor der Einfahrt steigt er aus, steckt sich eine Zigarette an und überblickt die braune, unfruchtbare Landschaft. Ein Wachmann kommt auf ihn zu.

»Sie können hier nicht stehen bleiben«, sagt der Mann.

»Ich suche meine Tochter.«

»Fahren sie rein, Senhor Chou, ich lasse Sie durch.«

»Sie müsste hier heraufkommen.«

»Wenn ich sie sehe, sage ich Ihnen Bescheid.«

Der Mann kehrt zu seinem Häuschen zurück und öffnet die Schranke. Gabriel fährt durch, bleibt auf dem Parkplatz stehen und steigt aus. Es sind nur noch wenige Besucher da, der Parkplatz ist beinahe leer. Seine Tochter? Warum hat er das gesagt? Er wollte es einfach machen, einfach und eingängig, um jedes Missverständnis zu vermeiden. Oder wird er Tovo jetzt, wo sie ihn sehen will, diesen Platz in ihrem Leben doch noch streitig machen?

Der Wachmann sieht sie schon von weitem und winkt ihn heran. Sie ist ein bunter Fleck in dieser unwirtlichen Landschaft, ihr kurzes, dunkelgelbes Kleid leuchtet, der fuchsiafarbene Saum, der hellblaue Riemen, der quer über ihre Brust geht. Gabriel würde ihr entgegengehen, wenn es ihr helfen würde. Aber die Treppe ist schmal und unregelmäßig, sie muss diesen Weg allein gehen. Er bleibt stehen und wartet. Es fühlt sich an wie eine Ewigkeit.

»Das hatte ich mir etwas leichter vorgestellt!«, ruft sie hinauf. Sie hat Schrammen am Bein, ihre Tennisschuhe sind dreckig. Sie schleppt sich die letzten Stufen hinauf. Er nimmt ihren Arm und führt sie an der Schranke vorbei zum Parkplatz. Sie löst sich und geht zu dem mächtigen Wall. Sie setzt sich in den schmalen Schatten und sinkt gegen die Mauer. Braucht sie Wasser? Sie nickt. Gabriel holt eine Flasche aus dem Auto.

»Und jetzt?«, fragt sie.

»Wir sind zu spät. Die Besuchszeit ist gleich vorbei, sie werden uns nicht mehr reinlassen.«

»Hilfst du mir? Mir ist ein bisschen schwindlig.«

Sie sieht ihn an, weder überrascht noch enttäuscht. Sie scheint bereits geahnt zu haben, dass sie zu spät kommen würde. Wahrscheinlich hat sie es darauf angelegt. Sie weiß, dass dies die letzte, die einzige Gelegenheit auf dieser Reise ist, Tovo zu sehen.

Sie wirkt erleichtert und ein wenig resigniert. Was hätte sie erreicht hinter diesen dicken Mauern, was hätte sie diesem stillen, verschlossenen Mann gesagt, von dem sie wünscht, er würde überhaupt nicht existieren? Sie ist zu jung, um mit Gespenstern zu reden.

»Du hattest überhaupt nicht vor, ihn zu besuchen, oder?«, sagt Gabriel.

»Ich wollte nur wissen, ob ich es kann.«

»Ob du *was* kannst?«

»Ob ich es hier hinauf schaffe.«

»Du schuldest ihm nichts.«

»Genau, ich schulde ihm nichts.«

Sie streckt die Hand aus. Er hilft ihr auf und führt sie über den Platz zum Auto. Sie quetschen sich in den winzigen Wagen. Er startet, sie öffnet das Fenster und atmet tief ein. Sie fahren in einem weiten Bogen um den leeren Parkplatz, der Wächter öffnet die Schranke und winkt, Benedita hängt den Arm hinaus und hält sich an der Tür fest.

»Wir besorgen dir etwas für deine Wunde«, sagt Gabriel.

50 · Dita

Sie schläft unruhig, die Stadt ist bereits erwacht, als sie aufsteht. Sie geht ins Bad, nimmt das Fläschchen, das Gabriel aus der Apotheke geholt hat, und betupft die Schrammen an Knie und Oberschenkel mit der roten Tinktur. Die Wunde brennt. In ihrer Vorstellung türmt sich noch einmal die Welle auf, die sie in Lascabanes erfasst und herumgewirbelt hat, die Brandung, die sie schließlich auf den Sand spülte. Hatte sie Angst? Nein. Denn da waren Menschen, die sie aus dem Wasser ziehen, die ihre Wunden versorgen und sie lieben würden. Sie war sicher. Sie war unsterblich. Sie geht zum Telefon, nimmt den Stift und wählt die Nummer der Fluggesellschaft. Sie kommt nicht durch. Am Schreibtisch zieht sie einen Briefbogen aus der Schublade. Der Name des Hotels und der Name der Stadt sind zu einem goldenen Schriftzug zusammengefügt, der die Skyline des Briefkopfs zum Leuchten bringt. Sie setzt sich und schreibt:

> *Liebe Leslie, ich habe in der Zeitung von der Blüte der Braunalgen gelesen, der Sargassumgürtel erstreckt sich über Tausende von Meilen, von Spanish California bis vor die Küste von Nam Van. Er ist so mächtig, dass man darauf gehen könnte, wenn man nur den Glauben hätte. Er ist wie ein Lebewesen, ein Gedanke, der uns über den gigantischen Raum des Ozeans und über die Zeit hinweg verbindet, in einer Weise, die mit der Reise, die Gabriel und Julia damals*

gemacht haben, nichts mehr zu tun hat. Ich habe geträumt, dass du die Leinen loswirfst und über diesen großen Ozean zu mir kommst, mit einem unförmigen Schiff, einem Ponton eigentlich, den du Lascabanes getauft hast. Du bringst eine Crew von Muschel- und Menschenfischern mit, Schildkröten schlüpfen und tummeln sich im Algenteppich. Aus dem Aufbau winden sich fette schwarze Stromkabel wie Aale.

Leslie, als ich dich damals besucht habe, war mir nicht klar, wie viel wir gemeinsam haben und was uns miteinander verbindet. Ich war zu jung, um es zu begreifen, ich habe nur gespürt, dass da etwas ist, das wir weiterverfolgen sollten. Ich war noch in der Schule damals, während du schon diese kleine Pension in Lascabanes hattest, die, wie ich höre, inzwischen beinahe die gesamte Siedlung übernommen hat. Du bist wohl jetzt eine erfolgreiche Unternehmerin. Herzlichen Glückwunsch!

Was ich damals nicht verstand: Selbst das, was uns trennt, verbindet uns. Wir sind wie beinahe die gesamte Familie aufs Engste mit dem Meer verbunden, wir leben an den entgegengesetzten Küsten eines riesigen Ozeans, der in alten Karten der serenissische genannt wird. Wenn es nicht so pompös klingen würde, müsste man sagen: Wir entstammen einer Familie von Urreptilien, die im Laufe ihrer Evolution langsam an den Strand gerobbt sind. Aus den Flossen wurden Füße und Schenkel, und die Lungen mit ihrem Schleim ersetzten unsere roten, klatschnassen Kiemen, aber wir träumen noch immer davon, eines Tages in die lichtlose Tiefe zurückzukehren.

Das Meer ist das, was Julia immer als das große Schlamassel bezeichnet hat, auch wenn sie etwas anderes im Sinn haben mochte. Im Meer vermischen sich Dinge, die sich nicht vermischen sollten. Bei der Orgie auf der Waltzing Matilda, bei

der unsere Mütter gezeugt wurden, floss etwas ineinander, das die Natur normalerweise auseinanderzuhalten weiß. Das zweite Element verwischte die Spuren unserer Vorfahren, so wie die Brandung unsere Spuren wegspült, wenn wir am Strand von Lascabanes spazieren gehen.
Ich schreibe dir mit blutigem Finger, ich habe mich auf dem Weg zur Festung Gaolung, wo mein Vater einsitzt, an einer rostigen Halterung geschnitten. Es ist wirklich nur ein kleiner Ritzer, aber er geht immer wieder auf, und er verschmiert diesen goldenen Briefbogen. Der kleine Schnitt erinnert mich an die Geschichte von dem ritterlichen Zweikampf: Der eine Daxia wird tödlich verwundet, der andere, der seinem Gegner schon den Fuß auf die Brust gesetzt hat, trägt eine winzige Wunde an der Hand davon, kaum mehr als einen Kratzer. Während der erste wie durch ein Wunder überlebt und sogar gestärkt aus dem Kampf hervorgeht, entzündet sich die oberflächliche Wunde des Siegers, die Hand muss amputiert werden, schließlich der ganze Arm. Doch Eiter und Fäulnis fressen weiter an ihm, bis er schließlich qualvoll stirbt. Er, der schon triumphiert hat, hat den Zweikampf am Ende doch noch verloren. Die Zeit, Leslie, heilt eben doch nicht alle Wunden. Das ist der Grund, warum ich Medizin studiere. Ich muss den Arm nicht abhacken, ich werde es nicht so weit kommen lassen. Ich habe nicht vor, etwas zu opfern. Ich nehme den Platz ein, der mir zusteht.
Mein Blut – das auch dein Blut ist – schmeckt nach Meerwasser. Es ist überraschend kühl und ein wenig salzig. Du und ich, wir stehen am Ufer und sehen uns an, über Tausende von Meilen hinweg. Ich weiß, dass du das ebenfalls spürst. Wir wurden beide von unseren Vätern verlassen. Deiner starb, als ein Banktresor vom Himmel fiel. Ich weiß, du hast deinen Vater sehr geliebt, und ich hoffe, dass

du mir die Direktheit dieser Darstellung verzeihst. Ich erinnere mich, dass du damals erzählt hast, er selbst hätte seine Freude daran gehabt, die Wahrscheinlichkeit zu errechnen, von einem solchen Tresor erschlagen zu werden, als Versicherungsmathematiker.

Dein Vater ist im Bruchteil einer Sekunde von den Lebenden zu den Toten gewechselt, der Unfall war wie ein Schwert, das die Zeit selbst durchtrennt, ein Fallbeil, konstruiert, um die Schmerzen, zumindest aber ihre bewusste Wahrnehmung, auf ein Minimum zu reduzieren. Tovo dagegen verharrt seit beinahe zwanzig Jahren in einem Schwebezustand, er ist weder tot noch lebendig, er ist dieses Gespenst in meinem Leben, das nicht loslassen will. Wie oft habe ich mir gewünscht, er würde – selbst unter den gewaltsamsten Umständen – sterben, und wie sehr habe ich mich für diesen Gedanken geschämt.

Es fällt mir schwer, dieses Gefühl des Festgehaltenwerdens in Worte zu fassen. Es hat etwas alptraumhaft Klebriges, als würde es mit jedem Schritt schwerer, den Fuß von der Erde zu lösen. Ich habe versucht, Gabriel ein Geständnis zu entlocken, das mich vielleicht erlöst hätte. Ich habe ihn gefragt, ob er mein Vater ist. Es hätte mich unendlich erleichtert. Gabriel hat es mit einer Deutlichkeit verneint, die ich ihm nicht abnehme. Ich glaube, er versucht, diesen Schwebezustand zu erhalten, auch wenn er eine Zumutung für mich ist. Während Tovo für immer weggesperrt ist, sitzt Gabriel im Cockpit seiner Jacht und sonnt sich in dem warmen Gefühl, das ihm diese Möglichkeit gibt. Was kann es Schöneres geben für einen Mann, der nie bereit war, sich zu binden, der einfach nicht dazu geschaffen ist, sich in eindeutigen Verhältnissen zu bewegen. Kein Wunder, dass er damals allein zu seiner Weltumseglung aufgebrochen ist.

Übrigens: Da sie Brüder sind, würde selbst ein Vaterschaftstest kein eindeutiges Ergebnis liefern, man müsste die Ergebnisse zusätzlich mit einem Test von Julia abgleichen. Ich müsste also alle drei überzeugen, das heißt, ich müsste erst einmal mit allen dreien reden. Ich müsste Julia anrufen, die an einer Klärung vermutlich kein Interesse hat. Ich müsste im Besucherraum der Festung Gaolung, vor einer Kulisse von Gefangenen, von Mördern und Räubern und Vergewaltigern, meine Beweggründe darlegen, meine Wünsche und Ängste. Unmöglich.
Ich werde also mit der Möglichkeit leben müssen, dass mich das Gespenst in seiner Zelle zu Unrecht festhält, und darin spiegelt sich das große Schlamassel, dem wir beide entsprungen sind. Ich bin überzeugt, dass es mit dem Wasser zu tun hat. Es ist unmöglich, Grenzen zu ziehen. Es gibt keine Klarheit außer der Klarheit des Wassers selbst. Wenn es nicht zu melodramatisch wäre, müsste man hineinspringen, um die Entscheidung zu erzwingen – die einzige Entscheidung, die zählt. Aber wir beide, du und ich, wurden geboren, um zu leben.
Ich werde leben, und ich werde mich in mein Schicksal fügen, zumindest in einer Hinsicht. Ich werde nach dem Studium nach Nam Van zurückkehren, ich werde in der Klinik arbeiten und eines Tages auch das Majestic übernehmen. Gabriel will nicht mehr. Er hat mich überhaupt nur eingeladen, um mir das anzutragen, und ich habe in diesem langen, teilweise stummen Dialog, den ich mit ihm geführt habe, erfahren, woher ich komme. Ich gehöre hierher, nach Nam Van, in diese Stadt, die manchmal wirkt, als müsste sie im nächsten Augenblick bis zum Grund des Ozeans schlittern. Ich habe eine Aufgabe, die ich erfüllen werde. Ich habe sie zwar nicht selbst gewählt, aber ich habe mich für sie ent-

schieden. Ich habe mich lange gegen diesen Gedanken gewehrt, aber jetzt habe ich etwas begriffen. Gabriel hat mir etwas gezeigt. Wir haben das Restaurantschiff überführt, um es abwracken zu lassen. Vor dem Abwrackhafen, der eigentlich eine gigantische, mehrere Meilen breite Schrotthalde am Strand war, zündete Gabriel das Schiff an. Die Flammen schlugen in die Höhe, die Jasmin brannte in einer kurzen Viertelstunde aus, dann war alles vorbei. Ein wunderschönes Bild im Licht des frühen Morgens. In der Zerstörung liegt eine ganz eigene und seltene Schönheit, wenn das Wasser sie reflektiert.

Leslie, ich wünsche mir nichts sehnlicher, als dass du nach Nam Van kommst. Wir haben alles, was wir brauchen, um uns diese Stadt zu eigen zu machen. Du betreibst eine Pension, du wirst auch mit dem Majestic zurechtkommen. Ich bin fest entschlossen, diese stinkende Stadt mit all ihren unruhigen Träumen und verborgenen Ängsten zu erobern, egal ob der Mann, der sich im Jachthafen in den Schlaf wiegen lässt, mein Vater ist, oder der andere, der in Gaolung in seiner Zelle hockt. Aber dazu brauche ich dich. Ich möchte, dass du zu mir kommst und mir hilfst. Ich brauche dich und deine Erfahrung. Ich weiß, das Majestic ist keine Republik, das Hotel ist keine Pension, aber du hast eine sichere Hand, du bist großartig bei dem, was du machst, und die Stadt würde dich in kürzester Zeit zu ihrer Königin krönen. Wir würden gemeinsam ein neunzehnstöckiges Luxushotel in Nam Van führen, das erste Haus der Stadt, dessen goldene Fassade bis weit hinaus auf das Meer strahlt. Das Haus ist ein Leuchtturm, ich bin überzeugt, es weist uns den richtigen Weg.

Ich liebe dich, Schwester. D–

Sie rollt den Brief zusammen und steckt ihn in die Weinflasche, die noch neben der Spüle steht. In der Schublade findet sie den Korken, den sie mit einer kräftigen Drehung hineinstopft. Sie leckt sich den Finger ab. Am Nachmittag verlässt sie das Haus. Auf dem Corso nimmt sie die bunten Kärtchen der Cartomantes und steckt sie in die Jeanstasche, ohne sie anzusehen. Nur wenige Touristen sind auf der Mole, die Wale sind vor dem herannahenden Braunalgenteppich geflohen. Jemand lacht, als sie die Flasche weit hinaus ins Meer schleudert.

Sie kehrt ins Hotel zurück, an der Rezeption liegen zwei Telefonnotizen. Ihre Mutter hat versucht, sie zu erreichen, und eine Schulfreundin, an die sie seit Jahren nicht mehr gedacht hat. Es hat sich herumgesprochen, dass sie in der Stadt ist. Aber das alte Leben interessiert sie nicht, sie hat keine Lust, sich darauf einzulassen. Sie ruft Anteo an und verabredet sich zum Abendessen. Er will auf gar keinen Fall ins Majestic kommen und schlägt stattdessen eine Bodega in der Nähe der Ringstraße vor, auf ihrer Seite.

Sie geht die Stufen hinunter und schiebt die schwere Holztür auf. Es dauert, bis sie den Padre in dem höhlenartigen, von Kerzen und Gaslampen erleuchteten Halbkeller entdeckt. Durch das komplizierte Deckengewölbe wirkt der Raum, als bestünde er aus verschiedenen Nischen oder Waben, das hintere Ende ist kaum zu erkennen, der Ton der Gespräche ist gedämpft. Nur selten erfüllt ein Lachen oder ein lautes Wort den unübersichtlichen Raum, in dem sich mit der Sicherheit von Blinden einige uniformierte Kellner bewegen.

Als sie näher kommt, steht er auf. Sie umarmen sich, als wären sie seit Jahren befreundet. Sie ist ruhig, sie freut sich auf den Abend mit diesem aufrichtigen, gutaussehenden, ernsthaften Mann. Aber die innere Hitze, die sie antrieb, als sie ihn zuletzt sah, ist verflogen. Sie ist sicher, dass sie mit ihm geschlafen hätte, wenn er ihr ein Signal gegeben hätte. Sie wäre über ihn hergefallen! Über einen Priester! Es ist eine Vorstellung, die sie eher belustigt als entsetzt. Es ist die Stadt selbst, die sie auf solche Gedanken bringt, dieses glitschige, schwüle, von Sägern und Touristen überlaufene Nam Van, das, so scheint es ihr, gerade im Begriff ist, in den vor der Küste liegenden Tiefseegraben zu rutschen, zu den Wracks uralter Silberfahrer, den aufgebrochenen Hüllen verirrter U-Boote und den zerborstenen Planken überladener Chuáns, die kein menschliches Auge je mehr sehen wird.

Er schenkt den Wein ein, und sie erzählt von ihrem Weg nach Gaolung, von der alten Frau, die ihr in abgebrochenen Sätzen und fantastischen Wortbildungen von dem umgestürzten Büffelkarren berichtete, während sie eigentlich nur jemanden brauchte, der ihr die Wäscheleine reparierte. Und sie erzählt von ihrem Onkel Gabriel, der oben stand und sie erwartete, als wäre sie eine Ausreißerin, die in den Schoß der Familie zurückgeholt werden musste. Ja, natürlich, sie liebt ihren Onkel, aber seine Fürsorge, die undurchsichtigen Motiven entspringt, ist erdrückend. Eines Tages wird sie nach Hause kommen, sie wird auf dem Steg auf ihn warten, seine Leine nehmen und das Kräfteverhältnis umkehren.

Am Morgen wechselt sie das Pflaster an ihrem Finger und geht schwimmen. Sie steigt aus dem Becken. Vorsichtig tupft sie mit dem Handtuch das Bein ab, die Schürfwunde ist aufgeweicht, sie hätte sie beinahe vergessen. Als sie in die Wohnung zurückkehrt, versucht sie es noch einmal bei der Fluggesellschaft. Sie steht an dem winzigen Telefontischchen und starrt auf die Drachenmaske am Treppenaufgang. Sie erschrickt beinahe, als sie verbunden wird. Ja, sie bekommt einen Platz, noch heute. Sie bestätigt und legt auf. Dann zieht sie sich an, packt ihren Koffer und ruft in der Rezeption an. Ricardo kann sie fahren, er wird den Koffer abholen und im Hof auf sie warten.

Sie tritt noch einmal auf den Corso und geht hinunter zum Kai. Das Tor des Jachthafens steht offen. Am Ende des Stegs klopft sie mit der flachen Hand an den Bug, immer wieder, aber es regt sich nichts.

»Gabriel!«, ruft sie und trommelt gegen den Rumpf. »Gabriel, wo steckst du? Ich bin gekommen, um mich zu verabschieden.«

Auf der Fahrt zum Flughafen legt sie sich auf die Rückbank. Sie ist müde und erschöpft. Sie zieht die Beine an.

»Er wusste ja nicht, dass du heute abreisen würdest«, sagt Ricardo. Er scheint ihre Gedanken gelesen zu haben.

»Wo ist er?«

»Er hat einen Termin in Laguna.«

»Hast du ihn hingefahren?«

»Nur zum Bahnhof.«

»Hat er hier gesessen? Hier hinten?«

»Ja.«

Die Tränen schießen ihr in die Augen, die Stahlseile der Drachenbrücke zerrinnen und flackern vor dem zartblauen Himmel wie die Saiten eines riesigen Instruments.

»Wann kommst du wieder?«, fragt Ricardo nach einer Weile.

»Bald«, antwortet sie.

Ihre Flaschenpost wird drei Jahre benötigen, vielleicht fünf. Sie darf sich nicht im Tang verfangen. Sie muss Chuáns und Frachtern ausweichen, und dem schnittigen Dampfer Amboyna, der restauriert wurde und seit Jahren von Parade zu Parade fährt, um sich dem staunenden Publikum zu zeigen. Sie muss ein von messerscharfen Riffen geschütztes Atoll umrunden und wie durch Zufall in den Wirbel vor der Küste von Akamaru geraten, der sie mit magischer Kraft durch die südlichen Meere bis nach Spanish California weitertreiben wird. Drei Jahre, vielleicht fünf, in denen sie ihr Studium beenden, Jannes Haus verkaufen und ihr Verhältnis zu dem Anstreicher klären kann, der auf der Leiter in ihrem Schlafzimmer stand, überrascht zu ihr hinabsah und fragte, ob er bei ihr einziehen könne.

Als sie die Flasche ins Meer schleuderte, stand ein Mann mit Sonnenbrille und Bandana an der Spitze der Mole, er beobachtete sie und lachte, er sah aus wie ein Pirat. Sie kehrte auf die Promenade zurück, wo die Jasmin zuletzt gelegen hatte. Sie steckte eine Fünf-Pataca-Münze in das Fernrohr, drehte es um und betrachtete die glänzende Fassade, die den Ausschnitt beinahe vollständig ausfüllte, bis die Blende schnappte. Ein leichter Windstoß, eine Brise nur, verscheuchte den klebrigen Geruch von Julu, Salz und Algen. Sie schloss die Augen. Auf der Netzhaut, vor dem Hintergrund des wässrigen, von Blut und Gold durchschossenen Flirrens, das ihr so vertraut war, als wäre es ihre eigene, funkelnde Seele, flackerte das Hotel, und darüber oder dahinter das mit Wimpeln und bunten Lampions behängte Restaurantschiff, Tovos Traum und der Ort ihrer Kindheit. Sie hielt die Augen geschlossen und wartete, bis das Nachbild langsam verging.

Julia Knörnschild

MAMA KANN NICHT MEHR

Wie ich mir Elternsein
nicht vorgestellt habe:
Mit Burnout in der Tagesklinik

Kiepenheuer & Witsch

Der Verlag *Kiepenheuer & Witsch* hat sich zu
einer nachhaltigen Buchproduktion verpflichtet.
Gemeinsam mit unseren Partnern und Lieferanten
setzen wir uns für eine klimaneutrale Buchproduktion
ein, die den Erwerb von Klimazertifikaten
zur Kompensation des CO_2-Ausstoßes einschließt.
Weitere Informationen finden Sie unter:
www.klimaneutralerverlag.de

FSC
www.fsc.org
MIX
Papier | Fördert
gute Waldnutzung
FSC® C083411

1. Auflage 2024

Covergestaltung: FAVORITBUERO, München
Coverillustrationen: © Anna Katharina Jansen
Gesetzt aus der Legacy und Uberhand Text Pro
Satz: Buch-Werkstatt GmbH, Bad Aibling
Druck und Bindung: CPI books GmbH, Leck
ISBN 978-3-462-00629-2

Für meine wunderbaren Kinder, ich liebe euch.
Es lag nie an euch, nur an meinem Umgang damit.

Für meinen Mann, der während dieser
anstrengenden Zeit an meiner Seite geblieben ist,
bis er fast selbst nicht mehr konnte.

Für alle Mütter und Bezugspersonen, die schon mal
»Ich kann nicht mehr« gesagt haben.

Kleine Einleitung mit Windeln an

Bitte seid nett zu diesem Buch, ich mache mich hier nämlich mental ziemlich nackt. Das mache ich nicht, weil ich das ultragerne tue, sondern weil ich fest daran glaube, dass es vielen Müttern und Bezugspersonen helfen kann, meine Geschichte zu lesen. Warum? Weil es höchste Zeit ist, die Stigmatisierung psychischer Krankheiten zu beenden und sich vom Ideal der perfekten Mutter zu verabschieden. Wir leben in einer Welt, die uns oft vorgaukelt, dass wir als Mütter immer fröhlich, geduldig und voller Energie sein sollten. Doch das ist einfach nicht die Realität. Manchmal fühle ich mich so überfordert, dass ich am liebsten laut schreien möchte, wenn ich es nicht sogar tatsächlich tue. Und da bin ich sicher nicht die Einzige. Ich weiß auch, dass gerade viele Mamas ausgebrannt sind oder besser gesagt: dass Mütter schon immer ausgebrannt waren. Die Anforderungen, die an Mütter gestellt werden, sind oft überwältigend und ganz anders, als man es sich hätte vorstellen können. Keiner kann einem vorhersagen, wie das Mamasein ist. Es ist individuell und hat auch ganz viel mit der eigenen Vergangenheit zu tun. Und trotzdem haben wir so oft das Gefühl, dass wir unsere Schwächen verbergen müssen, um dem Bild der perfekten Mutter gerecht zu werden. Für andere oder für uns selbst. Mit diesem Buch möchte ich einen Raum schaffen, in dem mehr Mütter und andere Betroffene sich gesehen fühlen und den Mut finden, über ihre Erfahrungen zu sprechen. Einen Raum, in dem wir unsere Ängste, Unsicherheiten und Sorgen teilen können, ohne Angst vor Verurteilung zu haben. Denn ich weiß, wie wichtig es ist, einen Safe Space zu haben, in dem wir unsere tiefsten Gedanken aussprechen dürfen, ohne dass sie bewertet werden. Ich möchte mich mit diesem Buch für eine offene Kommunikation, für Verständnis und Empathie unter Eltern und Bezugspersonen starkmachen. Gemeinsam können wir eine Community schaffen, in der wir uns gegenseitig unterstützen, ermutigen und stärken. Seid vor allem nett zu euch selbst. Ihr gebt alle euer Bestes. HEGDL.

Das »Sims«-Balken-System

Eine Sache möchte ich direkt zu Anfang dieses Buches erklären, und das ist mein *Sims*-Balken-System. Ich saß als Kind richtig viel am Computer, an meinem Ikea-Schreibtisch mit ausziehbarer Tastatur – der Windows-Tower passte perfekt in das Schreibtisch-System. Es war der Traum eines jeden Millennials. Wenn ich *Sims* spielte, verging die Zeit wie im

Flug. Sauschnell. Ich verlor mich meistens darin und habe am Ende wahrscheinlich mehr Zeit damit verbracht, Häuser zu bauen und sie einzurichten, als tatsächlich mit den *Sims* zu spielen. Es war, als ob ich in eine andere Welt eintauchte, in der jedes Detail perfekt sein musste. Farben, Möbel, Deko – nichts entkam meinem Tine-Wittler-Blick. Ich war wie besessen.

Vielleicht erinnert ihr euch, dass die Figuren Bedürfnis-Balken hatten. Ständig waren sie hungrig, müde oder einsam, und ich musste mich um jeden einzelnen verdammten Balken kümmern, um sie auf Grün zu halten. Es war, als hätte ich wieder ein Tamagotchi, das nach meiner Aufmerksamkeit schrie. »Füttere mich! Leg mich schlafen! Unterhalte dich mit mir!« Als ob ich nicht schon genug Verantwortung im echten Leben gehabt hätte, ey! Aber ich bin ein visueller Lerntyp und tatsächlich hilft mir die Erinnerung an dieses Spiel heute, meine eigenen Bedürfnisse besser zu verstehen und besser auf mich achtzugeben. Ich stelle mir vor, ich hätte meine eigenen Bedürfnis-Balken, die ich im grünen Bereich halten muss, um ein halbwegs normales Leben zu führen. Ich brauche genug Schlaf, Nahrung und soziale Interaktion, um nicht wie ein wandelnder Zombie herumzulaufen. So weiß ich, dass mein Me-Time-Balken eine sehr lange Zeit im roten Bereich war und den galt es wieder auf Grün zu ziehen. Ich habe begriffen, dass ich auf mich selbst gucken muss, um mein eigenes Glück zu finden. Das *Sims*-Balken-System wird hier im Buch immer wieder thematisiert. Aber dazu später mehr.

Tagesklinik? Hä?

Der Weg ist das Ziel

Was braucht man, um glücklich zu sein? Das fragte ich mich schon mein Leben lang. Ich dachte immer: Geld, einen festen Freund, Kinder, eine tolle Wohnung oder ein tolles Haus und einen flachen Bauch. Ich hatte das (fast) alles und war trotzdem nicht glücklich. War ich undankbar? Nein, ich hatte eine Erschöpfungs-Depression. Wobei man keine Erschöpfungs-Depression braucht, um mit seinem Leben unzufrieden zu sein. Die Einsicht, dass niemand kommen wird, der mir sagt, was mit mir los ist, kam sehr, sehr spät. In meiner Vorstellung kam eine edle Psychiaterin auf einem Schimmel geritten und trug mir auf einer Papierrolle all meine Diagnosen vor. Mit einem Schlag würde ich endlich mein gesamtes Leben begreifen. Danach wäre natürlich alles perfekt. Aber TÜDUM, dem ist nicht so. »Jeder ist sich selbst der Nächste«, sagte mir meine

Sporttherapeutin in der Tagesklinik, zu der ich später noch kommen werde. Diesen Satz kann man immer wieder und überall im Leben einfügen. Genau wie den Song »Flowers« von Miley Cyrus. Dieser Song hat so viele Ebenen, der empowert einfach mein Leben. Da muss erst Miley Cyrus kommen und mir sagen, dass mein Glück nicht von einem anderen Menschen abhängig ist. »I can buy myself flowers, write my name in the sand, talk to myself for hours, say things you don't understand.« Und ja man, so ist's. Wie viele Jahre dachte ich, dass ich nur glücklich sein kann, wenn ich in einer Beziehung bin und Kinder habe? Es fühlte sich ein bisschen an, als hätte ich die Verantwortung für mein Glück einer anderen Person aufgehalst, doch das kann kein Freund und keine Freundin übernehmen. Diese Verantwortung lag immer schon bei mir selbst. Ich bin mir bewusst, wie gut ich es habe, ein Netz aus Mann und Freund*innen zu haben.

Meine Vorstellung von Therapie war etwas einfacher als dieses laute Gerumpel, bestehend aus Heulen, Zusammenbrechen, Einsehen, Streiten, Müde- und Erschöpftsein und alles wieder von vorn. Anfangs dachte ich: Ich gehe zur Therapie, erzähle ein bisschen aus meiner Kindheit und dass ich oft depressive Schübe habe und dann sagt mir jemand, wie ich das in den Griff bekomme, und ZACK bin ich geheilt und lebe ein *happy life*. Wahrscheinlich werde ich niemals das To-do »Therapie« einfach abhaken können. Ein alter Freund von mir, Max Richard Leßmann, ist ein schlauer Mann, denn der sagte mal: »Wenn mehr Menschen Therapie machen würden, müssten weniger Menschen Therapie machen.« Der Satz macht was mit mir. In vielen Köpfen ist immer noch gespeichert, dass nur sehr, sehr, sehr kranke Menschen zur Therapie gehen müssen oder Menschen, die »ein Rad ab« oder »einen Schaden« haben oder etwa »verrückt« sind.

Therapie ist schön und anstrengend. Es ist Arbeit, aber ganz klar Arbeit, für die es sich lohnt, hinzugehen, aufzustehen, zu heulen, schwach und stark zu sein. Schwäche zu zeigen, die Seele zu zeigen und auch die dunklen Gedanken auszusprechen, das erfordert verdammt viel Mut. Therapie macht man nicht nur für sich, man macht es auch für andere. Eine meiner wichtigsten Erkenntnisse in der Therapie war: Ich kann andere Menschen nicht ändern, aber ich kann meinen Umgang mit ihnen ändern.

Die Therapie an sich hilft einem, Dinge besser zu verstehen. Dinge oder Verhalten, die einen in der Gegenwart beschäftigen, aber auch Verhalten, die vielleicht aus der Vergangenheit in die Gegenwart übernommen werden. Ey, das klingt so bescheuert, wir brauchen hier Beispiele. Also los! Manchmal, wenn mein Mann mir sagt, dass ich vergessen habe, die Windeln mit in die Kita zu bringen, aktiviert er mein inneres Kind und ich fühle mich nicht verstanden. In solchen Situationen reagiere ich dann total bockig, statt einfach zu sagen: »Hey, stimmt, hast recht. Sorry, habe ich nicht gecheckt.« Das musste ich aber erst mal bei mir selbst sehen und lernen, das zu verstehen. Heute weiß ich: Ich kann Verhaltensstrukturen durchbrechen. Doch das war ein langer Weg dahin. Ich nehme euch aber mit. Starten wir am Anfang:

Im Sommer 2022 erschien mein erstes Buch »Chillig mit Baby«, ich war auf Lesereise, war gleichzeitig mit meinem Podcast »Mama Lauda« auf Tour, hatte einen schnellen

Erfolg auf Instagram, habe einige Events moderiert, wöchentlich meinen Podcast aufgenommen, habe die beiden Podcasts »Hebammensalon« und »Maison Journelles« produziert und vermarktet, war auch noch Geschäftsführerin meiner Firma »Studio Lauda« und da für das Wohl meiner drei fest angestellten Mitarbeiterinnen und für viele weitere operative und für mich langweilige Dinge verantwortlich. Ganz nebenbei bin ich auch noch Mutter von zwei Kindern. Zu der Zeit war mein Sohn drei Jahre und meine Tochter ein paar Monate alt. Heute bekomme ich schon vom Lesen dieser Aufzählung einen fetten Druck auf der Brust und werde kurzatmig. Zusätzlich zu all diesen Projekten hatte ich mir noch überlegt, einen neuen eigenen Podcast zu starten. Ich habe das Konzept dafür geschrieben, einen Termin fürs Cover-Shooting vereinbart, sämtliche Podcast-Streaming-Dienste mit der Idee angeschrieben und die ersten Gäst*innen dafür eingeladen. Der Podcast sollte »Frauen LOL« heißen. Aber das war nicht alles, nein. Neben dem Podcast wollte ich eine Event-Reihe erschaffen, die »Weiberabend« heißen sollte, und hatte dafür schon PR- und Event-Expertinnen getroffen, die mir dabei helfen sollten, das alles zu realisieren. Ich wollte unbedingt Frauen miteinander verbinden. Auch das war noch nicht alles, nein. Ich wollte mein zweites Buch »Kinder LOL« schreiben. Ich wollte so gerne schreiben, wie es ist, mit Kleinkindern zu leben. Spoiler: Es ist krass. Dafür schrieb ich zu dieser Zeit ein Inhaltsverzeichnis und kündigte meiner Lektorin Mona an: »Hey yo, ich bin wieder ready.«

Zur gleichen Zeit wurde ich extrem vergesslich. So vergesslich, wie ich es noch nie erlebt hatte. Die Zeit war für meine

Familie, Freund*innen und Mitarbeiterinnen wirklich anstrengend. Ich war schnell auf die Palme zu bringen, stand total neben mir, war an manchen Tagen traurig, an anderen Tagen okay drauf, habe viel geweint, mich total einsam gefühlt und war dazu eben extrem vergesslich. Ich habe fast jeden Termin vergessen und einfach verpasst. Egal, ob private oder geschäftliche Termine. Termine bei meiner Hausärztin, bei meiner Therapeutin, aber auch Treffen mit Freundinnen. Und was mich auch belastet hat, war, dass ich Anrufe und Termine mit Kund*innen vergessen habe, obwohl sie in allen Kalendern und auf allen To-do-Listen standen. Sie waren einfach nicht mehr in meinem Kopf gespeichert, als wäre der Speicherplatz da oben voll und ich müsste neuen kaufen. Wenn mich jemand, wie abgesprochen, anrief, wusste ich oft nicht, wer am Telefon ist. Das verursachte ein Gefühl der Ohnmacht. Was aber das Schlimmste war, und das hat sich tief in mir eingebrannt: Ich hatte häufig Panikattacken, wenn ich sehr gestresst war und fand in sehr stressigen Situationen die Vorstellung, tot zu sein, gar nicht so schlecht. Wobei ich keine Suizidgedanken hatte. In der Therapie lernte ich später, dass das Ausdruck meines großen Wunschs nach einer Pause war. Da kullerten die Tränen, als nur dieses Wort fiel. Pause war genau das, was ich brauchte. Ich wünschte mir, dass sich jemand um mich kümmerte, mich in den Arm nahm und mir Zeit schenkte.

Ein Schlüsselmoment war eine Mail von meiner Therapeutin, nachdem ich sie gefragt hatte, ob sie mich an meine Termine erinnern könnte. Ich schrieb ihr:

Hallo, Frau Therapeutin Dingsbums,

mir kam gerade unser Termin wie ein Blitz in den Kopf und ich musste sofort heulen. Ich kann mir seit zwei Monaten einfach keine Termine merken. Das passiert mir gerade täglich. Egal, wo sie vermerkt sind, sie sind einfach weg. Ich weiß nicht, wie ich so wöchentlich eine Therapie machen soll. Ich zittere am ganzen Körper gerade. Könnten Sie mich vielleicht anrufen, wenn ich nicht erscheine? Wenn ich nicht komme, hat es eigentlich immer einen Grund. Meistens den, dass ich es vercheckt habe.

Irgendwas stimmt gerade nicht mit mir.

Liebe Grüße
Julia Knörnschild

In ihrer Antwortmail äußerte sie Zweifel, ob der ambulante Rahmen einer Therapie so zu halten sei, und sagte, dass eine Klinik teilstationär oder stationär unterstützender sein kann, um erst mal zu stabilisieren. Mein erster Gedanke war: »Okay lol, dann habe ich in meiner Mail wohl übertrieben. Das ist safe nicht die Lösung. Ich muss doch nicht in eine Klinik. Mir geht's doch gut. Außerdem habe ich es doch 33 Jahre ohne Klinik geschafft.« Also vereinbarte ich eine neue Therapiestunde mit ihr, um das mal anzusprechen. Das war die erste Therapiestunde nach meinem langen Sommerurlaub mit meinem Mann und meinen Kindern. Urlaub mit Kindern ist auch ein Thema für sich. Der Urlaub war zwar wunderschön, aber ich kam nicht erholt zurück. Also updatete ich meine Therapeutin erst mal, wie es mir ging. Ich sagte ihr, dass ich gerade nicht die Alte sei, mich manchmal fühlte, als wäre mein Körper nur eine Schale. Wie depressiv ich mich an vielen Tagen fühlte und dass ich Panikattacken hatte. Wieder empfahl sie mir, in eine Tageseinrichtung zu gehen. Da wurde ich ganz ruhig und merkte, wie sich ein ganz warmes und dankbares Gefühl in mir einstellte. Es fühlte sich an, als hätte sie mir die Hand gereicht und mir gesagt: »Ich helfe dir. Du musst die Hilfe nur annehmen.« Mit diesem Gefühl verließ ich die Therapiestunde und verarbeitete das bei einem einstündigen Spaziergang, bei dem ich so viel heulte, dass ich fast ausgetrocknet wäre. Ich sprach mit meinem Mann und entschied, eine Nacht drüber zu schlafen. Ich tendierte aber dazu, nicht in eine Klinik zu gehen, da mein Mann bei unserer Tochter ein Jahr in Elternzeit gegangen war und die Tagesklinik quasi genau nach diesem Jahr starten würde. Es fühlte sich an, als müsste ich entscheiden: er oder ich? Das wollte ich ihm nicht antun, meine Schuldgefühle kamen hoch wie eine Push-Benachrichtigung auf dem Smartphone: Huhu!

Ich fasse noch mal zusammen: Mein Mann hatte gerade zwölf Monate Elternzeit mit unserem zweiten Kind hinter sich gebracht und war bereit, wieder ins Arbeitsleben einzusteigen. Unsere Tochter war gut in der Kita eingewöhnt und alles schien wie am Schnürchen zu laufen. Und dann kam ich. Mit meiner Ankündigung, dass ich in die Klinik musste. Ach ja, Timing ist wirklich alles, oder? Ich erinnere mich noch genau an den Moment, als ich meinem Mann davon erzählte. Wir saßen an unserem Esstisch und ich konnte förmlich die Vorfreude in seinen Augen auf den Wiedereinstieg in seinen Beruf sehen. Und dann kam mein »Heyyyyy, ich muss in die Klinik, wäre cool, wenn du dich dann mehr um die Kinder kümmerst«. Ich konnte quasi dabei zusehen, wie sich sein Gesichtsausdruck langsam von Vorfreude zu Verwirrung wandelte. Dann seine Frage, die mir in diesem Moment wie ein Schlag ins Gesicht vorkam: »Wann genau musst du gehen?« Meine Antwort war natürlich nicht so klar, wie er sie sich gewünscht hätte. »Ehm, also, in den nächsten paar Wochen irgendwann. Genaueres weiß ich noch nicht.« Es war krass für ihn, weil er zurück in seinen Beruf sollte, und für mich war es krass, weil die Entscheidung so groß war. Ich hatte Angst und ich war absolut am Ende. Die morgendlichen Abläufe, das In-die-Kita-Bringen, das Kochen, das Abholen der Kinder von der Kita – all das lag jetzt in seinen Händen. Ich brauchte diese Klinikzeit, um mich um meine Gesundheit zu kümmern und wieder auf die Beine zu kommen. Das Timing war mehr als bescheiden, aber manchmal müssen wir uns selbst an die erste Stelle setzen und für unsere Gesundheit sorgen.

Das Vorgespräch für die Tagesklinik: Should I stay or should I go?

Nachdem ich den Mut aufgebracht hatte, in der Tagesklinik anzurufen, die meine Therapeutin empfohlen hatte, wurde ich zu einem Vorgespräch in die Klinik eingeladen. Dort wurde ich von einer einfühlsamen Psychiaterin empfangen, die anhand eines Fragebogens und Gesprächs mit mir meinen Bedarf für die Tagesklinik einschätzte. Bei der Psychiaterin fühlte ich mich sofort wohl, am liebsten hätte ich dort den in meinen Vorstellungen vorhandenen Kamin angeschmissen, Kuschelsocken angezogen, einen warmen Tee getrunken, meine Pulloverärmel über die Hände gezogen, mich an sie angelehnt und lange mit ihr geredet. Sie bot mir an, dass ich in ein paar Wochen loslegen könnte, weil in einer Station, in die ich wegen meiner Symptome passen würde, spontan ein Platz frei wurde. Klang, als würde da eine Emo-Clique auf mich warten, die genauso schlecht drauf sein musste, wie ich es gerade war. Ich stellte mir die Klient*innen so vor wie die Figur »Traurig« in dem Film »Alles steht Kopf«. In Anbetracht der langen Wartelisten in den Tageskliniken, die ich kannte, war ich krass dankbar für diese Gelegenheit. Auch wenn ich unsicher war, ob es das Richtige für mich war. Es war echt beruhigend zu wissen, dass man, wenn die wöchentliche Therapie nicht ausreicht, seine*n eigene*n Psychiater*in ansprechen kann, um Empfehlungen für eine geeignete Klinik zu erhalten – sei es eine Tagesklinik oder eine vollstationäre Einrichtung. Als ich die Klinik wieder verließ, heulte ich sofort los und schluchzte richtig laut. Ich war so unsicher, ob ich in eine Tagesklinik gehen sollte. Wie erzähle ich das meinem Umfeld? Behandeln mich dann alle anders? Ich war so furchtbar unsicher und keiner konnte mir die Entscheidung abnehmen. Es gab keine Vorbilder in meinem Umfeld. Zumindest gab es keine, von denen ich wusste, denn psychische Krankheiten werden in unserer Gesellschaft leider stigmatisiert. Dabei sind es genauso Krankheiten wie physische. Wenn ich mir ein Bein breche, gehe ich doch auch ins Krankenhaus und erzähle allen davon. Das wäre doch lustiger Instagram-Content: bisschen im Krankenhaus abchillen und das ekelhafte Krankenhaus-Essen von den Follower*innen auf Instagram bewerten lassen. Megafun!

Die große Entscheidung: Bin ich eine schlechte Mutter, wenn ich in die Tagesklinik gehe?

Es war eine dieser anstrengenden Nächte, in denen ich nicht einschlafen konnte. In solchen Nächten wälzte ich mich hin und her, hörte Podcasts, sah Serien. Ich probierte alles aus, was mich sonst zum Einschlafen brachte. In solchen Nächten liege ich oft heulend im Bett, einfach aus Verzweiflung. In dieser Nacht brach Gedankenchaos aus, ich musste mich entscheiden, ob ich in die Tagesklinik gehen sollte oder nicht. Bin ich eine schlechte Mutter, Partnerin und Chefin, wenn ich diesen Schritt mache? Da hingen einfach so viele Menschen, also so viel Verantwortung mit dran. Keiner konnte mir sagen, ob es die richtige Entscheidung war oder nicht. Ich musste das alleine entscheiden und das brachte eine Welle der Angst mit sich. Das schien so riesig und mächtig und das fühlte sich an wie ein riesengroßer Stein auf meiner Brust. Was sage ich, wie ein riesengroßer Stein auf meinem Körper. So groß wie die Steine bei Asterix & Obelix.

Die Vorstellung, dass mein Mann mich verlassen könnte, weil ich nicht stark genug war, um mit meinen eigenen Emotionen umzugehen, nagte an mir. Die Sorge, dass meine Kinder einen Schaden davontragen könnten, weil ihre Mama nicht stark genug war, um für sie da zu sein, fühlte sich furchtbar an. Die Angst davor, meine Kinder weniger zu sehen, schnürte mir die Kehle zu, sodass ich kaum Luft bekam. Die Vorstellung davon, wie ich als Mutter sein sollte, war gerade so weit weg. Ich machte mir Vorwürfe und die Schuldgefühle kochten in mir hoch und ich fühlte mich klitzeklein. Wie konnte ich mich von meinen Kindern trennen, wenn ich doch das Gefühl hatte, jede Sekunde mit ihnen festhalten zu müssen? Meine Tochter war zu dem Zeitpunkt gerade elf Monate alt. Mein Sohn war gerade drei Jahre alt geworden und in der maximalen Mama-Phase, er brauchte mich. Die Vorstellung, in eine Klinik zu gehen, wo Menschen mit anscheinend schwer wiegenden Problemen kämpften, ließ mich zweifeln, ob ich dort überhaupt hinpasste. War ich nicht krank genug oder war ich kränker als die anderen? Ich fühlte mich wie ein Fremdkörper in meiner eigenen Entscheidung. Und dann war da die Angst vor der Tagesklinik selbst. Wie sah eine Tagesklinik überhaupt aus? Gab es da auch Pfleger*innen, die sich um die Menschen kümmerten? Die Furcht vor den neuen und unbekannten Gesichtern, während ich durch die Tür trat. Dort bin ich dann »die Neue«, will ich das sein? Unbekannte, also neue Umgebungen, machen mir oft Angst. Selbst wenn ich einen neuen Sportkurs ausprobierte, ging ich da lieber erst mal mit einer Freundin hin, die dort mein Safe Space war. Beim zweiten Mal ist der Ort aber schon ein Safe Space und dann gehe ich da auch gern und sogar lieber alleine hin. Ich war einfach wirklich gerne alleine unterwegs. Auch shoppen machte mir alleine viel mehr Spaß, so konnte ich meine eigene Geschwindigkeit nehmen und die Kleidung einmal kurz scannen und direkt weiterziehen. Einfach weil ich Dinge gut und schnell entscheiden kann, wenn es mir okay geht. Aber diese Entscheidung war groß und mein Zustand war klein. Was sollte ich jetzt machen? Die Unsicherheit, wie ich mich zwischen den neuen Menschen und dem mir unbekannten Personal fühlen würde, machte meine Knie weich. Aber dann erkannte ich, dass ich keine Wahl hatte. Es war Zeit, auf mich selbst zu hören, auch wenn es bedeutete, in die komplette Unsicherheit zu treten und mich mit meinen Ängsten zu konfrontieren. Also entschied ich mich in dieser Nacht für die Tagesklinik. Es war eine zwiegespaltene Entscheidung, die ich hasste und liebte. Da kommt mir Stacie Orrico in den Kopf und ich singe laut in meinem Kopf: »I hate you, but i love you. I can't stop thiiiinking of youuuhuuuuu.« Aber ich brauchte jetzt dringend Hilfe und dieser Schritt fühlte sich an, als würde ich mich in die Arme der Psychiaterin mit den Kuschelsocken aus dem Vorgespräch legen, die mir Hoffnung gab. Hoffnung auf Veränderung, Hoffnung auf Heilung und Hoffnung darauf, dass ich, auch wenn ich mich LOST fühle, einen Weg zurück zu mir selbst finden konnte. Wo war »die alte Julia«? Ich brauchte sie so dringend. Und um die Frage dieses Kapitels noch mal aufzugreifen: Bin ich eine schlechte Mutter, wenn ich in die Tagesklinik gehe? Das wusste ich zu dem Zeitpunkt noch nicht, aber die Zukunfts-Julia kann schon mal die Vergangenheits-Julia in den Arm nehmen und ihr sagen: Nein, dann bist du sogar eine gute Mutter, weil du bereit bist, an dir zu arbeiten, und weil du es besser machen möchtest.

Mein erster Tag in der Tagesklinik

Ich rief mir ausnahmsweise ein Taxi, um am ersten Tag nicht zu spät zur Tagesklinik zu kommen. Mein Zeitmanagement ist nicht das beste, dadurch komme ich oft zu spät. Ich sollte um 8:30 Uhr da sein und um 8:00 Uhr bestellte ich das Taxi. Das reichte ja easy. Die App zeigte an, dass der Fahrer in zehn Minuten kam. Uff, so lange hatte ich noch nie warten müssen. Die Minutenanzeige wurde immer länger und plötzlich brach der Taxifahrer die Fahrt zu mir einfach ab. Ging's noch?

Um 8:31 Uhr saß ich schließlich im Taxi. Ich fühlte mich, als würde ich zum ersten Mal zur Berufsschule fahren. Ich hatte Angst, wer meine Mitschüler*innen sein werden. Kannte ich sie vielleicht? Kannten sie mich vielleicht? Waren sie so schlimm dran wie ich? Irgendwie fühlte ich mich unwohl, ängstlich und wie ein kleines schüchternes Kind. Um 8:34 Uhr sagte ich dem Taxifahrer, dass ich es sehr eilig hatte, einen sehr wichtigen Termin. Er ging daraufhin vom Gas runter und fuhr gefühlt etwas langsamer. Na danke! Um 8:45 Uhr stand ich vor der Tagesklinik. Gab es jetzt Ärger? Ich fuhr mit dem Aufzug nach oben und wurde direkt mit meinem Nachnamen angesprochen. »Hier ist heute alles entspannt«, sagte mir jemand. Ich erwiderte direkt, dass ich komplett überfordert war und gerne wissen würde, was hier heute passierte, um die Kontrolle über den Tag zu haben. Ich hatte das Gefühl, dass ich hier sehr ehrlich sagen konnte, was ich gerade fühlte. Aber die freundliche Frau blieb dabei, hier sei heute alles entspannt für mich. Erst komme die Diagnostik und wir würden herausfinden, was ich hatte, und dann würden wir checken, ob ich in Gruppe

A oder Gruppe C kam. Die Gruppe A war wohl um einiges älter. Innerlich wünschte ich mir, in Gruppe C zu kommen, und fragte mich, wie ich das System dahinter knacken konnte.

Ich hatte immer gedacht, dass ich nur ein bisschen überempfindlich und überfordert war, aber jetzt wurde mir klar, dass ich wirklich krank war. Die Therapeut*innen erklärten mir, dass ich nicht alleine war und dass es viele Menschen gab, die ähnliche Probleme hatten wie ich. Das gab mir ein wenig Trost, aber ich war trotzdem am Boden zerstört. Das erste Gespräch mit der Oberärztin stand auch noch auf dem Programm. Als ich in ihr Büro trat, spürte ich einen fetten Druck auf der Brust und fühlte mich hilflos. Doch ich wusste, dass ich diesen Moment nutzen musste, um mich zu öffnen. Ich erzählte der Oberärztin, in welche Therapiegruppe ich gerne wollte und wie wichtig es für mich war, so schnell wie möglich eine Diagnose zu erhalten. Ich war einfach am Ende meiner Kräfte und wollte nicht länger warten. Ich war ungeduldig und konnte nicht verstehen, warum ich nicht sofort starten konnte. Mir war bewusst, dass ich es mir selbst nicht leicht machte. Ich heulte mich förmlich bei der Oberärztin aus und ließ meinen Gefühlen freien Lauf. Ich konnte mich an diesem Ort von einer Seite zeigen, die ich normalerweise nicht so offen präsentierte. Das Gespräch half mir schon am ersten Tag, denn schon da hatte ich mich getraut, meine eigenen Bedürfnisse zu äußern und für mich selbst einzustehen. Da bin ich sehr stolz drauf. Die alte Julia wäre mit eingezogenem Kopf in die andere Gruppe gegangen und hätte dabei auch noch allen das Gefühl gegeben, dass sie unbedingt in diese Gruppe wollte, damit sich alle wohlfühlten. Die Oberärztin versicherte mir, dass ich sehr bald Anschluss in der Klinik finden würde und in der Gruppe C richtig aufgehoben war.

Nach meinem ersten Tag in der Klinik war ich emotional aufgewühlt. Ich stieg in den Bus, setzte mich nach ganz hinten und dann ging es los. Einfach so. Die Tränen kamen wie Wasserfälle, ich konnte sie nicht aufhalten. Ich heulte und schluchzte wie Bella in »Twilight« als Edward sie im zweiten Teil für sehr lange Zeit verlassen hatte, oder wie Rory in »Gilmore Girls«, als Jess einfach abgehauen ist. Oder besser gesagt: Kurz fühlte ich mich, als hätten Edward und Jess *mein* Herz gebrochen. Ich war so froh, dass zu dieser Zeit noch die Maskenpflicht galt, denn durch die Maske war ich ein bisschen anonymer unterwegs und konnte heulend im Bus sitzen. Wie die Coolen früher, nur eben nicht so cool, weil weinend. Mein Gesicht war rot und geschwollen und der Rotz lief förmlich aus allen Löchern. Ich konnte mir vorstellen, wie es ausgesehen haben musste, aber in diesem Moment war es mir egal. Es war wie ein Ventil, durch das sich all der aufgestaute Druck und die Angst entlud. Unter der Maske sah ich aus wie die Frontsängerin von Evanescence. BRING ME TO LIFE! Als der Bus schließlich meine Haltestelle erreichte, stieg ich aus und schniefte noch einmal kräftig. Ich hatte die Emo-Julia im Bus gelassen, bin zweimal ausgestiegen und fühlte mich bereits ein bisschen leichter.

Die Tagesklinik wartet auf Tine Wittler

Wie kann man sich eine Tagesklinik eigentlich vorstellen? Sieht die aus wie ein großes weißes Krankenhaus mit einem roten Kreuz auf dem Dach oder eher wie ein Interieur-Laden voller Designer-Lampen in Berlin Mitte? Hey, weder noch. Meine Klinik befand sich in einem Stockwerk eines ganz normalen Hauses in Berlin. In meiner Station war ein langer Flur mit grauem Teppich unter den Füßen und hellen Holzmöbeln in den kleinen Räumen, die vom Flur abgingen. Diese Flure warteten sehnsüchtig auf Deko, Tine Wittler und »Einsatz in vier Wänden«. In den kleinen Räumen fanden Einzeltherapie und Gespräche mit den Ärzt*innen, also Psychater*innen statt. Doch es gab noch mehr Räume in anderen Etagen, zum Beispiel einen riesigen Sportraum, in dem Yoga und andere kleine supersporty Aktivitäten stattfanden, die wöchentlich auf dem Stundenplan standen. Der Stundenplan sah ein bisschen aus wie ein Stundenplan in der Schule, nur mit längeren Pausen zwischen den Stunden. Die Pausen waren auch Teil der Therapie, denn sie dienten der Entschleunigung und dem Verarbeiten. Auf meinem Weg zum Gruppentherapie-Raum ging ich jeden Morgen in die kleine Kaffeeküche, machte mir einen Filterkaffee mit Hafermilch und nahm mir einen Apfel. In den Fluren standen Holzspinde, in denen wir unsere Wertsachen sicher aufbewahrten, und persönliche Gegenstände wie Smartphones, die andere reizen könnten, wurden dort ebenfalls verstaut. Für mich war es besonders wichtig, dass Handys aus der Gruppentherapie draußen blieben, um meine Reizüberflutung zu minimieren – eine Grenze, die ich nach ein paar Wochen klar kommunizieren konnte. Vor dem Gruppenraum wartete ein Schrank voller »Skills«. Also Igelbälle, Chilibonbons, Brausepulver und Akupressurringe, alles kleine Helfer-Freunde, um bei Anspannung und Nervosität wieder herunterzukommen.

Tag 2 in der Tagesklinik

Am zweiten richtigen Tag in der Tagesklinik durfte ich endlich meine Gruppe kennenlernen. Ich war furchtbar aufgeregt, weil das für mich der schwierigste Part war, so dachte ich damals. Ich hatte Angst vor diesen anderen Menschen. Alle kannten sich bereits und ich war »die Neue«, wie so oft in meinem Leben. Meistens hatte ich das sogar gut gefunden, weil ich gerne neue Dinge startete, aber in so einer unsicheren Umgebung hatte ich echt Respekt vor der Situation. Ich wusste einfach nicht, was mich da erwartete – Kontrollverlust ciao! Ich kam in den Gruppentherapieraum und einige saßen schon im Kreis, wir warteten auf die Therapeutin und auf zwei weitere Patientinnen. Dann stellten wir uns alle einmal vor. Unsere Namen und der Grund, warum wir hier waren. Also stellte ich mich vor: »Hallo, ich bin Julia. Ich bin Mutter von zwei kleinen Kindern, selbstständig und leide unter einer immer wiederkehrenden Erschöpfungsdepression. Außerdem glaube ich noch etwas anderes in mir drin zu haben. Ich suche schon so lange nach einer Antwort und hoffe, die hier jetzt zu finden.«

Während ich die Geschichten der anderen hörte, wie sie hießen, wie alt sie waren, warum sie da waren und welche Diagnose sie hatten, kam mir der Gedanke, dass ich eine

Person war, die jedem gefallen konnte. Ich wusste aber nicht, warum das so war. Ich wusste noch nicht, dass ich keine Connection zu mir selbst hatte. Ich hatte mich so lange an die Erwartungen anderer angepasst und versucht, es allen recht zu machen, dass ich mich selbst dabei verloren hatte. In meiner ersten Woche in der Klinik lernte ich zum Beispiel auch meine Therapeutin kennen, mit der ich regelmäßige Einzeltherapiesitzungen hatte. Von Anfang an mochte ich ihre Art und fühlte mich bei ihr wohl. Aber nicht nur das, ich liebte ihren Kleidungsstil. Ihre Outfits waren immer so lässig und cool, genau mein Geschmack. Es war fast so, als hätte sie einen ganz eigenen Look kreiert, der zu ihrer Persönlichkeit passte, obwohl ich gar nichts über sie wusste, denn sie war meine Therapeutin und nur ich erzählte in den Therapie-Sessions, das liegt in der Natur der Sache. Heimlich dachte ich: »Ich könnte auch so aussehen, ich könnte ihren Style kopieren. Das wird sie niemals merken.« Es war interessant zu beobachten, wie ich mich in ihrer Gegenwart automatisch anpassen wollte. Es war fast wie ein Reflex. Ich fühlte mich wie ein süßes kleines Chamäleon, das seine Farben je nach Umgebung änderte, um dazuzugehören. Das arme Chamäleon. Aber während ich darüber nachdachte, wurde mir klar, dass ich nicht einfach ihren Style übernehmen wollte, sondern dass es darum ging, meinen eigenen Stil zu finden und mich irgendwie zu spüren oder auszudrücken. Es war ein wichtiger Schritt, zu erkennen, dass es nicht darum geht, jemand anderes zu sein, sondern sich selbst zu akzeptieren und zu lieben. Es ist okay, sich Inspiration zu holen, aber letztendlich geht es darum, meinen eigenen Weg zu gehen und mich in meinem eigenen Stil wohlzufühlen.

Beim Kennenlernen in der Gruppentherapie wurde außerdem allen Mitpatient*innen die Möglichkeit gegeben zu sagen, wie lange sie schon in der Klinik waren. Die meisten waren bereits sechs bis zehn Wochen hier und einige von ihnen hatten noch keine endgültige Diagnose erhalten. Das verunsicherte mich sehr, weil ich dachte, dass es reichen würde, wenn ich da vier Wochen hinging und dann wieder in die Normalität zurückkehrte. An diesem Tag begriff ich: Das wird ein langer Weg.

Nach den ersten zwei Tagen fühlte es sich fast so an, als wären die Menschen draußen, die sich keine Hilfe suchten und die nicht allen Gefühlen einen Raum gaben, diejenigen, die wirklich krank waren und Hilfe brauchten. Es war erstaunlich zu sehen, wie jeder sein eigenes kleines Päckchen trug, wie jeder seine eigene Geschichte hatte und wie ähnlich wir uns trotzdem alle waren. Nach dem zweiten Tag in der Klinik fragte ich, wie die Wochenplanung aussah und ob sie elternfreundlich war. Die Pflegerin beruhigte mich schnell und sagte, dass meine Termine bei den Psychiater*innen und Therapeut*innen so gelegt werden, dass ich früh drankomme. Es gab auch genug Menschen, die keine oder ältere Kinder hatten und lieber ausschliefen und deshalb gerne die Nachmittags-Termine nahmen. Jackpot. Ich konnte also auch nach der Klinik meine Kinder von der Kita abholen und was mit ihnen unternehmen, wenn ich Energie dafür hatte. Doch nach der Klinik habe ich viel aus den Therapiestunden verarbeitet oder noch etwas gearbeitet. Ich konnte die Kinder also nicht jeden Tag abholen, was mir schwerfiel. Da bin ich sehr froh, dass mein Mann sehr flexibel war und mich bei meinem Therapieweg supporten konnte. Neben der Tagesklinik hätte ich auch vollstationär in eine Klinik gehen können, also eine Klinik mit eigenem Zimmer und Bett, wo ich meine Kinder und meinen Mann ein paar Wochen oder Monate nicht gesehen hätte. Viele Mütter erzählten mir, dass sie diesen mutigen Schritt gegangen sind. Egal, welchen Schritt wir wählen, Hauptsache, wir suchen uns Hilfe. Da müssen wir nicht alleine durch.

Tag 3 in der Tagesklinik

An diesem Morgen wurde ich körperlich einmal komplett durchgecheckt. Das war mein sehnlichster Wunsch gewesen – von Kopf bis Fuß, innen und außen, sowohl körperlich als auch seelisch auf den Prüfstand gestellt zu werden. Wie beim TÜV. Und in der Klinik wurde genau das nun endlich gemacht. Ich fühlte mich wie im siebten Himmel. Tatsächlich war ich im 5.-OG-Himmel der Tagesklinik. Hier wurden meine körperlichen Beschwerden ernst genommen und meine seelischen Herausforderungen angegangen. Physische und psychische Krankheiten hängen oft zusammen und bedingen einander. Jeder Aspekt meines Lebens und meiner Gesundheit wurde berücksichtigt. Es war ein Gefühl von Sicherheit, das ich hier erlebte, es fühlte sich fast familiär an. Dort hing ich dann am EKG, mir wurde Blut abgenommen und mein Gewicht und mein Blutdruck wurden regelmäßig geprüft. An depressiven Tagen hatte ich oft körperliche Schmerzen, doch die Ärzt*innen konnten nichts Besorgniserregendes finden.

Die Therapeutin fragte mich, ob ich gerade viel arbeitete. Ich antwortete, dass das immer so war und ich gerade auch nicht anders konnte, weil ich von meiner Arbeit Mitarbeitende bezahlen musste. Wir einigten uns darauf, dass ich nur eine Stunde am Tag arbeiten sollte. Das war schwer, aber machbar, dachte ich. Also machte ich nebenher ein paar Werbungen auf Instagram und nahm weiterhin wöchentlich meinen Podcast »Mama Lauda« mit Fanny Husten auf. Da sprechen wir sehr ehrlich über das Mamasein und es tat mir in dieser Zeit gut, wöchentlich eine weitere kleine Therapiestunde mit Fanny zu haben.

In der Klinik hatte ich zweimal pro Woche Einzeltherapie, viele Gruppentherapien und viele Kurse. Auch Yoga, Aroma- und Sporttherapie. War ich eigentlich im Himmel? Wo war das Problem? Ach ja, das hatte ich mir ja erarbeitet. Das Burnout. Es tat gut, einmal richtig runterzukommen und Pausen einzulegen. Die Tagesklinikwoche wurde, wie bereits erwähnt, in einem Gruppenraum regelmäßig wie ein Stundenplan in der Schule ausgehängt. Da stand dann, welche Therapie man in welchem Raum hatte. Montagmorgens Gruppentherapie, da mussten alle Patient*innen nacheinander erst mal sagen, mit welchem Gefühl er oder sie gerade da sitzt, was man am Wochenende gemacht und wie man geschlafen hatte. Es tat gut, morgens erst mal bei sich einzuchecken und bei sich zu sein. In der Gruppe konnte man ein Thema mitbringen, was wir dann gemeinsam mit einer Therapeutin zusammen theoretisch durchgegangen sind. Ich kann gerne ein Beispiel verfremdet erzählen: Ein Patient hatte Kommunikationsprobleme in der Beziehung mit seinem Mann. Ihm fiel es schwer, zu sagen, dass er keine Lust auf Besuch hatte, und er wurde zwanghaft, wenn dieser Besuch dann da war. In diese Situation haben wir dann gemeinsam reingeguckt und gemeinsam gecheckt, welche Glaubenssätze dahinterstecken könnten und warum er Angst hatte, Dinge ehrlich anzusprechen. Das tat unglaublich gut, weil wir alle in der Gruppe irgendwas dazu fühlen oder sagen konnten. Viele Dinge waren bei uns oft ähnlich und wir konnten uns gegenseitig helfen, zu verstehen und zu lernen. Trotzdem war es auch wichtig, dass wir uns von den Gefühlen der anderen abgrenzten. Wenn wir zum Beispiel angespannt waren oder uns alte Geschichten der anderen getriggert haben, konnten wir entweder rausgehen oder Skills anwenden. Skills konnten sein: einen Igelball drücken, Akupressurringe anlegen und damit rumspielen, um die Nervosität etwas zu vermindern. Oder ein scharfes Chilibonbon in den Mund nehmen, damit der Körper abgelenkt wird. Diese megaguten Therapie-Skills nahm ich später auch mit in meinen Alltag und wende sie bis heute an.

Nach der Gruppentherapie hatten wir Kunsttherapie. Eine Therapieform, die ich wirklich lieben gelernt habe. Dort konnte man Gedanken und Gefühle visuell ausdrücken. Aber dazu komme ich später.

Einmal in der Woche war Sporttherapie angesagt. Um ehrlich zu sein, musste ich dafür meine Coolness völlig hinter mir lassen, als wir im herbstlichen Park synchron Tai-Chi-Übungen machten. Wir standen da und machten wie choreografiert die gleichen Bewegungen, und das in Slow Mo. Über solche Gruppen hatte ich früher gelacht, wenn ich sie im Park gesehen hatte. Wie eine Teenagerin hatte ich gekichert oder meinen Boyfriend die Hand gedrückt, damit er auch sieht, wie unangenehm das war. Ich schämte mich ein bisschen für diese Gedanken. Früher habe ich andere sehr oft bewertet. Aber nicht nur andere Menschen, auch mich selbst. Gleichzeitig dachte ich darüber nach, warum ich solche Gruppen belächelt hatte. War das nicht eigentlich zum Schämen, dass man andere auslachte für ihren Sport? Und dafür, dass sie etwas gefunden haben, was ihnen guttut? Bewundernswert ist das!

Mittwochs gingen wir oft ins Fitnessstudio. Die Mitgliedschaft in einem Fitnessstudio war Teil der therapeutischen Maßnahmen in der Tagesklinik: Jackpot. Dort entdeckte ich das Rudergerät für mich. Eine Mitpatientin sagte, damit nehme man wohl schnell ab und dass Ausdauersport megagut für die mentale Gesundheit sei. Das fand ich gar nicht mal so schlecht, denn ich hatte zu der Zeit ein furchtbares Selbstbild und dachte, ich müsse abnehmen, was im Nachhinein Quatsch und traurig ist. Während der Klinikzeit trank ich keinen Alkohol, saß in den Pausen oft in der Sonne und machte regelmäßig Sport, irgendwie hatte ich mein Leben im Griff. Aber ich konnte ja nicht für immer in der Klinik bleiben. Jeden zweiten Tag ging ich ins Fitnessstudio und trainierte am Rudergerät, freitags machte ich Yoga in der Klinik, und donnerstags machte ich noch Pilates, bevor ich in die Tagesklinik fuhr. So gesund und ausgeglichen hatte ich noch nie gelebt. Die Sporttherapie lehrte mich nach 33 Jahren endlich, dass Sport nicht dafür da ist, um abzunehmen, sondern einfach dafür, mental und körperlich gesund zu sein und zu bleiben. Es ist meine Psychohygiene, bei der ich unglaublich gut Stress abbauen kann. Den Stress, der mich so krank machte. Sport ist einer meiner Schlüssel. Während ich das alles schrieb, musste ich echt über mich selbst lachen, noch vor ein paar Wochen hatte ich Sport gehasst. Wirklich gehasst. Und plötzlich – das kannte ich tatsächlich jetzt schon von mir – liebte ich Sport. Und ob ich dadurch abnahm oder nicht, war einfach überhaupt nicht mehr wichtig. Hey, ich bin einfach ein Mensch der Extreme und das werdet ihr hier sicher noch öfter rauslesen.

Was meine Diagnosen anging, brachte ich nicht nur ein Burnout, also eine Erschöpfungsdepression, mit in die Tagesklinik. Nein, ich brachte einen bunten Blumenstrauß an Symptomen mit. Soziale Phobie, extreme Unsicherheit vor Männern, Zwangsgedanken, Konzentrationsstörungen, innere Unruhe, Grübeln, Panik vor und in öffentlichen Verkehrsmitteln. Meine Therapeutin und ich beschlossen deshalb, dass ich nicht mehr mit dem Taxi, sondern mit den öffentlichen Verkehrsmitteln in die Klinik fahren sollte. Das war eine Herausforderung für mich. Denn ich bin ja auch ein sehr unpünktlicher Mensch, wie hier alle schon wissen. Später erfuhr ich in der Klinik, dass all diese Symptome zu meinem Gesamtbild gehörten. Dazu aber später mehr.

Tag 4 in der Tagesklinik

Ich musste morgens noch schnell eine Werbung für Instagram aufnehmen, um sie dann im Bus zu schneiden und hochzuladen. Ich merkte aber zu Hause schon, dass ich ein bisschen zu spät dran war. Um 9:30 Uhr stand Aromatherapie an und ich musste vorher wie jeden Tag noch einen Corona-Schnelltest machen. Also bestellte ich ein Taxi, anstatt mit dem Bus zu fahren. Das war für mich schon ein absoluter Downer. Ich bemerkte, wie ich die Instagram-Werbung für einen Rasierer fast wie manisch am Handy schnitt. Die Instagram-Story bestand aus mehreren Video-Snippets, die ich vorher mit der Kundin ausgehandelt hatte. Ich hielt mich an den kleinsten Details auf. Die Arbeit fühlte sich für mich wie eine Sucht an. Als wäre ich abhängig von einer Insta-Droge. Und wenn die Instagram-Story oder die Instagram-Werbung gepostet war, war der Schuss gesetzt. Ein warmes Gefühl durchströmte mich und der Druck fiel von mir ab. Den Vergleich hatte ich von einer Mitpatientin aus der Klinik mitgenommen, die dort im Entzug war. Ich fing also im Taxi an, die Story zu posten, und postete den zweiten Teil im Aufzug zur Klinik. Vom Aufzug eilte ich schnell in den Gruppenraum. Ich schaffte es kaum, meine Jacke auszuziehen, und checkte im Laufen noch, ob die Story auf Instagram hochlud. Es war 9:29 Uhr. Meine Gruppe ging schon rüber zur Aromatherapie und signalisierte mir, dass ich mitkommen sollte. Ich befand mich aber im absoluten Stress- aka Ich-muss-aber-noch-das-und-das-Modus. Ich hatte erst die Hälfte der Werbung erfolgreich hochgeladen, als ich von einer anderen Patientin geholt wurde: »Du musst jetzt mitkommen, weil wir die Meditation starten. Dafür müssen alle da sein.« Ich war maximal gestresst. Die Werbung war immer noch nicht vollständig hochgeladen.

Bei der Aromatherapie, wo wir alle im Raum lagen und der Therapeutin zuhörten, konnte ich deshalb gar nicht entspannen und dachte nur an den Rasierer, den ich bewerben sollte, und dass ich diese Werbung noch fertig hochladen musste. Sie machte Achtsamkeitsübungen, bei denen wir uns vorstellten, durch den Wald zu gehen. Da konnte ich selten dabeibleiben. Dabei rochen wir Aromaöle, die uns beruhigen sollten. Die Therapeutin bemerkte meine Unruhe und fragte nach der Sitzung, ob ich körperliche Schmerzen hatte. Ich bejahte einfach, da es mir unangenehm war, zuzugeben, dass ich nebenbei noch arbeitete. Ich wusste sehr gut, dass das nicht richtig für mich war. Aber ich hatte zu der Zeit drei Mitarbeiterinnen. Ich hatte unerlässlich nur die Zahl im Kopf, wie viel Geld im Monat in der Firma reinkommen musste und wie viel Geld parallel rausging. Deshalb machte ich Instagram-Werbungen und nahm weiterhin meinen Podcast »Mama Lauda« auf. Nach der Aromatherapie war Gruppentherapie angesagt. Also keine Minute Pause dazwischen, um meine Arbeit zu beenden. Ich fragte dort recht schnell unsere Gruppentherapeutin, ob wir fünf Minuten Pause machen könnten, da ich mich nicht auf die Therapie einlassen konnte. Gott sei Dank war auch anderen Patient*innen nach einer Pause. Ich rannte zu meinem Spind, nahm mein Handy und setzte mich damit in den Gruppenraum. Ich checkte alles doppelt und dreifach und postete die Werbung. Danach setzte ein Gefühl der Befriedigung, Gelassenheit und Bestätigung ein, ein wohliges Gefühl. Und natürlich war da auch die Freude, dass ich Summe X in die Kasse eingespielt hatte. Aber langsam dämmerte mir, warum ich da war. Es fühlte sich an wie eine Arbeitssucht. Das war nicht das Burnout, das ich glaubte, von anderen und aus den Medien zu kennen. Es war mein eigenes Burnout. Mir ging ein Licht auf: Ich freute mich, dass ich darüber direkt in der Gruppentherapie sprechen konnte, dafür war sie schließlich da. Genau das tat ich danach und ich erntete komplettes Verständnis für meine Situation. Ich erhielt Wertschätzung und Respekt dafür, dass ich darüber sprach. So langsam kam ich in der Tagesklinik an und verstand, warum ich dort war und was ich tun musste, um weiterzukommen.

Tag 5 in der Tagesklinik

Es war Freitag und zwei Patient*innen verließen die Tagesklinik, sie waren so was wie »fertig«. Das war für die beiden, aber auch für uns andere Mitpatient*innen sehr emotional. Alle Gruppenmitglieder sagten krasse und sehr emotionale Worte zu den beiden. Ich musste richtig doll weinen. Es war so toll, wie alle Mitglieder der Gruppentherapie gewertschätzt und gesehen wurden. Die Gruppentherapie war auch eine wertfreie Zone, was sehr wohltuend war. Unsere Gruppe bedeutete uns allen sehr viel, das machte es für die zwei sicher besonders schwer zu gehen. Und mir fiel es schwer, wenn ich nicht in die Klinik gehen konnte. Am Wochenende waren wir auf uns gestellt und mussten unseren Alltag, ohne vorgegebene Struktur, selbst gestalten. Der kommende Montag war auch noch ein Feiertag. Also drei Tage ohne Klinik und Hilfe und nur vier Tage Tagesklinik in meiner zweiten Klinik-Woche. Das nervte mich, denn ich war ungeduldig und wollte endlich Heilung erfahren.

Doch es passierten auch gute Dinge an diesem Tag: was mir besonders in Erinnerung geblieben ist: eine andere Patientin bemerkte, dass ich das Handy den ganzen Tag über im Spind hatte liegen lassen. Sie sagte, sie sei superstolz auf mich. In der Klinik hatte ich gelernt, was Gegenarbeiten war. Nämlich genau das zu tun, wovor man eigentlich Angst hatte. Bei mir zum Beispiel: Bus fahren, Handy weglegen, mich auf fremde Menschen einlassen. Das waren schon mal drei sehr große Punkte auf meiner Liste.

Für mich war es wichtig, zu erkennen, was genau mir schwerfiel oder mir Angst machte. Ängste überwinden erzeugt Mut. Und dann war es genauso wichtig, diese ganzen Gefühle auch mal zuzulassen. In der Klinikzeit durfte ich keinen Alkohol trinken, was mir dabei half, mich wieder mit mir selbst zu connecten, zu checken, wer ich war, was ich will, und meine Gefühle wahrzunehmen. In der Anfangszeit der Klinik kam nämlich heraus, dass ich ein klitzekleines Problem im Umgang mit Alkohol hatte. Im Klartext hieß das: In der Vergangenheit habe ich Gefühle gern auch mal weggetrunken, damit ich dachte, dass ich gut drauf und »die Alte« war. Das war eine krasse Erkenntnis. Ey, das Leben ist ein Prozess und ich liebte die Aha-Momente, die ich dort jeden Tag erlebte.

Kleiner Exkurs: Alkohol. Ja, auch das noch.

Es ist schon krass, wie normal es ist, Alkohol zu trinken, und dass einfach null darüber gesprochen wird. In der Blase, in der ich mich bewege, trinkt man gerne Wein, und wenn man dann auch noch weiß, warum welche Traube am besten schmeckt, wenn man sogar noch ein besonderes Wissen über den Wein hat, dann wird das gerne gesehen. Ich hätte bei mir nie ein Alkoholproblem vermutet, weil in meinem Kopf nur Menschen ein Problem mit Alkohol hatten, wenn sie Schnaps tranken. UND DA BEGINNT DAS

PROBLEM: Egal, was man trinkt, sobald man Alkohol dafür nutzt, um sich einigermaßen wohlzufühlen, um die eigene Stimmung aufzubessern oder die Gedanken zu betäuben, sprechen wir von Alkoholmissbrauch.

In der Tagesklinik mussten alle Patient*innen auf Alkohol und andere Drogen verzichten. Da mussten wir sogar einen Vertrag unterschreiben. Weil ich Alkohol als Emotionsregulator genutzt hatte, hatte ich ein Alkoholproblem diagnostiziert bekommen. Damit hatte ich mir physisch und psychisch geschadet. Deshalb wurde bei mir sogar öfters unangekündigt der Urin getestet. Dann kam die Pflegerin zu mir in den Gruppenraum und winkte mit dem Plastikbecher. Ich wusste also jedes Mal: In wenigen Minuten werde ich mir auf die Hand pinkeln. Ich nahm das Becherchen und ging dann den langen Flur entlang, bog rechts in die Toiletten ab, um meine Pflicht zu erfüllen. Wenn es drei Toilettentüren gibt, nehme ich immer die in der Mitte. Die letzte nimmt ja jeder. Viele Leute denken, dass die erste Tür die beste ist, aber ich setze immer auf die goldene Mitte. Je mehr Toiletten, umso anstrengender wird die Auswahl der richtigen Kabine. Am Flughafen zum Beispiel, wenn es etwa zwanzig Toiletten gibt, dann nehme ich ungefähr die siebte Tür. Ist doch vollkommen logisch, oder? Aber zurück zum Urin, ich musste mich jetzt konzentrieren. Bis heute weiß ich nicht, in welchem Winkel mein Urinstrahl aus mir rauskommt. Ich versuche jedes Mal, den Becher leicht angewinkelt an meine Harnröhre anzusetzen. So auch dieses Mal. Und wieder schaffte ich es, die Toilettenbrille, meine Beine, den Boden und meine komplette Hand vollzupinkeln. Zwei Schwangerschaften lang musste ich bei jedem

Gynäkologinnenbesuch in einen Becher pinkeln. Und trotzdem pisste ich mir immer wieder auf die Hand. Das Schlimmste an diesem Malheur allerdings war, dass ich auch auf den Boden gepinkelt hatte. Und das ist sicher vorher auch schon jemand anderem passiert, also war meine Pisse am Boden mit dem Urin von anderen Menschen gemischt. Köstlich. Was sollte ich jetzt machen? Sollte ich meine Pisse wegwischen und damit auch direkt die Pisse von der Person vor mir? Oder sollte ich einfach alles genau so lassen und dann freute sich die nächste Person? Natürlich entschied ich mich dafür, einen Riesenberg Klopapier abzurollen, ich rollte und rollte und rollte und rollte und rollte und rollte und rollte, bis ich eine fußballgroße Kugel aus Klopapier in meiner Hand hielt, und dann wischte ich den Boden trocken, und das unten ohne. Meine Hose hing noch an den Schuhen, irgendwie konnte ich das alles in dem Moment nicht koordinieren. Ich schaffte es nicht, eine Priorität zu setzen. Ich hätte mir auch einfach erst die Hose hochziehen können, aber die Priorität lag eindeutig bei meiner Pisse.

In solchen Situationen denke ich immer: Wie machen andere das? Setzen die sich Scheuklappen auf und hauen einfach schnell ab? Das kann man doch nicht bringen! Was ist, wenn schon eine Therapeutin vor genau dieser Kabine wartete? Richtig unangenehm wurde es natürlich erst, wenn man in der Klinik mal groß musste. Da kämpfte dann jede*r für sich selbst. Ich war mal auf einem großen Festival hinter der Bühne auf einem Dixi-Klo, weil es nicht anders ging. Als ich fertig war, musste ich dem Künstler der Band, die bald auf der Bühne auftreten sollte, die Tür aufhalten. Er ist direkt nach mir in das Dixi-Klo rein, in dem ich vorher groß war. Und ich wette, alle, die dieses Buch hier lesen, kennen diesen Mann. Herrlich war das.

Aber zurück zu der Situation auf der mittleren Toilette in der Tagesklinik. Ich wischte also die Pisse von mir und der anderen Person weg, zog meine Unterhose und Hose hoch und machte mich schnell vom Acker. In der Klinik gab es keine Klappe, in die man den Becher reinstellte, so wie bei meiner Gynäkologin. Oh nein! Ich musste den vollgepissten Becher, der übrigens auch übergelaufen war, durch drei von vier Klinikflure tragen. Also ging ich in einem leichten Trab, wie ein Pferd, um möglichst nicht aufzufallen. Mit dieser Gangart fällt ja auch keiner auf. Ich musste an drei Personen vorbei, je älter die Patient*innen waren, umso unangenehmer war's mir. Ich erreichte das Büro der Pflegerin, um den Pissbecher feierlich zu überreichen. Da sagte die Pflegerin doch tatsächlich zu mir: »Liebe Frau Knörnschild, das ist wirklich sehr nett, aber sie müssen den Becher in der Toilette stehen lassen.« Ich lief sofort rot an. Das war mir sehr peinlich, weil in ihrem Raum noch eine Mitpatientin saß und der Becher durchsichtig war. Also ging ich zurück zur Toilette, stellte den Becher superschnell ab und rannte weg. Das war dann eher ein Galopp. Ich ging zurück in den Gruppenraum und tat so, als wären die letzten zehn Minuten nicht passiert.

Als meine Psychiaterin in der Tagesklinik zum ersten Mal das Wort »Emotionsregulation« aussprach, wurde mir einiges klar. Es gibt Phasen, in denen ich introvertiert, und Phasen, in denen ich extrovertiert bin. Mittlerweile ziehe ich mich einfach zurück, wenn es mir nicht gut geht. In der Zeit vor der Tagesklinik habe ich öfter Alkohol getrunken. Also gerne mal ein Glas Wein am Abend. Einfach, damit ich mich fühlte wie in meiner guten Zeit. Damit ich mich niemals als eine unsichere, introvertierte Person wahrnehmen musste. Ich mochte mich, wenn ich ganz leicht einen sitzen hatte. Mutig, lustig und frech war ich dann. Diese Person wollte ich einfach immer sein. Ich sah Alkohol als kleinen Zaubertrank. Wein hatte mir geholfen, ein richtiges Hochgefühl zu erleben, was mich meine Sorgen vergessen ließ. Wein hatte mir auch geholfen, kurz zu vergessen, dass ich eine gestresste Mama war, die sich einfach nicht in ihre Mutterrolle einfinden konnte.

In der Therapie lernte ich viel über den Zusammenhang zwischen Alkohol und Emotionsregulation. Es war eine kleine Herausforderung, aber ich nahm mir fest vor, für einen sehr langen, unabsehbaren Zeitraum keinen Alkohol zu trinken. Ich musste herausfinden, wer ich wirklich war, ohne diesen vermeintlichen Fake-Emotions-Unterdrücker. Während und nach der Zeit in der Tagesklinik arbeitete ich wirklich hart an mir selbst, lernte neue Bewältigungsstrategien und gewann Erkenntnisse über meine wahren Probleme. Die Zeit ohne Alkohol war für mich eine Zeit der Verarbeitung, des Sortierens und Verstehens. Quasi eine Zeit der Selbstreflexion und des Trennens von Gedanken, Menschen und Projekten, die mir nicht guttaten. Deshalb war es entscheidend, dass ich keinen Alkohol trank. Ich musste mir auch selbst beweisen, dass ich stark genug war, meine Emotionen auf andere Weise zu regulieren. Ich muss aber auch sagen, dass ich eine Person der Extreme bin und schnell schwarzweiß denke. Deshalb war auch klar: ganz oder gar nicht. Also habe ich erst mal komplett aufgehört, Alkohol zu trinken, aber offengelassen, ob ich jemals wieder trinken würde.

Ich schaffte es! Monate vergingen, und ich fand Wege, um mit meinen Gefühlen umzugehen, ohne an ein Weinchen zu denken. Ich entdeckte durch die Klinik neue Hobbys, wie Yoga und Rudern. Ich fand raus, wie gerne ich schrieb, um Dinge zu verarbeiten. Durch die Ergotherapie fand ich zurück zum Malen und im Sommer nach der Tagesklinik gründete ich selbst einen Chor. Es fühlte sich so krass an, endlich meine Bedürfnisse kennenzulernen. In dieser Klarheit checkte ich meine Ressourcen. Ich malte zum Beispiel, wenn es mir nicht gut ging oder ich etwas verarbeiten musste. Das half mir. Ich verstand, dass beim Malen nicht das Ergebnis zählte, sondern der Prozess. Gerade wenn ich zum Verarbeiten malte, sollte es kein Bild sein, was am Ende an der Wohnzimmerwand hing. Aber natürlich malte ich auch Bilder, die mir persönlich gefielen, um mir etwas Gutes zu tun. Es fühlte sich auch gut für mich an, die Bilder dann aufzuhängen oder zu verschenken.

Und dann kam irgendwann, lange nach der Zeit in der Tagesklinik, der Moment, in dem ich mich entschied, ab und zu Alkohol zu trinken und mir dazu eigene Regeln zu setzen. Ich wollte nicht mehr im Schwarz-Weiß-Denken gefangen sein. Ich fühlte mich sortiert und *ready*. Ich wollte beweisen, dass ich in der Lage war, einen verantwortungsvollen Umgang mit Alkohol zu finden. Nach fast einem Jahr der Abstinenz wagte ich es, wieder zu trinken. Mein Psychiater riet mir, wenn ich merkte, dass ich *cravings* bekam, das sofort zu unterbinden, indem ich es laut aussprach oder meinen Mann bat, mir dabei zu helfen. Das besprach ich jede Woche mit meiner Therapeutin, die genau reinhörte, ob es okay für mich war oder ob ich dabei war, Alkohol zu missbrauchen.

Die ersten Schlücke fühlten sich völlig okay für mich an. Ich war im guten Teil meines Zyklus, ich hatte gute Laune, ich hatte keinen Stress, keine ungelösten Probleme. Die Sterne standen also gut, würden Astrolog*innen sagen. Ich war mit Freundinnen auf einem großen Event und wagte es, ein Glas Wein zu bestellen. Ich war bereit herauszufinden, ob ich mit dieser Alltagsdroge umgehen konnte, ohne mich selbst zu verlieren. Es sollte ein Experiment sein, unter Beobachtung meiner Therapeutin und meiner inneren Kritikerin. Ein wichtiges Learning dabei war, dass ich wirklich nur dann Alkohol trinken konnte, wenn mein Social-Balken grün gefüllt war. Wenn ich den ganzen Tag mit 7428428 verschiedenen Menschen und meinen Kindern zu tun gehabt hatte und sozial nicht mehr kompatibel war, durfte ich unter keinen Umständen Alkohol trinken. Denn genau dann nutzte ich Alkohol falsch und trank mir einen an, um sozial wieder kompatibel zu sein. Doch dann war der Kater am nächsten Tag richtig schlimm. Ich nannte ihn den mentalen Psycho-Kater. Dann hatte ich den Social-Balken quasi in den Minusbereich gebracht und war nicht mehr in der Lage, in soziale Interaktionen zu gehen. Das fühlte sich an wie ein tiefes Loch und auch als Mutter war ich zu nichts zu gebrauchen. Generell musste ich also, wenn ich Alkohol trinken wollte, erst mal bei mir selbst einchecken: Wie ging es mir wirklich? War ich durch? Brauchte ich soziale Kontakte oder waren sie mir gerade zu viel? Durch einen bewussten Umgang mit mir selbst und mit meiner Stimmung stellte ich fest, dass ich nun in der Lage war, bewusster zu trinken und meine Grenzen zu respektieren. Kontrolliertes Trinken. Ich erkannte, dass Alkohol auf keinen Fall die Lösung für meine Probleme war, sondern dass ich selbst die Verantwortung für mein Wohlbefinden trug. Ich verstand, dass ich weiterhin an meiner Emotionsregulation arbeiten musste, um gesündere Bewältigungsstrategien zu entwickeln. Mir wurde bewusst, dass Alkohol einfach gar keine wichtige Rolle mehr in meinem Leben spielte. Ich war auf so vielen Events, Geburtstagen und Hochzeiten, ohne einen Schluck Alkohol anzurühren, weil es einfach nicht wichtig war. Ich trank in der Zeit zum Beispiel auch nicht, wenn meine Kinder dabei waren. Wenn überhaupt, dann trank ich nur innerhalb meiner eigenen Regeln in einem geschlossenen Rahmen, wie zum Beispiel auf meinem Junggesellinnenabschied. Ich entschied mich einfach sehr bewusst, an bestimmten Tagen oder zu bestimmten Anlässen zu trinken und an anderen Tagen darauf zu verzichten. Ich war ehrlich zu mir selbst über meine Motivationen und beobachtete aufmerksam meine Reaktionen auf Alkohol. Ich erkannte, dass es für mich nicht darum ging, komplett auf Alkohol zu verzichten oder ihn in großen Mengen zu konsumieren, sondern darum, ein gesundes Maß zu finden und bewusste Entscheidungen zu treffen. Ich war ein Vorbild für meine Kinder und das wollte ich auch sein und bleiben. Es war befreiend zu erkennen, dass ich die Kontrolle über meinen Alkoholkonsum hatte und nicht umgekehrt. Hier war ich einfach nicht mehr so verloren, in meinen Ängsten und Unsicherheiten, sondern ein selbstbestimmtes Girl, das sich ganz bewusst für ihren Weg entschied. Für mich ging es auch darum, sich selbst gut genug zu kennen, um verantwortungsvolle Entscheidungen zu treffen und auf sein eigenes Wohlbefinden zu achten. Und nach einem sehr intensiven Jahr des Kennenlernens war ich soooo doll gewachsen. Das fühlte sich richtig gut an. Wenn man seine Ängste und Unsicherheiten zu Mut umwandeln kann, Alter, dann ist das megasexy. Ich fand mich jetzt sexy. Inside and outside. Aber hey, nicht jeden Tag.

Was mir aber auch wichtig ist zu sagen: Es tut mir wahnsinnig leid, wenn Menschen schlechte Erfahrung mit Alkohol gemacht haben oder eine Freund*in oder ein Familienmitglied daran verloren haben. Alkohol ist eine Substanz, die einerseits Freude und Geselligkeit bringen kann, aber andererseits auch negative Auswirkungen haben kann. Aus diesem Grund möchte ich betonen, dass ich niemals jemandem raten würde, Alkohol zu konsumieren, ohne vorher für sich persönlich zu überlegen, ob es für sie oder ihn richtig ist. Jede Person ist individuell und jeder Mensch hat eine unterschiedliche Beziehung zu Alkohol. Für viele Menschen kann Alkohol zu einem Problem werden, durch Trigger, Missbrauch oder eine Sucht. Es ist wichtig, sich ehrlich mit seinen eigenen Trinkgewohnheiten auseinanderzusetzen und zu erkennen, ob der Konsum von Alkohol negative Auswirkungen auf das eigene Leben oder auf das Leben von anderen Personen hat. Und allen, die bereits schlechte Erfahrungen mit Alkohol gemacht haben, möchte ich ermutigende und liebevolle Worte senden: Ihr seid nicht allein und es gibt Unterstützung und Hilfe für euch. Es erfordert so viel Stärke und Mut, sich seinen Problemen zu stellen und Veränderungen überhaupt anzunehmen. Alle Menschen haben das Potenzial, ein erfülltes und glückliches Leben zu führen, unabhängig davon, ob man Alkohol konsumiert oder nicht. Es gibt sauviele Alternativen und gesunde Bewältigungsstrategien, um mit Stress, Angst oder anderen Herausforderungen umzugehen. Selbstfürsorge, Achtsamkeit, körperliche Bewegung, kreative Aktivitäten und das Aufsuchen von professioneller Hilfe sind nur einige Möglichkeiten, um ein positives Wohlbefinden zu fördern. In meiner Therapiezeit habe ich gelernt, dass jeder Mensch seinen eigenen Weg gehen muss und es wichtig ist, sich selbst zu akzeptieren und zu lieben, unabhängig von vergangenen Fehlern oder Schwächen. Jede*r hat die Macht, positive Veränderungen in seinem oder ihrem Leben herbeizuführen und neue Wege zu beschreiten. Es ist nicht zu spät, sich Hilfe zu holen!

Die Wochenenden in der Tagesklinik-Zeit

Die Wochenenden während der Tagesklinik-Zeit waren sehr anstrengend. In meiner ersten Woche allerdings freute ich mich noch total aufs Wochenende. Wir hatten Freitag in der Gruppentherapie die Abschlussvisite, wo jede*r erzählen sollte, was er oder sie am Wochenende vorhatte, was in der Woche therapierelevant gewesen war und wie wir uns in dem Moment fühlten. Diese Runden haben mir total gut geholfen rauszufinden, wie ich mich *wirklich* fühlte. Vor der Zeit in der Klinik war ich immer sehr von den Gefühlen anderer Personen abhängig gewesen. Ich war so reizoffen gewesen, dass ich traurig war, wenn eine andere Person im Raum traurig war. Ich war aber auch sauer, wenn mein Mann sauer war, weil ihm der Topf auf den Boden gefallen war. Später erfuhr ich, dass ich große Probleme mit Abgrenzung hatte und schwer Grenzen setzen konnte. Dadurch, dass ich damals keinen Zugang zu mir hatte und nicht *connected* war, wusste ich nicht, wie ich mich selbst fühlte, und war auf fremde Gefühle angewiesen. Das musste ich in der

Klinik lernen. Wenn ich beim Abschlussgespräch in der Gruppentherapie an der Reihe war, musste ich im Kopf immer erst mal sammeln. Ich wollte so viel wie möglich sagen, aber nicht so viel, dass ich andere nervte oder belastete. Das waren Gedanken in meinem Kopf, die meistens gar nicht real waren, Glaubenssätze wie »Ich will niemanden nerven« oder »Ich will nicht zu viel Raum einnehmen«. Gleichzeitig war ich aber superangespannt und wütend, wenn andere im Raum sich viel Raum nahmen und zwanzig Gefühle benannten oder einfach nur laut atmeten. Auch das hatte was mit meinen eigenen Grenzen zu tun. Ich ließ andere über meine Grenzen gehen, weil ich sie nicht setzen konnte.

Als ich mich sortiert hatte und sagen sollte, was ich am Wochenende vorhatte und welches Gefühl ich hatte, meinte ich, dass ich total optimistisch wäre und mich aufs Wochenende freute, weil ich merkte, dass der Prozess schon in meinem Kopf rödelte und ich weiterkommen könnte. Da sagte eine andere Patientin sehr direkt zu mir: »Wart's mal ab.« Das hat mich aus zwei Gründen beschäftigt: Erstens fand ich es lustig, weil ich in meinem ersten Buch bereits die »Warts-mal-ab-Eltern« beschrieben habe, die neue Eltern mit diesem Satz so verunsicherten, und dass man oft selbst zu diesen Eltern wurde, wenn die Kids älter wurden. Zweitens hat es mich getroffen, weil es mir den Optimismus nahm und ich etwas betrübter ins Wochenende startete und ständig darauf wartete, was denn nun passieren würde. Ich war einfach wie ein rohes Ei. Ich war im Ich-Tunnel. Am Wochenende verarbeitete ich die Dinge, die ich unter der Woche gelernt und erlebt hatte. Das fühlte sich an, als wäre ich eine offene Wunde. Ich war fragil und auch gar nicht mal so kompatibel für ein normales Familienleben.

Die Zeit war unglaublich anstrengend, nicht nur für mich, sondern auch für meinen Mann und meine Kinder.

An diesem ersten Wochenende nach der ersten Woche in der Klinik wusste ich noch nicht, welche Art von Angststörung ich hatte. An diesem Wochenende überlegte ich, was ich nach der Klinikzeit machen könnte, um etwas für mich zu tun, oder gegen meine Ängste. Ich erkundigte mich weiter über Yoga-Retreats und was ich Entspannendes machen könnte. Dabei entspannte ich doch gefühlt die ganze Zeit. Ich machte Yoga, Aromatherapie, Achtsamkeitsübungen, chillte im Gruppenraum, eigentlich war das doch ziemlich entspannt. Vielleicht brauchte ich nach der Klinik das Gegenteil von Entspannung? Mir ging ein Licht auf. In die USA! Ich könnte doch zu meiner Schwester fliegen. Meine Schwester war vor vielen Jahren als Au-pair dorthin gegangen, hatte sich dort echt verliebt, verlobt, verheiratet. Zu diesem Zeitpunkt hatte sie zwei Kinder, ein Baby und ein Kleinkind, und ich hatte meine Neffen noch nie gesehen. Und wenn ich ganz ehrlich bin, war ich bis zu diesem Zeitpunkt fest davon ausgegangen, dass ich sie niemals kennenlernen würde, wenn sie uns nicht in Deutschland besuchen würden. Ich konnte ja nicht nach Amerika, wegen meiner Flugangst und weil ich ja auch zwei Kinder hatte. Aber in diesem Moment war eine Tür aufgegangen und ich wollte so gern einfach durchgehen. Der Gedanke, dass ich nach Minnesota fliegen könnte, war ganz nah und ich merkte, es wurde real in meinem Kopf. Ich wollte meinem Mann davon erzählen, hatte aber total Angst davor, abgelehnt zu werden. Der würde doch denken, spinnt die jetzt völlig und lässt mich mit den Kindern ganz alleine? Aber ich fand die Idee sehr gut und das spornte mich an weiterzudenken. Also nahm ich mir vor, schon mal nach Daten zu gucken – Ende November bot sich an. Ich rechnete damit, Anfang November mit der Tagesklinik fertig zu sein. Da mir jedoch alle gesagt hatten, dass ich mich auf eine längere Zeit in der Klinik einstellen sollte, korrigierte ich mal sicherheitshalber auf Mitte November, so hatte ich immer noch ein wenig Puffer nach hintenraus. Und Ende November, die Vorweihnachtszeit, das ist doch meine absolute Lieblingszeit im Jahr. Bingo! Ich liebe es, alles weihnachtlich und gemütlich zu machen. Eine warme Tasse Tee zu trinken, Wollpullover anzuziehen, zu Hause zu sein, wenn es regnet, Weihnachtsfilme zu gucken. Apropos Weihnachtsfilme: Wäre es nicht genial, zur Vorweihnachtszeit in New York zu sein? Ich war total euphorisch und schrieb meiner Schwester auf WhatsApp: »Du, Johanna, Achtung, das ist kein Fehlalarm. Ich möchte dich gerne dieses Jahr besuchen, wann würde es dir passen?« Sie freute sich mega und konnte es gar nicht glauben. Das hatten wir beide schon ewig vor, es war aber immer nur ein Gedankenspiel gewesen. Passenderweise schlug meine Schwester Thanksgiving für meinen Besuch vor – Ende November. Ich konnte das alles gar nicht glauben. Was war da gerade passiert? Nach Thanksgiving beginnt in den USA die Vorweihnachtszeit, das wusste ich aus vielen Serien und Filmen. Das hieß doch wohl, dass wir einen Weihnachtsbaum im Wald schlagen und die Weihnachtsdeko rausholen würden, oder etwa nicht? Ich würde dort Räuchermännchen anschmeißen, die würde ich natürlich aus Deutschland mitbringen. Die Vorfreude hätte in diesem Moment nicht größer sein können. Sie war größer als die Angst. Unglaublich!

Ich musste dann aber wirklich mal meinen Mann fragen, wie er die Idee fand und ob er mit mir den Flug buchen würde, denn auch davor hatte ich unglaubliche Angst. Ich hatte Angst, etwas falsch zu buchen. Diese Verantwortung hatte ich sonst immer abgegeben. Genau wie jetzt auch. LOL. Mein Mann war sofort an Bord und wollte mich bei alldem unterstützen. Wir suchten zusammen nach Flügen und fanden ziemlich schnell die richtigen drei Flüge von Berlin nach New York, von New York nach Minnesota und von Minnesota wieder nach Berlin.

Nach diesem für mich sehr aufregenden Wochenende bekam ich leider eine Angina mit Schüttelfrost und Fieber. Das nervte mich krass, weil so der Behandlungsprozess verlangsamt wurde und ich noch mehr zu Hause grübelte. Als Ablenkung wollte ich alle romantischen Komödien, die in der Weihnachtszeit in New York spielen, gucken. *Das Wunder von Manhattan, Kevin allein in New York, Weil es dich gibt, Sex in the City* ... Und doch dachte ich parallel ständig darüber nach, was ich alles haben und welche Diagnosen ich bekommen könnte, denn ich liebte es, Dingen einen Namen zu geben. Ich hörte Podcasts, las sogar Bücher und Artikel, schaute Filme über psychische Krankheiten. Ich entdeckte einen Film bei Netflix, der *Meine 101. Male* hieß. Da ging es um ein Mädchen mit einer generalisierten Angststörung, die vor fast allem Alltäglichen Angst hatte. Ich fand mich in ihren Ängsten wieder und merkte, dass ich seit Jahren mit Angst lebte. Ich heulte den gesamten Film durch. Ich listete mögliche Diagnosen auf, um das meiner Therapeutin vor die Füße zu werfen, sobald ich wieder gesund war. So nach dem Motto: »Hier, Frau Therapeutin, das habe ich. Wir müssen hier jetzt gar nicht weitermachen. Ich hab das schon mal vorgearbeitet und das müssen wir jetzt angehen.« So lief das aber nicht, leider. Ich wollte unbedingt effizient arbeiten, damit ich schnell geheilt würde. Ich dachte noch immer, dass eine Klinik genau so funktioniert wie Arbeit. Wir alle leben in einer Leistungsgesellschaft, wir sind es gewohnt, viel zu arbeiten. Ich hatte recht früh angefangen, in einer Vier-Tage-Woche zu arbeiten. Super, da kann ich ja in vier Tagen genauso viel schaffen wie andere in fünf. Und da fing es eigentlich an. In wenig Zeit viel schaffen. Ist das gut? Ist das gesund? Damals war die Vier-Tage-Woche noch völlig neu. Früher haben sich andere Mitarbeiter*innen über mich lustig gemacht, weil sie dachten, ich bräuchte mehr Zeit zum Faulenzen. Dabei gründete ich am fünften Tag der Woche mein eigenes Unternehmen »Lieblingsnanny«. Eine Agentur, die Kinderbetreuung auf Events anbot, zum Beispiel auf Hochzeiten oder Firmenevents. Ich war 25 Jahre alt, als ich dieses Unternehmen gründete. Als Gründerin dieser kleinen Firma war ich eigentlich Personalerin, Buchhalterin und Projektmanagerin zugleich. Drei Jobs, die mir überhaupt keinen Spaß bereiteten. Das waren sogar drei Jobs, die mich traurig und krank machten, weil ich durch das Organisieren der vielen Mitarbeitenden und das Arbeiten mit Zahlen oft Fehler machte. Ich führte dieses Unternehmen aber viele Jahre, weil ich dachte, dass ich etwas Eigenes erschaffen müsste, weil ich nicht dafür gemacht war, für andere zu arbeiten. Das wusste ich schon sehr früh. Neben dem Unternehmen machte ich noch Social Media für andere Firmen, weil ich darin besonders gut war. Komischerweise machte ich all das aber nicht für mich selbst, obwohl das damals schon mein Traum war.

Offensichtlich brauchte es einfach noch ein paar Jahre, bis ich rausfinden konnte, was ich eigentlich machen wollte. Es lag eigentlich immer auf der Hand. Ich konnte mir *easy* vorstellen, in der Öffentlichkeit zu stehen, und ich wollte unbedingt was mit Kindern machen, schon immer.

Gerne gearbeitet habe ich aber bei »Mit Vergnügen«, da wurde ich gut aufgenommen und als Person geschätzt. Mitarbeiter*innen standen da an erster Stelle. Wenn es den Mitarbeiter*innen gut geht und diese gut gelaunt sind, ist auch der Inhalt und die Arbeit gut. Das hatten die begriffen, denn das konnten die richtig gut. Bei »Mit Vergnügen« hatte ich als PR-Managerin angefangen, war aber irgendwann, zusammen mit einem der Gründer, in der Podcast-Sektion gelandet. Damals waren Podcasts noch superneu und die, die es gab, waren eigentlich alle auch erfolgreich. *First come, first serve.* In der Zeit habe ich total viel gelernt und einiges mitgenommen für später. Bei den Podcasts hatte ich dann keine PR mehr gemacht, da war ich dann die Projektmanagerin – wieder ein Job, den ich gar nicht mochte –, aber ich konnte mir die Vermarktungsskills von anderen abgucken. Ich würde behaupten, dass Marketingmachen einer der wenigen Jobs ist, die ich richtig gut kann. Ich würde sogar sagen, ich bin besser als viele Leute, die es gelernt haben, weil ich richtig dafür brenne, das mit einer wahnsinnig guten Laune mache und die Leute richtig Bock haben, mit mir zu telefonieren. An diesem Punkt sehe ich meine Anpassung als krassen Skill. Das sind einfach Superkräfte, ich kann es nicht anders sagen. Deshalb ist es so wichtig, dass ich mich so akzeptiere, wie ich bin. Mit meinen Störungen und Diagnosen. Sie gehören zu mir. Aber hey, jetzt sind wir aus Versehen viel zu weit vorgelaufen. Zurück zur Klinik.

Die vierte Woche in der Tagesklinik

Bevor ich in die Tagesklinik ging, war ich mit meinen Kindern und meinem Mann bei meiner Mutter in Bayern. Dort war ein größeres Familienfest. Dort teilte ein Familienmitglied ihre frische AD(H)S-Diagnose mit mir und ihre Beschreibungen der Symptome waren sehr interessant. Sie sprach von ständiger Unkonzentriertheit, von 483 Gedanken gleichzeitig im Kopf, davon, bei der Arbeit oder im Haushalt viele Sachen gleichzeitig zu machen und das Gefühl zu haben, nichts zu Ende geschafft zu haben. Sie beschrieb aber auch Schwierigkeiten bei der Organisation, ihre Impulsivität, übermäßige Tagträumerei, die Unfähigkeit, lange zuzuhören, wenn das Thema nicht interessant ist oder Menschen langsamer sprechen, und von starken Stimmungsschwankungen. Mir fiel die Kinnlade runter, ich hörte zu und wäre ihr gerne die ganze Zeit ins Wort gefallen. Ich wollte schreien: »WARTE, DAS HABE ICH AUCH«, »HÄ? DAS KENNE ICH AUCH VON MIR« oder »ACH SO? DAS HABEN ANDERE AUCH?!« »HEISST DAS, ICH BIN NORMAL?«.

Das konnte alles nicht wahr sein. Bis zu diesem Tag dachte ich, AD(H)S sei nur etwas, das zappelige kleine Jungs haben können. Die klassischen Bilder von hyperaktiven Kindern im Klassenzimmer, also dem Zappel-Philipp aus dem furchtbaren und veralteten Kinderbuch »Struwwelpeter«. Doch beim Zuhören merkte ich von Sekunde zu Sekunde, dass ich mich mit diesem AD(H)S sehr identifizieren konnte und dass das ein Schlüssel zu meinen vielen geschlossenen Türen sein könnte. AD(H)S kann bei Erwachsenen oft übersehen werden, da sie sich unterbewusst Bewältigungsstrategien überlegen, um sich dem System anzupassen. Das Anpassen an Menschen ohne AD(H)S kann aber auch stark belastend sein, da viele dadurch immer wieder Misserfolge erleben und sich dadurch nicht richtig oder nicht normal fühlen. Eine wichtige Erkenntnis war auch, dass nicht nur der Zappel-Philipp AD(H)S hat, sondern auch der Hanns Guck-in-die-Luft aus dem gleichen Kinderbuch. Ich halte, wie gesagt, nichts von diesem Kinderbuch, doch kann ich AD(H)S und seine Vielseitigkeit jeder Generation, also auch meiner Oma Inge, ganz gut erklären. Es war ein Aha-Moment, als ich verstand, dass auch Frauen, sogar erwachsene Frauen, von AD(H)S betroffen sein können. Es hat meine Perspektive komplett verändert und mir geholfen, die Vielfalt dieser Störung besser zu verstehen.

Kurz nach dem Familientreffen stieß ich auf den Instagram-Account von Max Leßmann, einem alten Freund und sehr leidenschaftlichen Autor, der viel über seine mentale Gesundheit spricht. Dort sprach er offen über seine AD(H)S-Diagnose und berichtete von Symptomen, die ich alle aus meinem Leben kannte. Daraufhin landete ich bei einem Podcast, in dem Angelina Boerger von „Kirmes im Kopf« zu Gast war. Angelina hat ein sehr gutes Buch zum Thema AD(H)S im Erwachsenenalter geschrieben. In dieser Podcast-Folge wurde AD(H)S bei Frauen unter die Lupe genommen. In diesem Schlüssel-Moment wurde mir spätestens alles klar. Deshalb sprach ich in der Tagesklinik ziemlich schnell das Thema AD(H)S an. Doch zuerst mussten sie eine Borderline-Persönlichkeitsstörung bei mir ausschließen, weil sie ähnliche Symptome wie AD(H)S hat. Für die Diagnose schickten wir Fragebogen an meine Eltern und meine Mutter schickte mir alle meine Grundschulzeugnisse mit der Post, welche auch ausgewertet wurden. In den ersten fünf Klassen war ich in einer Waldorfschule, dort gibt es keine Noten, sondern ein Text-Feedback zu allen Schulfächern und endlich zahlten sich diese Lamy-Schönschreibfüller-Zeugnisse aus, denn durch den Text konnte man sehr gut herauslesen, was meine Herausforderungen in der Schule waren. Sätze wie »Wenn sie sich konzentrieren würde, würde sie es schaffen«. Dort stand, dass ich schnell ablenkbar war, andere gerne abgelenkt habe, verträumt war und dass ich jeden Tag mit einer anderen extremen Stimmung zur Schule kam. Damals wurde ich bei den Lehrer*innen als »Trennungskind« abgestempelt und deshalb wurde da nicht weiter drauf geguckt. So geht es sicher vielen Personen in meiner Generation. Außerdem musste ich für die Diagnose dreimal eine Stunde zur Psychiaterin der Klinik und ein Interview mit ihr führen und zusätzlich noch Fragebogen zu Hause ausfüllen und mitbringen. Diese Interviews und vielen Fragebogen waren sehr anstrengend, weil man tief in die Vergangenheit und in die tiefsten Abgründe der Gegenwart schauen musste. Davon wurde ich richtig müde, sodass ich lange Pausen dazwischen gebraucht habe. Mein Körper wollte mich vor negativen Gefühlen schützen. Aber das alles hat sich gelohnt, denn ...

Sie ist da. Die Diagnose. AD(H)S. Boah! Es war ein sonniger Herbsttag, den man sich wie eine Szene bei den *Gilmore Girls* vorstellen konnte: Das Laub leuchtet, die Kürbisse stehen in der ganzen Stadt und es findet mal wieder ein Schnitz-Wettbewerb statt. Ich saß in dem kleinen Raum meiner Psychiaterin, als diese sagte: »Liebe Frau Knörnschild, unsere Ergebnisse sind eindeutig, wir können die AD(H)S-Diagnose bei Ihnen stellen.« Sie sagte das, als wäre es die normalste Sache der Welt. Ich hätte mir gewünscht, dass sie es mit T-Shirt-Kanonen oder Vuvuzelas und Luftschlangen verkündet hätte, um den Moment etwas aufzupeppen, aber gut, man kann nicht alles haben. Ich hatte es monatelang vermutet und nie die richtigen Expert*innen gefunden.

Es war so ein krasser, aufwühlender, überwältigender Moment, der mein Leben verändert und erleichtert hat. Diese Diagnose hat mir mein ganzes fucking Leben erklärt. Die Antwort auf dieses riesige Fragezeichen, was ich mein Leben lang mit mir rumschleppe, war einfach AD(H)S! Oh Mann, muss ich jetzt allen Leuten immer erklären, dass es nicht dieses Zappel-Philipp-Dings ist? Die Diagnose hat mein Leben in vielerlei Hinsicht beeinflusst. Es war, als hätte ich endlich den Schlüssel zu einem Raum gefunden, den ich bisher nicht betreten konnte. Ich habe mich nicht mehr alleine damit gefühlt. Ich dachte mein Leben lang, ich wäre nicht normal, und jetzt weiß ich, dass mein Hirn einfach anders funktioniert. Jetzt kann ich ordnen, was meine Ressourcen sind, was ich gut kann und was ich nicht kann, und habe weniger Probleme, mir bei Dingen wie der Steuererklärung Hilfe zu suchen. Daran scheitern nämlich viele Menschen mit AD(H)S. Die Erkenntnis, dass meine Schwierigkeiten in der Konzentration, Impulsivität und Reizüberflutung einen Namen haben, hat mir eine immense Erleichterung gebracht. Später hat mir die radikale

Akzeptanz meiner AD(H)S mich nicht nur als Person, sondern auch als Mutter transformiert. Ich habe gelernt, Geduld mit mir selbst zu haben und mir Raum für Pausen zu geben, wenn ich spüre, dass ich überfordert bin. Es hat mir geholfen, meinem Umfeld zu erklären, warum ich manchmal so impulsiv reagiere, wie ich es tue, und dadurch das Verständnis und die Unterstützung meiner Familie und Freundinnen vertieft.

Beruflich habe ich gelernt, Arbeit zu delegieren, die mir nicht liegt. Mir fallen Dinge schwer, die nicht-neurodiverse Menschen einfach *machen*, ohne darüber nachzudenken, wie zum Beispiel ein Bahnticket zu buchen – wie oft ich schon den Termin falsch gelegt habe und den falschen Tag gebucht habe. Oder Termine zur richtigen Zeit, am richtigen Tag in den Terminkalender einzutragen – wie oft ich schon zur falschen Zeit oder am falschen Tag bei Terminen erschienen bin. Das hat mich dann auch richtig zermürbt. Beruflich habe ich durch meine AD(H)S-Diagnose Strategien entwickelt, um mein Zeitmanagement zu verbessern.

Aber jetzt hatte ich es schwarz auf weiß, endlich Gewissheit. Endlich wusste ich, warum ich so war, wie ich war. Meine heftigen Stimmungsschwankungen, meine innere Unruhe, meine Ungeduld, meine Schnelligkeit, meine Andersartigkeit, meine Antriebslosigkeit, mein ständiges Abschweifen, mein Veränderungsdrang, mein Abbrechen von Hobbys und Jobs. Ich wusste endlich, warum ich immer alle aus dem Konzept brachte, warum ich leicht ablenkbar war, warum ich immer zu spät kam und warum ich keine Bücher lesen konnte. Einfach alles, alles, alles. Endlich eine Antwort, warum ich nicht so vermeintlich normal leben konnte wie andere Menschen um mich herum. Ich war eigentlich immer schon extrem auffällig gewesen, wenn ich so darüber nachdachte. Ich wunderte mich, dass es bei mir als Schulkind nicht festgestellt wurde. Die Diagnose war mein Türöffner, die Erklärung meines ganzen Lebens. Im Nachhinein, mit dem Wissen, dass ich AD(H)S hatte und was das bedeutete, wusste ich auch, dass sich meine Symptome drastisch verstärkt hatten, seitdem ich Mama war. Ich wurde ständig von meinen Kindern mit einem »MAMAAAA« unterbrochen, und jedes Mal, wenn ich etwas zur Seite legte, um mich um meine Kinder zu kümmern, vergaß ich oft, was ich eigentlich gerade tun wollte. Wenn ich rausgebracht werde, vergesse ich oft, wo ich gerade war, und beginne etwas Neues. Trotzdem fühlt es sich in meinem Kopf so an, als wären 4927 Tabs offen, ich weiß aber nicht, welche. Das kostet mich verdammt viel Energie. Deshalb meide ich als AD(H)S-Mutter viele Situationen, die für andere Alltagsleben sind. Ich treffe selten nach der Kita Menschen mit oder ohne Kinder. Soziale Interaktion mit Erwachsenen und gleichzeitig auf die Bedürfnisse meiner Kinder einzugehen, kostet mich zu viel Energie. Generell treffe ich selten Menschen, wenn meine Kinder dabei sind. Das hat aber nichts mit meinen Kindern zu tun, sondern mit meinem Umgang damit. Am besten funktioniere ich als Mutter, wenn ich mit meinen beiden Kindern alleine bin. Da kann ich dann Kind sein und mein AD(H)S-Peter-Pan-Symptom richtig ausleben. AD(H)S hält mich eben jung und lässt mich jünger fühlen. Weiß nicht, wie es sich anfühlt, erwachsen zu sein, obwohl ich Mitte 30 bin, zwei Kinder habe, verheiratet bin und in einer sehr erwachsenen Wohnung lebe.

Es war ein endloser Kreislauf von Unterbrechungen und

Neuanfängen. Ich räumte die Spülmaschine aus, wurde von meinen Kindern gerufen und plötzlich befand ich mich dabei, die Wäsche zu machen, ohne mich daran zu erinnern, dass ich noch nicht mit der Geschirrspülmaschine fertig war. Um dem entgegenzuwirken, hatte ich mittlerweile gelernt, die Dinge noch schneller zu erledigen, bevor ich erneut unterbrochen wurde. Ich merkte aber auch, dass ich sehr zickig reagierte, wenn ich bei etwas unterbrochen wurde. Einfach aus dem Wissen heraus, dass ich vergessen könnte, wo ich gerade war. Wenn ich am Handy zum Beispiel eine Nachricht verfasste und mein Mann mich ansprach, dann tippte ich sie noch schnell zu Ende, bevor ich überhaupt mit einem »Ja, was brauchst du?« antwortete. Ich versuchte, die Sache mit der Waschmaschine so schnell wie möglich zu beenden, damit ich sicherstellen konnte, dass ich sie auch tatsächlich abschloss. Denn eins stand fest – wenn ich es nicht sofort erledigte, bestand die große Gefahr, dass ich es vergaß, und am Ende war auch noch mein Mann genervt, dass in der ganzen Wohnung angefangene Häufchen waren, und ich war einfach nur müde, weil ich so viel angefangen hatte. Mein Leben mit AD(H)S fühlte sich an wie eine endlose To-do-Liste, die niemals abgehakt werden konnte, von der ich aber dachte, dass ich sie komplett abhaken könnte. Und genau deshalb war ich immer in Bewegung. So räumte ich zu Hause fast täglich das Innere der Regale, Schränke oder Kinderkleiderschränke auf und um und fand stetig neue Systeme, wie man das alles sortieren konnte. Diese getane Arbeit befriedigte mein Inneres und gleichzeitig war ich dabei so fokussiert, dass ich für meinen Mann oder meine Kinder kaum ansprechbar war. Eine wichtige Lektion, die ich auf meinem Weg gelernt habe, ist die radikale Akzeptanz. Es ist entscheidend, Diagnosen wie AD(H)S nicht nur für mich selbst anzunehmen, sondern auch für alle Menschen in meinem Umkreis, also meinen Mann, meine Freundinnen oder meine Familie. Alle mussten akzeptieren, dass ich so bin, wie ich bin, und mich nicht an ein System anpassen kann, denn genau das machte mich krank. Die radikale Akzeptanz lehrt, unsere Unterschiede zu akzeptieren und zu verstehen, nur so können wir uns gegenseitig unterstützen und ein gutes und harmonisches Familienleben wuppen. Denn letztendlich geht es darum, sich selbst und andere so anzunehmen, wie wir sind, und gemeinsam den Weg zu einem erfüllten und liebevollen Familienleben zu gehen. Oder wie ich immer wieder schreibe: Wir können andere Menschen nicht ändern, nur unseren Umgang damit.

Ich bekam aber auch ein schlechtes Gewissen meinen Kindern gegenüber, denn ich fand durch das Buch »Die Welt der Frauen und Mädchen mit AD(H)S« von Dr. Ismene Ditrich, Dr. Christa Koentges, Dr. Christine Carl und PD Dr. Swantje Matthies heraus, dass AD(H)S recht sicher erblich übertragbar war. Ich machte mir Gedanken darüber, ob meine eigenen AD(H)S-Gene an meine Kinder weitergegeben werden könnten. Ich googelte wild, denn auch das würde so einiges erklären. Auf der einen Seite wollte ich nicht, dass sie dieselben Schwierigkeiten durchmachen mussten, die ich durchgemacht hatte. Aber gleichzeitig erkannte ich auch, dass es eine Chance war, frühzeitig einzugreifen, sollte es bei ihnen Anzeichen von AD(H)S geben. Es wäre toll, das vor der Schulzeit herauszufinden, damit sie selbst wissen, warum sie anders ticken, aber nicht anders sind. Dass AD(H)S eine andere Form von »normal« ist. Wobei es »normal« gar nicht gibt. Das Wort »normal« wurde erfunden, damit wir im Leben nach etwas streben und in Bewegung bleiben. Ich kenne keinen Menschen, der auf das Wort »normal« passt. Mir war bewusst, dass AD(H)S nicht einfach verschwindet, nur weil man es nicht diagnostiziert. Im Gegenteil, unbehandelt können negative Glaubenssätze wie »Ich bin anders« oder »Ich bin nicht normal« oder »Ich bin dumm« tief in die Psyche einbrennen. Und das wollte ich wirklich verhindern. Davor wollte ich meine Kinder schützen. Ich wünschte mir, dass meine Kinder mit Selbstbewusstsein durchs Leben gehen, sich so lieben, wie sie sind, und ihre eigenen Talente entfalten konnten, ohne sich von negativen Gedanken blockieren zu lassen. Ich erkannte aber auch die positiven Seiten von AD(H)S. Ich wusste, dass unsere Gesellschaft von Menschen wie mir profitierte. Die Kreativität, die Spontaneität und der Humor. Wir können in extremen Situationen ruhig bleiben und eine Lösung finden. Ich wollte meinen Kindern vermitteln, dass AD(H)S zwar einige Herausforderungen mit sich bringt, aber man daraus auch Stärke ziehen kann. Spätestens kurz vor der Einschulung meines ersten Kindes möchte ich das sicher wissen. Und so beschloss ich, offen mit meinen Kindern über meine AD(H)S-Diagnose zu sprechen, wenn sie alt genug waren, um es zu verstehen. Ich wollte ihnen vermitteln, dass sie nicht allein sind und dass es okay ist, anders zu sein. Denn ich habe gelernt, dass AD(H)S zwar ein Teil von uns ist, aber nicht unser ganzes Leben bestimmt. Und ich wollte, dass meine Kinder das genauso sehen.

Nach meiner AD(H)S-Diagnose habe ich mich mit den Symptomen auseinandergesetzt und bekam beinahe täglich diese genialen Aha-Momente. Die waren wie kleine Puzzleteile, die mir enthüllten, wer zur Hölle ich war und warum ich so drauf war. Mein ganzes Leben fühlte sich an wie ein endloses Vor- und Zurückspulen einer alten Kassette. Das war einerseits schön und aufklärend, aber andererseits auch verdammt anstrengend. Ständig stellte ich mir die Frage: Bin ich jetzt nur noch AD(H)S? Wer zur Hölle ist die wahre Julia? Auf meiner intensiven Suche stieß ich dann auf das bereits erwähnte Buch »Die Welt der Frauen und Mädchen mit AD(H)S«. Und Leute, das Buch war der absolute Hammer! Es hatte eine heilende Wirkung, es fühlte sich an, als hätte die Autorin ein Buch über sich geschrieben. Und hey, das war sogar das erste Buch, das ich seit dem Einsprechen meines eigenen Hörbuchs gelesen habe. Deshalb dachte ich lange, ich sei dumm. Als AD(H)S-Geplagte ist das Lesen von Büchern meine persönliche Mount-Everest-Herausforderung. Manchmal lese ich eine Seite ungefähr zwanzigmal und es gelingt mir trotzdem nicht, auch nur den Hauch einer Ahnung von dem Inhalt zu haben. Aber wenn mich ein Thema wirklich umhaut, dann bin ich im Flow und sauge alles auf wie ein verdammter Schwamm!

Nun ja, jedenfalls habe ich dieses Meisterwerk verschlungen und dabei gelacht und geweint. Das Buch hat mir einfach mein ganzes Leben erklärt und noch viel mehr. Also legte ich es immer wieder mal beiseite, um die Kapitel und Zeilen zu verdauen. Diese vier Autorinnen, die übrigens an der Universitätsklinik Freiburg in der Abteilung für Psychiatrie und Psychotherapie arbeiten, sind für mich wie Rockstars. Sie wissen genau, was mir noch fehlt, um mein Lebenspuzzle zu vollenden. Ich bin also megastolz, dass ich Dr. Ismene Ditrich, Dr. Christa Koentges, Dr. Christine Carl und PD Dr. Swantje Matthies für ein Interview gewinnen konnte. Das Ding soll nicht nur mir helfen, sondern auch anderen suchenden Menschen, die mit AD(H)S kämpfen, ihre verflixten Puzzleteile zu ordnen. Ich bin wirklich verdammt dankbar für dieses Buch, Leute. Ich habe es ganze zwei Monate lang gelesen und das ist wohl so ziemlich das fünfte Buch in meinem Leben, das ich tatsächlich zu Ende gelesen habe – wenn ich großzügig zähle, versteht sich. Klar.

Interview mit Dr. Ismene Ditrich, Dr. Christa Koentges, Dr. Christine Carl und PD Dr. Swantje Matthies über AD(H)S

Könnt ihr kurz erklären, was genau AD(H)S ist und wie es entstehen kann?

Die Abkürzung AD(H)S steht für die Aufmerksamkeitsdefizit-/Hyperaktivitätsstörung, auf Englisch ADHD, was ausgeschrieben Attention-deficit hyperactivity disorder bedeutet.

Damit die Diagnose gestellt werden kann, müssen mehrere Symptome gemeinsam auftreten, die aus den Bereichen Denken, Aktivität, Impulsivität und Stimmung stammen. Unter den Hauptsymptomen, anhand derer die Diagnose gestellt wird, gibt es zunächst die Aufmerksamkeits- und Konzentrationsprobleme. Damit sind Schwierigkeiten gemeint, die Aufmerksamkeit und die Konzentration über eine längere Zeit auf eine Tätigkeit zu richten, die ohne Neuigkeitswert ist und/oder kein Interesse auf sich zieht. Das können für Kinder Tätigkeiten wie Hausaufgaben machen oder Ausräumen der Spülmaschine sein. Für Erwachsene: Steuererklärung, Zusammenlegen von Wäsche, Haushalt. Das zweite Hauptsymptom der AD(H)S ist die motorische Unruhe, auch Hyperaktivität genannt. Klassischerweise ist damit ein Verhalten gemeint, wie es im »Struwwelpeter« vom Zappelphilipp gezeigt wird: Zappeln, Kippeln, Herumhampeln. AD(H)S kann sich aber auch mehr innerlich zeigen und äußert sich zum Beispiel in einer inneren Unruhe, in einem Sich-getrieben-Fühlen und Unter-Strom-Stehen. Eine motorische Unruhe kann aber auch gänzlich fehlen. Dann reden wir von ADS. Das heißt, bei diesen Personen fehlt die Hyperaktivität und sie entsprechen eher dem Hanns-Guck-in-die-Luft aus dem »Struwwelpeter«. Das dritte Kernsymptom ist die Impulsivität. Gemeint ist damit, dass Betroffene aus dem Affekt, also wenig überlegt und überschießend handeln (mit Türenknallen, Schimpfen, Beleidigungen, Brüllen) reagieren. Über diese drei Hauptsymptome hinaus bestehen noch weitere Schwierigkeiten, die sich zum Teil mit den Hauptsymptomen überschneiden, die jedoch erwähnenswert sind, um die Vielschichtigkeit der AD(H)S abzubilden. Dazu gehören insbesondere Schwierigkeiten in der Emotionsregulation sowie bei

der Priorisierung und strukturierten Abarbeitung von Aufgaben bzw. im Verlieren von Alltagsgegenständen und einer hohen Reizempfindlichkeit.
AD(H)S ist eine Entwicklungsstörung, das heißt, die Schwierigkeiten treten bereits im Kindesalter auf. Aktuell ist festgelegt, dass die Symptome vor dem zwölften Lebensjahr auftreten müssen.
Wie genau AD(H)S entsteht, ist noch nicht ganz geklärt. Es tritt jedoch familiär gehäuft auf und gilt als angeboren. Derzeit wird es als eine »Neurodivergenz« verstanden, also als eine Eigenschaft, die eine neurobiologische Besonderheit bei den Betreffenden darstellt, ohne dass man genau wüsste, welches Gehirnareal dafür zuständig ist.

Wie und wo bekommt man eine AD(H)S-Diagnose?
Kinder- und Jugendlichen-Psychotherapeut*innen und Kinder- und Jugendlichen-Psychiater*innen können diese Diagnose im Kindes- und Jugendalter stellen und im Erwachsenenalter sind die Psychotherapeut*innen und Psychiater*innen die Expert*innen für die Diagnosestellung und Behandlung der AD(H)S. Am besten macht man sich also bei – je nach Alter – einer dieser Fachpersonen einen Termin für ein Erstgespräch und schildert die eigenen Symptome. Eventuell erfolgt eine Überweisung an andere Institutionen oder die Diagnostik startet direkt vor Ort.

Wie reagieren die meisten Patient*innen auf die Diagnose?

Das ist sehr unterschiedlich: Manche sind erleichtert, weil sie jetzt endlich eine Erklärung für so einiges haben und Dinge besser einordnen können. Andere haben mit der Diagnose erst einmal zu kämpfen. Das kommt daher, dass AD(H)S oft als »defizitär« oder »irgendwie falsch« gesehen wird. Deshalb ist es total wichtig, nach einer abgeschlossenen Diagnostik mit den betroffenen Personen gemeinsam zu schauen, was die Diagnose individuell für sie bedeutet, um dann zu überlegen, was es braucht, um sich damit anzufreunden und auf lange Sicht einen guten Umgang zu finden.

Warum wird bei AD(H)S im Erwachsenenalter oft falsch diagnostiziert? Welche Krankheits-/Störungsbilder sind ähnlich?

Es ist nicht untypisch, dass die »Eintrittskarte« bei Erstgesprächen bei den Psychotherapeut*innen und/oder Psychiater*innen erst mal eine andere als AD(H)S ist. Da es eine ganze Reihe an Komorbiditäten gibt, kann es sein, dass die Betroffenen erst mit anderen Arten (also nicht AD[H]S-bedingten) Schwierigkeiten Hilfe suchen und sich erst im Verlauf der Behandlung dieser Probleme herausstellt, dass eine AD(H)S zugrunde liegt oder auch komorbid (d. h. zusätzlich) vorliegt.

AD(H)S kann auch als »Regulationsstörung« verstanden werden (Schwierigkeiten, Gefühle, Motivation, Konzentration zu regulieren) und sich entspre-

chend »an der Oberfläche« als sichtbares Verhalten sehr unterschiedlich zeigen – als Depression, Angst, Zwang, Sucht. Das macht es schwer, es neben den anderen Schwierigkeiten zu erkennen.
Zudem kann sich AD(H)S in verschiedenen Altersphasen mit unterschiedlichen Akzentuierungen zeigen und die Kompensationsstrategien können verschieden ausfallen und unterschiedlich effektiv sein. So kann ich im Grundschulalter meine Konzentrationsprobleme vielleicht mit Neugierde und Interesse noch kompensieren, im Gymnasium wird es dann jedoch schon schwieriger, da die schulischen und sozialen Anforderungen steigen. Solange ich zu Hause wohne und meine Mutter und die Schule mich gegebenenfalls bei meiner Selbststrukturierung (der Hausaufgaben und der Tagestruktur) unterstützen, kann alles noch funktionieren. Fehlt jedoch nach Verlassen der Herkunftsfamilie und der Schule die »Vorstrukturierung«, zum Beispiel zu Beginn des Studiums, und es stellen sich die Aufgaben eines »Erwachsenenlebens«, kommen viele Betroffene an ihre Grenzen und die alten Kompensationsstrategien erweisen sich als nicht mehr tragfähig.
Im Erwachsenenalter können zudem viele Kompensationsstrategien und mühsam erarbeitete Selbstkonzepte die »eigentlichen« (ggf. AD[H]S-bedingten) Schwierigkeiten überlagern, sodass es manchmal etwas dauern kann, den überformenden Versteckstrategien »auf die Schliche« zu kommen. Manchmal sind diese so tief verankert, dass es den betreffenden Personen selbst nur noch bedingt klar ist, warum sie

bestimmte Dinge so und nicht anders empfinden, machen und denken.
Auch aus dem Grund kann eine AD(H)S erst mal unerkannt bleiben.
Zudem sind einige AD(H)S-bedingte Schwierigkeiten sehr schambesetzt (Konzentrationsprobleme, Schwierigkeiten, sich zu motivieren, »Aufschieberitis«, »Fehlleistungen« im Sinne von es nicht schaffen, bestimmte Sachen zu erledigen, wegzuschicken etc.) und werden aus Angst, für »dumm«, »faul«, »unfähig« befunden zu werden oder einfach auch nur »nicht verstanden«, den Therapeutinnen gar nicht berichtet. Sichtbar sind dann vor allem emotionale Regulationsschwierigkeiten, die dem Cluster »Depression«, »Angst/Zwang« und »Sucht« zugeordnet werden können. Weiterhin sind Menschen mit AD(H)S auch vielfach von Gewalt betroffen, da eine AD(H)S das Risiko erhöht, über die Lebensspanne mit traumatischen Ereignissen konfrontiert zu werden. Dann kann eine Traumafolgestörung eine AD(H)S überlagern. Dies gilt auch für Persönlichkeitsstörungen: Die AD(H)S begünstigt die Herausbildung negativer Grundüberzeugungen, dies wiederum begünstigt die Herausbildung von Persönlichkeitsstörungen. Insbesondere bei der Borderline-Persönlichkeitsstörung gibt es einige Überlappungen bei den Symptomclustern (starke Gefühle, Impulsivität) und möglicherweise ist eine AD(H)S erst auf den zweiten Blick erkennbar, zumal die Borderline-Symptomatik sehr prominent ist und mögliche AD(H)S-Symptome dahinter verschwinden können.

Es gibt also eine Reihe von Gründen, weswegen eine AD(H)S übersehen werden kann, und fast alles kann AD(H)S überlagern, da es eine Symptomatik ist, die prädisponierend bei vielen anderen Erkrankungen auftreten kann. Gleichzeitig sind die Symptome einer AD(H)S nicht spezifisch für AD(H)S, das heißt, auch verschiedene andere psychische Erkrankungen können für den Moment wie AD(H)S aussehen, müssen aber ganz anders behandelt werden. Fehldiagnosen können also in beide Richtungen passieren.

Wie kann man die AD(H)S-Diagnose für sich annehmen? Viele verspüren einen starken Leidensdruck mit der Diagnose.

Es ist wichtig, AD(H)S nicht ausschließlich als Schwäche oder als Defizit zu sehen. Klar sind viele Sachen für Menschen mit AD(H)S schwieriger, aber sie hat auch durchaus ihre kreativen, reizvollen und interessanten Aspekte. Außerdem kann man nach einer abgeschlossenen Diagnostik häufig mit den Bereichen, in denen die AD(H)S einem das Leben eher schwerer macht, lernen, besser umzugehen. Also beispielsweise eine Lösung finden (wie, sich einen Wecker zu stellen, wenn es Zeit wird, das Haus zu verlassen) oder auch einfach freundlicher mit sich umgehen (sich nicht fertigmachen, wenn man auf dem Weg zur Küche noch mal umkehren muss, weil man vergessen hat, die leere Kaffeetasse mitzunehmen). Oftmals kommt viel Leid nicht nur durch die Symptome selbst, sondern auch, wie Betroffene dann mit sich umgehen.

Wartelisten jahrelang, wie kommt man schneller an Diagnose? Hacks?

Leider haben wir da auch keine Hacks, die Wartezeiten für eine Diagnostik können echt schlimm lang sein und wir kennen keine verlässlichen »Tricks«, das irgendwie abzukürzen. Wenn man erst in ein paar Monaten einen Diagnostiktermin hat, kann man vielleicht die Zeit dahin schon einmal nutzen, sich mit dem Thema AD(H)S auseinanderzusetzen und zu schauen, in welchen Aspekten man sich wiederfindet, und vielleicht auch schon einmal einen Blick darauf werfen, was helfen könnte. Tipps zur Selbsthilfe im Alltag sind oft auch unabhängig von einer gesicherten Diagnose sehr hilfreich. Therapien oder medikamentöse Behandlungen brauchen natürlich eine gesicherte Diagnose. Da ist es wichtig, sich nicht abschrecken zu lassen und trotz der Wartezeiten dranzubleiben.

Braucht man eine Diagnose, wenn man sich sicher ist, es zu haben, weil Eltern oder Großeltern auch betroffen sind?

Die Frage ist immer, wofür eine Diagnose hilfreich ist. Wenn ich sicher bin, eine AD(H)S oder zumindest bestimmte Aspekte davon zu haben, aber mein Leben damit ganz gut gestalten kann, brauche ich nicht unbedingt eine »offizielle« Diagnose. Wenn es darum geht, in Bezug auf die Fragestellung, ob eine AD(H)S vorliegt, eine echte Sicherheit zu haben – oder auch um eine Behandlung in die Wege zu leiten –, dann braucht es eine Diagnostik, um die Diagnose zu sichern und auch gegenüber anderen Aspekten abzugrenzen.

Wenn man die Diagnose erst im Erwachsenenalter erhält, hatte man dann sicher AD(H)S schon als Kind oder kann das auch später kommen?
Die Diagnose AD(H)S kann im Erwachsenenalter nur gestellt werden, wenn die Symptome bereits im Kindesalter nachweisbar waren. Eine AD(H)S, die erst im Erwachsenenalter beginnt, gibt es nicht. Die Eigenschaften, die eine AD(H)S ausmachen, sind angeboren. Allerdings ist es manchmal so, dass die Beeinträchtigungen durch eine AD(H)S erst in Erscheinung treten, wenn bestimmte Anforderungen an die Betroffene gestellt werden, die mit AD(H)S schwerer zu bewältigen sind. So zum Beispiel nach dem Auszug aus dem Elternhaus, wenn das eigene Leben in all seinen Facetten selbst zu organisieren ist und die vorgegebene Struktur wegfällt.

Und wenn man die Diagnose als Kind erhalten hat, kann es im Erwachsenenalter wieder weg sein?
Die Ausprägung der Symptome kann im Rahmen der Entwicklung zurückgehen oder sich verändern. Das heißt, es kann sein, dass jemand im Kindesalter die diagnostischen Kriterien erfüllt und im Erwachsenenalter nur noch Restsymptome hat und die diagnostischen Kriterien nicht mehr vollständig erfüllt, sodass eine Diagnose nicht mehr gestellt werden kann. Allerdings bleiben die Eigenschaften, die eine AD(H)S ausmachen, Eigenschaften des betroffenen Menschen und gehen nicht ganz weg.

Mit welchen Symptomen kommen Patient*innen auf euch zu?

Viele, die auf uns zukommen, sind im Erleben in erster Linie gestresst. Im Erwachsenenalter zeigt sich die AD(H)S-Symptomatik häufig im Zusammenhang mit Struktur- und Leistungsanforderungen. Wenn die beschützenden und strukturgebenden Rahmenbedingungen des Elternhauses und der Schule wegfallen, werden die Anforderungen an Selbstorganisation höher. Oft wird dann Chaos das vorherrschende Lebensprinzip, sowohl im Hinblick auf die Wohnsituation als auch im Hinblick auf die Planung und Organisation von Aufgaben. Konzentriertes Dranbleiben ist ein Problem. Immer wieder gibt es Konflikte mit Arbeitskollegen wegen der Impulsivität oder mit Freunden aufgrund von Unzuverlässigkeit oder Vergesslichkeit.

Welche Symptome erschweren AD(H)Sler*innen das Leben?

Die Symptome sind in den Symptomdomänen Unaufmerksamkeit und Hyperaktivität/Impulsivität zu finden. Betroffene sind ablenkbar, es fällt ihnen schwer, Aufgaben zu beginnen, bei denen Konzentration gefragt ist. Sie sind unfokussiert, oft unfähig zu planen und organisieren und leben daher »spontan in den Tag hinein«. Sie kommen immer wieder in schwierige Situationen, weil Termine vergessen oder doppelt belegt sind oder Abmachungen vergessen werden.

Auch leiden viele unter Unruhe und können sich nur

schwer hinsetzen und in Ruhe eine Aufgabe bearbeiten oder fertigstellen. Impulsivität (schnelles unüberlegtes spontanes Handeln, ohne die Konsequenzen zu bedenken) führt zu unliebsamen Konsequenzen und auch immer wieder zum Anecken im zwischenmenschlichen Kontext.

Welche Medikamente nehmen AD(H)Sler*innen?

Für die Behandlung der AD(H)S im Erwachsenenalter zugelassen sind Stimulanzien (Methylphenidat und Lisdexamfetamin) und Atomoxetin. Stimulanzien werden in der Regel als erste Wahl bei der Behandlung der AD(H)S im Erwachsenenalter berücksichtigt, es sei denn, es gibt Gründe, die gegen eine Verordnung von Stimulanzien sprechen. Für die Stimulanzien spricht die gute Wirksamkeit und in der Regel auch gute Verträglichkeit. Die Substanzen sind für Erwachsene in verzögert freigesetzten Formulierungen zugelassen. Die Wirkung von Atomoxetin tritt langsamer ein als die von Stimulanzien und muss über einen längeren Zeitraum ausgewertet werden. Oft ist die Wirkung von Atomoxetin für die Betroffenen subjektiv deutlich weniger spürbar als die Wirkung von Stimulanzien.

Kann man AD(H)S auch ohne Medikament behandeln? Keine Lust auf Anpassen ans System.

Selbstverständlich muss niemand AD(H)S-Medikamente nehmen – zumindest alle volljährigen Betroffenen dürfen sich für ein Leben ohne Medikamente entscheiden. Wenn die Medikamente vertragen

werden und wirken, können sie allerdings eine – manchmal große – Unterstützung sein. Neben der Medikation gibt es die Möglichkeit einer psychotherapeutischen Behandlung. Bislang ist der Nutzen der Medikamente allerdings besser belegt als der der Therapie. Es kommt aber auch immer darauf an, wo der Behandlungsbedarf liegt. Während Medikamente im besten Fall das Konzentrationsvermögen direkt beeinflussen, geht es in der Therapie mehr darum, Strategien für den Umgang mit der eigenen Struktur zu erarbeiten. Auch Folgeprobleme, die durch die AD(H)S entstanden sind, können in der Psychotherapie angegangen werden. Toll wäre natürlich eine Kombination aus beidem.
Zum Anpassen an das System ist zu sagen: Viel Leid kann verhindert werden, indem die Betroffene eine für sich geeignete berufliche Nische findet, in der die Anforderungen zu den eigenen Fähigkeiten passen. Sich an das trotzdem oft nicht AD(H)S-freundliche System nicht anpassen zu wollen, muss man sich aber erst einmal leisten können. Die meisten Betroffenen haben den Wunsch, innerhalb des Systems zu funktionieren.

Und welche Symptome sind die Superkräfte von uns AD(H)Sler*innen?

AD(H)Sler*innen haben definitiv ein paar Superkräfte auf Lager! Nur um die Störung nicht zu verharmlosen: Sie lassen sich leider nicht immer auf Knopfdruck abrufen und haben teilweise auch Nebenwirkungen. Wenn es aber läuft, dann richtig.

Dafür haben wir in unserem Buch den sogenannten »Oktopus-Modus« ins Leben gerufen. Wenn sie im Flow sind, können sie besonders schnell und effektiv verschiedenste Dinge mit ihren acht Armen wuppen. Als Beispiel hatten wir dafür eine Betroffene beschrieben, die erfolgreich in der Notaufnahme arbeitet und in dem Setting super funktioniert. Aber klar, danach ist sie supererschöpft. Es gibt weitere Sonnenseiten eines AD(H)S-strukturierten Gehirns wie zum Beispiel Spontaneität, erhöhte Kreativität durch vernetztes Denken, Hilfsbereitschaft, schnellere Reaktionsfähigkeit und die Bereitschaft, immer wieder was Neues auszuprobieren.

Welche Therapieform empfiehlt ihr bei AD(H)S?
Grundsätzlich kommen eine medikamentöse Behandlung und eine Psychotherapie infrage. Zu den Medikamenten haben wir weiter oben ja schon etwas gesagt. Mit der Psychotherapieform ist es so eine Sache: Wir wissen um die schlechte Verfügbarkeit von Psychotherapieplätzen und können daher kaum guten Gewissens spezielle Methoden empfehlen. Ein Therapieplatz bei einer Behandlerin oder einem Behandler, der oder die sich mit AD(H)S auskennt, ist super, egal welcher Therapieschule die Person angehört – solange die Zusammenarbeit sich passend anfühlt. Es gibt Behandlungsmanuale für kognitive Verhaltenstherapie speziell bei AD(H)S. Grundsätzlich sollten zu einer Psychotherapie Bausteine gehören wie Psychoedukation (sich also gut mit AD(H)S auskennen lernen), Strategien zur Stressbewälti-

gung, Umgang mit Impulsivität und Gefühlen sowie Selbststrukturierung. Wir haben auch gute Erfahrungen mit Achtsamkeitselementen gemacht.

Durch AD(H)S fällt mir Lesen und das Aufnehmen der Inhalte wirklich schwer. Ich glaube auch, dass ich eine undiagnostizierte Dyskalkulie habe. Wie oft kommt das bei AD(H)Sler*innen vor?

Lernstörungen wie Legasthenie (Lese-Rechtschreib-Schwäche) und Dyskalkulie (Rechenschwäche) sind ungefähr so häufig wie AD(H)S. Es wird geschätzt, dass 20–60 % der von AD(H)S betroffenen Personen zusätzlich eine Lernstörung haben. Es ist noch nicht nachgewiesen, dass diese Häufung auf gemeinsamen Ursachen beruht. Aufgrund von Symptomüberlappungen können AD(H)S und Lernstörung manchmal gar nicht so einfach auseinandergehalten werden.

Der Zusammenhang zwischen AD(H)S und Dyskalkulie ist weniger gut erforscht als der Zusammenhang zwischen AD(H)S und Legasthenie. Die bisherigen Ergebnisse sind widersprüchlich: Manche Untersuchungen fanden eine erhöhte Komorbiditätsrate von Dyskalkulie und AD(H)S, andere nicht.

Kennt ihr eine gute Familien-Orga, wo ein Elternteil AD(H)S hat?

Wir bekommen durch unsere Arbeit und auch durch die Beschäftigung mit der Thematik natürlich viele Einblicke in die Alltagsstrukturierung von Familien mit AD(H)S-Betroffenen. Da gibt es immer wieder tolle und auch kreative Ideen, wie mit einzelnen AD(H)S-Features umgegangen werden kann. Wie gut der Alltag funktioniert, hängt natürlich von vielen Faktoren ab, wie zum Beispiel auch davon, welche Anforderungen von außen gerade auf so ein Familiensystem einprasseln. Das klappt meistens mal besser und mal schlechter. Es gibt insgesamt viel Literatur mit Tipps, was Familien konkret tun können, auch im Internet finden sich viele Ansatzpunkte (z. B. auf www.adhs.info). Ein allgemeiner Hinweis könnte sein, möglichst alles auszuprobieren, was irgendwie denkbar und sinnvoll scheint (also ruhig auch, kreativ zu sein), und gleichzeitig damit umgehen zu lernen, dass es auch bei der besten Orga alles mal zu viel, zu laut, zu chaotisch, zu … ist.

Wie sicher werden Kinder von AD(H)Sler*innen auch AD(H)S bekommen?

Das ist von einer Mehrzahl von Faktoren abhängig und lässt sich deshalb nicht so ganz genau sagen, bzw. unterschiedliche Studien kommen zu etwas unterschiedlichen Ergebnissen. Neben genetischen Aspekten, deren Einfluss erwiesen ist, spielen auch Faktoren rund um die Schwangerschaft und die Geburt eine Rolle. Einen Unterschied macht natürlich auch, ob ein Elternteil betroffen ist oder beide. Pauschal kann man sagen, dass das Risiko schon deutlich erhöht ist und, andersherum, dass bei Kindern mit AD(H)S häufig auch (mindestens) ein Elternteil betroffen ist.

Wie bewältigen andere Betroffene ihre AD(H)S-Symptome? Was ist gefährlich?

Es gibt verschiedene Möglichkeiten, eigene AD(H)S-Symptome zu bewältigen, oftmals geht es dabei um Stimulation oder »Runterkommen« sowie um eine Steigerung der Konzentrationsfähigkeit. Viele Betroffene machen ganz intuitiv das, was ihnen guttut, also bauen beispielsweise viel Sport in ihren Alltag ein. Das ist häufig erst mal ganz konstruktiv, kann dann aber natürlich irgendwann kippen, wenn es zu viel, zu exzessiv oder zu gefährlich wird. Schwierige bis hin zu gefährlichen Bewältigungsstrategien sind zum Beispiel Hochrisikoverhalten (wie schnelles Autofahren, gefährliches Klettern oder Balancieren usw.), Konsum von Drogen oder Alkohol oder ein stundenlanges »Versumpfen« in Computerspielen oder am Handy.

Wie kann man es schaffen, davon wegzukommen? (Falls Handy, Alkohol, Drogen)

Die Frage ist zunächst, welche Funktion das problematische Verhalten hat. Also, was bezwecke ich damit? Oftmals geht es, wie oben besprochen, um eine Balance aus Stimulation und Entspannung. Dann kann man sich fragen: Wie könnte ich dieses Ziel anderweitig erreichen? Also wenn ich tagsüber öfter aufgedreht bin, nicht abschalten kann und abends Alkohol brauche, um runterzukommen, könnte ich vielleicht überlegen, was mich sonst noch runterbringt bzw. beruhigt (etwa regelmäßiges Meditieren, Yoga, Malen, Nähen ...). Und dann kann ich versuchen, weniger problematische Alternativen in den Alltag einzubauen. Wichtig ist zu verstehen, dass ein problematisches Verhalten immer eine Funktion (also kurzfristig durchaus einen Sinn) hat, und diese Funktion braucht quasi eine Art »Vertretung«. Durch einfaches Weglassen einer Verhaltensweise, ohne sich die Funktion in Bezug auf die AD(H)S bewusst zu machen, fehlt meistens etwas, sodass das Durchhalten schwerfällt.

Gibt es wissenschaftlich schon Infos zum Thema AD(H)S und PMS oder AD(H)S und der Zyklus?

Ja. Bekannt ist ein Zusammenhang zwischen Dopamin und den Sexualhormonen, die im weiblichen Zyklus fröhlich rauf- und runterschwanken. Sexualhormone beeinflussen wiederum die Dopaminfreisetzung im Gehirn. Da der Dopaminmangel die AD(H)S-Symptomatik bedingt, ist das natürlich ungünstig für die Frauen mit AD(H)S-Symptomatik. Vor allem in der zweiten Zyklushälfte, der sogenannten Lutealphase, verschlechtern sich die Stimmung und die kognitive Leistungsfähigkeit. Das gilt auch für Frauen ohne AD(H)S, betrifft aber jene mit AD(H)S plausiblerweise besonders stark. Die Symptomatik kann also im Monatszyklus deutlich schwanken. Aber auch über die Lebensspanne unterliegt der Hormonhaushalt starken Schwankungen, zum Beispiel in der Pubertät und den Wechseljahren. Ganz zu schweigen von Schwangerschaften und Geburten.

Medikament und Zyklus. Muss man bei PMS mehr nehmen?

Dafür gibt es keine wissenschaftlichen Untersuchungen. Was nicht heißt, dass es nicht funktionieren könnte, aber es gibt keine Empfehlung diesbezüglich. Veränderungen in der Dosierung müssen immer individuell mit den Behandler*innen abgesprochen werden. Bei einer PMDS (prämenstruelle dysphorische Störung) mit erheblichen Stimmungseinbrüchen gibt es eine Empfehlung für eine Behandlung mit Antidepressiva aus der Gruppe der Serotonin-Wiederaufnahmehemmer. Es ist nicht explizit belegt, dass sich diese Behandlung auch positiv auf die AD(H)S-Symptomatik auswirkt. Aber da eine Verschlechterung der Konzentration auch ein typisches Depressionssymptom ist und sich bei AD(H)S die Symptomatik unter dem Einfluss depressiver Symptome verschlechtert, könnte das ein sinnvoller Ansatz sein.

AD(H)S und Sex: Gibt es dazu schon wissenschaftliche Infos? Gedanken-Karussell.

Menschen mit AD(H)S zeigen ihre Symptome typischerweise in allen Lebensbereichen. Also auch im Bett. Es kann zu vermehrter Ablenkung durch eigene Gedanken kommen, im schlechtesten Fall Gedanken, die die Lust bremsen.

Auf wissenschaftlicher Ebene sind vor allem sexuelle Störungen bei AD(H)S untersucht worden. Sowohl Hypersexualität, also ein gesteigertes Verlangen, als auch das Gegenteil (Hyposexualität) kommen vermehrt vor bei AD(H)S. Auch riskantes sexuelles Verhalten ist ein wichtiges Thema, vor allem für Frauen mit AD(H)S, die vermehrt ungeplant schwanger werden oder sich auf der Suche nach Kicks ungewollt in gefährliche Situationen begeben (Stichwort Gewalt und Geschlechtskrankheiten).

Warum fühlt man sich mit AD(H)S wie Peter Pan 4 ever young?

Es berichten tatsächlich viele Menschen mit AD(H)S, dass sie sich geistig deutlich jünger fühlen, als der Personalausweis vermuten ließe. Dabei geht es wahrscheinlich viel um AD(H)S-Eigenschaften, die man eher Kindern oder Jugendlichen zuschreibt: so etwas wie Interesse, Neugier, Begeisterungsfähigkeit, aber auch das Talent, immer mal wieder ganz im Moment aufzugehen und sich beispielsweise echt und aufrichtig an einem blühenden Gänseblümchen zu erfreuen. Dagegen sind so Dinge wie Planen, Disziplin, Orientierung an langfristigen Zielen eher Aspekte, die man dem Erwachsensein zuschreibt und die nicht unbedingt die Stärken vieler AD(H)S-Menschen abbilden. Und gerade mit diesen »Erwachsenen-Dingen« fühlen sich viele überfordert (wie durch das absolute Klassiker-Beispiel mit der Steuererklärung). Umso wichtiger ist es, sich die andere Seite zu bewahren und die kindlich oder jugendlich anmutenden Aspekte weiter zu pflegen.

Wie kann ich als Lehrer*in Kinder mit AD(H)S fördern und fordern?

Grundsätzlich stehen viele Anforderungen des Schulalltags eher im Gegensatz zu dem, wie ein AD(H)S-Gehirn gut funktioniert – etwa eine Schulstunde lang auf dem Platz sitzen zu bleiben, stellt viele Schüler*innen mit AD(H)S vor eine echte Herausforderung. Eine Frage kann hier immer sein, inwiefern es möglich ist, in dem vorgegebenen Rahmen, den die Schule bietet, der AD(H)S irgendwie entgegenzukommen: Kann ich das Kind Arbeitsblätter austeilen lassen, damit es mal aufstehen kann? Kann es manche Aufgaben im Stehen lösen, solange es andere Kinder nicht stört? Ist es vielleicht hilfreich, etwas zum Kneten in der Hand zu haben? Auch hier gibt es viele Tipps und Ratgeber für Lehrer*innen, wie sie den Kindern, aber im besten Fall natürlich auch sich selbst das Schulleben etwas erleichtern können.

AD(H)S und Auto fahren? Wie mit Reizen umgehen?

Beim Autofahren, wie generell bei der Teilnahme im Straßenverkehr, prasseln viele Reize auf einen ein, die in kurzer Zeit sortiert und verarbeitet werden müssen. Das kann für Menschen mit AD(H)S manchmal schwierig sein. Wichtig wäre zunächst, sich dessen bewusst zu sein und der Problematik Rechnung zu tragen, indem man versucht, möglichst wach und gleichzeitig entspannt zu sein. Also konkret: Bevor ich mich in der Münchener Innenstadt auf Parkplatzsuche mache, vielleicht einmal kurz durchzuatmen, nützliche Musik einzulegen oder das Fenster herunterzukurbeln, um mehr Sauerstoff zu bekommen. Oder, wenn möglich, einen Fahrerwechsel zu machen. Manche Menschen mit AD(H)S neigen zu einer eher ruppigen, impulsiven oder risikoreichen Fahrweise. Wenn das der Fall ist, sollte man sich während des Fahrens immer wieder überprüfen: Habe ich meine Fahrweise noch im Griff? Wie hoch ist die Geschwindigkeit? Hohe Geschwindigkeiten dienen Fahrer*innen mit AD(H)S häufig zur Stimulation, also grob gesagt, um wach und aufmerksam zu bleiben, was natürlich gefährlich werden kann. Die Frage ist dann: Kann ich diese Stimulation auch anderweitig erzielen, durch laute Musik oder einen Espresso oder ein Kaugummi? PS: Das alles gilt im Übrigen auch für Fahrradfahrer*innen! Grüße aus Freiburg Fahrradstadt.

Autismus und AD(H)S: Gibt es da einen Zusammenhang?

Es gibt auf mehreren Ebenen Zusammenhänge zwischen Autismus und AD(H)S, obwohl sie sich in den Kernsymptomen stark unterscheiden. Beide zählen zu den Entwicklungsstörungen. Das heißt, sie beginnen früh und ändern sich im Laufe des Lebens nicht grundlegend.

Auf Symptomebene gibt es einige Überlappungen und einige Ähnlichkeiten, zum Beispiel exekutive Dysfunktion, verzögerte Entwicklung von Sprache und motorischen Fähigkeiten und eine erhöhte Empfindlichkeit gegen äußere Reize.

Auf der Entstehungsebene gibt es gemeinsame Risikofaktoren wie zum Beispiel ein niedriges Geburtsge-

wicht oder die Einnahme von Medikamenten in der Schwangerschaft. Sowohl Autismus als auch AD(H)S treten familiär gehäuft auf und Familienmitglieder von Personen mit Autismus haben ein erhöhtes Risiko für AD(H)S. Genetische Untersuchungen haben Hinweise auf gemeinsame genetische Risikofaktoren für Autismus und AD(H)S gefunden.
AD(H)S ist bei Menschen mit Autismus eine der häufigsten Nebendiagnosen. Es gibt also Personen, die beide Diagnosen haben. Interessanterweise war die doppelte Diagnosestellung vor nicht allzu langer Zeit noch unzulässig.

Tritt AD(H)S im Rudel auf? Und warum?

Ja, das hören und erleben wir öfter. Das liegt sicher zum einen an der familiären Häufung. Gleichzeitig gibt es natürlich Umgebungen, die mehr oder weniger AD(H)S-freundlich sind. Oder, klischeehaft gesagt: In einer Firma zur Herstellung von Bürobedarf findet man sicher prozentual weniger Menschen mit AD(H)S als etwa in einer Boulderhalle. Das heißt, es gibt eher gewisse Schnittmengen, was Interessen, Engagements, Hobbys oder Studiengänge angeht. Zudem gibt es sicher auch eine Art von Passung, die dazu führt, dass Menschen, die ähnlich gepolt sind, in gewisser Hinsicht auch eher gut miteinander klarkommen oder ganz funktional mit dem Chaos der anderen Person umgehen können.

Morgenvisite. Wir sollten sagen, wie wir uns fühlten. Ich ging in meinem Kopf alle Gefühle durch, die ich kannte, aber ich wusste einfach nicht, wie ich mich fühlte. Ich kann bis heute nur wenige Gefühle nennen, wenn ich gefragt werde, wie ich mich fühle. Irgendwie ... normal? Ist das eher schlecht oder eher gut? Mir war aber gleichzeitig übel und ich war nervös und weinerlich. Aber warum? Was war passiert? Mein AD(H)S-Medikament war kürzlich höher dosiert worden, vielleicht waren das hier gerade Nebenwirkungen? Oder hatte ich mich übernommen? Ich hatte mir die Woche ziemlich vollgepackt. Montags nach der Klinik musste ich zwei Instagram-Werbekooperationen aufnehmen, Dienstag wollte ich zum ersten Mal wieder ins Büro, Mittwoch war Elternabend und abends wollte ich mit Geschäftspartnerinnen essen gehen, Donnerstag wieder Instagram-Werbungen aufzeichnen und Freitag wollte ich gern was mit den Kindern machen. Eine sehr volle Woche, keine Zeit zum Verarbeiten, keine Zeit für mich. Das Arschloch in mir drin schrie mich aber gleichzeitig an: DU MACHST DOCH IN DER KLINIK GENUG FÜR DICH. DU EGOSCHWEIN! DU MUSST JETZT WIEDER INS NORMALE LEBEN ZURÜCK.

Am Wochenende dieser fünften Klinikwoche war ich zu einem Chorevent eingeladen. Ich hatte früher im Berliner Kneipenchor gesungen, für den man sich wöchentlich im Hinterraum einer Kneipe traf und Popmusik-Stücke probte, um diese dann auf Kneipentouren und anderen Events zu präsentieren. Der Chor war für mich gleichzeitig Hobby und Therapie und ich erlebte dort ein unglaublich schönes Team-Gefühl, was ich so danach nie wieder hatte. Deshalb kam mir die Einladung in dieser schweren Zeit sehr gelegen. Es wurden zehn Jahre Berliner Kneipenchor gefeiert und alle alten Chormitglieder wurden dazu eingeladen, vier Lieder auf der Bühne mitzuträllern. Es war ein großes Klassentreffen, nur in schön.

Da ich während der Therapiezeit keinen Alkohol trank, konnte ich mir keinen antrinken, um gut gelaunt, selbstbewusst und lustig zu sein. Ich war eigentlich noch nicht bereit für ein Event, bei dem viele Leute auf der Bühne standen und noch viel mehr Menschen im ausverkauften Klub zuhörten. Im Publikum waren auch einige Follower*innen, die mich erkannt und angesprochen hatten. Da wollte ich dann natürlich die normale Julia spielen, die sie von Instagram kannten, und nicht die Julia abgeben, die gerade aus der Klinik kam und ganz sensibel und zerbrechlich war. Später lernte ich, dass ich mich an schlechten Tagen oft selbst gespielt und mir das sehr viel Energie geraubt hatte. Deshalb war es wichtig für mich, auch diese Version von Julia anzuerkennen, negative Gefühle zuzulassen und mich nicht zu verstecken. Es war so anstrengend, allen Menschen immer zu erklären, dass ich keinen Alkohol trank: »Nein, ich bin nicht schwanger.« Außerdem hatte ich einigen von der Tagesklinik und all meinen Diagnosen erzählt. Davor hätte ich mich schützen können. Habe ich aber nicht. Der Abend war also extrem anstrengend für mich.

Ich war noch gar nicht bereit fürs normale Leben. Das merkte ich eben auf solchen Events oder wenn ich mit Freund*innen zusammen war. Die neue Medikation und das Verarbeiten der Therapie, das war alles ganz schön nervenaufreibend. Nach der Klinik noch Mutter von zwei Kindern sein, das war alles, was ich noch leisten konnte. Und das ist ja wohl auch wirklich viel. Warum dachte ich aber, dass ich schon wieder die alte Julia sei? Und war es nicht supergefährlich, wieder ins alte Leben zu gehen, als wäre nichts gewesen? Da stolperte ich doch direkt wieder in meine alten Muster rein. Wenn es mir in der vorletzten Klinikwoche noch so ging, wie sollte es denn dann werden, wenn ich die Klinik verließ? Ich hatte große Angst vor der Zeit danach. In der Klinik fühlte ich mich wie ein Kind, das an die Hand genommen wurde und manchmal sogar in den Arm. Und das, obwohl ich Körperkontakt nicht so gerne mag. Hier konnte ich sein, wer ich wirklich bin, mit all meinen Fehlern und Gefühlen. Hier wurde ich nicht dafür verurteilt. Musste ich ins kalte Wasser springen? Musste ich erwachsen sein und »draußen« klarkommen? Mir wurde dann erst klar, dass ich nicht »fertig« sein würde, wenn ich die Klinik verlassen würde. Es ist unfassbar viel Arbeit, aus alten Mustern auszubrechen, die mich seit 33 Jahren begleiteten. Aber vielleicht hatte ich in der Tagesklinik neue Skills gelernt, die ich da draußen anwenden konnte. Ich begab mich auf die Suche, um die beiden Welten vorsichtig zu vereinen.

Ein Montag in der vierten Klinikwoche

An diesem Morgen war ich meinem Sohn gegenüber sehr unfair und viel zu laut. Ich war völlig erschöpft vom Verarbeiten der Klinikzeit, vom Arbeiten nach der Klinik und von den gefühlt endlosen Aufgaben als Mutter. Und dann, mitten in diesem Chaos in meinem Kopf, geriet ich an einen Punkt. Mein dreijähriger Sohn, ein wirklich toller Junge, dessen *Sims*-Energiebalken immer gefüllt war, schien sich an diesem für mich stressigen Morgen besonders viel Zeit zu lassen. Ich, die zartbesaitet war, konnte negative Stimmungen kaum ertragen. Bei jedem Konflikt, bei jeder Kleinigkeit, die nicht nach meinem Plan verlief, fühlte es sich an, als würden meine Nerven blank liegen. Aber an diesem Morgen schien alles schiefzugehen. Ich versuchte, ruhig zu bleiben, aber die Ungeduld und Unruhe in mir wuchsen und wuchsen und wuchsen und wuchsen und ich spürte, wie die Spannung in mir stieg. Mein Sohn schien meine innere Unruhe zu spüren und reagierte, indem er noch langsamer wurde. Ein Teufelskreis. Mein Geduldsfaden riss. Ich wurde lauter, als ich es sein wollte. Ein Schrei entfuhr mir und ich konnte die Worte, die ich an mein Kind richtete, nicht zurücknehmen. In diesem Moment fühlte es sich an, als wäre die ganze Welt gegen mich. Dabei war es einfach ein Schrei nach Hilfe. Der Blick in die Augen meines Kindes traf mich mitten ins Herz. Sofort überkam mich eine tiefe Scham. Schuldgefühle fraßen mich von innen auf. Wie konnte ich nur so laut werden, wie konnte ich mein eigenes Kind anschreien? Irgendwie fühlte es sich auch an, als hätte ich mein inneres Kind angeschrien. Also hatte ich sogar zwei Kinder angeschrien. Die Stunden danach waren eine Mischung aus Reue, Selbsthass und Traurigkeit. Als Mutter wollte ich doch nur das Beste für mein Kind. Und doch hatte ich an diesem Morgen versagt. Dachte ich. Aber ich wusste, dass ich an mir arbeiten wollte, um nicht erneut an diesen Punkt zu gelangen. Die Schuldgefühle begleiteten mich noch superlange, aber ich war entschlossen, aus meinen Fehlern zu lernen und eine bessere Mutter zu werden. Außerdem wusste ich, dass ich zu dieser Zeit mein Allerbestes gab. Das war auch Stress, weil ich nicht mit ihm in der Situation, in dem Moment, sondern im Kopf ganz woanders war. Als ich ihn in der Kita abgeben wollte, war er total traurig. Ich hatte deshalb so schlimme Schuldgefühle, dass mein erster Impuls war, shoppen zu gehen. Ich dachte, ich muss mir was Gutes tun. Ich nutzte shoppen als Emotionsregulation, was ich später noch lernen sollte. Neue Sachen lösten in mir kurzfristig ein gutes Gefühl aus, das konnte neue Kleidung sein, aber auch einfach ein Käse im Supermarkt. Hauptsache, Konsum. Oft suchte ich sogar nach Gründen, dass die Kids dringend etwas Neues brauchten, damit ich losziehen und mir ein gutes Gefühl kaufen konnte. Mir war auch schon aufgefallen, dass ich Spielzeug oder Kinderkleidung unbewusst für mein inneres Kind kaufte. Ich shoppte Dinge, die ich selbst nicht haben durfte, oder Dinge, die mich an meine eigene Kindheit erinnerten. Ich copy-paste meine Kindheit, weil ich ganz viel davon in magischer Erinnerung trage. Meine *Polly-Pocket*-Sammlung, die bunten *Oilily*-Kleider, die *Diddl*-Mappe, Stoffsticker. Dinge aus meiner Kindheit lösten richtig gute Gefühle in mir aus.

Da ich in der Tagesklinik gelernt hatte, das Gegenteil von dem Verhalten zu tun, was mir kurzfristig ein gutes Gefühl gibt, aber langfristig schadet, entschied ich mich nach der Stresssituation »Kind in der Kita abgeben« gegen den Konsum und für bewusstes Glotzen. Ich ging durch viele kleine Läden und schaute mir viele schöne Dinge an. Dort hätte ich mindestens sieben Teile kaufen können. Shit! Ich bin dann heulend durchs Shopping-Center gelaufen, weil meine

Schuldgefühle mich von innen nach außen fast aufgefressen hätten. Ich dachte, ich sei eine schlechte Mutter, und steigerte mich so hinein, dass ich in ein tiefes Loch stürzte. Ich musste lernen, meine Emotionen selbst zu regulieren, was sich als sehr schwere Aufgabe erwies. Das war wirklich harte Arbeit, aber jede einzelne Therapiestunde wert.

Der Pausenraum

Der Pausenraum in der Tagesklinik war mein Lieblingsort. Optisch war es ein hässlicher Büroraum mit grauem Teppichboden, Ledersofas und einem Holztisch in der Mitte, auf dem viele Puzzles und Psychologie-Magazine lagen. Auf dem Tisch stand ein Trockenblumenstrauß, der meinen mentalen Zustand gut beschrieb. Etwas weiter vorne im Flur war die Kaffeeküche, wo man manchmal eine Patientin fluchen hörte, wenn der Kaffee wieder leer war, den sie jeden Morgen für alle machte. Sie ärgerte sich, dass sie immer den Kaffee aufsetzte, aber selbst keinen Kaffee mehr abbekam. Alleine das brachte mich jeden Morgen zum Lachen. Im Pausenraum kamen täglich morgens, mittags und nachmittags Klient*innen zusammen, um Luft zu holen, zu verarbeiten, sich auszutauschen und, vor allem, um zu lachen. Ja, richtig gelesen, wir haben in der Tagesklinik jede Menge gelacht. Es war kein aufgesetztes, nervöses oder manisches Lachen, das oft mit psychischen Gesundheitsproblemen in Verbindung gebracht wird, nein, es war ein aufrichtiges, echtes Lachen, das durch die Flure hallte.

Im Pausenraum saßen Menschen mit den unterschiedlichsten Hintergründen und Geschichten. Alle Altersklassen, alle Geschlechter, alle Berufsgruppen. Gemeinsam bildeten wir eine bunte Clique, die alle auf ihre eigene Weise versuchten zu heilen oder kämpfen. Hier war es erlaubt, über unsere Ängste zu sprechen, aber auch über die absurden Kleinigkeiten des Alltags zu lachen. Wir haben uns gegenseitig unterstützt, wenn es mal wieder bergab ging, und haben uns mit unseren kleinen Fortschritten gefeiert, als wären es Olympiamedaillen. Ich erinnere mich an den Tag, an dem ich nach der Klinik zum ersten Mal in mein Büro wollte, um mit meinen Mitarbeiterinnen zu sprechen. In der Klinik am Vormittag war ich sehr entschlossen und zuversichtlich, dass ich nach der Klinik hingehen würde. Alle Klient*innen und Therapeut*innen der Station wussten davon und wünschten mir viel Erfolg. Eine andere Klientin, die auch wegen eines Burnouts da war, unterstützte mich hier besonders, weil sie das auch schon hinter sich hatte. Doch auf dem Weg dahin schnürte mir ein Gefühl plötzlich den Atem ab, ich bekam einen starken Druck auf der Brust und konnte kaum atmen. Ich brach zusammen. Eine Panikattacke. Damit hatte ich nicht gerechnet, ich wollte zurück in die Klinik, aber die Schuld- und Schamgefühle kochten in mir über. Ich schluchzte und konnte nicht sprechen. Ich bat meinen Mann, meinen Mitarbeiterinnen Bescheid zu sagen, dass ich es nicht ins Büro schaffte. Ich zitterte am ganzen Körper. Die Vorstellung, in mein Büro zu gehen und mich mit der Arbeit zu beschäftigen, die mich ins Burnout gebracht hatte, ließ mich zu Boden fallen. Am nächsten Tag kam ich verheult in die Klinik. Die Klient*innen konnten mir ansehen, dass ich es nicht geschafft hatte. Alle begegneten mir mit Respekt. Patient*innen, die mir mittlerweile näherstanden, umarmten mich einfach fest.

Eine sagte: »Beim nächsten Mal schaffst du es, das gehen wir noch mal zusammen durch, sobald du das möchtest.«

Es war so krass, so ein Auffangnetz in der Klinik zu wissen, während die Menschen »im echten Leben« teilweise enttäuscht von mir waren, weil sie die Situation nicht greifen konnten. Der Pausenraum war unser sicherer Hafen. Dort fühlte es sich an, als würden wir uns alle schon ewig kennen. Dort konnten wir von Anfang an direkt deep diven und konnten deshalb den Small Talk überspringen. In diesem Raum haben wir nicht nur über unsere Probleme geredet, sondern auch über unsere aktuellen Lieblingsserien oder unsere crazy Hobbys. Wir lernten von- und miteinander. Wir ermutigten uns gegenseitig, unsere Therapie-Hausaufgaben zu erledigen, und amüsierten uns über die absurden Aufgaben, die unsere Therapeut*innen manchmal für uns hatten. Da gab es keine Scham, keine Vorurteile. Auch in den dunkelsten Zeiten des Lebens gibt es Raum für Humor. Auch in der dunkelsten Zeit kann ein Mensch »ganz normal« sein. Der Pausenraum in der Tagesklinik war unser Beweis dafür.

Vorletzte Woche Tagesklinik, Donnerstag: die Harmoniesucht

Als ich am vorletzten Donnerstag meiner Tagesklinikzeit nach Hause lief, dachte ich über meine Konfliktunfähigkeit und die damit verbundene Harmoniesucht nach. Ich fühlte mich harmoniesüchtig.

Mir fiel es verdammt schwer auszuhalten, wenn andere Menschen traurig, wütend oder gar aggressiv waren. Negative Gefühle konnten mich im schlimmsten Fall dazu führen, dass ich mich depressiv fühlte. Durch meinen nicht vorhandenen AD(H)S-Reizfilter konnte ich negative Vibes auch extrem schnell spüren. Wenn also jemand schlecht drauf war, übernahm ich sofort die Verantwortung für diese Stimmung und tat alles, um sicherzustellen, dass die Person sich besser fühlte. Egal, ob ich die Person gut kannte oder nicht. Dabei vergaß ich völlig meine eigenen Bedürfnisse und ging gnadenlos über meine eigenen Grenzen.

Warum war das so? Nun, ich vermute, dass ich das schon als kleines Kind gelernt hatte. Wenn es jemandem schlecht ging, war es meine Mission, die Situation zu retten. Das machte mich wahrscheinlich zu der lustigen Person, die ich heute bin. Wer kennt ihn nicht, den Klassenclown? Nun, das war ich. Ich fand in dieser Rolle meinen Platz in Gruppen aller Art. Ich wollte einfach, dass sich alle wohlfühlten. Aber hey, mal ehrlich, oft ging es mir dabei auch darum, dass ich mich wohlfühlte. Ich bezog die schlechten Stimmungen anderer so krass auf mich, dass ich sie einfach übernehmen musste. Wenn irgendjemand sauer oder traurig war, übernahm ich sofort die Verantwortung dafür, dass sich diese Person wieder gut fühlte. Meine eigenen Probleme schob ich dabei gekonnt beiseite und war viel mehr bei den anderen. So war das auch bei meinen Kindern. Sobald ein Kind traurig, schlecht gelaunt oder wütend war, tat ich alles dafür, dass das Kind schnell wieder zur besten Laune fand. Damit gab ich meinen Kindern auch das Gefühl, dass nicht alle Gefühle richtig und wichtig sind. Also fand ich für mich heraus, dass erst, wenn ich meine negativen Gefühle anerkenne, ich lernen kann, diese auch auszuhalten.

Als ich also nach Hause lief, dachte ich an das Therapiegespräch, das kurz vorher stattgefunden hatte. Meine Therapeutin und ich sind einen Konflikt durchgegangen, den ich gerade hatte. Oder den ich zumindest fürchtete. Manchmal fand das auch alles nur in meinem Kopf statt. Deshalb distanzierte ich mich oft von Menschen, weil ich dachte, dass es Probleme gäbe und ich mich den Konflikten einfach nicht stellen konnte. In meinem Kopf war eine Stimme, die ich nicht ruhigstellen konnte. Diese Stimme steigerte sich in verschiedene Menschen in meinem Umkreis und Situationen hinein und sagte mir, dass meine Freundin oder mein Freund sauer auf mich waren. So brachte mich die Stimme zur Isolation, denn ich hatte Angst davor, negative Gefühle zu spüren. Ich ging also mit meiner Therapeutin verschiedene Möglichkeiten durch, wie das Gespräch mit einer konfliktbehafteten Person verlaufen könnte. Wenn sie böse reagieren würde, was würde ich dann sagen? Wenn sie traurig wäre, was würde ich dann sagen? Wenn es ein ganz normales, gut gelauntes Gespräch würde, wie würde ich dann reagieren? Wir spielten durch, wie ich die Person anrufen und sie fragen würde, wie es ihr ginge und in letzter Zeit ergangen war. Ich brauchte Hilfe bei den alltäglichsten Dingen und musste richtig an die Hand genommen werden. Das Therapieverfahren hieß Schematherapie, zu dem Verfahren komme ich später noch mal genau. Es fühlte sich an wie ein Theaterstück: Die Therapeutin spielte mal mich und mal die Person, mit der ich einen Konflikt hatte, und damit wechselten wir uns ab. Am Ende dieser verschiedenen Situationen dachte ich: Na Mensch, das kriege ich doch wohl hin. Die Therapeutin meinte zu mir, dass ich aufhören dürfe, mich ständig zu rechtfertigen. In jedem Gesprächs-

Modell hatte ich mich damit gerechtfertigt, dass ich in einer Tagesklinik war und es mir schlecht ging. Aus irgendeinem Grund dachte ich aber auch, dass Menschen von mir denken würden, ich würde mich zum Opfer machen, wenn ich sagte, dass es mir schlecht gehe. Meiner Therapeutin war es also wichtig, dass ich aufhörte, mich in diese Scheißposition zu bringen.

Ich versuchte danach, ein bisschen achtsam nach Hause zu laufen und meine Umgebung wahrzunehmen. Ich hörte ein Kind laut weinen, es war ungefähr so alt wie mein Sohn, der zu dem Zeitpunkt drei Jahre alt war. Das fremde Kind war vom Fahrrad gefallen, lag am Boden und weinte bitterlich. Mir wurde schlecht. Ich bekam einen Krampf im Magen und hatte einen Kloß im Hals. Ich dachte, mein Mutterinstinkt sei angesprungen und ich würde meinen Sohn in dem Kind sehen. Aber dann begriff ich: Ich sah mein inneres Kind am Boden liegen und konnte die negativen Gefühle an diesem Tag besonders stark fühlen. Mein inneres Kind lag da traurig und keiner kümmerte sich um das Kind. Ich fing dann richtig an zu weinen. Das passierte mir jedes Mal, wenn wir in der Klinikzeit mein inneres Kind thematisierten. Das Konzept des inneren Kindes erklärt, wie Kindheitserfahrungen unser Erwachsenenleben beeinflussen. In mir lebt ein kleiner Teil, der all diese Erinnerungen, Emotionen und Bedürfnisse aus meiner Kindheit in sich trägt. Als wäre ich eine Festplatte und bestimmte Emotionen sind auf mir gespeichert und die negativen Gefühle spüre ich heute in der Gegenwart, obwohl es alte Gefühle sind, die in bestimmten Situationen hochkommen. Das ist mein inneres Kind. Dieses innere Kind kann dazu führen, dass ich mich in bestimmten Situationen anders fühle oder verhalte, als es von einer »gesunden Erwachsenen« erwartet wird. Es kommt vor, dass in stressigen Momenten, wenn ich mich ängstlich oder verletzt fühle, mein inneres Kind aktiviert wird und ich in einen negativen Gefühlsstrudel komme. Wenn ich mich hilflos und alleine fühle, dann sind das oft die Ängste aus meiner Kindheit, die da sprechen. Wenn ich übertrieben ängstlich bin, kann das auf unverarbeitete Kindheitstraumata hinweisen. Die Idee hinter dem Konzept des inneren Kindes ist, mir bewusst zu machen, wie es mich beeinflusst, und meinem Kind die Liebe und Aufmerksamkeit zu schenken, die es braucht. Wenn ich mich um mein inneres Kind kümmere, kann ich alte Verletzungen heilen und eine bessere Beziehung zu mir selbst entwickeln. Im Großen und Ganzen hilft mir das Konzept des inneren Kindes dabei, meine eigenen Gefühle und Verhaltensweisen besser zu verstehen und zu verarbeiten, um ein erfüllteres Leben zu führen. Lange Zeit wollte ich anderen Menschen die Schuld dafür geben, dass ich und mein inneres Kind so traurig und wütend waren. Aber es war fast episch, so richtig zu sehen und zu fühlen, dass mein inneres Kind in mir drin ist und ich damit arbeiten und mich dadurch selbst verändern kann. Das war eine große Erkenntnis und die geht in meine persönliche Geschichte ein. Deshalb habe ich mir in dieser Therapiezeit mein trauriges inneres Kind, ganz klein, auf den Arm tätowiert. Als Reminder, dass da was Altes in mir hochkommt und ich die gesunde Erwachsene aktivieren kann.

Der Abend vor dem letzten Tag in der Tagesklinik

Ich fragte meinen Sohn, ob er mit mir Kuchen backen wollte. Ich erklärte ihm, dass das alle Patient*innen in der Klinik so machten, wenn sie gingen. Mein Sohn liebt es, Kuchen zu backen, deshalb hatte ich ihn schnell überzeugt. Ich holte eine große Backform aus dem Schrank, und mein Sohn holte noch seine kleinere Kinder-Backform dazu. Er schlug vor, dass wir direkt zwei Kuchen backen, damit er auch was davon hatte. Damit hatte er wiederum mich sofort überzeugt. Wir entschieden uns schnell für einen Marmorkuchen, das ist unser Signature-Kuchen. Die Küche sah im Nullkommanix aus wie Sau. Kennt ihr diese Vorstellung-versus-Realität-Videos? Das hätte man an dem Abend gut drehen können. In der Vorstellung backt man einen Kuchen mit dem Kind und alles sieht aus wie auf einem Pinterest-Moodboard. Aber in der Realität sah die Küche so aus, als wäre eine Horde Wildschweine eingebrochen und hätte versucht, Kuchen zu backen. Überall Teig, überall Mehl, überall Kakaopulver. Immer wenn ich mich kurz umdrehte, war etwas anderes los, entweder hatte mein Kind Backpulver im Mund und brauchte sofort Wasser oder er hatte plötzlich ein Messer in der Hand. Kuchen backen war eigentlich purer Stress, jedes einzelne Mal. Aber irgendwie speicherte mein Hirn solche Situationen nie als stressige Momente ab, sodass es mir immer wieder passierte, dass ich völlig überrascht war von dem Verlauf. Als Kind hatte ich so viel mit meiner Mutter gebacken, dass ich irgendwann ohne Rezept backen konnte. Vielleicht wollte ich insgeheim, dass mein Sohn die gleiche Kindheit bekommt wie ich? Sollte ich auch hier mein inneres Kind nach Hause schicken? Sicher.

Der letzte Tag in der Tagesklinik

Der letzte Tag in der Tagesklinik fühlte sich an, als würde der Winter beginnen, was daran gelegen haben könnte, dass der Winter gerade begonnen hatte. Morgens war es zu Hause ziemlich stressig. Meistens schaffte ich es nur, meine Kinder fertig zu machen und mit Essen zu befüllen. Ich selbst war danach weder angezogen noch satt. Ich ging also meistens unterzuckert aus dem Haus. Das führte dazu, dass ich regelmäßig vor der Klinik in eine Bäckerei oder in ein Café ging und ein Croissant bestellte. Ein purer Block Butter und viel pures Weißmehl. Seit ich Mutter war, ernährte ich mich ultraschlecht und Zeit für Bewegung nahm ich mir vor der Zeit in der Klinik eigentlich nie. Meine Schuldgefühle den Kindern gegenüber waren zu dem Zeitpunkt so schlimm, dass ich in meinen Pausen lieber Zeit mit ihnen verbrachte, statt mir Pausen für mich zu nehmen und mich um meine Psychohygiene zu kümmern.

In der Klinik lernte ich, das zu ändern. Ich lernte, was wichtig für mich war: Nichtstun ist wichtig, Achtsamkeit ist wichtig, Ausdauer-Sport ist wichtig, Yoga ist wichtig, gute Ernährung ist wichtig. Alles Dinge, die man doch wohl easy in den Alltag als Mutter einbinden kann, dachte ich.

Nun saß ich im Bus auf dem Weg in die Klinik. Ich lenkte mich mit dem Handy ab, damit ich nicht daran dachte, dass ich traurig war. Meine Gruppe auf der Station war so toll, meine Therapeut*innen, meine Ärzt*innen, meine Pfleger*innen und meine Praktikant*innen. Das klingt jetzt, als würden diese Menschen alle mir gehören. Diese Menschen waren sieben Wochen irgendwie wie eine Familie für mich gewesen. Wir hatten uns sieben Wochen lang jeden Tag gesehen und uns unsere tiefsten Geheimnisse anvertraut. Diese Menschen kannten meine dunkelsten Gedanken, aber sie erlebten mich nicht nur in meinen schlechten Phasen, sondern auch in meiner besten Phase. Die positive Julia, die so optimistisch war, dass alles gut wird, dass sie alle davon überzeugte.

Am Ende des Klinikaufenthalts gab es ein Abschiedsritual, bei dem alle Mitpatient*innen aus der Gruppentherapie etwas über einen sagen. Meine Gruppe sagte mir zum Abschied so tolle Sachen, dass ich mich nicht mehr beherrschen konnte und heulte wie ein Schlosshund. Sie sagte, dass sie mich richtig dabei beobachten konnte, wie ich alles Gelernte annahm und auch umsetzte. Es ist so wichtig, sich auf diesen Weg einzulassen und – wenn man es kann – sich nicht zu verschließen. Je mehr ich mich geöffnet hatte, umso mehr fruchtete es. Dass die anderen Mitpatient*innen das bestätigten, tat mir so gut. Am Ende der Abschiedsrunde konnte ich nur flüsternd Danke sagen, weil es mir unangenehm war, so bitterlich zu weinen.

Und dann, während ich all das fühlte, all die Dankbarkeit, die Verbundenheit, die Erschöpfung vom vielen Weinen, aber auch die Angst, wieder zurück ins normale Leben zu müssen, da schrieb mein Mann mir eine Nachricht: »Ich habe Corona!« Also musste ich nach der Klinik zu Hause direkt performen. Beide Kinder von der Kita abholen, einkaufen, kochen, spielen, beide Kinder bettfertig machen und ins Bett bringen. Ich hatte keine Sekunde Zeit, diesen Tag zu verarbeiten und das alles sacken zu lassen. Doch ich schaffte es irgendwie, Tag für Tag. Und für die Zeit nach der Klinik hatte ich ja Pläne. Große Pläne, wie ihr wisst, ich stand kurz vor meiner USA-Reise zu meiner Schwester.

Die Zeit nach der Klinik. Wo ist die Heilung, die ich bestellt habe?!

Therapieplatz-Suche, Schematherapie und mein inneres Kind

Mir wurde eines langsam klar: Ich hatte die Klinik unfertig verlassen. Sieben Wochen hatten mir nicht gereicht. In den Schematherapie-Stunden sind wir oft in meine Vergangenheit gereist, das nennt sich Imagination. Weil ich durch diese Therapie-Art wirklich Riesenerfolge erzielen konnte, wollte ich unbedingt nach der Klinik damit weitermachen. Und so ging die Suche nach einer Therapeutin los und wir wissen alle: Nur Kita-Plätze sind schwerer zu bekommen.

Mir fiel es total schwer, selbstständig Therapeut*innen zu googeln. Das war wie ein leeres Blatt Papier, wenn man ein ganzes Buch schreiben musste. Der Anfang war für mich das Schlimmste. Also erstellte ich mir trotz aller Anspannung, Antriebslosigkeit und allen Stresses mit der Suche eine

Excel-Tabelle, um alle Therapeutin*innen in meiner Nähe anzuschreiben oder anzurufen. Viele Therapeut*innen wollen NUR angerufen werden, was für einen Menschen wie mich mit psychischen Störungen wirklich nicht einfach ist. Also schrieb ich nur die Therapeut*innen an, die man per Mail erreichen konnte. Leider bekam ich nur Absagen, Absagen und Absagen. Jede Absage fühlte sich an wie ein NEIN von einem erwachsenen Menschen, wenn man selbst ein Kind ist. Jede Absage fühlte sich auch wie ein Schlag in die Magengrube an und löste Übelkeit in mir aus. Mir war schlecht, ich war müde und wollte einfach nur ins Bett und an die Wand starren. Es fühlte sich an, als würde alles von vorne losgehen.

Das Ritalin, das ich in der Tagesklinik für mein AD(H)S bekommen hatte, musste alle vier Wochen neu verschrieben werden. Daher blieb ich für die Medikamentenverschreibung ambulant in der Klinik angemeldet, um nicht auch noch auf die Psychiater*innen-Suche gehen zu müssen. Heißt: Ich war alle vier Wochen in der *good old* Tagesklinik und habe alten Mitpatient*innen ein High-five gegeben.

Diese Medikamente können nur diese Ärzt*innen verschreiben, die auch immer kurz abchecken, wie es einem geht. Das war in meinem Fall meine Psychiaterin aus der Klinik. Bei diesen Terminen nervte ich sie immer wieder mit der Frage, ob sie nicht eine Therapeutin kannte, die auch Schematherapie praktizierte. Und siehe da: An meinem letzten Termin in der Klinik fiel ihr plötzlich eine alte Kollegin ein, die eine Praxis eröffnet hatte, ganz nah an meinem Zuhause. So nah, dass ich genau 8000 Schritte laufen konnte, wenn ich hin- und zurückspazierte. Ich liebe die Schrittzähler-App und nahm mir nach der Klinik vor,

8000 Schritte am Tag zu gehen, weil mich Ausdauersport wie zum Beispiel Joggen so krass langweilt. Die von der Klinik empfohlene Therapeutin schrieb ich noch am selben Tag an und sie antwortete auch schnell, dass sie noch freie Plätze hatte. Damit hatte ich gar nicht mehr gerechnet. Ich hatte so viele Therapeut*innen angeschrieben und sehr zuverlässig immer eine Absage erhalten. Mein Herz klopfte, ich fühlte mich wie verliebt und als könnte ein neues Kapitel in meinem Leben beginnen.

In der Schematherapie lernte ich, wie ich mit meinen Gefühlen umgehen konnte. Manchmal passierten Dinge in meinem Leben, die mich traurig, wütend oder ängstlich machten. Diese Dinge konnten dazu führen, dass ich mich komisch verhielt oder es mir sehr schlecht ging. Die Schematherapie half mir dabei, diese Probleme zu lösen. Sie zeigte mir, warum ich mich manchmal so fühlte und warum ich mich auf eine bestimmte Weise verhielt. Ich entdeckte, dass diese Gefühle und Verhaltensweisen aus meiner Vergangenheit kamen. Das Tolle war, dass ich lernte, wie ich meine Gefühle besser kontrollieren und mein Verhalten ändern konnte. Das bedeutete, dass ich mich glücklicher und stärker fühlte. Ich lernte, wie ich meine Bedürfnisse auf eine gute und gesunde Art erfüllen konnte. Die Schematherapie war wie ein Wegweiser, der mir half, meine eigenen Superkräfte zu entdecken und einzusetzen. Sie zeigte mir, dass ich die Fähigkeit hatte, mein Leben zu verändern und zu verbessern. Mit der Schematherapie wurde ich quasi zu einer kleinen Superheldin. Mit meinen AD(H)S-Symptomen ja sowieso. In der Therapie hatte ich die Möglichkeit, mit meinem inneren Kind zu arbeiten und es im echten Leben wahrzunehmen. Es war wie eine Reise in meine eigene Kindheit, um Verständnis und Heilung zu finden.

Ich möchte euch mal ein Beispiel nennen, damit es nicht zu abstrakt klingt: Wenn ich früher mit einer guten Freundin zusammensaß und sie mir nicht richtig zuhörte und stattdessen am Handy war oder abgelenkt schien, dann traf mich das richtig. In diesem Moment wurden alte Gefühle in mir getriggert und unverarbeitete Traumata geweckt. Mein inneres Kind fühlte sich vernachlässigt und traurig. Diese Emotionen konnten mich lähmen und meinen Selbstschutz aktivieren, um mich vor weiterem Schmerz zu bewahren. Mein Selbstschutzmechanismus verwandelte Trauer in Wut und suchte einen Weg der Emotionsregulation. Also suchte ich mir kurzfristig Hilfe von meinen Emotionsregulations-Freundchen: Zucker, Shoppen, Alkohol und Handy. Meine vier besten Freunde. Aber durch die Arbeit in der Schematherapie lernte ich, meine Gefühle bewusst wahrzunehmen und zu verstehen. Ich erkannte, dass mein inneres Kind traurig war, weil es sich nicht gehört und beachtet fühlte. Dieses Bewusstsein ermöglichte es mir, achtsam mit meinen Emotionen umzugehen und bewusste Entscheidungen zu treffen. Heute sieht das so aus: Anstatt in Wut zu verfallen, kann ich meine Freundin sanft darauf aufmerksam machen, wie wichtig es mir ist, dass sie mir zuhört. Ich kann meine Bedürfnisse jetzt oft besser kommunizieren und um Verständnis bitten. Dadurch schaffe ich eine Chance für unsere Beziehung, sie zu vertiefen und dass wir respektvoller miteinander umgehen.

Die Schematherapie half mir dabei, mein inneres Kind zu erkennen und besser zu verstehen und es im Alltag bewusst zu begleiten. Die sogenannte Imagination war ein Schlüssel zur Heilung für mich. Mit meiner Vorstellungskraft machte ich kleine Reisen in die Zeit, als ich ein kleines Kind war. Ich schloss meine Augen, atmete tief ein und plötzlich war ich dort – in vielen kleinen Szenen aus meiner Kindheit. Die Farben, Gerüche und Emotionen umgaben mich, als ob ich wirklich dort wäre. Meine Therapeutin stellte Fragen und dadurch passierten megakrasse Sachen in meinem Kopf. Ich sah einen Zeitstrahl mit vielen kleinen Szenen. Wie ganz viele kleine Video-Snippets in einer Instagram-Story. Aber alle Szenen waren nur eine Sekunde lang und ich konnte keine so richtig greifen. Ich sah aber meine Eltern, Geschwister, Freund*innen und Lehrer*innen. Meine Therapeutin fragte mich, ob ich irgendeine Situation besser greifen konnte, und da kam eine Situation aus der Kindheit, die schon öfter in meinem Leben im Kopf abgespielt wurde. Eine Situation, die für die andere Person sicher supernichtig war, aber für mich ein kleines Trauma, was tatsächlich schon lange mein Leben bestimmte. In dieser für mich abgefahrenen Situation wurde mir klar, warum ich als Erwachsene oft traurig oder wütend reagierte und warum ich so angepasst war und bin. Die Imagination war wie ein geheimer Superpower-Modus in meinem Gehirn. In dieser crazy Zeitreise erkannte ich, dass ich als kleines Kind immer allen gefallen wollte. Ich habe mich verbogen und meine eigenen Bedürfnisse zurückgestellt, aus Angst davor, nicht gemocht zu werden. Das hat sich bis ins Erwachsenenalter fortgesetzt. Aber jetzt war der Moment gekommen, in dem ich meine Stärken daraus ziehen konnte. Ich wollte es so sehr. Aber die Arbeit war hart, weil ich einfach wie ein rohes, zerbrechliches Ei war. Ich erkannte so langsam, dass es okay war, ich selbst zu sein und meine eigenen Gefühle auszudrücken. Ich wollte diese angepasste Rolle loswerden, in den Papierkorb auf dem Desktop ziehen und den Mut finden, meine Bedürfnisse anzuerkennen. Dafür musste ich rausfinden, was meine Bedürfnisse waren. Sie waren eigentlich ganz klar da, ich musste sie nur (an-)nehmen. NIMM SIE DIR, JULIA!

Theoretisch war es einfach, mir immer wieder zu sagen: »Julia, du bist gut, so wie du bist«, »Du bist richtig, so wie du bist«, »Du bist wichtig«, »Du bist nicht alleine«. Das fiel mir allerdings in der Praxis superschwer. Da fiel ich so schnell in meine Muster zurück und reagierte wütend, gestresst oder traurig. In diesen Situationen war es wichtig, mein inneres Kind zu erkennen und wahrzunehmen und dem Kind zu geben, was es brauchte. Nach und nach schaffte ich es dann, mir selbst positiv zuzureden, und es half mir auch oft total, meine Hand auf die Stelle zu legen, wo das Gefühl herkam. Bei mir war das ein flaues oder Übelkeitsgefühl im Magen, Druck auf der Brust, ein Kloß im Hals oder, im schlimmsten Fall, ein riesengroßer Stein auf meinem kompletten Körper. So fühlten sich Druck, Hilflosigkeit, Überforderung oder Alleinsein für mich an.

In der Schematherapie fühlte es sich oft für mich an, als wäre ich in einer Theater-AG, in der ich in viele Rollen schlüpfen musste. Wir arbeiteten an meinem inneren Kind und vielen anderen Stimmen in meinem Kopf, wie meiner inneren Kritikerin oder meinem inneren Antrieb. Meine Therapeutin hatte für diese Arbeit Hocker in verschiedenen Farben, die in jeder Sitzung eine andere Zuschreibung bekamen. Manchmal war der weiße Hocker mein trauriges inneres Kind, der rote Hocker mein wütendes inneres Kind, der blaue Hocker meine Strategie und der grüne Hocker war die Verantwortung, die ich spürte. Wenn Menschen schlechte Laune hatten, fühlte ich mich dafür stark verantwortlich und musste für gute Laune sorgen. Da drehte ich richtig auf, war ultranett und versprach Dinge, die ich nicht halten konnte. Gerade bei meinen Kindern war das oft fatal, denn da versprach ich Fernsehen gucken, Süßigkeiten mampfen oder im schlimmsten Fall neues Spielzeug, wo mein Konsum-Belohnungssystem wieder zum Vorschein kam. Einfach um nicht mein trauriges inneres Kind spüren zu müssen, was so überfordert war, dass es in Ohnmacht zu fallen drohte. Meine Strategie war bei dieser Sitzung ein blauer Hocker und dieser versetzte mich in ein passives Verhalten. Ich konnte in manchen Situationen oft gar nicht sprechen und fühlte mich plötzlich wie unter einer Taucherglocke. Wenn mein Gegenüber gut Grenzen ziehen konnte, sah ich das als Angriff und verfiel in meine Bewältigungsstrategie. Ein Nein fühlte sich für mich wie Ablehnung an. Deshalb fielen mir alltägliche Dinge, wie die »Losgeh-Situation« mit meinen zwei Kindern, besonders schwer. Das war für mich dann so unglaublich stressig, dass eine solche Situation in mir oft die dunkelsten Gefühle hochholte. Mir wurde dabei übel und ich wurde passiv, damit ich nicht anfing, zu schreien oder zu weinen. Das Passivwerden war sowohl ein Bewältigungs- als auch Schutzmechanismus. Was nicht heißt, dass ich nicht auch manchmal laut schrie oder weinte und total überfordert war.

Deshalb gingen wir in der Therapie richtig in solche Situationen rein und nahmen die auseinander, um zu gucken, warum ich wie handelte. Wenn ich mich traurig oder schlecht fühlte, neigte ich dazu, shoppen zu gehen, um meine schlechten Gefühle zu betäuben und Glücksgefühle hervorzurufen. Früher trank ich abends sicher mindestens ein Glas Wein, um mich einfach kurz leicht zu fühlen und um nicht denken zu müssen. Was mir auch kurzfristig half, nicht zu denken: am Handy abhängen. Das war mein persönlicher Killer, weil ich dadurch noch gestresster wurde. »Nur noch kurz dies«; »Lass mich das kurz zu Ende schreiben«; »Ich muss nur kurz was posten«. Ich war dadurch nicht achtsam im Hier und Jetzt und mein *Sims*-Stress-Balken schlug aus. Das verschlechterte meine Lage. Es war so wichtig zu verstehen, was »nur mal kurz« am Handy anrichten konnte. Wenn man am Handy abhing, verging die Zeit viel schneller um einen herum, als würde man eine kleine Zeitreise machen. Oder als würde mir jemand Lebenszeit abziehen. ZACK: »Minus drei Stunden, Frau Knörnschild. Das haben Sie jetzt davon.«

Und nur, damit ihr nicht denkt, ich hätte alles schon kapiert und wäre eine Heilige, hier noch der Real-Talk. Ich schlenderte oft direkt nach meiner Therapiestunde in den nächsten Laden und kaufte mir etwas, was mich in diesem Moment kurz glücklich machte.

Funfact: Langfristig hasse ich es, viel Zeug zu besitzen. Es fühlt sich an, als würden meine Sachen mich besitzen, und erst das Aussortieren von Kleidung gibt mir dann wieder ein leichteres Gefühl.

Ich lernte also immer mehr, mich selbst zu schützen, indem ich meine Bedürfnisse klar äußerte, ohne meine Emotionen zu unterdrücken oder in Wut zu verfallen. Ich wuchs zu einer Person heran, die sich selbst lieben und achten konnte, während sie gleichzeitig authentische Verbindungen mit anderen aufbaute. Mit der Schematherapie gab ich meinem inneren Kind eine Stimme und schaffte Raum für Wachstum, Selbstakzeptanz und wahre Erfüllung. Ich merkte aber auch, wie wichtig es war, dranzubleiben und weiter an mir zu arbeiten, damit ich nicht in alte Muster verfiel.

Interview mit meiner Therapeutin Teresa von Lenthe über Schematherapie

Natürlich möchte ich euch in diesem Buch auch genauer erklären, was Schematherapie ist und wem sie guttun könnte. Schließlich mache ich hier quasi Werbung für diese Therapieform. Da ich aber ja selbst nur von meinen Erfahrungen berichten kann und nicht vom Fach bin, hat meine Therapeutin zugestimmt, dass ich sie befragen und ihre Antworten hier veröffentlichen darf. Ich habe mich ganz lange nicht getraut, sie zu fragen, weil ich nicht wusste, ob sie Ja sagen würde. Ein Nein kann ich schwer ertragen. Aber ich nahm in der letzten Stunde vor den Sommerferien meinen ganzen Mut zusammen und fragte sie. Ich bat sie, mir später per E-Mail Bescheid zu geben, so konnte ich, falls sie Nein sagen sollte, das Ganze besser verdrängen. Sie hat tatsächlich eingewilligt, was für eine Ehre. Wir sprechen in dem Interview über die Schematherapie und über unsere gemeinsamen Therapie-Sessions. Die Zusammenarbeit mit ihr ist die beste therapeutische Erfahrung, die ich je hatte. Und wir wissen alle: Ich habe mittlerweile sehr viele therapeutische Erfahrungen. Auf meiner kleinen Therapierundfahrt habe ich im Laufe der Zeit verschiedene Therapeut*innen und Therapieformen kennengelernt, aber bei meiner jetzigen Therapeutin fühle ich mich richtig angekommen. Ihre Expertise und die Art und Weise, wie sie unsere Sitzungen gestaltet, machen nicht nur Spaß, weil wir da so viel visualisieren, sondern tragen einfach maßgeblich zu meiner Gesundheit bei. Ich kam dank ihr wieder bei mir an. Deshalb möchte ich mich bei ihr bedanken und freue mich wirklich sehr über dieses Interview. Ich hoffe, dass ich damit ganz vielen Menschen helfen kann, so wie sie mir helfen konnte.

Was genau ist die Schematherapie?

Die Schematherapie gehört zu der sogenannten »dritten Welle« der Verhaltenstherapie. Hier fließen Ansätze aus der kognitiven Verhaltenstherapie, Tiefenpsychologie und Gestalttherapie zusammen. Mittels gefühlsaktivierender Techniken, wie zum Beispiel Imaginationsübungen, sollen die eigenen Schemata (Konzepte von sich selbst, anderen und der Welt) identifiziert werden, um diese dann der eigenen Biografie zuzuordnen. Damit zusammenhängende negative Gefühle und Zustände lassen sich gut als verschiedene innere Anteile oder auch »Modi« begreifen, die unser Erleben und Handeln ausmachen. Hierzu zählt beispielsweise der Modus des inneren Kindes, der verletzliche Gefühle wie Traurigkeit und Angst, aber auch Wut und Impulsivität in sich vereint; der innere Kritiker, der uns mit negativen Glaubenssätzen das Leben schwer macht, oder dysfunktionale Bewältigungsstrategien (Bewältigungsmodus), die den Versuch darstellen, mit den ausgelösten unangenehmen Emotionen umzugehen.

Der Fokus der Schematherapie liegt darauf, den Modus des/der gesunden Erwachsenen zu stärken, die Gefühle und Bedürfnisse des inneren Kindes besser wahrzunehmen und die inneren kritischen Stimmen zu entzerren, sodass dysfunktionale Bewältigungsstrategien nicht mehr nötig sind.

Was unterscheidet die Schematherapie von der Verhaltenstherapie?

Die Schematherapie stellt eine Erweiterung der Verhaltenstherapie dar. Neben den aktuellen Beschwerden wird auch die Entstehung der Beschwerden in Kindheit und Jugend bearbeitet. Die Schematherapie bietet sozusagen eine Verbindung von Tiefenpsychologie und Verhaltenstherapie.

Welche Therapie-Art empfehlen Sie ausgebrannten Müttern?

Häufige Themen bei ausgebrannten Müttern sind der äußere und innere Druck, dem Mütter heute ausgesetzt sind, Schuldgefühle und Versagensängste. Nicht selten sind es gerade Frauen, die in ihrer Entwicklungsgeschichte zwar gelernt haben, für andere zu sorgen, nicht aber für sich selbst. Die eigenen Bedürfnisse werden oft zurückgestellt, beiseitegeschoben oder gar nicht mehr wahrgenommen. Grundsätzlich bietet jede Therapieform Unterstützung, wieder mehr mit sich selbst in Kontakt zu kommen, eigene Bedürfnisse wahrzunehmen und mehr Selbstfürsorge zu betreiben. Die Schematherapie hat dafür nützliche Techniken, wie etwa, die

innere kritische Stimme zu erkennen (»Du bist eine schlechte Mutter«; »Andere kriegen das viel besser hin«) und sich davon zu distanzieren. Auch die Arbeit mit dem inneren Kind bedeutet eine Hinwendung zu den eigenen Gefühlen und Bedürfnissen und stärkt somit die psychische Stabilität.
Darüber hinaus glaube ich, dass ein offener Austausch und Solidarität mit anderen Müttern zusätzlich sehr unterstützend sein kann. Ein Herzensprojekt von mir wäre es, eine Gruppentherapie zu etablieren, die sich speziell an erschöpfte, ausgebrannte und belastete Mütter richtet, und die Kraft der Gruppe so zu nutzen, dass die Teilnehmerinnen im gesunden Umgang mit sich selbst gestärkt werden.

Bei wem setzt man Schematherapie ein?
Ursprünglich wurde Schematherapie für komplexe psychische Erkrankungen wie Persönlichkeitsstörungen entwickelt. Ich setze sie tatsächlich fast immer ein. Auch wenn ich beispielsweise eine Zwangsstörung ganz klassisch verhaltenstherapeutisch behandele, ergeben sich bei der Symptomreduktion häufig noch essenzielle interaktionelle Schwierigkeiten oder Selbstwertprobleme, die gut mit Schematherapie zu behandeln sind und wo die Verhaltenstherapie an ihre Grenzen gerät.

Wie lange geht der Prozess in der Schematherapie? Wie viele Stunden braucht ein Mensch, bis sich das im Hirn einbrennt?

Die Dauer des Prozesses hängt von der Komplexität der Symptomatik und auch der Motivation der oder des Patient*in ab. Verhalten und Gedanken zu verändern bedeutet letztlich, neue neuronale Strukturen aufzubauen, was dem Erlernen einer neuen Sprache gleichkommt. Das kann gut mal ein bis zwei Jahre dauern. Das heißt nicht, dass man in dieser Zeit immer therapeutisch begleitet werden muss. Manchmal sind durch die Therapie neue Impulse gegeben und das »Einüben« findet dann ohne therapeutische Unterstützung statt. Gleichzeitig können zum Beispiel neue belastende Umstände auch wieder zu einer Symptomverschlechterung führen, was dann natürlich eine Verlängerung des Prozesses bedeutet.

Können Sie das BEATE-Prinzip erklären?

Das BEATE-Prinzip, ein Akronym, beschreibt den Prozess der Schematherapie. Zunächst ist es wichtig, das problematische Verhalten zu **B**enennen. So fällt zum Beispiel in der Therapie auf, dass die/der Patient*in bei Konflikten häufig in einen Vermeidungsmodus verfällt (nicht reagieren, ablenken vom Thema). Der zweite, wesentliche Schritt ist, diesen Modus in zwischenmenschlichen Interaktionen zu **E**rkennen. Dies kann in dem Moment selbst geschehen oder auch in der Reflexion danach. Ein weiterer wichtiger Schritt, der therapeutisch herausgearbeitet wird, ist die Anerkennung dieses Modus. Hierbei wird beispielsweise deutlich, dass bei Konflikten eine Angst vor Ablehnung und Beziehungsabbruch besteht und dieser Bewältigungsmodus in der Biografie essenziell war, um die Angst zu regulieren und die »Gefahr« Abzuwenden. Erst dann ist es dem/der Patient*in möglich, das alte Erleben von dem neuen zu Trennen und funktionale Bewältigungsstrategien anzuwenden und dadurch neue Erfahrungen zu machen. Dies muss gemäß der Entwicklung neuer neuronaler Strukturen häufig geübt werden, damit es sich Einbrennt.

Wie haben Sie mich am Anfang wahrgenommen, welche Auffälligkeiten haben Sie festgestellt?

Sie kamen nach Ihrem tagesklinischen Aufenthalt zu mir in die Einzeltherapie. Ich nahm eine sehr hohe Bereitschaft wahr, weiter an sich arbeiten zu wollen. Ihr Drang, sich selbst zu verstehen und Symptome einzuordnen, war spürbar. Sichtbar war auch eine gewisse Demut aufgrund der heftigen Krise, die sie bereits durchlitten hatten. Sie waren hoch belastet von den vielen Anforderungen des Alltags, die nun wieder auf Sie einprasselten, und es fiel Ihnen schwer, Prioritäten zu setzen und sich abzugrenzen. Massiv abwertende und fordernde innere Anteile wurden deutlich und Sie litten (auch zyklusbedingt) unter Stimmungsschwankungen.

Wie war die Arbeit mit mir?

Wir widmeten uns in der Therapie den klassischen Methoden der Schematherapie. Relativ schnell be-

gannen wir mit Imaginationsübungen: Wir nahmen uns Situationen aus Ihrem Alltag vor, in denen Sie merkten, dass Sie mit starken Emotionen reagierten, die nur im Ansatz zur aktuellen Situation passten. Man spricht von einer Schemaaktivierung. Durch eine sogenannte Affektbrücke konnten Sie in Ihrer Vorstellung zurück in Ihre Biografie reisen und den Ursprung dieser Schemata erleben. Hier kamen Sie erstmals mit dem inneren Kind in Kontakt und konnten sich ihm liebevoll und wohlwollend zuwenden. Gleichzeitig fand so eine Entmachtung und Entzerrung der abwertenden Anteile statt.
Eine andere Methode, die im weiteren Therapieverlauf viel Anwendung fand: Sie setzten die verschiedenen Anteile, die in schemaaktivierenden Situationen beteiligt waren, auf unterschiedliche Stühle und gingen einzeln mit ihnen in den Dialog. So gelang es Ihnen, den inneren Kritiker in seine Schranken zu weisen und den dysfunktionalen Bewältigungsmodus zu bitten, einen Schritt beiseitezutreten, um sich dem inneren Kind zuzuwenden und es zu stärken.

Haben Sie eine Veränderung oder Fortschritte festgestellt?

Ja! Ich konnte im letzten halben Jahr wahrnehmen, dass bei Ihnen eine gewisse innere Ruhe eingekehrt ist. Ich nehme Sie viel stärker in Kontakt mit Ihren Gefühlen und Bedürfnissen wahr und Sie pflegen einen viel wohlwollenderen Umgang mit sich. Die kritische Stimme ist noch immer da, aber es gelingt Ihnen häufig, diese zu erkennen und sich von ihr zu distanzieren. Sie sind dabei, mehr Grenzen zu setzen und Konflikte funktional zu führen und ihre dysfunktionalen Bewältigungsstrategien hinter sich zu lassen.

Was ist Ihnen dabei besonders aufgefallen?

Ich war beeindruckt davon, wie mutig Sie sich Ihren Emotionen stellten und sich mit großem Vertrauen in emotionsaktivierende Übungen wie Imaginationen oder Anteile-Arbeit auf Stühlen begaben. Die Fähigkeit, mit Humor auf gewisse Begebenheiten zu blicken, erlebte ich als bereichernd für den therapeutischen Prozess.

Sie kommunizierten mit ihrem Umfeld ganz offen über die therapeutischen Inhalte und sorgten so für viel Verständnis und Mitgefühl. Sehr hilfreich für den therapeutischen Prozess waren auch Ihre Kreativität und die Energie, mit der Sie Ihre Erkenntnisse im Alltag umsetzten. Ihr Kopf arbeitete immer auf Hochtouren und in Hochgeschwindigkeit – manchmal kam ich selbst kaum hinterher. Dies hat den therapeutischen Prozess natürlich stark beschleunigt.

An was, denken Sie, muss ich weiter arbeiten, damit es sich weiter festigt?

Ihre inneren kritischen und antreibenden Stimmen verlangen Bestleistungen von Ihnen, gepaart mit der Annahme, dass Sie ohnehin versagen werden. Das ist eine gemeine Kombination. Am lautesten schreien diese Stimmen, wenn etwas passiert, das in unserer Gesellschaft als Misserfolg verbucht wird – Ihr innerer Kritiker könnte dann schwere Geschütze auffahren. Deshalb ist es für Sie wahrscheinlich besonders wichtig, an dem Glaubenssatz festzuhalten, dass der eigene Wert nicht über Leistungen bestimmt wird, sondern dass – im Gegenteil – keine Leistung erbracht werden muss, um ein liebenswerter Mensch zu sein.

Die heilende Reise: Julia allein in New York

Da war er. Der Abreisetag. Die lange Zeit ganz alleine. Kaum zu glauben, aber ich hatte es geschafft, alleine zu fliegen! Ja, richtig gehört: Ich, die supertapfere Julia, habe alleine ein Flugzeug bestiegen und meine Flugangst in die Schranken gewiesen. Mit einer Mischung aus Atemübungen aus meiner Achtsamkeits-App, dem Podcast eines Piloten und einer fetten Portion Pommes, äh, Selbstvertrauen!

Es begann alles an einem sonnigen Morgen, als ich mich auf den Weg zum Flughafen machte. Mein Herz klopfte wie wild, und meine Hände waren so schwitzig, dass ich sie an meiner Hose abwischen musste. Aber ich war fest entschlossen, meine Ängste zu besiegen und dieses Flugzeug wie eine Königin zu erobern. Erst mal musste ich aber ins Flughafen-Hotel, weil mein Flug verdammt früh ging und ich die Nacht davor noch mal richtig schlafen und chillen wollte. Dazu hatte mein Mann mich gezwungen. Er zwingt mich öfter zu Dingen, die mir guttun. Supernetter Typ. Im Flughafen-Hotel trug ich meine Lieblingskette, die mir so viel bedeutete und mit der ich schon durch dick und dünn gegangen war. Ich wusste schon, dass es in diesem Hotel eine Sauna gab, und da ich seit der Klinik ein kleiner Fan von Entspannung war, konnte ich dieser kleinen Wellness-Versuchung einfach nicht widerstehen. Also machte ich mich auf den Weg zur Sauna und zog mich in der Umkleidekabine aus. Doch dann erinnerte ich mich an meine kleine Schmuckverlust-Macke. Immer wenn ich meinen Schmuck ablegte, schien er wie von Zauberhand zu verschwinden. Deshalb trug ich auch immer dieselbe Kette – meine treue Begleiterin. Wenn ich die jemals ablegen würde, wäre sie weg. Also lieber anlassen. Als ich dann aber in der Sauna saß, wurde die Kette schweineheiß und verbrannte mir die Haut, also legte ich sie mit Augenrollen nun doch ab. In meiner Panik legte ich die Kette, recht schusselig, wie ich bin, auf die Sauna-Bank und hoffte, dass sie sich schnell abkühlen würde. Doch in dem Moment, als ich mich umdrehte, hörte ich ein leises Klirren. Ich schaute auf die Bank und mir wummste es durch den Körper. Die Kette war durch die Rillen der Bank geglitten und lag nun unerreichbar darunter. Solche Momente lösten in mir alte Gefühle aus, weil mir das mein Leben lang immer wieder passiert war. Das aktivierte alte Glaubenssätze wie »Das kannst du nicht«. Und was tat ich? Na klar, ich musste sie unbedingt zurückbekommen! Also stand ich da, splitterfasernackt, meinen Arsch in die Luft gestreckt, megaschwitzend, suchend, die Kette zwischen den Sauna-Bänken zu ertasten. Ich war wie eine menschliche klitschnasse Angel, fühlte mich aber eher an wie ein Aal. Ich konnte die Kette mit meinen Fingerspitzen ertasten und mit einem jubelnden »YES!« aus ihrer gefährlichen Lage befreien. Doch mein Glück sollte nur von kurzer Dauer sein. Ich nahm die Kette und steckte sie in die Tasche von meinem Bademantel, der im Wellness-Bereich an der Wand hing, und ging zurück in die Sauna.

Als ich früh am nächsten Morgen am Gate stand, kam mir plötzlich ein ungutes Gefühl. Ich tastete nach meiner Kette, doch sie war nicht da. Mein Herz raste und ich durchsuchte meine Taschen panisch, aber sie war verschwunden.

Und so verlor ich meine heiß geliebte Kette. Mit dem Aufdruck »Malle« auf dem Herz-Anhänger und den Erinnerungen an meine Freundinnen war sie ein Symbol für den letzten Urlaub ohne Kind(er). Einer der besten Urlaube meines Lebens. Meine beste Freundin und ich waren beide schwanger gewesen und die restlichen Girls auch alle noch kinderlos. In diesem Urlaub hatten wir Gesprächsrunden eingeführt, die an Gruppentherapie erinnerten. Das wurde oft *deep* und jede Freundin in der Runde bekam so viel Redezeit, wie sie brauchte, und alle hörten mit viel Respekt zu. Solche Freundinnen, wie ich sie habe, wünsche ich echt allen Menschen auf dieser Welt. In unserer Runde darf man alles sagen und wird nicht bewertet. Ich darf mich auch wochenlang isolieren und nicht dabei sein und werde trotzdem wieder mit offenen Armen empfangen. Deshalb bedeutete mir diese Kette so viel. Aber trotz des Verlustes konnte ich nicht anders, als darüber zu lachen. Es war einfach zu absurd, wie ich nackt und meinen Hintern in die Luft gestreckt nach meiner Kette gefischt hatte. Und jetzt habe ich sie ausgerechnet vergessen, nachdem ich sie mit solch einer Hingabe gerettet hatte. Es war wie ein kleiner Streich des Schicksals, der mich daran erinnerte, dass das Leben manchmal seine eigenen Pläne hatte. Am Ende fügt sich aber irgendwie immer alles, zumindest bei mir. Es war wie eine *life lesson*, dass ich manchmal Dinge loslassen musste, die mir viel bedeuteten. Also nahm ich mir vor, die Geschichte meiner verlorenen Kette nur mit einem fetten Lachen zu erzählen. Ich, nackt, Hintern hoch, in der Sauna. Ach ja, da kam dann auch noch ein Typ rein. Also es war wirklich einfach nur lustig. Meine Freundinnen würden sicherlich Tränen lachen, wenn sie davon erfahren würden.

Als ich in meinen Sitz im Flugzeug sank, schaltete ich erst mal eine Atemübung auf meinem Handy ein. Die Atemübung war sogar speziell für Flugangst-Patient*innen. Danach hörte ich noch den Podcast »Cockpit Buddy«, ein echter Pilot, der einem die Flugangst nehmen möchte. Und wer wäre besser geeignet, um mir die Angst vor dem Fliegen zu nehmen, als ein echter Pilot? Ich hörte gebannt seinen Erklärungen über Turbulenzen zu und nickte dabei eifrig mit dem Kopf. »Ah ja, das macht Sinn«, murmelte ich vor mich hin. Mit dem Podcast fühlte ich mich schon ein kleines bisschen wie eine Expertin. Klar. Dr. Knörnschild, Flugangstexpertin.

Aber natürlich reichte das nicht aus, um meine Nerven zu beruhigen. Also beschloss ich, mich wieder auf meine bewährten Atemübungen zu konzentrieren. Ich atmete tief ein und zählte bis vier, hielt den Atem an und zählte bis sieben und atmete dann langsam aus und zählte bis acht. Meine Lungen füllten sich mit neuer Energie und ich spürte, wie sich meine Nervosität langsam verflüchtigte. Das ist die 4-7-8-Übung gegen Angst, die beruhigt und auch beim Einschlafen helfen soll. Und wisst ihr, was der wahre Geheimtipp gegen meine Flugangst war? Das Alleinsein! Ja, richtig gehört. Wenn ich alleine war, konnte ich für mich da sein. Ich war nicht im Außen, sondern ganz bei mir selbst. Kein anderer konnte meine Ängste für mich bekämpfen. Es lag ganz allein in meiner Hand, sie zu besiegen. Also saß ich da, mit meinem Podcast im Ohr, meine Atemübungen machend und mich selbst motivierend: »Julia, du bist jetzt quasi promovierte Flugangstexpertin! Du kannst das schaffen!«, flüsterte ich mir zu und konnte ein klitzekleines Kribbeln der Aufregung spüren. Und das Beste ist: Der Flug war fantastisch! Ich genoss den Ausblick auf die Welt von oben und meine Ängste waren wie verflogen. Ich hatte es geschafft!

Als das Flugzeug schließlich sicher landete, konnte ich mein Glück kaum fassen. *I did it!* Ich bin so krass daran gewachsen. Ängste angehen und Mut entwickeln tut unglaublich gut, dabei helfe ich meinen Kindern auch unglaublich gerne. Ich bin so gerne eine mutige Mutter, die ihren Kindern vorlebt, dass man alles schaffen kann, was man sich vornimmt.

Ja genau, ich war mutig genug, alleine nach New York zu fliegen und mich meinen größten Ängsten zu stellen. Und gibt es dafür einen besseren Ort als die Stadt, die niemals schläft? Das habe ich zumindest so in den romantischen Komödien gelernt, die ich in den Wochen vor der Reise geguckt hatte.

Es fühlte sich so falsch an, ohne meine Kinder so weit und so lange zu verreisen. Aber hey, auch Mütter brauchen mal eine Auszeit. Nur wenn der Energie-Balken komplett gefüllt ist, kann man den eigenen Ansprüchen als Eltern auch gerecht werden. Außerdem hatte ich jahrelang mit meinem besten Freund, der diagnostizierten AD(H)S, gekämpft, der mir eine *cute* Angststörung beschert hatte.

Jetzt war es an der Zeit, »die alte Julia« zurückzubringen, das mutige, angstbefreite und gut aussehende Girl, das ich mal war. Gutes Aussehen von innen, KLAR. Wir sind ja hier nicht oberflächlich.

Also es ging los! Die Liste meiner Ängste war lang: Neben dem Fliegen gab es noch: Fahrradfahren, öffentliche Verkehrsmittel, Autofahren und die Angst des Alleinseins. Da stand ich also, mitten in New York mit ultrahohen Hochhäusern und einem Ohrwurm im Kopf »In Neeewwww Yoooork«. Ich dachte mir nur: »Das ist eins der besten Dinge, die du in deinem ganzen Leben je gemacht hast!«

In New York ging ich jeden Tag spazieren und entdeckte dadurch die besten Cafés, Restaurants, Museen, Parks und Shops. Ich lief auch einen ganzen Tag nur durch den Central Park und fand dort Spots aus »Kevin allein in New York«, »Gossip Girl« und »Sex and the City«. Ich war quasi selbst ein Charakter aus einer Serie.

Und da, im Central Park, geschah es. Plötzlich spürte ich, wie »die alte Julia« zurückkam. Sie klopfte mir quasi auf die Schulter und ich zuckte zusammen. Sie sagte: »Hey, psssst, du bist zurück. Du kannst jetzt wirklich sein, wer du bist. Du musst dich hier an niemanden anpassen. *Let it go. Go with the flow.*« Ja, ich habe viel Englisch mit mir gesprochen, schließlich habe ich einige Tage in New York gelebt. Mit jedem Schritt, den ich durch New York machte, fühlte ich mich freier und selbstbewusster. Ich ließ den Wind durch meine Haare wehen und lachte peinlich vor mich hin. Die Leute um mich herum schienen zu spüren, dass ich ein neuer Mensch war. Und dann kam der Tag, an dem ich beschloss, die Fahrradphobie anzugehen. Ich schnappte mir ein Fahrrad und machte mich vorsichtig auf den Weg durch den Central Park. Okay, ich gebe zu, ich war anfangs etwas tollpatschig und fuhr beinahe in eine Gruppe Yoga-Hunde. Okay, okay, das habe ich mir nur vorgestellt, damit es mehr wie im Film klingt. Aber ehrlich: Warum haben in New York alle Rassehunde? Oder zweimal die gleiche Hunderasse? Und warum tragen die Hunde das Gleiche wie ihre Herrchen? Aber hey, ich blieb dran und mit jedem Meter fühlte ich mich mutiger und auch freier. Das Fahrradfahren habe ich übrigens beibehalten. Wenn ich ohne Kinder unterwegs bin, *drive* ich mit meinem *bicycle* durch Berlin City.

Der Höhepunkt meiner Reise war jedoch der Besuch bei meiner vier Jahre jüngeren Schwester Johanna in Minnesota. Ich hatte meine zwei kleinen Neffen noch nie zuvor getroffen und die Vorfreude war krass!

Als ich bei meiner Schwester und ihrer Familie ankam, wurde ich mit offenen Armen empfangen. Meine Neffen begrüßten mich so aufgeschlossen und es war ein unglaubliches Gefühl, sie alleine kennenzulernen und so viel Zeit dafür zu haben. Wenn ich mit meinen Kindern unterwegs bin, schaffe ich es nie, mich auf die Kids meiner Freundinnen einzulassen oder mit ihnen zu spielen. Da freue ich mich schon drauf, wenn meine Kids älter sind.

Während meiner Zeit in Minnesota wurde mir klar, dass meine Ängste nicht nur meine eigenen waren. Meine Schwester und ich redeten ganz viel übers Muttersein und was uns schwer- und was uns leichtfiel. Wir erkannten natürlich Muster und fühlten uns beide nicht mehr so allein mit unseren Ängsten.

Als es an der Zeit war für mich, nach Hause zurückzukehren, fühlte ich mich so zwiegespalten. Auf der einen Seite hatte ich so krasse Sehnsucht nach meiner Familie und meiner gewohnten Umgebung, meinem Zuhause, aber andererseits hatte ich so viel Energie, Selbstliebe und -vertrauen gewonnen, dass ich null bereit war, mich von diesem neuen Kapitel in meinem Leben zu verabschieden. Ich hatte Angst, in alte Muster zu rutschen. Mit einem lachenden und einem weinenden Auge trat ich also den Rückflug an.

Ich war keine ängstliche Mutter mehr. Ich wurde nicht mehr von der Angststörung beherrscht. Ich war eine mutige Frau mit Biss, die bereit war, in ihren Alltag zurückzukehren, das Leben zu genießen und weiter an sich zu arbeiten. Und das fühlte sich verdammt gut an. Alter! Das war der Anfang meiner persönlichen Therapiereise, aber sicher nicht das Ende. Es war quasi nur der Startschuss für ein neues Kapitel in meinem Leben, in dem ich meine Ängste in den Hintern treten, gegen sie ankämpfen und mein eigenes Glück suchen würde. Und eines war klar: Diese Reise würde nicht die letzte sein. *Safe not!*

Zurück in Berlin fühlte sich alles anders an. Die Straßen waren vertraut, aber ich betrachtete sie irgendwie mit neuen Augen. Ich konnte es viel mehr genießen, zu Hause zu sein, viel mehr als vorher. Jedes Mal, wenn ich auf mein Fahrrad stieg, konnte ich das Kribbeln der Aufregung spüren. *Freedom.* Aber das Wichtigste war, dass ich gelernt hatte, alleine zu sein, ohne von der Einsamkeit überwältigt zu werden. Und jetzt wird's krass: Alleinsein ist meine Superpower. Kaum etwas kann ich so genießen, wie alleine zu sein. Ich hatte erkannt, dass ich nicht auf andere angewiesen war, um glücklich zu sein. Ich konnte mein eigenes Glück schaffen, wohin ich auch ging.

Als ich so weit weg war, hatte ich eine tiefere Verbundenheit zu meiner Familie gespürt, die durch diese gemeinsame Erfahrung noch stärker geworden war. Ich blätterte mein Tagebuch durch und ließ die Abenteuer Revue passieren, und da konnte ich nicht anders, als stolz auf mich selbst zu sein. Die alte Julia war zurückgekehrt, aber sie war nicht mehr dieselbe. Sie hatte gelernt, dass man Ängste nicht nur besiegen kann, sondern dass sie einem auch neue Türen öffnen können.

April 2023, mental breakdown, die 100.

Zum Verständnis ein paar Worte zu meiner Arbeit: Hier beschreibe ich ein paar Wochentage voller Chaos, an denen ich meine Kinder besonders wenig gesehen habe. Das änderte ich danach. Ich musste die harte Tour gehen und selbst lernen, was meine Bedürfnisse sind. Ich brauchte eine Entlastung, um wieder mehr Mama sein zu können. Weniger Verantwortung bei der Arbeit und eine gesunde Me-Time während der Care-Arbeit. Beim Lesen dieser Wochentage werde ich immer wieder emotional und bin froh, dass ich so nicht mehr arbeite und mir eine bessere Struktur geschaffen habe. Ich setze mich jeden Montagmorgen hin, klappe meinen physischen Wochenkalender auf und plane die ganze Woche, um mir eine Struktur zu schaffen.

Meine Arbeitswochen sehen eigentlich immer gleich aus, ich ändere zwar ständig die Routine und optimiere die Arbeitsabläufe, damit alles schneller geht, aber die Wochen ähneln sich inhaltlich. Montags kommen meine mittlerweile nur noch zwei Mitarbeiterinnen und ich zu einem Meeting zusammen und wir geben uns gegenseitig Updates, erzählen, was wir die Woche so zu tun haben, und organisieren uns. Meistens liegen Montag 8429472 Pakete bei 482947 verschiedenen Postfilialen und eine Person muss sich bereit erklären, die alle einzusammeln. Weil ich als Influencerin arbeite, sind wir auf diese Pakete angewiesen, denn da sind Produkte drin, die ich auf Instagram vorstelle. Damit verdiene ich mein Geld. Diese Werbung bezahlt die kostenlosen Inhalte quasi mit. Ich mache meistens zwei Werbungen in der Woche, so komme ich auf acht Werbungen im Monat. Dazu habe ich eine Podcast-Firma, das Studio Lauda. Hier produzieren wir unseren Podcast »Mama Lauda« und viele andere Podcasts. Diese Podcasts vermarkten wir auch, das heißt, wir sorgen dafür, dass Werbe-Platzierung im Podcast stattfinden. Dafür muss man ständig mit Kund*innen im Kontakt bleiben, Klinken putzen, an Events teilnehmen und zeigen, dass man da ist. Das kostet viel Energie und Zeit. Aber zurück zur Arbeitswoche. Dienstags nehme ich im besten Fall Instagram-Werbungen auf. Das mache ich zu Hause, da habe ich Ruhe und ich störe dabei niemanden. In unserem Büro arbeiten mit mir vier Frauen. Mittwochs ist »Mama Lauda«-Tag, da kommt Fanny ins Büro, wir organisieren uns und nehmen die Folge für Freitag auf. Donnerstag ist bei uns Freitag, weil wir eine Vier-Tage Woche haben. Da sagt jede von uns, was sie in der Woche geschafft hat oder nicht geschafft hat, was sie motiviert hat und worauf man mehr Bock hat. Neben der ganzen Arbeit und Verantwortung habe ich zwei Kinder, den härtesten Job der Welt.

Was ich aber in so einer Woche nicht schaffe, vor allem wenn meine Batterien leer sind: soziale Kontakte pflegen, auf Events gehen, abends mit Freund*innen ausgehen und andere Jobs außerhalb von Instagram und Podcasts. Ein Buch schreiben beispielsweise. Immer wenn ich außerhalb meiner festen Struktur arbeite, gehe ich über meine Grenzen. Es gibt einige Wochen im Jahr, da weiß ich eigentlich vorher, dass ich danach raus bin. Auch wenn sich Mitarbeiterinnen krankmelden und ich übernehmen muss, dann funktioniere ich zwar, falle danach aber einfach um.

Und dann stand mal wieder genau so eine Woche an. Ich nehme euch da mal mit. Kommt, los geht's.

Montag musste ich schon mal vorarbeiten, also doppelt so viel wie an normalen Montagen schaffen, weil die Woche so voll werden würde.

Dienstag hatte meine Mama Geburtstag und sie war zu Besuch in Berlin. Ich konnte meine eigenen Bedürfnisse nicht äußern und ich wollte mit ihr entspannt brunchen gehen. Natürlich war ich aber schon da maximal angespannt, weil ich ja wusste, was für ein großer Ball auf mich zurollte, weil ich viel arbeiten musste. Dienstagmittag hatte ich einen wichtigen HNO-Termin, den ich versucht hatte zu verschieben, aber der Arzt hatte mir zu verstehen gegeben, dass man diesen Termin nicht verschieben konnte. Bei diesem Termin bekam ich dann die Diagnose: CMD. Und alle so: Was? Das bedeutet »craniomandibuläre Dysfunktion«. Manche Leute haben Probleme mit dem Kiefer, zum Beispiel Menschen, die unter hoher Anspannung oder Stress leiden. Bei mir ist es sicher ein Teil meiner AD(H)S-Symptomatik. Wenn ich mich auf etwas extrem konzentriere, gehe ich in den Hyperfokus und merke nicht, wie ich mit dem Kiefer presse. Das mache ich auch im »normalen« Zustand sowohl tagsüber als auch nachts. Dadurch sind meine Kaumuskeln extrem verspannt und ich leide unter Symptomen wie Nackenschmerzen, Kieferknacken, Migräne, Ohrenrauschen und Kiefer- und Zahnschmerzen. Das kann richtig wehtun.

Mittwoch: Ein Werbedreh für einen großen Fernsehsender stand an. Unser Podcast war gerade zu einem exklusiven Podcast von ProSieben geworden und dafür zeichneten wir eine Werbung auf, die dann im TV ausgestrahlt werden sollte, um ein paar neue Menschen auf uns aufmerksam zu machen. Ich wusste vorher, dass dieser Dreh von morgens bis nachts dauern würde. Am Ende waren wir um drei Uhr nachts im Bett. Alle meine Energie-Balken waren DUNKELROT. Als ich nachts um drei Uhr nach Hause kam, saß mein Mann mit meiner Tochter, die damals anderthalb war, in der Küche und die beiden machten Quatsch. Sie redete in ihrer eigenen Minion-Sprache und aß genüsslich eine Banane. Meine Tochter war zu dieser Zeit eigentlich nicht nachts wach, vielleicht wollte sie mich einfach auch mal wiedersehen, sagten meine Schuld- und Schamgefühle. Denn in so einer Woche, in der ich so viel arbeiten musste und unterwegs war, sah ich meine Kinder viel weniger und mein Mann musste viel mehr übernehmen als sonst. Dadurch kam ich in einen Schlechtes-Gewissen-Strudel, der nicht gesund war. Der kostete mich so viel Energie, dass meine Balken schon deswegen im Minus waren.

Donnerstag: Der Wecker klingelte um 9:30 Uhr, um 10 Uhr war ich mit Fanny zum Podcastaufnehmen verabredet, weil wir danach noch auf einem Podcast-Event von Spotify eingeladen waren, auf dem wir viele Menschen treffen sollten, mit denen wir zusammenarbeiteten. Nicht hinzugehen war leider keine Option. Fanny und ich fühlten uns, als hätten wir einen Kater. Ich trank aber zu dieser Zeit keinen Alkohol und sie war schwanger. Wir hatten Kopfschmerzen, waren müde und völlig im Arsch. Früher habe ich solche Tage mit Daydrinking ertragen, schön einen Crémant reingekippt und der Tag ließ sich aushalten. Das war also eine gute Übung für mich, mich abzugrenzen und auf meine Bedürfnisse zu achten. Bei dem Event waren so viele Leute, die ich gerne mag, mit denen ich abhängen und so tun konnte, als wäre unser Gespräch superwichtig, sodass uns keiner störte. Dieser Tag kostete mich dennoch meinen Social-Balken. Auf der einen Seite wurde er grün, weil ich so viele tolle Menschen getroffen hatte, die ich wirklich gerne mochte, aber es gab da auch die Energie-Zieher, die den Balken sofort wieder rot gefärbt hatten. Es war ein Kampf der beiden Farben. Als abends die Party losging, haute ich mit meinen Freund*innen ab, ohne Ciao zu sagen. Ich hatte mir abgewöhnt, mich auf Partys zu verabschieden. Die Nüchternen und die

Angetrunkenen wollten, dass ich blieb, und versuchten mich zu überreden und die Betrunkenen erzählten einem zum fünften Mal das Gleiche. Betrunkene Menschen triggern mich auch sehr. Hey, guter Zeitpunkt, NICHT Ciao zu sagen und abzuhauen. BYE. In dieser Nacht kam ich um 22 Uhr nach Hause und sah meine Kinder wieder nicht.

Freitag: Der Wecker klingelte wieder um 9:30 Uhr. Meine Kinder waren schon weg, mein Mann hatte sie zur Kita gebracht. Ich vermisste die beiden langsam wirklich sehr. An diesem Tag waren Fanny und ich auf ein weiteres Podcast-Event eingeladen, der noch zu dem Event vom Vorabend gehörte. Klar, da mussten wir hin. Das Wetter war schön, da kamen Freund*innen hin, da konnte man eine gute Zeit haben. Und genau so war es dann auch. Wir hatten eine gute Zeit und sind dann zu dritt noch 10 000 Schritte zusammen bis zum Alexanderplatz zurückgelaufen. Von da bin ich noch schnell ins Büro, um ein paar operative Sachen abzuarbeiten, die ich in den letzten Tagen nicht geschafft hatte. Um 16:00 Uhr ging ich zur Kita, um meine Kids endlich zu sehen und abzuholen. Mein schlechtes Gewissen war zu diesem Zeitpunkt so groß, dass ich am liebsten mit den Kindern zum Spielzeugladen gefahren wäre und gönnerhaft gesagt hätte: »So, sucht euch aus, was ihr wollt!« LOL. In der Klinik hatte ich ja gelernt, dass ich Konsum als Emotionsregulation verwendete und dadurch dachte, dass das bei meinen Kindern auch funktionieren würde. Die würden sich sicher beruhigen, wenn ich denen was tolles

Neues kaufen würde. – Nee, würden sie nicht. Die zwei freuten sich einfach, mich zu sehen und Zeit mit mir zu verbringen.

Das Wochenende war komplett durchgeplant. Samstag fuhren wir mit Freund*innen und Kindern nach Brandenburg auf ein großes Volksfest, und Sonntag ging ich mit meinem Sohn in Berlin auf einen Kinderflohmarkt. Ein Ort, an dem ich oft erkannt werde. An diesen Orten chillten die Mamas. Um auf so ein Event zu gehen, brauchte ich grüne Balken, sonst wird es schnell *awkward*. Dort sagen mir Frauen, dass ich ihr erstes Jahr mit Baby begleitet hätte und dass sie mir sehr dankbar seien für meine Arbeit. Ich liebe es wirklich, dass meine Community so unglaublich toll und dankbar ist. Wenn mich Menschen erkennen oder auf Instagram anschreiben, sind sie meistens lieb und unglaublich *cute*. Nur: Meine Akkus waren an diesem Tag leer und ich merkte, dass ich anfing, eine Person zu spielen, die so ähnlich sein sollte wie diese Julia Knörnschild. Das tat ich oft, wenn es mir nicht gut ging. Das kostet Energie. Weil: Die Echte hatte keine Power mehr. Da half dann also nur schauspielen und das bedeutete, dass ich die aller-, aller-, allerletzten Tankreserven rausballerte.

Montag: Wow, die Woche war endlich vorbei, ich hatte keine Sekunde Zeit gehabt, irgendwas davon zu verarbeiten. Um 9:00 Uhr hatte ich Therapie, zum ersten Mal nach dreiwöchiger Pause. Die Therapeutin war zwei Wochen in den Ferien gewesen und die Woche darauf hatte ich abgesagt, weil so viel zu tun war. Wir machten an diesem Tag eine Imagination und gingen in einen Moment in meiner Kindheit, der mich schwer beschäftigte und an den ich immer wieder denken musste. Diese Therapiestunde war sehr anstrengend und emotional, weil ich wieder in diesen Moment reinmusste und versuchte, meinem inneren Kind zu sagen, dass es keine Verantwortung dafür trug. Aber das innere Kind in mir übernahm die Verantwortung für diese Situation in meiner Kindheit so sehr, dass es fest in mir drin war, bis heute ist. Es ist so schwer, sich von alten und bösen Dingen zu trennen, die dunkelsten Dinge auszusprechen und sie zu bearbeiten. Immer wenn ich solche Situationen rausholen muss, kämpfen mein Kopf und mein Körper dagegen an und wollen sich partout nicht erinnern, aber meine Therapeutin ist unglaublich gut und hilft mir dabei. Nach der Therapie spazierte ich durch drei Berliner Kieze und verarbeitete, was ich gesehen und gedacht hatte. Mein inneres Kind war sehr traurig und fühlte sich so alleine, wie nur konnte ich es trösten?

Nach der letzten Woche merkte ich wieder, wie wichtig es war, sich als Eltern Zeit für sich zu nehmen. Bewusst auf Dinge zu verzichten, damit ich meinen eigenen Akku füllen konnte, auch um die Mutter zu sein, die ich sein wollte. Nur wenn meine Batterien alle voll waren, war ich liebevoll und konnte mich auf andere Menschen einlassen und Verantwortung für andere Menschen übernehmen. Deshalb setzte ich mich hin, schaute mir die letzte Woche an und checkte, was ich hätte streichen können, damit ich Zeit für mich gehabt hätte. Wenn ich so weitermachte, konnte ich auch gleich zurück in die Tagesklinik gehen oder mich vollstationär in der Klinik anmelden, was ich mich übrigens nur nicht getraut hatte, weil ich meine Kinder so vermisst und ich ein extrem schlechtes Gewissen meinem Mann gegenüber gehabt hätte.

Dienstag: Mein Körper tat weh, mein Kopf tat weh, mir war heiß und kalt. Ich merkte, ich wurde krank. Pflichtbewusst und mit schlechtem Gewissen gegenüber meinem Mann, brachte ich die Kinder in die Kita. Ich traute mich kaum zu sagen, dass ich krank wurde, weil ich nach der letzten Woche so ein schlechtes Gewissen hatte, wenn ich jetzt ausfiel. Außerdem hatte ich um zwölf Uhr einen Termin, wenn ich den jetzt so spontan abgesagt hätte, hätten alle gedacht, auf mich wäre kein Verlass. Das kam also nicht infrage. Es handelte sich um eine Podcast-Aufnahme für einen anderen Podcast, ich war nur Gast. Die Hostin des Podcasts wollte aber zu mir ins Studio kommen, was mir recht war, denn dann ging es wenigstens schnell. Die Hostin erzählte mir vor dem Gespräch etwas sehr Emotionales, was sie gerade beschäftigte und was mich (heimlich) zum Weinen brachte. Mir wurde richtig übel davon, da ich ihre Emotionen direkt annahm und genau das fühlte, was sie fühlte. Das Podcast-Gespräch war dann sehr ruhig, emotional, therapeutisch und ich war kurz vorm Zusammenbrechen. Der Deep-Talk war gut, würde sicher super ankommen, aber das ging auf meine Kosten und zog meine letzte Kraft. Nach dem Gespräch packte ich meine Sachen und ging nach Hause ins Bett. Ich konnte nicht mehr. Mein Körper wurde wieder heiß und kalt im Wechsel. Er wollte mir wohl sagen, dass ich SOFORT Pause machen musste, sonst würde es knallen. Ich tat, was er sagte.

Mittwoch und Donnerstag lag ich zwar im Bett, war aber viel am Handy, arbeitete eigentlich den ganzen Tag, nahm mit Fanny den Podcast auf, gönnte mir gar keine Ruhe, supportete meinen Mann nicht bei den Kindern, weil ich ja krank war, schaffte es aber irgendwie zu arbeiten, was natürlich gar nicht gut ankam zu Hause. Die Beziehung litt unter meiner Arbeits- und Lebensstruktur, darunter, dass ich keine Prioritäten setzen konnte und von allem überfordert war. Ich war wieder in einem Ich-Tunnel und wusste gar nicht, was mein Mann jeden Tag erlebte, welche Erfolge er feierte, wie es ihm ging. Als ich das merkte, machte es mich so traurig, dass ich an dem Abend mein Handy bewusst weglegte.

Freitag lag mein Handy noch immer am anderen Ende der Wohnung. Ich nahm es aktiv nicht in die Hand. An diesem Tag wollte ich etwas an meinem Leben ändern. Ich brauchte Regeln. Es konnte doch nicht sein, dass dieses kleine Scheißteil wichtige Lebens-, Beziehungs- und Kinderzeit verhinderte. Nach dieser Woche merkte ich deutlich, dass ich mental komplett am Ende war. Ich musste mir jetzt aktiv Zeit nehmen, um das zu verarbeiten. Dafür ließ ich mir eine Badewanne mit Wald-Duft ein, ignorierte weiter das Handy und dachte einfach nur nach. Ich atmete und entspannte mich und überlegte, was ich alles ändern musste, damit es mir und meiner Familie mit mir besser gehen konnte. Und mir wurde immer klarer: Es musste sich etwas ändern, und zwar sofort.

Was will ich eigentlich wirklich?

Mit 33 Jahren, zwei Kindern und vielen Firmen fragte ich mich irgendwann: Was will ICH eigentlich? Genau ein Jahr zuvor war ich mit einer Freundin mein erstes Wochenende ohne Kinder unterwegs. Das war mein erstes Mama-Auszeit-Wochenende seit meinem zweiten Kind. Es war episch. Meine Freundin und ich haben uns am Wochenende gefragt, was wir eigentlich wirklich wollen, wenn wir ganz ehrlich zu uns sind. Das Ergebnis wollten wir dann mitnehmen und manifestieren. Für mich hat der Prozess ein ganzes Jahr gedauert, weil da viele andere Menschen mit drinhingen und ich herausfinden musste, was noch alles dazugehört. Ein Jahr später wusste ich, was ich NICHT will:

Ich wollte keine Chefin mehr sein.
Ich wollte keine Podcast-Firma mehr haben.
Ich wollte keine Podcasts mehr für andere machen.

Wow. Durch die Ergotherapie, die mir mein Psychiater verschrieben hatte, begann ich, meine therapeutischen Prozesse visuell auf Papier zu bringen. So malte ich mein Inneres, meine Grenzen, meinen Schutzring und fand dadurch heraus, dass in meinem Kopf viele fremde Stimmen gespeichert waren. Diese könnte man auch Glaubenssätze nennen.

Die kommen übers Leben verteilt über externe Stimmen irgendwie in den eigenen Kopf rein: Freund*innen, Lehrer*innen, Arbeitgeber*innen, Kolleg*innen und andere Menschen aus dem eigenen Umfeld. Das kann man sich in etwa so vorstellen: Mein Kopf ist wie ein Computer, der viele Informationen speichern kann. In meinem Kopf speichere ich Glaubenssätze, die wie kleine Programme oder Gedanken sind. Das sind Dinge, an die ich glaube und die ich für real halte. Diese Programme sind bei mir oft negativ und sehr selbstkritisch, um gut abzuliefern und am Ende die Beste zu sein. Dafür sorgen die Glaubenssätze quasi von allein. Manche Glaubenssätze sind aber auch positiv und machen mich glücklich und selbstbewusst, wenn es mir gerade gut geht. Ich denke dann zum Beispiel: »Ich kann alles schaffen, wenn ich es wirklich versuche.« Das motiviert mich und hilft mir, größere Herausforderungen anzunehmen, die sich andere Menschen nicht trauen würden. Es macht mir nichts aus, auf einer Bühne zu stehen oder in mein Handy reinzulabern und 100 000 Menschen auf Instagram zu erklären, warum ich gerade schlecht drauf bin. Aber viele meiner Glaubenssätze sind eben auch negativ und machen mich unsicher und traurig. Wenn ich zum Beispiel denke »Ich bin nicht gut genug«, dann fühle ich mich unsicher und denke dass ich nie erfolgreich sein kann. Das bremst mich, bestimmte Jobs anzunehmen, weil ich denke, dass ich sie niemals schaffen werde. Diese Gedanken fühlen sich leider real an. Das sind bei mir oft TV-Jobs oder Jobs, wo ich schauspielen muss. Als Kind wollte ich unbedingt Schauspielerin werden, aber mein inneres Kind und diese negativen Glaubenssätze schrien später: »Du hast das nicht verdient.« Und deshalb sage ich noch immer Jobs dieser Art meistens ab.

Glaubenssätze entwickeln sich im Laufe eines Lebens. Wenn ich als Kind bestimmte Erfahrungen mache oder Dinge von anderen Menschen höre, fange ich an, an bestimmte Dinge zu glauben. Wenn mir jemand immer wieder sagt, dass ich dumm bin, könnte ich anfangen zu glauben, dass ich wirklich dumm bin, obwohl das nicht stimmt. So ging es mir auch in der Grundschulzeit. Ich dachte, ich sei dumm, anders, unkonzentriert und verrückt. Mittlerweile weiß ich, dass das alles nicht stimmt, weil ich dank der AD(H)S-Diagnose gecheckt habe, was wirklich los war. Meine Lehrer*innen und mein Umfeld wussten einfach nicht, was AD(H)S bedeutet. Aber zurück zu den Glaubenssätzen: Diese Glaubenssätze speichere ich dann in meinem Kopf und sie beeinflussen, wie ich über mich selbst denke und wie ich mich in verschiedenen Situationen verhalte. Sie können meine Entscheidungen, meine Gefühle und mein Verhalten beeinflussen. Aber ich weiß, dass meine Glaubenssätze nicht immer die Wahrheit sind. Das Gute ist, dass ich meine Glaubenssätze ändern kann, wenn ich merke, dass sie mir nicht guttun. Wie? Ich versuche, neben den ganzen negativen Sätzen und Stimmen in meinem Kopf, gemeinsam mit meiner Therapeutin zu gucken, was ich gut kann und was Schönes in mir schlummert. Welche positiven Glaubenssätze habe ich eigentlich? Meine innere Stimme sagt mir ständig, was ich alles nicht kann und wie schlecht und unperfekt ich Dinge erledige, dass nur wenig Platz für das Positive bleibt. Nach langem Überlegen fällt mir ein, dass ich sehr gut Menschen zum Lachen bringen kann, dass ich es liebe, Menschen zu verbinden, dass ich eine ausgeprägte soziale Ader habe und gerne Menschen helfe und dass ich sehr kreativ bin und jeden Tag neue Ideen habe, die mich oft weiterbringen. Das schreibe ich mir alles auf und versuche es immer zu lesen, wenn es mir nicht gut geht. So schaffe ich es, mein Selbstvertrauen zu stärken und mein Leben positiv zu beeinflussen. Das klingt jetzt supereinfach und ist in der Praxis nicht immer umsetzbar, aber hey: Der Weg ist das Ziel. Es ist wie ein Update für den Computer, nur eben für meinen Kopf, das mir hilft, besser zu denken und zu handeln. Ich kann daran glauben, dass ich großartig bin und alles erreichen kann, was ich mir vornehme.

Und deshalb versuchte ich mein Leben umzukrempeln. Fast ein Jahr nach der Tagesklinik hatte ich es endlich hinbekommen, wirklich etwas zu ändern. Ich wollte eine gute Mutter sein und meine Arbeit sollte mich nicht mehr stressen. Es war inhaltlich einfach zu viel. Deshalb cancelte ich die Arbeit mit externen Podcasts, die mir wöchentlich viel Zeit geraubt hatte. Ich hatte zu der Zeit Verantwortung für drei fest angestellte Mitarbeitende, vier externe Mitarbeitende und sechs Podcast-Host*innen. Das waren zwölf Menschen. Zwölf Menschen, die wöchentlich mit mir sprechen mussten und mich rund um die Uhr bei WhatsApp erreichen konnten. Dieser Aufgabe war ich nicht gewachsen. Ich delegierte die kreative Arbeit, um mehr Zeit für Orga und Buchhaltung zu haben. Also für Aufgaben, die mir nicht lagen. In meinem Kopf war klar: Du musst Geschäftsführerin sein, du musst Chefin sein, du brauchst fest angestellte Mitarbeiter*innen, du musst eine GmbH gründen. CIAO! Ich habe hochschwanger eine GmbH gegründet, damit ich noch im Wochenbett Mitarbeiterinnen einstellen konnte. Bis heute frage ich mich, wie ich das alles gemacht habe. Ich bin dabei so stark über meine Grenzen gegangen, dass ich mich selbst verloren habe. Dabei wollte ich die ganze Zeit nur eins: kreative Arbeit leisten. Das wusste ich aber zu dem Zeitpunkt nicht, weil ich mich eben selbst verloren hatte. Das lernte ich erst danach in der Therapie. Manchmal liegt das Ziel genau vor einem und man kann es trotzdem nicht sehen. Ich wollte Zeit haben, um kreativ zu arbeiten. Ich wollte jeden Tag neue Ideen haben und mich von niemandem kleinreden lassen. Ich bin ein Freigeist und in manchen Zyklus-Phasen isoliere ich mich und brauche Ruhe. Da half mir mein wunderschönes, kunterbuntes Büro gar nichts, wenn da eine Mannschaft voller Menschen saß, wenn ich Ruhe brauchte und für mich alleine sein wollte. Das hatte natürlich, selbstredend, nichts mit den Menschen zu tun, die bei mir gearbeitet haben. Sondern mit meinem Chaos im Kopf, das erst mal aufgeräumt werden musste. Das war und ist ein Prozess und bei manchen dauert dieser Prozess das ganze Leben. Vielleicht auch bei mir, denn ich liebe Veränderung und das wird sich sicher nicht ändern. Wichtig ist, dass ich nun weiß, was mir nicht liegt und was mir guttut.

Meine eigenen Bedürfnisse: die Isolation, um klarzukommen, um klar zu denken

Puh, ich hatte eine *fucking* schwere Aufgabe in der Therapie bekommen: Ich musste herausfinden, was meine eigenen Bedürfnisse waren. Das war superschwer, da ich eine Anpassungsstörung hatte und die Gefühle und Muster von anderen quasi aufgesaugt und als meine eigenen ausgegeben habe. Ich hatte keine Ahnung, wo und was meine Bedürfnisse waren. Sowohl beruflich als auch privat bin ich hart über meine eigenen Grenzen gegangen, damit sich alle gut fühlen, und da fing der Teufelskreis schon an. Ich war wie ein ausgewrungener Schwamm. Leer und matschig. Es hat echt eine Weile gedauert, bis ich sortieren konnte, was los war. Denn seien wir ehrlich, Leute, wenn ich mich nicht um mich selbst kümmere, dann bin ich so nützlich wie ein Spielzeug aus dem Überraschungsei. Also habe ich, neben meiner alkoholfreien Zeit, beschlossen, eine kleine Auszeit von all den Partys, Treffen, Dates, Terminen, Events, Gesprächen, Menschen und Geburtstagen zu nehmen. Ich musste mich richtig isolieren, um klarzukommen, um klar zu denken. Es war ein knappes Jahr der Selbstfindung, des Absagens und des Neinsagens. Ich hatte gelernt, meine Grenzen besser zu ziehen, aber nach wie vor übersprang ich gefühlt ein Level. Wenn ich etwas nicht wollte, wurde ich plötzlich wütend oder zickig. Ich wurde sogar laut. Es war, als würde ich von null auf hundert Prozent wechseln. Damit stieß ich viele Menschen vor den Kopf. Diese Übung war also für niemanden leicht. Es gab Diskussionen, Augenrollen und Streitgespräche. Manchmal gab es auch Tränen bei mir, weil es mir soooo unangenehm war, zu sagen, was ich wirklich wollte. Weil ich mich sonst immer anpasste. Also musste ich lernen, diese Zwischenphase zu finden, in der ich freundlich blieb und trotzdem Nein sagen konnte. In diese Zwischenwelt reinzukommen war für mich das Schwerste. Damit habe ich bis heute zu kämpfen, aber ich werde besser und besser. Auch wenn viele oft noch denken könnten, ich wäre wütend. Dabei setze ich einfach nur meine Grenzen und übe, Nein zu sagen. Nach diesem knappen Jahr der Selbstreflexion stieg ich aber episch wie ein Phönix aus der Asche hervor. Ich war zurück. Ich war auf einem Event, hatte beste Laune, alle freuten sich, dass ich da war. Ich wollte an diesem Abend einfach genießen, wie gut ich mich fühlte. Bei diesem Event war eine Person, die gern mit mir über meine Diagnose und meine psychischen Probleme sprechen wollte, was natürlich völlig okay war, denn diese Person hatte sichtlich Interesse daran, sich selbst Hilfe zu holen. Ich merkte, wie ich in alte Muster verfiel. In meinem Kopf beschwerte sich ein kleines Arschloch, dass ich in diesem schönen Moment ausgerechnet darüber reden sollte. Gleichzeitig gab ich aber der Person das Gefühl, dass es überhaupt kein Problem war, genau jetzt darüber zu reden. Diese Person sollte auf keinen Fall merken, dass ich ein Problem damit hatte. Ich bin also über meine eigene Grenze gegangen und habe mein eigenes Bedürfnis hintenangestellt. Ich bemerkte dieses Muster aber an diesem Abend und sagte der Person, dass ich gerade nicht über Medikamente, Diagnosen und psychische Krankheiten sprechen mochte, weil ich mich wirklich viel damit beschäftigte und einfach nur einen guten Abend haben wollte. Das war episch! Denn ich war nicht wütend oder zickig, ich war einfach respektvoll und sachlich. Selbst wenn sich die Person vor den Kopf gestoßen fühlte, war es wichtig, auf meine eigenen Bedürfnisse zu achten und nicht im Außen zu sein und mich um das Wohlsein einer anderen Person zu kümmern, wie ich es sonst immer gemacht hatte.

Hier für euch ein paar wichtige Learnings zu diesem Thema, denn ich weiß, dass es viele Menschen betrifft:

1. Hört auf eure eigenen Bedürfnisse. Es ist nicht das Wichtigste, was andere denken. Kümmert euch um euch selbst.

2. Setzt eure Grenzen. Es ist okay, Nein zu sagen. Wenn euch jemand fragt, ob ihr Zeit für eine Sache habt, dann fragt euch selbst, ob ihr wirklich Bock darauf habt. Und wenn ihr nicht direkt Nein sagen könnt, dann räumt euch selbst einen Puffer ein und sagt, dass ihr darüber nachdenken müsst. Dann könnt ihr später noch Nein sagen.
3. Lernt euch selbst kennen. Wenn ihr wisst, wer ihr seid und was euch glücklich macht, dann habt ihr den kleinen Bürgermeisterinnen-Schlüssel zum Glück in eurer Hand.

Ich lerne gerade noch, Grenzen zu setzen und meine eigenen Bedürfnisse zu sehen und zu priorisieren. Das ist für mich als Mutter besonders schwer, da ich bei meinen Kindern zu diesem Zeitpunkt kaum Grenzen setzte. Die kleinen Racker tanzten mir regelrecht auf der Nase herum. Es ist, als hätten sie einen eingebauten Radar, der ihnen sagte: »Hey, Mama ist verwundbar, lass uns das ausnutzen!« Haben sie natürlich nicht. Aber sie brauchten eine Verbindung zu ihrer Bezugsperson und das funktionierte auch über Grenzen. Da war zum Beispiel die tägliche Story mit dem Schlafengehen. Ich sagte ihnen ganz klar und deutlich: »Kinder, es ist Zeit, ins Bett zu gehen!« Aber anstatt easy peasy einzuschlafen, verwandelten sie ihr Zimmer in Chaos. Da flogen Kuscheltiere durch die Luft, sie spielten Verstecken unter der Decke und machten Party. Es war, als ob sie dachten: »Hey, Mama, deine Regeln sind für uns nur *funny* Vorschläge! Die nehmen wir nicht ernst. Denn die letzten zehn Male hast du auch nichts gesagt.« Trotz unseres Spielens (was ich super*cute* fand) war es wichtig, dass ich Grenzen setzte. Warum? Weil Grenzen eigentlich wie ein Verbindungsglied sind, das unsere – Überraschung – Bindung stärkt. Wenn ich ihnen keine Grenzen setze, könnten sie vielleicht sogar denken, dass ich sie nicht liebe und mir alles egal ist. Und das ist ja nicht der Fall! Also muss ich manchmal die »böse Mama« raushängen lassen, damit sie verstehen, was in Ordnung ist und was nicht. Das war für mich aber ein superlanger Prozess, denn bis dahin bedeutete für mich »Grenzen setzen« so viel wie streng, negativ und gemein sein. Ich hatte Angst, dass meine Kinder denken, ich sei doof oder könne sie nicht leiden. Das war an dem Punkt mein größtes Thema in der Therapie. Ich wusste einfach nicht, wie ich eine gute Mutter sein konnte. Meine Erwartungshaltung war so hoch, dass ich sie nicht erfüllen konnte und immer wieder von mir selbst enttäuscht war. Wenn ich ihnen zum Beispiel sagte: »Es ist nicht okay, einem anderen Kind mit der Schaufel eines überzuziehen«, dann meinte ich das auch so. Ich liebe sie sehr, aber das heißt nicht, dass sie alles tun dürfen, was ihnen in den Sinn kommt. Grenzen zeigen ihnen, dass ich sie beschützen möchte und dass ich ihnen helfe, zu lernen, wie man ein respektvoller und verantwortungsvoller Mensch wird. Das schreibe ich hier so, als wäre es klar wie Kloßbrühe. Aber Alter! Das ist *the process of my mother-life*. Hier sind meine Schritte, wie ich am besten die Grenzen bei meinen Kindern ziehen kann:

Ich versuche klar und deutlich in meiner Anweisung zu sein und dabei konsequent zu bleiben. Kinder verstehen klare Grenzen und wissen, worauf sie sich einstellen können. Das schaffen wir!

- Ich versuche mit meinen Kindern auf Augenhöhe zu sprechen und erkläre die Gründe für meine oder andere Grenzen. Dabei versuche ich, auf die Gefühle und Ängste der Kinder zu achten, diese wahrzunehmen und trotzdem standhaft zu bleiben und ALTER, ist das schwer.
- Ich versuche mir wirklich gut zu überlegen, welche Regeln und Grenzen für MICH wirklich wichtig sind. Manchmal neige ich dazu, mich anderen Eltern anzupassen, dabei will ich das gar nicht. Außerdem ist es nicht notwendig, über jedes kleine Detail zu verhandeln. Deshalb lege ich den Fokus auf die Dinge, die MIR wichtig sind.
- Ich versuche mit meinem Partner die Grenzen, die wir beide als Eltern setzen möchten, abzusprechen. Ich VERSUCHE ES. Das machen wir, damit wir in der Erziehung in die gleiche Richtung schwimmen. Unsere Kinder brauchen klare und konsistente Regeln, um sich sicher und geborgen zu fühlen. Da geben wir unser Bestes, aber wir sind auch oft komplett unterschiedlicher Meinung und geraten deshalb DOLL aneinander.
- Grenzen setzen bedeutet aber auch, meine eigenen Bedürfnisse zu respektieren und Zeit für mich selbst einzuplanen. Deshalb bin ich ein gutes Vorbild für die Kinder, indem ich Me-Time-Zeiten einplane, um eine gute Mama zu sein, die ihre Bedürfnisse checkt und ihre Grenzen klar setzt.

Also, auch wenn es manchmal wie eine kleine Zirkusshow bei uns aussieht: Grenzen sind wichtig, um unsere Bindung zu stärken und unseren Kindern dabei zu helfen, großartige Menschen zu werden. Und am Ende des Tages können wir dann gemeinsam kichern wie kleine Babys und uns in den Armen liegen, während wir über unsere Erlebnisse des Tages reden. Aber Kinder, auf meiner Nase wird jetzt nicht mehr getanzt! Grenzen sind da, um uns alle zusammenzuhalten – als eine lustige und liebevolle Familie! Deshalb singen wir jetzt alle: »We are Family, das ist unsere Philosophie.«

»Das Stimmungs-Chamäleon«

Was ist das jetzt schon wieder ein Stimmungs-Chamäleon, fragen sich jetzt sicher viele. Ich bin eines, denn ich bin überangepasst, andere sagen dazu auch »People Pleaser«. Seit ich denken kann, konzentriere ich mich auf mein Außen, also auf andere Menschen, und vergesse dabei mich selbst. Leider strebe ich sehr nach Harmonie und deshalb zeige ich mich stets gut gelaunt und vermeide Konflikte jeder Art. Ich habe auch gelernt, dass ich dadurch Anerkennung, Liebe und Wertschätzung erfahre. Genau deshalb war ich auch immer der Klassenclown in der Schule. Bis heute fällt es mir schwer, negative Gefühle zuzulassen. Wenn andere schlechte Laune haben, übernehme ich die Verantwortung dafür. Dabei gehe ich maximal über meine Grenzen und stelle meine Bedürfnisse hintenan. Das schadet mir extrem. In der Therapie übe ich immer und immer wieder Konflikt-Gespräche. Überanpassung bedeutet für mich auch, dass ich mich ständig darum bemühe, die Bedürfnisse meiner Kinder zu erfüllen, auch hier oft auf Kosten meiner eigenen Grenzen und meiner emotionalen Gesundheit. Ich setze alles daran, es meinen Kindern recht zu machen, und unterdrücke dabei oft meine eigenen Wünsche und Bedürfnisse. Manchmal spüre ich mich selbst nicht und weiß nicht, was ich fühle. Es fällt mir schwer, negative Stimmungen auszuhalten, weil ich mich darauf konzentriere, für meine Kinder immer positiv und glücklich zu sein. Konflikte zu führen ist für mich schwierig, da ich befürchte, dass Streitigkeiten meinen Kindern schaden könnten und ihnen die behütete Kindheit nicht bieten kann, was mir so wichtig ist. Daher meide ich Konflikte, selbst wenn es bedeutet, meine eigenen Bedürfnisse zurückzustellen. Wenn meine Kinder jammern, schreien oder weinen, ist es besonders schwer für mich, weil ich ihre Emotionen persönlich nehme, die Verantwortung dafür übernehme und den Drang verspüre, sie sofort zu beruhigen. Ich fühle mich verantwortlich für ihr Glück und betrachte ihre negativen Gefühle als mein eigenes Versagen. Das verstärkt meinen Wunsch, mich übermäßig anzupassen und alle Unannehmlichkeiten für sie zu beseitigen, selbst wenn das nicht immer gesund oder realistisch ist. Es ist wichtig für mich zu lernen, meine eigenen Grenzen zu erkennen und auf meine eigene emotionale Gesundheit zu achten, um eine gesunde Beziehung zu meinen Kindern aufzubauen. Ich muss verstehen, dass es normal ist, dass Kinder negative Emotionen zeigen, und dass es nicht immer meine Aufgabe ist, diese sofort zu eliminieren. Das Setzen von Grenzen und die praktische Anwendung gesunder Konfliktbewältigung sind entscheidend, um eine ausgewogene Beziehung zu meinen Kindern zu entwickeln. Aber erst, wenn ich meine eigenen negativen Gefühle akzeptieren kann, kann ich die von anderen auch akzeptieren. Das ist ein langer Weg. Sobald ich mich schlecht fühle, kommen die Schuldgefühle hoch wie 'ne Push-Benachrichtigung auf dem Smartphone. Da heißt es jetzt: dranbleiben. Der Weg ist wie immer das Ziel.

Die angepasste Mudda

Ich als Mama mit einer extremen Anpassung an meine Umwelt muss zugeben, dass es manchmal echt turbulent zugeht. Ich würde lügen, wenn ich sagen würde, dass meine Anpassungsfähigkeit zu Hause nicht ausgenutzt wird. Meine Leutchen da wissen genau, wie sie mich um den Finger wickeln können. Es ist, als ob sie alle einen Geheimpakt geschlossen hätten: »Hey, die Mama tanzt nach unserer Pfeife! Lass mal zehn Minuten schreien, dass wir Eis wollen, dann bekommen wir das *safe.*« Und auch hier würde ich lügen, wenn ich sagen würde, dass es nicht stimmt. Ich habe mir eigentlich fest vorgenommen, dass meine Kinder gesundes Essen bekommen und genug Gemüse auf dem Teller landet. Lol. Aber was machen sie? Sie spielen Gemüse-Tetris und zerdrücken alles, bis es aussieht wie ein buntes Gemälde, aber nicht auf dem Teller, sondern auf dem beigen Teppich unterm Tisch. Jetzt könnten wir uns alle hier fragen, warum ich einen beigen Teppich unter einem Esstisch habe. Aber dafür sitzen wir jetzt nicht hier. Dann behaupten die Kinder also stolz, dass sie jeden einzelnen Brokkoli und jede Karotte gegessen haben. Ich meine, echt jetzt? Aber trotz aller Chaosmomente ist es wichtig, dass ich meine Anpassungsstörung im Griff habe. Denn sie kann wirklich hinderlich sein, besonders in der Erziehung und in unserer Beziehung als Familie.

Als Mutter, Freundin und Partnerin war es für mich lange Zeit schwierig, negative Stimmungen auszuhalten. Ich wollte immer, dass alle um mich herum glücklich sind, und vermied es, Konflikte anzusprechen oder meine eigenen Bedürfnisse zu äußern. Ich hatte regelrecht eine Mauer um mich herum gebaut, um mich vor unangenehmen Gefühlen zu schützen. Aber wisst ihr was? Diese Mauer war gar nicht so gut für mich. Sie hielt mich zwar vorerst sicher, aber sie hinderte mich auch daran, tiefere Verbindungen zu anderen Menschen einzugehen. Ich merkte, dass ich in meinen Beziehungen oft oberflächlich blieb und nicht wirklich meine wahre Persönlichkeit zeigen konnte. Sobald die Beziehung tiefer wurde, musste ich meine Stilettos in die Hand nehmen und wegrennen. Lol, als hätte ich je Stilettos getragen. Aber stellt es euch vor: Ich halte Stilettos in der linken und eine Prada-Handtasche in der rechten Hand und renne panisch weg. Das ist ein richtiger Sex-and-the-City-Moment.

Dann entdeckte ich in der Tagesklinik unter anderem die Schematherapie. Dort lernte ich, diese Mauer zu durchbrechen und mich meinen eigenen negativen Gefühlen zu stellen. Das war gar nicht so einfach, denn es fühlte sich anfangs megaungewohnt und beängstigend an. Aber mit der Unterstützung meiner Therapeutin, die ich nach der Klinik gefunden hatte, und meiner eigenen Entschlossenheit, etwas zu ändern, wagte ich den Schritt, mich meinen Ängsten und meinen verletzlichen Seiten zu stellen. Ich erkannte, dass es in Ordnung war, negative Gefühle zu haben, und dass es ein natürlicher Teil des Menschseins ist. Ich lernte, sie anzuerkennen, zu akzeptieren und auch anderen Menschen gegenüber auszudrücken. Das war eine echte Befreiung für mich. Ich konnte endlich authentisch sein und meine Bedürfnisse und Grenzen klar kommunizieren. Das ging aber nur, weil ich es praktisch, also in *real life*, immer wieder ausprobiert und geübt habe. Bei meinem Mann, bei meinen Kindern, bei Mitarbeitenden und Freund*innen. Daran sind meine Beziehungen so krass gewachsen. Ich lernte, dass mich keiner verlässt. Ich lernte, dass keiner sauer auf mich ist, sondern dass etwas Besseres und Krasseres daraus entstand: Meine Beziehungen wurden viel tiefer und erfüllender. Meine Freund*innen und meine Familie schätzten es, dass ich ehrlicher und offener war. Es entstanden echte Verbindungen, die auf Vertrauen und gegenseitigem Verständnis basierten. Ich konnte auch besser mit Konflikten umgehen und sie als Chance zur persönlichen Weiterentwicklung sehen. Das war aber wirklich harte Arbeit. Natürlich ist es manchmal immer noch eine Herausforderung (Herausforderung = das positive Wort für Problem), negative Stimmungen auszuhalten. Aber ich habe gelernt, dass es in Ordnung ist, sie zu fühlen, und dass sie vorübergehen. Ich habe gelernt, mir selbst und anderen Menschen gegenüber einfühlsamer zu sein. Und das hat mein Leben wirklich bereichert.

Um den Bogen noch mal zu meinen Kindern zu schlagen: Ich gebe mein Bestes, erkläre meinen Kids, warum gewisse Regeln wichtig sind. Wir spielen gemeinsam, machen zusammen Quatsch und sorgen dafür, dass es hier nie langweilig wird. Einfach Handy weglegen und los geht's! Natürlich gibt es auch Momente, in denen ich an meine Grenzen stoße. Dann nehme ich mir eine Mudda-Auszeit, um meinen *Sims*-Balken, also meine Social-Batterie, wieder grün zu füllen. Da geben mein Mann und ich uns gegenseitig gerne freie Zeit alleine. Das tut gut und stärkt die Beziehung der Familie. Dafür muss ich aber nicht weit wegfliegen, mir reicht auch oft eine Stunde Yoga, eine Runde durch den Park spazieren, ein Abend mit Freundinnen oder einen ganzen Tag lang alleine sein und machen, was ich will.

Die große Frage meines Psychiaters

Über ein halbes Jahr nach der Entlassung aus der Tagesklinik saß ich im Wartezimmer meines Psychiaters, eigentlich nur, um das Rezept für mein AD(H)S-Medikament abzuholen. Als mein Name aufgerufen wurde, betrat ich das Sprechzimmer und wurde von meinem Psychiater freundlich begrüßt. Wir führten die üblichen Small-Talk-Gespräche und er machte einen Check-up und stellte mir viele Fragen zu meinem aktuellen Zustand. Mir ging es zu dem Zeitpunkt auch deutlich schlecht und ich war mal wieder komplett erschöpft. Und dann kam dieser eine Satz, der meine Welt komplett ins Wanken brachte: »Haben Sie gerade Zeit, wieder in die Tagesklinik zu gehen?« Diese Frage traf mich wie ein Schlag ins Gesicht. Innerhalb weniger Sekunden hatte ich so viele Fragen und Gedanken in meinem Kopf. Ich sah mich schon in der Klinik, getrennt von meinem Mann, weinende Kinder. War ich wieder in meinen alten Mustern gefangen und in meine alten Gewohnheiten zurückgefallen? Panik machte sich in mir breit. Gleichzeitig fühlte ich mich aber auch gesehen und an die Hand genommen. Ich fühlte richtig, dass jetzt was passieren musste, weil ich sonst irgendwann einfach umkippen würde. In diesem Moment wurde mir so klar, dass ich dringend etwas ändern musste. Ich hatte mich wieder viel zu sehr in die Bedürfnisse anderer Menschen verstrickt und meine eigenen vernachlässigt. Ich hatte mich wieder selbst verloren und die einzige Arbeit, die ich gerne mochte, an andere abgegeben. Einfach nur, damit sich alle wohlfühlten. Da musste ich wirklich durch die harte Schule gehen und daraus lernen. Die Frage des Psychiaters war wie ein kleiner *wake-up call*, der mich aus meiner Seifenblase riss. Ich musste handeln und meine eigenen Bedürfnisse an die erste Stelle setzen. Es war an der Zeit, mich von Studio Lauda zu trennen und wieder zu mir selbst zu finden. Ich spürte, dass es der einzige Weg war, aus diesem Teufelskreis auszubrechen. Also tat ich es. Ich trennte mich endlich von meiner echt doll geliebten Podcast-Firma. Die Firma war schon auch eins meiner Babys irgendwie. Ich hatte sie geboren und ausgetragen, lol. Es war wirklich ein harter Schritt, aber ich wusste, dass es der richtige war. Endlich konnte ich meine Energie wieder auf das lenken, was mir wirklich wichtig war: meine eigene mentale Gesundheit, das Wohlbefinden meiner Familie und Raum für meine eigene Kreativität. Ich meine, hä? Das ist und war immer meine beste Ressource. Der Tag beim Psychiater war der Tag, an dem ich erkannte, dass ich die Verantwortung für mein eigenes Glück übernehmen musste. Es war der Moment, in dem ich meine Bedürfnisse über die Erwartungen anderer Menschen stellte. Irgendwie war es auch ein geheimer Traum, den ich hatte. Es fühlte sich an, als hätte ich mich freigeschwommen, um wieder bei mir selbst zu sein. Ich fühlte mich so viel freier, kreativer, mein Humor kam langsam zurück, ich konnte mich sortieren und hatte viel mehr Luft, Zeit und Raum, um über das letzte Jahr nachzudenken. Das tat mir so gut. Also schloss ich ein wichtiges Kapitel mit vielen Erkenntnissen und öffnete ein komplett neues. Es war an der Zeit, mein Leben wieder selbst in die Hand zu nehmen und den Mut zu haben, für meine eigenen Bedürfnisse einzustehen. Davon profitierte nicht nur ich, sondern auch meine Kinder, mein Mann, meine Familie, meine Freundinnen und Freunde, einfach alle. Ich bekam in der Zeit so viele Komplimente. Ich war plötzlich wieder auf Geburtstagen von meinen Liebsten und, ja, ich war einfach DA! Dafür bin ich unglaublich dankbar.

Was ich aber bei dem Termin bei meinem Psychiater noch mitgenommen hatte, war eine Überweisung zu einer weiteren Therapie. Und alle so: Wie? Noch eine Therapie? Hat sie eine Therapiesucht? Okay, das denkt keiner. Julia, niemand bewertet dich hier. Und wenn doch, dann will ich euch sagen, dass auch ihr es noch schafft, weniger im Außen zu sein und mehr bei euch zu bleiben. Ich sag's euch: Das ist der Schlüssel zum Glück. Wie schon geschrieben, habe ich in der Tagesklinik Kunsttherapie entdeckt. Ich hatte schon früher gern gemalt, aber immer wenn mir jemand gesagt hatte, dass ich nicht gut malen konnte, hatte ich den Pinsel wieder zur Seite gelegt. Vor der Klinik dachte ich, dass nur Menschen malen dürfen, die richtig krasse Ergebnisse erzielen. Richtige studierte Künstler*innen, die ihre Bilder in Galerien ausstellen und im besten Fall auch teuer verkaufen. Aber wer hätte gedacht, dass ich mit Farben und Pinseln so viel mehr ausdrücken kann als ein sehr schönes Bild, das alle toll finden? Die Kunsttherapie in der Klinik hat mir wirklich richtig gutgetan. Allein die Arbeit im Stehen, in Bewegung, ohne Handy. Der Prozess allein hat mich und meine sehr schnellen Gedanken im Kopf total beruhigt und runtergefahren. Nachdem ich meinem Psychiater gesagt hatte, dass ich auf keinen Fall Zeit hatte, ein zweites Mal in die Tagesklinik zu gehen, fragte er mich, wie ich zu Ergotherapie stünde. Ergo-was?

In der Ergotherapie konnte ich jede Woche Mittwoch ab 8:30 Uhr eine ganze Stunde lang einfach nur kreativ sein und dabei meine wirren Gedanken visuell sortieren und gleichzeitig aktuelle Themen angehen. Grenzen, Muster, Stimmungen, sogar meinen Zyklus – alles konnte ich visualisieren. Das hat mich auch endlich wieder zum Malen gebracht, also auch außerhalb der Ergotherapie. Ich verwandelte den zweiten Raum in meinem Studio zu einem Atelier. Wenn es mir nicht gut ging, ich zu viel am Handy war oder ich einfach eine kleine Pause brauchte, ging ich in mein Atelier und malte riesengroße pastellfarbene Bilder mit Blumen drauf. Die Blumen standen oft für meinen guten Zyklus, in dem ich mich so liebte, wie ich war. Aber sie standen auch für meinen positiven Schutzschild, hinter dem ich mich versteckte. Ich versteckte mich hinter zarten Pastellfarben, um mich selbst zu schützen. In der Ergotherapie lernte ich Techniken, wie ich mein Inneres besser verstehen lernte, was mir wirklich richtig half. Ich war schon immer der visuelle Lerntyp gewesen – wenn ich lernte, markierte ich mir die Blätter und Wörter mit verschiedenen Stiften und Farben und konnte es mir so wirklich besser merken. Und jetzt konnte ich diese Fähigkeit nutzen, um mich selbst besser kennenzulernen und meine Stimmungen zu checken. Die Ergotherapie wurde zu meinem wöchentlichen Fahrradausflug Richtung Alexanderplatz. Es war auch so *nice*, einfach wieder aufs Fahrrad zu steigen, was ich mich lange nicht getraut hatte. Außerdem trug ich ja lange entweder ein Baby oder Kind mit mir. Es war meine Me-Time und es war Freiheit. Manchmal sang ich morgens um 8:00 Uhr laut auf dem Fahrrad, weil mir alles egal war. Ich hörte oft den Song »Ich liebe das Leben«, obwohl es in dem Song um Trennung ging. Und ein Stück weit trennte ich mich ja auch. Von negativen Gedanken und Verhalten, die ich mir ein Leben lang antrainiert hatte. In einer Therapiestunde sollte ich in die Mitte der Leinwand mein Inneres malen und darum herum meinen Schutzring. Das Innere malte ich ineinander übergehend und doch kontrollierend abgegrenzt. Die Farben waren total bunt und durchmischt, aber es gab viele kleine lodernd rote Stellen. Die Farbe Rot war in dem Prozess total wichtig, weil ich sie 1. nicht gerne mag, 2., weil mein Sohn die Farbe liebt und ich sie deshalb lieben lernen wollte, und 3., weil sie für Wut, negative Gefühle und mein PMS stand. Die Farbe war also ein wichtiger Teil von mir, den ich lernen musste zu akzeptieren. So tauchte die Farbe immer wieder in meinen Bildern auf. Mal mehr und mal weniger und dann wieder eine Zeit lang gar nicht. Das Innere war also wild und bunt, aber der Schutzring, den ich malen sollte, der war grün und voller Blumen. Insgesamt sah das Bild aus wie eine große Blume, innen total bunt und in Bewegung und außen grün und voller vieler kleinerer Blumen. Der Schutzring machte mich unangreifbar, alles war schön und leicht und gleichzeitig mein Safe Space, die Natur. Mein Safe Space ist ironischerweise draußen im Grünen, wo ich mich doch oft als Drinnie bezeichnete. Aber ein Drinnie zu sein bedeutet für mich Isolation und Nicht-sozial-Sein. Ich kann im Wald oder auf der Wiese sitzen und Drinnie sein. Einfach nur mit mir und völlig bei mir.

Als ich in die Tagesklinik kam, musste ich viele verschiedenen Bogen ausfüllen, damit die Ärzt*innen und Therapeut*innen einschätzen konnten, warum ich da war. Die Pflegerin gab mir all diese Bogen in die Hand und zeigte mir eine Couch, wo ich mich gemütlich hinsetzen sollte, um sie auszufüllen. Ich blätterte die Bogen kurz durch, wunderte mich über den Essstörungsbogen und schaute sie fragend an. Die Pflegerin sagte, dass wir den Bogen auch weglassen könnten, wenn es nicht passte. Ich gab ihn ihr zurück. Mein Körper fühlte sich nicht nach einer Essstörung an, was daran liegen könnte, dass ich meinen Körper zu dem Zeitpunkt nicht spürte. Ich war nicht mit mir selbst *connected*. Weder physisch noch psychisch. Mein USB-Kabel steckte quasi nicht im Adapter. Doch sehr wahrscheinlich hatte ich schon immer eine Essstörung mit mir rumgetragen. Ich aß oft manisch, hatte Fressattacken, wenn ich Stress gehabt hatte.

Nach der Zeit in der Tagesklinik entwickelte ich eine Essstörung in die andere Richtung, man konnte mir auf Instagram zusehen, wie ich dünner und dünner wurde. Als würde ich verschwinden wollen. Es fühlte sich so an, als würde ich zu viel Platz einnehmen, und deshalb musste ich mich etwas kleiner machen.

Das AD(H)S-Medikament zügelte anfangs meinen Appetit, was ich als positiven Nebeneffekt ansah. Durch mein AD(H)S hatte ich mittags oft vergessen zu essen, was ich ebenfalls als positiven Nebeneffekt hinnahm, und ich hatte nach der Klinik ja auch aufgehört, Alkohol zu trinken, also purzelten die Pfunde quasi fast ins Minus. Ich werde hier keine Kilo-Zahlen nennen. Ich weiß aus eigener Erfahrung, wie sehr Zahlen andere Menschen triggern. Ich hätte mir in der Zeit so sehr gewünscht, von allen Menschen, die ich kenne, das Gewicht zu wissen, mich zu vergleichen. Ich bekam jeden Tag auf Instagram Nachrichten wie diese: »Hey Julia, kannst du mir sagen, wie du abgenommen hast?«; »Hi Julia, wow, du hast so krass abgenommen«, aber auch im echten Leben wurde ich von Freund*innen, Bekannten, Menschen aus dem Arbeitskontext und Familienmitgliedern dafür gelobt, dass ich so toll abnahm. Ich wurde täglich für meinen Körper gelobt und merkte, dass auch das nicht das ist, wonach ich mich sehnte. Das hatte mir das Gefühl gegeben, dass ich es vorher nicht wert gewesen war, für mein Äußeres gelobt zu werden. Dass ich vorher nicht gut war. Zudem machte das Abnehmen mich plötzlich zu einer Abnehm-Coachin. Meine Follower*innen fragten, wie ich es geschafft hatte abzunehmen. Die Leute dachten, ich hätte den Schlüssel zum Glück gefunden und wollten, dass ich das mit der Welt teile. Nein, ich hatte keine Kooperation mit den Weight Watchers, nein, ich aß nicht Low Carb, nein, es lag nicht (nur) daran, dass ich Alkohol wegließ. Auch außerhalb des Internets wurde ich von verschiedenen Menschen gefragt, wie ich abgenommen hatte. Damals war ich auch noch extrem angepasst, das heißt, wenn mich dann jemand persönlich fragte, wie ich abgenommen hatte, gab ich plötzlich *random* Tipps, die ich gar nicht hatte. Statt Grenzen zu setzen und auf meine eigenen Bedürfnisse zu achten, ging ich über meine Grenzen hinaus und haute Tipps raus, wie man abnimmt. Wenn ich das schreibe, muss ich lachen und eigentlich auch weinen. Es ist so ultraabsurd.

Zu genau der Zeit wuchs auch mein Instagram-Account stündlich. Ich *refreshte* ständig, um zu gucken, wie viele neue Follower*innen gerade wieder reingekommen waren. Und genau so oft ging ich auf die Waage, um zu gucken, wie viele Kilo wieder runter waren. Ich wusste gar nicht, wie ich damit umgehen sollte, dass mich ständig Menschen für meinen Körper lobten, also nahm ich meinen Mut zusammen und sagte meiner Therapeutin: »Ich glaube, ich habe eine Essstörung.« Das war ein sehr emotionaler Moment für mich, ich musste beim Aussprechen schon weinen, denn da wurde es real. Irgendwie fand mein toxisches Hirn Essstörungen immer cool und unnahbar, weil das bedeutete, dass ich auch mal aussehen könnte wie ein Model von Heidi Klum. Ich muss ganz ehrlich sagen, dass die Sendung »Germany's Next Topmodel« mir die Liebe zu meinem Körper genommen hatte. Ich dachte immer, ich könne nur glücklich sein, wenn ich dünn bin. Mit der Essstörung hatte ich begriffen, dass auch viele dünne Frauen nicht glücklich mit ihrem Körper sind. In meinem Kopf tauchten immer wieder Sätze aus meinem Leben auf, die die Einstellung zu meinem Körper geprägt haben. Ein entfernt bekannter Musikjournalist meinte mal zu mir: »Du wartest doch auch nur auf den Tag, an dem du endlich mal enge Kleider tragen kannst, oder?« Das war so gemein, denn er hatte ins Schwarze getroffen. Zu dem Zeitpunkt versteckte ich mich und meinen Körper unter Oversize-Kleidchen. Der Tätowierer, der mir kurz vor meinem 18. Geburtstag mein erstes Tattoo, einen Schmetterling, auf den Oberarm stach, fragte mich während des Tätowierens, ob ich meinen Schwimmring noch anhätte und meinte damit meinen Bauch-Hüft-Umfang. Das hat mich jahrelang begleitet.

Mein Körper wurde so oft in meinem Leben kommentiert, dass ich ihn nie lieben konnte. Auch von Menschen, die mir wichtig waren. Da hat es dann besonders gesessen.

Es ist so normal in unserer Gesellschaft, einer dünnen Person zu sagen, dass sie einen schönen Körper hat, aber auch das ist »Körper kommentieren«. Viele gehen davon aus, dass eine mehrgewichtige Person unglücklich ist und eine dünne Person glücklich. Wie auch ich eine lange Zeit in meinem Leben. Viele Menschen machen Frauen Komplimente, wenn sie so aussehen, wie sie selbst aussehen wollen, und denken dabei gar nicht an den Menschen und was vielleicht tief in ihm steckt. Jede Person, die mir gesagt hat, dass mein Körper schön aussieht, oder die mich gefragt hat, ob ich abgenommen habe, hat Öl in mein Feuer gekippt, hat meine Essstörung angefeuert. Warum kommentieren wir überhaupt das Aussehen einer anderen Person?

Ich bin so froh, dass ich meinen Weg gefunden habe und heute in den meisten Fällen sagen kann, dass ich nicht möchte, dass jemand meinen (oder andere) Körper kommentiert. Menschen sind nicht gut oder schlecht, je nachdem, welche Form ihr Körper hat, ALTER! Deshalb sagt lieber einmal mehr gar nichts, als gut gemeinte Komplimente zu verteilen. Und wenn eure Körper kommentiert werden, steht für euch ein. Macht es für euch. Ihr seid gut, wie ihr seid, egal welche Form euer Körper hat. Es ist viel wichtiger, mit sich selbst okay zu sein, und auch wenn man das noch nicht ist: Der Weg ist das Ziel. Es ist an der Zeit, die Wertigkeit eines Menschen nicht anhand seines Aussehens zu messen, sondern an seiner inneren Stärke und seinem Wohlbefinden. Meine Geschichte soll zeigen, dass das alles möglich ist. Es ist nie zu spät, etwas zu ändern. Und noch mal: Man kann andere Menschen nicht ändern, nur den eigenen Umgang damit.

Wenn man trotzdem Komplimente verteilen möchte, dann sollten sie nichts mit dem Aussehen zu tun haben. Hier ein paar Beispiele:

- *Ich liebe es, Zeit mit dir zu verbringen.*
- *Dein Lachen ist ansteckend.*
- *Mit dir fühlt sich das Leben leichter an.*
- *Danke, dass du so gut zuhören kannst.*
- *Ich fühle mich von dir gesehen/verstanden.*
- *Du inspirierst mich voll.*
- *Ich lerne echt viel von dir.*
- *Nach unseren Treffen fühle ich mich immer besser.*
- *Ich mag mich in deiner Gegenwart.*
- *Ich fühle mich sicher bei dir.*
- *Danke, dass ich bei dir ich sein darf.*
- *Du bist eine Bereicherung in meinem Leben.*
- *Du strahlst heute voll.*

Die Handysucht

Ob es wohl ein Zeichen ist, dass meine Hand verkrampft und wehtut? Ist es ein Zeichen, dass mein Nacken ständig steif ist? Hey, ich glaube, ja. Als Influencerin und Mutter ertappte ich mich dabei, viel zu oft das Handy in der Hand zu halten. Es war, als ob ich in einer anderen Welt lebte, während ich nur körperlich in der wirklichen Welt anwesend war. Das heißt: Emotional war ich abwesend, nicht in meiner Umgebung und nicht bei meinen Liebsten. Diese körperlichen Beschwerden waren Warnsignale, die mir zeigten, dass ich meine Handysucht ernst nehmen und reflektieren sollte. Doch was zur Hölle soll das eigentlich sein, eine Handysucht? Immerhin ist das mein Arbeitsmittel Nummer eins. Ich spielte ja nicht sieben Stunden »Candy Crush« darauf. Mittlerweile habe ich gelernt, dass es ein komplexes Zusammenspiel von Emotionsregulation, Ablenkung und dem Bedürfnis nach Zuneigung ist, was mich ans Handy fesselte. Ich wünschte mir, gesehen zu werden, so wie ich bin. Das Smartphone bietet die Möglichkeit, uns von unseren eigenen Gefühlen und Problemen abzulenken. Ich suchte nach Feedback und Bestätigung auf Social-Media-Plattformen. Es ist verführerisch, in die digitale Welt einzutauchen, um diesen vorübergehenden emotionalen Kick zu spüren. Doch während ich mich in dieser virtuellen Realität verliere, vernachlässige ich die wirkliche Welt um mich herum. Meine Beziehungen, meine Kinder und meine eigenen Bedürfnisse leiden unter meiner Handysucht. Ich musste diese Abhängigkeit dringend hinterfragen und Wege finden, um mich bewusst von dieser Sucht zu lösen. Es ging darum, zu reflektieren, alternative Wege der Emotionsregulation zu finden und bewusste Zeiten der Abstinenz einzuführen. Mich haben immer die vielen ungelesenen Nachrichten von meinen Follower*innen gestresst oder die kleine rote Anzeige, wie viele Mails und Nachrichten eingegangen waren. Es war mir wichtig, jeder einzelnen Person auf Instagram oder auf WhatsApp zu antworten. Aber dann lernte ich eine neue Strategie kennen und das war das Beste, was mir passieren konnte: Ich ließ mich nicht mehr davon stressen. Na, das klingt jetzt bahnbrechend, oder? Schon klar, das klingt völlig Banane, aber es hat mir so sehr geholfen. Ich legte einen Schalter in meinem Kopf um und entschied mich bewusst dazu, dass das nicht mehr mein Problem ist. Das war sicher nicht so easy peasy, wie ich das hier schreibe. Da steckt viel und langwierige Arbeit und Therapie dahinter. Heute beantworte ich nicht mehr jede Nachricht auf Instagram. Ich erschuf mir ein System, in dem ich zum Beispiel Kleidung immer verlinkte und in ein Highlight setzte, damit ich nicht ständig diese »Woher hast du das?«-Nachrichten bekam. Ich »erzog« meine Follower*innen regelrecht, in dem ich fast alles verlinkte und speicherte. Mittlerweile mache ich auch das nicht mehr. Ich lasse mich von außen einfach nicht mehr stressen. Und wenn ich ein pinkes Kleid mit großen Blumen darauf trage und es nicht verlinke, verlange ich auch ein bisschen, dass man »pinkes Kleid mit großen Blumen drauf« googelt. Zurück zum Handy: Ich fand mich plötzlich in Momenten wieder, wo ich das Handy im Schlafzimmer abgelegt hatte und stundenlang nicht bemerkte, dass es nicht bei mir war. Das tat mir so gut. Ich hatte es einfach mehr und mehr geschafft, mich davon zu lösen. Kein Stress mehr durch Push-Benachrichtigungen, keine Erwartungen mehr von Menschen und Mails hatte ich eh nicht mehr auf dem Handy. Es war befreiend, das Ding zur Seite zu legen und zu vergessen. Die Zeit ohne Smartphone wurde zur Me-Time, Feel-Good-Family-Zeit und ich war entspannter. Ooohhhmmmm. Heute genieße ich Momente intensiver und nehme aktiver am Leben teil. Ich verstehe Menschen, die unsere Generation wegen der Smartphones verteufeln. Aber es gehört auch einfach zu mir, schließlich ist das mein

Beruf, oft am Handy zu sein. Umso wichtiger ist es, es öfter wegzulegen.

Die Panische-Angst-Mama

Ich hatte, neben dem ganzen anderen Shizzle, noch ein megageiles Feature auf meiner Festplatte installiert: eine Angststörung. Die hatte ich mir über die letzten Jahre antrainiert. Ich hatte vor meinem Klinik-Aufenthalt eine fette Liste voller Dinge, die mir Angst machten. Here you go:

- Auto fahren
- Fahrrad fahren
- Meer
- Wasser
- Tiefe
- Höhe
- Seen
- Dunkelheit
- Lautstärke
- Achterbahn fahren
- eigentlich alles auf dem Rummel
- mit öffentlichen Verkehrsmitteln fahren
- Gewitter
- Wellen
- Wind
- Brücken
- Boote
- Männer
- Haie

Manchmal, wenn ich in der Badewanne sitze, bilde ich mir sogar ein, dass ein Hai durchbrechen könnte. Echt wahr. Ich steigere mich dann so sehr rein in diesen Gedanken, dass ich Panik bekomme und aus der Badewanne springe.

Die Gedanken in meinem Kopf fühlen sich absolut real und realistisch an. Ich bin einfach Vollprofi darin, aus jeder noch so harmlosen Situation einen wahren Albtraum zu machen. Meine Ängste sind wie kleine Monster, die in meinem Kopf herumtoben und mir oft einen ordentlichen Schrecken einjagen. Und das Beste daran? Meine Kids sind unbewusst Experten darin, diese Ängste zu befeuern. Da ist zum Beispiel dieser Moment, wenn mein vierjähriges Kind mit seinem Fahrrad auf die Straße zurast. Ich weiß eigentlich, dass er bremst, da muss ich ihm vertrauen, aber mein Herz setzt aus, mein Atem stockt und in meinem Kopf spielt sich in Sekundenschnelle das schrecklichste Szenario ab: ein wildes Durcheinander von quietschenden Reifen, schmerzverzerrten Gesichtern und Tränen. Mein Gehirn ist eine Meisterin des Ausmalens von Katastrophen. Deshalb bin ich oft auf Alarm, kurz vor Angriff, dazu angespannt und gestresst.

In solchen Momenten überkommt mich die Panik, ich schreie quasi, wie in den Neunzigern die Frau bei »Scary Movie«. Ein lautes Kreischen. Und dann: Mein Kind bremst einfach, bevor es die Straße erreicht. Mein Sohn sagt in dem Moment zu mir: »Mama, da fahren doch Autos, warum sollte ich über die Straße fahren?« Und er hat so recht. Echt wow, ich habe Kinder, die achtsam sind, das macht mich saustolz. Aber es passiert mir leider ständig: im Supermarkt, wenn ich den Kinderwagen unbeaufsichtigt lasse, um etwas aus dem Regal zu holen, und mein Gehirn sofort Bilder von wilden Kinderdieben vor meinem geistigen Auge abspielt. Oder wenn ich die Kids unbeobachtet auf der Terrasse oder mit offenem Dachfenster im Kinderzimmer lasse und prompt sind tausend Szenarien von den schlimmsten Unfällen in meinem Kopf. Leider fühlen sie sich so real an, dass ich jedes Mal in Panik verfalle.

Mittlerweile kann ich viel besser mit diesen Ängsten umgehen. Sie sind immer noch ein Teil von mir, ein zugegeben manchmal übertriebener Teil, der andere oft erschreckt oder verwundert. Ich versuche aber DOLL, diese Ängste nicht an meine Kinder weiterzugeben, sondern ihnen beizubringen, mutig zu sein und sich nicht von Ängsten beherrschen zu lassen. Ich lebe ihnen vor, wie ich an meinen Herausforderungen wachse und auch bei Gewitter auf die Terrasse springe und den Schirm zumache, während das Ding fast mit mir davonfliegt. Kurz tief ein- und ausatmen, weitermachen und aus genau diesen Momenten Kraft und Mut ziehen. Mut ist ein so wichtiges Gefühl, was meine Kinder früh fühlen dürfen und sollen. Die Ängste gehören aber dazu, auch wenn sie mir manchmal den Verstand rauben. Eine meiner Erfahrungen mit meinen Ängsten ereignete sich vor ein paar Wochen. Meine Kids und ich waren auf dem Spielplatz, und ich beobachtete sie beim Klettern in der Hoffnung, dass sie keine Hilfe brauchten und ich kurz auf der Bank chillen konnte. Plötzlich sah ich, wie meine kleine Tochter auf die steilste Kletterwand zusteuerte, die für anderthalbjährige Kinder wirklich NULL geeignet ist. Sofort schossen mir wieder diese Bilder durch den Kopf: Ich sah quasi schon den Krankenwagen anrollen. Ich rannte panisch los, um das Schlimmste zu verhindern, aber während ich gefühlt in Zeitlupe über den Spielplatz rannte, hörte ich ein supersüßes Lachen. Meine Tochter war nämlich längst nach oben geklettert und genoss voll, wie mutig sie war, während ich immer noch in meinem Gedanken-Karussell war und mein Herz noch doll schlug. Ja, das war der Moment, in dem ich erkannte, dass meine Ängste manchmal völlig übertrieben sind. Aber es ist auch wichtig, das selbst zu erkennen. Wenn da plötzlich eine Mudda um die Ecke kommt und mir sagt, dass ich übertrieben reagiere, könnte ich auch richtig sauer werden. Aber meine Kinder bringen mich immer wieder auf den Boden der Tatsachen zurück. Die Kinder sind wirklich mein bester Spiegel, um mich zu erden. Mutig sein ist so wichtig, daran wachsen wir alle. Und seien wir mal ehrlich, das Leben als Mutter ist schon verrückt genug. Warum sollten wir uns dann auch noch von unseren eigenen Gedanken die Freude nehmen lassen? Lasst uns über diese verrückten Vorstellungen sprechen, damit wir von unserem Außen die Bestätigung erhalten, dass diese Gedanken nicht real sind, auch wenn sie sich so real anfühlen. Ich versuche, über diese Szenen in meinem Kopf zu lachen, und gebe damit meinen Kindern eine kleine Sicherheit, die sie brauchen.

Die Familie und die Partnerschaft

Happy End of Love: Streit in der Beziehung und die Fünf-Minuten-Pause

Ich dachte immer, Streit sei etwas Schlechtes und würde nur zu Problemen in der Beziehung mit meinem Mann führen. Das dachte ich in all meinen Beziehungen. Ich ging Konflikten so krass aus dem Weg und versuchte, mich anzupassen, um Harmonie herzustellen. Durch meine Therapie checkte ich, dass Streit eine positive Wirkung auf unsere Beziehung haben kann. Ich versuchte es einfach und sprach Sachen an, die mich stressten. Wir waren in der Erziehung unserer Kinder in vielen Dingen sehr verschiedener Meinung. Ich habe bei den Kleinen viel mehr durchgehen lassen als er und fiel ihm so ständig in den Rücken. Für mich war er zu streng in der Erziehung und zusätzlich triggerte er damit alte Gefühle bei mir. Das war ein Streitthema. Aber es tat so gut, meine eigenen Bedürfnisse klar auszudrücken und zu sagen, wie ich mir das vorstellte und an welcher Stelle wir da auch aufeinander zugehen konnten. Durch den Streit und das Klarmachen unserer unterschiedlichen Standpunkte und das Lösen von Konflikten wurden wir zu einem noch besseren Team, wie zwei sehr gute Arbeitskollegen an der Kaffeemaschine, die aber doll ineinander verliebt sind.

Als ich überhaupt erst mal herausgefunden hatte, was denn meine Bedürfnisse waren, profitierte unsere Beziehung schon davon, weil ich etwas Konkretes in der Hand hatte, um das ich bitten konnte, damit es mir besser ging. Zum Beispiel, dass ich Zeit für mich brauchte. Mir war es, gerade in dieser therapieorientierten und sehr intensiven Zeit, nicht wichtig, abends Freund*innen zu treffen, da wollte ich lieber alleine sein und verarbeiten, mich einfach isolieren. Das war wichtig. Das brauche ich auch heute noch oft. Der Me-Time-Balken muss bei mir knallgrün leuchten, damit ich die Mutter und Frau und Freundin sein kann, die ich sein will. Ich traute mich megalange nicht, meinem Mann zu sagen, dass ich mehr Zeit für mich alleine brauchte. Ich dachte, dass Paare jeden Abend zusammen auf der Couch abhängen sollten. Doch durch meine Therapie erkannte ich, dass es absolut in Ordnung ist, auch mal Zeit alleine zu verbringen und mir damit etwas Gutes zu tun. Und so kam es, dass ich abends ganz alleine im Bett lag und meine Lieblingsserie »Gilmore Girls« schaute, ohne reden zu müssen. Es war befreiend für mich zu sehen, dass diese kleinen Mini-Alltagsmomente eine Form von Wellness für mich waren. Ich erkannte, dass Mini-Pausen im Alltag oft ausreichten, um die Balken ein bisschen grüner zu färben, um klarzukommen. Es ist so krass, wie sich, seit ich Mama bin, meine Wahrnehmung von Me-Time verändert hat. Plötzlich wurden Duschen oder ein Besuch bei der Zahnärztin zu den krassesten Chill-Momenten. Einfach alleine sein und keine Verantwortung für andere tragen. Deshalb erfand ich auf Instagram die Fünf-Minuten-Pause für Eltern. Im Alltag mit Kindern und Arbeit habe ich oft keine Zeit, um kurz durchzuatmen, was auch daran liegt, dass ich sie mir nicht genommen habe. Denn was ich aus Erfahrung sagen kann, oft reichen schon fünf Minuten, um sich komplett aus dem Alltag auszuklinken und sich selbst eine kleine Auszeit zu gönnen. In dieser kurzen Zeit kann man erstaunlich viel erreichen, solange man sie wirklich für sich nutzt und etwas tut, das einem langfristig guttut. Die Fünf-Minuten-Pause ist keine Handy-Pause. Es geht darum, aktiv etwas zu tun, das einem guttut. Zum Beispiel kann man auf Youtube nach »5 Minuten Yoga« suchen und eine kurze Yoga-Einheit absolvieren. Es gibt viele tolle Videos, die speziell für kurze Pausen entwickelt wurden. Alternativ kann man auch fünf Minuten lang seine Lieblingsmusik laut aufdrehen und einfach mitsingen oder peinlich vor dem Spiegel abdancen. Ich persönlich liebe es, laut Disney-Balladen anzumachen oder meine nostalgische Spotify-Playlist »Snoopy BH« mit Bands und Künstler*innen wie Samajona, Blue, Avril Lavigne, Stacie Orrico oder Jeanette Biedermann anzuhören. Dabei ist es wichtig, sich ungeniert und extrem peinlich zu bewegen, nur so kann man den Moment à la Julia Knörnschild genießen, selbst wenn es beim Geschirrspülen, Wäschemachen oder auf dem Weg zum Kindergarten ist. Eine weitere Methode, die ich gerne verwende, um innere Entspannung zu finden, ist die 5-4-3-2-1-Methode. Diese Methode hilft nicht nur bei Ängsten, sondern löst auch innere Anspannungen. Man begibt sich an einen ruhigen Ort und versucht bewusst, fünf Dinge zu riechen, fünf Dinge zu hören, fünf Dinge zu sehen und fünf Dinge zu fühlen. Diese einfache Übung bringt uns in den Moment, ins Hier und Jetzt. Was ich gelernt habe, ist, dass Achtsamkeit allen bei allem hilft. Es ist eigentlich so einfach, aber ich konnte es lange nicht annehmen. Ich wertete es als »zu eso« ab, weil es mir auch so schwerfiel, einfach mal still zu sitzen. Aber durchs längere Praktizieren merkte ich, wie es mir half, kurz bei mir selbst einzuchecken. Echt crazy, was diese Achtsamkeitsübungen können. Man muss natürlich erst mal rausfinden, welche zu einem passt. Ich kann zum Beispiel nicht visuell über Felder und Wiesen laufen, da schweife ich voll ab. Ich brauche Zahlen und Techniken, warum ich wann wie lange atme, um meine Gedanken abzulenken. Das tut mir richtig gut. Und während ich das tippe, merke ich, dass ich jetzt genau so eine Pause einlegen sollte. Es gibt so viele gute Möglichkeiten, die Fünf-Minuten-Pause zu gestalten. Man kann fünf Minuten lang lesen, sich einfach draußen hinsetzen und nichts tun, nur beobachten, ohne zu werten. Oder man rennt einfach fünf Minuten lang los. Man kann auch laut mitsingen, als könnte man den Text auswendig, oder einen fünfminütigen Spaziergang machen. Auch Achtsamkeitsübungen oder fünf Minuten Fahrrad fahren ohne Ziel können wahre Wunder bewirken. Die Wahl liegt ganz bei einem selbst und es geht darum, sich etwas Gutes zu tun und den Energie-Balken wieder aufzufüllen. Die Fünf-Minuten-Pause ist auch arbeits- oder bürotauglich. Fast jede Übung kann man während der Arbeitszeit machen, um kurz klarzukommen. Peinlich tanzen vielleicht nicht, das geht eher im Haushalt mit Kind gut. Und genau das mache ich jetzt. »Alexa, spiel Disney-Balladen.« Bye.

Ode an die Me-Time

Ah, Me-Time, du wunderbares Konzept! Als Mutter von zwei sehr kleinen Kindern kann ich sagen, dass du mein Heiliger Gral bist. Du bist dieser kostbare kleine Mini-Goldschatz, der meine Energiereserven wieder auflädt und mich wieder auf Vorderfrau bringt. Der Energie-Balken der Kinder ist ja ständig auf Grün, denn sie haben unendliche Energie und hüpfen sogar abends im Bett herum wie Flummis. WIE, KINDER? WIE?

Mein Balken hingegen ist am Anfang des Tages vielleicht halb voll, aber im Laufe des Tages nähert er sich unaufhaltsam dem roten Bereich. Ja, ihr habt richtig gehört, roter Bereich! Denn als Mutter weiß ich, wie wichtig es ist, aufzupassen, dass dieser Balken nicht komplett auf null geht. Da stand ich nämlich vor der Tagesklinik mit allen Balken auf Rot. Aber dann kommst du ins Spiel, Me-Time. Diese kostbare Zeit, in der ich mich zurückziehen und wieder auftanken kann. Einige nennen es »egoistisch«, aber ich nenne es »lebensnotwendig«. Denn in dieser Zeit kann ich tun, was immer ich möchte, ohne ständig in den »Mama-Modus« zu schalten. Ich kann »Gilmore Girls« gucken, ein Buch lesen (als ob), spazieren gehen (neues Hobby seit der Klinik), Yoga machen oder einfach nur auf dem Sofa liegen und an die Wand glotzen, ohne von »Mama, Mama!«-Rufen unterbrochen zu werden.

Und wisst ihr, was das Schöne an der Me-Time ist? Wenn ich sie richtig nutze, dann steigt mein Energie-Balken tatsächlich wieder an! Es ist wie mein eigenes Wunder von Manhattan.

Also, meine lieben Mit-Mamas und Mit-Papas da draußen, ich erhebe mein imaginäres Sprudelwasserglas und stoße auf die Me-Time an. Denn nur, wenn wir unsere eigenen Energie-Balken aufladen, können wir die Eltern sein, die wir sein wollen.

Paartherapie aka radikale Akzeptanz

Als AD(H)S-Mutter kann der Alltag sich manchmal wie ein Browser-Fenster mit 98 geöffneten Tabs anfühlen. Die Tabs sind hier Windeln, Spielzeugautos, Arbeit, Verantwortung und Zeitdruck. Das kann selbst eine geduldige Person an ihre Grenzen bringen. Wer auch immer diese Person sein soll. Ich jedenfalls bin die Ungeduld in Person. Und wenn dann noch die Eltern-Beziehung unter den Alltags-Aufgaben leidet, ist das Chaos perfecto. Doch der Alltag überrannte uns einfach ständig und deshalb beschlossen wir zusammen, dass wir professionelle Hilfe brauchten, und begaben uns auf die Suche nach einem Paartherapeuten.

Unsere erste Sitzung war total gut, wir erzählten von unseren Streitigkeiten und den Herausforderungen während und nach meiner Tagesklinik-Zeit und mit meiner AD(H)S-Diagnose. Die radikale Akzeptanz sollte uns klarmachen, dass wir nicht gegen die Realität ankämpfen mussten. Ja, der Alltag mit zwei kleinen Kindern kann chaotisch sein. Ja, wir sind manchmal überfordert. Anstatt uns gegenseitig die Schuld zuzuschieben oder uns in endlosen Diskussionen zu verlieren, sollten wir die Realität akzeptieren und nach Lösungen suchen, die für uns funktionieren. Klingt vernünftig, oder? Oder? So lernte ich nicht nur meine AD(H)S-Diagnose anzunehmen und auch die positiven Symptome zu sehen, sondern auch mein Mann konnte zugestehen und annehmen, dass ich niemals so organisiert sein werde wie er. Mit diesen neuen Infos aus der Paartherapie begannen wir unsere Alltags-Aufgaben mit den Kindern komplett neu zu strukturieren. Wir schrieben eine Liste aller Dinge, die erledigt werden mussten, und statt uns darüber zu streiten, wer was wann macht, überlegten wir auf einer weiteren Liste, wer welche Ressourcen hat und wer was gut kann. Mein Mann ist ein kleiner Fachmann in der Planung und Strukturierung des Familienalltags und den vielen kleinen Alltagsaufgaben, die jeder Tag so mit sich bringt. Deswegen übernahm er das morgendliche Kinder-in-die-Kita-Bringen, da mich Losgehsituationen komplett überforderten. Ich schlafe tendenziell sehr schlecht und war so früher oft als Erste wach, deswegen fanden wir es logisch, dass ich morgens die Kinder übernahm, während mein Mann noch ein wenig schlafen konnte. Ich machte Frühstück und kümmerte mich um die Kids, damit er dann wiederum stressfrei die Kinder in die Kita bringen konnte. Außerdem habe ich regelmäßig einen Aufräum-Wahn, dann räume ich die komplette Bude auf. Diese Liste passen wir an unsere jeweiligen Bedürfnisse und Realitäten an, sodass die Zuständigkeiten und Aufgaben immer wechseln. Wir haben nach und nach verstanden, dass eine 50/50-Aufteilung in unserer Beziehung einfach keinen Sinn ergibt, denn dabei geht es doch eher darum, gesehen zu werden, aber nicht um die Beziehung und den individuellen Energie-Haushalt. Wir haben gelernt, uns gegenseitig besser zu verstehen und anzuerkennen, dass unsere unterschiedlichen Organisations- und Erziehungsstile ihre Stärken haben. Wir haben gelernt, dass es eben nicht darum geht, den anderen zu ändern oder zu formen, sondern unsere superguten Ressourcen zu erkennen und sie als Team zu nutzen. Anstatt uns zu streiten, können wir unsere unterschiedlichen Herangehensweisen schätzen und aufeinander aufbauen. Versuchen wir zumindest. Meistens. Es ist so cool, wie die Paartherapie uns geholfen hat, unsere Beziehung zu stärken und unseren stressigen Familienalltag etwas harmonischer zu gestalten. Meistens. Es gibt auch Kaka-Tage. Wenn ich zum Beispiel PMS habe oder wir einfach erschöpft oder krank sind. Das müssen wir uns aber auch immer wieder sagen und uns gegenseitig einen Reminder schicken, um da auch dranzubleiben. Damit wir uns nicht darin verlieren, wie genervt wir von der anderen Person sind. Wenn ihr in einer Beziehung seid, dann schreibt doch mal alle alltäglichen Aufgaben runter und checkt mal, wer gerade was macht, und guckt dann, wer was besser kann, statt aufzuzählen, wer von euch mehr oder weniger macht. Wichtig: Seid ehrlich zu euch und euren Partner*innen.

Heute kann ich mit einem kleinen Grinsen sagen, dass die radikale Akzeptanz und die neu sortierten Alltags-Aufgaben unser Familienleben verändert haben. Wir haben gelernt, dass die perfekte Familie nicht existiert und dass es in Ordnung ist, Fehler zu machen. Und wenn das kleine Chaos manchmal überhandnimmt, erinnern wir uns daran, dass ein bisschen Humor und die Bereitschaft zur radikalen Akzeptanz Wunder bewirken können. Und wer hätte gedacht, dass ausgerechnet die Paartherapie der Ort sein würde, wo ich mal wieder Zweisamkeit mit meinem Mann verbringe? Ironisch, aber wahr! Auch deshalb machen wir alle paar Monate eine Sitzung und schauen uns unsere Beziehung kurz an.

Gut für die Beziehung und die Familie: Urlaubstage ohne Kinder

»Urlaub mit Kindern ist kein Urlaub.« Diesen Satz haben mein Mann und ich oft genug gehört, um ihn nach vielen verschiedenen Arten von Urlauben einfach anzunehmen und zu merken: Okay, okay, wir brauchen eine neue Idee von Urlaub. Mit unseren Kleinkindern war unsere Vorstellung von erholsamem Urlaub unter Palmen einfach unrealistisch geworden. Durch mein Burnout und die damit einhergehende Erschöpfung von meinem Mann beschlossen wir, dem irgendwie entgegenzuwirken und unseren komplett eigenen Weg zu finden, um unsere Urlaubs-Energiebalken auf Grün zu setzen. Wir hatten Urlaub so bitter nötig, aber es war tatsächlich eine Wunschvorstellung, dass man bei einem Urlaub mit sehr kleinen Kindern erholt zurückkommt. Urlaub mit Kindern fühlte sich ein bisschen an, als wäre ich Reiseleiterin, die den beiden einen richtig guten Urlaub organisiert. Also kam die Idee der »Urlaubstage ohne Kind« auf. Wir vereinbarten, dass jeder von uns im Jahr zehn Tage ohne Kind und Partner*in verbringen darf. Ein riesiges Privileg. Das muss man sich zeitlich wie finanziell leisten können. Diese Tage gehören ganz uns, um mal wieder rauszukommen, das alte Leben zu spüren, frei zu sein und nicht abends ausrechnen zu müssen, in wie vielen Stunden man wieder aufstehen muss. Natürlich war es am Anfang nicht leicht, diesen Gedanken in die Tat umzusetzen. Meine Lieblingsemotionen freuten sich: Schuldgefühle und Schamgefühle kamen in mir hoch. Aber wir erkannten echt schnell, dass es für uns als Individuen und für uns als Paar superwichtig war, Zeit außerhalb der Elternrolle zu haben. Es war nicht egoistisch und keine Entscheidung gegen unsere Kinder, sondern eine bewusste Entscheidung für uns selbst und unsere Beziehung. Meine ersten »Urlaubstage ohne Kind« in New York und Minnesota waren so schön gewesen, denn dort hatte ich »die alte Julia« endlich wieder gespürt. Natürlich sollten unsere Kinder auch raus aus ihrem Alltag und Urlaub machen. Deshalb gab es zusätzlich natürlich auch gemeinsame Familienurlaube mit unseren Kindern, die wir dadurch viel mehr genießen konnten. Mit diesem Wissen konnten wir uns besser auf die Kinder einlassen. Wenn man weiß, dass man selbst auch noch mit Urlaub dran ist, ist alles leichter. Noch mal: total privilegiert, ich weiß. Das Einzige, woran wir noch arbeiten müssen, ist der Urlaub zu zweit, als Paar. Aber hey, solange die Kinder so klein sind, ist es einfach schwieriger, so was zu planen. Wir wissen, dass das eine Übergangslösung ist. Wenn unsere Tochter erst mal drei oder vier oder fünf Jahre alt ist, legen wir wieder los. Das müssen wir einfach manifestieren und versuchen, die Zeit zu genießen, solange sie noch so klein sind. Hey, oder halt auch mal nicht zu genießen. Auch sehr gut möglich.

Die Menstruationsphase – meine fünftägige Pause

Wenn meine Menstruationsphase beginnt, spüre ich einen Drang nach Ruhe und Isolation. Es ist, als ob mein Körper und meine Seele mir sagen würden: »Nimm dir Zeit für dich selbst!« In dieser Phase erlaube ich mir, mich zurückzuziehen. Es ist eine Zeit der Regeneration und des Wiederaufladens meines *Sims*-Energiebalkens für den kommenden Zyklus. Ich nehme euch da mal mit, ob ihr nun wollt oder nicht. Da müssen wir jetzt zusammen durch.

Die Follikelphase – Kreativität: In der Follikelphase fühle ich mich voller Energie und Kreativität. Und wenn ich nicht gerade depressiv bin, habe ich gute Laune. Im Job finde ich in dieser Phase oft neue Ideen und Inspirationen für was auch immer ich gerade tue. Da schreibe ich mein Buch oder habe die besten Ideen für Video-Content auf Instagram.

Die Ovulationsphase – Superpower und Fruchtbarkeit: In der Ovulationsphase spüre ich eine starke Beziehung zu meiner Familie, Freund*innen und eigentlich allen Menschen auf dieser Erde. Meine Energie erreicht ihren Höhepunkt und ich fühle mich extrem gut und bin, Überraschung, fruchtbar. Das ist die beste Phase. Auf die freue ich mich immer.

Die Lutealphase – zurückziehen, isolieren, Ausdauersport und PMS/PMDS: Wenn die Lutealphase eintritt, spüre ich kaum Energie in mir. Ich versuche, mir bewusst Zeit für Ausdauersport zu nehmen. Ich esse nur Müll,

Süßigkeiten, Pizza und Burger. Meine Gedanken und Gefühle werden lauter, extremer und ich bin sehr gestresst, habe depressive Verstimmungen und bin gar nicht ich selbst. Ich fühle mich wie in einer vernebelten Blase. Mein PMDS ist die Lupe meiner Seele. Ich bin weder die Mutter noch die Freundin oder die Frau, die ich eigentlich bin. Ich bin die Frau, die ich niemals sein will. PMDS steht für prämenstruelles dysphorisches Syndrom. Das ist ein langer und komplizierter Ausdruck, aber ich versuche, ihn zu erklären. Menschen mit Uterus haben meistens einen Zyklus. (Aber nicht alle!) Diese Menschen bluten regelmäßig oder auch unregelmäßig. Bei mir zum Beispiel ist der Zyklus etwas verschoben. Kurz vor und während der Periode können sich manche Menschen ein bisschen anders fühlen. Sie fühlen sich vielleicht traurig, gereizt oder müde. Das ist normal und wird oft als PMS bezeichnet. Mein PMS ist so stark, dass ich es auf Instagram thematisierte und dort dank Betroffenen und zusammen mit meiner Gynäkologin darauf kam, dass es PMDS gibt. Das ist die verstärkte Version von PMS. Das bedeutet, dass Menschen, die an PMDS leiden, vor ihrer Menstruation noch stärker von Gefühlen wie Traurigkeit, Reizbarkeit oder Erschöpfung betroffen sein können. Diese Gefühle können wirklich intensiv sein und man kann sich dadurch sehr unwohl und alleine fühlen. Laut einer Studie tritt PMDS bei Menschen mit AD(H)S öfter auf. In der Zeit isoliere ich mich und bin extrem verkopft. Meine innere Kritikerin ist auf *on* und sagt mir, dass ich nicht liebenswert bin. Doch das Schlimmste am PMDS sind meine

Schuldgefühle. Wenn ich an diesen Tagen merke, dass ich schneller genervt bin, lauter schreie oder einfach nicht die geduldige und liebevolle Mutter sein kann, die ich sein möchte, dann überkommt mich eine Welle der Scham. Meine Schamgefühle zerfressen mich und ich frage mich, warum ich nicht in der Lage bin, meine Emotionen im Griff zu haben. Warum schaffe ich es trotz meiner Stresssymptome nicht, meinen Kindern gegenüber nett zu sein? Die Schuldgefühle sind wie nervige kleine Begleiter, die ständig in mein Ohr flüstern: »Du bist keine gute Mutter.« Sie verstärken das ohnehin schon belastende Gefühl der Unruhe und der inneren Unzulänglichkeit. Ich fühle mich abgewertet, als ob meine Fähigkeiten als Mutter von meinem hormonellen Zustand abhängen würden. Es ist schwer, sich davon zu befreien. Aber mit der Zeit habe ich gelernt, mich selbst besser zu akzeptieren – auch an den Tagen des PMDS. Ich erinnere mich daran, dass ich menschlich bin und dass es okay ist, schwache Momente zu haben. Ich versuche, in solchen Zeiten mehr auf mich selbst zu achten. Ich nehme mir bewusst Auszeiten, atme tief durch und erlaube mir, auch mal schlechte Tage zu haben. Wichtigstes Learning: Meine Kinder lieben mich nicht weniger, nur weil ich an manchen Tagen weniger Geduld habe.

PMS oder PMDS ist nichts, wofür man sich schämen oder worüber man sich Sorgen machen muss. Es ist einfach eine Veränderung im Körper, die manche Menschen erleben. Es kann hilfreich sein, mit einem Arzt oder einer Ärztin darüber zu sprechen, um Wege zu finden, wie man damit umgehen kann. Es ist aber vor allem wichtig zu verstehen, dass PMS oder PMDS vorübergehend ist und normalerweise mit der Menstruation wieder verschwindet. Es ist auch wichtig zu wissen, dass nicht alle Menschen PMDS haben. Jeder Körper ist ein bisschen anders und jeder erlebt die Menstruation auf seine eigene Art und Weise.

Wie ich mir das Elternsein nicht vorgestellt habe: DER KITA-WINTER

Die ersten Kita-Winter sind einfach nur hart. Der Winter nach der Klinik war aber besonders hart. Es war der Winter nach der intensiven Corona-Quarantäne-Zeit. Alle möglichen Krankheiten mussten von unseren Kleinkindern nachgeholt werden. Es war wirklich absurd, denn es gab keinen Kita-Virus, den wir nicht hatten. Sogar Mittelalter-Krankheiten wie Krätze sind bei uns ausgebrochen. Der Winter, dieses eiskalte Arschloch, hatte es auf uns Eltern abgesehen. Nach meiner Zeit in der Klinik und in den USA fühlte ich mich stark, ich hatte jetzt wieder Energie und war bereit, alle Herausforderungen des (Arbeits-)Alltags zu meistern. Doch ich hatte die Rechnung ohne die Kita-Kinderviren gemacht, diese kleinen Biesterchen. Sie kamen natürlich immer dann, wenn es am wenigsten passte, wenn die Woche richtig voll war. Wenn man viele Termine mit Menschen hat, denen man eh schon viermal abgesagt hatte, weil die Kinder krank gewesen waren. Ich begann Termine ganz abzusagen, statt sie aufzuschieben. Denn immer wenn die Kinder krank wurden, wurde die Liste der To-dos nahezu unendlich. Deshalb musste ich mein soziales Leben komplett streichen, was natürlich im Nachhinein ultraschlecht für mich war. Immer wenn die Kita anrief, zuckte ich zusammen und mir wurde übel, mein Mann oder ich, je nachdem, wer schneller war, holte die Kinder oder das Kind ab. »Nur eine Erkältung«, dachte ich optimistisch. Doch schon bald wurde mir klar, dass dies nur der Anfang einer wahren Winterkatastrophe für alle war. Kaum hatte sich mein erstes Kind von seiner Erkältung erholt, brachte es entweder die nächste Krankheit mit nach Hause oder seine kleine Schwester hatte sich angesteckt. Beim nächsten Mal war es ein neues Magen-Darm-Virus aus einer anderen Kita-Gruppe, welches die Kinderzimmer-Betten in Kotzeimer verwandelte. Ey, es schien, als würden sich die Krankheitserreger in der Kita wie wild vermehren und sich nur auf meine Kinder stürzen. Ich fühlte mich wie in einem Endloskreislauf aus Husten, Schnupfen und Fieber gefangen. Es schien, als würde sich die Krankheitswelle einfach nicht legen. Immer wenn eins der Kinder mehr als fünf Tage gesund war, wunderte ich mich einfach nur. In dem besagten »After-Corona-Winter« waren sieben Tage Gesundsein unser absoluter Rekord. Leider war der Winter auch superlang, es wurde und wurde einfach nicht warm, der Frühling ließ echt auf sich warten. Irgendwann konnte ich trotz Kita-Viren-Fluch und Verzweiflung nicht mehr anders, als darüber zu lachen, wenn ein Kind krank wurde. Das schien so unreal! Immer wenn eine Krankheit ausbrach, rief mein Mann mich oder ich ihn an und wir informierten uns lachend darüber, dass es wieder so weit war. Die Ironie des Ganzen war einfach zu absurd. Hier war ich, frisch aus der Klinik, bereit, das Leben als »New Me« in vollen Zügen zu genießen, und stattdessen wurde ich von kranken Kita-Kindern niedergestreckt. Dafür können die Kinder am wenigstens und sie sind dabei sogar noch Leidtragende. Die armen Wiener Würstchen. Ich lernte in diesem harten Winter einfach anzunehmen, was gerade passierte. Ich konnte es nicht ändern. Ich musste mein Handy zur Seite legen und einfach nur da sein. Oder mich gut mit meinem Mann absprechen und abwechselnd arbeiten. Das Gute war: In meinem Beruf konnte ich von überall aus arbeiten. Meinen Podcast aufnehmen, auf Instagram aktiv sein, Mails schreiben, mit Mitarbeitenden telefonieren, schreiben oder einfach kreativ sein. Das ist ein Privileg, was andere Eltern in diesem harten Winter nicht hatten. Gerade als Selbstständige*r ist es ultrahart, denn wenn man nicht arbeitet, verdient man kein Geld. Aber auch die Kinderkrankentage in einer Festanstellung haben hinten und vorne nicht gereicht. Also, ich bin bereit für den nächsten Winter, komm ruhig mit deinen Viren und Bakterien, ich werde mich nicht so leicht geschlagen geben. SCHNITT: Ich heulend auf dem Badezimmer-Fußboden. Aber hey, ich bleib erst mal optimistisch.

»Mama, wann bist du endlich wieder glücklich?«

Dieser Satz hat mir einen Dolch in mein leeres Herz gerammt. Mein damals dreijähriger Sohn fragte mich während der Tagesklinik-Zeit, wann ich endlich wieder glücklich sei. Ich lag oft mit leerem Blick auf der Couch und war einfach nur depressiv. Damals wusste ich nicht sofort, was ich antworten sollte. Aber ich lernte in der Therapie, dass es wichtig ist, einem Kind immer wieder zu sagen, dass es nichts mit ihm zu tun hat, weil Kinder in diesem Alter sehr ichbezogen sind. Deshalb habe ich diesen Brief für meine Kinder verfasst. Vielleicht hilft er ja auch anderen Eltern:

*Ich verspreche euch, dass ich alles gebe, um wieder glücklich zu sein. Ich habe eine Krankheit, die sich »Depression« nennt, eine Krankheit, die man gar nicht sehen kann. Es ist wichtig, dass ihr versteht, dass das nichts mit euch zu tun hat. Ich fühle mich manchmal leer oder traurig und niedergeschlagen, und das kann schwer für mich sein. Es gibt aber auch Tage, wo ich gut drauf bin. Die Depression ist wie eine große Wolke, die manchmal über meinen Gedanken und meinen Gefühlen schwebt. Das bedeutet, dass ich mich nicht immer so glücklich fühlen kann, wie ich es gerne sein will, auch wenn ich mir ganz doll Mühe gebe. Aber das hat gar nichts mit euch zu tun. Ihr seid immer noch die tollen Kinder, die Mama immer über alles liebt. Gerade brauche ich Unterstützung und Hilfe, um mit Depressionen umzugehen, deshalb gehe ich jeden Tag in eine Klinik. Das ist ein Krankenhaus für diese Krankheiten, die man nicht sehen kann. Dort spreche ich mit Ärzt*innen und Therapeut*innen, die mir dabei helfen, wieder glücklich zu werden. Denkt immer daran, dass ich euch bedingungslos liebe, egal, was passiert.*

Die Mama-Phase: »Mama, bringst du mich heute ins Bett?«

Ich erinnere mich noch genau an die Zeit, als mein damals dreijähriges Kind jeden Abend mit großen Augen vor mir stand und fragte: »Mama, bringst du mich heute ins Bett?« Das hört sich an, als wäre der Kleine ein Sprachgenie. Eigentlich fragte er natürlich: »Brindomi in Bett?«

Die Mama-Phase war hier sehr *real*: Es schien, als würde er an mir kleben und keine Minute ohne mich verbringen wollen. Ich muss zugeben, es war megasüß und schmeichelhaft, dass er so sehr an mir hing. Ich bin nun mal sein Safe Space, in dem er sich sicher fühlt. Aber es gab Tage, da hatte ich keine Energie mehr und wünschte mir so, dass er seinen Papa mal bevorzugte. Als er vier Jahre alt wurde, sagte er zu mir abends schon mal: »Ich vermisse Papa, ich will, dass Papa mich ins Bett bringt.« Und das war episch, für uns alle. Mein Mann und ich hatten beschlossen, uns das Ins-Bett-Bringen der Kinder abwechselnd zu teilen. Da fanden wir die 50/50-Aufteilung super und da blieben wir auch recht konsequent. Wir dachten einfach, es sei fair und würde uns beiden die Chance geben, eine Auszeit zu nehmen und etwas Zeit für uns selbst zu haben. So konnten wir jeweils an unseren freien Abenden unseren Hobbys nachgehen oder *friends* treffen. In manchen Wochen hatten wir nach der Kita eine Babysitterin da und manchmal blieb sie an dem Tag auch länger, sodass wir zu zweit etwas machen konnten, um unseren Paarzeit-Balken auf Grün zu setzen. Aber oh, das war nicht immer so einfach! Zurück zu den Abenden mit unseren damals drei- und einjährigen Kids: Sobald ich ankündigte, dass heute Papa dran war, begann die Diskussion. »Aber Mamaaaa, du bringst mich doch immer ins Bett!« Und wenn das nicht funktionierte, kamen Tränen oder richtige Wutausbrüche. Es war nicht leicht, standhaft zu bleiben und ihnen zu erklären, dass heute Papa an der Reihe war und sie trotzdem geliebt wurden. Aber wir mussten hart bleiben und unsere Absprachen einhalten, damit wir beide unsere Auszeiten bekamen. Und ich muss sagen, dass bei mir oft Schuldgefühle hochkamen. Mittlerweile haben wir aber gelernt, mit der Situation umzugehen. Hey, die Zeit heilt alle Wunden. Oder so. Wir erklärten ihnen immer wieder liebevoll, dass wir sie beide gleichermaßen lieben und dass es wichtig ist, dass Mama und Papa auch mal Zeit für sich haben. Und ich muss zugeben, dass ich die Abende, an denen ich sie nicht ins Bett bringen musste, wirklich genossen habe. Es gab mir die Möglichkeit, mich zu entspannen, etwas Zeit für mich zu haben und neue Energie zu tanken. Gerade als meine Tochter anderthalb war, fing mein Leben wieder an. In der Zeit startete ich den Chor, spürte große Fortschritte in der Therapie und war nach den ganzen Babyjahren einfach zurück im Leben. Ich war nicht mehr nur Mutter, sondern einfach wieder eine Frau, die sich gerne mag, sich schön findet und das auch zeigt und spürt. Ich bin ehrlich saustolz darauf, dass wir als Familie gelernt haben, unsere Bedürfnisse auszugleichen und uns gegenseitig zu unterstützen. Das war echt harte Arbeit, aber auch hier: Der Weg ist das Ziel. Wie immer und überall. Und in diesem Moment, in dem ich diese Zeilen schrieb, fragte mich mein Sohn, ob ich ihn heute ins Bett bringen könnte. Ich erklärte ihm, dass ich gerade ein Buch schrieb und dass er ja mein erstes Buch, das fliederfarbene, schon kennen würde. Da fragte er mich: »Mama, schreibst du in dem Buch auch, dass du die beste Mama bist?« Das rührte mich so. Diese bedingungslose Liebe, die man für seine Kinder empfindet und die die Kinder für einen empfinden. Und auch deshalb mache ich das hier alles. Ich antwortete ihm, dass ich zwar nicht schreibe, dass ich die beste Mama bin, aber dass ich schreibe, dass ich versuche, eine sehr gute Mama zu sein und dabei mein Allerbestes gebe.

Schuldgefühle einer Mutter

Schuldgefühle sind meine Lieblingsgefühle in der Therapie. Immer wieder ploppen die auf, egal, was ich tue. Diese fiesen kleinen Gedanken bringen mich ins Wanken. Da sitze ich dann voller Selbstzweifel, weil ich wieder mal nicht genug Zeit mit meinen Kindern verbringen konnte. Oder ich fühle mich schuldig, weil ich nach der Kita so müde bin und nicht mehr die Energie habe, um ein dreistündiges Puppentheater zu inszenieren. Ja, ich gebe zu, ich bin manchmal auch gestresst und das lässt mich nicht gerade wie die Vorzeige-Mama aussehen. Aber wer ist das schon? Die Vorzeige-Mama wurde erfunden, um uns klein zu halten. Und dann gibt es diese Momente, in denen ich mir den Luxus einer Auszeit gönne und mir ein paar Stunden für mich nehme. Und was passiert? Richtig, die Schuldgefühle lassen nicht lange auf sich warten und flüstern mir ins Ohr: »Wie kannst du es wagen, dich um dich selbst zu kümmern? Du solltest rund um die Uhr für deine Kinder da sein!« oder »Dein Mann ist sicher sauer und zählt jede Sekunde, bis du wieder da bist, also geh lieber früher nach Hause«. Aber wisst ihr was? Ich habe beschlossen, mich von diesem Schuldgefühls-Chaos in meinem Kopf nicht mehr verrückt machen zu lassen. Denn ich bin eine Mutter und ich gebe wirklich mein Allerbestes. Wenn ich mehr geben würde, würde ich umfallen. Ja, ich mache Fehler und habe nicht immer alle Antworten parat. Aber das macht mich nicht zu einer Versagerin. (Und mein Kopf so: DOCH!) Also, liebe Schuldgefühle, ich habe eine Botschaft für euch: Ihr könnt mich mal! Ich nehme mir ab jetzt öfter die Zeit für mich, um wieder Energie zu tanken und eine bessere Version von mir selbst zu sein. Es fühlt sich doch immer richtig und wichtig an. Und hey, fast jeden Abend beim Einschlafen sagen mir meine Kinder: »Mama, ich liebe dich so, wie du bist.« Das sage ich den beiden nämlich oft. Warum also sollte ich mich mit Schuldgefühlen herumschlagen, die mir nur das Leben schwer machen? Ey, gar nicht so leicht umzusetzen, wie ich es hier schreibe. Deshalb schreibe ich es ja auf, damit ich mir das selbst glaube, damit ich heile. Damit ich diese unrealen Gedanken aus meinem Kopf endlich streichen kann. Und ihr genauso!

Belohnungssystem: läuft bei mir

Ich hatte da so ein kleines Problem mit schwierigen Gesprächen. Manchmal war es einfach leichter, der Sache aus dem Weg zu gehen und ein bisschen passiv-aggressiv zu sein. Aber hey, ich bin Mutter, also auch irgendwie ein Vorbild, und irgendwann copy-pasten meine Kinder mich und das kann ich niemandem antun, oder? Außerdem kann ich doch nicht ständig den Frust runterschlucken und meine eigenen Bedürfnisse so hart ignorieren. Also musste eine Veränderung her, und zwar zackig. Ich stand vor einem schwierigen Gespräch und trug das schlechte Gefühl Tage, vielleicht Wochen mit mir herum. Immer wieder suchte ich den richtigen Moment, etwas anzusprechen, doch solche Einleitungen zu Gesprächen fielen mir besonders schwer. Irgendwann stand ich, wie in einem Hollywood-Movie, vor dem Spiegel und schaute mir selbst in die Augen, atmete tief ein und aus, während mein Herz heftig schlug. Ich sagte zu mir selbst: »Wenn du jetzt dieses Kackgespräch führst, dann darfst du dir heute noch was Krasses gönnen.« Das konnte ein Cappuccino vom Café gegenüber sein oder neue Schminke oder Kleidung. Und was soll ich sagen? Es wurde ein befreiendes und klärendes Gespräch, das mir gezeigt hat, dass es überhaupt nicht schlimm ist, für meine eigenen Bedürfnisse einzustehen. Man muss sich ja nicht immer selbst im Weg stehen, oder? Seitdem habe ich gelernt, solche Gespräche anzugehen, bevor ich mich reinsteigere. Es hat nicht nur meine Beziehungen zu der Person gestärkt, sondern auch mein Selbstbewusstsein auf ein ganz neues Level gehoben. Und hey, die Belohnung dafür, das muss natürlich keine teure Sache sein. Es kann auch einfach eine kleine Auszeit für sich selbst sein, ein Moment der Entspannung oder etwas, das einem wirklich Spaß macht. Denn am Ende verdienen wir es alle, uns selbst zu lieben und zu feiern und das zu tun, was uns wirklich glücklich macht. Alter.

Selbstberuhiger

Selbstberuhiger sind spezielle Dinge, die mich dabei unterstützen, Stress abzubauen, zu entspannen, mein Inneres zu beruhigen und auch in für mich schwierigen Momenten einen kühlen Kopf zu bewahren. Diese Selbstberuhiger sind von Mensch zu Mensch individuell und die muss jede*r für sich selbst rausfinden. Auch für mich war es lange quasi unmöglich zu wissen, was meine Selbstberuhiger sind, weil ein paar böse Glaubenssätze mir einige davon geklaut haben. Ich finde zum Beispiel innere Ruhe beim Yoga, kann aber gar nichts mit der Schlussentspannung anfangen, weil meine Gedanken da wild kreisen. Für mich ist es besonders das Malen, das Singen oder das Hören von lauten Pop-Balladen, die mich in mein bestes Ich verwandeln. *No joke.* Die Verwendung von Selbstberuhigern war in meiner Tagesklinik- und Therapiezeit von großer Bedeutung, weil diese Taktiken geholfen haben, meine eigenen Stressbewältigungsfähigkeiten zu stärken und mich in schwierigen Situationen selbst zu regulieren. Ich musste nur lernen, meine persönlichen Beruhiger in meinen Alltag zu integrieren, um einen Raum für meine Selbstfürsorge und Achtsamkeit zu schaffen. Das war echt auch ein Schlüssel zum Glücklichsein. Ich musste mir aber auch immer wieder sagen, dass das Ergebnis nicht zählt, sondern der Prozess. Ich malte auch nicht immer an der Leinwand, sondern auch während Meetings oder Calls mit dem Kuli auf einem Blatt Papier, um mich zu beruhigen und mich eben selbst zu regulieren und um mich besser konzentrieren zu können. Diese Art Selbstberuhiger sind keine Flucht oder Vermeidung, sondern eine bewusste Entscheidung, mir selbst Gutes zu tun und meine emotionale Gesundheit richtig zu pflegen. Ich sehe sie wie eine Belohnung für mich selbst, um die beste Version of me zu sein. Bevor ich diese Skills meiner eigenen Selbstberuhiger kannte, nutzte ich übrigens mein Handy, Alkohol und Shoppen, um kurz runterzukommen. Merkt ihr selber, ne?

Shoppen mit Verantwortung oder so

Shoppen als Selbstberuhiger war lange meine Strategie numero uno. Deshalb war es besonders wichtig, dass ich in meiner Therapiephase nicht zu viel shoppte. Da ging es vor allem um Kleidung. Nur veränderte sich in dieser Zeit mein Körper durch viel Sport und die Alkohol-Pause. Das passte nicht gut zusammen. Hier ein neues Kleid, da ein neues Top. Doch für mich wurde es Zeit, meinem impulsiven Shoppingverhalten Einhalt zu gebieten und Verantwortung zu übernehmen. Also habe ich mir auch hier ein neues Belohnungssystem ausgedacht, das mich dazu motivierte, bewusster einzukaufen. Jedes Mal, wenn ich ohne wirklichen Bedarf geshoppt habe, musste ich im gleichen Wert Geld spenden. Das war zwar etwas sehr Gutes, aber es war keine leichte Strafe für meinen Geldbeutel. Es war schon auch cool zu sehen, wie sich mein Shoppingverhalten veränderte. Anstatt impulsiv und unüberlegt einzukaufen, habe ich begonnen, bewusster auszuwählen und nur das zu kaufen, was ich wirklich brauchte oder auch wirklich doll liebte. Diese neue Herangehensweise hat nicht nur mein eigenes Konsumverhalten beeinflusst, sondern hat auch dazu beigetragen, dass ich mich für andere einsetzte. Ich konnte mein ungesundes Shoppingverhalten mit einem guten Zweck verbinden. Es war und ist eine Win-win-Situation für alle. Aber ich bin ehrlich: Das funktionierte nur sehr kurz.

Bester Kanal: Weinen

Das Thema Weinen ist etwas, das mich sehr beschäftigt. Warum pupsen wir lieber in der Öffentlichkeit, anstatt einfach mal loszuheulen? Warum zur Hölle fällt es Menschen so schwer, ihre Tränen zu zeigen? Ich persönlich gestehe, dass ich lieber in einen Pool voller fremder Menschen pinkeln würde, als öffentlich zu weinen. Es ist seltsam, wie wir manchmal vermeiden, unsere Tränen zu zeigen, als ob es ein Zeichen von Schwäche oder Unannehmlichkeit wäre. Aber eigentlich ist Weinen doch wie Lachen – eine natürliche Reaktion, um unsere Gefühle zu verarbeiten und loszulassen. Ein guter Kanal, um Gefühle rauszulassen, egal ob gute oder schlechte. Wenn ich weine, fühle ich mich danach immer besser, ähnlich wie beim Sex. Da bin ich ehrlich. Ein schlauer Mensch hat einmal gesagt: »Feel it, heal it« – fühle es, heile es. In meiner Zeit in der Klinik habe ich die wertvolle Erfahrung gemacht, dass die Zeit nach der Therapie und das Weinen einen großen Einfluss auf meine Heilung hatten. Es geht darum, mir selbst zu erlauben, meine Emotionen zuzulassen und mich richtig zu öffnen. Es bedeutet, mich metaphorisch nackt zu machen, um meine wahre innere Stärke und Verletzlichkeit zu zeigen. Es mag sich zunächst vielleicht beängstigend anfühlen, sich so verletzlich zu zeigen, aber es ist auch eine unglaublich befreiende Erfahrung. Denn wenn wir uns erlauben, zu heulen, öffnen wir eine kleine Tür zu unseren tiefsten und echten Emotionen und ermöglichen es uns, sie zu erkennen, zu akzeptieren und schließlich loszulassen. Ich habe mich dabei auch noch selbst besser kennengelernt. Ja, beim Heulen. Manchmal habe ich mir eine Serie oder einen Film angemacht, bei denen ich wusste, dass ich da heule. Nur um zu heulen. Um mich zu spüren. Um zu checken, wer ich bin. Es ist so absurd. Nur so konnte ich meine eigenen Gefühle spüren und mich von meinen angepassten Gefühlen abgrenzen. Also, lasst uns alle zusammen das Weinen nicht länger vermeiden oder unterdrücken. Ich habe den Mut gefunden, mich meinen Tränen hinzugeben und mir selbst die Erlaubnis zu geben, doll zu fühlen und dafür aber auch doll zu heilen. Das ist der beste Preis, ey. Also, mach dich nackt – im übertragenen Sinne natürlich – und lass die Tränen fließen, denn darin liegt die Kraft, uns selbst zu befreien und unser wahres Potenzial zu entfalten. Und wer Bock hat, dass ich mich wirklich nackt mache, schreibt mir gerne eine Nachricht auf Instagram.

Vom WhatsApp-Chat zum AD(H)S-Selbsthilfechor

Es begann alles mit einer Push-Benachrichtigung auf meinem Handy, die aufploppte, als ich vor meinem Büro stand. Ich hatte schon die Schlüssel in der Hand, um die Tür aufzusperren, doch die Nachricht lenkte mich ab. Während ich die WhatsApp-Nachricht meiner Freundin las, kamen mir ultraviele Gedanken und Ideen in den Kopf. Sie schrieb nämlich, dass sie gerne in einem Chor singen würde. In dem Moment, als ich diese Nachricht las, hatte ich eine spontane Eingebung, die mein Leben auf den Kopf stellen sollte: Warum gründe ich nicht einfach meinen eigenen Chor? Ich freute mich und spürte richtig, dass das realistisch und wirklich machbar war. Wenn ich eine neue Idee habe, schaffe ich es oft, sie schnell umzusetzen. Ich bin schnell und impulsiv. Früher war ich Teil des legendären Berliner Kneipenchors und habe mit der Truppe schon große Auftritte erlebt, als wir zum Beispiel vor 18 000 Menschen in der Berliner Wuhlheide den Song »Du Hurensohn« mit der Band K.I.Z gesungen haben. Und wer erinnert sich nicht an den Strom-Werbespot mit Jo Gerner von GZSZ, in dem wir als Kirchenchor »Hallelujah« zum Besten gaben? Ey, beste Zeit. Ich wusste, dass viele meiner ehemaligen Chormitglieder immer noch Lust aufs Singen hatten, also trommelte ich sie erst mal einzeln zusammen. Und siehe da, fast alle sagten sofort zu oder wussten sogar noch eine weitere Person, die gut passen würde. Wir trafen uns ziemlich schnell und heckten einen kleinen Plan aus. Doch während unserer Treffen stellten wir etwas Witziges fest: Fast alle von uns hatten AD(H)S. Das brachte uns auf die Idee, unseren Chor zu einer AD(H)S-Selbsthilfegruppe zu machen. Jedes Mitglied hatte vor jedem Singen fünf Minuten Redezeit, um sich in der Runde auszutauschen und über unsere AD(H)S-Symptome zu sprechen. Wir teilten Erfahrungen, erhielten neue Erkenntnisse und fühlten uns verstanden. Das war Balsam für die AD(H)S-Seele. Reden und singen. Wenn eine von uns jemanden unterbrochen hatte, waren wir nicht sauer oder so was. Wir wussten einfach, dass das ein Symptom von AD(H)S war, und lachten darüber. Es war befreiend, zu wissen, dass ich nicht allein mit meinen crazy-kreativen Gedanken und impulsiven Einfällen war. Kein Scherz: Der Chor holte das Beste aus mir raus. Ich habe mal bei der »Sendung mit der Maus« gelernt, dass man, während man singt, keine Angst empfinden kann. Deshalb sollte es egal sein, wie man singt. Nicht die Stimme war das Wichtigste, sondern der Prozess war wirklich heilend, wie beim Malen.

Wir mussten nichts leisten, einfach nur tun. Unser Chor lebte trotzdem natürlich davon, dass alle ihre Töne treffen konnten und wir damit auch mehrstimmige Lieder wie »Chicago« von Sufjan Stevens lernten. Jede Person, die das hier gerade liest, sollte diesen Song sofort laut anmachen und ihn bis zur Poritze fühlen. Das ist eine meiner Hymnen aus dieser Zeit. Den Song haben wir später dann auch auf meiner Hochzeit als kleine Überraschung performt. Dazu später mehr, seid bitte geduldig. Unser Chor war so toll. Wir waren starke Frauen, die sich gegenseitig so viel geben konnten. Wir lernten wirklich krass viel voneinander und so entstanden auch ganz organisch tolle neue Freundschaften. Durch meine Erfahrungen mit neuen Freundschaften in der Vergangenheit war ich geprägt und hatte richtig Angst davor. Aber diese Beziehungen fühlten sich so echt und familiär an. Wir hatten keine Erwartungen an die anderen und begegneten uns allen mit Respekt, wie es sich gehört. So wurde aus einer simplen WhatsApp-Nachricht ein Chor, ist das nicht krass? Ha! Der Chor brachte nicht nur mehr Harmonie in unser Leben, sondern auch neue Erkenntnisse, gegenseitige Unterstützung und vor allem jede Menge Funfunfun. Nicht jede von uns ist eine perfekte Sängerin, aber einige von uns singen echt so krass. Ich treffe nicht supereasy die hohen Töne, weil meine Stimme schnell bricht, was ich aber mag. Aber ich hatte gelernt, zu kommunizieren und klar zu sagen, was ich kann und was ich nicht kann. Das fühlte sich krass erwachsen an. Wir wurden aber jede Woche selbstbewusster mit unseren Stimmen und untereinander, weil wir uns einfach besser kennengelernt haben. Ich stelle für die Chor-Proben mein Büro zur Verfügung. Der Raum war perfekt dafür. Mein Büro ist superbunt, quasi AD(H)S-freundlich. Das bot sich einfach an. Ich erkannte im Chor, dass meine AD(H)S-Symptome Teil meiner Persönlichkeit waren, und lernte meine Persönlichkeit neu kennen und ließ einfach zu, die Person zu sein, die ich war. Ohne mich anzupassen, ohne mich zu schämen. Wenn wir Sufjan Stevens sangen, haben wir es geschafft, dass unser Publikum unsere Gefühle spürte und sich für eine Sekunde in den Kopf einer Person mit AD(H)S einfühlte. Also, wenn du das nächste Mal jemanden hörst, der oder die nicht perfekt singt, dann gönn dieser Person einfach alles, was sie gerade empfindet. Es geht nicht immer nur um Leistung, sondern auch um den Prozess. Außerdem möchte ich hier Menschen ermutigen, auch Selbsthilfe-Chöre zu gründen, wir haben nämlich alle unsere Päckchen zu tragen und es hilft zu wissen, dass man nicht allein ist.

Die verdiente Therapiepause: das Sommermärchen

Die Zeichen standen gut, alles fühlte sich an wie das große Finale. Endlich schaffte ich es, klar zu denken und mich zu sortieren. Ich wollte mir eine wohlverdiente Pause gönnen. Nach einer langen Zeit voller Klinik, Verarbeitung meiner Diagnose, Therapie und intensiver Arbeit an mir selbst war es an der Zeit, eine Auszeit zu nehmen und das Leben und den Sommer zu genießen. Meine Therapeutin und ich hatten gemeinsam so viel erreicht, dass ich voller Stolz sagen konnte: »Ich bin angekommen!« Aber dennoch wusste ich, dass ich dranbleiben musste und es nur eine Pause und kein Ende war. Nach fast einem Jahr harter Arbeit und wöchentlicher Therapiesitzungen konnte ich aber endlich die Früchte meiner Anstrengungen ernten. Ich fühlte mich sortiert, geordnet und konnte das Licht am Ende des Tunnels sehen. Selbst meine PMS-Phase wurde zu der Zeit zu einem besseren Erlebnis, dank meiner Therapeutin, die mir erklärte, dass es wie eine Lupe für das war, was gerade in meinem Leben geschah. Und das ergab für mich absolut Sinn. Im Kontext Liebesbeziehung und Kinder war PMS schon noch ein Thema. Ich war kurz angebunden, gestresster und manchmal laut. Aber ich nahm es mehr und mehr an, entschuldigte mich meistens und sah diese Zyklus-Phase auch als Phase der Abgrenzung. Eine mutige Phase, in der ich ganz klar sagen konnte, was ich wirklich wollte.

Ich entschied mich für eine Therapiepause von acht Wochen. Diese Zeit sollte mir gehören, um den Sommer in Berlin in vollen Zügen zu genießen. Meine Schwester aus Amerika kam zu Besuch, ich heiratete, und mein Sohn wurde vier Jahre alt. Ich hatte ein vierjähriges Mama-Jubiläum. *heul*. Das waren so schöne Momente, die ich wie Sau genoss. Diese Pause war so wichtig, um alles sacken zu lassen, zu sortieren, mich zu orientieren und wirklich zu verstehen, wer ich war und was ich brauchte. Natürlich hatte ich das Ganze mit meiner Therapeutin abgeklärt. Sie hatte genau geprüft, warum ich diese Pause machen wollte und ob ich bereit dafür war. Als sie mir grünes Licht gab, freute ich mich unglaublich. Es war ein Zeichen dafür, dass unsere gemeinsame Arbeit Früchte trug. Es war wirklich erstaunlich, wie schön es war, endlich bei mir selbst anzukommen und zu erkennen, dass ich niemand anderes sein musste. Die harte Arbeit und die Mühen hatten sich wirklich gelohnt, und ich war dankbar für jeden Schritt, den ich gegangen war. Es fühlte sich so episch an, dass ich mir diese Zeit nahm. Die Therapiephase war eine Schneckenhaus-Phase und die war wichtig gewesen. Ich musste das alles erkennen und jetzt konnte ich als eine neue Person von oben draufblicken. Und gleichzeitig fühlte es sich so an, als wäre ich die Alte. Ich war jetzt genau die Person, die ich sein wollte. Ich fühlte mich zufrieden und gesund. Ich liebte mein Leben, meine Familie, meine Freund*innen. Ich liebte es so, zurück zu sein. Für andere da zu sein. Eine Therapiepause kann unglaublich wertvoll sein, um das Gelernte zu festigen und das Leben in vollen Zügen zu genießen. Ich fühlte mich gesund und glücklich. Ich war stolz auf meine Entwicklung, meine Familie, mich, meine Arbeit, mein Leben.

Die allererste Begegnung mit meinem glücklichen inneren Kind

Früher hatte ich ganz klar einen Hang dazu, alles ins Negative zu drehen. Ich war nach außen eine sehr positive und optimistische Person, aber wenn es um mich selbst, auch als Mutter, ging, zog ich mich runter, machte ich mich klein und sagte mir ständig, was für eine schlechte Mutter ich war. Wenn ich abends Freund*innen traf, dann nur mit sehr schlechtem Gewissen meinen Kindern und meinem Mann gegenüber. In der Therapie sprach ich ständig von meinen negativen Glaubenssätzen und sah selten die positiven. Klar, in der Therapie arbeite ich auch nicht an meiner guten Seite, logisch.

In der Schematherapie hatte ich ja immer wieder Kontakt zu meinem traurigen oder wütenden inneren Kind. Doch in der letzten Stunde vor meiner Therapiepause geschah etwas Krasses: Zum ersten Mal sah ich mein glückliches inneres Kind. Meine Therapeutin führte mich mal wieder durch eine Imagination, in der ich mich als Kind sah. Und ich sah plötzlich die vierjährige Julia und sie war glücklich. Sie trug, wie vorher auch immer, ein dunkelblaues Kleid mit einem weißen Kragen, genau wie die traurige oder wütende Julia in meiner Vorstellung. Aber diesmal war sie nicht in einem schwarzen Raum gefangen, sondern in dem Garten meiner Kindheit, einem sicheren Ort für mich. Der Bauerngarten meiner Mutter war schon immer ein Safe Space für mich. In meiner Vorstellung hielt ich eine kleine pinke Barbie-Kamera in den Händen und trug einen hellblauen Strohhut, den ich in Wirklichkeit auch zur Taufe meiner kleinen Schwester Johanna getragen hatte. Es war, als ob meine Kindheit und die Gegenwart ineinander verschmolzen und ich mich mit meinem jüngeren Ich verbinden konnte. Übrigens – und jetzt wird's gruselig – wurde mein Sohn an diesem Tag vier Jahre alt. Die Gegenwart und die Vergangenheit verschmolzen. Trotzdem konnte ich klar sehen, dass meine Kinder nicht meine inneren Kinder sind. Auch wenn ich das Kind oft in ihnen gesehen hatte. Schon crazy, wie das Gehirn in solchen Imaginationen arbeitet und uns mit unserer eigenen Vergangenheit verbindet wie so ein USB-Adapter mit dem Laptop. Oder muss man jetzt Mini-USB sagen? Diese letzte Imagination vor meiner Pause hat mir gezeigt, dass ich nicht nur von meinen negativen Emotionen geprägt war, sondern auch viele glückliche Erinnerungen in mir trug, doch die waren hinter einer dicken grauen Wolke versteckt.

Es hat mir geholfen, mich noch besser mit mir selbst zu verbinden und zu verstehen, dass ich trotz aller Schwierigkeiten auch viele Momente des Glücks erlebt habe. Als ich meinem vierjährigen Sohn von der Therapiestunde erzählte, versuchte ich ihm kindgerecht zu erklären, dass unser Gehirn Bilder und Erinnerungen erschaffen kann, um uns an schöne Momente zu erinnern oder um uns dabei zu helfen, schwierige Gefühle zu verarbeiten. Es war wie eine Zeitreise zu meinem glücklichen inneren Kind, einfach damit ich sehe, dass es das auch gab. Ich beschrieb meinem Sohn, wie das innere Kind glücklich weggehüpft ist und ich ohne schlechtes Gewissen zurück in die Gegenwart gehen konnte. Und dass wir durch unsere Vorstellung und unsere Erinnerungen im Kopf Dinge erleben, die uns helfen, uns besser zu fühlen und zu verstehen. Und das ist etwas ganz Besonderes.

Der vierte Geburtstag meines Sohnes

Der vierte Geburtstag meines ersten Kindes war krass. Meine erste Geburt war vier Jahre her. Ich war vier Jahre und eine Schwangerschaft lang Mutter. Das war sehr emotional, so wie jeder Kindergeburtstag meiner Kinder. Es ist so krass, dass dieser Tag der Geburt einem Kind dann einfach als Party-Tag gegönnt wird. Dieser Tag ist für mich aber auch episch. Die Geburtsuhrzeit lockt jedes Mal ein Tränchen aus mir raus, denn es ist einfach ein Wunder, was da passiert. Mein Sohn war wochenlang aufgeregt, endlich wurde er vier Jahre alt, wie schon so viele Kinder in seiner Kita vor ihm. In meinem Kopf hatte ich das Bild von einem absolut perfekten Kindergeburtstag mit allem Drum und

Dran. Der Druck stieg. Gerade, wenn ich auf Instagram abhing und sah, wie andere Mütter die Kindergeburtstage ihrer Kids planten, wurde ich panisch. Alles sah perfekt aus. Ich wollte immer bei Kindergeburtstagen, dass es der beste Geburtstag aller Zeiten wird, viele Geschenke, geilen Kuchen und eine megacoole Schatzsuche. Das war mein inneres Kind, das nicht klarkam und keine Rücksicht auf meine eigenen Bedürfnisse nahm. Also begann ich mit den Vorbereitungen. Das Kuchen-Thema war für meinen Sohn vorher schon ganz klar: frozen. Er wünschte sich eine Elsa-Torte. Ich schaute mir im Supermarkt die Auswahl an Torten an und fand eine Benjamin-Blümchen-Torte, die perfekt passte. Den Benjamin auf der Torte musste ich nur eben loswerden und mit meiner AD(H)S-Kreativität, Schnee aus Kokosraspeln und ein paar blauen Streuseln habe ich eine Elsataugliche Torte gezaubert. Dazu hatte ich ein DIY-Video auf Instagram gepostet, was für viel Ärger gesorgt hatte, weil Menschen heutzutage immer noch irritiert sind, wenn Jungs auf Filme wie diesen stehen. Und wie viele Menschen denken, dass man seine Kinder nur liebt, wenn die Mutter selbst backt – traurig! Was für ein Druck. Wow. Meine Kinder dürfen so sein, wie sie wollen. Das ist mir wichtig. Während ich die baute, merkte ich selbst, wie schön sie wurde. Damit hatte ich gar nicht gerechnet, das war eine klassische Win-win-Situation. In die Mitte der Torte platzierte ich einen Elsa-Tonie, und als letzten Touch klebte ich kleine Esspapier-Blumen darauf. Es war nicht die aufwendigste oder teuerste Torte, aber mein Sohn liebte sie und das war alles, was zählte. So konnte ich mir Zeit und Energie sparen UND hatte eine megagute bunte Torte, die alle Kinder mochten. Boom! Mic Drop, Alter.

Beim Thema Geschenke musste ich mich und mein inneres Kind zügeln. Ich hatte ehrlich gesagt ständig, auch außerhalb von Geburtstagen, den Drang, meine Kinder mit Geschenken zu überhäufen. Meine impulsiven Shopping-Gewohnheiten und mein AD(H)S-Verlangen nach Abwechslung beim Spielen und Vorlesen spielten dabei eine große Rolle. Ich brauchte das Maximum an Dopamin für mein Gehirn. Aber ich wusste, dass ich meine eigenen Bedürfnisse zurückstellen musste, um meinen Kindern eine gesunde Balance zu bieten. Also begrenzte ich die Geschenke auf eine vernünftige Anzahl und achtete darauf, dass es eine Mischung aus Spielzeug, Büchern und kreativen Materialien war. Es war eine kleine Herausforderung, aber ich wollte nicht, dass meine Kinder überfordert und verwöhnt wurden. Stattdessen sollten sie lernen, Dinge zu schätzen und ihre Fantasie zu nutzen, was beide wirklich sehr gut können. Da bin ich sehr stolz drauf.

Die Geburtstagsparty selbst verlief eigentlich super. Wir hatten neun Kinder, eine kleine Schwester und ein zweites Geschwisterkind dabei und fünf der Kinder waren ohne ihre Eltern da. DAS war jedoch eindeutig zu viel für mich, da meine Tochter mit anderthalb Jahren den ganzen Tag auf meinem Arm verbrachte, weil sie sicher die Aufregung und Anspannung spürte und den Kontakt brauchte. Außerdem wurde sie zu früh wach, weil ihr Bruder sie vor lauter Aufregung geweckt hatte. Deshalb blies ich während der Party die Schatzsuche ab und drückte den Kids einfach ihre Süßigkeiten und Badekugeln in die Hand: Hier, ciao! Danach sprach ich mit meinem Sohn darüber, wie der Geburtstag aus seiner Sicht war, und das hat mir eindeutig am meisten Spaß gemacht. Zu sehen, wie toll er alles fand.

Nachdem der Geburtstag vorbei war, saß ich abends auf der Terrasse und sprach mit meinem Mann und meiner besten Freundin Marie, die auch mit ihrem Kind eingeladen war, darüber, wie ich zukünftige Geburtstage gestalten würde. Beide sagten mir, dass ich zu viel Energie reinsteckte und über meine Grenzen ging. Früher hätte ich das sicher abgelehnt und nicht angenommen. Aber ich erkannte es selbst und wusste, dass es viel wichtiger war, die Zeit mit meinen Kindern zu verbringen und ihnen das Gefühl zu geben, geliebt und geschätzt zu werden.

Meine Kindergeburtstags-Learnings, die mich schützen sollen und die ich mir selbst jedes Jahr zweimal durchlesen sollte:

- *Halte es einfach: Es ist nicht notwendig, eine aufwendige Party zu veranstalten. Manchmal sind die einfachsten Dinge die schönsten.*
- *Bremse deine eigenen Erwartungen: Es ist okay, nicht alles perfekt zu machen. Der Fokus sollte auf der Freude und dem Zusammensein liegen.*
- *Berücksichtige die Bedürfnisse deiner Kinder: Frage sie, was sie sich wünschen, und versuche, ihre Interessen und Vorlieben in die Planung einzubeziehen.*
- *Setze klare Grenzen bei den Geschenken: Überlege, wie viele Geschenke angemessen sind, und achte darauf, dass eine gesunde Balance zwischen Spielen, Lernen und kreativer Entfaltung besteht.*
- *Secondhandgeschenke sind super und nachhaltig: Sage auch Familie und Freund*innen, dass sie Secondhand schenken dürfen.*

- *Genieße den Moment: Nimm dir Zeit, den Geburtstag deines Kindes bewusst zu erleben und dich an den kleinen, aber bedeutsamen Momenten zu erfreuen und nicht an dem Stress, den du dir deshalb gemacht hast. Dein Kind wird es dir danken.*

Drittes Kind: ja oder nein?

Die Frage, ob ich ein drittes Kind haben möchte, war eine, die mich gar nicht lange beschäftigte. Nach der Geburt meines zweiten Kindes war ich fertig, die Familienplanung abgeschlossen. Oder wie viele immer sagen: »Du hast jetzt einen Jungen und ein Mädchen, du musst jetzt kein Kind mehr machen.« Joa, ich würde auch so kein drittes Kind mehr »machen« wollen. Aber kurz vor der zweiten Schwangerschaft spielten meine Hormone plötzlich verrückt und flüsterten mir leise zu, nein, sie schrien mich an, wenn ich Babys oder Schwangere sah: EIN BABY!!! DU MUSST SOFORT AUCH EIN BABY HABEN! Da können wir uns alle hier bei meinen Hormonen bedanken, dass ich sofort Lust hatte, ein Baby zu machen. Mein Sohn war keine anderthalb Jahre alt, als ich zu meinem Mann sagte, dass ich sofort loslegen wollen würde. Ich fing direkt an, auf Alkohol, Zucker und Weizen zu verzichten, was dabei helfen sollte, schneller schwanger zu werden, checkte den Zyklus in meiner Zyklus-App. Ich war froh, dass es sofort geklappt hatte, weil meine Entscheidung sehr impulsiv war und ich es mir vielleicht sonst anders überlegt hätte. Außerdem war ich froh, dass es so früh geklappt hat, weil ich beim ersten Mal viele Monate warten musste, bis die zwei Streifen zu sehen waren. Jetzt, wo meine Kinder vier und fast zwei Jahre alt sind, sehe ich Babys und meine Hormone schweigen. Als hätte ich ihnen die kleinen Münder zugeklebt. Ich sehe Schwangere oder Menschen mit Babys und denke nur, dass ich so froh bin, dass diese Zeit vorbei ist. Als hätte ich diese Tür einfach verschlossen, den Schlüssel zweimal umgedreht, rausgenommen und runtergeschluckt. So fühlt es sich an. Ich mochte es nicht, schwanger zu sein, und stillen mochte ich auch nicht. Hey, es waren Herausforderungen. So sagt man das. Die körperlichen Veränderungen und die damit verbundenen Beschwerden raubten mir oft den Schlaf und meine letzten Energie-Reserven. Und das Stillen, OMG, ich fand es richtig scheiße. Die Vorstellung, wieder in dieser ruhigen Pose zu sitzen und darauf zu warten, dass das Baby trinkt, war für meinen sehr aktiven Geist eine echte Herausforderung. Außerdem war es mir superunangenehm, in der Öffentlichkeit zu stillen. Danke, Patriarchat! Trotzdem konnte ich natürlich auch sehen, dass ich das Muttersein sehr liebte. Sobald meine Kinder begannen, ihre eigene Persönlichkeit zu entwickeln und ich sie immer besser kennenlernen durfte, liebte ich alles daran. Das Spielen, das Lachen, die kleinen Erfolge und Fortschritte meiner Kinder brachten mich oft zum Kichern und Weinen. Wie süß ist es bitte, wenn Babys groß werden, eigene Ideen haben und einfach sie selbst sein dürfen? Bei der Frage nach dem dritten Kind war es für mich wichtig zu sehen, dass ich eben jetzt weiß, dass ich AD(H)S habe. Das wusste ich vorher eben nicht. Ob das was geändert hätte? Nein. Die ständige innere Unruhe machte es mir oft schwer, mich voll und ganz auf meine Kinder zu fokussieren. Die Organisation und Struktur, die eine Familie benötigt, um den Tag reibungslos zu gestalten, waren wirklich eine Herausforderung für mich. Unter diesen Umständen war es für mich klar, dass ein drittes Kind nicht infrage kam. ABER ich möchte betonen, dass dies meine aktuelle Meinung ist. Ich habe keine Kontrolle darüber, wie sich meine Gedanken und Meinungen in den nächsten fünf Jahren oder sogar noch später entwickeln werden. In der Hinsicht kenne ich mich mittlerweile echt gut. Ich ändere meine Meinung wirklich oft und gerne. Falls das geschieht, möchte ich für mein drittes Kind eine kleine Nachricht dalassen, sicher ist sicher: Liebes drittes Kind, du bist gewollt, wirst geliebt und bist richtig, so wie du bist.

Die Hochzeit – wenn der Körper streikt

Ob die Therapiepause doch ein Fehler war? Im Sommer war es endlich so weit, meine Hochzeit stand kurz bevor, ich hatte jedes Detail bis ins Letzte geplant. Nebenbei saß ich, mein Buch zu Ende schreibend, am Schreibtisch, um es rechtzeitig abzugeben. Doch das Wetter in Berlin spielte nicht mit und der Sommer wurde immer kälter und regnerischer. Ein Fluch für uns, denn das Kackwetter machte meine Kinder immer wieder krank. Es war, als wäre der verfluchte Kita-Winter zurück. Meine Nerven lagen ohnehin schon blank, aber die ständig kranken Kinder trieben mich an den Rand meiner Kapazität. Ich spürte es nicht, aber mein Körper meldete sich mit aller Macht. Die Hochzeit rückte näher, doch ich fühlte mich erschöpft. Die Glieder zerrten, der Kopf tat weh, mir war schwindelig, ich war abgeschlagen und depressiv. Hitze und Kälte wechselten sich in schnellem Takt ab, mein Schwindel war so stark, dass ich dachte, ich würde jeden Moment umkippen. Druck auf den Ohren und Erschöpfung, die mir die Beine unter dem Körper wegziehen wollte. Ich konnte nicht mehr. Drei Tage dauerte dieser Zustand an, bevor ich es nicht mehr aushielt und zur Hausärztin ging. Ich erzählte der Arzthelferin von meinen Symptomen und sie schaute mich ernst an. »Das hört sich nach einem Hörsturz an«, meinte sie. Mir verschlug es die Sprache und Tränen schossen mir in die Augen. »Was bedeutet das für meine Hochzeit in sieben Tagen?«, fragte ich sie tränenüberströmt. Ihre Worte ließen mich erstarren: »Das wird nicht leicht werden, Frau Knörnschild. Tanzen und feiern könnte schwierig werden.« Ich heulte richtig doll. Aber nicht wegen des Tanzens, ich tanze eh nicht gerne. Ich heulte, weil ich die Hochzeit irgendwie schon an mir vorbeiziehen sah. Der Antrag, den ich meinem Mann gemacht hatte, als unser zweites Kind gerade frisch geboren war, die Vorfreude, die Planerei bis ins Detail. Ich wusste genau, warum wer was wann wie machen sollte. Die Ärztin betrat den Raum und ich fragte direkt: »Ist das ein Hörsturz?« Meine Stimme zitterte vor Angst. Doch sie schüttelte den Kopf. »Nein, Frau Knörnschild. Das sind die Symptome einer starken Erschöpfung. Sie müssen sich sofort ausruhen, aufhören zu arbeiten und nur Dinge tun, die Ihnen guttun. Gehen Sie spazieren, machen Sie Yoga und legen Sie sich einfach ins Bett.« Ihre Worte waren wie eine Erlösung und sie rüttelten mich irgendwie wach. Ich brauche in meinem Leben immer eine Expertin oder einen Experten, die oder der mir sagt, was ich zu tun habe, und dann legt sich bei mir ein Schalter um. Ich verbrachte die nächsten Tage im Bett, mit Yoga und Spaziergängen. Die

Hochzeit rückte näher, doch ich zwang mich zur Ruhe. Und so verflog die Erschöpfung wirklich für den Moment. Meine Schwester kam eine Woche vor der Hochzeit mit ihren kleinen Kindern und ihrem Mann aus den USA und sie wohnten bei uns. Kaum waren sie da, war ich wieder auf den Beinen. Die Hochzeit fand statt und war perfekt. Es war eine Party, wie ich sie mir besser nicht hätte vorstellen können. Unsere engsten Personen haben Reden gehalten und wir haben Rotz und Wasser geflennt. Ich war so froh und stolz auf meine Kinder, meine Familie und Freund*innen. Eine schönere Hochzeit hätte ich mir nicht vorstellen können.

Flitterwochen zu Hause – eine lang ersehnte Pause

Die Hochzeit war episch. Sie war perfekt. Alles lief wie geplant. Es gab keine Skandale. Wir waren bereit für unsere Zeit zu zweit, unsere Flitterwochen. Nicht auf Mauritius. Einfach zu Hause, in Berlin und in unserer Wohnung. Wir wollten zwei Wochen lang die Kids in die Kita bringen und die Zeit zu zweit einfach genießen. Diese Pause war mehr als nur dringend nötig, sie war überfällig. Denn zwischen Hochzeitsplanung, ständig kranken Kindern und Familienbesuchen haben wir uns selbst kaum zu zweit unterhalten. Wenn wir gesprochen haben, dann nur, warum wer welches Kind nimmt und was wir abends kochen könnten. Es gab so viel, auf das wir uns freuten. Wir wollten jeden Morgen frühstücken gehen, dann wollten wir unsere Wohnung etwas umstylen, alte Schränke sollten neu lackiert werden. Wir hatten uns so viel vorgenommen. Die

Flitterwochen zu Hause waren ein wirklich lang geplanter Wunsch. Und so kam es, wie es kommen musste: Die ganze Familie wurde wieder von einem fiesen Virus heimgesucht, das unsere Pläne so was von durchkreuzte. Wir waren so ausgebrannt, und dann das. Es fing erst bei unserer Tochter, meinem Mann und mir mit einem Husten an, dann folgten Gliederschmerzen, Fieber und Schnupfen. Als sie nach einer Woche wieder in die Kita konnte, fing es auch bei unserem Sohn an, also alles von vorne. Mein Mann war mittlerweile gesund, ich blieb krank. Anstatt romantischer morgendlicher Frühstücksdates gab es plötzlich Bettlägerigkeit und Hustenanfälle Tag und Nacht. Es fühlte sich an wie ein Fluch, der auf uns lag. Wir wurden immer wieder krank und ich lag ganze zwei Wochen flach und mein Körper tat weh.

Die Flitterwochen, von denen wir geträumt hatten, wurden zu einer Odyssee von Arztbesuchen und endlosen Tagen im Schlafanzug. Sogar der Sommer und die Hitze kamen wieder und wir lagen zu Hause flach und konnten nicht raus. Ein ganz wichtiges Pausen-Learning auf meiner Reise: PAUSEN sind KEINE Belohnung. Die Energie der Pause brauchen wir, um zu leisten. Wir können nicht zuerst leisten und uns danach erst mit einer Pause belohnen. Dann ist es oft zu spät.

Es gibt wohl kaum etwas Schlimmeres, als krank zu sein, außer vielleicht kranke Kinder. Und was noch schlimmer ist als das? Richtig: kranke Kinder, wenn man selbst krank ist. Während ich diese Worte aufschrieb, saß ich heulend im Kinderbett zwischen meinen beiden kranken Kindern. Ich lag da zwischen denen, erschöpft, verzweifelt und selbst einfach krank. Mein Mann war nicht zu Hause. Ich habe ihm eine Pause gegönnt, damit er Sport machen konnte. Meine Tochter schrie ohne Ende, sie hatte einen Wutanfall. Sie konnte leider noch nicht ausdrücken, was sie brauchte, und wurde dann manchmal richtig wütend, wenn man es nicht verstand. Zu dem Zeitpunkt war sie zwei Monate vor ihrem zweiten Geburtstag. Während ich versuchte, sie zu beruhigen, heulte ich immer wieder laut schluchzend. Mein vierjähriger Sohn heulte vor Gliederschmerzen und übergab sich fast vor Husten. Ich fühlte mich hilflos, konnte ihren Schmerz spüren, wollte helfen, war aber selbst krank, erschöpft und müde. Und dann lag ich auch noch wie ein drittes Kind dazwischen und schluchzte und weinte laut. Ich wiederholte immer wieder den Satz: »Ich kann nicht mehr.« Es fühlte sich an, als würde dieser Moment niemals enden. Diese Situation erdrückte mich, legte sich wie ein schwerer Stein auf meine Brust. Ich konnte kaum atmen. Meine Tochter weinte pausenlos. Sie hörte einfach nicht auf und ich wusste nicht, was los war, und konnte ihr nicht helfen. Dann beschloss ich, diese eine SMS zu schreiben, die man wirklich nur im absoluten Notfall verfasst. Die Nachricht, die ich wirklich nur abschicke, wenn die Situation außer Kontrolle geraten ist, und auch von meinem Mann erwarte, dass er sie nur im Notfall schreibt: »Komm bitte nach Hause. Ich brauche dringend deine Hilfe!« In diesem Moment sehnte ich mich nach einer Pause, ich wollte kurz auf den Balkon und die Luft einatmen und spüren, dass ich nicht erdrückt wurde. In meinem Kopf dachte ich neben »Ich kann nicht mehr« immer wieder »Ich brauche Hilfe«. In diesen Momenten der Verzweiflung und Erschöpfung wird deutlich, dass es okay ist, um Hilfe zu bitten, wenn man nicht mehr kann.

Ich muss nicht immer wieder über meine Grenzen gehen, um anderen zu gefallen. Das Muster zieht sich bei mir in alle Lebenslagen. Mein Mann las die Nachricht und sprang sofort ins Auto. Er schickte einen Live-Standort, damit wir ihn verfolgen konnten. Das Zugucken des Standortes lenkte meine Kinder ab und brachte sie auch aus ihrem eigenen Strudel heraus. Meine Tochter hörte endlich auf zu weinen und schlief ein, komplett erschöpft vom vielen Weinen. Mein Sohn beobachtete noch, wie mein Mann immer näher nach Hause kam, und beruhigte sich dabei. Als mein Mann zu Hause ankam, ging ich direkt auf den Balkon und atmete einfach und starrte in den Himmel und beruhigte mich etwas. Ich begriff, dass ich auch einfach megakrank war und Ruhe brauchte. Das hätte ich auch meinem Mann sagen können, bevor er das Haus verlassen hatte, aber ich hatte versucht, die gute Stimmung zu bewahren, und ging dabei einfach über meine Grenzen. Ich bin selbst bei einer alleinerziehenden Mutter aufgewachsen und habe viele Geschwister. Oft frage ich mich, wie sie solche Situationen gepackt hat. Man braucht einfach wirklich ein ganzes Dorf, um ein Kind großzuziehen.

Ja, ich gebe es zu: Ich war echt oft krank. Die Gründe dafür sind uns allen hier bekannt. Mein Körper und ich haben eine ganz besondere Beziehung. Er schafft es, mir unaufgefordert eine Pause zu verordnen, die ich mir selbst oft nicht eingestehe. Schuldgefühle und meine innere Arschloch-Kritikerin halten mich so oft davon ab, regelmäßig Pausen einzulegen. Hier ein gut gemeinter Ratschlag an alle: Wenn man nicht bewusst Pausen in seinen Alltag einbaut, wird der Körper das auf seine eigene Weise erledigen. Und zwar genau dann, wenn es am wenigsten passt. In meinem Fall bedeutet das: Krankheit. Während andere mit Hautproblemen oder Verdauungsstörungen kämpfen, schlagen bei mir Gliederschmerzen, Schwindel, Kopfschmerzen und Grippesymptome gnadenlos zu. So habe ich aufgrund dieser nervigen Pausen von meinem Körper schon so viele für mich wichtige Events in meinem Leben verpasst, da meine Symptome meistens genau dann kommen, wenn ich sie am wenigsten gebrauchen kann. Und als wäre das nicht genug, gesellen sich manchmal auch noch depressive Verstimmungen dazu, die mich grübelnd in die Tiefe ziehen. Und dann bin ich erst mal abgemeldet. Ciao. Und da sitze ich dann, starre an die Wand und drehe mich in meinem Kopf im Kreis. Und irgendwie nerven plötzlich alle und keiner mag mich. Während meiner kranken Tage spüre ich die Symptome gefühlt stärker als andere. Ich fühle mich richtig matschig und sehne mich nach Ruhe. Körperkontakt? Nein, danke. Manche, ja, auch mein Mann, würden das wohl als »Männergrippe« bezeichnen, ein Ausdruck, den ich persönlich fürchterlich finde. Fakt ist, manche Menschen leiden intensiver, andere weniger. Symptome können sich bei jedem anders anfühlen und wir sollten aufhören, uns selbst und unsere Erfahrungen auf andere zu übertragen. Wenn ich eines seit meiner ersten Schwangerschaft gelernt habe, dann ist es: Jeder Mensch ist individuell und das ist okay so. Und was mich, seit ich Mutter bin, am meisten am Kranksein nervt: Immer wenn ich krank bin, habe ich mega Lust auf gesundes Essen. Ich brauche es, mein Körper braucht es. Die Ironie des Elternlebens ist aber ein Arschloch. Während mein Körper nach guten Nährstoffen verlangt, kümmern wir Eltern uns mit den letzten Energiereserven um unsere

Kinder und schaffen es nicht, eine Suppe aufzusetzen. Gesundes Kochen? Lol. Natürlich schiebe ich mir dann eine Tiefkühlpizza in den Ofen und bin froh, wenn die Kinder wenigstens den Pizzarand essen.

Ich lag also mittlerweile seit zwölf Tagen krank im Bett. Ich konnte einfach nicht mehr. Ich wurde einfach nicht gesund. Also verließ ich die Wohnung und nahm mir vor, einen bildschirmfreien Tag zu machen. Zwölf Tage hatte ich Serien geschaut und viel zu viel an meinem Handy gehangen. Das stresste mich. Ich nahm mir vor, einen Tag lang darauf zu achten, welche Dinge meinen Energie-Balken grün füllten und welche Dinge mir den Balken wieder rot zogen. Dabei merkte ich, dass es mich wirklich sehr stresste, wenn ich bei WhatsApp mit Menschen chattete. Egal mit wem. Genau wie Sprachnachrichten. Dadurch hing ich noch mehr am Handy und wenn was Neues reinkam, waren plötzlich zwei Stunden rum. Deshalb brauchte ich diesen handyfreien Tag. Wenn ich etwas schön fand und mich erinnern wollte, durfte ich aber ein Foto oder Video machen und wenn ich soziale Kontakte brauchte, durfte ich telefonieren. Denn das tat mir gut. Nur eben nicht chatten.

Ich ging durch einen kleinen Park in Berlin, der mal ein Friedhof war und jetzt aussieht wie ein kleiner Wald. Dort bin ich unglaublich gerne. Ich nahm mir eine Karotte und einen Apfel mit, um meinem Körper etwas Gutes zu tun und dort auf einer Bank zu essen. Plötzlich kam ein kleines rotes Eichhörnchen und guckte mich an, ich warf ihm etwas Karotte und Apfel hin und beachtete es nicht zu sehr, damit es in Ruhe essen konnte. So saßen wir einfach nebeneinander und aßen Apfel und Karotte. Ich kam mir vor wie in einem Film, wie wir da superentspannt nebeneinandersaßen, als wäre es das Normalste auf der Welt. Da dachte ich direkt an die »Modern Family«-Folge, in der Haley Dunphy einen Tag kein Smartphone hat und plötzlich die schönen Dinge im Leben sieht und total genießt. Sie sieht lustige Sachen im realen Leben, lacht, liest ein Buch und ist mega bei sich. Genau so war ich an dem Tag und genauso versuche ich mehr zu sein. Nach dem Parkbesuch ging ich zu einer Kopf- und Gesichtsmassage. Das ist meine Lieblingsmassage, weil ich meinen Kiefer immer besonders stark anspanne, wenn ich gestresst bin. Dadurch leide ich unter CMD. Meine Kaumuskeln sind so stark angespannt, dass ich oft Kopfschmerzen habe. Ich knirsche mit meinen Zähnen, presse Tag und Nacht meinen Kiefer zusammen und habe dadurch Kieferknacken, Kieferschmerzen und Nackenprobleme. Das hängt alles zusammen. Deshalb gönne ich mir hier ab und zu eine Massage und lasse alle drei bis sechs Monate medizinisch Botox in meinen Kiefer spritzen, damit der angespannte Muskel lahmgelegt wird. Dadurch sind meine Symptome viel schwächer. Trotzdem muss ich noch die Ursache herausfinden. Das ist bei mir zum einen Stress und zum anderen auch eine Kieferfehlstellung. Wenn ich meine Zähne zusammenbeiße, landen sie nicht aufeinander. Hey, was habe ich eigentlich nicht? Lol.

Nach der Massage fuhr ich mit der Straßenbahn in den größten und schönsten Buchladen der Stadt, zu Dussmann. Dort verbrachte ich drei Stunden, stöberte und wälzte in Therapiebüchern, Kinderbüchern über Gefühle und mentaler Gesundheit und kaufte am Ende minimalistisch, gegen meine Kaufgefühle, nur zwei Bücher. Danach holte ich mir eine Badekugel, um den Tag perfekt ausklingen zu lassen. Ich bin nämlich eine kleine Genießermaus. Tage wie diesen wünsche ich mir öfter. Leider kann ich das durch das Arbeiten und Mamasein nicht ständig tun. Aber ich versuche, diese kleinen Pausen in den Alltag einzubauen. Das kleine Rendezvous mit dem Eichhörnchen werde ich ganz sicher bald wiederholen.

Am Ende des zweiwöchigen Krankseins bat mein Mann mich, Urlaub zu machen, damit ich mich richtig erholen konnte. Er selbst war neulich erst zwölf Tage in Japan gewesen. Eigentlich wollte ich Ende des Jahres wieder wegfliegen, aber er flehte mich praktisch an, sofort Urlaub zu buchen, weil meine Erschöpfungssymptome und das ständige Kranksein nicht aufhörten. Also recherchierte ich ein bisschen, auf was ich Lust hätte. Ein Yoga-Retreat? Kopenhagen? Irgendwie traute ich mich nicht, alleine einen Landurlaub zu machen. Ich wusste nicht, wo im Ausland es schön ist, und auf die Fotos im Internet konnte man sich nie richtig verlassen. Außerdem habe ich während meiner USA-Reise gemerkt, dass ich gut für Städtetrips geeignet bin. Ich habe immer noch Angst vorm Autofahren und fahre auch ungerne als Beifahrerin Auto. Generell finde ich Bahnfahren die beste Weise voranzukommen. Ist eh viel nachhaltiger. Deshalb war ein City-Trip perfekt. Außerdem war ich gerade erschöpft und ziemlich angespannt und ruhelos. Da wäre ein chilliger Yoga-Land-Urlaub sicher das Beste für mich gewesen, aber ich hatte mehr Bock auf Action. Also entschied ich mich, nach Paris zu fliegen. Sind wir ehrlich: Ich hatte Bock zu shoppen. Ist ja gut. Also recherchierte ich Hotels, Flüge und die besten Restaurants in Paris. Denn es sollte auch eine kleine Schlemmer-Reise werden. »Eat Pray Love« quasi. Das Buch habe ich nie gelesen, aber der Titel passte perfekt zu meiner Reise. Essen und Selbstliebe, aber ohne beten.

Dann stand also der Flug nach Paris an. Ich flog mit meinen Erschöpfungssymptomen los. Ich war so müde und fertig, dass ich beim Abflug fast eingeschlafen wäre. Da musste ich natürlich über mich selbst lachen, denn noch vor knapp einem Jahr hatte ich so krasse Flugangst, dass ich an Schlafen nicht hätte denken können. Die Woche Paris hat mir unglaublich gutgetan. Alleine Reisen war so heilend. Ich musste mit fremden Menschen in Interaktion treten und bin dabei über mich hinausgewachsen. Es tat mir gut, ins kalte Wasser geschmissen zu werden. Manchmal brauche ich diesen kleinen Anschubser. Wenn ich alleine bin, kann ich nicht einfach die Verantwortung an andere abgeben. *I can buy myself flowers!* In den USA hatte ich schon so viele Ängste hinter mir gelassen, was mich als Mensch sehr gestärkt hatte. Was ich aber dazusagen muss: Es braucht keine Reise nach New York oder nach Paris, um sich selbst zu finden. Man braucht einfach Zeit für sich alleine.

Ich entschied an meinem vorletzten Tag in Paris ab Nachmittag im Hotel zu sein und meine letzten Zeilen für dieses Buch zu schreiben. Doch ich schaffte es mental nicht, ich lag lethargisch und antriebslos auf dem Bett herum. Irgendwann traf mich der Gedanke, einfach jetzt direkt nach Hause zu fliegen. Irgendwie brauchte ich einen spontanen Kick, der mein Energielevel wieder nach oben pushte. Ich wollte nicht noch eine Nacht halbwach im Bett liegen. Außerdem vermisste ich meinen Mann und meine Kinder so sehr, dass ich Lust hatte, sie zu überraschen. Also brach ich die Reise ab. Aber heimlich. Kein Instagram, kein Chat mit Freundinnen, ich habe niemandem Bescheid gesagt. Wenn was passiert wäre, hätte erst mal lange keiner gewusst, wo ich war.

Stellen wir uns das Ganze vor wie in einem Hollywood-Drehbuch, nur ohne die High Heels. Wer kann eigentlich in High Heels laufen? Das habe ich nie verstanden! Der Absatz knickt doch immer nach rechts oder links ab. Also packte ich innerhalb von fünf Minuten und schmiss mich in ein Taxi. Hier stellen wir uns vor, wie ich im Trenchcoat, aber weiterhin ohne High Heels laut »Taxi« rufe und sofort eins vor meinen Füßen anhält. Während ich im Taxi saß, checkte ich, wann die nächsten Flieger gehen, und hoffte, den nächsten zu bekommen. Der flog aber schon in anderthalb Stunden und das Taxi brauchte noch dreißig Minuten bis zum Terminal F. Ich chattete nebenbei mit der Fluglinie, um nicht so viel googeln zu müssen. Das ist mein AD(H)S-Lifehack. Ich chatte immer lieber mit dem Kundenservice, das geht schneller und man muss nicht so viele lange Blocktexte lesen. Das schafft mein Hirn einfach nicht.

Also buchte ich den Flug für in viereinhalb Stunden statt den früheren, um sicherzugehen. Ich musste einen großen Koffer voller Shopping (keine High Heels) aufgeben und das dauerte ja oft länger. Und schwups, hatte ich sogar einen Fensterplatz im Flugzeug. Das ist mein Lieblingsplatz, weil ich gefühlt mehr Kontrolle über den Boden unter mir habe. Am Flughafen angekommen, rannte ich sofort zum Check-in, um zu fragen, ob ich auf den früheren Flug umgebucht werden konnte. Ich sagte, ich müsste dringend nach Hause zu meinen Kindern. Und hey, das war keine Lüge. Die nette Frau setzte mich auf eine Warteliste für den früheren Flug und checkte meinen Koffer ein. Ich sollte mich zum Check-in beim Personal melden, um zu fragen, ob ich mitfliegen durfte. Es blieb also hollywoodmäßig spannend. Hier stellen wir uns eine große Bahnhofsuhr vor und wie sie ganz laut Ticktackgeräusche macht. Ich ging zur genannten Uhrzeit zum Personal und fragte, ob ich mitfliegen durfte. Der Mann sagte, ich solle mich nach dem Check-in noch mal melden. Also drehte ich eine Runde im Flughafen und schaute mir die Souvenir-Shops an. Okay, der Check-in war endlich vorbei und ich rannte zum Terminal und stellte mich selbstbewusst hinter die letzte Person, bis ich wieder vorm Personal stand, als letzte Person in der Schlange. Er winkte mich durch und wünschte mir einen guten Flug. WIE COOL KANN MAN BITTE SEIN? Dieser Moment war so episch, ich habe geweint und hatte Gänsehaut. Das heißt, dass ich meinen Mann an diesem Abend noch sehen würde und ich zur gewünschten Uhrzeit zu Hause ankam. Diese Spannung gab mir so viel Energie und schüttete Glücksgefühle, Dopamin und Adrenalin in mir aus. Wow. Im Flugzeug zu sitzen war plötzlich aufregend, und ich hatte das Gefühl, als würde ich jetzt in meinen Urlaub starten, dabei flog ich nach Hause. Dahin, wovor ich geflohen war. Mama sein ist schon auch eine absurde Reise. Beim Abflug schrieb ich meinem Mann eine Nachricht: »Ich gehe ein bisschen in den Park ohne Handy und atme, melde mich danach bei dir«, damit er nichts ahnte.

Neben mir, am Boden, saß ein kleiner Hund in einer Tasche, der durchgehend pupste. Das hat gestunken, mich aber immer wieder zum Lachen gebracht. Ich saß die ganze Zeit lachend im Flugzeug, auch weil ich wusste, dass keiner weiß, wo ich gerade war. Das fühlte sich sehr gut an. Handy im Flugzeugmodus, ich auf mich alleine gestellt. Das sind die Momente beim Alleinereisen, die etwas mit mir machen. Die Landung kam näher, und ich konnte mein Herz rasen spüren. Die Räder berührten den Boden und ich war zurück in Berlin. Es fühlte sich an, als wäre ich Monate weg gewesen und müsste erst mal alle grüßen, die Deutsch sprechen. Ich schrieb meinem Freund, ob die Kinder schon schliefen, um zu gucken, was er gerade machte. Als er antwortete, schrieb ich, dass ich eine kleine Überraschung hätte, und schickte meinen Live-Standort. Ich wollte nicht einfach zur Tür reinkommen und ihn erschrecken. Wobei er sich wahrscheinlich niemals so erschrecken würde wie ich, wenn jemand an der Tür ist. Er freute sich sehr, dass ich wiederkam, und schimpfte mit mir, warum ich meinen Urlaub freiwillig abbrach. Ich wusste, dass er recht hatte. Aber es fühlte sich gut und richtig an.

Meine liebste Überraschung war aber die am nächsten Morgen. Ich hörte im Kinderschlafzimmer Geräusche und bin sofort rübergerannt und habe mich zu den Kindern ins Bett geschmissen. Die beiden haben sich so krass gefreut, dass ich ein Tränchen verdrücken musste. Meine Kinder sind nun mal die Liebe meines Lebens und es tut wirklich gut, von den eigenen Kindern selbstverständlich, auf diese Weise, geliebt zu werden und diese Liebe auch zurückzugeben. Die Überraschung war gelungen.

Ich hätte dieses Buch so gerne mit einem Happy End beendet. Mit den krassesten Learnings, einem Flickflack und einem doppelten Radschlag. Ich wollte von all den positiven Veränderungen, einem perfekten Hochzeitsfest und einem »Und sie lebten glücklich bis ans Ende ihrer Tage« berichten. Aber das Leben, joa, es hat einen okayen Sinn für Ironie. Die Depression, die ich dachte für immer bekämpft zu haben, feiert ihr Comeback.

Ich finde mich plötzlich wieder in einer Leere – ich möchte alles fühlen, aber kann einfach nichts fühlen. Manchmal gucke ich Serien, um die Gefühle der Charaktere zu spüren, mich zu verlieben oder traurig zu sein, aber nicht mal das klappte.

An manchen Tagen schleicht sich tiefe Traurigkeit ein, und ich frage mich, wo die Leichtigkeit und Positivität hingegangen ist. Meine Gedanken zerfressen mich von innen. Die Selbstkritikerin in meinem Kopf wird zu meiner Feindin. Sie verlangt, dass ich am nächsten Tag mit guter Ernährung oder Sport beginnen soll, und verurteilt mich gnadenlos dafür, dass ich keinen Antrieb habe. Ich versuche die ganze Zeit verzweifelt, Antworten auf meine eigenen Fragen zu finden. In dieser inneren Leere grabe ich nach negativen Ereignissen und kindlichen Erinnerungen, die mich nur noch trauriger machen, und ich ziehe mich mehr und mehr zurück. Meine Gedanken werden dabei zur Realität und ich möchte mich einfach nur verstecken, damit niemand sieht, dass ich diese negativen Gefühle habe. Ich vergrabe Wut, Ärger und Traurigkeit tief in mir und verstecke mein inneres trauriges Kind. Cooler wäre es, wenn ich der Selbstkritikerin etwas weniger Raum geben könnte. Aber sie ist laut und laute Menschen nehmen viel Raum ein. Rückfällig werde ich auch bei meinen alten Selbstberuhigungsmethoden. Nachdem ich ein paarmal wieder zu trinken begonnen habe, ist der Kater zurück. Und mit dem Kater auch die Erinnerung, warum ich aufgehört habe, Alkohol zu konsumieren. Der Kater verstärkt die Depression und er verstärkt meine Angststörung. Ich gehe ehrlich mit mir selbst um und öffne mich vor meiner besten Freundin, meinem Mann und meiner Therapeutin. Gemeinsam stellen sie das perfekte Team für mich dar. In der Therapie lerne ich für mich, dass es wichtig ist, die Depression anzunehmen. Dass ich traurig sein darf, dass ich negative Gefühle zulassen kann und sie nicht verstecken muss. Es ist so schwer, mich nicht selbst als Mutter zu bestrafen. Ich habe wahnsinnige Angst davor, dass ich mit der Depression meinen Kindern schade, und verstelle mich zu Hause. Ich spiele gute Laune und gehe über meine Grenzen. Das brennt mich aus und macht mich unglaublich müde. Genauso im Job: Ich spiele wieder »die alte Julia«. Da versuche ich zu entertainen und einfach wach, positiv und klar zu sein. Nach solchen Tagen liege ich am nächsten Tag leer im Bett und fühle nichts. Ich muss lernen, die negativen Gefühle zuzulassen, damit das nicht wieder vorkommt. Doch ich denke, dass alle von mir erwarten, immer gut drauf zu sein.

Am Ende dieses Buches kann ich nur sagen: Der Weg ist das Ziel und es ist harte Arbeit, alte Muster loszulassen. Ich frage meine Therapeutin, ob es vielleicht Zeit ist, wieder in die Tagesklinik zu gehen. Nach einem kurzen Nachdenken beschließen wir, dass ich ab sofort weniger arbeite, eine sehr privilegierte Option, die mir meine Arbeit und mein Mann ermöglichen können. Ich kann es mir gerade leisten, einen Gang runterzuschalten. Deshalb habe ich ab diesem Zeitpunkt zwei Therapiestunden pro Woche und starte, nach der langen Sommerpause, wieder mit meinem Selbsthilfe-Chor und der Ergotherapie. Damit erschaffe ich mir meine eigene kleine Tagesklinik, denn ich habe erkannt, dass Selbstfürsorge, Akzeptanz und Unterstützung mein Schlüssel sind, um mit meiner Depression umzugehen. Der Weg zum Ziel mag superlang sein, aber ich bin bereit, ihn zu gehen. Denn ich weiß, dass ich nicht allein bin. Und so endet dieses Buch nicht mit einem Happy End, aber mit einem Zitat von Avril Lavigne: »So much for my Happy Ending.«

Danksagung

Mein allererster Dank gilt meinem tollen Mann. Ohne dich hätte ich durch diese Zeit nicht gehen können. Danke für deine Kraft, deinen Humor und deinen liebevollen Umgang mit unseren Kindern. Und dass du meine Buchhaltung machst. Aber bitte, komm rüber ins Zimmer, wenn du mit mir reden willst. I Love U2 (die Band).

Danke an meine Kinder, die mir jeden Tag helfen, mein eigenes inneres Kind zu heilen. Ich liebe euch, so wie ihr seid.

Danke an meine Lieblingsmuddis, meine Schwester Johanna und meine beste Freundin Marie, dafür, dass ihr mein Leben lang nicht von meiner Seite gewichen seid.

Danke an meine riesige Familie: Mama Susanne, Papa Klaus, Gaby, Johanna & Jordan & Kinder, Frederik & Cati & Kinder, Emil-Theodor, Hannes & Gregor. Tine, Achim, Felix & Alana.

Danke auch an Oma Inge, die mir schon als Kind erzählt hat, dass wir in der Familie alle zu viele Gedanken im Kopf haben.

Danke an meine Freundinnen, die mich mit meinen Ups and Downs so nehmen, wie ich bin. An Anna, weil wir unsere Ziele gemeinsam manifestiert haben. An Anne, weil ich dich immer um Rat fragen kann und du ein Rolemodel für mich bist. An Fanny, durch unseren wöchentlichen Podcast haben wir unsere eigene kleine Therapiestunde. Danke für deine Ehrlichkeit. An Lisa, weil wir schon gemeinsam durch dick und dünn gegangen sind und das unsere Freundschaft intensiviert hat.

Danke auch an die »Malle-Girls«, eine WhatsApp-Gruppe zum Auskotzen, Supporten und Empowern. Danke an meine Mitarbeiterinnen Teresa1 & Teresa2 fürs Durchpowern und An-meiner-Seite-Bleiben während der Tagesklinik-Funkstille. Danke an alle AD(H)S-Chor-Mitgliederinnen, die mir jede Woche Struktur, ein gutes Gefühl und ganz viel Halt geben. Danke an meine Psychotherapeutin und meine Ergotherapeutin, die mich schon so oft aus den dunkelsten Löchern gerettet haben. Danke an Lindi und Michelle für euren Support. Danke, Mona, für Beste-Lektorin-Sein und den besten Gilmore-Girls-Talk. Team Jess! Danke Rubi. Und Sorry für meine Handschrift. Danke an meinen Verlag für das mittlerweile zweite Buch mit euch.

Danke an alle Menschen, die dieses Buch lesen und damit dabei helfen, das Stigma psychischer Krankheiten zu beenden.

Danke an alle Mütter und Bezugspersonen. Es ist kein Versagen, sich Hilfe zu suchen. Oder mal eine Aufbackpizza in den Ofen zu schieben. Ihr werdet gesehen, und ihr seid nicht alleine! Wir schaffen das.

Anhang

Informationen und Hilfe für Betroffene und Angehörige

- Wissen, Selbsttest und Adressen rund um das Thema Depression unter www.deutsche-depressionshilfe.de
- deutschlandweites Info-Telefon Depression: 0800 3344533
- fachlich moderiertes Online-Forum zum Erfahrungsaustausch: www.diskussionsforum-depression.de
- Hilfe und Beratung bei den sozialpsychiatrischen Diensten der Gesundheitsämter
- für Angehörige: www.bapk.de und www.familiencoach-depression.de

Bei Suizidgedanken: Wenn Sie sich in einer akuten Krise befinden, wenden Sie sich bitte an Ihren behandelnden Arzt oder Psychotherapeuten, die nächste psychiatrische Klinik oder den Notarzt unter 112.

Sie erreichen die Telefonseelsorge rund um die Uhr und kostenfrei unter 0800 1110111 oder 0800 1110222.